1Q84

Livre 3

DU MÊME AUTEUR

La Course au mouton sauvage, Seuil, 1990
La Fin des temps, Seuil, 1992
Danse, danse, danse, Seuil, 1995
Après le tremblement de terre, 10/18, 2002
Au sud de la frontière, à l'ouest du soleil, Belfond, 2002 ; 10/18, 2003
Les Amants du Spoutnik, Belfond, 2003 ; 10/18, 2004
Kafka sur le rivage, Belfond, 2006 ; 10/18, 2007
Le Passage de la nuit, Belfond, 2007 ; 10/18, 2008
L'éléphant s'évapore, Belfond, 2008 ; 10/18, 2009
Saules aveugles, femme endormie, Belfond, 2008 ; 10/18, 2010
Autoportrait de l'auteur en coureur de fond, Belfond, 2009 ; 10/18, 2011
Sommeil, Belfond, 2010 ; 10/18, 2011
La Ballade de l'impossible, Belfond, 2007 ; rééd. 2011 ; 10/18, 2009
1Q84 (Livre 1, avril-juin), Belfond, 2011
1Q84 (Livre 2, juillet-septembre), Belfond, 2011
Chroniques de l'oiseau à ressort, Belfond, 2012

HARUKI MURAKAMI

1Q84

Livre 3

Traduit du japonais
par Hélène Morita

belfond
12, avenue d'Italie
75013 Paris

Titre original :
1Q84 (Book 3)
publié par Shinchosha, Tokyo

La traductrice remercie Tomoko OONO pour son aide.

Si vous souhaitez recevoir notre catalogue
et être tenu au courant de nos publications,
vous pouvez consulter notre site Internet,
www.belfond.fr
ou envoyer vos nom et adresse, en citant ce livre,
aux Éditions Belfond,
12, avenue d'Italie, 75013 Paris.
Et, pour le Canada,
à Interforum Canada Inc.
1055, bd René-Lévesque-Est,
Bureau 1100,
Montréal, Québec, H2L 4S5.

ISBN 978-2-7144-4985-6

Belfond | un département **place des éditeurs**

place
des
éditeurs

LIVRE 3

Octobre-décembre

1
Ushikawa

Des coups de pied aux confins de la conscience

« POURRIEZ-VOUS VOUS ABSTENIR DE FUMER, monsieur Ushikawa ? » dit l'homme le plus petit.

Ushikawa regarda un moment le visage de son interlocuteur qui lui faisait face de l'autre côté du bureau, puis ses yeux se reportèrent sur la cigarette Seven Stars qu'il tenait entre les doigts. Elle n'était pas allumée.

« Excusez-nous », ajouta l'homme sur un ton très protocolaire.

Ushikawa afficha un certain embarras, comme s'il se demandait comment cette chose-là était arrivée dans sa main.

« Ah, oui, pardon. Ce n'est pas bien. Bien sûr, je ne vais pas l'allumer. Mes mains se sont mises en mouvement toutes seules sans que j'en sache rien. »

L'homme, dont la mâchoire bougea d'un centimètre environ sur le côté, conserva un regard absolument fixe. Focalisé inexorablement sur les yeux d'Ushikawa. Ce dernier remit sa cigarette dans le paquet, qu'il enferma dans le tiroir de son bureau.

L'homme le plus grand, dont les cheveux étaient attachés en queue-de-cheval, était debout près de la porte, presque à la frôler. Il examinait Ushikawa comme s'il s'était agi d'une *tache* sur le mur. Des types vraiment sinistres, se dit Ushikawa.

C'était la troisième fois qu'il rencontrait les deux hommes, et pourtant, il ne se sentait toujours pas à l'aise devant eux.

Dans son bureau pas très vaste, il y avait une table de travail, et le petit homme à la tête rasée avait pris place en face de lui. C'était son rôle de parler. Queue-de-cheval gardait le silence à tout jamais. Il se contentait de conserver les yeux fixés sur Ushikawa, totalement immobile, semblable à l'un de ces chiens de pierre gardiens des sanctuaires shintô.

« Cela fait trois semaines », déclara Tête-de-moine.

Ushikawa prit dans la main le calendrier et eut un petit signe approbateur après avoir vérifié ce qui y était inscrit.

« Vous avez raison. Aujourd'hui, cela fait exactement trois semaines que nous nous sommes vus.

— Et durant tout ce temps, nous n'avons reçu aucun rapport de votre part. Je vous l'ai déjà dit, je crois, mais la situation est extrêmement urgente. Nous n'avons pas de temps à perdre, monsieur Ushikawa.

— J'en suis parfaitement conscient », répondit Ushikawa en faisant tourner dans ses doigts, faute de cigarette, son briquet doré. Pas question de lambiner. Je le sais très bien. »

Tête-de-moine attendit la suite de ses paroles.

Celui-ci poursuivit : « Simplement, moi, voyez-vous, je n'ai pas envie de parler au compte-gouttes. Sur un sujet pareil, je n'aime pas lâcher trois mots par-ci, et puis quatre par-là. Je veux d'abord arriver à comprendre l'ensemble des faits, saisir les liens entre tous les événements et obtenir des preuves. Des paroles irréfléchies, voilà qui peut causer bien des ennuis inutiles. Vous allez imaginer que je ne dis que ce qui m'arrange mais, monsieur Onda, c'est comme ça, c'est mon style personnel. »

L'homme au crâne rasé, qui avait été appelé Onda, jeta un regard froid sur Ushikawa. Ce dernier savait que l'homme n'avait pas une bonne impression de lui. Mais de cela, il ne se souciait pas vraiment. Du plus loin qu'il s'en souvienne, jamais personne n'avait eu une bonne impression de lui. C'était en quelque sorte une situation ordinaire. Ni ses parents ni ses frères ne l'avaient aimé, pas plus que ses professeurs ou ses camarades de classe. Et pas davantage sa femme ou ses enfants. Si par hypothèse il avait suscité de la sympathie, il s'en serait peut-être préoccupé. Mais l'inverse lui était indifférent.

« Monsieur Ushikawa, nous cherchons à respecter votre style, autant que faire se peut. Et nous l'avons effectivement respecté jusqu'ici. N'est-ce pas ? Mais cette fois, il s'agit de tout autre chose. Malheureusement, nous n'avons pas le temps d'attendre que l'ensemble des faits apparaissent.

— D'accord. Mais en réalité, monsieur Onda, vous non plus, vous n'attendiez pas tranquillement mon rapport en vous tournant les pouces, répondit Ushikawa. J'imagine que de votre côté, vous avez entrepris votre propre enquête. Je me trompe ? »

Onda ne répondit pas. Ses lèvres demeurèrent closes, deux traits à l'horizontale. Il n'y eut pas la moindre altération dans son expression. Ushikawa perçut cependant, à sa réaction, que sa remarque avait porté juste. Durant ces trois semaines, leur organisation avait mis tous ses moyens, par des voies qui n'étaient sans doute pas les siennes, pour se lancer sur les traces de la femme. Mais leurs tentatives n'avaient pas été couronnées de succès. Et du coup, ces deux affreux s'étaient de nouveau tournés vers lui.

« Selon le proverbe, le petit serpent connaît le grand, déclara Ushikawa en ouvrant grand les paumes de ses mains, comme s'il dévoilait un secret réjouissant. En fait, je suis ce petit serpent. Je ne paye pas de mine, certes, comme vous pouvez le constater, mais j'ai du flair. Et je suis capable, à l'odeur la plus ténue, de suivre des traces. Avec obstination et jusque dans les recoins les plus dissimulés. Mais du fait de mon origine reptilienne, je ne peux agir qu'avec mes méthodes, et à ma cadence. Si je comprends bien, évidemment, que le temps est un facteur important, je vous demande pourtant de patienter un peu. Sinon, nous risquons de tout perdre. »

Onda observait patiemment le briquet qui tournait dans la main d'Ushikawa. Puis il leva les yeux.

« Pourriez-vous nous confier, ne serait-ce que partiellement, ce à quoi vous avez abouti jusqu'ici ? Nous comprenons la situation qui est la vôtre, mais si nous ne faisons pas remonter quelque résultat concret, aussi maigre soit-il, nos supérieurs ne seront pas convaincus. Ce qui nous mettrait en mauvaise posture. Et en ce qui vous concerne, monsieur Ushikawa, votre position ne serait sans doute pas tenable. »

Eux aussi, ils sont sous pression, songea Ushikawa. Très appréciés pour leur maîtrise des techniques de combat, les deux hommes avaient été sélectionnés comme gardes du corps du leader. Et pourtant, le leader avait été assassiné sous leurs yeux. En fait, on ne pouvait pas vraiment prouver qu'il avait été tué. Plusieurs médecins de la secte avaient examiné son corps sans trouver trace de blessure extérieure. Néanmoins, leur centre médical disposait d'appareils assez peu sophistiqués. Et puis, ils n'avaient pas suffisamment de temps. Si un spécialiste des autopsies judiciaires avait pratiqué un examen complet, il aurait peut-être découvert quelque chose. Mais il était trop tard. Le corps avait déjà été traité secrètement par la secte.

En tout cas, la position des deux gaillards était devenue délicate du fait qu'ils n'avaient pas su protéger le leader. Leur mission, à présent, était de se mettre sur la piste de la femme disparue. Ils avaient reçu l'ordre de remuer ciel et terre pour la retrouver. Pourtant, ils n'avaient encore recueilli aucun indice substantiel. Ils étaient sans doute compétents en ce qui concernait la protection rapprochée des personnes, mais ils n'y connaissaient rien sur la manière de pister quelqu'un qui s'est évaporé sans laisser de traces.

« Je suis d'accord, dit Ushikawa. Parlons donc un peu de de ce que j'ai éclairci jusqu'ici. Sans vous révéler l'ensemble de la situation, je peux vous parler d'une partie des faits. »

Onda amenuisa les yeux un instant. Puis il eut un hochement de tête approbateur. « Eh bien, ce sera parfait. Nous aussi, nous avons compris certaines petites choses. Peut-être les connaissez-vous déjà, peut-être pas. Mettons nos connaissances en commun. »

Ushikawa posa son briquet et joignit les doigts sur le bureau. « Une jeune femme du nom d'Aomamé a été appelée dans une suite de l'hôtel Ôkura, elle a pratiqué une séance d'étirements musculaires sur le leader. Cela s'est passé début septembre, la nuit où un violent orage s'est abattu sur le centre de Tokyo. À la fin de sa séance qui a duré environ une heure, et qui s'est effectuée dans une chambre séparée, elle s'est retirée, laissant le leader endormi. La femme a déclaré qu'il fallait le laisser dormir deux heures et ne pas le changer de position. Vous avez suivi ses instructions. Mais le leader ne dormait pas. À ce moment-là, il était déjà mort. On n'a pas découvert de lésion. Cela ressemblait à une crise cardiaque. Pourtant, aussitôt après, la femme s'est volatilisée. Son appartement avait été vidé, le bail résilié au préalable. Dès le lendemain, une lettre de démission arrivait à son club de sport. Tout avait été planifié. Et donc, il ne s'agissait plus d'un simple accident. On en venait forcément à la conclusion que cette Aomamé avait délibérément assassiné le leader. »

Onda approuva. Jusque-là, il n'avait pas d'objection.

« Votre but est de découvrir la vérité de ces faits. Et pour cela, il faut absolument mettre la main sur cette femme.

— Cette Aomamé est-elle vraiment allée jusqu'à tuer notre leader ? Si tel est le cas, quelles auraient été ses raisons et comment aurait-elle été amenée à agir ainsi ? Voilà ce que nous avons besoin de savoir.»

Ushikawa considéra ses dix doigts joints sur la table. Comme s'il observait quelque chose d'inhabituel. Après quoi, il releva les yeux et fixa son interlocuteur.

« Vous avez déjà enquêté sur la famille d'Aomamé, n'est-ce pas ? Les membres de sa famille sont de fervents zélateurs des Témoins. Ses parents continuent d'ailleurs leur vaillant prosélytisme. Le frère aîné, âgé de trente-quatre ans, travaille au siège, à Odawara. Il est marié, il a deux enfants. Son épouse est également une fidèle dévouée des Témoins. Dans cette famille, seule Aomamé s'est séparée de l'association. Elle a été taxée de "renégate". À la suite de quoi, sa famille a rompu tout lien avec elle. Et je n'ai trouvé aucune trace de contact entre Aomamé et les siens durant ces vingt dernières années. Il est exclu d'envisager que ces gens pourraient la cacher. Alors qu'elle avait onze ans, la fillette a d'elle-même brisé toute relation avec sa famille, et depuis, elle a vécu plus ou moins seule. Elle a temporairement été hébergée par un oncle, mais dès son entrée au lycée, elle a été indépendante de fait. Ce n'est pas rien. Voilà une femme qui a du cran. »

Tête-de-moine ne dit rien. C'étaient sans doute là des informations dont il avait connaissance.

« J'estime qu'il n'y a pas de rapport entre cette affaire et les Témoins. L'association est connue pour être essentiellement pacifiste, non violente. Il paraît invraisemblable qu'elle ait projeté d'attenter à la vie du leader. Êtes-vous d'accord avec moi sur ce point ? »

Onda acquiesça. « Les Témoins n'ont joué aucun rôle dans cette affaire. Nous le savons, puisque nous avons interrogé son frère pour en être sûrs. Je dis bien, pour *ne rien laisser au hasard*. Mais il ne savait rien.

— Pour ne rien laisser au hasard, lui avez-vous arraché les ongles ? » demanda Ushikawa.

Onda ne tint pas compte de cette question.

« Je plaisantais, évidemment. C'était juste une petite plaisanterie bêtasse. Inutile de faire cette tête. En tout cas, je suis sûr que ce frère ignorait tout des agissements d'Aomamé comme de l'endroit où elle pourrait se trouver, continua Ushikawa. Je suis moi-même foncièrement pacifiste, je n'use d'aucune brutalité, mais bon, je peux comprendre. Aomamé n'a plus aucun lien ni avec sa famille, ni avec les Témoins. Et cependant, nous sommes obligés de penser qu'elle n'a pas pu agir seule. Une personne seule ne peut réussir un plan aussi élaboré. Elle a agi avec sang-froid en se conformant à un plan fixé à l'avance, qui a nécessité des préparatifs très ingénieux. Et puis, s'évaporer ainsi, cela tient du miracle. Il a fallu des aides extérieures et de l'argent en abondance. Quelqu'un, derrière Aomamé, ou une organisation, a désiré très fort, pour quelque raison, la mort du leader. Et on a pris toutes les dispositions nécessaires pour ce faire. Je suppose que là encore, nous sommes sur la même longueur d'onde ? »

Onda approuva. « Dans les grandes lignes.

— Néanmoins, vous n'avez pas découvert de quel genre d'organisation il s'agissait, continua Ushikawa. Je suppose que vous avez cherché du côté de ses relations ? »

Onda opina silencieusement.

« Et là, manque de chance, raté, avec elle, aucune relation un peu sérieuse, dit Ushikawa. Elle n'a pas d'amis, personne qui ressemble à un amoureux. Elle connaît des gens par son travail, mais elle n'entretient aucune amitié avec ses collègues une fois sortie du club de sport. Il m'a été impossible de déceler le moindre signe de liens personnels ou intimes qu'aurait noués Aomamé. Comment cela se fait-il ? C'est une femme jeune, en bonne santé, à l'apparence plutôt plaisante. »

En prononçant ces paroles, Ushikawa regarda l'homme à la queue-de-cheval, debout près de la porte. Depuis le début, ni sa posture ni son expression n'avaient varié. Il était par nature dépourvu de toute expression. Comment aurait-il donc pu l'altérer ? Cet homme aurait-il un nom ? se demanda Ushikawa. Il n'aurait pas été autrement surpris qu'il n'en ait pas.

« Vous êtes les deux seuls à avoir réellement vu le visage d'Aomamé, fit remarquer Ushikawa. Qu'en avez-vous pensé ? Y a-t-il un détail particulier qui vous a frappé ? »

Onda secoua légèrement la tête. « Comme vous l'avez dit, c'est une jeune femme, attrayante *dans une certaine mesure*. Mais pas d'une beauté renversante. Elle est calme, posée. Elle donnait l'impression d'avoir une grande confiance dans ses compétences professionnelles. En dehors de cela, je ne vois rien qui ait vraiment attiré mon attention. Son apparence extérieure ne laisse pas de souvenir un peu consistant. J'ai du mal à me rappeler précisément les traits de son visage. C'est assez curieux, d'ailleurs. »

Ushikawa jeta de nouveau un coup d'œil sur Queue-de-cheval. Peut-être aurait-il envie d'ajouter un mot à ce sujet. Mais non, tout dans son attitude manifestait qu'il ne parlerait pas.

Ushikawa fixa Tête-de-moine. « J'imagine, bien entendu, que vous avez fait des recherches sur les conversations téléphoniques qu'avait pu avoir Aomamé ces derniers mois ? »

Onda secoua la tête.

« Non, nous ne sommes pas encore allés jusque-là.

— Je vous le conseille. C'est quelque chose que vous devriez faire, déclara Ushikawa avec un grand sourire. Les gens téléphonent à différents endroits, reçoivent des appels de toutes sortes d'endroits. Simplement en étudiant les relevés téléphoniques d'un individu, les grandes lignes de sa vie apparaissent d'elles-mêmes. Aomamé ne fait pas exception. Il n'est pas aisé d'obtenir le relevé téléphonique d'un particulier mais ce n'est pas impossible non plus. Hein, comme je vous le disais, le petit serpent connaît le grand... »

Onda attendit en silence la suite.

« Bon, eh bien, si l'on examine les relevés téléphoniques d'Aomamé, un certain nombre de faits vous sautent aux yeux. Pour une femme, c'est un cas tout à fait atypique, mais Aomamé semble ne pas apprécier tant que ça de bavarder au téléphone. Le nombre de ses conversations téléphoniques est restreint, et elles ne durent pas longtemps. Certaines sont un peu plus longues, mais cela reste une exception. La plupart sont des appels passés ou reçus à son lieu de travail. Néanmoins, comme elle était en partie free-lance, il lui arrivait aussi de travailler pour elle. Autrement dit, sans passer par le secrétariat du club de sport, elle pouvait prendre des rendez-vous professionnels directement avec ses propres clients. Il y a pas mal de ces appels-là. À mon avis, rien de suspect là-dedans. »

Ushikawa ménagea alors une pause, examina sous différents angles le bout de ses doigts tachés de nicotine, et songea à une cigarette. Dans sa tête, il en alluma une, inhala une bouffée de tabac. Puis il souffla la fumée.

« Simplement, il y a deux cas inhabituels. Pour l'un d'eux, il s'agit de deux appels à la police. Qui n'ont pas été passés en composant le numéro 110. Mais adressés au commissariat de Shinjuku, section de la circulation. Et, à partir de ce numéro, on lui a également téléphoné à différentes reprises. Or, Aomamé ne conduit pas, et les fonctionnaires de police ne s'offrent pas de cours individuels dans un club de sport aussi huppé. Par conséquent, je suis amené à penser que peut-être, à ce poste, travaillait un ou une de ses amis. Qui est-ce ? Je l'ignore. L'autre appel qui pose problème, et qui est différent du cas précédent, c'est que, plusieurs fois, à un numéro non identifié, la conversation a duré longtemps. Les appels sont venus de ce numéro. Aomamé n'a pas appelé une seule fois. Ce numéro, j'ai eu beau essayer, je n'ai pas réussi à le faire parler. Bien entendu, il existe des numéros de téléphone verrouillés, de manière que le nom du titulaire ne soit pas public. Mais en général, on arrive à ses fins grâce à différentes méthodes. Pourtant, avec ce numéro-là, j'ai eu beau tout tenter, je n'ai pas réussi à faire apparaître le nom. Un nom verrouillé à triple tour. C'est vraiment extraordinaire.

— Autrement dit, cette personne est capable de faire des choses qui ne sont pas ordinaires.

— Exactement. Un pro y est sans aucun doute pour quelque chose.

— Un deuxième serpent », conclut Onda.

Ushikawa sourit brièvement en caressant de la paume son crâne tordu et chauve.

« Vous avez raison. Un deuxième serpent. Très redoutable, de surcroît.

— Tout au moins, vous êtes certain que cette femme bénéficie, par-derrière, des compétences d'un pro, dit Onda.

— Exactement. Une organisation quelconque est derrière Aomamé. Et il ne s'agit pas de petits amateurs qui bricolent à leurs moments perdus. »

Onda ferma à demi les paupières et observa un instant Ushikawa par en dessous. Puis il se tourna en arrière et croisa le regard avec Queue-de-cheval, debout près de la porte. Ce dernier indiqua avec un signe de tête qu'il avait compris. Onda reporta les yeux sur Ushikawa.

« Et alors ? demanda Onda.

— Et alors ? répéta Ushikawa. À présent, c'est à moi de vous questionner. Vous, de votre côté, vous n'auriez pas un petit indice ? Vous ne voyez pas une association, ou une organisation quelconque qui aurait songé à supprimer votre leader ? »

Les longs sourcils d'Onda se rapprochèrent. Trois rides se creusèrent au-dessus de son nez. « Allons, monsieur Ushikawa, réfléchissez. Nous sommes une association religieuse. Nous sommes en quête de valeurs spirituelles, nous cherchons la paix du cœur. Nous vivons au sein de la nature, et nous consacrons nos journées à des travaux agricoles et à des exercices religieux. Qui pourrait nous considérer comme un ennemi ? Et qu'aurait-il à y gagner ? »

Au coin des lèvres d'Ushikawa se dessina un sourire ambigu.

« Il y a des fanatiques partout. Qui sait ce qui leur passe par la tête ? Vous n'êtes pas d'accord ?

— Nous ne voyons personne de cette sorte », répondit Onda d'une voix inexpressive, ignorant l'ironie sous-jacente à la question d'Ushikawa.

« Et qu'en est-il de "L'Aube" ? Des survivants de cette association ne traînent-ils pas dans les parages ? »

Onda secoua de nouveau la tête, cette fois dans un mouvement vigoureux. Pour dire : impossible. Ils avaient dû écraser tous ceux qui avaient un rapport avec L'Aube, de façon à ce qu'il n'y ait plus d'inquiétude à l'avenir. Il ne restait plus trace de L'Aube.

« Très bien. De votre côté, donc, pas le moindre indice. Mais le fait est qu'une organisation quelconque a attenté à la vie de votre leader. Avec adresse et beaucoup d'ingéniosité. Et puis hop, le meurtrier s'est dissipé dans l'air comme de la fumée et s'est volatilisé.

— Et nous devons découvrir qui est là-derrière.

— Sans faire intervenir la police. »

Onda opina. « C'est un problème qui nous regarde et qui n'est pas du ressort de la justice.

— Parfait. C'est un problème qui vous regarde et qui n'est pas du ressort de la justice. Voilà qui est clair et net. J'ai compris, répondit Ushikawa. Pourtant, j'aurais encore une chose à vous demander.

— Je vous en prie, répondit Onda.

— Au sein de votre association, combien de personnes savent que le leader n'est plus ?

— Nous deux, nous le savons, déclara Onda. Les hommes qui ont aidé à transporter le corps, deux. Ils sont sous mes ordres. Enfin, dans les instances dirigeantes, cinq personnes sont également au courant. Ce qui nous fait déjà neuf. Nous n'avons pas encore ébruité l'affaire auprès des trois prêtresses, mais cela devrait se faire tôt ou tard. Comme ce sont des femmes qui sont au service du leader, il serait impossible de le leur cacher longtemps. Et enfin, monsieur Ushikawa, vous aussi, bien sûr, vous le savez.

— Total, treize personnes. »

Onda ne répondit rien.

Ushikawa poussa un gros soupir. « Puis-je me permettre de vous exposer mon opinion avec franchise ?

— Je vous en prie », fit Onda.

Ushikawa s'expliqua : « Je sais que cela ne servira plus à rien de dire une chose pareille à présent, mais dès le moment où vous aviez compris que le leader était mort, vous auriez dû prévenir la police. De toute manière, il faudra bien rendre publique cette mort. On ne peut dissimuler éternellement un fait aussi grave. Un secret que partagent déjà plus de dix personnes, eh bien, ce n'est plus un secret. Vous risquez tôt ou tard d'être acculés dans une voie sans issue. »

Tête-de-moine ne modifia pas son expression.

« Ce n'est pas mon travail d'en décider. J'obéis simplement aux ordres.

— Et qui prend les décisions ? »

Pas de réponse.

« Quelqu'un qui remplace le leader ? »

Onda conserva le silence.

« Bon…, fit Ushikawa. Vous avez reçu la consigne de quelqu'un placé au-dessus de vous, et vous vous êtes occupés du corps du leader en secret. Dans votre organisation, les ordres venant d'en haut sont absolus. Mais d'un point de vue légal, la "destruction de cadavre" est clairement un crime. Un crime assez grave. Je suis sûr que vous le savez. »

Onda acquiesça.

Ushikawa soupira encore une fois. « Je vous l'ai déjà dit, je le sais, mais si par hasard la situation évoluait, de sorte que la police s'en mêle, dites que je n'ai jamais été informé de la mort du leader. Je ne veux pas être accusé d'un crime qui relève du pénal.

— Monsieur Ushikawa n'est au courant de rien en ce qui concerne la mort du leader, répondit Onda. Il est simplement sur les traces d'une femme du nom d'Aomamé, en qualité d'enquêteur extérieur, à la suite de notre demande. Il ne fait rien d'illégal.

— Parfait. Vous ne m'avez rien dit, déclara Ushikawa.

— Nous aussi, nous aurions préféré ne pas divulguer à un étranger que le leader avait été assassiné. Mais comme c'est vous, monsieur Ushikawa, qui nous aviez donné votre feu vert après avoir vérifié les antécédents d'Aomamé, vous étiez dès lors concerné par l'affaire. Nous avons besoin de votre aide pour retrouver cette femme. Et puis, vous avez la réputation de savoir tenir votre langue.

— Garder les secrets, c'est la base de mon métier. Ne vous faites pas de souci. Rien de cette histoire ne sortira de ma bouche.

— Si le secret était éventé, que l'on sache que vous étiez à l'origine de l'information, il pourrait arriver des choses regrettables. »

Ushikawa contempla encore une fois ses doigts boudinés posés sur le bureau. Comme s'il s'étonnait de découvrir qu'il s'agissait bien de ses propres doigts.

« Des choses regrettables », répéta-t-il. Puis il releva le visage.

« Nous devons continuer à cacher la mort de notre leader, quoi qu'il arrive, dit l'homme en plissant les yeux. Et nous n'aurons peut-être pas toujours le choix des méthodes.

— Je sais garder les secrets. Là-dessus, vous pouvez être tout à fait rassuré, répondit Ushikawa. Nous avons bien coopéré jusqu'à présent. Je me suis chargé discrètement de missions qu'il vous aurait été difficile de mener ouvertement. Le travail n'a pas toujours été facile, mais j'ai été rémunéré en conséquence. Donc, ne vous en faites pas, ma bouche est fermée avec un double Zip. Je ne suis pas quelqu'un de religieux, mais votre défunt leader avait fait beaucoup pour moi de son vivant. C'est pour cela que je fais mon possible pour remonter la piste d'Aomamé. Et que je tâtonne à reconstituer le contexte. J'en suis presque au point d'arriver à mes fins. Je vous demande de patienter encore un peu. Et je vous annoncerai sans doute de bonnes nouvelles bientôt. »

Onda modifia imperceptiblement sa position sur sa chaise. Comme pour lui faire écho, Queue-de-cheval, près de la porte, fit passer le poids de son corps d'une jambe à l'autre.

« Est-ce tout ce que vous pouvez nous donner à ce jour comme informations ? » demanda Onda.

Ushikawa médita un instant. Puis il déclara : « Comme je vous l'ai déjà dit, Aomamé a téléphoné à deux reprises au commissariat de Shinjuku, à la section de la circulation. Son interlocuteur l'a également appelée plusieurs fois. Quel est le nom de cette personne, je l'ignore. Mais c'est la police. Je ne peux pas les interroger. Pourtant, juste à ce moment, une idée a lui, tel un éclair, dans ma tête disgracieuse. À propos de ce commissariat de Shinjuku, section de la circulation, quelque chose me revenait en mémoire. J'ai beaucoup beaucoup cogité. Quel était ce souvenir lié à ce commissariat ? Qu'est-ce qui était resté accroché au bord de ma fichue mémoire ? Il m'a fallu du temps pour que cela me revienne. C'est moche de vieillir ! Quand on prend de l'âge, les tiroirs de la mémoire coulissent mal. Autrefois, tout me revenait immédiatement et facilement. Mais voilà, plus maintenant. Enfin bref, il y a environ une semaine, ça y est… je m'en suis souvenu. »

Ushikawa se tut alors, et avec un sourire très théâtral fixa un moment Tête-de-moine. Ce dernier attendit stoïquement la suite des révélations.

« C'était en août de cette année, une jeune policière chargée de la circulation au commissariat de Shinjuku a été étranglée dans un *love hotel* de Shibuya, dans les environs de Maruyama-chô. Elle était entièrement nue, attachée avec ses menottes de service. Ce qui, évidemment, avait provoqué un certain scandale. Or les conversations téléphoniques entre Aomamé et la personne de ce service du commissariat de Shinjuku sont concentrées dans les mois qui précèdent cette affaire. Après l'incident, il n'y a plus eu une seule communication. Eh bien… ? N'est-ce pas là une de ces coïncidences par trop remarquables ? »

Onda resta silencieux un moment. Puis il demanda : « Vous voulez dire que la personne avec qui Aomamé avait été en contact pourrait être cette policière assassinée ?

— Le nom de la jeune femme, c'est Ayumi Nakano. Vingt-six ans. Un visage tout à fait charmant. Son père et son frère sont également policiers. Très bien notée, semble-t-il. La police continue, bien sûr, à mener une enquête acharnée, mais le meurtrier n'a pas encore été retrouvé. Excusez-moi de vous poser une question qui risque de paraître grossière, mais n'auriez-vous pas, par hasard, une quelconque information à propos de cette affaire ? »

Onda transperça Ushikawa d'un regard si dur et si froid qu'on l'aurait dit tout juste extrait d'un glacier.

« Je ne comprends pas vraiment ce que vous voulez dire, fit-il. Croyez-vous que nous sommes pour quelque chose dans cette affaire, monsieur Ushikawa ? Insinueriez-vous qu'un des nôtres aurait emmené cette policière dans un hôtel répugnant et lui aurait passé ses menottes avant de l'étrangler ? »

Ushikawa pinça la bouche en cul de poule et secoua la tête. « Mais non. Pensez-vous ! Jamais une idée pareille ne m'aurait effleuré l'esprit… Ce que je voulais vous demander, c'est si cette affaire vous disait quelque chose. C'est tout. Juste cela et absolument rien d'autre. Tout indice, même le plus mince, m'est précieux. J'ai beau me creuser la tête, laquelle, hélas, est déjà assez creuse, je n'arrive pas à trouver de lien entre le meurtre de cette policière dans un *love hotel* de Shibuya et l'assassinat du leader. »

Onda l'observa un moment. On aurait dit qu'il cherchait à mesurer la dimension d'un objet. Puis il expira lentement le souffle qu'il avait longtemps retenu : « Très bien. Je rendrai compte de cette information à mes supérieurs », dit-il. Il sortit un carnet et nota : *Ayumi Nakano. Vingt-six ans. Section de la circulation au commissariat de Shinjuku. Aurait pu être en relation avec Aomamé.*

« Voilà.

— Autre chose ?

— Il y a une question que je tiens absolument à vous poser. J'imagine que c'est quelqu'un de chez vous qui a d'abord mentionné le nom d'Aomamé. En disant par exemple : "Il y a une instructrice de sport à Tokyo, excellente spécialiste en étirements musculaires…" ou quelque chose de ce genre. Ensuite, comme vous l'avez fait remarquer tout à l'heure, c'est moi qui ai procédé à des vérifications sur cette personne et sur ses antécédents. Ce n'est pas pour me trouver des excuses, mais je vous assure que je m'y suis donné de tout mon cœur et que j'ai mené une enquête exhaustive, comme je le fais toujours. Je n'ai cependant décelé aucun élément douteux, rien de suspect. Cette femme était clean, jusqu'au bout des ongles. Après quoi, vous l'avez convoquée dans la chambre de l'hôtel Ôkura. Et la suite, vous la connaissez… À l'origine, qui a recommandé cette femme ?

— Je ne sais pas.

— Vous ne savez pas ? » fit Ushikawa. Il avait l'air d'un enfant qui entend un mot dont il ne comprend pas très bien le sens. « Autrement dit, bien que ce soit forcément quelqu'un de chez vous qui ait fourni le nom d'Aomamé, personne n'arrive à se souvenir de qui il s'agit. C'est bien cela ?

— Exactement, répondit Onda sans changer d'expression.

— Bizarre, bizarre… », fit Ushikawa, qui paraissait sincère.

Onda garda la bouche close.

« C'est une histoire incompréhensible. Son nom a surgi, on ne sait trop d'où, on ne sait quand, et le rendez-vous s'est fait tout seul sans que personne ne l'organise vraiment. Exact ?

— À vrai dire, c'est le leader lui-même qui était le plus désireux de mettre sur pied cette rencontre, dit Onda en choisissant prudemment ses mots. À la direction, certains arguaient qu'il n'était pas prudent qu'il se fasse masser par un individu dont on ignorait presque tout. C'était également notre avis, à nous, ses gardes du corps. Mais le leader, lui, n'en était pas préoccupé. Ou plutôt, il avait lui-même insisté pour que cette rencontre se réalise. »

Ushikawa reprit son briquet, ouvrit le capuchon et l'alluma comme pour vérifier qu'il fonctionnait bien. Puis il le referma aussitôt.

« Je croyais que le leader était quelqu'un de très prudent…, remarqua-t-il.

— En effet. C'était une personne extrêmement vigilante et précautionneuse. » Il y eut alors un profond silence.

« Une autre chose que je voulais vous demander, dit Ushikawa. C'est au sujet de Tengo Kawana. Il fréquentait une femme mariée et plus âgée que lui, du nom de Kyôko Yasuda. Elle venait dans son appartement une fois par semaine. Ils passaient du bon temps tous les deux. Bon, c'est un jeune homme, ce sont des choses qui arrivent. Pourtant, un jour, son mari lui a téléphoné et lui a annoncé qu'elle ne pourrait plus lui rendre visite. Depuis, plus aucune nouvelle d'elle. »

Les sourcils d'Onda se rapprochèrent. « Je ne comprends pas très bien où vous voulez en venir. Prétendez-vous que Tengo Kawana aurait un rapport avec cette affaire ?

— Ah, eh bien, je l'ignore. Mais depuis un certain temps, cet incident me préoccupe. Parce que, tout de même, quelles que soient ses raisons, cette femme aurait pu lui donner un coup de fil. Ils étaient si intimes. Pourtant, pas un mot, et hop, elle s'est volatilisée. Sans laisser de trace. Je vous pose cette question uniquement par précaution. Je n'aime pas sentir un petit caillou dans ma chaussure. Sauriez-vous quelque chose à ce sujet ?

— En ce qui me concerne, tout au moins, je ne sais strictement rien sur cette femme », dit Onda d'une voix plate.
Kyôko Yasuda. Avait rapport avec Tengo Kawana.

Dix ans de plus. Femme mariée.

« J'en ferai également part à nos supérieurs, au cas où.

— Très bien, dit Ushikawa. À propos, avez-vous retrouvé la trace d'Ériko Fukada ? »

Onda leva la tête et le regarda comme s'il observait un cadre tordu. « Pourquoi devrions-nous savoir où se trouve Ériko Fukada ?

— Vous ne portez aucun intérêt à l'endroit où elle se trouve ? »

Onda secoua la tête. « Cela ne nous intéresse pas. Elle est libre d'aller où elle veut.

— Tengo Kawana ne vous intéresse pas non plus ?

— Il n'a rien à voir avec nous.

— Il m'a pourtant semblé qu'à une époque, vous portiez un grand intérêt à ces deux personnes », dit Ushikawa.

Onda plissa les yeux un moment. Puis il ouvrit la bouche : « Nous nous focalisons actuellement sur Aomamé, et sur elle seule.

— Votre intérêt change de jour en jour ? »

Il y eut un minuscule changement sur les lèvres de l'homme. Mais il ne répondit pas.

« Monsieur Onda, avez-vous lu le roman qu'a écrit Ériko Fukada, *La Chrysalide de l'air* ?

— Non. Dans notre communauté, il est interdit de lire des écrits sans rapport avec notre doctrine. Nous ne pouvons même pas les tenir en main.

— Avez-vous déjà entendu ce nom, Little People ?

— Non, répondit sur-le-champ Onda.

— Très bien », dit Ushikawa.

La conversation prit fin de la sorte. Onda se leva lentement de sa chaise et arrangea le col de sa veste. Queue-de-cheval s'écarta du mur et avança d'un pas.

« Monsieur Ushikawa, comme je vous l'ai dit tout à l'heure, le temps est un facteur extrêmement important dans cette affaire, dit Onda, du haut de sa taille, fixant Ushikawa qui resta assis sur sa chaise. Il faut localiser Aomamé le plus vite possible. Nous faisons de notre mieux, mais il faut que de votre côté vous y travailliez sous un angle différent. Si Aomamé n'est pas retrouvée, ça risque d'être mauvais pour nous tous. N'oubliez pas que vous faites partie des rares qui partagent un lourd secret.

— Lourd savoir, lourde responsabilité.

— Exactement », dit Onda d'une voix dénuée d'émotion.

Puis il se retourna et s'en alla sans un seul regard en arrière. Queue-de-cheval quitta la pièce après lui et referma la porte silencieusement.

Une fois les deux hommes partis, Ushikawa ouvrit le tiroir de son bureau et coupa son magnétophone. Il souleva le couvercle, sortit la cassette et, sur l'étiquette, inscrivit la date et l'heure au stylo à bille. Ushikawa avait certes piteuse apparence, mais son écriture était élégante. Il attrapa dans le tiroir son paquet de Seven Stars, le tint dans sa main. Il prit une cigarette, la planta entre ses lèvres et l'alluma avec son briquet. Inhala une grande bouffée, souffla abondamment la fumée en direction du plafond. Garda un moment les yeux fermés, le visage orienté vers le haut. Rouvrit les yeux au bout d'un certain temps et dirigea son regard sur l'horloge murale. Les aiguilles indiquaient deux heures et demie. Ils sont vraiment sinistres, ces types-là, se dit-il à nouveau.

Si Aomamé n'est pas retrouvée, ça risque d'être mauvais pour nous tous, avait prévenu Tête-de-moine.

Ushikawa s'était déjà rendu à deux reprises au siège des Précurseurs, au fin fond des montagnes de Yamanashi. Il avait aperçu dans les bois un incinérateur de très grande taille. C'était un appareil destiné à brûler les ordures ou les déchets. Mais comme sa température atteignait des degrés très élevés, si un corps humain était jeté dedans, il n'en resterait rien, pas même un os. Ushikawa savait que plusieurs dépouilles avaient connu ce sort. Y compris sans doute le corps du leader. Il préférait éviter cette mésaventure. Même si fatalement la mort le saisirait un jour, il souhaitait disparaître d'une manière un peu plus douce.

Bien sûr, il restait certains faits qu'Ushikawa n'avait pas dévoilés aux gardes du corps. Jouer cartes sur table n'était pas son style. Cela ne le gênait pas de montrer brièvement ses petites cartes. Mais les grosses, il les gardait retournées. Et puis, il faut toujours se ménager une assurance. Une conversation confidentielle enregistrée sur cassette, par exemple. Ushikawa s'y connaissait en procédés de ce genre. Son expérience en la matière n'avait rien à voir avec celle de ces petits jeunes.

Ushikawa avait obtenu les noms des personnes à qui Aomamé donnait des cours individuels. Si l'on ne regarde pas à sa peine et grâce à un zeste de savoir-faire, il est possible de se procurer la plupart des informations. Il avait fait une enquête relativement approfondie sur l'identité et les antécédents des douze clients d'Aomamé : huit femmes et quatre hommes, qui, tous, avaient un statut social honorable et une situation financière confortable. Aucun d'entre eux ne lui semblait susceptible de donner un coup de main à un meurtrier. Néanmoins, il y avait parmi eux une femme aisée, âgée de plus de soixante-dix ans. Elle mettait une *safe house* à la disposition de femmes qui avaient dû quitter leur foyer à la suite de violences conjugales. Elle accueillait ces femmes abandonnées dans une situation pitoyable et les logeait dans des chambres d'un bâtiment à un étage qu'elle avait fait aménager, sur un vaste terrain attenant à son domicile.

En soi, ces actions étaient admirables. Il n'y avait rien de suspect là-dedans. Pourtant, quelque chose donnait des coups de pied aux confins de la conscience d'Ushikawa. Et quand cette sensation le titillait, il essayait toujours de l'identifier. Il était doté d'un odorat animal et il faisait avant tout confiance à ses intuitions. Ce qui, maintes fois, lui avait permis d'échapper à la mort. De justesse. Il se pourrait, pensa-t-il, que la « violence » soit le mot clé de toute l'histoire. Cette vieille dame avait une conscience très aiguë de ce que signifiait la « violence ». Ce qui l'incitait à prendre sous son aile celles qui en étaient victimes.

Ushikawa s'était lui-même déplacé pour observer la *safe house* en question. Le bâtiment en bois était situé dans un beau quartier, sur une hauteur d'Azabu. Une construction ancienne, mais qui possédait un certain charme. Par les grilles du portail, on apercevait devant la maison un joli parterre de fleurs prolongé par une pelouse, sur laquelle l'ombre d'un grand chêne se dessinait. Des carreaux gravés de différents motifs étaient insérés sur la porte d'entrée. De nos jours, on ne voyait plus guère ce genre de bâtiment.

Seulement, et en dépit de la tranquillité des lieux, la sécurité était renforcée. Le mur s'élevait très haut et des fils de fer barbelés étaient tendus par-dessus. Le solide portail métallique restait hermétiquement fermé, et, à l'intérieur, un berger allemand aboyait bruyamment à l'approche d'un humain. Plusieurs caméras de surveillance étaient en service. Comme les passants étaient rares dans cette rue, Ushikawa n'avait pas pu rester là longtemps. C'était un quartier résidentiel et paisible, avec plusieurs ambassades à proximité. Si un homme aussi étrange qu'Ushikawa rôdait dans le coin, sa présence serait rapidement suspecte et on l'interrogerait.

La sécurité du bâtiment lui semblait excessive. Même pour un refuge destiné à des femmes victimes de violences, fallait-il installer un système de surveillance aussi sévère ? s'interrogeait-il. Si rigoureuse que soit celle-ci, il devrait la briser. Non. Plus elle était rigoureuse, plus il devrait la briser. Il fallait qu'il trouve une méthode. Il fallait qu'il creuse encore sa pauvre tête, déjà bien creuse.

Il se rappela son échange avec Onda au sujet des Little People.

« Avez-vous déjà entendu ce nom, Little People ? »

— Non. »

La réponse était venue un peu trop vite. Si l'homme n'avait jamais entendu cette appellation, il aurait marqué au moins un temps avant de répondre. Little People ? Il aurait réfléchi. Puis il aurait donné sa réponse. Voilà quelle aurait été la réaction normale.

Onda avait déjà entendu les mots Little People. Ushikawa n'était pas sûr qu'il ait compris ce que cela signifiait ni ce qu'il en était réellement. Il était clair en tout cas que ce n'étaient pas des mots qu'il entendait pour la première fois.

Ushikawa éteignit sa cigarette amenuisée et se perdit un moment dans ses pensées. Il profita d'un vide entre deux pour allumer une autre cigarette. Voilà déjà longtemps qu'il avait décidé de ne plus se soucier de la possibilité d'être atteint du cancer du poumon. Il avait besoin de la nicotine pour se concentrer et rassembler ses idées. Fallait-il qu'il se préoccupe de sa santé pour les quinze prochaines années alors qu'il ne savait même pas de quoi seraient faits ses trois jours à venir ?

À sa troisième cigarette, une petite idée lui traversa l'esprit. Oui, songea-t-il, ça pourrait marcher.

2

Aomamé

Seule mais plus solitaire

QUAND LE SOIR TOMBAIT, elle s'asseyait sur une chaise, sur le balcon, et observait le petit jardin de l'autre côté de la rue. Cette tâche quotidienne était devenue cruciale. C'était le cœur de sa vie. Que le ciel soit dégagé ou couvert, ou qu'il pleuve même, elle poursuivait sans relâche sa surveillance. Le mois d'octobre avait commencé, il faisait de plus en plus frais. Durant les nuits froides, elle se mettait plusieurs vêtements les uns sur les autres, s'enveloppait dans une couverture et buvait du chocolat chaud. Elle observait le toboggan jusqu'à dix heures et demie environ, elle prenait un long bain pour se réchauffer, puis elle se couchait et s'endormait.

Bien entendu, il n'était pas tout à fait exclu que Tengo vienne en ces lieux durant la journée, quand il faisait clair. Mais c'était peu probable. S'il devait se montrer dans le jardin, ce serait lorsqu'il ferait sombre, lorsque le lampadaire serait éclairé, au moment où les lunes seraient distinctement visibles dans le ciel. Aomamé terminait rapidement son dîner, se mettait en tenue afin de pouvoir sortir très vite à l'extérieur, s'attachait les cheveux, prenait place sur le balcon et fixait son regard sur le toboggan du jardin obscur. Elle gardait toujours à portée de main son arme automatique et ses petites jumelles Nikon. Elle redoutait en permanence que Tengo n'apparaisse précisément au moment où elle allait aux toilettes et, en dehors de son chocolat, elle ne buvait rien.

Chaque jour sans exception, Aomamé poursuivit son observation. Sans lire, sans écouter de musique, tendant l'oreille aux moindres bruits extérieurs, elle se bornait à scruter le jardin. Elle ne changeait pour ainsi dire pas de position. Simplement, de temps en temps, elle levait la tête – quand la nuit était claire –, fixait les yeux sur le ciel, et s'assurait qu'il y avait toujours deux lunes côte à côte. Puis, aussitôt, elle reportait son attention sur le jardin. Aomamé surveillait le jardin, les lunes surveillaient Aomamé.

Mais Tengo ne se montrait pas.

Il y avait peu de visiteurs dans ce jardin. Parfois de jeunes amoureux. Ils s'asseyaient sur un banc, se tenaient les mains et ils se bécotaient nerveusement, comme un couple de petits oiseaux. Mais l'espace était trop petit, la lumière trop intense. Très vite, ils se sentaient mal à l'aise, renonçaient et se déplaçaient ailleurs. D'autres venaient dans l'espoir d'utiliser les toilettes publiques, mais en constatant que l'entrée était verrouillée, ils s'en allaient, déçus (ou bien furieux). Quelquefois, un *salaryman*, de retour de son bureau, s'asseyait seul sur un banc, la tête baissée, sans doute pour se dégriser. À moins qu'il n'ait simplement pas eu envie de rentrer directement chez lui. Et aussi, au milieu de la nuit, un vieillard solitaire promenait son chien. Le chien comme le vieil homme paraissaient semblablement silencieux, semblablement désespérés.

Mais la plupart du temps, il n'y avait personne la nuit. Pas même un chat. La lumière impersonnelle du lampadaire n'éclairait que les balançoires, le toboggan, le bac à sable et les toilettes publiques verrouillées. À fixer longuement ce paysage, Aomamé finissait parfois par avoir l'impression d'avoir été abandonnée sur une planète inhabitée. Comme dans ce film qui dépeignait le monde après une guerre nucléaire. C'était quoi le titre déjà ? Ah oui, *Le Dernier Rivage*.

Pourtant, elle restait concentrée et continuait son guet. Comme un marin, grimpé sur un haut mât, qui monte la garde et qui cherche à découvrir, sur les immensités de l'océan, des bancs de poissons ou l'ombre funeste d'un périscope. Ce que ses prunelles en alerte recherchaient, c'était Tengo Kawana, et lui seul.

Il n'était pas impossible que Tengo habite dans une autre ville et que cette nuit-là, il soit seulement passé par là par hasard. Si tel était le cas, la chance qu'il revienne dans ce jardin était quasi nulle. Mais Aomamé estimait cela improbable. Quand il avait été assis en haut du toboggan, il y avait eu dans son attitude ou dans ses vêtements un quelque chose qui lui avait fait penser que le jeune homme était allé faire une petite promenade nocturne aux alentours de chez lui. En chemin, il s'était approché du jardin, il était monté sur le toboggan. Sans doute pour voir les lunes. Ce qui signifiait qu'il habitait quelque part dans le voisinage.

Dans le quartier de Kôenji, il n'était pas facile de trouver un endroit d'où l'on pouvait bien voir la lune. C'était une zone presque entièrement plate. Il n'y avait pas de hauts immeubles sur les toits desquels on pouvait monter. Du coup, ce toboggan, la nuit, ce n'était pas si mal choisi. Les lieux étaient tranquilles, personne n'allait vous déranger. Aomamé était sûre qu'il reviendrait là s'il lui prenait l'envie de regarder les lunes. Néanmoins, l'instant d'après, elle pensait : Non, ce serait trop simple. Peut-être a-t-il déjà trouvé un autre endroit beaucoup plus agréable.

Aomamé eut un bref et énergique mouvement de la tête. Ça suffit, se dit-elle. Je ne dois pas trop réfléchir. Je n'ai pas d'autre choix que de croire que Tengo, un jour, reviendra sur le toboggan. Je dois continuer à l'attendre. Je ne peux m'éloigner d'ici, car le seul point de rencontre qui nous relie, lui et moi, aujourd'hui, c'est ce jardin.

Aomamé n'avait pas fini d'appuyer sur la détente de son arme.

C'était le début du mois de septembre. Campée sur l'espace refuge de la voie express n° 3 complètement embouteillée, éblouie par le soleil du matin, elle avait plongé dans la bouche le canon noir de son Heckler & Koch. Elle portait son tailleur Junko Shimada et ses hauts talons Charles Jourdan.

De l'intérieur de leur voiture, les gens autour ne la quittaient pas des yeux, sans pouvoir deviner ce qui allait arriver.

Une femme d'un certain âge, au volant d'un coupé Mercedes argenté. Des hommes hâlés, qui l'observaient, assis sur leur siège élevé, dans leurs gros camions de transport. Devant leurs yeux, Aomamé était sur le point de tirer vers son cerveau une balle de 9 mm. Pour s'effacer elle-même de cette année 1Q84, elle n'avait pas d'autre moyen que de se supprimer. Et de la sorte, en échange, la vie de Tengo serait sauve. Du moins, selon la promesse que le leader lui avait faite. En contrepartie, il avait réclamé qu'elle lui accorde la mort.

Pour Aomamé, devoir mourir ne suscitait pas de désespoir particulier. Depuis que j'ai été entraînée dans ce monde de 1Q84, songeait-elle, tout n'était-il pas déterminé à l'avance ? Moi, je me suis contentée de suivre le fil du scénario. Quel sens cela aurait-il que je continue à vivre seule dans ce monde totalement absurde où deux lunes se côtoient dans le ciel, où des Little People tiennent en main le destin des hommes ?

Pourtant, en fin de compte, elle n'avait pas appuyé à fond sur la détente de son arme. Au tout dernier instant, elle avait relâché la force de son index, avait sorti de la bouche le canon du pistolet. Puis, à la manière d'un homme qui remonte à la surface après avoir été plongé au plus profond d'un océan, elle avait respiré une énorme goulée d'air et l'avait ensuite rejetée. Comme pour renouveler son organisme de fond en comble.

Ce qui avait interrompu sa mort en marche, c'est qu'elle avait entendu une voix lointaine. À cet instant, elle se trouvait noyée dans un espace absolument silencieux. Depuis qu'elle avait commencé à communiquer de la force à son doigt posé sur la détente, l'ensemble des bruits environnants avait disparu. Elle était immergée dans un silence épais – comme au fond d'une piscine. Là, la mort n'était ni sombre, ni redoutable. Elle lui était aussi naturelle et évidente que le liquide amniotique pour un fœtus. La mort n'est pas mauvaise, songeait Aomamé. Elle eut même un tout petit sourire. Puis elle entendit la voix.

On aurait dit qu'elle provenait d'un lieu infiniment lointain, d'un temps infiniment lointain. Elle ne la reconnaissait pas, car elle avait perdu sa spécificité et son timbre originel après avoir dû emprunter on ne sait combien de détours. Ce qui en subsistait n'était qu'un écho creux où tout sens avait été dérobé. Et pourtant, au cœur de cette résonance, Aomamé put percevoir une chaleur intime et chère. C'était comme si cette voix l'appelait par son nom.

Aomamé amoindrit la force de son doigt sur la détente, étrécit les yeux, se concentra dans son écoute. Elle s'efforça d'appréhender les mots que la voix formait. Mais tout ce qu'elle parvint à entendre, avec peine, ou qu'elle s'imagina entendre, ce fut son nom, rien d'autre. Ensuite, il n'y eut plus que les gémissements du vent qui s'engouffrerait dans une caverne. Puis la voix s'éloigna, perdit de nouveau toute signification et fut absorbée au sein du silence. Le vide qui l'avait enveloppée se désagrégea et le vacarme environnant, comme si un bouchon avait été ôté, se fit soudain tonitruant à ses oreilles. Le temps de reprendre ses esprits, la décision de mourir avait déserté Aomamé.

Je reverrai peut-être Tengo dans ce petit jardin, pensa-t-elle. Après, je pourrai toujours mourir. Une seule fois encore, je vais tenter ma chance. Si je vis, si je ne meurs pas, la possibilité existe que je le revoie. Elle pensa clairement : *je veux vivre*. C'était un sentiment insolite. Avait-elle jusque-là nourri une seule fois un sentiment pareil ?

Elle remit en place le cran de sûreté de son pistolet et rangea son arme dans son sac. Puis elle se redressa, chaussa de nouveau ses lunettes de soleil et refit le chemin inverse en direction du taxi qui l'avait conduite là. Les gens l'observaient en silence alors qu'elle marchait à grandes enjambées sur la voie rapide, perchée sur ses talons hauts. Elle n'eut pas une longue route à faire. Malgré les embouteillages monstrueux, son taxi avait légèrement progressé et se trouvait à peu près à sa hauteur.

Aomamé frappa à la fenêtre et l'homme baissa la vitre.

« Je peux monter ? »

Le chauffeur hésita.

« Dites-moi, ce que vous avez enfoncé dans votre bouche, on aurait dit que c'était un pistolet ?

— Oui.

— Un vrai ?

— Allons ! » s'esclaffa-t-elle en tordant la bouche.

Le chauffeur lui ouvrit la porte, Aomamé s'installa dans le véhicule. Elle laissa glisser son sac sur le siège et s'essuya la bouche à l'aide d'un mouchoir. Il lui restait aux lèvres l'odeur de la graisse et du métal.

« Alors, cet escalier d'urgence ? » interrogea le chauffeur.

Aomamé secoua la tête sur le côté.

« Ça ne m'étonne pas. Je n'avais jamais entendu parler de ce genre de truc par ici, fit le chauffeur. Si je prends la sortie Ikéjiri, comme c'était décidé au début, ça vous ira ?

— Oui, très bien », répondit Aomamé.

L'homme leva le bras par la fenêtre ouverte et se déporta sur la file de droite, devant un gros bus. Le compteur n'avait pas bougé depuis qu'elle était descendue.

Aomamé s'enfonça dans son siège, respira calmement et porta les yeux sur le grand panneau publicitaire Esso qui lui était devenu familier. Le tigre avait la tête de côté, il souriait, et agrippait dans sa patte un tuyau d'essence. « *Mettez un tigre dans votre moteur* », proclamait la pub.

« Mettez un tigre dans votre moteur, murmura Aomamé.

— Pardon ? demanda le chauffeur en lui lançant un coup d'œil dans le rétroviseur.

— Rien. Je parlais toute seule. »

Elle vivrait encore un peu ici et elle verrait de ses yeux comment les choses tourneraient. Il ne serait pas trop tard pour mourir ensuite. Sans doute pas.

Quand Tamaru lui avait téléphoné, le lendemain du jour où elle avait renoncé à se suicider, Aomamé lui avait annoncé qu'il y avait des changements dans le programme. J'ai décidé que je ne bougerai pas d'ici. Je ne changerai pas de nom, je ne subirai pas d'opération chirurgicale.

Tamaru, à l'autre bout du fil, était resté muet. Il échafaudait mentalement toutes sortes de théories.

« Vous voulez dire que vous ne voulez pas déménager ?

— Exactement, répondit laconiquement Aomamé. Je veux rester ici un certain temps.

— Ce n'est pas une cache conçue pour un long séjour.

— Tant que je reste enfermée et que je ne sors pas, je ne vois pas comment ils pourraient me retrouver. »

Tamaru objecta : « Il vaudrait mieux ne pas sous-estimer ces types. Ils vont faire une enquête complète sur vous et remonter votre piste. Vous ne serez pas la seule en danger. Votre entourage le sera aussi. Et je me retrouverai dans une situation délicate.

— Je vous prie de m'en excuser. J'ai besoin d'un peu plus de temps.

— *Un peu plus de temps,* dites-vous, c'est une expression assez ambiguë, observa Tamaru.

— Je suis désolée. Je ne sais pas le dire autrement. »

Tamaru réfléchit en silence un instant. Comme s'il jugeait son degré de détermination aux inflexions de sa voix. Il déclara : « Je suis quelqu'un qui fait passer sa situation avant toute autre priorité. *Presque* avant toute autre. Vous le savez, n'est-ce pas ?

— Oui, je le sais. »

Tamaru se plongea de nouveau dans le silence. Puis il reprit :

« Bon, eh bien, pourquoi pas ? Simplement, je ne voulais pas qu'il subsiste de malentendu. Si vous insistez pour rester là, vous avez vos raisons, je suppose ?

— J'ai mes raisons », répondit Aomamé.

Tamaru eut une petite toux dans le combiné. « Comme je vous l'ai déjà fait remarquer, de notre côté, nous avons élaboré un plan, nous avons fait des préparatifs. Vous déplacer dans un lieu sûr, au loin, effacer votre piste, modifier votre visage et votre nom. Peut-être pas vous transformer radicalement, mais enfin presque. Et nous nous étions mis d'accord sur ce point, je crois.

— Je le sais bien, évidemment. Il n'est pas question de contester le plan lui-même. Mais il m'est arrivé quelque chose qui n'était absolument pas prévu. Et il est indispensable que je reste ici un peu plus longtemps.

— Ce n'est pas moi qui peux trancher », répondit Tamaru. Puis il eut un petit bruit de fond de gorge. « Il faudra un certain temps pour que je vous transmette une réponse.

— Je serai ici, répliqua Aomamé.

— Parfait », conclut Tamaru. Il coupa alors la communication.

Le lendemain matin, à neuf heures, le téléphone sonna trois fois, fut coupé, puis sonna de nouveau. Il ne pouvait s'agir que de Tamaru.

L'homme se dispensa des salutations. « Madame redoute aussi que vous demeuriez plus longtemps dans cet appartement. La sécurité n'est pas totalement garantie. Ce n'est qu'un lieu provisoire. Nous sommes tous deux d'avis qu'il vaut mieux que vous partiez le plus vite possible dans un lieu plus sûr. Vous me suivez jusque-là ?

— Très bien.

— Mais vous êtes quelqu'un de très prudent, vous avez du sang-froid. Vous ne commettez pas d'erreurs stupides et vous avez du cran. Sur le fond, nous avons entière confiance en vous.

— Merci.

— Si vous affirmez que vous voulez rester encore un certain temps dans cet appartement, c'est que vous avez vos raisons. Nous ignorons ce qu'elles sont, mais ce n'est évidemment pas un caprice. C'est pourquoi Madame envisage de satisfaire à votre demande, dans la mesure du possible. »

Aomamé écoutait très attentivement, sans dire un mot.

Tamaru poursuivit : « Vous pourrez rester là jusqu'à la fin de l'année. Dernière limite.

— Vous voulez dire qu'au nouvel an, je devrai aller ailleurs ?

— C'est le maximum que nous puissions faire pour respecter votre désir.

— D'accord, dit Aomamé. Je reste ici jusqu'à la fin de l'année, et ensuite, je partirai. »

Elle n'exprimait pas là le fond de sa pensée. Elle n'avait pas l'intention de faire un pas hors de cet appartement tant qu'elle n'aurait pas revu Tengo. Mais si elle avouait à présent une chose pareille, l'histoire deviendrait compliquée. D'ici à la fin de l'année, elle avait tout de même un certain répit. Pour ce qui était de la suite, elle n'aurait qu'à y penser plus tard.

« Parfait, dit Tamaru. Dorénavant, on vous approvisionnera en nourriture et en produits courants une fois par semaine. Tous les mardis, à une heure de l'après-midi. Les livreurs auront la clé et pourront donc entrer chez vous librement. Mais ils ne pénétreront pas ailleurs que dans la cuisine. Pendant qu'ils seront là, vous, vous resterez dans la chambre du fond, que vous aurez verrouillée. Vous ne vous montrerez pas. Et vous ne ferez aucun bruit. Au moment où ils s'en iront, ils sortiront sur le palier et sonneront à la porte une fois. Vous pourrez alors quitter la chambre. Si vous avez envie ou besoin de quelque chose de particulier, dites-le-moi maintenant. On vous l'apportera à la prochaine livraison.

— J'aimerais bien un appareil de musculation, répondit Aomamé. Sans matériel, on est forcément limité.

— Ce serait impossible de vous apporter de vrais appareils, comme ceux qui se trouvent dans un club de sport mais si vous voulez une machine qui ne prend pas beaucoup de place, je peux m'en occuper.

— Quelque chose de simple, ça ira très bien, précisa Aomamé.

— Un appareil de musculation et un vélo. Ça vous irait ?

— Très bien. Et si c'est possible, j'aimerais aussi une batte métallique de softball. »

Tamaru conserva le silence quelques secondes.

« Une batte a toutes sortes d'usages, reprit Aomamé. Et moi, ça me calme, juste d'en avoir une à portée de main. C'est comme si j'avais grandi avec.

— D'accord. Je m'en occupe, répondit Tamaru. Si vous pensez à d'autres choses dont vous auriez besoin, écrivez-le sur un papier et posez-le sur le comptoir de la cuisine. Et à la prochaine livraison, on veillera à vous l'apporter.

— Merci. Mais pour le moment, je crois que je n'ai besoin de rien.

— Pas de livres, ou des vidéos, ce genre de choses ?

— Il n'y a rien dont j'ai envie particulièrement.

— Et pourquoi pas *À la recherche du temps perdu* de Proust ? demanda Tamaru. Si vous ne l'avez pas encore lu, ce serait l'occasion rêvée.

— Est-ce que vous l'avez lu, vous ?

— Non. Je ne suis jamais allé en prison. Je n'ai jamais dû rester caché longtemps. Quelqu'un a dit qu'en dehors de ce genre de circonstances, il était difficile de lire ce roman dans son intégralité.

— Vous connaissez quelqu'un qui l'a fait ?

— J'ai certes connu des gens qui sont restés longtemps en détention, mais ils n'étaient pas du style à s'intéresser à Proust.

— Eh bien, je vais essayer. Si vous arrivez à avoir ces livres, ajoutez-les à la prochaine livraison.

— En fait, ils sont déjà prêts », répondit Tamaru.

Les « livreurs » vinrent le mardi suivant, à une heure de l'après-midi, très précisément. Aomamé se réfugia dans la chambre, comme le lui avait indiqué Tamaru, ferma la porte à clé de l'intérieur, et demeura parfaitement silencieuse. Elle entendit la clé qui ouvrait la porte d'entrée, et le bruit de plusieurs personnes qui pénétraient dans l'appartement. Quels étaient ces gens que Tamaru nommait « livreurs » ? Aomamé l'ignorait. Elle devina d'après les bruits qu'ils devaient être deux, mais leurs voix étaient inaudibles. Ils transportèrent un certain nombre de cartons à l'intérieur et en sortirent le contenu sans un mot. Elle entendit couler l'eau du robinet avec laquelle ils rinçaient les produits alimentaires avant de les ranger au réfrigérateur. Qui faisait quoi ? Sans doute s'étaient-ils concertés au préalable. Elle entendit qu'un paquet était déballé et que le carton et le papier d'emballage étaient repliés et rangés. Il lui sembla aussi que les ordures de la cuisine étaient regroupées. Aomamé ne pouvait pas se rendre au local en sous-sol pour porter ses sacs-poubelle.

Leurs manières de travailler étaient expéditives et efficaces. Ils essayaient de ne faire aucun bruit inutile. Leurs pas mêmes étaient feutrés. Ils en eurent terminé en une vingtaine de minutes, ouvrirent la porte d'entrée et sortirent. Elle entendit la clé qui tournait de l'extérieur. Il y eut un coup de sonnette comme convenu. Par précaution, Aomamé resta dans la chambre un quart d'heure de plus. Puis elle en sortit, s'assura qu'il n'y avait personne et remit le verrou intérieur à la porte d'entrée.

Le gros réfrigérateur avait été rempli de nourriture pour une semaine. Cette fois, il ne s'agissait pas de plats simples à réchauffer au micro-ondes mais essentiellement de produits frais. Toutes sortes de fruits et de légumes. Du poisson, de la viande. Du tofu, des algues wakamé et du natto[1]. Du lait, du fromage, du jus d'orange. Une douzaine d'œufs. Tout avait été retiré des barquettes pour qu'il y ait le moins d'emballages à jeter et habilement inséré dans du film alimentaire. Ils avaient parfaitement compris la manière dont Aomamé se nourrissait habituellement. Comment le savent-ils ? se demanda-t-elle.

Près de la fenêtre était installé un vélo d'appartement. Un modèle de petite taille mais haut de gamme. Sur l'écran s'affichaient la vitesse horaire, la distance parcourue, et l'énergie brûlée. On pouvait même contrôler le nombre de tours effectués à la minute et sa fréquence cardiaque. Il y avait aussi un banc de musculation qui permettait le travail des abdominaux, des dorsaux et des deltoïdes. Les accessoires étaient très faciles à assembler ou à enlever. Aomamé connaissait parfaitement le fonctionnement de ce genre d'appareil. C'était un

1. Haricots de soja fermentés. *(Toutes les notes sont de la traductrice.)*

modèle parmi les plus récents, à la fois simple et très efficace. Grâce à ces deux machines, elle pourrait s'assurer de la quantité d'exercices physiques qui lui était nécessaire.

Une batte métallique était rangée dans un étui souple. Aomamé la retira de l'emballage et la fit tournoyer à plusieurs reprises. La batte, neuve, était d'une couleur argentée et brillante, elle fendait l'air vigoureusement avec des sifflements cinglants. Son poids, qui lui était familier, lui apporta un sentiment de paix. Et son toucher lui rappela l'époque de son adolescence, les jours qu'elle avait passés avec Tamaki Ootsuka.

Les cinq volumes d'*À la recherche du temps perdu* étaient empilés sur la table à manger. Les livres n'étaient pas neufs mais ils ne portaient pas de marques. Elle en prit un, le feuilleta. Il y avait aussi différentes revues. Des hebdomadaires, des mensuels. Cinq cassettes vidéo neuves, encore sous plastique. Elle ignorait qui les avait choisies, mais il s'agissait de films nouveaux qu'elle n'avait pas encore vus. Aomamé n'avait pas l'habitude de fréquenter les cinémas, et il y avait énormément de films qu'elle ne connaissait pas.

Un sac en papier d'un grand magasin contenait trois pulls neufs. Du plus épais au plus léger. Deux chemises en flanelle épaisse, quatre tee-shirts à manches longues. Tous unis, de design simple. Tous à la bonne taille. Il y avait aussi des chaussettes épaisses et des collants. Si elle devait rester là jusqu'en décembre, elle en aurait besoin. Ils étaient vraiment prévoyants.

Elle transporta les vêtements dans la chambre à coucher, les rangea dans les tiroirs ou les suspendit dans le placard. Revenue dans la cuisine, alors qu'elle buvait du café, le téléphone retentit. Trois sonneries, un temps d'arrêt, et de nouveau la sonnerie.

« Tout est bien arrivé ? demanda Tamaru.

— Merci. Je crois qu'il y a vraiment tout ce qu'il me faut. Et les appareils de gymnastique sont très bien. Il ne me reste plus qu'à lire Proust.

— Si nous avons oublié quelque chose, dites-le-moi.

— D'accord. Mais ça me paraît difficile… »

Tamaru répondit après s'être éclairci la voix : « Ce n'est peut-être pas mes affaires, mais j'aimerais vous donner un conseil.

— Oui, à quel sujet ?

— Eh bien, ce n'est pas si simple, en réalité, de vivre longtemps confiné seul dans un lieu exigu, de ne voir personne, de ne parler à personne. Même si on est solide. Quand en plus on est poursuivi, on finit par craquer.

— Jusqu'à présent, vous savez, je n'ai pas vécu dans un espace tellement vaste.

— C'est peut-être un avantage, remarqua Tamaru. Pourtant, je vous conseillerais d'être très vigilante. Quand quelqu'un est constamment sous tension, il ne s'en rend pas compte, mais ses nerfs deviennent comme des élastiques distendus. Difficile ensuite de les faire revenir à leur état d'origine.

— Je ferai très attention, répondit Aomamé.

— Je vous l'ai déjà dit, vous êtes quelqu'un de très prudent. Vous savez aussi vous montrer endurante. Vous n'êtes pas exagérément sûre de vous. Mais même le plus prudent des individus commet inévitablement une ou deux erreurs dès qu'il se déconcentre. La solitude, c'est comme un acide qui vous ronge.

— Je pense que je ne suis pas solitaire », déclara Aomamé. Ces paroles s'adressaient en partie à Tamaru, en partie à elle-même.

« Je suis seule mais je ne suis pas solitaire. »

Il y eut un silence de quelques instants à l'autre bout du fil. Peut-être Tamaru s'employait-il à jauger la différence entre « seul » et « solitaire ».

« En tout cas, je me tiendrai encore davantage sur mes gardes. Merci de votre conseil, fit Aomamé.

— Il y a une chose que je voudrais vous faire comprendre, reprit Tamaru. Nous ferons tout notre possible pour vous protéger. Mais dans l'éventualité d'une situation brusquement pressante – laquelle, je l'ignore –, peut-être devrez-vous

vous débrouiller seule. Même si je fonçais chez vous, ce serait peut-être trop tard. Ou bien, selon les circonstances, je ne pourrais pas vous aider. Par exemple, s'il n'était plus opportun pour nous de rester en contact avec vous.

— Je comprends très bien. Je ferai en sorte de me protéger moi-même. J'ai la batte métallique, et puis, *ce que vous m'avez donné*.

— Ici, c'est un monde dur.

— Là où il y a de l'espoir, forcément, il y a des épreuves », répondit Aomamé.

Tamaru resta muet un moment. Puis il reprit la parole. « Connaissez-vous l'histoire du dernier test que devaient subir les candidats qui voulaient être chargés des interrogatoires dans la police secrète de Staline ?

— Non.

— Le candidat était introduit dans une pièce carrée. À l'intérieur se trouvait une petite chaise en bois, toute simple. Rien d'autre. Et le gradé ordonnait : "Arrange-toi pour que cette chaise te fasse des aveux. Après, tu en rédigeras le procès-verbal. Tu ne bougeras pas d'ici avant." Voilà.

— C'est complètement surréaliste !

— Non, non. Tout ce qu'il y a de plus réaliste, au contraire, de bout en bout. Staline avait mis réellement en place ce type de système paranoïaque, et durant les années de son règne, il a fait mettre à mort environ dix millions d'hommes et de femmes. Presque tous étaient ses compatriotes. Nous vivons *réellement* dans ce genre de monde. Mieux vaut s'en souvenir.

— Vous connaissez des tas d'histoires réconfortantes !

— Non, pas tant que ça. Juste le stock qu'il faut. Vous savez, je n'ai pas reçu de véritable éducation. En fait, ce qui en a tenu lieu, c'est ce à quoi j'ai dû me confronter. *Là où il y a de l'espoir, forcément, il y a des épreuves*. Vous avez raison. C'est parfaitement vrai. Simplement, les espoirs sont rares, pour la plupart abstraits, et les épreuves innombrables, et pour la plupart, tout à fait concrètes. C'est également ce que j'ai appris par l'expérience.

— En somme, quelle sorte d'aveu les policiers souhaitaient-ils extorquer à la chaise ?

— Tout est dans la question, répondit Tamaru. Comme dans un kôan zen.

— Le zen de Staline », fit Aomamé.

Après une courte pause, Tamaru coupa la communication.

L'après-midi de ce même jour, elle s'entraîna sur ses deux appareils, le vélo et le banc de musculation. Elle prit plaisir à cette petite séance. Cela faisait longtemps qu'elle n'avait pas pu pratiquer ces exercices. Puis elle se doucha pour se débarrasser de sa sueur. Elle se prépara un dîner frugal en écoutant une émission de musique sur la bande FM. Elle regarda le journal télévisé du soir (aucune information ne l'intéressa). Enfin, lorsque le soleil se coucha, elle sortit sur le balcon et surveilla le jardin. Avec une couverture légère, ses jumelles et son pistolet. Et sa batte métallique neuve aux reflets étincelants.

Si Tengo ne se manifeste pas, pensa-t-elle, j'imagine que c'est ici, dans ce quartier de Kôenji, que je verrai la fin de cette énigmatique année 1Q84. En menant ma petite vie monotone. Je cuisinerai, je ferai de la gymnastique, j'écouterai les informations, je lirai quelques pages de Proust. Mais avant tout, je resterai dans l'attente que Tengo se montre. L'attendre est devenu le cœur de mon existence. C'est le mince fil auquel ma vie est suspendue. Comme les araignées que j'ai aperçues quand je descendais l'escalier d'urgence. Ces minuscules araignées noires qui tendaient leur toile misérable dans des coins malpropres de la charpente métallique. Et leurs toiles oscillaient sous les bourrasques de vent qui s'engouffraient entre les piliers, elles se couvraient de saletés, s'effilochaient et se déchiraient. Elles m'avaient fait pitié. Maintenant, je suis presque dans la même condition que ces pauvres bestioles.

Il me faudrait une cassette avec la *Sinfonietta* de Janáček, songea Aomamé. J'en ai besoin pour ma gymnastique. Et puis, cette musique, j'ai le sentiment qu'elle me relie. À un lieu indéterminé. C'est comme si elle me guidait vers quelque chose. Je vais la rajouter sur la prochaine liste.

C'était à présent le mois d'octobre. Il lui restait moins de trois mois avant que n'expire son délai. La pendule égrenait le temps sans repos.

Elle s'enfonça dans sa chaise et continua à surveiller le toboggan, de derrière la plaque en plastique du balcon. La lumière du lampadaire à vapeur de mercure donnait au paysage des teintes blafardes. Cela lui faisait songer aux allées désertes d'un aquarium de nuit. Des poissons imaginaires et invisibles nageaient silencieusement entre les arbres, en une ronde muette et incessante. Et les deux lunes qui brillaient dans le ciel réclamaient qu'Aomamé les reconnaisse.

Tengo, murmura Aomamé. Où es-tu maintenant ?

3
Tengo

Toutes les bêtes sauvages portaient des habits

DANS L'APRÈS-MIDI, Tengo se rendait dans la chambre de son père, s'asseyait à côté du lit, ouvrait le livre qu'il avait apporté et se mettait à lui faire la lecture. Il lisait environ cinq pages, marquait une pause, et repartait pour cinq autres pages. Il lisait tout simplement l'ouvrage qu'il découvrait lui-même à ce moment-là. Ce pouvait être un roman, une biographie, un traité de sciences naturelles. Le contenu importait peu. Ce qui comptait, c'était de lire des phrases à haute voix.

Tengo ne savait pas si son père percevait sa voix. Quand il observait son visage, il ne constatait pas la moindre réaction chez le pauvre vieillard amaigri, les yeux clos, qui restait endormi, absolument immobile. Tengo ne l'entendait même pas respirer. Certes, il respirait, mais on ne pouvait en être certain qu'en approchant l'oreille, ou à l'aide d'un miroir qui s'embuait. Le goutte-à-goutte pénétrait son organisme, le cathéter faisait ressortir d'infimes déjections. C'était uniquement ce lent et paisible va-et-vient qui indiquait que l'homme était encore vivant. De loin en loin, une infirmière le rasait à l'aide d'un rasoir électrique et coupait les poils blancs qui lui sortaient du nez ou des oreilles avec de petits ciseaux à bouts ronds. Elle lui égalisait aussi les sourcils. Son système pileux continuait de fonctionner, en dépit de son coma. Quand il voyait son père, Tengo sentait peu à peu se brouiller la différence entre les vivants et les morts. Y avait-il une véritable différence ? pensait-il. Ne serait-ce pas par commodité que nous posons l'existence de cette différence ?

Vers trois heures, c'était la visite du médecin, qui lui faisait un compte-rendu sur l'état du malade. Un rapport très bref, dont les grandes lignes restaient les mêmes. Il n'y a pas de changement. Le vieil homme est toujours plongé dans un sommeil profond. Ses forces vitales diminuent peu à peu. Autrement dit, il se rapproche de la mort, lentement mais sûrement. Nous ne pouvons rien faire. Laissons-le dormir tranquillement. Voilà tout ce que pouvait dire le médecin.

À l'approche du soir, deux infirmiers faisaient leur apparition. Ils transportaient le père dans la salle d'examens pour procéder à diverses analyses. Ce n'étaient pas toujours les mêmes hommes mais ils étaient invariablement muets. Peut-être parce qu'ils portaient un large masque. En tout cas, ils ne disaient pas un mot. L'un d'entre eux semblait être un étranger. Il était petit, avait le teint bistré, et à travers son masque, il lui adressait toujours un petit sourire. Tengo voyait son sourire dans ses yeux. En retour, il inclinait la tête et souriait lui aussi.

Une demi-heure ou une heure plus tard, le père était ramené dans sa chambre. Tengo ignorait quelle sorte d'examens il avait subis. Lorsqu'on l'emmenait, il descendait à la salle à manger, buvait du thé vert et attendait environ un quart d'heure avant de retourner dans la chambre. Dans le creux du lit, la chrysalide de l'air n'apparaîtrait-elle pas une deuxième fois ? Aomamé, sous la forme d'une petite fille, ne serait-elle pas couchée à l'intérieur ? Tengo gardait toujours cet espoir. Mais quand il se retrouvait dans le clair-obscur de la chambre ne subsistaient que l'odeur du malade et, dans le lit vide, l'empreinte que son père y avait laissée.

Il s'approchait de la fenêtre, observait le paysage. Au-delà des pelouses du jardin s'étendait la noire pinède brise-vent, d'où montait le bruit des vagues. La houle violente de l'océan Pacifique. Résonnait là-bas une sombre et puissante rumeur, tel un attroupement d'âmes, qui chacune murmurerait son histoire. On aurait dit que cette assemblée cherchait à s'adjoindre un nombre d'âmes toujours plus important, qu'elle cherchait à entendre toujours davantage d'histoires.

Plus tôt, en octobre, Tengo était déjà venu deux fois à l'hôpital de Chikura durant ses jours de congé, en faisant l'aller-retour dans la journée. Il prenait l'express du matin, puis, arrivé à l'hôpital, il s'asseyait près du lit de son père et lui parlait de temps en temps. Mais il n'avait jamais de réponse. Allongé sur le dos, son père était englouti dans un sommeil profond. Tengo passait la plupart du temps à contempler le paysage extérieur. À l'approche du crépuscule, il restait dans l'attente que *quelque chose* arrive. Rien ne se passait, cependant. Le jour tombait paisiblement, enveloppant la chambre dans des ombres légères. Alors, résigné, il se levait, et rentrait à Tokyo par le dernier express.

Lui venait parfois la pensée qu'il devrait rester plus longtemps auprès de son père. Il se disait que ces allers-retours en une journée ne suffisaient pas. Il devrait peut-être s'engager plus sérieusement. Il n'était pas très sûr de lui mais il avait ce genre d'idées.

Après la mi-novembre, il se résolut à prendre de vrais congés. Il expliqua à son école que son père était dans un état grave, qu'il devait s'en occuper. Ce n'était pas un mensonge en soi. Il demanda à un condisciple de son université de le remplacer. Ce jeune homme était l'une des rares personnes avec qui Tengo avait conservé des relations. Ils avaient continué à se voir une ou deux fois par an. Même dans le département de mathématiques, qui comptait son lot d'excentriques, il était particulièrement original, mais aussi très brillant. Une fois diplômé, pourtant, il ne poursuivit pas de recherches et n'occupa aucun emploi. Quand il en ressentait l'envie, il se contentait d'enseigner les mathématiques dans un cours privé secondaire. À part ça, il vivait à sa guise, lisant toutes sortes d'ouvrages ou allant pêcher dans des ruisseaux de montagne. Tengo savait par hasard qu'il était très compétent comme enseignant. Mais il était fatigué de ses propres compétences. En outre, sa famille était riche, et il n'avait nul besoin de se forcer à travailler. Il avait remplacé Tengo quelque temps auparavant et les étudiants l'avaient beaucoup apprécié. Tengo lui téléphona, et une fois qu'il lui eut exposé sa situation, le jeune homme accepta avec simplicité.

Ensuite, il y avait la question de savoir que faire de Fukaéri, avec qui il cohabitait. Convenait-il de laisser longtemps seule dans son appartement cette jeune fille aussi peu réaliste ? Tengo avait du mal à en juger. D'autre part, elle était « cachée », et devait éviter de se faire remarquer. Il résolut de l'interroger directement.

« Est-ce que cela t'est égal de rester seule ici en mon absence ? Ou bien veux-tu aller ailleurs, ne serait-ce que temporairement ?

— Tu vas où..., lui demanda Fukaéri, les yeux graves.

— À La Ville des Chats, répondit Tengo. Mon père est toujours inconscient. Il dort profondément depuis déjà pas mal de temps. Selon les médecins, il ne devrait pas tenir longtemps. »

Il ne dit rien à propos de la chrysalide de l'air, qui un soir était apparue sur le lit de la chambre d'hôpital. Ni à propos d'Aomamé, sous la forme d'une fillette, qui dormait à l'intérieur. Ni sur le fait que cette chrysalide était exactement semblable, dans les moindres détails, à celle qu'il avait décrite dans le roman de Fukaéri. Ni sur l'espoir caché qu'il entretenait de la voir encore une fois.

Fukaéri étrécit les yeux, garda la bouche étroitement fermée et scruta longuement Tengo, bien en face. Comme si elle cherchait à déchiffrer un message inscrit en tout petits caractères. Presque inconsciemment, Tengo effleura son visage mais il ne décela rien qui pouvait y être écrit.

« Ça ira... », déclara finalement Fukaéri. Puis elle hocha la tête à plusieurs reprises. « Pas de souci pour moi. Quand tu es absent... » Après réflexion, elle ajouta : « Maintenant il n'y a pas de danger... »

« Maintenant il n'y a pas de danger, répéta Tengo.

— Pas de souci pour moi..., redit Fukaéri.

— Je te téléphonerai chaque jour.

— Attention de pas être perdu dans La Ville des Chats...

— Je ferai attention », répondit Tengo.

Tengo se rendit au supermarché, et fit des provisions de façon que Fukaéri n'ait pas besoin de sortir durant un certain temps. Il n'acheta que des choses simples qui pourraient être cuisinées facilement. Tengo savait bien que la jeune fille n'avait aucune motivation ou compétence en matière culinaire. Il voulait éviter, quand il rentrerait deux semaines plus tard, de retrouver son réfrigérateur plein de produits moisis.

Il entassa dans un sac en vinyle des vêtements de rechange et des affaires de toilette. Puis il choisit quelques livres, prit une rame de papier, des crayons et des stylos. Comme les autres fois, il emprunta un express depuis la gare de Tokyo, changea à Tateyama pour un train ordinaire, et descendit deux arrêts plus loin, à Chikura. Il se rendit à l'office de tourisme, en face de la gare, et se mit en quête d'un petit hôtel bon marché. La haute saison étant passée, il put trouver une chambre libre sans difficulté. Il dénicha un *ryôkan*[1] où séjournaient principalement des gens venus pour pêcher. Sa chambre était petite mais très propre, les tatamis exhalaient une bonne odeur de paille neuve. De sa fenêtre du premier étage, il avait une vue sur le port de pêche. Le prix, qui comprenait le petit déjeuner, était moins élevé que ce à quoi il s'attendait.

Tengo déclara qu'il ne savait pas encore combien de temps il séjournerait là, mais qu'il était prêt à régler par avance trois jours de pension. La patronne du *ryôkan* ne fit aucune objection. Elle lui expliqua que la porte d'entrée fermait à onze heures du soir, et que les visiteuses n'étaient pas tout à fait les bienvenues. Tengo n'avait rien à redire à ce règlement. Après s'être installé, il téléphona à l'hôpital. À l'infirmière qui lui répondit (toujours celle d'un certain âge), il demanda s'il pouvait rendre visite à son père cet après-midi, vers trois heures. C'était possible.

---

1. *Ryôkan* : petite auberge traditionnelle japonaise. Le sol des chambres est fait de tatamis. Le bain est commun. En général, deux repas, petit déjeuner et dîner sont compris dans la pension.

« M. Kawana est toujours plongé dans le sommeil », ajouta-t-elle.

Et c'est de cette façon que Tengo entama son séjour dans la « Ville des Chats » du bord de mer. Chaque jour, il se levait tôt, il se promenait le long du rivage, il observait les bateaux de pêche qui entraient dans le port ou qui en sortaient. Il retournait ensuite au *ryôkan* pour prendre son petit déjeuner. Le menu était invariable : du chinchard salé et séché, une omelette, une tomate coupée en quatre, des algues séchées assaisonnées, une soupe au miso agrémentée de coquillages *shijimi* et du riz blanc. Mais, pour une raison inconnue, tout était toujours délicieux. Après le petit déjeuner, il retournait s'installer devant sa petite table et il écrivait. Cela faisait longtemps qu'il n'avait plus écrit sur du papier, avec un stylo à plume, et il y prenait plaisir. Il se sentait stimulé de travailler ainsi, loin de sa vie ordinaire, dans des lieux inconnus. Ce n'était pas plus mal. Il entendait le bruit monotone des bateaux qui revenaient au port après la pêche. Tengo aimait ces bruits.

Le roman qu'il écrivait se déroulait dans un monde où brillaient deux lunes. Un monde dans lequel apparaissaient des Little People et des chrysalides de l'air. Il en avait emprunté le thème dans *La Chrysalide de l'air*, de Fukaéri, mais à présent, c'était devenu le sien. Quand il était penché sur les feuilles de papier quadrillé, son esprit vivait dans ce monde-là. Et même lorsqu'il délaissait son stylo, qu'il s'éloignait de sa table, son esprit y demeurait. Dans des moments de ce genre, il avait la sensation particulière que son corps et son esprit s'étaient comme dissociés. Il ne parvenait plus vraiment à distinguer le monde réel du monde imaginaire. C'était sans doute ce qu'avait éprouvé le protagoniste de *La Ville des chats*, quand il avait pénétré dans la cité tombée sous la domination féline. Sans qu'il s'en soit rendu compte, le centre de gravité du monde s'était déplacé. Et le héros s'était (probablement) retrouvé dans l'impossibilité de monter dans le train et de quitter la ville.

Vers onze heures, il devait sortir de la chambre pour permettre aux employés de faire le ménage. Il s'interrompait alors, il sortait, il marchait lentement jusqu'à la gare, il entrait dans un café et buvait un espresso. Il lui arrivait parfois de commander aussi un sandwich ; le plus souvent, pourtant, il ne mangeait rien. Puis il s'emparait des journaux du matin qui se trouvaient dans le café, et vérifiait soigneusement s'il y figurait un article qui aurait eu un rapport avec lui. Mais il ne découvrait rien de tel. *La Chrysalide de l'air* avait disparu de la liste des best-sellers depuis longtemps. Au top des ventes figurait un ouvrage diététique qui s'intitulait : *Mangez tout ce que vous aimez, autant que vous voulez, et maigrissez.* Un titre magnifique. Le livre serait-il entièrement composé de pages blanches qu'il se vendrait encore.

Après avoir terminé son café et parcouru les journaux, Tengo prenait le bus pour se rendre à l'hôpital. En général, il arrivait vers une heure et demie ou deux heures. Il bavardait quelques instants avec l'infirmière de l'accueil. Maintenant que Tengo séjournait sur place et qu'il rendait visite à son père quotidiennement, les infirmières lui témoignaient plus de gentillesse qu'auparavant, plus de sympathie. Comme une famille qui accueille le retour du fils prodigue.

La plus jeune lui souriait toujours d'un air un peu gêné en le voyant. On aurait dit qu'elle nourrissait à son égard un certain intérêt. Petite, les cheveux coiffés en queue-de-cheval, de grands yeux, des joues rouges. Elle ne devait guère avoir plus de vingt ans. Mais depuis que Tengo avait vu la fillette endormie à l'intérieur de la chrysalide de l'air, il ne pouvait plus penser qu'à Aomamé. Les autres femmes lui semblaient des ombres légères qui glissaient à côté de lui. Son cerveau était entièrement habité par Aomamé. Il sentait qu'elle vivait quelque part dans ce monde. Il savait qu'elle aussi s'efforçait de le retrouver. Voilà pourquoi, ce fameux soir, elle avait réussi à le revoir en empruntant un chemin si spécial. Elle non plus n'avait pas oublié Tengo.

Si ce que j'ai vu n'était pas une hallucination.

Parfois, il repensait à sa petite amie plus âgée et se demandait ce qui lui était arrivé. *Elle s'est perdue,* lui avait dit son mari au téléphone. Elle ne pourrait plus jamais revoir Tengo. Perdue. Encore aujourd'hui, ces mots provoquaient en lui de l'angoisse ou de l'intranquillité. Il y entendait, à n'en pas douter, un écho inquiétant.

Néanmoins, son existence se faisait peu à peu plus lointaine. Les après-midi qu'il avait vécus avec elle n'étaient plus que les souvenirs d'un passé au goût déjà révolu. Tengo en ressentait de la mauvaise conscience. Pourtant, à un certain moment, la gravitation avait changé, l'aiguillage avait été permuté. Les choses ne pouvaient revenir à leur point d'origine.

Une fois qu'il était entré dans la chambre de son père, Tengo s'asseyait sur une chaise à côté du lit et saluait brièvement le vieillard. Puis il lui expliquait ce qu'il avait fait depuis la veille au soir. Rien de très remarquable, bien sûr. Il avait pris le bus pour retourner en ville, il était allé dans un restaurant et avait dîné simplement, il avait bu une bière, ensuite il était rentré au *ryôkan* et il avait lu. Il s'était endormi à dix heures. Ce matin, il s'était levé, il s'était promené en ville, il avait déjeuné, puis il avait continué à écrire son roman pendant deux bonnes heures. C'étaient les mêmes choses qui se répétaient chaque jour mais Tengo rendait compte de ses faits et gestes, dans les moindres détails, à cet homme inconscient. Il n'obtenait aucune réaction en retour. C'était comme s'il s'était adressé à un mur. Tout cela n'était qu'un rituel. Mais parfois, la simple répétition signifie beaucoup.

Tengo se mettait alors à lire à haute voix le livre qu'il avait apporté. Il n'avait pas choisi un livre spécial pour son père. C'était simplement le livre qu'il était en train de lire, à la page où il en était resté. S'il s'était agi du mode d'emploi d'une tondeuse à gazon électrique, il en aurait fait la lecture. Il prenait seulement garde à parler d'une voix claire, en articulant lentement chaque phrase. C'étaient les seuls points auxquels il devait faire attention.

Les éclairs, dehors, se firent de plus en plus violents, et à un moment, une lumière verdâtre illumina violemment la route, sans que l'on entende de grondements de tonnerre. Ou peut-être la foudre tonnait-elle mais il était incapable de les percevoir car ses sens étaient comme anesthésiés. L'eau de pluie ruisselait le long de la route. Après avoir piétiné dans ces flaques, des clients entraient dans la boutique, l'un après l'autre.

Son ami restait tourné vers la petite foule, et il se demanda ce qui lui arrivait. Mais il ne dit rien. Il y eut un vacarme général tandis que les clients se poussaient de tous côtés, tant et si bien qu'il devint difficile de respirer.

Quelqu'un toussa ou s'étrangla avec de la nourriture. C'était une voix bizarre, qui faisait plutôt penser à l'aboiement d'un chien.

Il y eut soudain le flash incroyable d'un éclair, qui insinua ses clartés blafardes jusqu'au milieu de l'espace et éclaira les clients sur le sol en terre battue de la boutique. Immédiatement après, le tonnerre retentit comme s'il allait fendre le toit. Surpris, il se leva, et tous les visiteurs qui étaient là, entassés à même le sol, se tournèrent vers lui. Il vit alors que c'étaient des visages de chiens ou de loups, il ne savait trop, et toutes ces bêtes sauvages portaient des habits et certains se léchaient les babines avec leurs longues langues[1].

Arrivé là, Tengo regarda le visage de son père. « Fin », lui annonça-t-il. L'œuvre se terminait ainsi.

Il n'y eut pas de réaction.

« Qu'est-ce que tu en penses ? »

Son père ne répondit pas.

Parfois, Tengo lui lisait un passage de son manuscrit, les lignes qu'il avait écrites le matin même. Après sa lecture, il retouchait au stylo-bille une partie qui ne lui plaisait pas, puis la relisait à voix haute. Et, sauf s'il était content par

1. Extrait de *Journal de Tokyo*, de Hyakken Uchida, 1938, ouvrage non traduit en français, éditions Kôdansha.

l'écho qu'elle lui renvoyait, il la corrigeait de nouveau. Puis la lisait encore une fois.

« Cette version est meilleure », disait-il à son père, comme s'il recherchait son assentiment. Mais bien sûr, le vieil homme ne lui donnait pas son avis. Pas un mot, ni pour dire, « Ah oui, c'est meilleur », ou au contraire, « Je trouve que c'était plutôt mieux avant », ou encore, « Je n'y vois guère de différence ». Rien. Il restait là, les paupières abaissées sur ses yeux profondément enfoncés. Comme une maison habitée par le malheur dont les volets ont été pesamment descendus.

Il arrivait que Tengo se lève, s'étire, s'approche de la fenêtre et contemple le paysage. Il y avait eu une succession de journées nuageuses, de journées pluvieuses. La pluie tombait sans discontinuer durant des après-midi entiers, détrempant la pinède brise-vent et la rendant sombre et lourde. Durant ces journées-là, on n'entendait absolument pas le bruit des vagues. Il n'y avait pas de vent non plus, seulement la pluie qui tombait tout droit depuis le ciel. Et au milieu, des volées d'oiseaux noirs. Ces oiseaux aussi étaient sombres et mouillés. Même l'intérieur de la chambre était humide. L'oreiller, les livres, la table, tout ce qui se trouvait là était poisseux et moite. Mais, indifférent au temps, à la mouillure, au vent ou la rumeur de la mer, le père restait immergé au sein de sa léthargie. La torpeur enveloppait son corps, tel un habit de miséricorde. Après un temps de pause, Tengo reprenait sa lecture à haute voix. Il ne pouvait rien faire d'autre dans cette chambre humide et exiguë.

Quand il en avait assez, il restait simplement assis, muet, et contemplait son père endormi. Et il se livrait à des suppositions : comment les choses se déroulaient-elles dans son cerveau ? Là-dedans – à l'intérieur de ce crâne obstiné et dur à l'image d'une vieille enclume –, sous quelle forme sa conscience se dissimulait-elle ? Peut-être ne restait-il plus rien du tout ? Comme une maison laissée à l'abandon, vidée de tout ce qu'elle contenait, y compris de ses occupants ? Mais même dans ce cas, on peut s'attendre à ce qu'un souvenir ou une scène y demeurent gravés dans les murs ou au plafond. Les choses qui ont été cultivées durant une longue période de temps ne peuvent tout de même pas être aspirées dans du rien. Alors qu'il était couché dans son lit tout simple de cet hôpital de bord de mer, son père n'était-il pas cerné, en même temps, par des scènes ou des souvenirs invisibles aux autres, dans le calme et les ténèbres d'une arrière-chambre de sa maison vide ?

Finalement, la jeune infirmière aux joues rouges se montrait, puis, après avoir adressé un petit sourire à Tengo, elle mesurait la température du père, s'assurait que la poche du goutte-à-goutte était encore remplie, vérifiait le volume des urines évacuées. Elle inscrivait au stylo-bille des chiffres sur le bloc-notes. Tous ses gestes étaient conformes à la manière de faire prescrite par son manuel, automatiques et efficaces. Tengo la suivait du regard et il se demandait ce qu'elle ressentait à mener cette vie. Elle qui, dans cet hôpital de bord de mer, veillait sur des vieillards séniles qui ne pourraient jamais être guéris. Elle était jeune et semblait très vigoureuse. Comprimées sous son uniforme blanc empesé, sa poitrine et ses hanches étaient plantureuses. Sur sa nuque lisse brillait un duvet doré. Son badge en plastique épinglé sur sa poitrine portait son nom : « Adachi. »

Qu'est-ce qui avait pu la conduire en ces lieux retirés, où planaient l'oubli et la mort lente ? Tengo savait qu'elle était compétente et travailleuse. Elle était encore jeune, habile. Si elle le souhaitait, elle pourrait être affectée ailleurs, dans un lieu où l'on dispensait une autre sorte de soins médicaux. Dans un endroit plus vivant, plus intéressant. Pourquoi avait-elle choisi d'exercer son métier dans un établissement aussi triste ? Tengo aurait eu envie de connaître ses raisons et son passé. S'il l'interrogeait, elle lui répondrait sans doute avec franchise. Il le sentait. Mais il pensait aussi que mieux valait ne pas se mêler de ses affaires. Parce que, après tout, il était dans La Ville des Chats. Il devrait un jour prendre le train et retourner dans le monde d'où il venait.

Lorsque ses tâches étaient achevées, l'infirmière remettait en place le carnet de bord puis elle souriait gauchement à Tengo.

« Il n'y a aucun changement. C'est comme d'habitude.

— Il reste stable, répondait Tengo d'une voix aussi claire que possible. Pour le dire sur un mode positif. »

La jeune femme, un demi-sourire d'excuse aux lèvres, inclinait légèrement la tête. Puis elle jetait un regard vers le livre fermé posé sur les genoux de Tengo. « C'est le livre que vous lui lisez ? »

Tengo acquiesçait. « Je ne suis pas sûr qu'il m'entende.

— Mais c'est bien, je crois, déclarait l'infirmière.

— Que ce soit bien ou pas, je ne vois pas ce que je pourrais faire d'autre.

— Pourtant, tout le monde ne le fait pas.

— Parce que la plupart des gens sont occupés, ils ne vivent pas comme moi. »

L'infirmière hésitait. Finalement, elle ne disait rien. Elle regardait la silhouette du père endormi, puis ses yeux se portaient sur Tengo.

« Bonne chance, disait-elle.

— Merci », répondait Tengo.

Une fois que Mlle Adachi était sortie, Tengo, après une petite pause, reprenait sa lecture à haute voix.

Un soir, lorsque son père fut transporté vers la salle d'examens, Tengo se rendit à la salle à manger. Il but du thé, et appela Fukaéri depuis un téléphone public.

« Il n'y a pas de changement ? demanda-t-il.

— Rien de spécial…, répondit Fukaéri. C'est comme toujours…

— Ici non plus, il n'y a pas de changement. C'est tous les jours la même chose.

— Pourtant le temps avance…

— Bien sûr, fit Tengo. Chaque jour, le temps avance d'un jour. »

Et une fois qu'il a avancé, il ne peut retourner là d'où il vient.

« Le corbeau de l'autre fois est encore venu…, dit Fukaéri. Un grand corbeau…

— Ce corbeau se montre toujours à la fenêtre à la tombée du jour.

— Il fait la même chose chaque jour…

— Exactement, confirma Tengo. Comme nous.

— Mais il ne sait pas penser le temps…

— Les corbeaux n'ont pas la notion du temps. Le concept du temps, les humains sont sans doute les seuls à le posséder.

— Pourquoi…

— Les hommes voient le temps comme une ligne droite. Un peu comme un long bâton rectiligne sur lequel ils font des encoches. À partir de là, vers l'avant, c'est le futur, à partir de là, c'est le passé, et maintenant, nous sommes ici. Tu comprends ?

— Oui…

— En réalité, le temps n'est pas rectiligne. Il n'a même aucune forme. C'est quelque chose qui, dans tous les sens du terme, ne possède pas de forme. Mais comme nous ne sommes pas capables de concevoir des choses qui n'ont pas de forme, nous le figurons sous l'apparence d'une ligne droite, par commodité. Pour l'instant, la possibilité d'opérer cette substitution conceptuelle est propre aux hommes.

— Peut-être que nous nous trompons… »

Tengo réfléchit. « Tu veux dire qu'il est possible que nous fassions erreur en figurant le temps sous la forme d'une ligne droite ? »

Pas de réponse.

« Bien entendu, cette possibilité existe. Peut-être que nous nous trompons et que les corbeaux sont dans le vrai. Peut-être que le temps ne ressemble pas du tout à une ligne droite. Peut-être qu'il se présente sous la forme d'un donut en escargot, continua Tengo. Mais les hommes ont vécu avec cette représentation depuis des dizaines de milliers d'années. Ils ont considéré que le temps coulait en ligne droite pour toujours. C'est sur la base de cette représentation qu'ils ont pu agir. Et jusqu'à présent, ils n'ont pas trouvé de désagrément ou de contradiction dans ce mode de pensée. On peut donc supposer que l'expérience fait force de loi et qu'elle est juste.

— Expérience… force de loi…, répéta Fukaéri.

— Quelque chose qui est considéré comme juste, par déduction, après être passé au crible de très nombreux exemples. »

Fukaéri resta muette un instant. Tengo ignorait si elle avait compris ou non ses explications.

« Allô ? fit Tengo pour s'assurer qu'elle était toujours en ligne.

— Jusqu'à quand tu es là…, interrogea Fukaéri.

— Tu veux dire, jusqu'à quand est-ce que je séjournerai à Chikura ?

— Oui…

— Je n'en sais rien, répondit honnêtement Tengo. Pour le moment, je peux seulement dire que je resterai ici tant que je n'aurai pas eu certains éclaircissements. Il y a des choses que je ne comprends pas. J'aimerais voir pendant quelque temps quelle tournure elles prendront. »

Fukaéri resta de nouveau silencieuse à l'autre bout du fil. Dès qu'elle plongeait dans le silence, c'était comme si elle disparaissait.

« Allô ! fit Tengo encore une fois.

— Il ne faut pas être en retard pour le train…, dit Fukaéri.

— Je ferai attention. Je ne le raterai pas. Et toi, ça va ?

— Un peu avant un homme est venu…

— Qui donc ?

— Un homme de la Enn-étchi-keye…

— Un collecteur de la redevance de la NHK ?

— Collecteur de la redevance…, interrogea-t-elle.

— Tu as parlé avec lui ? demanda Tengo.

— Il a dit quelque chose que je n'ai pas compris… »

Elle ignorait ce qu'était la NHK. Les connaissances élémentaires sur la société, elle ne les possédait pas.

Tengo lui dit : « Bon, écoute, c'est une longue histoire, alors je ne peux pas te l'expliquer dans le détail au téléphone. Disons simplement que la NHK est une grosse organisation dans laquelle beaucoup de gens travaillent. Dans tout le pays, des employés vont de maison en maison pour collecter la taxe mensuelle. Mais toi ou moi, nous n'avons pas à la payer. Parce que nous ne recevons rien d'elle. En tout cas, tu gardes la porte bien verrouillée et tu n'ouvres pas, compris ?

— Je laisse la porte fermée. Comme tu as dit…

— Très bien.

— Mais il a dit voleur…

— Ne t'en fais pas, répondit Tengo.

— Nous on n'a rien volé…

— Bien sûr que non. Toi et moi, on ne fait rien de mal. »

Fukaéri s'enferma de nouveau dans le silence.

« Allô ! » fit Tengo.

Fukaéri resta muette. Peut-être avait-elle déjà raccroché. Mais il n'avait pas entendu le bruit du combiné qu'on reposait.

« Allô ! » répéta Tengo, plus fort cette fois.

Fukaéri toussota. « L'homme a dit qu'il te connaît bien…

— Le collecteur ?

— Oui. L'homme de la Enn-étchi-keye…

— Et il t'a traitée de voleuse.

— Il parlait pas de moi…

— De moi, alors ? »

Fukaéri ne répondit pas.

Tengo reprit : « De toute façon, je n'ai pas de téléviseur à la maison, je ne risque pas de voler la NHK !

— Mais comme je n'ai pas ouvert il était en colère…

— Ça n'a aucune importance. Qu'il se mette en colère. Quoi qu'il te dise, surtout, garde bien la porte fermée.

— Je n'ouvre pas… »

Sur ces mots, de façon inattendue, Fukaéri coupa la communication. Peut-être ne le fit-elle pas de façon inattendue. Il se pouvait que pour elle, reposer le combiné à cet instant-là ait été un geste naturel et logique. Aux oreilles de Tengo, pourtant, cette manière de couper avait un côté abrupt. Mais il savait très bien qu'il était impossible de conjecturer sur ce que pensait ou ressentait Fukaéri. C'était là aussi un retour d'expérience.

Tengo reposa le combiné et regagna la chambre de son père.

Le vieil homme n'avait pas encore été ramené dans sa chambre. Sur le drap du lit subsistait le creux qu'il avait laissé. Mais une chrysalide de l'air ne s'y était pas installée. Dans la pièce qui prenait les teintes vagues et froides du crépuscule ne demeuraient que les très modestes traces de l'homme qui s'était trouvé là.

Tengo soupira, s'assit sur la chaise. Puis il posa les mains sur ses genoux et considéra longuement l'affaissement dans le lit. Après quoi il se leva, s'approcha de la fenêtre, regarda dehors. Au-dessus de la pinède planaient des nuages de fin d'automne, tout droits. Cela faisait bien longtemps qu'il n'avait vu le ciel embrasé par un couchant aussi beau.

Tengo ne savait pas pourquoi le collecteur de la NHK avait dit de lui qu'il le « connaissait bien ». L'employé précédent s'était présenté chez lui un an auparavant. Tengo lui avait alors expliqué poliment, en restant sur le seuil de son appartement, qu'il ne possédait pas de téléviseur. Il ne regardait jamais la télévision. L'homme n'avait pas eu l'air convaincu par ses explications, mais il était parti sans rien ajouter, en marmonnant simplement quelques paroles inaudibles.

Était-ce le même employé qui était venu aujourd'hui ? Il lui semblait se souvenir que celui-là aussi l'avait traité de « voleur ». Mais Tengo trouvait un peu curieux que ce collecteur, revenant une année plus tard, prétende « bien le connaître ». Ils avaient à peine passé cinq minutes sur le seuil de la porte à échanger quelques mots.

Bon, et puis, ça ne fait rien, songea Tengo. En tout cas, Fukaéri a gardé porte close. Le collecteur ne reviendra pas. Ils ont des quotas à remplir, ils sont fatigués de ces discussions désagréables avec des gens qui refusent de payer. Alors, pour s'éviter du travail inutile, ils contournent les endroits embêtants et vont récupérer la redevance là où ils ont moins de problèmes.

Tengo observa encore une fois le creux que son père avait laissé dans le lit. Puis il songea aux nombreuses paires de chaussures que le vieil homme avait usées. Avec la pénible tournée qu'il devait effectuer chaque jour à pied, son père, au cours de sa longue carrière, avait enterré un nombre incalculable de chaussures. Toutes du même genre. Noires, à semelles épaisses, bon marché, extrêmement pratiques. Il les surmenait jusqu'à ce qu'elles soient vraiment au bout du rouleau, qu'elles tombent en loques, qu'elles soient totalement râpées, que les talons en viennent à être déformés. Chaque fois que Tengo, adolescent, voyait ces chaussures affreusement tordues, il en était oppressé. Il n'éprouvait pas de pitié pour son père mais pour ces malheureux souliers. Il se les représentait comme de misérables animaux employés et utilisés tant qu'ils pouvaient servir, jusqu'à en crever.

Mais maintenant qu'il y repensait, son père lui-même n'avait-il pas été une sorte d'animal qu'on avait utilisé jusqu'à en mourir ? N'était-il pas exactement semblable à ses chaussures élimées ?

Tengo regarda par la fenêtre, il contempla le ciel à l'ouest qui s'obscurcissait dans l'embrasement du soleil couchant. Puis il songea aux légères lueurs bleutées qu'émettait la chrysalide de l'air, il revit Aomamé sous la forme d'une fillette qui dormait à l'intérieur.

Cette chrysalide allait-elle se manifester ici encore une fois ?

Le temps avait-il vraiment la forme d'une ligne droite ?

« Je suis dans l'impasse, déclara Tengo aux murs. Il y a trop de variables. Même l'enfant prodige que j'étais ne pourrait donner de réponses. »

Les murs ne lui répondirent pas. Ni ne lui exposèrent leur opinion. Ils reflétaient seulement, muets, les couleurs de feu du couchant.

4
Ushikawa

Le rasoir d'Ockham

USHIKAWA N'ARRIVAIT PAS À SE FAIRE À L'IDÉE QUE la vieille dame qui résidait à Azabu pouvait être mêlée, d'une manière ou d'une autre, à l'assassinat du leader des Précurseurs. Il se renseigna d'abord sur son passé et ses relations. L'enquête ne lui prit pas longtemps, étant donné le renom et la position sociale bien établie dont elle jouissait. Son mari avait été l'un des personnages importants du milieu des affaires de l'après-guerre. Il avait également été influent dans le monde politique. L'axe central de ses activités touchait aux investissements et à l'immobilier, mais il avait aussi des liens solides dans des domaines périphériques tels que la distribution ou le transport. Après son décès, au milieu des années cinquante, la vieille dame lui avait succédé et avait pris la tête de ses affaires. Elle avait du talent pour la gestion et surtout le don de pressentir les crises. À la fin des années soixante, elle sentit que son groupe était trop diversifié. Elle planifia alors la vente d'une certaine quantité d'actions, en obtint un prix élevé, et réduisit petit à petit la taille du groupe. Elle s'efforça ensuite de renforcer les activités restantes, ce qui lui permit de surmonter le choc pétrolier à moindre mal et d'accumuler d'abondants fonds de réserve. Elle maîtrisait l'art de transformer ce qui était une crise pour les autres en chance pour elle.

À ce jour, alors qu'elle avait largement dépassé les soixante-dix ans, elle s'était retirée des affaires. Elle possédait une fortune considérable et menait une vie paisible dans sa vaste résidence où personne ne la dérangeait. Elle était née dans une famille aisée, s'était mariée à un homme fortuné, et elle était devenue encore plus riche après la mort de son mari. Pour quel motif une femme de ce genre devrait-elle préméditer un meurtre ?

Ushikawa décida néanmoins de poursuivre ses investigations. D'une part, parce qu'il n'avait rien trouvé qui ressemblait à un indice, d'autre part, parce que la *safe house* qu'elle dirigeait présentait certains aspects qui le tracassaient un peu. Qu'elle ait fait don d'un refuge pour les femmes maltraitées ne lui semblait pas, en soi, quelque chose d'artificiel. C'était du bénévolat salutaire et utile à la société. Grâce aux ressources financières dont cette vieille dame disposait, les femmes abandonnées dans un état critique étaient sûrement très reconnaissantes de profiter de sa bonté. Cependant, la sécurité qui entourait le bâtiment était beaucoup trop étroite : portail et serrure solides, berger allemand, multiples caméras de surveillance. Ushikawa ne pouvait s'empêcher de sentir là une protection excessive.

Il chercha d'abord à savoir à qui appartenaient le terrain et la maison qu'habitait la vieille dame. Comme il s'agissait là d'informations publiques, il lui suffit de se rendre à la mairie pour les obtenir. Le terrain comme la maison, tout était à son seul nom. Rien n'était hypothéqué. Voilà qui était clair et net. Étant donné qu'il s'agissait d'un bien privé, l'impôt foncier annuel s'élevait à une somme considérable. Mais acquitter chaque année un montant de cet ordre n'était sans doute rien pour elle. Les droits de succession à venir seraient également très élevés, mais à ce sujet non plus, elle n'avait pas l'air de s'en soucier. Pour une personne fortunée, voilà qui était exceptionnel. À ce que savait Ushikawa, aucune catégorie humaine ne détestait payer des impôts autant que les riches.

Depuis la mort de son mari, elle semblait vivre seule dans cette vaste résidence. Bien entendu, « vivre seule », ce n'était qu'une façon de dire, car quelques employés habitaient sans doute sur place. La vieille dame avait deux enfants. L'aîné, qui avait pris sa succession, avait lui-même trois enfants. La cadette, une fille, mariée, était morte de maladie il y avait quinze ans. Elle n'avait pas eu d'enfant.

Ushikawa obtint facilement ces informations. Mais dès qu'il rechercha plus de précisions, qu'il essaya de connaître plus exactement les détails de sa vie personnelle, il se heurta brutalement à un mur solide. À partir de là, les routes qui lui auraient permis d'avancer étaient toutes bloquées. Le mur était haut et les portes fermées à clé. À triple tour. Tout ce qu'Ushikawa comprit fut qu'elle n'avait pas la moindre intention d'exposer en public le versant privé de sa vie. Elle semblait dépenser sans compter sa peine et son argent pour que ces principes soient respectés. Elle ne répondait à aucune question et ne prenait jamais la parole. Il eut beau fouiller encore et encore dans la documentation disponible, il ne tomba jamais sur une seule photo d'elle.

Son numéro de téléphone figurait sur l'annuaire de l'arrondissement de Minato. Ushikawa appela à ce numéro. C'était son style : toujours s'affronter à la réalité de face. Un homme décrocha avant même la deuxième sonnerie. Ushikawa se présenta sous un faux nom, celui d'une société de courtage choisie au hasard : « J'appelle au sujet des fonds de placement dont Madame est titulaire. J'aurais quelques questions à lui poser… » Son interlocuteur objecta : « Madame ne peut répondre au téléphone. C'est moi qui suis chargé de ce genre de demandes. » Il avait une voix administrative, factice. On aurait dit une voix de synthèse. Comme le règlement intérieur de sa société lui interdisait de divulguer à un tiers ce genre d'informations, répondit Ushikawa, il ferait parvenir les documents en question par voie postale, même si cela demandait plus de temps. Très bien, fit l'homme. Et il raccrocha.

Ushikawa ne fut pas particulièrement déçu de ne pas avoir pu parler à la vieille dame. Dès le départ, il ne l'avait pas escompté. Son intention était de constater à quel point elle restait vigilante à protéger sa vie privée. Et, effectivement, elle était très vigilante. Dans cette résidence, elle semblait bénéficier d'une sollicitude dévouée de la part de quelques personnes. Cela s'entendait au ton de l'homme – sans doute son secrétaire – qui avait répondu. Son numéro de téléphone apparaissait certes sur l'annuaire. Mais ceux qui pouvaient lui parler directement étaient triés sur le volet. Les intrus se faisaient pincer et jeter dehors immédiatement. Telle une fourmi qui tenterait de se glisser dans un sucrier.

Ushikawa fit le tour des agences immobilières du quartier, faisant mine de chercher un appartement à louer. Il posa des questions, l'air de rien, sur les appartements utilisés par la *safe house*. La plupart des employés n'en connaissaient même pas l'existence. L'endroit comptait parmi les quartiers résidentiels les plus huppés de Tokyo. En principe, les agents ne traitaient que de biens à prix élevé et ne s'intéressaient pas un seul instant à des locations situées dans une construction en bois. En voyant Ushikawa, avec sa tête et sa tenue, ils ne se donnaient même pas la peine de l'écouter. Celui-ci songea que si un chien galeux, dégoulinant de pluie, la queue arrachée, s'était faufilé dans une de ces agences, il aurait reçu un accueil plus chaleureux.

Alors qu'il était sur le point de renoncer, une petite agence immobilière locale qui semblait avoir pignon sur rue depuis fort longtemps attira son regard. Le vieillard au visage jauni qui tenait la boutique lui fournit spontanément des détails sur les appartements en question. « Ah oui, d'accord, je vois bien ce bâtiment. » L'homme était tout desséché, à l'image d'une momie de second choix, mais il savait tout sur le quartier, jusque dans ses moindres recoins. Il avait surtout envie de bavarder.

« Cet immeuble, eh bien, il appartient à l'épouse de M. Ogata. Oui, c'est vrai, avant, ces appartements, ils étaient en location. Pourquoi elle a un bâtiment pareil, ça, j'en sais rien. Elle a pas besoin de s'embêter à gérer des appartements, je peux vous le dire. Sûrement qu'autrefois, ça servait de logements aux domestiques. Maintenant, je sais pas trop, au juste, mais à ce qu'on dit, c'est des refuges pour les femmes qui ont été battues par leur mari. En tout cas, ça rapporte rien, à nous, les agents immobiliers », expliqua le vieillard. Sans ouvrir la bouche, il eut un rire semblable au sifflement du *kogera*, le pic miniature japonais.

« Ah bon ? Un refuge ? » dit Ushikawa. Il proposa une Seven Stars au vieil homme. Ce dernier l'accepta, laissa Ushikawa l'allumer avec son briquet. Il se mit à fumer d'un air béat. Pour une cigarette bon marché comme une Seven Stars, être fumée avec une telle jouissance, c'était sans doute le vœu le plus cher, se dit Ushikawa.

« Voilà, c'est là qu'elle leur donne asile, aux bonnes femmes qui se font cogner par leur mari et qui déguerpissent, le visage tout gonflé. Bien sûr, elle leur réclame pas de loyer.

— Ce serait une œuvre d'assistance sociale ?

— Oui, ce genre de trucs. Elle s'est retrouvée avec un immeuble en trop, alors pourquoi pas s'en servir pour aider les gens dans une situation difficile... Elle est vraiment pleine aux as, alors elle peut faire ce qui lui chante. Ça passe par pertes et profits, voilà tout. C'est pas comme nous, le petit peuple.

— Mais pour quelle raison Mme Ogata aurait-elle commencé à pratiquer ce genre d'action ? Y a-t-il eu un déclic ?

— Ah... eh bien là, j'en ai pas la moindre idée. Vous savez, c'est une riche, alors, c'est peut-être juste une espèce de passe-temps ?

— Même si ce n'est qu'un passe-temps, faire quelque chose pour les gens dans le besoin, c'est une belle action, non ? dit Ushikawa en souriant. Il n'y en a pas beaucoup qui agissent ainsi, chez ceux qui ont plus d'argent qu'il n'en faut.

— Eh bien oui, pour une belle action, c'est une belle action, je dis pas. Seulement moi aussi, ça m'est arrivé, dans le temps, de cogner la mienne, alors je suis pas trop bien placé pour donner des leçons ! » dit le vieux. Il éclata de rire en ouvrant tout grand sa bouche édentée. Comme si les raclées périodiques qu'il avait administrées à sa femme représentaient une des joies mémorables de sa vie.

« Et aujourd'hui, combien de personnes vivent là-bas ? demanda Ushikawa.

— Je passe devant tous les matins pendant ma petite promenade, mais du dehors, on voit rien. On dirait quand même qu'elles sont toujours plusieurs à y habiter. Il semble bien qu'il y ait un paquet d'hommes qui cognent leur femme.

— Il y aura toujours plus de gens qui ne font rien d'utile à la société que le contraire. »

De nouveau, le vieillard s'esclaffa à pleine bouche. « Comme vous dites ! Ici-bas, il y a sacrément plus de méchants que de gentils ! »

Apparemment, Ushikawa semblait plaire au vieillard. Ce qui le mit plutôt mal à l'aise.

« À propos, elle est comment, l'épouse de M. Ogata ? demanda Ushikawa, comme si de rien n'était.

— Sur la femme de M. Ogata, eh bien... on sait pas grand-chose », dit le vieil homme en fronçant les sourcils sévèrement. On aurait dit l'esprit d'un arbre mort. « Elle vit dans une grande solitude. Ça fait longtemps que je tiens ce commerce ici, mais il ne m'arrive pas souvent de la voir. Je l'aperçois de loin, de temps en temps, c'est tout. Quand elle sort, elle monte dans sa voiture avec son chauffeur. Les courses, c'est sa bonne qui les fait. Elle a aussi une espèce de secrétaire. Un homme qui s'occupe de presque tout. Elle est de la haute, vous comprenez, et puis très riche, alors pas de danger qu'elle échange trois mots avec la canaille », répondit le vieux. Il fit une grimace appuyée et lança un clin d'œil à Ushikawa. Il semblait que la « canaille » se situait autour du vieil homme au visage jauni et d'Ushikawa.

Ce dernier l'interrogea encore : « Depuis quand Mme Ogata s'est-elle lancée dans cette activité ? Cette "*safe house* destinée aux femmes ayant subi des violences conjugales" ?

— Eh bien... Je sais rien de sûr à ce sujet. Déjà, qu'il s'agissait d'un refuge et tout le reste, c'est les gens qui me l'ont dit. Je ne sais pas trop depuis quand elle fait ça... La seule chose que je peux vous dire, c'est que ça fait à peu près quatre ans qu'il y a autant d'allées et venues dans ce bâtiment. Quatre ou cinq ans, à peu de chose près », ajouta-t-il. Il prit sa tasse dans la main et but son thé refroidi avant de poursuivre. « Et c'est plus ou moins à ce moment-là qu'ils ont installé le nouveau portail, que la sécurité s'est brusquement renforcée. C'est vrai que ça s'appelle *safe house.* Alors, si n'importe qui pouvait y entrer facilement, dedans, elles ne pourraient pas vivre en paix… »

Puis, comme rappelé subitement à la réalité, le vieil homme regarda Ushikawa d'un œil interrogateur : « Et alors, vous cherchez un appartement à louer pas trop cher, c'est ça ?

— Oui, exactement.

— Alors je vous conseille d'aller voir ailleurs. Ici, c'est un quartier résidentiel, tout ce qu'il y a de plus chic. Même s'il y a des locations, elles sont toutes à des prix astronomiques, par exemple pour des expatriés qui travaillent dans les ambassades. Autrefois, les gens normaux, pas forcément riches, habitaient aussi dans le coin. Ça nous permettait de faire tourner la boutique. Mais maintenant, il n'y a plus rien de ce genre, nulle part. D'ailleurs, justement à cause de ça, on envisage de fermer l'agence bientôt. Le prix du mètre carré au centre de Tokyo a grimpé à une vitesse folle. Une petite entreprise comme la nôtre n'arrive plus à s'en sortir. Vous aussi, sauf si vous avez plus d'argent qu'il n'en faut, vaut mieux que vous alliez voir ailleurs.

— Oui, je ferai comme vous dites, répondit Ushikawa. Je ne m'en vante certes pas, mais je n'ai pas du tout plus d'argent qu'il n'en faut. Je chercherai ailleurs. »

Le vieillard laissa échapper la fumée de la cigarette dans un soupir. « Mais si Mme Ogata disparaît, sa résidence aussi sera démolie, tôt ou tard. Son fils sait y faire, alors, il ne va pas laisser un vaste terrain dans un si beau quartier rien lui rapporter. Il va fiche par terre la maison et il va y construire un immeuble de grand standing. Si ça se trouve, il a déjà dessiné les plans à l'heure qu'il est…

— Si cela se fait, l'atmosphère calme du quartier changera sûrement.

— Ah oui, ce sera complètement différent.

— Et ce fils, qu'est-ce qu'il fait dans la vie ?

— Il est surtout dans l'immobilier. Oui, en somme, le même métier que le nôtre. Mais, franchement, c'est le jour et la nuit. Comme une Rolls et un vieux vélo. Eux, ils remuent les capitaux et ça les finance pour bâtir des gros immeubles, un ici, et un autre là, ça arrête pas. Le système est tout à fait au point. Ils sucent tout, jusqu'à la dernière goutte. Et à nous, les petits, ils ne laissent même pas un os à ronger. Le monde d'aujourd'hui, je vous dis pas, c'est l'enfer !

— Tout à l'heure, j'avais fait un tour à pied pour voir. J'ai été impressionné. C'est vraiment une résidence splendide.

— Oui, même par ici, c'est la plus belle. Quand je pense que les saules magnifiques seront abattus un jour… Ah, juste à l'imaginer, ça me fait mal au cœur, dit le vieillard, en secouant la tête, visiblement ému. J'espère que Mme Ogata vivra encore très longtemps.

— Je suis entièrement d'accord avec vous », approuva Ushikawa.

Ushikawa prit contact avec le Bureau de consultation destiné aux femmes souffrant de violences conjugales. À sa grande surprise, le numéro figurait sur l'annuaire sous sa dénomination exacte. C'était une association non lucrative gérée essentiellement par des avocats bénévoles. En coopération avec cette association, la *safe house* de la vieille dame accueillait les femmes qui fuyaient leur foyer sans savoir où aller. Ushikawa réclama un entretien à l'un des responsables, au nom de sa propre fondation, la fameuse « Association pour la promotion scientifique et artistique du nouveau Japon ». Il évoqua la possibilité d'une aide financière afin de décrocher le rendez-vous et la date fut ainsi fixée.

Une fois sur place, Ushikawa tendit à l'avocat sa carte de visite (la même que celle qu'il avait présentée à Tengo). Il expliqua qu'une des tâches de sa fondation était de sélectionner chaque année une association non lucrative éminente, qui œuvrait pour la société, dans le but de lui offrir une subvention. Et que le Bureau de consultation destiné aux femmes souffrant de violences conjugales était un candidat potentiel. Il précisa également qu'il était impossible de révéler le nom du mécène, mais que le bénéficiaire pouvait utiliser la subvention totalement à sa guise et qu'il n'avait d'autre obligation que de remettre un simple rapport à la fin de l'exercice.

Le jeune avocat, après un premier examen sommaire, ne parut pas être favorablement impressionné. L'apparence d'Ushikawa ne risquait certes pas de donner bonne impression ou d'inspirer la confiance dès la première rencontre. Cependant, l'association était en manque chronique de fonds de roulement et se trouvait donc dans l'obligation d'accueillir à deux mains n'importe quelle proposition d'aide. Par conséquent, malgré certaines suspicions, le jeune avocat se fit un devoir d'écouter ce qu'avait à lui dire Ushikawa.

Ce dernier lui demanda des explications un peu plus détaillées sur le contenu de leur activité. L'avocat lui dressa un historique, évoqua les motifs qui les avaient conduits à créer leur association. Ces histoires interminables ennuyèrent énormément Ushikawa, mais il fit mine d'être tout ouïe, de paraître réellement concerné. Il approuva d'un mot quand il le fallait, hocha la tête vigoureusement et conserva un air grave de bout en bout. Petit à petit, l'avocat s'habitua à Ushikawa. Il parut commencer à le trouver moins étrange qu'il n'en avait l'air. Ushikawa était quelqu'un qui savait écouter. Et puis, sa façon tellement sincère de prêter l'oreille aux paroles qui lui étaient adressées, dans la plupart des cas, tranquillisait son interlocuteur.

Ushikawa saisit l'occasion propice pour orienter la discussion, avec naturel, vers la *safe house*. Il s'enquit de ce que devenaient les pauvres femmes fuyant les violences conjugales, si elles ne trouvaient pas où aller. Il parut se préoccuper, du fond du cœur, du sort de ces malheureuses. Elles qui étaient semblables à des feuilles d'arbre à la merci d'un vent violent et déraisonnable.

« Pour parer à cette éventualité, nous disposons de plusieurs *safe houses*, répondit le jeune avocat.

— *Safe house*, que voulez-vous dire par là ?

— Cela signifie un refuge provisoire. Quelques endroits de ce genre sont à notre disposition, pas tout à fait assez nombreux, hélas, offerts par des bienfaiteurs. Il y a même une personne qui nous a fourni un bâtiment entier.

— Un bâtiment entier ! répéta Ushikawa, l'air impressionné. Il existe donc de ces personnes dans ce monde…

— Oui. Quand notre action est relayée par des journaux et des magazines, nous sommes contactés par des particuliers qui souhaitent nous aider, d'une façon ou d'une autre. Sans ces aides, il serait impossible de gérer notre organisation. Nous sommes, à ce jour, en situation de mener la plupart de nos actions avec nos fonds propres.

— Ce que vous réalisez est de la plus haute importance », déclara Ushikawa.

Un sourire naïf se dessina sur le visage de l'avocat. Personne n'est plus facile à berner que les gens convaincus d'accomplir des choses justes, se dit à nouveau Ushikawa.

« Aujourd'hui, à peu près combien de femmes vivent dans ces appartements ?

— Leur nombre varie, mais je dirais quatre à cinq en général, répondit l'avocat.

— À propos du bienfaiteur qui vous a fourni ce bâtiment, reprit Ushikawa, qu'est-ce qui l'a conduit à rejoindre ce mouvement ? J'imagine qu'il y a eu une occasion ou quelque chose… »

L'avocat pencha la tête, l'air indécis. « Je ne suis pas au courant dans les détails. Mais auparavant déjà, cette personne menait des actions similaires, à titre personnel, semble-t-il. En tout cas, de notre côté, il convient que nous acceptions simplement ces actes de bonté avec gratitude. Sauf si le donneur s'explique de lui-même, nous ne lui réclamons aucun motif.

— Cela va de soi, approuva Ushikawa en hochant la tête. Au fait, les adresses des *safe houses* sont gardées secrètes, je suppose ?

— Oui. Pour commencer, il faut que ces femmes soient protégées d'une façon sûre. Et la plupart des bienfaiteurs souhaitent garder l'anonymat. N'oublions pas que nous traitons d'affaires liées à des actes de violence… »

Leur discussion se poursuivit pendant un bon moment, mais Ushikawa ne put soutirer à l'avocat des informations plus concrètes. Les faits que cet entretien lui révéla étaient donc les suivants : le Bureau de consultation destiné aux femmes souffrant de violences conjugales avait commencé sérieusement son activité quatre ans auparavant. Peu de temps après, un certain bienfaiteur les avait contactés et avait proposé son aide, leur offrant un immeuble d'appartements inutilisés pour en faire une *safe house*. Ce « bienfaiteur » avait lu, dans un journal, un article sur leur action. La seule condition était que son nom ne soit révélé en aucun cas. Étant donné le récit de l'avocat, il n'y avait pourtant aucun doute. Ce « bienfaiteur » était la vieille dame d'Azabu et la *safe house*, l'immeuble en bois dont elle était propriétaire.

« Je vous remercie du temps que vous m'avez consacré », fit Ushikawa. Il exprima avec force sa gratitude au jeune avocat idéaliste. « Vous me paraissez mener des actions enrichissantes et utiles. Je me permettrai de soumettre le contenu de notre entretien à notre prochain conseil d'administration. Je pense pouvoir revenir vers vous bientôt. Je souhaite que vos activités connaissent un grand essor. »

La démarche suivante qu'entreprit Ushikawa fut d'enquêter sur la mort de la fille de la vieille dame. Mariée à un homme d'élite, technocrate au ministère des Transports, elle n'avait que trente-six ans au moment de sa disparition. Ses recherches ne lui révélèrent pas la cause du décès. Le mari avait quitté le ministère peu de temps après. Voilà tout ce que son enquête éclaircit. Ushikawa ne sut ni pourquoi il avait subitement démissionné de ses fonctions, ni quel chemin il avait emprunté par la suite. Sa démission avait peut-être un rapport avec la mort de sa femme. Mais peut-être pas. Le ministère des Transports n'est pas une administration qui communique, aimablement et spontanément, ses informations internes à un citoyen ordinaire. Cependant, Ushikawa était doté d'un odorat fin. Il y avait là *quelque chose de pas très naturel.* Cet homme aurait quitté son poste et se serait retiré du monde en abandonnant sa carrière uniquement par chagrin ? Ushikawa n'arrivait pas à se faire à cette idée.

À ce qu'il savait, le nombre de femmes qui meurent de maladie à trente-six ans n'est pas très élevé. Cela peut arriver, bien sûr. Quel que soit son âge et même s'il appartient à un milieu très favorisé, un être humain peut tomber malade tout à coup et disparaître. Cancer, tumeur cérébrale, péritonite, pneumonie aiguë. Le corps humain est fragile et précaire. Pourtant, lorsqu'une femme de trente-six ans vivant dans l'aisance meurt, statistiquement parlant, il y a plus de chances qu'il s'agisse d'une mort accidentelle ou d'un suicide que d'une mort naturelle.

Supposons, se dit Ushikawa. Essayons d'échafauder des hypothèses selon le fameux principe du « rasoir d'Ockham », autrement dit, avec la plus grande simplicité. Excluons d'abord les facteurs superflus et regardons les choses en limitant les fils du raisonnement à un seul.

Supposons que la fille de la vieille dame ne soit pas morte de maladie mais qu'elle se soit suicidée, pensa Ushikawa en se frottant les mains. Faire passer un suicide pour une mort causée par la maladie n'est pas bien difficile. Surtout pour quelqu'un qui a les moyens et de l'influence. Maintenant, avançons d'un pas. Supposons que la fille ait été exposée à des violences conjugales. Qu'elle se soit tuée par désespoir. Ce n'est pas impossible. Parmi les individus appartenant à la prétendue élite, un grand nombre possèdent un tempérament détestable ou des tendances sournoises et dépravées —— comme s'ils s'étaient volontairement chargés en excès d'une mission sociale ——. C'était là un fait bien connu.

Bon, si les choses avaient tourné de la sorte, qu'aurait fait la vieille dame, sa mère ? Se serait-elle résignée, les bras croisés, en se disant, tant pis, c'est la vie ? Non, c'était invraisemblable. Elle avait dû tenter d'exercer des représailles contre celui qui avait poussé sa fille à la mort. Maintenant, Ushikawa saisissait à peu près la personnalité de cette vieille dame : une femme intelligente qui avait du courage et des nerfs à toute épreuve. Elle avait également une vision claire de l'avenir et dès qu'elle avait pris une décision, elle l'exécutait. Pour ce faire, elle ne ménageait ni ses moyens ni son influence. Il était inimaginable qu'elle ait laissé en paix l'individu qui avait blessé celle qu'elle aimait, qui l'avait abîmée et, en fin de compte, qui lui avait même enlevé la vie.

Ushikawa n'avait aucun moyen de savoir de quelle sorte de représailles elle avait usé à l'égard du mari. Sa piste disparaissait littéralement dans le vide. Ushikawa ne pensait pas que la vieille dame était allée jusqu'à lui ôter la vie. C'était une femme prudente et réfléchie. Elle avait aussi un esprit tout sauf borné. Elle n'avait certainement pas commis un acte aussi brutal. Néanmoins, il n'y avait aucun doute sur la sévérité des mesures qu'elle avait dû prendre. Et quelles qu'aient été ces mesures, il était difficilement pensable qu'elle en avait laissé des traces compromettantes derrière elle.

Or la fureur et le désespoir d'une mère qui s'était vu enlever sa fille ne s'étaient sans doute pas arrêtés à l'accomplissement d'une vengeance personnelle. Un jour, elle avait dû apprendre par un journal l'action du Bureau de consultation destiné aux femmes souffrant de violences conjugales. Elle s'était proposée de les aider. Elle leur avait expliqué qu'elle possédait un immeuble d'appartements presque inoccupé à Tokyo. Qu'elle pouvait le mettre gracieusement à la disposition des femmes n'ayant aucun point de chute. Elle leur avait également précisé qu'elle savait comment s'y prendre puisqu'elle s'en était déjà servie dans un but similaire. Elle leur avait pourtant demandé de ne pas révéler son nom. Les avocats à la tête de l'association l'avaient naturellement remerciée de son offre. Collaborer avec une association officielle avait sublimé son esprit de vengeance, l'avait transformé en quelque chose de plus vaste, de plus utile et de plus positif. On pouvait ainsi voir là une occasion et un mobile.

Ce type de supposition, pour le moment, paraissait tenir la route. Malgré l'absence de preuves concrètes. Tout n'était qu'un échafaudage d'hypothèses mais cette théorie permettait de dissiper pas mal de doutes. Ushikawa se frotta vigoureusement les mains, passa sa langue sur ses lèvres. Au-delà, son hypothèse se faisait toutefois plus incertaine.

La vieille dame aurait fait la connaissance d'une jeune instructrice du nom d'Aomamé au club de sport qu'elle fréquentait. Elles auraient secrètement conclu, en quelle occasion, il l'ignorait, un accord moral. La vieille dame aurait ensuite tout préparé sans rien laisser au hasard, et aurait envoyé Aomamé dans une chambre de l'hôtel Ôkura afin de mettre fin aux jours du leader des Précurseurs. La méthode selon laquelle Aomamé l'avait tué restait obscure. Peut-être avait-elle élaboré une technique particulière de mise à mort. En conséquence, le leader avait perdu la vie malgré la surveillance rapprochée qu'exerçaient sur lui ses fidèles gardes du corps.

Jusque-là, Ushikawa parvenait à renouer le fil de ses hypothèses, en dépit d'une certaine maladresse. Mais il se sentait complètement perdu quant à la relation possible entre le leader des Précurseurs et le Bureau de consultation destiné aux femmes souffrant de violences conjugales. Ses pensées se trouvaient bloquées là, le fil de ses conjectures tranché net comme par un rasoir acéré.

À ce jour, la secte exigeait d'Ushikawa les réponses à deux questions. La première était : « Qui a organisé l'assassinat du leader ? » La seconde : « Où se trouve Aomamé à l'heure actuelle ? »

C'est Ushikawa qui avait procédé à l'enquête préalable sur Aomamé. Dans le passé, à plusieurs reprises, il avait effectué des investigations du même genre. Autrement dit, c'était un travail auquel il était rompu. Et il en était arrivé à la conclusion qu'Aomamé était *clean*. Il n'avait trouvé aucun point douteux, sous quelque angle qu'il la considère. Il avait donc rendu compte de ses conclusions à la secte. C'est pourquoi Aomamé avait été appelée dans la suite de l'hôtel Ôkura, où elle avait pratiqué une séance d'étirements musculaires sur la personne du leader. Après son départ, l'homme avait été retrouvé sans vie. Aomamé s'était évaporée sans jamais réapparaître nulle part. Elle avait disparu telle une fumée dissipée par le vent. L'enchaînement de ces événements avait inévitablement inspiré aux membres de la secte une profonde répulsion à l'égard d'Ushikawa, pour employer des termes très modérés. Ils avaient évidemment pensé que son enquête n'avait pas été suffisamment approfondie.

En réalité, il avait accompli un travail irréprochable, comme à son habitude. Ainsi qu'il l'avait affirmé à Tête-de-moine, il ne négligeait jamais aucun détail lorsqu'il s'agissait de ses missions. Ne pas avoir vérifié les relevés téléphoniques avait certes été une erreur. Mais sauf dans les cas vraiment douteux, des recherches aussi pointues n'étaient pas nécessaires. Or, selon ce qu'Ushikawa avait glané, le cas d'Aomamé ne présentait aucun aspect équivoque.

Quoi qu'il en soit, Ushikawa ne pouvait éternellement susciter cette répulsion. Leur bande, là, ne rechignait pas à payer, mais elle était dangereuse. Il savait qu'ils s'étaient débarrassés du corps du leader en secret. Voilà qui était largement suffisant pour que ces hommes le considèrent comme un personnage compromettant. Il fallait qu'Ushikawa leur montre, de manière irréfutable, qu'il était compétent et utile, et qu'il valait la peine de le laisser en vie.

Rien de concret ne prouvait que la vieille dame d'Azabu était mêlée à l'assassinat du leader. Pour le moment, tout n'était que supposition, qu'hypothèse. Pourtant, dans cette vaste résidence où poussaient des saules splendides restaient dissimulés de lourds secrets. Voilà ce que l'odorat d'Ushikawa lui annonçait. À présent, il fallait qu'il réussisse à dévoiler la vérité. Ce ne serait sans doute pas un travail facile. Son adversaire se tenait sur le qui-vive et il y avait tout à parier qu'un ou des professionnels étaient dans le coup.

S'agissait-il des yakuzas ?

Peut-être que oui. Dans le milieu des affaires, et en particulier dans l'immobilier, des marchés secrets étaient fréquemment conclus avec des yakuzas. Ces hommes étaient chargés des missions violentes. Il n'était pas exclu que la vieille dame ait fait appel à eux. Mais Ushikawa n'était pas convaincu par cette idée. La vieille dame était bien trop raffinée pour frayer avec ces gens-là. Et surtout, il était difficile de penser qu'elle aurait fait appel aux yakuzas pour assurer la protection de « femmes souffrant de violences conjugales ». Elle avait sans doute mis sur pied, à ses propres frais, son système de sécurité à elle. Un système sophistiqué et personnel. Cela devait lui coûter cher, mais ce n'était pas l'argent qui lui manquait. Et ce système pouvait impliquer, selon les nécessités, de la violence.

Si l'hypothèse d'Ushikawa était juste, à l'heure actuelle, Aomamé se cachait certainement quelque part au loin. Elle bénéficiait de l'assistance de la vieille dame. On avait dû effacer soigneusement toute trace derrière elle, lui donner une nouvelle identité, un nouveau nom. Peut-être même son apparence était-elle différente à présent. Dans ce cas, une enquête sans envergure effectuée par un individu isolé, comme celle qu'Ushikawa menait à présent, atteindrait tôt ou tard ses limites.

Par conséquent, Ushikawa n'avait pas d'autre choix, du moins pour le moment, que de s'accrocher au fil de la vieille dame d'Azabu. D'y déceler une faille par laquelle il remonterait la piste d'Aomamé. Cela pouvait marcher, ou peut-être pas. Toutefois, son flair et sa persévérance étaient ses qualités principales. À part ça, s'interrogea Ushikawa, aurais-je par hasard d'autres aptitudes qui mériteraient d'être mentionnées ? Aurais-je d'autres talents dont je pourrais me glorifier aux yeux d'autrui ?

« *Aucun* », se répondit-il en toute certitude.

5
Aomamé

Même en retenant son souffle

AOMAMÉ NE RESSENTAIT PAS COMME PARTICULIÈREMENT PÉNIBLE le fait de vivre dans un endroit confiné et de mener une existence solitaire et monotone. Elle se levait le matin à six heures, prenait un petit déjeuner frugal. Pendant environ une heure, elle faisait de la lessive, du repassage, du ménage. Ensuite, elle s'entraînait sur les appareils que lui avait fournis Tamaru, durant une heure et demie. Elle recherchait l'efficacité et la rigueur. En tant qu'instructrice professionnelle, elle savait précisément comment chacun de ses muscles devait être stimulé au quotidien. Jusqu'où l'exercice était profitable, à partir d'où il était excessif.

L'essentiel de son déjeuner consistait en une salade de légumes et en fruits. L'après-midi, en général, elle s'asseyait sur le canapé et lisait, ou bien elle faisait une courte sieste. Vers le soir, elle passait une bonne heure à cuisiner et elle avait terminé de dîner à six heures. Lorsque le soleil se couchait, elle sortait sur le balcon, s'asseyait, et surveillait le jardin. Et à dix heures et demie, elle allait se coucher. Tout recommençait le lendemain. Mais dans cette vie répétitive, elle ne ressentait pas d'ennui.

Fondamentalement, elle n'était pas de nature sociable. Elle ne voyait pas d'inconvénient à ne rencontrer personne durant une longue période de temps, ou à ne parler à personne. Lorsqu'elle était écolière, elle restait pour ainsi dire muette avec ses camarades. La vérité était que, sauf en cas de nécessité, on ne lui adressait jamais la parole. Dans la classe, Aomamé était un élément « incompréhensible », hétérogène, qui devait être éliminé, ignoré. Elle trouvait cela injuste. Elle aurait admis que les autres l'excluent si c'était elle qui avait commis une faute. Mais ce n'était pas le cas. Car les jeunes enfants sont bien obligés d'obéir aux ordres de leurs parents. Aussi, avant les repas, devait-elle obligatoirement prononcer sa prière à haute voix, accompagner sa mère, le dimanche, dans sa tournée évangélisatrice, renoncer « pour des raisons religieuses » aux visites des sanctuaires shintô, refuser de se joindre à la fête de Noël, ne pas élever la plus petite plainte quand on lui faisait porter de vieux vêtements. Mais les autres enfants ignoraient tout de sa situation et ne cherchaient d'ailleurs pas à la connaître. Simplement, à leurs yeux, Aomamé était bizarre. Du reste, même les professeurs jugeaient sa présence embarrassante.

Bien entendu, Aomamé aurait pu mentir à ses parents. Leur affirmer qu'elle récitait bien sa prière alors qu'elle n'en faisait rien. Mais elle ne voulait pas agir ainsi. D'abord, parce qu'elle ne voulait pas mentir à Dieu —— qu'il existe ou non ——. Ensuite, parce qu'elle éprouvait de la colère vis-à-vis de ses camarades. Puisqu'ils me trouvent tellement bizarre, pensait-elle, eh bien oui, je le serai autant que ça me plaira. Dire sa prière, c'était finalement une sorte de défi. La justice était de son côté.

C'était pénible pour elle, le matin, de se lever et de s'habiller pour aller à l'école. L'angoisse lui donnait des diarrhées ou des nausées. Il lui arrivait d'être fiévreuse, d'avoir des migraines, ou les membres engourdis. Pas une fois pourtant elle ne manqua l'école. Si elle s'était absentée un seul jour, elle aurait sûrement eu envie de prolonger ce congé. Et ensuite, elle ne serait peut-être plus jamais retournée en classe. Ce qui aurait signifié qu'elle aurait capitulé face à ses camarades ou à ses maîtres. Nul doute que tous auraient été soulagés si elle avait disparu. Aomamé n'entendait pas leur accorder ce réconfort. Aussi, malgré toutes ses angoisses, elle se rendait à l'école – s'il le fallait, en s'y traînant. Puis elle serrait les dents, et résistait en silence.

Par comparaison avec son enfance si douloureuse, vivre confinée dans une coquette résidence sans parler à personne, ce n'était rien. Par rapport à la *monstruosité* qu'elle avait dû subir – demeurer murée dans le mutisme alors que les autres, autour d'elle, bavardaient joyeusement –, c'était infiniment plus agréable, et naturel aussi, de rester coite en un lieu où elle vivait seule. En outre, elle avait des livres. Elle avait commencé le roman de Proust. Mais elle se retenait de ne pas en lire plus de vingt pages par jour. Elle prenait le temps de bien savourer chaque expression, chaque terme. Ensuite, elle lisait un autre livre. Et puis, avant de s'endormir, elle relisait sans faute quelques pages de *La Chrysalide de l'air*. En effet, ce texte, c'était Tengo qui l'avait rédigé. En un certain sens, il lui servait de manuel de survie dans le monde de 1Q84.

Elle écoutait aussi de la musique. La vieille dame lui avait fait apporter un carton plein de cassettes de musique classique. De toutes les sortes, de tous les styles. Des symphonies de Mahler, de la musique de chambre de Haydn, des œuvres pour clavier de Bach. Elle avait également la *Sinfonietta* de Janáček. Une fois par jour, elle l'écoutait en même temps qu'elle pratiquait sans bruit ses exercices.

L'automne s'installait tranquillement. Avec le changement des jours, Aomamé avait la sensation que son corps devenait peu à peu transparent. Elle s'efforçait de ne pas penser. Ce qui bien sûr était impossible. Dès que se crée du vide, il attire à lui ce qui doit le combler. Tout du moins, elle sentait qu'elle n'avait rien ni personne à haïr. Elle n'avait pas à détester ses camarades de classe ou ses professeurs. Elle n'était plus une enfant impuissante, que l'on forçait à embrasser une foi. Elle n'avait plus besoin non plus d'éprouver de l'aversion vis-à-vis des hommes qui infligeaient des violences aux femmes. La colère qui jusque-là déferlait parfois en elle, semblable à une lame de fond – avec une intensité et une sauvagerie telles qu'elle avait envie de frapper à coups de poing le mur en face d'elle –, s'était évanouie sans qu'elle s'en soit aperçue. Elle en ignorait la raison, mais cette fureur n'était plus jamais revenue. Elle en était heureuse. Elle espérait bien dorénavant ne plus blesser personne. Ni se blesser elle-même.

Les nuits où elle ne dormait pas, elle songeait à Tamaki Ootsuka et à Ayumi Nakano. Lorsqu'elle fermait les paupières revivait en elle le souvenir vivace de ces corps qu'elle avait étreints. L'une et l'autre avaient un corps chaud, lisse et doux. Une chair étonnamment dense. Leur sang frais circulait, leur cœur battait en rythmes réguliers et bienfaisants. Elle entendait leurs soupirs étouffés, leurs petits rires. Elle revoyait leurs doigts délicats, leurs mamelons durcis, leurs cuisses satinées... Mais elles n'étaient plus de ce monde.

Semblable à de l'eau sombre et douce, la tristesse envahissait silencieusement le cœur d'Aomamé, sans prévenir. Dans ces moments-là, elle changeait le circuit de ses souvenirs et pensait de toutes ses forces à Tengo. Elle se concentrait et faisait resurgir la sensation de la main du petit garçon de dix ans, que, durant un très bref instant, elle avait serrée, dans la salle de classe, après les cours. Et puis lui revenait en tête la silhouette du Tengo de trente ans, sur le toboggan, qu'elle avait vu très peu de temps auparavant. Elle s'imaginait étreinte dans ses bras solides.

Il était presque à ma portée.

Mais la prochaine fois, se disait-elle, si je tends la main, je pourrai sûrement l'atteindre. Aomamé fermait les yeux dans le noir et se plongeait dans ce possible. Laissant son cœur s'abandonner à ce rêve.

Pourtant, songeait-elle aussi, si vraiment je ne le revoyais pas, *que se passerait-il* ? Elle en tremblait. L'histoire était beaucoup plus simple tant que le point de contact réel avec Tengo n'avait pas existé. La rencontre avec Tengo devenu adulte, pour Aomamé, ce n'était qu'un rêve, une hypothèse abstraite. Mais à présent qu'elle l'avait vu, réellement, sa présence avait acquis une force et un caractère d'urgence sans pareils. Il fallait qu'Aomamé le revoie. Et elle voulait qu'il la prenne dans ses bras, qu'il la caresse. À la simple pensée que cela ne se ferait peut-être pas, elle se sentait comme déchirée, dans son âme et dans son corps.

J'aurais peut-être dû me tirer dans la tête cette balle de 9 mm lorsque je me trouvais devant la publicité du tigre d'Esso. Je n'aurais pas eu à vivre avec une telle tristesse, pensait-elle. Mais elle avait été incapable d'appuyer sur la détente jusqu'au bout. Elle avait entendu une voix. Quelqu'un, de très loin, l'appelait par son nom. Et dès qu'elle avait eu l'espoir qu'*elle reverrait peut-être Tengo*, elle avait dû continuer à vivre. Même si Tengo courait alors de grands dangers, comme l'avait dit le leader, elle n'avait eu d'autre choix. Une puissante force vitale, presque irrationnelle, avait surgi en elle. Le résultat était ce violent désir de Tengo qui brûlait en elle. C'était une soif inextinguible et le pressentiment du désespoir.

« Voilà ce que vivre signifie », comprit Aomamé en un éclair. L'espoir est le combustible que les hommes brûlent pour pouvoir vivre. Impossible de vivre sans espoir. Mais c'est comme une pièce qu'on jette en l'air. Pile ? Face ? On le saura quand elle sera retombée, pas avant. Ses pensées angoissantes lui broyaient le cœur, si fort qu'elle sentait tous ses os crier.

Elle prit son automatique dans la main et s'assit à la table du séjour. Elle tira la glissière, fit passer une balle dans la chambre, releva le chien avec le pouce et plongea le canon dans sa bouche. Si elle mettait tant soit peu de force dans l'index de sa main droite, sa détresse disparaîtrait sur-le-champ. Encore un peu, se dit-elle. Que mon index se rétracte d'un centimètre, même pas, de cinq millimètres, et je serai transportée dans un monde de silence dénué d'inquiétude. La souffrance durera l'espace d'un éclair. Puis viendra le rien miséricordieux. Elle ferma les yeux. Le tigre, sur le panneau publicitaire Esso, le tuyau d'essence dans sa patte, lui adressa un sourire.

Mettez un tigre dans votre moteur.

Elle retira le canon rigide de sa bouche, secoua lentement la tête.

Je ne peux pas mourir. En face de mon balcon, il y a le jardin. Et là, le toboggan. Tant que j'ai l'espoir que Tengo revienne, je suis incapable d'appuyer sur la détente. La possibilité de cette rencontre stoppait Aomamé au tout dernier instant. Elle avait la sensation que dans son cœur une porte se fermait, qu'une autre s'ouvrait. Paisiblement, sans bruit. Aomamé tira la glissière, éjecta la balle, remit le cran de sûreté et posa l'automatique sur la table. Lorsqu'elle ferma les yeux, elle perçut dans l'obscurité un quelque chose minuscule qui émettait de faibles lueurs avant de disparaître. Comme une poussière lumineuse. Elle ignorait ce que c'était.

Elle s'installa sur le canapé, se concentra sur les pages de *Du côté de chez Swann*. Elle s'efforçait de visualiser mentalement les scènes décrites par le roman, sans que d'autres pensées ne s'y glissent en même temps. Dehors, une pluie froide se mit à tomber. Le bulletin météo de la radio avait annoncé que des précipitations mesurées tomberaient sans cesse jusqu'au lendemain matin. Le front pluvieux de l'automne s'était bien installé au large de l'océan Pacifique. Comme quelqu'un perdu dans ses pensées solitaires qui a oublié le temps.

Tengo ne va sans doute pas venir aujourd'hui, se dit-elle. Le ciel était totalement recouvert d'épais nuages. Il était impossible de voir la lune. Aomamé s'installerait pourtant sur le balcon, elle boirait une tasse de chocolat chaud et elle surveillerait le jardin. Elle poserait à portée de main son automatique et ses jumelles, se tiendrait prête à sortir à l'instant, et continuerait à observer le toboggan frappé par la pluie. C'étaient les seules actions qui avaient du sens pour elle.

À trois heures de l'après-midi, la sonnerie de l'entrée retentit. Quelqu'un voulait entrer dans l'immeuble. Bien entendu, Aomamé l'ignora. Il n'y avait aucune chance pour qu'on veuille lui rendre visite. Elle avait fait chauffer de l'eau pour se préparer du thé mais elle éteignit le gaz par prudence et écouta. Après trois ou quatre coups de sonnette, le silence se fit.

Environ cinq minutes plus tard, la sonnerie retentit de nouveau. Cette fois, c'était celle de la porte d'entrée de son appartement. Ce *quelqu'un* était à présent dans le bâtiment. Devant sa porte. Le visiteur avait peut-être profité qu'un habitant de l'immeuble pénètre dans l'entrée pour se glisser derrière lui. Ou bien il avait sonné ailleurs et avait réussi à se faire ouvrir. Aomamé demeura tout à fait silencieuse. Ne répondez à personne. Ne faites aucun bruit. N'ouvrez en aucun cas le verrou – telles étaient les instructions de Tamaru.

Il y eut une bonne dizaine de coups de sonnette. Une insistance exagérée pour un vendeur. Ces gens-là ne sonnaient pas plus de trois fois. Puis le visiteur commença à frapper du poing contre la porte. Des coups pas très forts. Mais saturés d'impatience et de colère. « Mademoiselle Takaï ! fit la grosse voix d'un homme d'un certain âge. Une voix légèrement rauque. Bonjour, mademoiselle Takaï ! Voulez-vous bien ouvrir ? »

« Takaï » était le nom d'emprunt apposé sur sa boîte aux lettres.

« Désolé de vous déranger, mademoiselle Takaï, mais ouvrez-moi, s'il vous plaît. »

L'homme fit une pause, dans l'attente d'une réaction. Comme il n'y en eut aucune, il se remit à tambouriner contre la porte. Un peu plus fort.

« Mademoiselle Takaï, je sais que vous êtes chez vous. Alors, cessez votre petit jeu et ouvrez la porte. Vous êtes là, et vous m'entendez. »

Aomamé saisit l'automatique qui était posé sur la table, ôta le cran de sûreté. Elle enveloppa le pistolet dans une serviette et se tint prête à tirer.

Elle n'avait pas la moindre idée de l'identité de l'homme ni de ce qu'il voulait. Mais sa colère semblait clairement dirigée contre elle – pourquoi, elle l'ignorait – et il semblait déterminé à se faire ouvrir. Inutile de préciser que dans sa situation, c'était la dernière chose qu'Aomamé souhaitait.

Les coups cessèrent enfin, et de nouveau, la voix de l'homme résonna dans le couloir.

« Mademoiselle Takaï, je suis ici pour le recouvrement de la redevance de la NHK. Oui. Notre bonne vieille Enn-étchi-keye. Je sais que vous êtes là. Vous avez beau retenir votre souffle, je le sais pourtant. J'ai exercé mon métier depuis de si longues années que je fais la différence entre les gens qui sont absents et ceux qui sont bien là. Même si vous faites le moins de bruit possible, il reste toujours des signes d'une présence humaine. Les hommes respirent, leur cœur bat, leur estomac digère. Mademoiselle Takaï, je sais qu'en ce moment, vous êtes là, dans cet appartement. Et que vous attendez que je me résigne à m'en aller. Vous n'avez aucune intention d'ouvrir la porte ni de me répondre. Parce que tout bonnement, vous ne voulez pas payer la redevance. »

L'homme parlait d'une voix bien plus forte que nécessaire. Elle résonnait dans les couloirs de toute la résidence. Sans doute était-ce intentionnel. Vous vous adressez à quelqu'un en l'appelant par son nom, d'une voix sonore, vous le raillez, vous le faites se sentir honteux. Et cela sert de leçon aux voisins. Bien sûr, Aomamé continua à observer le silence. Pas question de répondre. Elle reposa son automatique sur la table. Mais, par précaution, elle laissa le cran de sûreté détaché. Il n'était pas impossible que quelqu'un veuille se faire passer pour un collecteur de la NHK. Assise sur une chaise face à la table à manger, elle continua de fixer la porte d'entrée.

Elle avait envie d'avancer à pas de loup, de regarder par le trou de la serrure, de vérifier quelle sorte d'homme se trouvait là. Mais elle ne bougea pas. Mieux valait éviter tout mouvement inutile. Une fois qu'il en aurait assez, il finirait bien par s'en aller.

L'homme semblait néanmoins résolu à se lancer dans une vraie harangue.

« Mademoiselle Takaï, allons, arrêtez de jouer à cache-cache ! Moi non plus, figurez-vous, ça ne m'amuse pas, ce que je fais. Vous savez, je suis extrêmement occupé. Mademoiselle Takaï, dites-moi, vous regardez bien la télévision, n'est-ce pas ? Et tous les gens qui regardent la télévision, tous, vous m'entendez, doivent s'acquitter de la redevance de la Ennétchi-keye. Cela ne vous plaît peut-être pas, mais c'est la loi. Ne pas payer la redevance, c'est comme voler. Mademoiselle

Takaï, vous n'aimeriez tout de même pas qu'on vous traite de voleuse pour une somme si anodine ? Vous qui habitez dans cette splendide résidence, toute neuve, vous pourriez sans problème payer cette redevance. Pas vrai ? Ce n'est pas drôle pour vous, j'imagine, que je proclame ces évidences à la face du monde ? »

Aomamé ne savait pas comment elle se serait comportée en temps ordinaire, si un collecteur de la NHK avait fait un tel raffut devant sa porte. Mais à présent, elle se cachait et faisait tout pour ne pas se faire remarquer. Elle ne voulait pas attirer l'attention des autres habitants de la résidence. Mais elle était réduite à l'impuissance. Il ne lui restait qu'à attendre en muselant son souffle que l'homme s'en aille.

« Mademoiselle Takaï, je me répète, oui, je m'en rends compte moi-même. Mais vous êtes bien là, chez vous, et vous m'écoutez, l'oreille en alerte. Et voilà ce que vous vous dites. Comment se fait-il qu'il fasse ce raffut interminable juste devant chez moi ? Hein, pourquoi, mademoiselle Takaï ? Sans doute parce que je n'apprécie pas beaucoup les gens qui font semblant d'être absents. Votre petite feinte, c'est juste une ruse provisoire, vous le savez ? Si vous ouvriez la porte, et que vous me disiez en face que vous refusez de payer la redevance de la Enn-étchi-keye, est-ce que ce ne serait pas mieux ? Vous vous sentiriez soulagée. Et moi aussi, voyez-vous, ça me soulagerait. Parce que, au moins, nous aurions de quoi discuter. Mais faire semblant de ne pas être là, ce n'est pas bien. Vous vous cachez dans le noir, comme une pauvre petite souris. En attendant qu'il n'y ait plus personne pour vous esquiver sournoisement. Quel pitoyable mode de vie ! »

Cet homme ment, se dit Aomamé, quand il prétend sentir que quelqu'un se trouve chez lui. Je ne fais strictement aucun bruit, je respire très doucement. Son vrai but, à ce type, c'est d'intimider tous les habitants, en se plantant devant chez n'importe qui et en faisant beaucoup de bruit. C'est juste pour que tout le monde pense qu'il vaut mieux payer la redevance que de subir devant sa porte un boucan pareil. Il doit répéter son petit manège partout, et sûrement obtenir certains résultats.

« Mademoiselle Takaï, vous pensez, je suppose, que je suis très antipathique, n'est-ce pas ? Vous voyez, je peux lire dans vos pensées. Oui, en effet, je suis un homme antipathique. J'en suis bien conscient. Mais voilà, mademoiselle Takaï, on ne peut pas récupérer les redevances si l'on est trop gentil. Et si vous me demandez pourquoi, je vous répondrai que c'est parce qu'il y a vraiment beaucoup de gens dans le monde qui ont décidé de ne pas payer du tout la redevance de la Enn-étchi-keye. Du coup, si je veux récupérer de l'argent, impossible de me montrer affable et compréhensif. Bien sûr, je pourrais partir tranquillement, en me contentant de dire : "Alors comme ça, vous ne voulez pas payer la redevance de la Enn-étchi-keye ? Je comprends. Désolé de vous avoir dérangée !" Mais je ne peux pas. Collecter la redevance, c'est mon travail. D'autre part, à titre personnel, je déteste les gens qui feignent d'être absents. »

L'homme se tut et fit une pause. Puis résonnèrent de nouveau une bonne dizaine de coups contre la porte.

« Mademoiselle Takaï, est-ce que vous ne me trouvez pas de plus en plus antipathique ? Est-ce que vous ne vous considérez pas comme une authentique voleuse ? Allons, pensez-y sérieusement. Après tout, ce n'est pas une bien grosse somme d'argent. Tout juste ce que vous dépenseriez pour un modeste dîner dans une cafétéria. Allons, payez, et je ne vous traiterai plus de voleuse. Je n'aurai plus besoin de claironner, ni de frapper chez vous. Mademoiselle Takaï, je sais que vous vous cachez juste derrière cette porte. Les ruses ne durent pas éternellement. Pensez-y ! Dans tout le Japon, il y a des gens qui vivent bien plus pauvrement que vous, et qui s'acquittent loyalement de cette redevance mensuelle. Et ça, ce n'est pas juste. »

Il y eut quinze coups contre la porte. Aomamé les compta.

« Bon, j'ai compris, mademoiselle Takaï. Vous aussi, vous me semblez plutôt têtue. Très bien. Pour aujourd'hui, ça suffira, je vais me retirer. Je ne peux pas m'occuper que de vous. Mais je reviendrai, mademoiselle Takaï, sachez-le. Quand j'ai décidé quelque chose, je ne suis pas du genre à y renoncer facilement. Je n'aime pas ceux qui feignent d'être absents. Je reviendrai. Et je frapperai de nouveau contre cette porte. Je continuerai à taper jusqu'à ce que le monde entier entende mes coups. Je vous en fais le serment. C'est une promesse entre vous et moi. Vous êtes d'accord ? Eh bien, je vous dis à bientôt. »

Elle ne perçut pas de bruit de pas. Peut-être l'homme portait-il des chaussures à semelles en caoutchouc. Aomamé attendit cinq minutes. Le souffle silencieux, les yeux rivés sur la porte. Le couloir était calme, elle n'entendait rien. Elle s'approcha à pas de loup de la porte et, résolument, regarda par le trou de la serrure. Il n'y avait personne.

Elle remit le cran de sûreté à son automatique. Elle respira profondément à plusieurs reprises jusqu'à ce que le rythme de son cœur se calme. Elle ralluma le gaz pour faire chauffer de l'eau, se prépara du thé vert et le but. C'est un simple collecteur de la NHK, pensa-t-elle. Mais dans la voix de cet homme, il y avait quelque chose de dérangeant, quelque chose de maladif. S'adressait-il à elle, en tant qu'individu, ou à ce personnage imaginaire à qui l'on avait attribué le nom de « Takaï » ? Elle était incapable d'en juger. Cette voix rauque et ces coups insistants lui laissaient cependant une impression très déplaisante. Elle avait la sensation que sur sa peau était restée collée comme une onctuosité gluante.

Aomamé se déshabilla et prit une douche. Elle se savonna soigneusement sous l'eau brûlante. Après avoir enfilé d'autres habits, elle se sentit un peu mieux. La sensation désagréable sur sa peau avait disparu. Elle s'assit sur le canapé, but le reste de thé. Elle voulut se remettre à lire mais fut incapable de se concentrer sur le texte. La voix de l'homme lui revenait dans les oreilles.

« Et vous pensez qu'en restant cachée là, vous finirez par vous enfuir saine et sauve. Je me trompe ? Mais vous aurez beau respirer à peine, tôt ou tard, il y aura forcément quelqu'un qui vous découvrira. »

Aomamé secoua la tête. Mais non, voyons. Ce type raconte n'importe quoi. Il crie juste comme s'il savait des choses, simplement pour que les gens se sentent mal. Il ne sait strictement rien de moi. Sur ce que j'ai fait. Pour quelle raison je me cache ici. Pourtant, les battements de son cœur ne s'apaisaient pas.

Tôt ou tard, il y aura forcément quelqu'un qui vous découvrira.

Les paroles de ce collecteur paraissaient pleines de sous-entendus. Peut-être s'agissait-il d'un pur hasard. Mais on aurait dit, songeait-elle, que l'homme savait exactement quels mots choisir pour me perturber. Aomamé renonça à lire, elle ferma les yeux.

Tengo, où es-tu ? pensa-t-elle. Elle prononça la phrase à voix haute. *Tengo, où es-tu* ? Trouve-moi vite. Avant que quelqu'un d'autre le fasse.

6
Tengo

Au picotement de mes pouces

TENGO MENA UNE VIE BIEN RÉGLÉE dans cette petite ville de bord de mer. Une fois que le schéma en fut fixé, il fit de son mieux pour s'y tenir. Il ne savait pas très bien pourquoi, mais cela lui semblait important. Le matin, il se promenait, il écrivait, puis il se rendait à l'hôpital, il faisait la lecture à son père plongé dans le coma, rentrait ensuite au *ryôkan*, se mettait au lit et s'endormait. Et ces journées se répétaient, semblables aux chants monotones qui accompagnent le travail dans les rizières.

Il y eut une succession de nuits chaudes, puis assez étonnamment vinrent des nuits plutôt fraîches. Indifférent à ces changements de température, Tengo vivait en calquant tels quels ses faits et gestes de la veille sur ceux du lendemain. Il s'efforçait de devenir un observateur transparent ou incolore, de museler son souffle, de ne laisser transparaître aucun signe de lui, restant seulement dans l'attente de *ce moment-là*. Avec le temps se diluait la différence entre une journée et la suivante. Une semaine s'écoula, puis dix jours. Mais la chrysalide de l'air ne se manifesta pas. En fin d'après-midi, dans le lit, une fois que son père était transporté dans la salle d'examens, ne subsistait que sa pitoyable empreinte humaine.

Ne devrait-*elle* lui apparaître qu'une fois ? Tengo réfléchissait en se mordant les lèvres, dans la chambre exiguë plongée dans le demi-jour. N'était-ce qu'une manifestation particulière qu'il ne reverrait jamais ? Ou encore, se disait-il, aurais-je été victime d'une hallucination ? Il ne trouvait pas de réponse à ses questions. Tout ce que ses oreilles percevaient, c'était la rumeur de la mer au loin, et parfois le bruit du vent qui s'engouffrait dans la pinède protectrice.

Tengo n'était pas totalement convaincu qu'il agissait comme il le fallait. Peut-être était-ce stérile de passer son temps dans la chambre d'un hôpital comme oublié de la réalité, dans une ville côtière éloignée de Tokyo. Mais même si c'était le cas, Tengo ne pensait pas qu'il devait rentrer. Dans cette chambre, un soir, il avait vu une chrysalide de l'air. À l'intérieur, il avait vu la forme d'une petite Aomamé endormie parmi des lumières évanescentes. Il lui avait même effleuré la main. Et même si cela ne s'était produit qu'une fois, non, même s'il ne s'était agi que d'une hallucination, il voulait demeurer là le plus longtemps possible, à revivre dans son cœur la scène dont il avait été le témoin.

Quand elles comprirent que Tengo ne rentrait pas à Tokyo, les infirmières commencèrent à lui témoigner de la sympathie. Dans les petites pauses qu'elles prenaient au cours de leur travail, elles bavardaient de choses et d'autres avec lui. Elles venaient le trouver dans la chambre de son père si elles avaient un moment libre. Elles lui offraient parfois du thé ou des gâteaux. Deux d'entre elles se relayaient pour s'occuper de son père. Mme Ômura (celle qui avait la trentaine et qui fichait un stylo-bille dans ses cheveux attachés en haut de son crâne) et Mlle Adachi (celle qui avait des joues rouges et une queue-de-cheval). Mme Tamura (celle qui était plus âgée et qui portait des lunettes à monture dorée) se trouvait le plus souvent à l'accueil, mais elle assurait la relève quand on était en manque de main-d'œuvre. Ce trio d'infirmières semblait porter à l'endroit de Tengo un intérêt tout personnel.

Mis à part le moment particulier du crépuscule, Tengo, de son côté, avait du temps à ne savoir qu'en faire et il parlait avec les trois femmes de toutes sortes de sujets. Et il répondait aussi sincèrement que possible à leurs nombreuses questions. Il évoquait pour elles les mathématiques qu'il enseignait à l'école préparatoire et les travaux d'écriture qu'il pratiquait à côté. Il leur parlait du métier de son père, collecteur pour la NHK pendant de très longues années. Il leur racontait qu'enfant, il s'adonnait au judo, et que lycéen, il avait même remporté un tournoi départemental. Mais il ne leur dit pas un mot sur les désaccords qu'il avait longtemps eus avec son père. Il garda aussi pour lui le fait que sa mère était morte et qu'elle s'était peut-être enfuie avec un autre homme, abandonnant son mari et son jeune enfant. Lever le voile sur ce genre de faits serait trop hasardeux. Bien entendu, il lui était impossible de leur révéler qu'il avait été le *ghost-writer* du best-seller *La Chrysalide de l'air*. Ni qu'il voyait dans le ciel deux lunes.

Les trois femmes lui racontaient leur vie. Toutes trois étaient originaires de la région, et, après le lycée, elles étaient entrées dans un institut de formation pour devenir infirmières. Le travail dans cet hôpital était le plus souvent monotone et ennuyeux, certes, les horaires longs et irréguliers, mais elles étaient heureuses d'avoir trouvé un emploi dans leur province. Il y avait moins de stress que dans une polyclinique où l'on doit affronter chaque jour des situations extrêmes. Les vieillards, eux, perdaient leurs souvenirs peu à peu. Ils finissaient par expirer paisiblement, sans s'être rendu compte de leur état. Il y avait peu de sang, on faisait tout pour réduire les souffrances. Pas d'ambulances en pleine nuit, avec des patients à soigner en urgence. Pas de proches qui sanglotaient. Comme le coût de la vie était bas dans la région, elles pouvaient vivre à l'aise malgré des salaires peu élevés. Mme Tamura, l'infirmière aux lunettes, avait perdu son mari cinq ans plus tôt, à la suite d'un accident ; elle vivait avec sa mère dans une ville des environs. Mme Ômura avait deux petits garçons, son mari était chauffeur de taxi. Mlle Adachi, la plus jeune, habitait avec sa sœur aînée, de trois ans plus âgée qu'elle, qui était coiffeuse. Elles louaient ensemble un appartement dans les faubourgs de la ville.

« Tengo, vous êtes vraiment gentil ! s'exclama Mme Ômura en changeant la poche du goutte-à-goutte. Venir comme ça tous les jours, et faire la lecture à votre père, alors qu'il est inconscient… Il n'y a pas beaucoup de parents qui se donnent cette peine ! »

Tengo se sentait un peu mal à l'aise quand on lui adressait ces louanges. « C'est juste que j'ai pris des congés. Mais je ne crois pas que je pourrai rester longtemps.

— En tout cas, congé ou pas, personne ne vient ici de gaieté de cœur, remarqua-t-elle. Je ne devrais pas parler comme ça, mais c'est le genre de maladie où il n'y a aucun espoir, alors, avec le temps, tout le monde finit par être démoralisé.

— C'est mon père qui m'avait demandé que je lui lise un livre. N'importe lequel. C'était avant, quand il n'avait pas encore perdu la tête. D'ailleurs, ici, je ne vois pas ce que je pourrais faire d'autre.

— Quels livres lui lisez-vous ?

— Oh, toutes sortes. Celui que je suis en train de lire, à l'endroit où j'en suis resté.

— Aujourd'hui, qu'est-ce que c'est ?

— *La Ferme africaine*, de Karen Blixen.

— Ah, je n'en ai pas entendu parler.

— Il a été écrit en 1937. Karen Blixen était danoise. Elle s'est mariée avec un noble suédois, et le couple est parti en Afrique exploiter une ferme, juste avant le début de la Première Guerre mondiale. Après son divorce, elle a repris seule le domaine agricole. C'est ce qu'elle raconte dans ce livre. »

L'infirmière prit la température du père, inscrivit des chiffres sur le bloc-notes, puis remit son stylo-bille dans ses cheveux. Ensuite, elle lissa sa frange.

« Cela vous ennuie si je vous écoute un moment ?

— Je ne sais pas si cela vous plaira », répondit Tengo.

L'infirmière s'assit sur un tabouret, croisa les jambes. De jolies jambes, solides et fermes. Qui commençaient à grossir. « Eh bien, voyons donc. »

Tengo se remit à lire lentement la suite du texte. C'était un passage qui nécessitait une lecture lente. À l'image du temps qui traverse le continent africain.

En Afrique, lorsque la longue saison des pluies commence après quatre mois de chaleur et de sécheresse, la végétation, la fraîcheur et les parfums qui vous entourent paraissent accablants.

Mais les fermiers n'osent pas faire totalement confiance à la générosité de la nature, ils tendent l'oreille avec anxiété, dans l'attente d'un diminuendo du roulement de la pluie autour d'eux. L'eau que la terre va avaler pendant deux mois de pluie doit suffire à faire subsister l'ensemble des plantes, des animaux et des hommes de la ferme pendant les quatre mois secs qui suivront.

C'est un spectacle réjouissant quand tous les chemins de la ferme sont transformés en clairs torrents et quand le fermier patauge dans la boue, le cœur léger, jusqu'à ses champs de café en fleur et gorgés d'eau. Mais il arrive aussi que, au milieu de la saison des pluies, les étoiles pointent à travers la mince couche de nuages. Le fermier sort alors de sa maison, fixe le ciel et tend les bras, comme s'il voulait le traire de toute la pluie qu'il contient. Il crie vers le ciel : « Donne-nous de la pluie, donne-nous-en assez, et plus encore. Mon cœur est à nu devant toi, et je ne te laisserai pas avant que tu m'aies béni. Tu peux me noyer si telle est ta volonté, mais ne m'ôte point la vie par tes caprices, par pingrerie et par sécheresse. Pas de coïtus interruptus. *Ciel ! Ciel ! »*

« *Coïtus interruptus* ? fit l'infirmière en fronçant les sourcils.

— C'était quelqu'un qui ne mâchait pas ses mots.

— Pourtant, ce sont des termes assez crus quand on s'adresse à Dieu.

— En effet », en convint Tengo.

Parfois, un jour sec, froid et gris au milieu de la saisons des pluies ravive soudain le souvenir de Marka mbaya, *la mauvaise année, l'année de sécheresse qui a frappé le pays. À cette époque, les Kikuyus avaient l'habitude de faire brouter leurs vaches autour de ma maison, et il y avait parmi les bouviers un jeune homme qui jouait un petit air de flûte. Quand j'entendais à nouveau cette mélodie, elle me rappelait instantanément tous nos chagrins et tout notre désespoir qui avait le goût salé des larmes. Cependant, cette mélodie possédait une force inattendue, surprenante, et une douceur étonnante. Est-il vraiment possible que les temps si durs aient renfermé cela ? Dans ce temps-là, nous débordions de jeunesse et d'un espoir fou. C'est durant ces longues journées funestes que nous étions pour ainsi dire amalgamés et ne formions plus qu'un seul tout, au point que nous aurions pu nous reconnaître sur une autre planète ; une chose en appelait une autre – de mon coucou à mes livres, en passant par les vaches maigres de la plaine et les vieux Kikuyus soucieux. « Vous étiez là, vous aussi. Vous aussi, vous faisiez partie de la ferme au pied du Ngong. » Ces temps difficiles nous ont donné leur bénédiction avant de disparaître*[1].

« Le style est très vivant, remarqua l'infirmière. On visualise les scènes. C'est donc *La Ferme africaine,* de Karen Blixen ?

— Oui.

— Et vous avez une belle voix. Pleine d'émotion et de profondeur. Elle est parfaite pour une lecture publique.

— Merci. »

Toujours assise sur le tabouret, elle ferma les yeux un instant, respirant paisiblement. Comme si elle goûtait dans son corps les résonances du texte. Sous son uniforme blanc, Tengo voyait sa poitrine rebondie se soulever et s'abaisser au rythme de son souffle. À cette vue, il se souvint de sa petite amie plus âgée. Il se souvint que le vendredi après-midi, il la déshabillait, qu'il lui caressait les seins et faisait durcir les mamelons. Il se remémora ses soupirs violents, son sexe humide. Derrière la fenêtre aux rideaux tirés, la pluie qui tombait doucement. Son amie soupesait ses testicules avec la paume de ses mains. Pourtant, même à l'évocation de ces souvenirs, Tengo ne sentait pas s'éveiller en lui de désir sexuel. Toutes ces scènes et ces sensations étaient vagues et lointaines, comme recouvertes d'une fine pellicule.

Un instant après, l'infirmière rouvrit les yeux, observa Tengo. Son regard paraissait deviner les pensées qui l'agi-

1. Cet extrait et celui de la page 95 proviennent de *La Ferme africaine,* de Karen Blixen, traduction Alain Gnaedig, Gallimard, 2005.

taient. Mais il n'y avait pas de reproche dans ses yeux. Elle se leva, un léger sourire aux lèvres, et le regarda encore une fois, du haut de sa taille.

« Il faut que j'y aille », dit-elle en portant la main à ses cheveux. Elle s'assura que le stylo-bille était toujours en place, se retourna, et sortit de la chambre.

Vers la tombée du jour, il téléphonait à Fukaéri. Chaque fois, elle lui répondait qu'il n'était rien arrivé de spécial ce jour-là. Le téléphone avait sonné plusieurs fois, mais elle n'avait pas décroché, comme il le lui avait recommandé. C'est très bien comme ça, disait Tengo. Laisse-le donc sonner dans le vide.

Lorsque c'était lui qui l'appelait, il était convenu qu'il faisait sonner trois fois, raccrochait, et immédiatement après, sonnait de nouveau. Mais elle ne respectait pas ses consignes. Le plus souvent, elle répondait dès la première sonnerie.

« Voyons, ce n'est pas ce qui avait été décidé ! la mettait en garde Tengo, chaque fois.

— Je savais alors ça va…, répondait Fukaéri.

— Tu veux dire que tu savais que c'était moi qui t'appelais ?

— Je ne réponds pas aux autres… »

Après tout, ce n'était peut-être pas impossible, songeait Tengo. Lui-même reconnaissait la sonnerie lorsque Komatsu l'appelait. Il y avait dedans de l'énervement, de l'impatience. Comme si Komatsu tambourinait avec insistance sur la table, du bout des doigts. Enfin, ce n'était qu'une vague intuition sur laquelle il ne pouvait totalement se fier. Les journées de Fukaéri étaient tout aussi monotones que celles de Tengo. Elle ne mettait pas un pied hors de l'appartement. Chez lui, il n'y avait pas de téléviseur, et elle ne lisait pas. Elle ne mangeait presque pas. Pour le moment, il était inutile qu'elle aille faire des provisions.

« Je ne bouge pas alors je n'ai pas besoin de manger beaucoup…, lui expliqua Fukaéri, un soir.

— Qu'est-ce que tu fais toute la journée toute seule ?

— Je pense…

— Et à quoi ? »

Fukaéri ne répondit pas à cette question. « Le corbeau est venu…

— Il se montre une fois par jour.

— Il est pas venu une seule fois mais plusieurs…, insista la jeune fille.

— Le même corbeau ?

— Oui…

— Et sinon, personne ?

— L'homme de la Enn-étchi-keye est revenu…

— Le même que l'autre fois ?

— Il a crié avec une grosse voix… M. Kawana est un voleur…

— Il était juste devant la porte de l'appartement en criant comme ça ?

— Pour que tout le monde entende… »

Tengo réfléchit un instant. « Ne te fais pas de souci. C'est sans rapport avec toi, ça n'aura aucune conséquence.

— Il a dit qu'il savait qu'il y avait quelqu'un…

— Ne t'en fais pas, répéta Tengo. Il n'en sait rien. Il fait semblant, c'est juste une espèce de menace. Les gens de la Enn-étchi-keye utilisent parfois ces procédés. »

Tengo avait vu bien souvent son père se servir de cette tactique. Le dimanche après-midi, sa voix mauvaise résonnait dans les couloirs des logements collectifs. De l'intimidation et des railleries. Tengo pressa ses tempes du bout des doigts. Les souvenirs revivaient, escortés de divers accessoires pesants.

Dans le silence qui suivit, Fukaéri sembla deviner quelque chose. « Ça va…, demanda-t-elle.

— Oui, oui, ça va. Ignore-le, l'homme de la Enn-étchi-keye.

— Le corbeau aussi il a dit ça…

— Eh bien tant mieux », répondit Tengo.

Depuis qu'il voyait briller deux lunes dans le ciel et que, dans la chambre d'hôpital de son père, s'était manifestée à lui une chrysalide de l'air, Tengo en était venu à ne plus s'étonner de rien. Quel était le problème si Fukaéri et un corbeau qui lui rendait visite chaque jour échangeaient leurs opinions ?

« Je pense que je vais rester encore un peu ici. Je ne rentrerai pas encore à Tokyo. Cela ne te fait rien ?

— C'est mieux tu restes encore… »

Là-dessus, sans même marquer de pause, Fukaéri coupa la communication. La conversation avait expiré en un bref instant. Comme si quelqu'un avait cisaillé les fils téléphoniques en abattant dessus une hache bien tranchante.

Tengo composa ensuite les numéros de la société d'édition de Komatsu. Mais l'éditeur n'était pas là. Vers une heure de l'après-midi, il s'était brièvement montré dans les bureaux puis il avait disparu, et à présent, on ignorait où il se trouvait et s'il reviendrait ou pas. De sa part, il n'y avait là rien d'exceptionnel. Tengo laissa le numéro de téléphone de l'hôpital, précisa qu'il s'y trouvait en général l'après-midi et qu'il aimerait que Komatsu l'appelle. S'il avait donné le numéro du *ryôkan*, il aurait risqué que l'éditeur lui téléphone en pleine nuit.

La dernière fois qu'il avait parlé avec Komatsu, c'était presque la fin du mois de septembre. Une brève conversation téléphonique. Depuis, il n'avait eu aucun message de sa part, et lui, de son côté, ne l'avait pas contacté. Vers la fin août, durant trois bonnes semaines, l'éditeur s'était évaporé Dieu sait où. Il avait appelé sa société, avait vaguement prétendu qu'il ne se sentait pas bien, qu'il devait prendre un congé. Ensuite, il n'avait plus donné aucune nouvelle. C'était presque la situation d'une personne disparue. Bien entendu, Tengo s'en était inquiété, sans pour autant se tourmenter vraiment. Komatsu était capricieux et agissait toujours au mieux de ses intérêts. Sans doute réapparaîtrait-il benoîtement, comme si de rien n'était.

Ce genre de comportement égocentrique n'était pas toléré dans les entreprises, en général. Mais dans le cas de Komatsu, il y avait toujours un de ses collègues pour arranger les choses avant que la situation ne devienne vraiment explosive. Il n'était pas franchement populaire et pourtant, il se trouvait toujours quelqu'un de bonne volonté pour réparer les pots cassés. Dans les instances dirigeantes, on faisait semblant de n'avoir rien vu. Komatsu était certes d'un tempérament égoïste, il manquait d'esprit de conciliation, il était arrogant, mais dans son domaine il était bourré de talent, et c'était entièrement à lui qu'on devait le best-seller du moment *La Chrysalide de l'air*. On n'allait pas le licencier comme ça.

Ainsi que Tengo l'avait prévu, un jour, brusquement, Komatsu était réapparu dans la société, et, sans présenter la moindre excuse à quiconque, sans fournir d'explications, il s'était remis au travail. Un des éditeurs que Tengo connaissait lui avait raconté l'affaire au téléphone.

« Et alors, M. Komatsu allait mieux ? lui demanda Tengo.

— Eh bien, oui, il a l'air en parfaite santé, répondit l'homme. Mais il m'a paru beaucoup moins loquace qu'auparavant.

— Moins loquace ? répéta Tengo, un peu étonné.

— Euh… je dirais que sa sociabilité en a pris un coup…

— Mais a-t-il vraiment été malade ?

— Alors là, je n'en sais rien, fit l'homme d'une voix insouciante. C'est ce qu'il a prétendu. Il faut bien le croire. En tout cas, maintenant qu'il est de retour, on arrive à liquider tout le travail qui s'était accumulé. Pendant son absence, c'était terrible pour moi, parce que je devais m'occuper de tout ce qui tournait autour de *La Chrysalide de l'air*.

— À propos, où en est-on au sujet de la disparition de Fukaéri ?

— Nulle part. Ça ne bouge pas. La situation ne progresse pas. Personne ne sait où est passée la jeune romancière. C'est l'incompréhension totale.

— J'ai regardé les journaux, mais ces derniers temps, je n'ai rien vu sur cette affaire.

— Les médias ne s'y intéressent pour ainsi dire plus, ou alors ils restent à une distance prudente. On ne dirait pas non plus que la police s'active vraiment. Si tu veux en savoir davantage, interroge M. Komatsu. Mais, comme je viens de te le dire, à présent, il est plutôt avare de ses paroles. En fait, il ne se ressemble plus. Il semble avoir perdu son énorme confiance en lui, il paraît plus porté à l'introspection. Il est souvent perdu dans ses pensées. Comme s'il était ailleurs. Parfois, il a l'air d'oublier qu'il y a des gens autour de lui. Comme quelqu'un qui se terre seul dans son trou.

— Porté à l'introspection, répéta Tengo.

— Parle avec lui et tu comprendras. »

Tengo l'avait remercié puis avait raccroché.

Quelques jours plus tard, il avait téléphoné à Komatsu en fin d'après-midi. Ce dernier se trouvait dans son bureau. Comme le lui avait dit son collègue, la façon de parler de Komatsu était différente. D'habitude, il était volubile, s'exprimant avec aisance, sans s'interrompre, mais ce soir-là, il était indécis, et tout en bavardant avec Tengo, il donnait l'impression d'être absorbé dans des considérations tout autres. Tengo se dit qu'il avait peut-être des soucis. En tout cas, ce n'était pas le Komatsu flegmatique qu'il connaissait. Quels que soient ses tracas, ou les complications auxquelles il devait faire face, son style était plutôt de n'en rien laisser paraître.

« Vous allez mieux ? avait demandé Tengo.

— Mieux ?

— Eh bien, vous aviez dit que vous étiez malade et qu'il vous fallait un long congé.

— Ah… oui… », avait répondu Komatsu, comme s'il s'en souvenait brusquement. Il y avait eu un bref silence. « Mais ça va, merci. Nous en rediscuterons un de ces jours. Maintenant je ne suis pas encore capable d'en parler vraiment. »

Un de ces jours, s'était répété Tengo. La manière dont Komatsu avait dit ces mots était assez étrange. Comme si le sens des distances y faisait défaut. Ses paroles avaient une sorte d'inconsistance, elles manquaient de profondeur.

Tengo avait interrompu la conversation dès qu'il l'avait pu et avait raccroché. Il n'avait pas soulevé la question de *La*

Chrysalide de l'air et de Fukaéri. Il lui avait semblé comprendre, à son ton, que Komatsu cherchait à éviter ces sujets. Que se passait-il ? Était-il déjà arrivé que l'éditeur lui dise qu'il *n'était pas capable de parler vraiment* de quoi que ce soit ?

C'était la dernière conversation qu'il avait eue avec Komatsu. Elle s'était tenue à la fin septembre. Depuis, deux mois s'étaient écoulés. Komatsu était un homme qui adorait les longues conversations téléphoniques. Et Tengo, pour lui, jouait pour ainsi dire le rôle du mur contre lequel le joueur de tennis lance ses balles. Dès qu'il lui en prenait l'envie, il appelait Tengo, même s'il n'avait rien à lui demander. La plupart du temps, à des heures invraisemblables. Et s'il n'en avait pas envie, il pouvait aussi ne pas lui téléphoner durant une longue période de temps. Mais il était exceptionnel qu'il reste plus de deux mois sans donner de nouvelles.

C'est peut-être une phase, se disait Tengo. Il ne veut parler à personne. Tout le monde connaît ces moments-là, après tout. Même Komatsu. D'ailleurs, de son côté, Tengo n'avait aucune affaire urgente dont il devait l'entretenir. Les ventes de *La Chrysalide de l'air* s'étaient ralenties, on ne parlait pratiquement plus du roman. Quant à Fukaéri « disparue », il savait pertinemment où se trouvait la jeune fille. Si Komatsu avait quelque chose à lui dire, il l'appellerait. S'il ne le faisait pas, cela signifiait qu'il n'avait rien à lui dire.

Pourtant, Tengo sentait que le temps était venu où il devrait lui téléphoner. Dans les paroles de Komatsu : « Nous en rediscuterons un de ces jours », il y avait un petit quelque chose de bizarre qui le titillait dans un coin de sa tête.

Tengo téléphona à l'ami qui assurait son remplacement à l'école préparatoire et lui demanda comment les choses se passaient. Pas de problème particulier, lui répondit son ami. Et de ton côté, comment va ton père ?

« Il est toujours dans le coma, il n'y a aucun changement, déclara Tengo. Il respire normalement, sa température et sa tension sont basses, mais pour le moment, il est stable. Seulement, il est inconscient. Sans doute ne souffre-t-il pas. Comme s'il était parti pour le royaume des rêves.

— Ce n'est peut-être pas une si mauvaise façon de mourir », estima son camarade, d'une voix dépourvue d'émotion. Il avait voulu dire : « C'est sans doute indélicat de parler ainsi, mais quand on y pense, en un sens, c'est peut-être la meilleure manière de s'en aller… » Mais il avait laissé tomber la première partie de sa phrase. Quand on passe un certain nombre d'années à étudier les mathématiques, on devient coutumier de ce genre de conversation abrégée. On n'y trouve rien de bizarre.

« Tu as regardé la lune récemment ? » lui demanda soudain Tengo. C'était sûrement le seul camarade à qui il pouvait poser cette question abruptement. Sans que ce dernier en conçoive de soupçons.

Le jeune homme réfléchit un instant. « À vrai dire, je n'ai pas souvenir d'avoir regardé la lune récemment. Qu'est-ce qui se passe avec la lune ?

— Si l'occasion se présente, tu pourrais la regarder ? J'aimerais que tu me donnes ton avis.

— Mon avis. Mon avis… de quel point de vue ?

— N'importe, ça m'est égal. Tu regardes la lune, et ensuite, tu me dis ce que tu en as pensé. »

Il y eut un court silence.

« Cela risque d'être difficile de trouver la bonne manière d'exprimer ce que j'en aurai pensé.

— Mais non, ne te soucie pas de la façon de l'exprimer. L'important, ce sont ses caractéristiques les plus évidentes.

— Tu veux que je regarde la lune et que je te dise ce que je pense de ses caractéristiques les plus évidentes ?

— Oui, répondit Tengo. Et si tu ne penses rien, cela n'aura aucune importance.

— Aujourd'hui, le ciel est couvert, la lune sera invisible, mais dès qu'il fera beau, je regarderai. Enfin, si je n'oublie pas. »

Tengo le remercia puis raccrocha. *Si je n'oublie pas.* C'était le problème, chez les mathématiciens. Quand on abordait des domaines qui ne les intéressaient pas beaucoup, leur mémoire était étonnamment courte.

Quand l'heure des visites prit fin, au moment de quitter l'hôpital, Tengo salua Mme Tamura, assise à l'accueil. « Merci pour tout. Bonne nuit, dit Tengo.

— Tengo, combien de temps allez-vous encore rester par ici ? » l'interrogea-t-elle, en repoussant l'arc de ses lunettes. Son service devait être terminé car elle ne portait plus son uniforme, mais une jupe plissée violet foncé, un chemisier blanc, et un cardigan gris.

Tengo s'immobilisa et réfléchit. « Je n'ai pas encore décidé. Cela dépendra du déroulement des choses.

— Vous pouvez prolonger votre congé ?

— J'ai demandé à quelqu'un de me remplacer. Donc, pour le moment, ça va.

— Où prenez-vous vos repas habituellement ? demanda l'infirmière.

— Oh, dans des petits restaurants de la ville, répondit Tengo. Dans mon *ryôkan*, on me sert seulement le petit déjeuner, alors, je vais dans des établissements du coin, je me contente du menu, ou bien j'avale des bols de riz au poulet ou autre, vous voyez, ce genre de plats.

— Et c'est bon ?

— Je n'irais pas jusque-là. Mais je n'y fais pas vraiment attention.

— Ah mais, ça ne va pas du tout ! répliqua l'infirmière, le visage sévère. Vous devriez vous nourrir de manière plus substantielle. Enfin, si vous vous voyiez ! Vous avez tout à fait la tête d'un cheval qui dort debout !

— Un cheval qui dort debout ? répéta Tengo, étonné.

— Oui, les chevaux peuvent s'endormir debout, vous n'en avez jamais vu ? »

Tengo secoua la tête.

« Non.

— Eh bien, ils ont exactement la tête que vous avez maintenant, poursuivit l'infirmière. Allez donc vous regarder dans la glace. Au premier coup d'œil, vous ne saurez pas que vous dormez, mais si vous regardez bien, vous vous apercevrez pourtant que c'est le cas. Vous avez beau avoir les yeux ouverts, ils ne voient rien du tout.

— Les chevaux dorment avec les yeux ouverts ? »

L'infirmière eut un grand hochement de tête pour approuver. « Exactement comme vous. »

Tengo eut l'envie fugace de se rendre aux toilettes et de se regarder dans la glace, mais il se ravisa. « Bon, c'est entendu. Je vais essayer de mieux me nourrir.

— Ça vous dirait d'aller manger des grillades ?

— Des grillades ? »

Tengo ne consommait pas beaucoup de viande. Cela ne lui disait rien d'en manger au quotidien. Pourtant, les paroles de l'infirmière lui en donnèrent envie. Son corps devait avoir besoin de ce genre de nourriture.

« Ce soir, nous allons ensemble dans un restaurant de grillades. Venez avec nous, si vous voulez.

— Ensemble ?

— Nous nous retrouverons à six heures et demie. Toutes les trois. Alors ? »

Les deux autres convives étaient Mme Ômura et la jeune Mlle Adachi. Toutes trois semblaient bonnes camarades, même en dehors de leur travail. Tengo réfléchit à la proposition d'aller dîner en leur compagnie. Il ne voulait pas bouleverser le rythme modeste de son quotidien, mais il ne lui venait pas en tête de prétexte pour refuser. Il était notoire que dans cette ville, Tengo disposait d'une pléthore de loisirs.

« Eh bien, si je ne suis pas importun…, répondit-il.

— Voyons, bien sûr que non ! s'écria l'infirmière. Il n'y a pas de raison que nous invitions des casse-pieds ! Alors, ne faites pas de façons et joignez-vous à nous. Ce sera plutôt sympathique, pour une fois, qu'un jeune homme plein de santé se rajoute à notre trio !

— Pour ce qui est de la santé, c'est certain mais…, fit Tengo d'une voix peu assurée.

— C'est le plus important ! » affirma l'infirmière. Un point de vue des plus professionnels.

Il n'était pas facile, pour trois infirmières qui exerçaient dans le même établissement, de réussir à sortir ensemble. Mais coûte que coûte, elles s'arrangeaient pour programmer cette récréation une fois par mois. Elles se rendaient en ville, absorbaient des « éléments nutritifs », buvaient de l'alcool, allaient chanter au karaoké, se permettaient certains excès, et relâchaient la pression. De temps à autre, elles avaient besoin de divertissements. La vie dans cette ville provinciale était monotone, et en dehors de leurs collègues infirmières et des médecins, elles ne voyaient que des vieillards qui perdaient la mémoire.

Les trois infirmières aimaient bien manger et bien boire. Tengo ne pouvait rivaliser avec elles. Aussi, alors qu'elles s'égayaient et s'animaient à ses côtés, il mangea tranquillement quelques grillades et but à petites gorgées sa bière pression pour ne pas s'enivrer. Une fois sortis du restaurant, ils allèrent dans un bar proche, où ils commandèrent une bouteille de whisky et chantèrent au karaoké. Les trois femmes interprétèrent une chanson à tour de rôle, après quoi, elles entonnèrent ensemble un des succès des « Candies[1] » avec chorégraphie assortie. Sans doute s'étaient-elles déjà exercées auparavant. Elles s'en tiraient parfaitement. Tengo, lui, ne brillait pas au karaoké, et il ne chanta qu'une chanson de Yôsui Inoue[2] dont il se souvenait vaguement.

La jeune Mlle Adachi, qui parlait peu à l'ordinaire, devint beaucoup plus enjouée, l'alcool aidant. Une fois qu'elle eut bien bu, ses joues déjà bien rouges prirent une teinte éclatante, comme si elle s'était exposée au soleil. Elle pouffait à la moindre plaisanterie innocente et se laissait aller naturellement contre l'épaule de Tengo, assis à côté d'elle. Mme Ômura avait revêtu pour la soirée une robe bleu clair et laissé ses cheveux retomber, ce qui lui donnait

1. Trio féminin très populaire dans les années soixante-dix.
2. Chanteur pop.

l'air plus jeune de quelques années. Sa voix s'était faite plus basse aussi. Il n'y avait plus trace de ses gestes professionnels, prestes et expéditifs, et elle avait à présent des mouvements quelque peu languides. On aurait dit une autre femme. Seule Mme Tamura restait absolument la même.

« Ce soir, ce sont des voisins qui s'occupent de mes enfants, confia Mme Ômura à Tengo. Mon mari travaille de nuit, il n'est pas à la maison. Et moi, je peux m'en donner à cœur joie. C'est important, non, de s'amuser. Dites, qu'en pensez-vous, Tengo ? »

À présent, les trois femmes ne le désignaient plus sous l'appellation de M. Kawana, ou de M. Tengo. Il était simplement « Tengo ». D'ailleurs, tout le monde l'appelait ainsi. Même les étudiants de son école, derrière son dos, le nommaient par son prénom.

« Oui, certainement, approuva Tengo.

— Pour nous, vous comprenez, ce genre de choses, c'est indispensable, ajouta Mme Tamura, en buvant un Suntory Old coupé d'eau. Parce que, tout de même, nous sommes des femmes en chair et en os !

— Enlevez-nous notre uniforme, et vous verrez, nous sommes juste des femmes », renchérit Mlle Adachi. Puis, comme si elle avait dit quelque chose de très amusant, elle gloussa toute seule.

« Dites, Tengo, fit Mme Ômura. Je peux vous poser une question ?

— Oui. À quel sujet ?

— Y a-t-il quelqu'un dans votre vie ?

— Oui, j'aimerais bien savoir ! ajouta Mlle Adachi, en croquant de ses grandes dents blanches des grains de maïs.

— C'est une longue histoire, pas très simple à raconter…, répondit Tengo.

— Et alors, ça ne fait rien si ce n'est pas simple à raconter ! fit remarquer Mme Tamura, qui semblait bien s'y connaître. Nous avons tout le temps que nous voulons, et nous avons très envie de vous écouter ! Voyons donc,

Tengo, ce que sera cette longue histoire qu'il n'est pas simple de raconter !

— Ra-con-tez, ra-con-tez ! pouffa Mlle Adachi, en frappant légèrement dans ses mains.

— Elle n'est pas particulièrement intéressante, dit Tengo. Plutôt tout à fait banale et assez incohérente.

— Bon, eh bien, dites seulement la fin, suggéra Mme Tamura. Vous avez quelqu'un dans votre vie, ou pas ? »

Résigné, Tengo déclara : « Actuellement, c'est comme si je n'avais personne.

— Mmm... », fit Mme Tamura. Elle fit tourner un glaçon dans son verre du bout du doigt, et le lécha. « Ce n'est pas bon, tout ça. Pas bon du tout. Un jeune homme vigoureux comme vous, Tengo, sans présence féminine à ses côtés, quel dommage !

— Et même sur le plan physique, c'est mauvais ! ajouta la grande Mme Ômura. Quand on reste esseulé trop longtemps, ça finit par vous rendre un peu maboul ! »

La jeune Mlle Adachi lâcha de nouveaux gloussements. « Ma... boul ! » répéta-t-elle. Puis elle se tapota les tempes du bout des doigts.

« En fait, jusqu'à très récemment, j'avais une liaison, reprit Tengo, comme s'il s'excusait.

— Mais, *très récemment*, ça s'est arrêté ? » fit Mme Tamura, en repoussant l'arc de ses lunettes.

Tengo opina.

« Elle vous a largué ? demanda Mme Ômura.

— C'est-à-dire que..., répondit Tengo en penchant la tête, un peu indécis. Oui, peut-être. J'ai été largué, en tout cas.

— Dites-moi, est-ce que par hasard cette femme n'était pas plus âgée que vous ? » C'était Mme Tamura qui lui posa cette question en plissant les yeux.

« Oui, en effet », répondit Tengo. Comment pouvait-elle le savoir ?

« Vous voyez ! Je l'avais bien dit », déclara fièrement Mme Tamura en s'adressant aux deux autres femmes. Celles-ci opinèrent.

« Je le leur avais déjà dit, reprit Mme Tamura pour Tengo. Je suis sûre que Tengo a une petite amie plus âgée. Ces choses-là, une femme les sent bien.

— Elle les flaire très fort ! ajouta Mlle Adachi.

— Et en plus, elle était mariée, remarqua Mme Ômura, d'une voix un peu lasse. Non ? »

Tengo acquiesça après un temps d'hésitation. À quoi bon mentir à présent ?

« Vilain garçon ! s'exclama la jeune Mlle Adachi en tapotant la cuisse de Tengo.

— Et de combien plus âgée ?

— Dix ans, répondit Tengo.

— Oh oh ! fit Mme Tamura.

— Alors comme ça, Tengo, vous avez été cajolé par une épouse un peu mûre ? demanda Mme Ômura, la mère de famille. C'est bien, ça. Moi aussi, alors, je pourrais y avoir droit ! Aurais-je la chance de consoler notre jeune et tendre Tengo à présent esseulé ? Regardez, je suis encore pas si mal ! » Ce disant, elle prit la main de Tengo et l'approcha de sa poitrine. Les deux autres femmes l'arrêtèrent dans son geste. On pouvait s'enivrer et se permettre quelques excès, mais il ne fallait pas franchir la ligne qui séparait les infirmières et les proches des patients. Ces femmes avaient conscience de cet interdit. Ou peut-être craignaient-elles que quelqu'un ne les voie. Dans une petite ville, il ne faut pas longtemps pour que les rumeurs se répandent. Peut-être aussi que le mari de Mme Ômura était d'un naturel jaloux. Tengo souhaitait avant tout éviter d'être entraîné dans d'autres embêtements.

« En tout cas, Tengo, vous êtes quelqu'un de bien ! dit Mme Tamura, pour changer de sujet. Venir de si loin et passer tant d'heures auprès de votre père à lui lire des histoires… C'est formidable ! »

La jeune Mlle Adachi déclara en inclinant légèrement la tête : « Oui, il est absolument épatant ! Il mérite notre respect.

— Nous ne cessons de vous tresser des lauriers ! » continua Mme Tamura.

Malgré lui, Tengo rougit. Il n'était pas venu dans cette ville afin de veiller sur son père. Mais pour voir de nouveau la chrysalide de l'air auréolée de ses légères clartés et Aomamé endormie à l'intérieur. C'était en somme l'unique raison qui l'avait poussé à séjourner en ces lieux. S'occuper de son père plongé dans le coma n'était qu'un prétexte. Mais il lui était impossible de faire cet aveu. Autrement, il devrait commencer par expliquer ce qu'était une chrysalide de l'air.

« Jusqu'à présent, je n'ai rien pu faire pour lui », déclara-t-il avec hésitation. Sa grande charpente se tordait maladroitement sur la petite chaise en bois. Mais pour les infirmières, son attitude était une marque d'humilité.

Tengo aurait aimé se lever, dire qu'il était fatigué et rentrer seul à son *ryôkan*. Il ne parvenait pourtant pas à trouver le bon moment pour le faire. Et puis, par nature, il n'avait jamais été quelqu'un qui s'imposait aux autres.

« Tout de même », reprit Mme Ômura. Puis elle toussota. « Je reviens à ce que nous disions auparavant, mais pour quelle raison vous êtes-vous séparé de cette femme mariée ? Ça marchait pourtant bien entre vous, non ? Ou bien est-ce que votre histoire a été découverte par son mari ? C'est ça ?

— Eh bien, la raison, je ne la connais pas très bien moi-même, répondit Tengo. Un jour, je n'ai plus eu de nouvelles, et c'était fini.

— Ah..., fit la jeune Mlle Adachi. Elle en a eu assez de vous ? »

Mme Ômura secoua la tête. Elle leva un index en l'air et déclara à l'adresse de la jeune infirmière : « Toi, tu ne comprends encore rien à ces choses-là. Rien de rien. Figure-toi qu'il est absolument impensable qu'une femme mariée de quarante ans, qui a réussi à attraper un homme jeune, vigoureux et appétissant, lui dise tout tranquillement : "Merci beaucoup. C'était excellent. Et maintenant, adieu ! " Alors que l'inverse arrive parfois.

— Oui, sans doute..., approuva Mlle Adachi en inclinant légèrement la tête. C'est vrai, je ne m'y connais pas beaucoup dans ces domaines.

— Exactement. Tu dois me croire », affirma Mme Ômura. Elle observa Tengo un moment, comme si elle se reculait par rapport à une stèle pour examiner une inscription gravée dessus. Puis elle hocha la tête. « Tu comprendras en vieillissant.

— Dites, ça fait une éternité... », fit Mme Tamura en s'enfonçant dans sa chaise.

Les trois femmes se mirent alors à détailler tout ce qui se racontait sur les frasques d'une femme – inconnue de Tengo – (sans doute une de leurs collègues). Son verre de whisky à la main, il observa le trio féminin qui lui rappela les trois sorcières de *Macbeth*. Celles qui, tout en psalmodiant leur malédiction « Le clair est noir, le noir est clair », insufflaient une ambition perverse chez Macbeth. Bien entendu, Tengo ne considérait pas du tout les trois infirmières comme des femmes mauvaises. Elles étaient honnêtes et affables. Elles accomplissaient parfaitement leurs tâches et s'occupaient bien de son père. À l'hôpital, leur travail était écrasant, elles menaient une vie qu'il aurait été difficile de qualifier de stimulante dans une petite ville dont les activités étaient dominées par la pêche, et une fois par mois elles évacuaient ainsi leur stress. Pourtant, quand il observait comment l'énergie propre à chacune d'elles, qui appartenaient à des générations différents, se fondait en une seule, il ne pouvait s'empêcher de voir le paysage sauvage de l'Écosse. Le ciel était bouché et nuageux et un vent froid mêlé de pluie s'engouffrait sur la lande.

À l'université, durant ses cours d'anglais, il avait lu *Macbeth*, et curieusement lui restaient ces quelques vers :

By the pricking of my thumbs,
Something wicked this way comes,
Open, locks,
Whoever knocks.

Au picotement de mes pouces
Je sens arriver du mauvais.
Ouvrez, verrous,
À quiconque frappe un coup.

Pourquoi se souvenait-il de ce passage-là à présent ? Alors qu'il ne se rappelait même pas qui prononçait ces paroles dans la pièce. Mais ces vers lui remirent en mémoire le collecteur de la NHK qui frappait avec insistance à la porte de l'appartement de Kôenji. Tengo observa ses pouces. Il ne ressentait pas de picotements. Pourtant, il entendait un écho funeste dans les rimes insinuantes de Shakespeare.

Something wicked this way comes

Je sens arriver du mauvais[1].

Pourvu que Fukaéri n'ait pas ouvert le verrou, songea Tengo.

---

1. W. Shakespeare, *Macbeth*, trad. Pierre Jean Jouve, Club Français du Livre, tome IX, 1959.

7
Ushikawa

Je marche vers toi

DANS L'IMMÉDIAT, USHIKAWA SE VIT CONTRAINT d'abandonner la collecte d'informations sur la vieille femme d'Azabu. La protection qui l'entourait était trop étanche. Il avait eu beau chercher à la contourner, à tous les coups il s'était retrouvé face à un haut mur. Il aurait voulu observer la *safe house* plus longuement mais il était dangereux de traîner davantage dans les environs. Il y avait ces caméras de surveillance, sans compter sa propre apparence, qui n'attirait que trop le regard. Dès que l'adversaire serait aux aguets, tout serait plus compliqué. Mettons la résidence des Saules de côté pour le moment, se résigna-t-il, et essayons de poursuivre nos recherches par une autre voie.

Une des seules « autres voies » possibles qui lui venait à l'esprit était de se remettre à enquêter sur la vie d'Aomamé. La dernière fois, Ushikawa avait confié cette tâche à une agence de renseignements qu'il connaissait. Il avait aussi travaillé personnellement sur le terrain en interrogeant l'entourage d'Aomamé. Il avait rédigé un dossier détaillé sur la jeune femme, l'avait examiné sous tous les angles. Il en avait conclu qu'elle ne présentait aucun danger. Une entraîneuse sportive compétente, bien notée. Elle avait fait partie des Témoins dans son enfance, mais elle avait quitté la secte à l'adolescence et rompu toute relation avec la communauté religieuse. Diplômée parmi les meilleures de sa promotion à l'issue d'un cursus sportif universitaire, elle avait obtenu un emploi dans une société de produits alimentaires en plein essor, réputée pour ses boissons destinées aux athlètes. Elle s'y était montrée active puisqu'elle était la meneuse de l'équipe de softball. Un de ses anciens collègues avait raconté qu'elle était très brillante dans ce sport tout comme dans ses activités professionnelles. Elle était ambitieuse, intelligente. Elle jouissait d'une bonne réputation. Mais elle était secrète et son cercle de relations était restreint.

Quelques années plus tôt, elle avait subitement quitté l'équipe de softball et démissionné de son entreprise. Elle était devenue instructrice dans un club de sport prestigieux à Hiroo, ce qui avait augmenté ses revenus d'à peu près trente pour cent. Elle était célibataire, elle vivait seule. Elle n'avait visiblement pas de petit ami pour le moment. Ushikawa n'avait rien découvert de suspect autour d'elle. Tout semblait limpide.

Il se renfrogna, poussa un grand soupir et jeta sur son bureau le dossier qu'il était en train de relire. J'ai dû laisser passer quelque chose. Un point qui n'aurait pas dû m'échapper s'est soustrait à mon attention, un point capital, d'une extrême importance.

Ushikawa sortit son carnet d'adresses du tiroir du bureau et composa un numéro de téléphone. Chaque fois qu'il se trouvait dans la nécessité d'obtenir des informations par un canal clandestin, il appelait ce numéro. À l'autre bout du fil se trouvait un individu appartenant à une espèce humaine plongée dans un monde encore plus obscur que le sien. Du moment qu'il était payé, l'homme en question se procurait presque n'importe quel renseignement. Il va de soi que plus ce que l'on veut savoir est sévèrement protégé, plus le prix à payer est élevé.

Il y avait deux choses qu'Ushikawa cherchait à connaître. D'abord, des éléments personnels sur les parents d'Aomamé, toujours membres dévoués des Témoins. Ushikawa avait la certitude que les Témoins centralisaient les données sur leurs fidèles à l'échelle nationale. Les adeptes des Témoins étaient nombreux au Japon et la circulation très intense entre le siège et les branches locales. Sans cette organisation centralisée, le système ne fonctionnerait pas avec autant de fluidité. Le siège des Témoins se trouvait aux environs de la ville d'Odawara. Ils possédaient un immeuble magnifique, sur un vaste terrain, ils avaient leur propre imprimerie pour éditer leurs brochures, et aussi un auditorium et des chambres afin d'accueillir les fidèles venant de tout le pays. À coup sûr, toutes les informations étaient rassemblées et gérées sur place.

Ensuite, Ushikawa cherchait à obtenir le registre d'exploitation du club de sport où Aomamé travaillait. En quoi consistait son activité, quels étaient ses horaires, à qui donnait-elle des cours particuliers. Ces données-là n'étaient sûrement pas protégées de façon aussi stricte que celles des Témoins. Pourtant, à supposer qu'on demande au manager : « Excusez-moi, pourriez-vous me montrer les états de service de Mlle Aomamé ? » il ne vous répondrait sans doute pas volontiers.

Ushikawa laissa son nom et son numéro de téléphone sur le répondeur. On le rappela trente minutes plus tard.

« Monsieur Ushikawa », dit une voix rauque.

Ushikawa énonça le détail de ce qu'il recherchait. Il n'avait jamais rencontré son informateur. Ils se parlaient uniquement par téléphone. Ushikawa recevait ensuite les documents par courrier express. L'homme était un peu enroué et parfois pris de légers accès de toux. Un problème de gorge, sans doute. Un silence total régnait toujours à l'autre bout du fil. Comme s'il appelait depuis une pièce parfaitement insonorisée. Tout ce que percevait Ushikawa, c'était la voix de l'homme, sa respiration sifflante. Strictement rien d'autre. Et les sons audibles étaient tous légèrement amplifiés. Quel type sinistre, se disait chaque fois Ushikawa. Il semblerait que le monde est plein de gens de cette espèce. Et j'en fais sans doute partie. Il avait secrètement surnommé cet homme Chauve-souris.

« Vous désirez uniquement des renseignements liés à ce nom, "Aomamé", si j'ai bien compris ? » demanda Chauve-souris de sa voix éraillée. Il toussa.

« Exact. C'est un nom peu commun.

— Et il vous faut les informations les plus complètes possibles, j'imagine ?

— Du moment qu'elles ont un rapport avec ce patronyme, leur nature m'est indifférente. Je voudrais aussi, si possible, une photo de cette femme, de manière à ce que je puisse la reconnaître.

— En ce qui concerne le club de sport, ce sera sûrement assez simple. Ils ne vont pas soupçonner une seconde que quelqu'un puisse leur voler des informations. Avec les Témoins, cela risque d'être nettement plus délicat. C'est une énorme organisation, ils ne sont pas à court de moyens. Et sûrement équipés d'une sécurité renforcée. Les associations religieuses sont parmi les cibles les plus difficiles à approcher. Ils se protègent en particulier sur deux points. Sur ce qui touche à la confidentialité des individus. Et sur la fiscalité.

— Vous pensez que c'est faisable ?

— Je ne dis pas que c'est infaisable. Ouvrir les portes, je sais faire. Le plus difficile, c'est de savoir aussi les refermer. Sinon, je risque de me retrouver avec un missile au train.

— Comme à la guerre.

— C'est une vraie guerre. Il peut en sortir des trucs abominables », répondit-il de sa voix rauque. À son ton, on comprenait que la bataille l'amusait.

« Alors ? Vous pouvez vous en occuper ? »

Il eut une petite toux. « Je vais essayer. Mais ça ne sera pas donné.

— En gros, dans les combien ? »

Chauve-souris indiqua un montant approximatif. Ushikawa déglutit, puis accepta. Il pourrait avancer cette somme lui-même et si le résultat suivait, plus tard, il en réclamerait le remboursement à ses commanditaires.

« Ça vous prendra du temps ?

— Je suppose que vous êtes pressé, évidemment.

— Je suis pressé.

— Impossible de vous donner une estimation exacte, mais disons, entre une semaine et dix jours.

— Bon », fit Ushikawa. Il était bien obligé de s'aligner.

« Je vous appellerai quand j'aurai tous les éléments. Sous dix jours, sans faute.

— Sauf en cas de missile, fit Ushikawa.

— C'est ça », conclut Chauve-souris sans relever.

Ushikawa raccrocha, se redressa sur sa chaise et réfléchit. Il ignorait par quels procédés illicites Chauve-souris se procurait ses renseignements. Et il savait très bien que s'il l'interrogeait, il n'aurait pas de réponse. En tout cas, une chose était certaine, des méthodes illégales seraient utilisées. Il pourrait d'abord chercher à acheter quelqu'un dans la place. Le cas échéant, une effraction n'était pas exclue. Mais s'il y avait des ordinateurs, ce serait nettement plus compliqué.

Le nombre de bureaux gouvernementaux et d'entreprises qui géraient leurs données à l'aide d'ordinateurs était encore limité. La mise en place demandait trop de temps et d'argent. Cependant, une organisation religieuse à l'échelle nationale en avait certainement les moyens. Ushikawa, lui, n'y connaissait pour ainsi dire rien. Il était néanmoins bien conscient que l'ordinateur était en train de devenir un outil indispensable à la collecte de renseignements. Se rendre à la bibliothèque de la Diète, empiler sur sa table les éditions compactes des journaux ou des annuaires, consacrer une journée entière à pêcher une référence, toutes ces méthodes seraient bientôt dépassées. Et le monde finirait par devenir un champ de bataille sanglant entre les administrateurs d'ordinateurs et les intrus qui chercheraient à pénétrer par effraction dans le système.

Non, « sanglant » n'était pas le mot. Puisqu'il s'agissait de bataille, quelques gouttes de sang couleraient, probablement. Mais il n'y aurait pas d'odeur. Ce serait un drôle de monde. Ushikawa, lui, aimait le monde où odeurs et douleurs avaient toute leur place. Même si ces odeurs et ces douleurs devenaient parfois insupportables. De toute façon, les hommes de son espèce finiraient sûrement par passer bien vite de mode, ils seraient réduits à n'être qu'une survivance du passé.

Cette perspective ne le fit pas vraiment sombrer dans le pessimisme. Il savait qu'il était doué d'une intuition instinctive, presque animale. Son organe olfactif spécial lui permettait de flairer et de distinguer toutes sortes d'odeurs. Il pouvait ressentir, sur sa peau, comment changeaient les choses. Un ordinateur en était incapable. Ce ne sont pas des aptitudes qu'on peut transcrire en valeurs numériques ou architecturer en système. Quant à la mission des intrus, elle consiste à accéder à un ordinateur strictement verrouillé et à en extraire des informations. Mais seul l'homme en chair et en os est capable de juger lesquelles sont à extraire. Il est le seul à pouvoir trier les données utiles.

Je suis peut-être bien un pauvre type sur le retour, démodé et misérable, songea Ushikawa. Non, « *peut-être* » n'est pas assez fort. Cela ne fait aucun doute, je suis un type sur le retour, démodé et misérable. Mais j'ai été gratifié de certains dons qui font fréquemment défaut aux autres. Cet odorat inné, et cette *folle ténacité* qui fait que, une fois que je suis accroché à quelque chose, je ne lâche plus. Tant que j'aurai ces talents, je survivrai, aussi bizarre que devienne le monde.

Je te rattraperai, Mlle Aomamé. Tu n'es pas bête. Tu es habile et prudente. Mais je te rattraperai. Attends, tu verras. Là, je marche vers toi. Tu entends mes pas ? Non, je ne crois pas. Car j'avance très lentement, pianissimo, à la manière d'une tortue. Mais chaque pas me rapproche de toi.

À l'inverse, il y avait quelque chose qui pressait Ushikawa par-derrière. Le temps. Poursuivre Aomamé lui permettait également de se débarrasser de son poursuivant, le temps. Il fallait qu'il découvre d'urgence où se cachait Aomamé, il fallait qu'il comprenne ce qu'il y avait derrière elle, qu'il dépose ses révélations sur un plateau et qu'il le présente aux types de la secte. Le temps dont il disposait était limité. Ce serait sûrement trop tard s'il mettait trois mois à tout éclaircir. Jusqu'ici, Ushikawa leur avait été utile. Il était compétent, accommodant, il possédait des connaissances juridiques et savait garder les secrets. Il était libre d'agir en dehors du système. Malgré tout, il n'était qu'un touche-àtout rémunéré. Il ne faisait pas partie de leur famille, il n'était pas leur camarade. Il n'avait pas un soupçon de foi. S'il devenait dangereux pour la secte, il serait tout simplement éliminé.

Dans l'attente du coup de fil de Chauve-souris, Ushikawa se rendit à la bibliothèque où il se documenta minutieusement sur l'histoire et les activités des Témoins. Il prit des notes et photocopia les pages dont il avait besoin. Ce n'était pas une corvée. Il aimait la sensation d'accumuler des connaissances dans son cerveau. C'était une habitude qu'il avait acquise quand il était jeune.

Ses recherches à la bibliothèque terminées, il se rendit à l'appartement de Jiyûgaoka que louait Aomamé et vérifia de nouveau qu'il était bien inoccupé. Sa boîte aux lettres affichait toujours « Aomamé », mais l'appartement était visiblement inhabité. Il poussa même jusqu'à l'agence immobilière en charge des locations de l'immeuble.

« J'ai entendu dire qu'un appartement était disponible. Est-ce que je pourrais le louer ? demanda-t-il.

— Il est vrai qu'un appartement s'est libéré, mais vous ne pourrez pas y emménager avant début février », répondit l'agent immobilier. L'homme lui expliqua que le bail du locataire actuel ne s'achèverait qu'à la fin du mois de janvier de l'année suivante. Les loyers continuaient d'être versés chaque mois.

« Toutes les affaires ont déjà été emportées et les contrats de l'électricité, du gaz et du téléphone sont clôturés. Mais le bail est toujours en cours.

— On paie donc un loyer pour un appartement vide jusqu'à la fin janvier ?

— En effet, dit l'agent. Les loyers de toute la durée du bail nous seront versés, mais nous conservons l'appartement en l'état. C'est ce qu'on nous a demandé. Du moment que les loyers sont réglés, nous n'avons rien à y redire.

— C'est tout de même curieux. Payer pour un appartement inoccupé…

— Moi aussi, cela m'a un peu inquiété. J'ai donc préféré vérifier tout cela en présence du propriétaire. Ç'aurait été embêtant de découvrir un cadavre momifié dans un placard... Mais non, tout était en ordre. L'appartement était parfaitement nettoyé. Simplement, il est laissé comme ça, vide. Je ne sais absolument pas pourquoi. »

Bien sûr, Aomamé n'habitait plus là. Mais ils voulaient, pour une raison ou pour une autre, qu'elle apparaisse toujours comme locataire de l'appartement, sur le papier du moins. Ils continuaient donc à payer quatre mois de loyer pour rien. Ils étaient particulièrement prudents et ne manquaient pas de fonds.

Exactement dix jours plus tard, en début d'après-midi, Chauve-souris appela Ushikawa dans son bureau de Kôjimachi.

« Monsieur Ushikawa », dit la voix rauque. Comme d'habitude, un grand silence régnait autour de lui.

« Lui-même.

— Puis-je vous parler maintenant ? »

Ushikawa répondit que oui.

« Les Témoins s'entourent d'un système de protection très renforcé. Mais c'est ce qui était prévu. J'ai tout de même réussi à me procurer des informations concernant Aomamé.

— Et le missile ?

— Pour le moment, rien à l'horizon.

— Tant mieux.

— Monsieur Ushikawa, fit l'homme à l'autre bout du fil, qui eut un accès de toux. Excusez-moi, mais pourriez-vous éteindre votre cigarette ?

— Ma cigarette ? » répéta Ushikawa. Il fixa la Seven Stars coincée entre ses doigts. La fumée s'élevait paisiblement vers le plafond. « Oui, en effet. Je suis en train de fumer. Comment le savez-vous ? Nous sommes au téléphone.

— L'odeur n'arrive pas jusqu'à moi, bien entendu. Mais rien qu'en entendant votre respiration dans le combiné, ça me donne des étouffements. Je suis extrêmement allergique.

— Ah, j'ignorais. Pardon. »

L'homme toussa à plusieurs reprises. « Non, ce n'est pas votre faute. Vous ne pouviez pas le savoir. »

Ushikawa écrasa sa cigarette dans le cendrier et l'aspergea avec le thé qu'il était en train de boire. Il se leva et ouvrit grand la fenêtre.

« J'ai éteint ma cigarette. J'ai même ouvert la fenêtre pour aérer. Même si je n'affirmerais pas que l'air extérieur est très pur…

— Désolé. »

Il y eut un silence d'une dizaine de secondes. Un silence parfait.

« Eh bien, vous avez eu les informations sur les Témoins ? demanda Ushikawa.

— Oui. Seulement, ça représente un volume important. Parce que, voyez-vous, les Aomamé sont de vrais fidèles, et de longue date. Alors, forcément, il y a une masse de documents qui les concernent. Pouvez-vous vous charger de trier ce dont vous avez besoin ? »

Ushikawa accepta. C'était d'ailleurs ce qu'il souhaitait.

« Pour le club de sport, je n'ai pas rencontré de problème particulier. J'ai ouvert la porte, je suis entré, j'ai fait ce que j'avais à faire, je suis sorti et j'ai refermé la porte. Voilà tout. Mais comme mon temps était limité, il a fallu que j'embarque tout, et là aussi, je me retrouve avec une grosse masse de données. Enfin, je vous transmets les deux dossiers dans leur totalité. Et comme toujours, c'est du donnant donnant. »

Ushikawa nota le montant qu'indiqua Chauve-souris. De vingt pour cent plus élevé que prévu. Il n'avait d'autre choix que d'accepter.

« Cette fois, je ne veux pas utiliser la poste. Demain, à cette même heure, un messager vous rendra visite directement. Je vous prie de préparer la somme en espèces. Et il va de soi que je ne peux pas vous faire de reçu.

— Bien sûr, répondit Ushikawa.

— C'est quelque chose que je vous avais déjà expliqué, mais je vous le répète par précaution : à propos de ce que vous visiez, j'ai obtenu tous les renseignements qu'il était possible d'obtenir. Par conséquent, je décline toute responsabilité au cas où leur contenu ne vous satisferait pas. Techniquement parlant, j'ai fait tout ce qu'il était possible de faire. La rémunération est la contrepartie du travail effectué, non de son résultat. Si vous me demandiez de rendre l'argent sous prétexte que vous n'auriez pas trouvé les informations espérées, ce serait embêtant. Est-ce que nous sommes bien d'accord ? »

Ushikawa répondit que oui, il était d'accord.

« Autre chose. Impossible d'avoir une photo de Mlle Aomamé, continua Chauve-souris. On les a très soigneusement supprimées sur tous les documents.

— Bon, tant pis.

— D'ailleurs, il se peut que son visage ait déjà été modifié.

— Possible », fit Ushikawa.

Chauve-souris toussa à plusieurs reprises. « À bientôt », dit-il et il raccrocha.

Ushikawa reposa le combiné, poussa un soupir et se planta une nouvelle cigarette à la bouche. Il l'alluma avec son briquet et souffla lentement la fumée sur le téléphone.

Dans l'après-midi du lendemain, une jeune femme se présenta au bureau d'Ushikawa. Elle n'avait sans doute pas encore vingt ans. Une robe blanche courte qui soulignait joliment sa silhouette, des perles aux oreilles, des talons hauts, blancs et brillants. Elle était plutôt petite, un mètre cinquante et des poussières, mais elle avait de grands lobes d'oreilles. De longs cheveux lisses, des yeux limpides. Avec un peu d'effort et d'imagination, on aurait dit une apprentie fée. Elle regarda Ushikawa en face et eut un sourire naturel et lumineux. Comme si elle contemplait quelque chose de très précieux ou d'inoubliable. Entre ses lèvres, ses dents blanches et bien rangées faisaient une plaisante apparition. Bien sûr, il pouvait s'agir là d'un sourire de courtoisie. Néanmoins, rares étaient ceux qui, de prime abord, ne reculaient pas à la vue d'Ushikawa.

« J'apporte les documents que vous avez demandés », dit-elle. Du sac en étoffe qu'elle portait en bandoulière, elle sortit deux épaisses enveloppes de grand format. Elle les tint ensuite à deux mains, telle une prêtresse apportant une lithographie antique, et les déposa sur le bureau d'Ushikawa.

Ushikawa sortit du tiroir du bureau l'enveloppe qu'il avait préparée et la lui remit. Elle la décacheta, en extirpa une liasse de billets de dix mille yens et les compta. Elle paraissait experte. Ses jolis doigts fins remuaient prestement. Lorsqu'elle eut terminé, elle remit la liasse dans l'enveloppe, l'enveloppe dans son sac. Puis elle adressa à Ushikawa un sourire encore plus large et plus amical qu'un instant plus tôt. Comme s'il n'y avait rien eu de plus heureux que cette rencontre.

Ushikawa laissa courir son imagination. Quel rapport y avait-il entre la jeune fille et Chauve-souris ? Bien entendu, cela ne le regardait aucunement. Elle n'était sans doute qu'une simple messagère. Transmettre les « documents » au client, réceptionner la rémunération, telle devait être sa seule mission.

Après le départ de la petite femme, Ushikawa fixa longuement la porte, en proie à des sentiments mitigés. La porte qu'elle avait refermée derrière elle. Dans l'air de la pièce, quelque chose d'elle demeurait avec force. Peut-être avait-elle emporté une part de l'âme d'Ushikawa en échange de sa présence. Il sentait ce manque nouvellement apparu en lui. Comment était-ce possible ? se demanda-t-il, perplexe. Qu'est-ce que cela signifierait ?

Au bout d'une dizaine de minutes, il se ressaisit et ouvrit les enveloppes. Elles étaient cachetées avec de multiples tours de ruban adhésif. À l'intérieur étaient entassés pêle-mêle des imprimés photocopiés ou des originaux. Il n'avait aucune idée de la façon dont Chauve-souris avait procédé, mais qu'il ait réussi à amasser autant de documents en un si court laps de temps était vraiment incroyable. Comme toujours, Ushikawa ne put s'empêcher de l'admirer. En même temps, face à cette avalanche de papiers, il se sentit profondément impuissant. J'aurai beau fouiller et fouiller encore dans cette ribambelle de documents, est-ce que je ne risque pas d'aboutir à une impasse ? En contrepartie d'une petite fortune, est-ce que je n'aurai pas juste reçu un gros tas de papiers inutiles ? Ce sentiment d'impuissance était si fort et si profond qu'il lui parut insondable. Tout était comme envahi des couleurs d'un sombre crépuscule, semblable à un présage de mort. C'était peut-être à cause de ce *quelque chose* que cette femme avait laissé. Ou bien, à cause de *quelque chose* qu'elle avait emporté.

Tant bien que mal, il retrouva néanmoins son énergie. Il parcourut les documents patiemment, jusqu'à la tombée de la nuit, recopiant sur un cahier, l'un après l'autre, les renseignements qui lui parurent indispensables. Il parvint finalement à chasser son sentiment d'impuissance en se concentrant sur sa tâche. Quand il fit assez sombre dans la pièce pour qu'il allume sa lampe, il conclut que cela valait la peine d'avoir payé aussi cher.

Il avait entamé sa lecture des « documents » par ceux du club de sport. Aomamé avait obtenu un emploi dans ce club il y avait quatre ans de cela. Elle était chargée principalement des programmes de musculation et des arts martiaux. Elle avait initié elle-même plusieurs classes et les avait dirigées. Il était facile de comprendre qu'Aomamé était une instructrice compétente, qui plus est, populaire auprès des membres du club. En parallèle, elle donnait des cours particuliers. Sauf que les tarifs étaient évidemment plus élevés, c'était un système pratique pour ceux qui ne pouvaient pas se déplacer à une heure donnée ou pour ceux qui souhaitaient bénéficier d'un environnement personnalisé. Un très grand nombre de « clients particuliers » suivaient les cours d'Aomamé.

L'emploi du temps photocopié permettait de comprendre quand, où, et selon quelle modalité Aomamé dispensait ses cours à ses « clients particuliers ». Parfois, cet enseignement individuel se faisait au club. Ou bien elle se rendait au domicile de ses clients. Il y avait parmi eux des vedettes bien connues du petit écran et aussi des hommes et des femmes politiques. Shizué Ogata, la propriétaire de la résidence des Saules, était la plus âgée.

La relation d'Aomamé avec Shizué Ogata avait débuté peu de temps après son arrivée au club. Elle s'était poursuivie jusqu'à sa disparition. Les débuts coïncidaient avec l'époque où le bâtiment à un étage de la résidence des Saules avait été utilisé comme *safe house* pour les femmes victimes de violences domestiques. Il pouvait s'agir là d'une pure coïncidence. Ou peut-être pas. En tout cas, d'après le registre, la relation entre les deux femmes semblait s'être resserrée au fil du temps.

Il était possible que des liens personnels se soient noués entre Aomamé et la vieille femme. C'est ce que l'intuition d'Ushikawa lui soufflait. Au début, une simple relation entre une instructrice et sa « cliente ». Mais qui avait changé de nature à un moment donné. Ushikawa essaya de déterminer ce « moment » en parcourant des yeux les différents rapports, par ordre chronologique. Quelque chose s'était produit, ou quelque chose s'était manifesté à ce moment-là. Après, leur relation n'avait plus été la même. En dépit de la différence d'âge et de situation, il s'était créé entre elles un lien intime. Elles avaient même pu conclure secrètement une sorte d'accord moral. Et au bout d'un certain temps, l'accord avait suivi sa pente naturelle et fini par aboutir à l'assassinat du leader à l'hôtel Ôkura. Voilà ce que flairait Ushikawa.

Quelle pente ? Et quel accord secret ?

L'imagination d'Ushikawa n'allait pas plus loin.

Néanmoins, le facteur « violences domestiques » entrait à coup sûr en ligne de compte. Pour la vieille femme, c'était visiblement une question de la plus haute importance. D'après le dossier, Shizué Ogata s'était mise pour la première fois en contact avec Aomamé dans la classe d'autodéfense que cette dernière avait dirigée. Il n'est certes pas habituel qu'une femme de plus de soixante-dix ans participe à un cours d'autodéfense. Par conséquent, un élément qui avait trait à la *violence* aurait pu lier la vieille femme et Aomamé.

Ou bien Aomamé aurait pu être elle-même victime de violence. Et le leader aurait pu être l'auteur de violences. L'organisation en place derrière Aomamé l'aurait appris et aurait pu vouloir lui infliger un châtiment. Mais tout cela n'était qu'un ensemble d'hypothèses et se limitait à des « aurait pu ». Et ces hypothèses ne coïncidaient pas avec l'image du leader que connaissait Ushikawa. Naturellement, personne ne peut connaître un homme, quel qu'il soit, jusqu'au tréfonds de son cœur. En outre, le leader était déjà, de nature, quelqu'un de mystérieux. Sans oublier qu'il dirigeait une organisation religieuse. Il était plein de sagacité, il possédait un énorme savoir, mais il avait aussi des côtés énigmatiques. Toutefois, même s'il avait réellement été un homme violent, capable de commettre ce genre d'actes abominables, s'agissait-il de faits d'une importance telle qu'il ait fallu élaborer ce complot ? Un projet qui nécessitait des préparatifs minutieux, qui exigeait que l'exécutant abandonne son identité et risque de perdre sa position sociale ?

Une chose était sûre en tout cas, l'assassinat du leader ne relevait pas d'une idée surgie à l'improviste. Ce n'était pas un acte commis sous le coup de l'émotion. À l'arrière-plan, il avait fallu une volonté de fer, des mobiles totalement explicites, une organisation parfaitement au point. Un système méticuleusement structuré, qui avait nécessité beaucoup de temps et des fonds importants.

Mais aucune preuve concrète ne venait étayer ces suppositions. Tout ce dont Ushikawa disposait, c'étaient des présomptions, qui reposaient uniquement sur des hypothèses. Des élucubrations incertaines, qui seraient tranchées net par le rasoir d'Ockham. À ce stade, il lui était impossible d'en rendre compte aux Précurseurs. Pourtant, Ushikawa le *savait*. Il flairait une odeur. Il éprouvait une réaction. Tous les éléments allaient dans une direction. Pour une raison inconnue dont la cause principale était à rechercher du côté des violences domestiques, la vieille femme avait donné des directives à Aomamé afin que celle-ci assassine le leader. Après quoi, elle lui avait permis de disparaître et de se cacher quelque part, dans un endroit sûr. Les documents qu'avait rassemblés Chauve-souris confirmaient *indirectement* toutes ses hypothèses.

Le tri des archives concernant les Témoins lui prit du temps. Il y avait énormément de pièces, mais la plupart se révélèrent inutiles. Les rapports chiffrés montrant combien la famille Aomamé avait contribué aux activités des Témoins en représentaient la majeure partie. À la lecture de ces documents, il était manifeste que les Aomamé étaient des adeptes fervents et dévoués. Ils consacraient une grande part de leur vie à propager la foi des Témoins. Les parents d'Aomamé étaient actuellement domiciliés dans la commune d'Ichikawa, dans la préfecture de Chiba. En trente-cinq ans, ils avaient déménagé deux fois, en restant cependant toujours à Ichikawa. Le père, Takayuki Aomamé (cinquante-huit ans) travaillait dans une société d'engineering. La mère, Keiko Aomamé (cinquante-six ans), était sans profession. Le fils aîné, Keiichi Aomamé (trente-quatre ans), à la sortie d'un lycée départemental d'Ichikawa, avait trouvé à s'employer dans une imprimerie de Tokyo. Il avait quitté ce poste trois ans plus tard et commencé à travailler au siège des « Témoins », situé à Odawara. Là aussi, il participait à l'impression des brochures de la communauté. Il occupait actuellement un poste de cadre. Cinq ans auparavant, il s'était marié avec une adepte et ils avaient eu deux enfants. Ils vivaient dans un appartement en location à Odawara.

Le curriculum vitæ de l'aînée, Masami Aomamé, prenait fin quand la fillette atteignait onze ans. L'âge auquel elle avait renié sa foi. Et les Témoins semblaient perdre tout intérêt vis-à-vis de ces impies. Pour eux, c'était comme si Masami Aomamé était morte à onze ans. Il n'y avait plus aucune notation, ni sur la vie qu'elle avait menée ensuite, ni même pour mentionner si elle était vivante ou morte.

Au point où nous en sommes, se dit Ushikawa, il ne me reste plus qu'à aller parler à ses parents ou à son frère. Peut-être me donneront-ils quelques indices. Mais à ce qu'il avait compris à la lecture des archives, il estimait peu probable qu'ils répondent de bon cœur à ses questions. Les membres de la famille Aomamé – du point de vue d'Ushikawa, bien entendu – étaient des gens qui avaient des idées étroites et qui menaient une vie bornée, et qui croyaient sincèrement, sans l'ombre d'un doute, que plus leur esprit était étroit et borné, plus ils s'approcheraient du paradis. Les apostats, même s'ils faisaient partie de leur famille, c'étaient pour eux des gens qui s'aventuraient sur un chemin impur et mensonger. Ils n'étaient même plus des leurs.

Aomamé avait-elle subi des violences dans son enfance ?

Peut-être. Ou peut-être pas. Même si c'était le cas, ses parents ne devaient pas les considérer comme telles. Ushikawa savait que les Témoins éduquaient les enfants avec beaucoup de sévérité. Cela s'accompagnait très souvent de châtiments corporels.

Si réellement il y a eu violence, ce genre d'expérience éprouvée dans la première enfance laisse à coup sûr des plaies profondes au cœur. Conduit-elle pour autant les individus, une fois adultes, à aller jusqu'à tuer quelqu'un ? Ce n'est pas impossible, évidemment. Mais Ushikawa jugeait l'hypothèse exorbitante. Commettre un assassinat avec préméditation est un exercice ardu, qui comporte des dangers et une lourde charge psychologique. Si le meurtrier se fait arrêter, il est condamné à une peine sévère. Il lui faut donc un mobile plus puissant.

Ushikawa reprit les documents en main et relut attentivement l'historique concernant Aomamé jusqu'à l'âge de onze ans. Dès qu'elle avait su marcher, elle avait participé à l'évangélisation aux côtés de sa mère. Cela consistait à faire du porte-à-porte pour distribuer les brochures de leur communauté. Et aussi à bien expliquer aux gens que le monde se dirigeait inévitablement vers sa fin et à les inciter à participer à leurs assemblées. Ceux qui rejoignaient la communauté pourraient survivre à l'Apocalypse. Après quoi, un royaume de béatitude surviendrait. Ushikawa avait connu, lui aussi, ce genre de sollicitation. En règle générale, la missionnaire est une femme d'âge mûr, qui tient un chapeau ou une ombrelle à la main. La plupart portent des lunettes et fixent leur interlocuteur avec des yeux de poisson intelligent. Elles sont souvent accompagnées de leur enfant. Ushikawa imagina la scène. Aomamé petite, faisant le tour des maisons à la traîne de sa mère.

Elle n'avait été inscrite à aucune école maternelle. Elle avait fréquenté l'école primaire municipale près de chez eux. Puis elle avait quitté les Témoins durant sa cinquième année. La raison en demeurait inconnue. Les Témoins ne prenaient pas la peine d'enregistrer les motifs des renégats, chaque fois que cela se produisait. Ceux qui tombaient dans les mains du diable, eh bien, que le diable prenne soin d'eux. Les Témoins, quant à eux, étaient assez occupés à débattre du paradis et de la voie qui y conduisait. Les hommes de bien avaient leur travail à accomplir et le diable avait le sien. C'était une sorte de division du travail.

Dans la tête d'Ushikawa, quelqu'un frappait sur une cloison en contreplaqué de mauvaise qualité. « Monsieur Ushikawa, monsieur Ushikawa », entendit-il. Il ferma les yeux et tendit grand l'oreille. C'était une voix faible, tenace toutefois. Il y a sûrement quelque chose que je n'ai pas remarqué, pensa-t-il. Quelque chose d'important, un fait capital est noté quelque part dans ces documents. Mais je ne parviens pas à le découvrir. Ces coups sur la cloison me l'annoncent.

Une fois encore, Ushikawa parcourut l'épais dossier, sans se contenter de suivre les phrases des yeux, mais en imaginant concrètement les scènes. Aomamé, trois ans, qui effectue la tournée évangélisatrice, qui accompagne sa mère. Le plus souvent, toutes deux se font sèchement chasser. Elle entre à l'école primaire. Les tournées de propagande continuent. Les week-ends sont consacrés à la mission. La fillette n'a certainement pas disposé de temps pour jouer avec ses camarades. Il se peut même qu'elle n'ait pas eu d'amis. Les enfants des Témoins sont souvent persécutés, mis à l'écart. Ushikawa l'avait parfaitement compris par ses lectures. Ensuite, elle renie sa foi à l'âge de onze ans. C'était un acte qui avait sûrement exigé d'elle une détermination considérable. Dès sa naissance, Aomamé avait été élevée dans la croyance. Elle avait grandi avec. La foi l'avait pénétrée jusqu'au plus profond d'elle-même. On ne peut pas s'en débarrasser comme on change de vêtements. Cela signifiait, en même temps, qu'elle se retrouvait isolée au sein même de sa famille. Or il s'agissait de gens très pieux. Ils ne pouvaient pas accepter aisément que leur fille ait répudié sa foi. Cela équivalait à abandonner sa famille.

Qu'a-t-il bien pu arriver à Aomamé à l'âge de onze ans ? Qu'est-ce qui l'avait poussée à prendre une décision pareille ?

École primaire municipale XX d'Ichikawa, Chiba, songea Ushikawa. Il tenta même de dire ces mots à haute voix. Quelque chose s'était produit là-bas. À coup sûr, quelque chose... Ushikawa retint son souffle. Le nom de cette école primaire, je l'ai déjà entendu quelque part.

Mais où ? Ushikawa n'avait aucun lien avec le département de Chiba. Il était né à Urawa, dans le département de Saitama. Depuis qu'il était venu à Tokyo pour ses études, en dehors de l'époque où il avait vécu à Chûôrinkan, il avait toujours habité à l'intérieur des vingt-trois arrondissements de Tokyo. Il n'avait presque jamais mis les pieds à Chiba. Une seule fois, il était allé se baigner à Futtsu, c'était tout. Pourquoi se souvenait-il alors du nom d'une école primaire d'Ichikawa ?

Il lui fallut du temps pour que ses souvenirs s'éclaircissent. Il se concentra en frottant vigoureusement son crâne déformé de la paume de sa main. Il tâtonna vers le fond de sa mémoire comme s'il plongeait la main dans des boues profondes. Il n'y a pas très longtemps que j'ai entendu ce nom. C'est tout récent. Chiba... Ichikawa... école primaire... Puis sa main réussit enfin à saisir l'extrémité d'une corde fine.

Tengo Kawana, songea Ushikawa. Voilà. Tengo Kawana était originaire d'Ichikawa. Lui aussi avait fréquenté une école primaire de cette ville.

Ushikawa sortit le dossier concernant Tengo Kawana. C'étaient des documents qu'il avait rassemblés il y a quelques mois de cela, à la demande des Précurseurs. Il tourna les pages depuis le début et vérifia l'historique scolaire de Tengo. Son doigt boudiné finit par localiser son nom. Exactement comme je l'avais pressenti. Masami Aomamé avait fréquenté la même école municipale que Tengo Kawana. Étant donné leurs dates de naissance, ils ont probablement été dans le même niveau. Pour savoir s'ils avaient été dans la même classe ou pas, il faudrait aller le vérifier. Toutefois, il y avait de grandes chances pour qu'ils se soient connus.

Ushikawa mit une Seven Stars à la bouche et l'alluma avec son briquet. Il avait la sensation que les choses commençaient à se nouer les unes aux autres. Des lignes apparaissaient, une par une, entre les points épars. Ushikawa ignorait quelle serait la figure qui surgirait ensuite. Mais ses formes se dessineraient bientôt.

Mademoiselle Aomamé, m'entends-tu approcher ? Non, sans doute, parce que j'avance à pas feutrés. Je me rapproche de toi pourtant. Je ne suis qu'une petite tortue lourdaude, mais je progresse. Je devrais apercevoir bientôt le dos du lièvre. Tu ne perds rien pour attendre.

Ushikawa se redressa sur sa chaise, leva les yeux et souffla lentement la fumée de sa cigarette vers le plafond.

8
Aomamé

Je commence à aimer cette porte

EN DEHORS DES LIVREURS SILENCIEUX qui lui apportaient ses provisions le mardi après-midi, Aomamé ne reçut aucune visite durant les deux semaines suivantes. L'homme qui se prétendait collecteur de la NHK avait promis qu'il reviendrait. Il avait paru très déterminé, ou du moins, c'était ainsi qu'Aomamé l'avait perçu. Pourtant, depuis lors, plus aucun coup n'avait ébranlé sa porte. Peut-être l'homme était-il occupé sur d'autres routes.

En apparence, ce furent des jours calmes et paisibles. Il ne se passait rien, personne ne venait la voir, le téléphone ne sonnait pas. Tamaru limitait le plus possible ses appels pour des raisons de sécurité. Aomamé gardait toujours les rideaux de l'appartement tirés, elle menait sa vie silencieusement, de manière à ne pas attirer l'attention des voisins. Quand la nuit tombait, elle n'allumait les lampes qu'avec parcimonie.

Tout en restant attentive à ne pas faire le moindre bruit, elle pratiquait ses énergiques exercices physiques, elle frottait le plancher chaque jour et consacrait beaucoup de temps à préparer ses repas. À l'aide d'une cassette de langue espagnole (que lui avait fait parvenir Tamaru, à sa demande), elle s'entraînait à haute voix à la conversation. Si l'on reste longtemps sans parler, les muscles de la bouche ont tendance à s'atrophier. Il fallait qu'elle se force à mettre sa bouche en mouvement et les exercices dans une langue étrangère étaient à cet égard une gymnastique parfaite. En outre, depuis toujours, Aomamé entretenait des visions quelque peu romantiques sur l'Amérique latine. Si elle avait pu choisir librement une destination, elle aurait aimé aller vivre dans une petite ville paisible de cette région du monde. Par exemple, au Costa Rica. Elle aurait loué une petite villa en bord de mer, et elle aurait partagé sa vie entre baignades et lectures. Avec tout l'argent liquide entassé dans ses sacs, elle pourrait sans doute vivre là-bas au moins dix ans, si elle ne dépensait pas trop. Et on n'irait tout de même pas la poursuivre jusqu'au Costa Rica.

Tout en travaillant la conversation espagnole, Aomamé imaginait l'existence tranquille et sereine qu'elle mènerait sur les rivages du Costa Rica. Tengo ferait-il partie de cette vie ? En fermant les yeux, elle visualisait les scènes où ils prendraient un bain de soleil sur une plage de la mer des Caraïbes. Elle porterait un minuscule bikini noir, des lunettes de soleil, et tiendrait par la main Tengo, allongé à côté d'elle. Mais il y avait dans cette évocation une absence de réalité qui l'empêchait de vibrer. Ce n'était qu'une banale publicité touristique.

Durant les moments où elle ne trouvait rien de mieux à faire, elle se mettait à nettoyer son pistolet. Elle suivait les instructions du manuel et démontait chacun des composants du Heckler & Koch, les nettoyait à l'aide d'un tissu et d'une brosse, les graissait, puis remettait le tout en place. Elle s'assurait que chacun de ses gestes était fluide et sans heurt. Elle connaissait à fond l'ensemble du processus. L'arme était à présent devenue une part d'elle-même.

Elle se couchait vers dix heures, lisait quelques pages puis s'endormait. Depuis toute petite, Aomamé n'avait jamais eu de mal à trouver le sommeil. Pendant que ses yeux suivaient les caractères imprimés, le sommeil la gagnait tout naturellement. Elle éteignait sa lampe de chevet, posait sa joue sur l'oreiller et fermait les paupières. Sauf imprévu, lorsqu'elle ouvrait les yeux, c'était le matin.

En temps ordinaire, elle ne rêvait pas beaucoup. Ou si cela lui arrivait, il ne lui en restait presque rien dès qu'elle s'éveillait. Quelques lambeaux d'images s'étaient parfois pris au mur de sa conscience, mais elle était incapable de retrouver le fil du scénario. Ne demeuraient que de brefs fragments incohérents. Aomamé avait un sommeil profond et ses rêves aussi venaient de très loin. Semblables aux poissons des abysses, ces rêves ne s'aventuraient pas à la surface de l'eau. Si par hasard ils le faisaient, la différence de pression hydraulique les forçait à changer d'apparence.

Pourtant, depuis qu'elle vivait dans cette demeure cachée, elle rêvait chaque nuit. Des rêves extrêmement précis et réalistes. Et elle s'éveillait alors qu'elle était en plein rêve. Il lui fallait un certain temps pour discerner si elle se trouvait dans le monde réel ou dans celui des songes. Pour Aomamé, c'était une expérience inédite. Elle jetait un œil sur le réveil digital posé à son chevet. Les chiffres indiquaient parfois 1 : 15, 2 : 37 ou 4 : 07. Elle fermait les yeux et tâchait de se rendormir. Mais le sommeil ne la visitait plus aussi facilement. Silencieusement, les deux mondes se disputaient sa conscience. De la même façon que rivalisent, aux abords d'une large embouchure, l'eau de mer qui s'avance et l'eau douce du fleuve.

C'est malheureux, mais je n'y peux rien, se disait Aomamé. De toute façon, je ne suis pas très sûre que ce monde où brillent deux lunes soit *vraiment* réel. Qu'y a-t-il d'étrange à ce que, quand je m'endors dans ce monde et que je rêve, j'aie tant de mal à discerner s'il s'agit de rêve ou de réalité ? Sans compter que de ma propre main j'ai assassiné un certain nombre d'hommes, que je suis l'objet des poursuites de fanatiques, et que je vis recluse. Comment pourrais-je ne pas être tendue, anxieuse ? J'ai toujours dans la main la sensation d'avoir tué. Peut-être ne pourrais-je plus jamais retrouver un sommeil paisible. Peut-être est-ce la responsabilité que je dois assumer, le prix à payer.

Les rêves qu'elle faisait – du moins, ceux dont elle se souvenait – étaient de trois catégories.

Il y avait d'abord le rêve du tonnerre. Elle était dans une chambre plongée dans l'obscurité et le tonnerre ne cessait de retentir. Mais il n'y avait pas d'éclairs. Comme la nuit où elle avait tué le leader. Elle devinait une présence dans la pièce. Couchée nue sur le lit, Aomamé la sentait rôder, se déplacer lentement, par mouvements prudents. Sur le sol était déroulé un tapis aux longs poils. L'air environnant stagnait lourdement. Les vitres des fenêtres tremblaient sous les violents assauts de l'orage. Elle était effrayée. Elle ne savait pas qui était là. Peut-être un homme. Peut-être un animal. Ou peut-être quelque chose qui n'était ni un homme ni un animal. Finalement, cette présence s'en allait de la chambre. Non pas par la porte. Ni par la fenêtre. Elle semblait seulement s'éloigner peu à peu avant de disparaître totalement. Dans la chambre ne restait plus qu'elle, et elle seule.

Elle tâtonnait puis allumait sa lampe de chevet. Elle sortait du lit nue et tentait d'inspecter la chambre. De l'autre côté du lit, un trou était ouvert dans le mur. Un trou suffisamment grand pour qu'un homme puisse s'y faufiler. Mais ce trou n'était pas fixe. Il changeait de forme. Il était mouvant. Il tremblait, se déplaçait, s'agrandissait, se rétrécissait. On aurait dit qu'il était vivant. *La chose* était sortie de là. Aomamé scrutait ce trou. Apparemment, il débouchait quelque part. Mais elle ne voyait que des ténèbres. Si épaisses et si opaques qu'elle aurait pu les découper et les prendre dans la main. Elle était curieuse. Et en même temps, terrorisée. Son cœur faisait entendre des coups secs, froids et distants. Le rêve se terminait là.

Le deuxième rêve était celui où elle se tenait sur le bord d'une voie rapide. Là encore, elle était complètement nue. Coincés dans les embouteillages, les gens, dans leur voiture, contemplaient sans vergogne sa nudité. La plupart étaient des hommes. Mais il y avait quelques femmes aussi. Les gens observaient ses seins peu fournis, sa toison pubienne bizarrement ébouriffée, et l'on aurait dit qu'ils en faisaient une critique détaillée. Certains fronçaient les sourcils, d'autres ricanaient ou bien bâillaient. D'autres encore la scrutaient d'un regard dépourvu d'émotion. Elle aurait voulu se couvrir. Cacher au moins ses seins et son pubis. Avec un tissu ou un journal, n'importe. Mais elle ne découvrait rien à portée de la main qui aurait pu lui être utile. Et puis, en raison de certaines circonstances (lesquelles, elle l'ignorait), elle se trouvait dans l'incapacité de bouger ses mains librement. De temps en temps, de façon soudaine, le vent soufflait, excitant ses mamelons et faisant osciller ses poils pubiens.

En outre – pour rajouter à son malaise –, ses règles allaient commencer. Elle se sentait lourde et languissante, son bas-ventre lui semblait fiévreux. Si du sang commençait à couler devant tous ces gens, songeait-elle, que devrais-je faire ?

À ce moment-là, la portière côté chauffeur d'un coupé Mercedes argenté s'ouvrait, une femme élégante, d'un certain âge, descendait du véhicule. Elle était juchée sur des hauts talons d'une teinte éclatante, elle portait des lunettes de soleil et des boucles d'oreilles en argent. Mince, à peu près de la taille d'Aomamé. En se faufilant entre les voitures prises dans les bouchons, elle ôtait le manteau qu'elle avait sur le dos et le mettait sur Aomamé. Un manteau de printemps, jaune, qui lui arrivait aux genoux. Aussi léger qu'une plume. Un vêtement d'une coupe simple, mais sûrement coûteux. Il lui allait à la perfection. La femme le boutonnait pour elle, jusqu'en haut. « Je ne sais pas quand je pourrai vous le rendre, et en plus, je risque de vous le tacher avec le sang de mes règles », disait Aomamé.

La femme ne répondait rien, se contentant de secouer légèrement la tête, puis elle passait de nouveau entre les voitures et regagnait son coupé Mercedes argenté. De son siège, il semblait qu'elle adressait un petit signe de la main à Aomamé. Mais c'était peut-être une illusion. Enveloppée dans le manteau de printemps doux et léger, Aomamé se sentait protégée. Sa nudité n'était plus exposée aux yeux des autres. Et puis, comme si elle avait attendu avec impatience ce moment, une goutte de sang coulait sur sa cuisse. Du sang chaud, épais et lourd. À mieux y regarder, ce n'était pas du sang. C'était un liquide incolore.

Le troisième type de rêve était difficile à traduire en mots. C'était un rêve incohérent, illogique et qui ne comportait pas de scène proprement dite. Il y avait seulement des sensations de déplacement. Elle faisait des allées et venues sans trêve dans le temps, dans l'espace. Quand ? Où ? Ce n'était pas le problème. Ce qui importait, c'était ce qui se trouvait entre ces allées et venues. Tout était fluide et de la fluidité naissait le sens. Mais alors qu'elle se laissait emporter dans ce flux, son corps devenait de plus en plus transparent. La paume de ses mains perdait de son opacité et elle pouvait voir de l'autre côté. Les os de son corps, ses viscères, son utérus se matérialisaient. Peut-être allait-elle finir par disparaître. Une fois qu'elle serait complètement devenue invisible, se demandait Aomamé, qu'allait-il donc arriver ? Elle n'avait pas de réponse.

Un après-midi, à deux heures, le téléphone sonna, faisant sursauter Aomamé qui était allongée sur le canapé, endormie pour une courte sieste.

« Pas de changement ? demanda Tamaru.

— Non, rien de spécial, répondit Aomamé.

— Et le collecteur de la NHK ?

— Il n'est pas revenu. Il a dit qu'il le ferait, mais ce n'était peut-être qu'une menace.

— Possible, fit Tamaru. La redevance de la NHK est versée par virement automatique, et une vignette est apposée à côté de votre porte d'entrée. S'il s'agit bien d'un collecteur, il l'a forcément vue. J'ai interrogé la NHK et c'est aussi ce qui m'a été répondu. Peut-être est-ce simplement une erreur, ont-ils dit.

— Mieux vaudrait que je n'aie plus affaire à lui.

— Il ne faut surtout pas attirer l'attention des voisins. Et puis, je n'aime pas les erreurs.

— Le monde en est pourtant plein.

— Le monde, c'est le monde, et moi, c'est moi, répliqua Tamaru. S'il y a quoi que ce soit qui vous inquiète, même des choses insignifiantes, contactez-moi.

— Et du côté des Précurseurs, est-ce que ça s'agite ?

— C'est le calme total. Comme s'il ne se passait rien. En sous-sol, il se trame peut-être des choses, mais nous n'en savons rien.

— Je croyais que quelqu'un vous renseignait de l'intérieur.

— Nous avons eu des informations, mais sur des bagatelles, des trucs insignifiants. J'ai bien l'impression que les contrôles internes sont devenus plus sévères. Ils ont fermé le robinet.

— Mais il est hors de doute qu'ils sont à ma poursuite.

— Après la disparition du leader, il s'est forcément créé un grand vide chez eux. Pour le moment, ils n'ont sans doute pas encore décidé qui sera le successeur, et quelle orientation prendra la secte. Mais sur la question de vous traquer, ils sont tous d'accord. Voilà les faits que nous avons réussi à établir.

— Des faits qui ne me réchauffent guère le cœur.

— L'important, en ce qui concerne les faits, c'est leur poids et leur précision. Leur température, ça vient après.

— En tout cas, répondit Aomamé, s'ils m'attrapent et si la vérité est dévoilée, ce sera un problème pour vous aussi.

— C'est bien pour cela que nous estimons souhaitable de vous mettre à l'abri de ces gens-là, et le plus vite possible.

— Oui, je comprends. Mais attendez encore un peu.

— *Elle* a dit que nous attendrions jusqu'à la fin de l'année. Donc, évidemment, moi aussi, j'attends.

— Merci.

— Ce n'est pas moi que vous devriez remercier.

— Tout de même…, fit Aomamé. Ah, et puis, il y aurait une chose que j'aimerais rajouter sur la prochaine liste. C'est un peu délicat de dire ça à un homme.

— Je suis un mur, répondit Tamaru. En plus, je suis un irréductible gay.

— J'aimerais avoir un test de grossesse. »

Silence. Puis Tamaru demanda : « Vous pensez en avoir besoin ? »

Ce n'était pas une véritable question. Aussi Aomamé ne lui répondit-elle pas.

« Y a-t-il des raisons qui vous laisseraient supposer que vous êtes enceinte ? questionna Tamaru.

— Pas vraiment. »

Tamaru réfléchit à toute vitesse. En tendant l'oreille, on entendait tourner les rouages de son cerveau.

« Vous n'avez pas de raison de penser que vous êtes enceinte mais vous avez besoin d'un test de grossesse.

— Voilà.

— On dirait une énigme.

— Je suis désolée, mais pour le moment, je ne peux en dire davantage. Un article courant, qu'on vend dans n'importe quelle pharmacie, ça ira très bien. Et puis, j'aimerais aussi un ouvrage pratique sur la physiologie de la femme. »

Tamaru se tut de nouveau un instant. C'était un silence dur et compact.

« Je crois qu'il vaudrait mieux que je vous rappelle, déclara-t-il ensuite. D'accord ?

— Bien sûr. »

Il eut une petite toux. Puis il raccrocha.

Le téléphone sonna quinze minutes plus tard. Aomamé reconnut la voix de la vieille femme, qu'elle n'avait pas entendue depuis bien longtemps. Elle eut l'impression de retourner dans la serre. Dans cet espace chaud, avec des papillons rares qui voletaient ici et là, et le temps qui s'écoulait lentement.

« Dites-moi, comment allez-vous ? »

Aomamé répondit qu'elle menait une vie très régulière. Comme la vieille dame avait envie de le savoir, elle lui exposa son emploi du temps quotidien, avec ses exercices physiques ou ses repas.

« Il vous est sans doute pénible de ne pas sortir de l'appartement, remarqua la vieille dame, mais vous avez beaucoup de volonté, et je ne me fais pas de souci. Vous êtes capable de surmonter cette situation. J'aimerais que vous alliez au plus vite ailleurs, dans un lieu beaucoup plus sûr. Mais si vous voulez absolument rester là, même si je n'en connais pas la raison, de mon côté, je respecterai votre désir.

— Je vous remercie.

— Non, c'est moi qui suis reconnaissante à votre égard. Car vous avez accompli un travail magnifique. » Il y eut un court silence puis la vieille femme reprit : « Vous auriez donc besoin d'un test de grossesse ?

— Mes règles sont en retard de presque trois semaines.

— Sont-elles toujours régulières ?

— Depuis le début, quand j'avais dix ans, elles surviennent tous les vingt-neuf jours, sans une seule journée de retard. Avec la même ponctualité que la lune qui croît et qui décroît. Pas une seule fois le cycle ne s'est interrompu.

— La situation dans laquelle vous vous trouvez à présent n'est pas ordinaire. Votre équilibre psychologique comme vos rythmes biologiques peuvent être perturbés. N'est-il pas impossible de penser que vos règles ont pu s'interrompre ou devenir très irrégulières ?

— Même si cela ne m'est jamais arrivé, cette possibilité existe, certes.

— Et puis, selon ce que m'a rapporté Tamaru, vous avez dit que vous n'aviez pas de raison d'être enceinte.

— La dernière fois que j'ai eu une relation sexuelle avec un homme, c'était à la mi-juin. Rien depuis.

— Et vous estimez néanmoins que vous pourriez être enceinte. Auriez-vous quelque chose sur quoi vous fonder ? En dehors du fait que vous n'avez pas vos règles.

— Je le *sens*, simplement.

— Simplement, vous le sentez ?

— J'ai vraiment cette sensation en moi.

— Vous voulez dire, la sensation que vous êtes enceinte ?

— Une fois, vous vous souvenez ? Vous avez parlé des ovules. Le soir où nous étions allées voir Tsubasa. Vous aviez expliqué qu'une femme possédait un nombre d'ovules déterminé au cours de sa vie.

— Je m'en souviens. J'ai dit qu'une femme avait à sa disposition environ quatre cents ovules, et que chaque mois, elle en libérait un.

— Eh bien, j'ai la sensation que l'un d'eux a été fécondé. Enfin, je ne suis pas sûre que le mot "sensation" soit le bon. »

La vieille femme réfléchit. « J'ai donné naissance à deux enfants et je peux comprendre ce que vous entendez par "sensation". Mais vous dites que vous seriez enceinte tout en n'ayant pas eu de relation sexuelle. C'est assez difficile à admettre.

— Oui, je sais. C'est la même chose pour moi.

— Excusez ma question, mais serait-il possible que vous ayez eu un rapport sexuel alors que vous étiez inconsciente ?

— Non, c'est impossible. J'ai toujours eu toute ma tête. »

La vieille femme choisit ses mots soigneusement. « J'ai depuis le début considéré que vous étiez quelqu'un qui avait des manières de penser rationnelles et sensées.

— C'est du moins ce que j'ai essayé de faire, répondit Aomamé.

— Et pourtant, vous pensez que vous êtes peut-être enceinte sans avoir eu de relation sexuelle.

— Je pense que cette *possibilité existe*. Pour être précise, fit Aomamé. Bien entendu, je sais qu'il est déjà illogique de considérer cette possibilité.

— Je comprends, répondit la vieille femme. En tout cas, nous allons attendre le résultat. Je vous ferai parvenir des tests de grossesse demain. Vous les recevrez à l'horaire habituel, par l'intermédiaire des livreurs. Pour plus de sûreté, il y en aura de différents types.

— Je vous remercie, dit Aomamé.

— Et dans l'hypothèse où vous seriez enceinte, quelle serait environ la date de la fécondation, à votre avis ?

— C'était sans doute au cours de cette fameuse nuit. Quand je suis allée à l'hôtel Ôkura, la nuit de ce terrible orage. »

La vieille femme eut un bref soupir.

« Vous avez réussi à déterminer jusqu'à cette date précise ?

— Oui. Si je fais les calculs, rétrospectivement, j'en arrive à ce jour. C'était l'époque de mon ovulation.

— Vous seriez donc dans votre deuxième mois de grossesse.

— En effet, répondit Aomamé.

— Avez-vous des malaises ? En général, les premiers mois sont les plus difficiles.

— Non, absolument aucun. J'ignore pour quelle raison. »

La vieille femme parla lentement, en choisissant bien ses mots. « Une fois que vous aurez fait le test et s'il s'avère que vous êtes enceinte, quels seront vos premiers sentiments ?

— Je me demanderai tout d'abord quel est le père biologique de cet enfant. C'est la question la plus importante.

— Mais vous n'en avez pas la moindre idée.

— Pour le moment, non.

— Très bien, conclut calmement la vieille femme. De toute façon, quoi qu'il arrive, je serai toujours à vos côtés. Je ferai tout ce qui est en mon pouvoir pour vous protéger. Souvenez-vous-en bien.

— Je vous prie de m'excuser pour tous les tracas que je vous apporte, dit Aomamé.

— Mais non, ce ne sont pas des tracas. Pour une femme, il s'agit de ce qu'il y a de plus important. Une fois que vous connaîtrez le résultat du test, nous réfléchirons ensemble à ce qui sera le mieux pour la suite », répondit la vieille femme.

Puis elle coupa tranquillement la communication.

Quelqu'un frappa à sa porte. Aomamé, allongée sur le matelas de yoga dans la chambre à coucher, cessa de bouger et tendit l'oreille. Les coups se firent plus secs et plus insistants. Ces bruits ne lui étaient pas inconnus.

Aomamé sortit son automatique d'un tiroir de la commode, en ôta le cran de sûreté. Elle tira la glissière, et les balles s'introduisirent dans la chambre. Elle coinça son arme à l'arrière de son pantalon de survêtement et gagna la salle de séjour à pas de loup. Agrippant à deux mains la batte métallique de softball, elle resta les yeux braqués sur la porte.

« Mademoiselle Takaï, appelait une grosse voix éraillée. Mademoiselle Takaï, vous êtes là ? C'est la Enn-étchi-keye. Venue récupérer la redevance. »

Sur la poignée de la batte était enroulé un ruban de vinyle, pour empêcher sa main de glisser.

« Allons, mademoiselle Takaï, je me répète, mais je sais bien que vous vous trouvez chez vous. Alors, ce serait mieux de cesser avec ce petit jeu idiot de cache-cache. Mademoiselle Takaï, vous êtes là et vous m'entendez. »

Cet homme répétait à peu de chose près les mêmes mots que l'autre fois. Comme une cassette rembobinée.

« Je vous avais dit que je reviendrais mais vous avez pensé que c'était juste une menace, pas vrai ? Eh bien non, non, ce que je dis, je le fais. Et du moment que je dois récupérer les redevances, je les récupère obligatoirement. Mademoiselle Takaï, vous êtes là, l'oreille aux aguets. Et vous vous dites : reste là, immobile. À la fin, il sera découragé et il finira par s'en aller. »

Il y eut de nouveau des coups tambourinés avec force contre la porte. Vingt ou vingt-cinq. Quelle espèce de main avait donc ce type ? songea Aomamé. Et pour quelle raison n'appuyait-il pas sur la sonnette ?

« Vous pensez encore ceci…, reprit l'homme, comme s'il lisait dans son cœur. Ce type, il a des mains vraiment solides ! Pour frapper aussi longtemps et avec une énergie pareille, ne se fait-il pas mal aux mains ? Et puis, voici encore ce que vous vous dites : pourquoi donc frappe-t-il de la sorte ? Ne serait-il pas préférable qu'il appuie sur la sonnette ? »

Aomamé ne put s'empêcher de grimacer largement.

Le collecteur continua. « Eh bien non, je n'ai pas envie d'appuyer sur la sonnette. Parce que si je le fais, on entendra juste : ding dong. Ce sera toujours la même petite sonnerie parfaitement inoffensive. Qui pourrait être le fait de n'importe qui. Alors que mes coups, ils ont de la personnalité. Parce qu'ils sont frappés par un homme qui se sert de sa chair même. Ils ont donc une vraie réalité. Ils sont pleins d'une émotion toute charnelle. Bien entendu, dans une certaine mesure, j'ai mal aux mains. Je ne suis pas Superman. Mais bon, c'est mon métier. Et le métier, quel qu'il soit, du plus haut au plus bas, il faut le respecter. Vous n'êtes pas d'accord, mademoiselle Takaï ? »

De nouveau retentirent des coups. En tout, vingt-sept, avec, entre chaque, une pause d'égale durée. Les paumes de ses mains qui agrippaient la batte métallique étaient moites de sueur.

« Mademoiselle Takaï. La loi impose l'obligation de payer la redevance de la Enn-étchi-keye pour les ondes que les gens reçoivent. C'est comme ça. L'une des règles de ce monde. Pourquoi ne pas payer de bon cœur ? Moi, voyez-vous, ça ne m'amuse pas de frapper à votre porte, et vous, mademoiselle Takaï, vous n'avez pas envie de supporter jusqu'à plus soif une expérience aussi désagréable. Pourquoi devrais-je en passer par là ? pensez-vous. Eh bien, payez gentiment ! Et ainsi, vous retrouverez votre petite vie tranquille d'avant. »

La voix de l'homme se répercutait largement dans le couloir. Aomamé songea qu'il prenait plaisir à ses propres boniments. Ça lui plaisait de menacer les mauvais payeurs, de les railler, de les insulter. Elle sentait dans sa façon de parler une joie mauvaise.

« Mademoiselle Takaï, vous aussi, vous êtes têtue. Je vous dis bravo. Vous restez aussi obstinément silencieuse qu'une huître au fond de la mer. Et malgré tout, moi, je sais que vous êtes là. Maintenant, vous êtes là, bien présente, de l'autre côté de cette porte, et vous avez les yeux braqués dessus. Et tout ce stress vous fait transpirer. Ce n'est pas vrai ? »

Il recommença à tambouriner. Treize coups. Puis il s'arrêta. Aomamé sentait la sueur mouiller ses aisselles.

« Bon. Je vais me retirer d'ici pour aujourd'hui. Mais avant peu, je reviendrai. Je me mets à aimer cette porte. Il existe toutes sortes de portes, savez-vous. Et celle-ci, elle n'est pas mal du tout. Le bruit que je fais en frappant dessus sonne bien. Après tout, peut-être que je n'arriverais pas à me détendre si je ne venais pas frapper quelques coups à cette porte ! Mademoiselle Takaï, je vous dis donc à très bientôt. »

Après quoi, le silence retomba. Le collecteur semblait être parti. Mais elle n'avait pas entendu le bruit de ses pas. Peut-être avait-il feint de s'en aller et était-il toujours planté là, devant sa porte. Aomamé agrippa sa batte avec encore plus de force. Elle attendit deux bonnes minutes.

« Je suis encore là ! claironna le collecteur. Ha ha ha, vous vous êtes imaginé que j'étais parti ! Eh bien non, je suis là. Je vous ai raconté des craques. Pardon, mademoiselle Takaï. Je suis ce genre de type. »

Elle perçut le bruit d'une toux. Une toux forcée et discordante.

« J'exerce ce métier depuis de longues années. Alors, au fil du temps, j'ai fini par me représenter les gens qui étaient là, de l'autre côté de la porte. C'est la pure vérité, je vous assure. En tout cas, je les sens, ceux qui se mettent à l'abri pour ne pas payer. Combien en ai-je rencontré, de ces individus-là, depuis des dizaines d'années... Et vous, mademoiselle Takaï... »

Il donna alors trois coups sur la porte, pas aussi vigoureux qu'auparavant.

« Vous, mademoiselle Takaï, vous êtes douée pour vous dissimuler. Comme une sole qui se cache au fond de la mer, dans le sable. Ça s'appelle du mimétisme. Mais même comme ça, en fin de compte, vous ne parviendrez pas à fuir. Quelqu'un viendra, et vous ouvrirez cette porte. C'est la vérité. Moi, un vétéran de la Enn-étchi-keye, je vous le garantis ! Vous aurez beau vous dissimuler aussi habilement que vous le pourrez, ce ne sera jamais qu'une espèce de fraude minable. Ce n'est pas une solution. C'est vrai, quoi. Mademoiselle Takaï, je vais y aller à présent. Ne vous en faites pas, cette fois, je ne mens pas. Je vais disparaître pour de vrai. Mais je reviendrai. Quand vous entendrez frapper à la porte, ce sera moi. Portez-vous bien, mademoiselle Takaï ! »

Elle n'entendit toujours pas de bruit de pas. Elle attendit cinq minutes avant de s'approcher de la porte et de tendre l'oreille. Enfin elle scruta le trou de la serrure. Le couloir était désert. Cette fois, le collecteur était vraiment parti.

Aomamé alla poser la batte métallique sur le comptoir de la cuisine. Elle déchargea son arme, remit le cran de sûreté. Elle l'enveloppa de nouveau dans un collant épais et la rangea dans un tiroir. Puis elle s'allongea sur le canapé et ferma les yeux. La voix de l'homme résonnait encore dans ses oreilles.

Mais même comme ça, en fin de compte, vous ne parviendrez pas à fuir. Quelqu'un viendra, et vous ouvrirez cette porte.

Au moins, cet homme n'était pas un de ses poursuivants envoyés par les Précurseurs. Eux agissaient calmement, en passant par le chemin le plus court. Ce n'était pas leur style de crier dans le couloir d'une résidence élégante, de lancer des insinuations qui risquaient d'alerter leur interlocuteur. Ce n'était pas ainsi qu'ils se comportaient. Aomamé se souvint de Tête-de-moine et de Queue-de-cheval. L'un et l'autre se seraient approchés furtivement. Et avant même qu'elle s'en soit aperçue, ils auraient été là, dans son dos.

Aomamé secoua la tête. Respira posément.

Si c'était un véritable collecteur de la NHK, il était curieux qu'il n'ait pas remarqué la vignette indiquant que la redevance était réglée par virement automatique. Aomamé avait vérifié que l'étiquette était bien apposée à côté de la porte. Il s'agissait peut-être d'un malade mental. Mais même si c'était le cas, il y avait dans ses paroles une étrange réalité. Elle se dit que l'homme, en effet, sentait sa présence de l'autre côté de la porte. Comme s'il pouvait renifler, grâce à une sensibilité très aiguë, les secrets qu'elle portait, une partie du moins. Mais il n'avait pas le pouvoir d'ouvrir sa porte et de s'introduire chez elle. La porte ne s'ouvrait que de l'intérieur. Et quoi qu'il arrive, se disait-elle, je n'ai nulle intention de l'ouvrir.

Non, en fait, elle ne pouvait aller jusqu'à cette affirmation. Il se peut que j'ouvre cette porte un jour. Si Tengo apparaissait de nouveau dans le jardin, j'ouvrirais sans hésiter et je me précipiterais vers lui. Quoi qui m'attende là-bas.

Aomamé s'installa sur la chaise de jardin, sur le balcon, et resta comme d'habitude à scruter le petit parc, dans l'intervalle entre la plaque protectrice opaque et la balustrade. Un couple de lycéens en uniforme était assis sur un banc, sous l'orme. Le visage grave, ils échangeaient des confidences. Deux jeunes mères faisaient jouer leurs enfants dans le bac à sable. Ils n'étaient pas encore en âge d'entrer en maternelle. Les jeunes femmes bavardaient sans les quitter du regard. Le jardin offrait le spectacle parfaitement ordinaire d'un après-midi banal. Aomamé scruta longuement le haut du toboggan.

Puis elle posa ses paumes sur le bas de son ventre. Ferma les paupières, tendit l'oreille, s'efforçant d'entendre une voix. Pas de doute, il y avait une présence. Une toute petite chose était là, vivante. Elle le savait.

DAUGHTER, dit-elle doucement.

MOTHER, lui répondit la petite chose.

9

Tengo

Tant que la sortie n'est pas bouchée

APRÈS AVOIR MANGÉ DES GRILLADES, ils s'étaient rendus tous les quatre dans un bar de karaoké où ils avaient vidé une bouteille de whisky. Et c'était ainsi, vers dix heures du soir, que s'était terminé leur festin modeste, mais fort animé. Une fois qu'ils étaient sortis du bar, Tengo avait raccompagné la jeune Mlle Adachi à son appartement. À un arrêt de bus proche, les deux autres femmes étaient montées dans un véhicule qui allait à la gare, sans plus s'occuper d'eux. Tengo et la jeune infirmière avaient marché côte à côte dans les rues désertes pendant environ un quart d'heure.

« Tengo, Tengo, Tengo, chantonnait la jeune femme. C'est un joli nom, Tengo ! Et puis il est facile à dire. »

L'infirmière avait beaucoup bu, semblait-il, mais comme elle avait déjà les joues rouges au naturel, il était difficile de deviner son degré d'ivresse simplement en la regardant. Elle ne bredouillait pas et son pas était sûr. On n'aurait pas dit qu'elle était ivre. Mais il existe toutes sortes d'ivresses.

« Moi, j'ai longtemps pensé que c'était un drôle de nom, répondit Tengo.

— Mais non, pas du tout. Ten-go. Il sonne bien, et on s'en souvient facilement. Il est magnifique.

— Au fait, je ne connais pas le tien. Tout le monde t'appelle toujours "Kû".

— "Kû", c'est un diminutif. Je m'appelle Kumi Adachi. Pas très génial !

— Kumi Adachi, prononça Tengo. Je le trouve très bien. Compact et sans tralala.

— Merci, fit Kumi Adachi. Avec cette manière de dire, ça fait penser un peu à "Honda Civic"...

— C'était un compliment.

— Je sais bien ! D'ailleurs, je ne consomme pas beaucoup », répondit-elle. Là-dessus, elle prit la main de Tengo. « Je peux ? Comme ça, c'est plus gai, plus sympa. D'accord ?

— Bien sûr », fit Tengo. Lorsque Kumi Adachi lui prit la main, il repensa à Aomamé dans la salle de classe de l'école. La sensation tactile était différente. Mais il y avait pourtant quelque chose de commun.

« Je crois que je suis bien partie ! déclara Kumi Adachi.

— Vraiment ?

— Vraiment. »

Tengo jeta un nouveau regard de côté sur le visage de l'infirmière. « Tu n'en as pourtant pas l'air.

— Ça ne se voit pas de l'extérieur. Je suis comme ça. Mais je crois que je suis paf.

— Il est vrai que tu as bien bu.

— Ah oui. Ça faisait longtemps que je n'avais pas bu autant.

— Parfois, ce genre de choses, c'est indispensable, déclara Tengo, répétant mot pour mot ce qu'avait dit Mme Tamura.

— Évidemment, approuva Kumi Adachi avec un vigoureux hochement de tête. Parfois, il le faut. Manger un tas de bons plats, boire à gogo, chanter à tue-tête, raconter n'importe quoi. Mais, dis-moi, toi, Tengo, tu fais des trucs de ce genre ? Je veux dire, des trucs qui te vident la tête. Tu donnes plutôt l'impression de mener une vie calme et sage. »

Tengo réfléchit. Voyons, ces derniers temps, aurait-il cédé à ce genre de divertissement ? Il ne s'en souvenait pas. Puisqu'il ne s'en souvenait pas, sans doute n'en avait-il connu aucun. Peut-être que le concept des « trucs qui vident la tête » lui faisait défaut.

« Je crois bien que non, convint-il.

— Les humains ne sont pas identiques...

— Il y a toutes sortes de façons de penser et toutes sortes de façons de sentir...

— Et toutes sortes de manières de s'enivrer ! » conclut l'infirmière. Là-dessus, elle se remit à glousser. « Pourtant, ces choses-là, on en a tous besoin. Et toi aussi, Tengo.

— Sûrement », répondit-il.

Tous deux avancèrent un moment sur la route obscure en se tenant la main sans rien dire. Tengo se sentait un peu mal à l'aise en raison du changement d'attitude de la jeune femme. Dans son uniforme d'infirmière, elle s'exprimait poliment. À présent qu'elle était en civil, et peut-être à cause de l'alcool qu'elle avait absorbé, brusquement, son langage s'était fait familier. Ces accents sans cérémonie lui rappelaient quelqu'un. Quelqu'un qui parlait de la même façon. Quelqu'un qu'il avait vu il n'y avait pas longtemps.

« Dis-moi, Tengo, le haschisch, tu as déjà essayé ?

— Le haschisch ?

— La résine de cannabis. »

Tengo s'emplit les poumons de l'air de la nuit et souffla. « Non, jamais.

— Et ça te dirait d'essayer ? demanda Kumi Adachi. On fumera ensemble. J'en ai chez moi.

— Tu as du haschisch chez toi ?

— Oui. Les apparences sont parfois trompeuses !

— Oui… », répondit vaguement Tengo. Voilà que dans cette petite ville côtière de la péninsule de Bôsô, une jeune infirmière aux joues rouges, qui respirait la santé, cachait du haschisch dans son appartement. Et qu'elle lui proposait d'en fumer avec elle.

« Et comment tu te l'es procuré ? demanda-t-il.

— C'est une ancienne amie du lycée, le mois dernier, qui m'en a fait cadeau pour mon anniversaire. Elle était allée en Inde, et elle me l'a rapporté en souvenir, voilà. » Sur ce, elle se mit à lancer avec force, comme une balançoire, la main de Tengo qu'elle tenait serrée.

« Si on découvre qu'elle a importé du cannabis illégalement, elle risque gros. La police japonaise se montre très sévère sur ces questions. Il y a des chiens renifleurs spécialisés qui tournent partout dans les aéroports.

— Oh, c'est quelqu'un qui ne s'embête pas avec des petits détails de ce genre, remarqua Kumi Adachi. En tout cas, c'est passé à la douane sans problème. Dis, on va essayer tous les deux ? Il est très pur, et les sensations, géniales. J'ai cherché à me renseigner un peu, et du point de vue médical, je sais qu'il n'y a pratiquement pas de danger. Je n'affirmerais pas qu'il n'existe pas de risque d'habitude, mais en comparaison du tabac, de l'alcool ou de la cocaïne, c'est infiniment plus léger. Les magistrats prétendent qu'il y a des dangers de dépendance mais franchement, c'est tiré par les cheveux. Parce que, alors, le Pachinko est bien plus dangereux. C'est pas du tout comme une grosse cuite, et tu verras, Tengo, je crois que ça te videra bien la tête.

— Et toi, tu as déjà essayé ?

— Évidemment. C'est drôlement jouissif.

— Jouissif, répéta Tengo.

— Essaie, et tu comprendras, dit Kumi Adachi en se tire-bouchonnant. Dis, tu savais que la reine Victoria fumait toujours de la marijuana en guise d'antalgique, quand elle avait des douleurs, à cause de ses règles… ? Prescrite très officiellement par le corps médical.

— C'est vrai ?

— Je te jure. Je l'ai lu quelque part. »

Il eut envie de demander, dans quel livre ? Mais cela lui parut ennuyeux et il y renonça. Il n'avait pas d'intérêt spécial à imaginer la reine Victoria aux prises avec les douleurs de ses règles.

« Le mois dernier, tu as eu quel âge ? demanda-t-il pour changer de sujet.

— Vingt-trois ans. Je suis une grande fille à présent.

— Oui, naturellement », dit Tengo. Lui avait déjà trente ans, mais il n'était pas tout à fait certain d'être un adulte. Il pouvait seulement dire qu'il avait vécu dans ce monde trente ans et quelques.

« Ce soir, ma sœur n'est pas là, elle est allée dormir chez son petit ami. Alors, viens chez moi, on sera tranquille. Demain, en plus, je ne suis pas de service, je pourrai me reposer. »

Tengo chercha comment lui répondre. Il avait de la sympathie pour cette jeune infirmière. Visiblement, elle aussi en avait pour lui. Et elle l'invitait chez elle. Il leva les yeux. Mais le ciel était totalement couvert de lourds nuages gris. Il ne voyait pas de lune.

« L'autre fois, avec cette amie, nous avons fumé du haschisch, reprit Kumi Adachi. Pour moi, c'était la première fois, et j'ai eu l'impression que mon corps se soulevait en l'air. Pas très haut, cinq ou six centimètres. Et tu vois, m'élever ainsi à cette hauteur, c'était tout à fait agréable. Juste la bonne sensation.

— Et tu ne t'es pas fait mal en retombant ?

— Non, ça s'est passé pile au bon moment, je me sentais en sécurité. J'avais l'impression que j'étais protégée. Un peu comme si j'avais été enveloppée dans une chrysalide de l'air. Moi, j'étais DAUGHTER, enveloppée tout entière dans la chrysalide, et je voyais de l'autre côté la silhouette vague de MOTHER.

— DAUGHTER ? » fit Tengo. Sa voix s'était bizarrement affaiblie et durcie. « MOTHER ? »

Tout en chantonnant, la jeune infirmière secouait avec vigueur la main de Tengo. Ils continuaient à avancer sur le trottoir désert. Leur taille était très dissemblable mais Kumi Adachi ne semblait pas s'en préoccuper. De temps à autre, une voiture les dépassait sur la chaussée.

« MOTHER et DAUGHTER. C'est dans le livre *La Chrysalide de l'air*. Tu ne le connais pas ? demanda-t-elle.

— Si.

— Tu l'as lu ? »

Tengo opina sans un mot.

« Ah, tant mieux. Ça ira plus vite. Bon, alors, voilà. Ce livre, je l'ai *énormément* aimé. Je l'ai acheté cet été, et je l'ai lu trois fois. Ça ne m'arrive quasiment jamais de relire un livre trois fois. Et puis, quand j'ai fumé ce haschisch pour la première fois de ma vie, j'ai eu l'impression que j'étais à l'intérieur d'une chrysalide de l'air. J'étais enveloppée par quelque chose, dans l'attente de naître. Et MOTHER assistait à ça.

— Tu pouvais voir MOTHER ? demanda Tengo.

— Oui. Je voyais MOTHER. De l'intérieur de la chrysalide, je pouvais voir, dans une certaine mesure, de l'autre côté. Mais de l'extérieur, on ne voyait pas ce qu'il y avait dedans. Voilà comment ça m'a paru fonctionner. Mais je n'allais pas jusqu'à distinguer le visage de MOTHER. À peine les contours, vaguement. Pourtant, je savais que c'était ma MOTHER. Je le sentais clairement. Cette femme, c'était ma MOTHER.

— La chrysalide de l'air, en somme, ce serait une sorte de matrice.

— Peut-être. Évidemment, je ne me souviens pas du temps où j'étais dans l'utérus de ma mère, et je ne peux donc pas faire de vraie comparaison », répondit Kumi Adachi, avant de se remettre à rire.

Elle habitait dans un appartement d'un immeuble de construction médiocre, à un étage, comme on en trouve fréquemment à la périphérie des petites villes de province. Il semblait relativement récent, et pourtant, ici ou là, des dégradations dues au passage des années commençaient à être visibles. L'escalier extérieur craquait bruyamment, la porte fermait mal. Lorsque de gros camions passaient sur la rue devant l'immeuble, les vitres des fenêtres cliquetaient. On voyait tout de suite que les murs étaient bien minces, et si d'aventure quelqu'un avait voulu s'exercer sur une guitare basse, le bâtiment tout entier aurait fait caisse de résonance.

Tengo n'était pas très attiré par le haschisch. Il avait conservé sa raison en vivant dans un monde où brillaient deux lunes. En quoi avait-il besoin de déformer ce monde davantage encore ? D'autre part, il n'éprouvait pas de désir sexuel vis-à-vis de Kumi Adachi. Assurément, il avait de la sympathie pour l'infirmière de vingt-trois ans. Mais la sympathie et le désir étaient deux questions bien distinctes. En tout cas, pour Tengo, elles l'étaient. Aussi, si la jeune femme n'avait pas prononcé les mots de MOTHER et de DAUGHTER, il aurait trouvé une bonne raison pour refuser son invitation et ne pas se rendre chez elle. Il aurait pu attraper un bus, ou bien, si aucun bus n'était apparu, il aurait appelé un taxi et serait rentré à son *ryôkan*. Parce que, tout de même, il se trouvait dans La Ville des Chats. Mieux valait s'éloigner autant que possible de ces lieux dangereux. Mais lorsqu'il avait entendu MOTHER et DAUGHTER, il avait été incapable de ne pas la suivre. Peut-être que Kumi Adachi lui soufflerait à l'esprit, sous une forme ou une autre, les raisons pour lesquelles, dans la chambre de l'hôpital, Aomamé, sous l'apparence d'une fillette, s'était manifestée à lui à l'intérieur d'une chrysalide de l'air.

À présent, il se retrouvait donc dans l'appartement où vivaient les deux sœurs d'une vingtaine d'années. Il y avait deux petites chambres à coucher, et une seule pièce, pas immense, qui regroupait la cuisine et la salle à manger. Les meubles semblaient avoir été récupérés çà et là, et on ne décelait aucun goût ou aucune personnalité qui donnait de la cohérence à l'ensemble. Sur la table en formica était posée une lampe clinquante, une imitation Tiffany, parfaitement déplacée. Les rideaux à petits motifs floraux une fois ouverts, la fenêtre donnait sur des champs et au-delà, on découvrait ce qui devait être un petit bois sombre. La perspective était jolie, rien ne faisait obstacle au regard. Mais ce n'était pas un paysage qui vous réconfortait.

Kumi Adachi fit asseoir Tengo sur un minuscule canapé. Une « *love chair* » rouge, plutôt tape-à-l'œil, qui faisait face à un téléviseur. Puis elle sortit du réfrigérateur une canette de bière Sapporo, et la posa devant lui avec un verre.

« Tu veux bien m'attendre un peu, je vais me changer et mettre une tenue plus confortable. Je reviens tout de suite. »

Pourtant, elle prit son temps. De l'autre côté de la porte, au bout du couloir étroit, il entendait de temps à autre un grand bruit. De tiroirs qui glissaient mal, qu'elle ouvrait ou refermait. Quelque chose qui chuta bruyamment par terre. Chaque fois, Tengo ne pouvait s'empêcher de se tourner du côté d'où venait le tapage. Sans doute était-elle plus ivre qu'elle ne le paraissait. Il entendait aussi, au travers des murs peu épais, la télévision de l'appartement voisin. Il ne distinguait pas le détail des paroles mais c'était sûrement une émission comique, et toutes les dix ou quinze secondes éclataient les rires du public. Tengo regretta de n'avoir pas su refuser nettement sa proposition. En même temps, dans un coin de sa tête, il avait le sentiment qu'il était inévitable qu'il se soit rendu en ce lieu.

Le siège sur lequel il avait pris place n'était pas un meuble de qualité, le tissu de l'assise était rêche au toucher. Il y avait aussi quelque chose de gênant dans sa forme car même en se tordant d'un côté ou de l'autre, il ne parvenait pas à trouver une position confortable. Ce qui ne fit que renforcer son malaise. Tengo avala une gorgée de bière, prit en main la télécommande. Il la contempla un moment comme s'il s'agissait d'un objet singulier, puis, finalement, il appuya sur le bouton. Il fit défiler un certain nombre de chaînes et s'arrêta enfin à un documentaire de la NHK sur les chemins de fer en Australie. S'il avait choisi cette émission, c'était simplement parce que la bande-son était plus calme. En arrière-fond, il y avait de la musique pour hautbois, et la voix de la journaliste qui détaillait les élégants wagons-lits du chemin de fer transcontinental était paisible.

Sur son siège inconfortable, en suivant sans enthousiasme les images télévisées, Tengo songeait à *La Chrysalide de l'air*. Kumi Adachi ignorait que c'était lui, en réalité, qui avait écrit ce texte. Mais peu importait. Le problème était que, alors qu'il avait fait une description aussi détaillée de la chrysalide de l'air, il ne savait pas en fait de quoi il s'agissait. Une chrysalide de l'air, qu'est-ce que c'était ? Quel était le sens de MOTHER et de DAUGHTER ? Il l'ignorait à l'époque où il rédigeait le livre – tout comme maintenant. Et pourtant, Kumi Adachi avait beaucoup aimé le roman, elle l'avait relu trois fois. Comment était-ce possible ?

Kumi Adachi réapparut alors que l'on présentait le menu du petit déjeuner du wagon-restaurant. Elle s'assit à côté de Tengo. Le siège était étroit et leurs épaules se touchaient. Elle avait enfilé une chemise ample à manches longues et un pantalon en coton de couleur claire. La chemise portait un grand smiley. La dernière fois qu'il avait vu ce dessin, c'était au début des années soixante-dix. À l'époque où les chansons tonitruantes et extravagantes de Grand Funk Railroad faisaient trembler les juke-box. Mais sa chemise n'était sûrement pas aussi ancienne. Quelque part, est-ce que l'on continuait à fabriquer des chemises ornées de smileys ?

Kumi Adachi sortit une nouvelle canette de bière du réfrigérateur, l'ouvrit avec un clac bruyant, se versa de la bière dans un verre, et en but le tiers d'un trait. Puis elle plissa les yeux à la manière d'un chat repu. Après quoi, elle montra du doigt l'écran. Un train filait entre de hautes montagnes, pierreuses et rouges, sur des rails rectilignes qui s'allongeaient à l'infini.

« Ça se passe où ?

— En Australie, répondit Tengo.

— Australie, répéta Kumi Adachi, comme si elle cherchait très loin dans ses souvenirs. L'Australie de l'hémisphère Sud ?

— Oui. L'Australie des kangourous.

— J'ai une amie qui est allée en Australie, fit Kumi Adachi en se grattant le coin de l'œil. C'était juste la période où les kangourous s'accouplaient, et elle m'a raconté que dans la ville où elle se trouvait, eh bien, il y avait des kangourous en *pleine action*. Ils faisaient ça dans les parcs, dans les rues, n'importe où. »

Tengo pensa qu'il devrait lui donner son opinion à ce sujet mais rien ne lui vint en tête. Alors il reprit la télécommande et éteignit la télé. La pièce devint brusquement silencieuse. À un moment donné, le poste des voisins s'était tu également. De temps à autre, des voitures passaient dans la rue, mais autrement, la nuit était calme. Simplement, si on tendait l'oreille, on percevait comme une faible plainte, une sorte de bredouillement lointain. Il ne savait pas ce que cela pouvait être, mais il y avait un rythme régulier. De temps en temps, ça s'arrêtait, et après une pause, ça recommençait.

« C'est une chouette. Elle vit dans le bois voisin, et la nuit, elle hulule, expliqua l'infirmière.

— Une chouette », répéta Tengo confusément.

Kumi Adachi pencha la tête, la posa sur l'épaule de Tengo, et sans ajouter un mot, elle lui saisit la main. Ses cheveux lui venaient dans le cou. Ce siège était décidément incommode. La chouette poursuivait ses hululements qui paraissaient pleins de sens. Sa voix résonnait aux oreilles de Tengo à la fois comme un encouragement et comme un cri d'alarme. Ou bien comme un cri d'alarme qui contenait un encouragement. Le message était très ambigu.

« Dis-moi, je suis trop entreprenante ? » demanda Kumi Adachi.

Tengo ne répondit pas à sa question. « Tu n'as pas de petit ami ?

— Ah, c'est un sujet délicat, fit-elle, l'air sombre. Les garçons bien, en général, après le lycée, ils partent pour Tokyo. Par ici, tu comprends, il n'y a pas de bonnes facs, et pas non plus beaucoup de bons boulots. Qu'est-ce qu'on y peut...

— Mais toi, tu vis ici.

— Oui. Mon salaire n'est pas formidable, et il faut travailler dur pour ça, mais d'un autre côté, ça me plaît de vivre ici. Le problème, simplement, c'est que ça ne m'est pas facile de trouver un petit ami. Je serais d'accord pour faire des rencontres, mais il y a si peu d'occasions. »

Les aiguilles de la pendule murale indiquaient onze heures. Trop tard pour rentrer au *ryôkan*. Les portes seraient fermées. Mais Tengo n'avait plus envie de se lever de sa chaise inconfortable. Il n'avait plus d'énergie. C'était peut-être à cause de la forme de ce siège. Ou peut-être était-il plus ivre qu'il ne l'avait cru. Il tendait l'oreille aux plaintes de la chouette, il sentait les cheveux de Kumi Adachi lui piquer le cou et il contemplait la lumière de la Tiffany en toc.

Kumi Adachi s'était mise à ses préparatifs en fredonnant un air joyeux. Elle avait finement émincé le morceau noir de résine de cannabis avec un rasoir, elle avait tassé les copeaux dans une petite pipe plate réservée à cet usage et l'avait enflammée à l'aide d'une allumette, l'air grave. Une fumée chargée d'une douceur particulière s'était paisiblement répandue dans la pièce. Kumi Adachi avait tiré sur la pipe la première. Elle avait inhalé une grande bouffée, l'avait gardée longuement dans les poumons et l'avait lentement relâchée. Puis elle avait fait signe à Tengo de l'imiter. Ce dernier avait pris la pipe et s'était exécuté. Il avait tâché de conserver en lui la fumée aussi longtemps que possible. Et avait ensuite soufflé avec lenteur.

Ils avaient échangé la pipe en prenant tout leur temps. Sans se dire un mot. Les voisins avaient rallumé la télévision, et les rires leur parvenaient au travers du mur. Le son était un peu plus fort. Ils entendaient les rires du public interrompus seulement par les publicités.

Durant les cinq minutes environ qu'ils fumèrent ainsi à tour de rôle, Tengo ne ressentit rien de spécial. Le monde environnant ne lui présenta aucun changement notable. Que ce soit les couleurs, les formes, les odeurs, tout demeura comme à l'accoutumée. La chouette, dans le bois tout proche, continuait à lancer ses hou hou, les cheveux de Kumi Adachi lui piquaient toujours le cou. Il était toujours aussi mal assis sur son siège. L'aiguille des secondes de la pendule avançait à la même vitesse, les gens à la télé continuaient à s'étrangler de rire dès que quelqu'un faisait une plaisanterie. Des rires qui ne semblaient pas heureux.

« Il ne se passe rien, dit Tengo. Ça ne marche peut-être pas avec moi. »

Kumi Adachi lui administra deux petites tapes sur le genou. « Mais non, il faut juste attendre un peu. »

Elle n'avait pas tort. Enfin il perçut une sorte de claquement sec au creux de l'oreille, comme si un mystérieux interrupteur avait été enclenché, puis quelque chose d'épais et de visqueux se répandit dans sa tête. Comme quand on penche sur le côté un bol plein de bouillie de riz. Mon cerveau vacille, se dit Tengo. C'était une expérience tout à fait nouvelle pour lui – le fait d'éprouver son cerveau comme une substance à part. De ressentir physiquement sa viscosité. La voix grave de la chouette pénétrait dans sa tête par ses oreilles, se mélangeait à la bouillie de riz et s'y incorporait totalement.

« La chouette est à l'intérieur de moi », déclara Tengo. La chouette était devenue une part de sa conscience. Une part vitale, dont il ne pouvait se dissocier.

« La chouette est la divinité gardienne de la forêt, c'est une savante qui nous dispense la sagesse de la nuit », dit Kumi Adachi.

Mais où aller et comment se mettre en quête de cette sagesse ? La chouette était à la fois un peu partout et nulle part. « Je n'ai pas de question à lui poser », fit Tengo.

Kumi Adachi prit sa main. « Ce n'est pas nécessaire. Tu n'as qu'à aller dans la forêt. C'est aussi simple que ça. »

De l'autre côté du mur, on entendait de nouveau des rires venant de la télévision. Des applaudissements crépitèrent. Depuis la régie, hors des caméras, un assistant montrait sans doute au public des panneaux qui disaient : « Riez ! » ou : « Applaudissez ! » Tengo ferma les yeux, songea à la forêt. Il songea qu'il allait y entrer. Au fond de la forêt obscure, c'était le domaine des Little People. Mais là vivait aussi la chouette. La chouette était savante, elle nous dispensait la sagesse de la nuit.

Subitement, tous les sons s'interrompirent. Comme si quelqu'un était venu par-derrière et lui avait introduit dans les oreilles un bouchon hermétique. Quelqu'un avait fermé un couvercle, et quelqu'un d'autre, ailleurs, en avait soulevé un autre. L'entrée et la sortie avaient permuté.

Tengo se trouvait soudain dans la salle de classe de l'école.

Les fenêtres étaient largement ouvertes, et lui parvenaient depuis la cour les voix des enfants. Parfois soufflaient des rafales de vent qui faisaient osciller les rideaux blancs. À côté de lui se tenait Aomamé, qui lui serrait la main fermement. La même scène de toujours – et pourtant, quelque chose était différent. Ce qu'il voyait était étonnamment clair, distinct, et possédait le relief de la vie. Il était capable de distinguer parfaitement, jusqu'aux plus petits détails, la silhouette et la forme de toutes les choses. Il lui suffirait de tendre la main. Il pourrait les toucher vraiment. Et les odeurs de cet après-midi de début d'hiver stimulaient hardiment ses narines. Comme si ce qui recouvrait ces odeurs avait été arraché. Des odeurs réelles. Les fidèles odeurs d'une saison particulière. L'odeur de l'éponge du tableau noir, celle du détergent utilisé pour le ménage, celle des feuilles mortes qu'on brûlait dans un coin de la cour, elles s'étaient toutes intimement mêlées. Quand il respirait à fond ces senteurs, il avait la sensation qu'elles s'amplifiaient et l'atteignaient au plus profond de lui. Sa structure physique avait renouvelé ses composants. Les pulsations de son cœur n'étaient plus de simples pulsations.

Pour un bref instant, il avait pu ouvrir de l'intérieur les portes du Temps. La lumière ancienne et la lumière nouvelle s'étaient mêlées et ne faisaient plus qu'une. L'air ancien s'était mêlé à l'air nouveau pour ne faire plus qu'un. C'est *cette* lumière, et *cet* air, songea Tengo. Et tout lui devint compréhensible. *Presque* tout. Pour quelle raison n'avait-il pas pu se souvenir de ces odeurs jusque-là ? Alors que c'était tellement évident. Alors que ce monde était là, tout simplement.

« Je voulais te voir », disait Tengo à Aomamé. Avec une voix lointaine et maladroite. Mais qui était bien la sienne.

« Moi aussi, je voulais te voir », répondait la fillette. Sa voix ressemblait à celle de Kumi Adachi. Il ne discernait plus la frontière entre la réalité et l'imagination. S'il cherchait à examiner cette limite, le bol penchait sur le côté, son cerveau allait déborder.

Tengo disait : « J'aurais dû commencer à te rechercher bien plus tôt. Mais j'en étais incapable.

— Il n'est pas trop tard. Tu peux encore me retrouver, disait la fillette.

— Comment est-ce que j'y parviendrai ? »

Pas de réponse. La réponse ne pouvait se traduire en mots.

« Mais je sais que je te trouverai », disait Tengo.

La fillette disait : « Parce que moi, je t'ai retrouvé.

— Tu m'as trouvé ?

— Trouve-moi, disait la fillette. Pendant qu'il est encore temps. »

Les rideaux blancs oscillaient doucement sans un bruit, telles des âmes qui tarderaient à disparaître. Ce fut la dernière vision de Tengo.

Lorsque Tengo revint à lui, il était couché dans un lit étroit. La lampe était éteinte, mais la lumière des lampadaires de la rue filtrant par les interstices des rideaux éclairait faiblement la chambre. Il était en tee-shirt et en boxer. Kumi Adachi ne portait que sa longue chemise ornée du smiley. Elle était nue dessous. Ses seins lisses reposaient sur son bras. Dans la tête de Tengo, la chouette continuait à hululer. Le bois était encore à l'intérieur de lui – ou bien, Tengo avait gardé en lui le bois nocturne, dans son entier.

Même s'il se trouvait dans le même lit que la jeune infirmière, Tengo n'éprouvait pas de désir sexuel. De son côté, Kumi Adachi ne semblait pas en éprouver non plus. Elle avait entouré Tengo de ses bras et elle riait. Tengo ne comprenait pas ce qui était si amusant. Peut-être que quelqu'un, quelque part, lui présentait un panneau où il était écrit : « Ris ! »

Quelle heure pouvait-il être ? Il tenta de relever la tête pour regarder le réveil mais il ne vit de réveil nulle part. Kumi Adachi cessa soudain de rire et lui entoura le cou.

« Je suis née une deuxième fois, lui souffla-t-elle à l'oreille, en un chaud soupir.

— Tu es re-née, dit Tengo.

— Parce que je suis morte une première fois.

— Tu es morte une première fois, répéta Tengo.

— Une nuit où tombait une pluie froide, expliqua-t-elle.

— Et pourquoi es-tu morte ?

— Pour pouvoir renaître.

— Tu es re-née, dit Tengo.

— Plus ou moins, murmura-t-elle paisiblement. Sous plein de formes. »

Tengo médita ses mots. *Renaître plus ou moins sous plein de formes*… Qu'est-ce que ça voulait dire ? Son cerveau était épais et lourd, il était plein à ras bord de germes de vie, telle une mer primitive. Mais cela ne le menait nulle part.

« D'où est donc venue la chrysalide de l'air ?

— Mauvaise question », répondit Kumi Adachi. « Hoo hoo. »

Elle se mit sur lui. Tengo pouvait sentir sur ses cuisses sa toison pubienne. Une toison opulente et drue. Sa toison, c'était comme une part de sa pensée.

« Qu'est-ce qu'il faut pour renaître ? demanda Tengo.

— Le premier problème quand il s'agit de renaître..., répondit la petite infirmière, comme si elle révélait un secret, c'est que les hommes ne peuvent pas renaître pour eux-mêmes. Seulement pour les autres.

— C'est ce que tu veux dire par *"plus ou moins sous plein de formes"*...

— Au lever du jour, tu devras partir d'ici. Tant que la sortie n'est pas bouchée.

— Au lever du jour, je devrai partir d'ici », répéta Tengo.

Elle frotta de nouveau sa riche toison contre les cuisses de Tengo. Comme si elle voulait y imprimer une sorte de *signe*. « Les chrysalides de l'air ne viennent pas de quelque part. Tu auras beau attendre, elle ne viendra pas.

— Tu le sais.

— Parce que je suis morte une fois, répondit-elle. Mourir, c'est douloureux. Bien plus douloureux que tu ne l'imagines. Et on est totalement seul. Une solitude telle qu'on se demande comment les hommes peuvent la supporter. Tu ferais mieux de t'en souvenir. Mais, tu sais, Tengo, en fin de compte, si on ne meurt pas, on ne renaît pas non plus.

— Si on ne meurt pas, on ne renaît pas non plus, confirma Tengo.

— Mais les hommes sont environnés de mort en vivant.

— Environnés de mort en vivant », répéta Tengo, sans comprendre le sens de ses paroles.

Les rideaux blancs continuaient à osciller dans le vent. Dans l'air de la salle de classe se mêlaient les odeurs de l'éponge du tableau et celles du détergent. Les parfums des feuilles mortes qu'on brûlait. Quelqu'un s'exerçait à la flûte à bec. La fillette lui tenait la main avec force. Dans la partie inférieure de son corps, il sentait de doux élancements. Mais il n'avait pas d'érection. Cela viendrait plus tard. Dans les mots « plus tard », il y avait la promesse de l'éternité. L'éternité, c'était une ligne très longue, qui se poursuivait jusqu'à l'infini. De nouveau le bol penchait sur le côté, son cerveau tremblait comme une bouillie épaisse.

Lorsqu'il s'éveilla, Tengo ne se rappela pas tout de suite où il se trouvait. Il lui fallut du temps pour se repasser mentalement les expériences de la nuit passée. Par les interstices des rideaux à fleurs pénétrait un éblouissant soleil matinal, et c'était l'heure où les oiseaux pépiaient joyeusement. Dans le petit lit, il était couché terriblement à l'étroit. Et pourtant, il avait dormi ainsi toute la nuit. À côté de lui, une femme. Elle dormait profondément, le visage reposant de côté sur l'oreiller. Ses cheveux lui retombaient sur la joue, telles de vigoureuses herbes d'été imbibées de la rosée matinale. Kumi Adachi, pensa Tengo. La jeune infirmière qui venait de fêter son vingt-troisième anniversaire. Sa propre montre était tombée sur le sol, à côté du lit. Les aiguilles indiquaient sept heures vingt minutes. Il était sept heures vingt du matin.

Tengo sortit du lit doucement, pour ne pas éveiller l'infirmière, et observa le paysage extérieur entre les rideaux. Il vit un champ planté de choux. Au-dessus de la terre noire s'alignaient des rangées de choux, chacun solidement ramassé. Au-delà s'étendait le bois. Tengo se souvint de la voix de la chouette. De celle qui, la nuit passée, avait hululé. La sagesse de la nuit. En écoutant les cris de la chouette, Tengo et l'infirmière avaient fumé du haschisch. Il subsistait sur ses cuisses la sensation de la toison raide de la jeune femme.

Tengo se rendit à la cuisine et but de l'eau du robinet dans la main. Il eut beau boire tant et plus, sa soif restait intacte. Mais sinon, il n'avait pas mal à la tête, il ne se sentait pas lourd. Son esprit était clair. Il avait seulement la sensation que l'intérieur de son corps avait été comme excessivement ventilé. Comme si des canalisations avaient été parfaitement nettoyées par des spécialistes. Il gagna les toilettes en tee-shirt et en boxer et urina longuement. Dans le miroir étranger, le visage qui se reflétait ne lui parut pas être le sien. Ici et là, des cheveux se dressaient sur son crâne. Il aurait eu besoin de se raser.

Il revint dans la chambre et rassembla ses vêtements. Ils étaient mélangés à ceux de Kumi Adachi et jetés n'importe comment sur le sol. Il ne se souvenait pas quand et de quelle manière ils s'étaient déshabillés. Il retrouva ses chaussettes, enfila son jean, remit sa chemise. Ce faisant, il marcha sur une grosse bague bon marché. Il la ramassa et la posa sur une table près du lit. Il passa son pull, prit son coupe-vent à la main. Il vérifia que ses clés et son portefeuille se trouvaient bien dans sa poche. L'infirmière, la couette remontée jusque sous les oreilles, dormait toujours profondément. Il n'entendait pas son souffle. Devait-il la réveiller ? Même s'il ne s'était sans doute rien passé, il avait partagé son lit pour une nuit. Ce serait discourtois de s'en aller sans la saluer. Mais elle était plongée dans un si bon sommeil, et elle avait dit qu'elle ne travaillait pas ce jour. S'il la réveillait, allaient-ils ensuite faire quelque chose ensemble ?

Il dénicha à côté du téléphone un bloc de papier et un stylo-bille. « Merci pour la soirée et la nuit. C'était sympa. Je rentre au *ryôkan*. Tengo », nota-t-il. Il marqua aussi l'heure. Il posa la feuille sur la table de chevet, en la coinçant sous la bague. Puis il enfila ses baskets fatiguées et sortit.

Il dut marcher un bon moment avant de rencontrer un arrêt de bus. Il attendit cinq minutes environ et il prit un bus qui se dirigeait vers la gare. À l'intérieur, des lycéens, garçons et filles, très animés, qui allaient comme lui jusqu'au terminus. Lorsque Tengo revint à plus de huit heures du matin au *ryôkan*, les joues non rasées, personne ne lui dit rien. Il semblait que ce n'était pas là quelque chose de très exceptionnel. Sans un mot, avec diligence, on s'apprêta à lui servir son petit déjeuner.

Il avala les plats chauds et but son thé en se remémorant les événements de la nuit. Il s'était rendu dans un restaurant de grillades en compagnie des trois infirmières. Puis ils étaient allés ensemble dans un bar voisin pour chanter au karaoké. Il avait raccompagné Kumi Adachi, et, en écoutant les hululements de la chouette, ils avaient fumé du haschisch en provenance d'Inde. Il avait eu la sensation que son cerveau était plein d'une épaisse bouillie de riz. Soudain, il était dans la salle de classe, en hiver, dans son école, il humait les odeurs de l'air, il échangeait quelques phrases avec Aomamé. Ensuite, Kumi Adachi, dans le lit, lui donnait des explications sur la mort et la renaissance. Il posait une mauvaise question et s'attirait une réponse pleine d'ambiguïtés. Dans le bois, la chouette continuait à hululer, les gens à la télé continuaient à rire.

Ici ou là, des souvenirs s'étaient envolés. Il y avait certainement des lacunes. Mais les parties qui lui restaient en mémoire étaient d'une étonnante clarté. Il pouvait se rappeler mot pour mot ce qui avait été dit. Il songea à ce que Kumi Adachi lui avait déclaré en dernier. C'était à la fois un conseil et un avertissement.

« Au lever du jour, tu devras partir d'ici. Tant que la sortie n'est pas bouchée. »

C'était peut-être le bon moment pour s'en aller. Il s'était mis en congé, il était venu dans cette ville dans l'espoir de voir de nouveau une Aomamé de dix ans à l'intérieur d'une chrysalide de l'air. Et durant près de deux semaines, il s'était rendu chaque jour à l'hôpital et avait fait la lecture à son père. Mais la chrysalide de l'air n'était pas réapparue. À la place, à un moment où il s'était presque résigné, Kumi Adachi lui avait procuré une autre forme de vision. Tengo avait ainsi revu Aomamé sous l'apparence d'une fillette, il avait pu échanger avec elle quelques mots. Trouve-moi, pendant qu'il est encore temps, lui avait dit Aomamé. Non, en fait, c'était peut-être Kumi Adachi qui avait parlé. Il n'était pas capable de faire la distinction. Mais peu importait que ce soit l'une ou l'autre. La jeune infirmière était morte une fois, puis re-née. Non pour elle-même mais pour quelqu'un d'autre. Tengo se résolut à croire ce qu'elle lui avait alors chuchoté. Quelque chose d'important. Sûrement.

Ici, c'était La Ville des Chats. C'était seulement ici que certaines choses vous arrivaient. Dans ce but, il n'avait cessé de faire ces allers-retours en train. Mais il y avait des risques. S'il ajoutait foi à ce que lui avait suggéré Kumi Adachi, c'étaient même des risques fatals. *Il le sentait, au picotement de ses pouces.*

Il fallait qu'il rentre à Tokyo. Tant que la sortie n'était pas bouchée, tant que le train s'arrêtait à la gare. Mais avant, il devait retourner à l'hôpital. Il devait revoir son père et lui dire au revoir.

Il y avait encore des choses qui devaient être clarifiées.

10

Ushikawa

Amasser des preuves solides

USHIKAWA SE RENDIT À ICHIKAWA. Il s'était attendu à un long trajet, mais en réalité, depuis le centre de Tokyo, il ne faut pas longtemps pour atteindre la commune d'Ichikawa, située juste de l'autre côté du fleuve. Il monta dans un taxi devant la gare et indiqua au chauffeur le nom de l'établissement scolaire. Il était une heure passée lorsqu'il arriva à l'école. La pause du déjeuner était terminée, les cours de l'après-midi avaient déjà repris. On entendait des élèves qui chantaient en chœur depuis la salle de musique, alors qu'un match de foot se déroulait dans la cour. Les enfants couraient après le ballon en poussant des cris.

Ushikawa ne gardait pas un bon souvenir du primaire. Le sport avait été son point faible, et tous les jeux de ballon en particulier. Il était de toute petite taille, il ne courait pas vite, sans compter qu'il était astigmate et qu'il ne possédait pas de bons réflexes. Les cours de gymnastique avaient été pour lui un vrai cauchemar. En revanche, il s'était montré brillant dans les disciplines scolaires. Il était intelligent et il ne ménageait pas ses efforts (ce qui lui avait permis de réussir le concours du barreau à l'âge de vingt-cinq ans). Cependant, autour de lui, personne ne l'avait aimé, personne ne l'avait respecté. L'une des raisons, certainement, tenait au fait qu'il était mauvais en sport. Bien entendu, sa drôle de figure ne l'avantageait pas non plus. Depuis son enfance, il était affligé d'une large face, d'un regard peu avenant et d'un crâne déformé. Il semblait que les commissures tombantes de ses lèvres épaisses allaient laisser échapper un filet de bave. (En fait, ce n'était qu'une impression, cela ne lui arrivait jamais.) Ses cheveux étaient frisottés, bizarrement implantés. Ce n'était décidément pas une apparence qui le rendait sympathique aux yeux des autres.

Du temps où il était écolier, il ne s'exprimait pratiquement pas. Il savait pourtant qu'il était capable, le cas échéant, de se montrer éloquent. Mais à cette époque, il n'avait eu personne à qui parler à cœur ouvert, et pas la moindre occasion de manifester ses qualités oratoires. Aussi avait-il toujours gardé la bouche close. Et il avait pris l'habitude de tendre l'oreille à ce que racontaient les autres – quelles qu'aient été leurs histoires. Il s'était constamment efforcé d'en apprendre quelque chose. Dans sa vie, plus tard, cette habitude s'était révélée utile. Un outil qui lui avait permis de découvrir bon nombre de vérités précieuses. Entre autres, que la plupart des gens sont incapables de réfléchir avec leur propre tête. Et que ce sont précisément ces gens-là qui ne savent pas écouter les autres.

Quoi qu'il en soit, ses années d'écolier n'étaient pas une époque qu'il se remémorait avec plaisir. Il était démoralisé rien qu'à l'idée de devoir se rendre dans une école primaire. Chiba n'était pas Saitama, mais les écoles, partout dans le pays, sont presque toutes identiques. Elles ont toutes la même allure extérieure, elles fonctionnent selon les mêmes principes. Néanmoins, Ushikawa devait se donner la peine d'y aller en personne. C'était important. Il ne pouvait se décharger de cette visite sur quelqu'un d'autre. Il avait téléphoné au bureau de l'établissement et obtenu un rendez-vous pour un entretien à une heure et demie.

La vice-directrice était une femme de petite taille, qu'il situa vers le milieu de la quarantaine. Svelte, les traits réguliers, une tenue nette et seyante. Vice-directrice ? Ushikawa était perplexe. Il n'avait jamais entendu ces termes. Mais il avait quitté l'école primaire depuis fort longtemps. Beaucoup de choses avaient probablement changé. Cette femme avait sans doute accueilli toutes sortes de visiteurs, très divers, car elle resta impassible à la vue d'Ushikawa – dont l'allure pouvait difficilement être qualifiée de banale. Peut-être était-elle simplement polie. Elle le conduisit dans une pièce de réception pimpante et lui proposa une chaise. Elle-même prit place en face de lui et lui sourit gracieusement, comme pour suggérer : « Alors ? Quelles joyeuses histoires allons-nous nous raconter tous les deux ? »

Elle rappelait à Ushikawa l'une de ses camarades de classe. Une fillette jolie, qui avait de bonnes notes, qui était gentille, qui avait le sens des responsabilités. Qui plus est, avec des bonnes manières. Et qui jouait bien du piano. Et que les instituteurs appréciaient. Il la regardait souvent pendant la classe. De dos, en général. Mais il n'avait jamais échangé une parole avec elle.

« On m'a dit que vous meniez une enquête sur l'un des anciens élèves de notre établissement ? demanda la vice-directrice.

— Pardon, j'aurais dû me présenter plus tôt… », répondit Ushikawa en lui tendant sa carte de visite. La même que celle qu'il avait donnée à Tengo. « Fondation d'utilité publique à personnalité juridique – Association pour la promotion scientifique et artistique du nouveau Japon – Directeur en titre. » Il lui débita une histoire quasi identique. Tengo Kawana, ancien élève de cette école, était l'un des candidats favoris pour prétendre à une subvention de leur fondation, au titre d'écrivain. C'était dans ce cadre qu'on menait à son sujet une enquête d'ordre général.

« C'est fantastique ! s'écria la vice-directrice en souriant. Et aussi un honneur pour notre école. Si nous pouvons vous être utiles, nous vous prêterons notre concours bien volontiers.

— J'aurais souhaité rencontrer l'enseignant qui était chargé de la classe de M. Kawana et le questionner directement.

— Je vais vérifier. Néanmoins, comme tout cela remonte à vingt ans, il se peut qu'il ou elle soit déjà parti à la retraite.

— Je vous remercie, dit Ushikawa. Et puis, si cela ne vous ennuie pas, j'ai une autre chose que j'aurais voulu que vous regardiez…

— De quoi s'agit-il ?

— Il est possible qu'une élève du nom de Masami Aomamé ait été inscrite chez vous, sans doute dans le même niveau que M. Kawana. Ces deux enfants ont-ils été dans la même classe ? Pourriez-vous le vérifier aussi ? »

La vice-directrice prit un air quelque peu méfiant. « Cette Mlle Aomamé aurait-elle quelque chose à voir avec la subvention destinée à M. Kawana ?

— Oh non, pas du tout. Il se trouve simplement que, dans l'œuvre de M. Kawana, apparaît un personnage dont on peut penser que le modèle est Mlle Aomamé. Et nous aimerions éclaircir ce point, voilà tout. Rien de très compliqué. Ce n'est qu'une formalité.

— Je vois. » La vice-directrice releva légèrement les commissures de ses lèvres bien dessinées. « Néanmoins, je pense que vous comprendrez que nous soyons dans l'impossibilité de vous donner des informations concernant la vie privée de nos élèves. Notamment à propos de leur carnet scolaire ou de leur situation familiale.

— Je le conçois parfaitement. De notre côté, nous souhaitons seulement savoir si cette élève s'est trouvée dans la même classe que M. Kawana. Et si c'était le cas, je vous serais reconnaissant que vous me donniez le nom et les coordonnées de l'instituteur ou de l'institutrice responsable.

— Très bien. Ce genre d'informations ne devrait pas poser de problèmes. Vous avez dit Mlle Aomamé, c'est bien cela ?

— Tout à fait. On l'écrit ainsi : Ao-mamé. Comme les haricots de soja verts. C'est un nom très rare. »

Avec son stylo-bille, Ushikawa écrivit *Masami Aomamé* sur une feuille de son calepin et la lui tendit. Elle prit le papier et le contempla quelques secondes avant de l'insérer dans le dossier posé sur la table.

« Pouvez-vous patienter un moment ici ? Je vais aller vérifier les registres. Et je demanderai qu'on vous fasse les photocopies des renseignements que nous pourrons vous transmettre.

— Je suis désolé de vous déranger en plein travail. Je vous remercie », répondit Ushikawa.

La vice-directrice s'en alla, le bas de sa jupe évasée ondoyant avec grâce. Elle avait un bon maintien, une démarche souple. Sa coiffure était élégante. Une femme qui vieillissait avec charme. Ushikawa se rassit et attendit en lisant le livre de poche qu'il avait apporté.

La vice-directrice revint quinze minutes plus tard. Elle tenait sur sa poitrine une enveloppe kraft grand format.

« M. Kawana a été un élève brillant, dirait-on. Ses notes étaient toujours excellentes, et il a également accompli des exploits sportifs. Il était remarquable en arithmétique, enfin, pour tout ce qui se rapporte aux mathématiques. Alors qu'il était encore écolier, il était capable de résoudre des problèmes destinés aux lycéens. Il a même remporté un concours. Un journal a écrit un article sur lui en le qualifiant d'enfant prodige.

— Extraordinaire ! » fit Ushikawa.

La vice-directrice poursuivit : « C'est tout de même curieux. À cette époque, on le traitait d'enfant prodige en mathématiques, et à présent qu'il est adulte, le voilà qui se distingue dans le milieu littéraire.

— Tout comme les amples veines d'eau, voyez-vous, les grands talents ont la capacité de déboucher en des domaines divers. Aujourd'hui, il écrit des romans, et parallèlement, il enseigne les mathématiques.

— Oh…, dit la vice-directrice en arquant élégamment les sourcils. En revanche, je n'ai pas grand-chose sur Mlle Masami Aomamé. Elle a changé d'école en cinquième année. Il semble qu'un parent de l'arrondissement d'Adachi à Tokyo l'ait prise en charge à son domicile. Elle a intégré alors l'école là-bas. Et en effet, elle s'est trouvée dans la même classe que M. Kawana. En troisième et quatrième année. »

Exactement ce que j'avais pensé, se dit Ushikawa. Il y a bel et bien eu un lien entre eux.

« Une institutrice, Mme Ôta, était chargée de ces classes à cette époque. Mme Toshié Ôta. Elle travaille actuellement dans une école municipale de Narashino.

— En contactant cette école, je pourrais peut-être la rencontrer ?

— Je l'ai déjà fait, dit la vice-directrice avec un petit sourire. Elle m'a affirmé qu'étant donné les circonstances, elle serait ravie de vous rencontrer.

— Je vous en suis très reconnaissant », répondit Ushikawa. Elle ne se contente pas d'être belle, pensa-t-il. Elle est également efficace.

Sur le dos de sa carte de visite, la vice-directrice inscrivit le nom de l'institutrice et le numéro de téléphone de l'école à Tsudanuma où elle travaillait. Elle la donna à Ushikawa. Ce dernier la rangea précieusement dans son portefeuille.

« Mlle Aomamé vivait, m'a-t-on dit, dans un certain contexte religieux, reprit-il. Ce qui, pour nous, est peut-être un peu préoccupant… »

La vice-directrice fronça les sourcils, creusant ainsi de minuscules rides au coin des yeux. Le genre de rides subtiles et nuancées, avec un charme tout intellectuel, que seules peuvent acquérir les femmes d'âge mûr qui ont énormément pris soin d'elles.

« Je suis navrée, mais ce n'est pas une question que nous pouvons aborder ici, dit-elle.

— Cela relève de la vie privée, vous voulez dire ? demanda Ushikawa.

— Tout à fait. Et tout ce qui touche à la religion, en particulier.

— Quand je rencontrerai Mme Ôta, elle pourra peut-être m'en dire plus ? »

Le menton délicat de la vice-directrice s'inclina légèrement sur la gauche. Ses lèvres esquissèrent un sourire plein de sous-entendus. « Nous n'avons pas à nous mêler de ce que Mme Ôta vous confiera *à titre privé.* »

Ushikawa se leva et remercia poliment la vice-directrice. Elle lui tendit l'enveloppe kraft. « Tous les documents que nous sommes en mesure de vous communiquer sont photocopiés là-dedans. Ils concernent M. Kawana. Certains ont trait à Mlle Aomamé. J'espère que cela vous sera utile.

— Vous m'avez beaucoup aidé. Je vous remercie vraiment de votre gentillesse.

— Prévenez-nous quand nous en saurons plus sur la subvention, n'est-ce pas ? Ce serait un grand honneur aussi pour notre école.

— Je suis persuadé que le résultat sera positif, répondit Ushikawa. J'ai rencontré M. Tengo Kawana à plusieurs reprises. C'est un jeune homme assurément bourré de talent, qui a un bel avenir. »

Devant la gare d'Ichikawa, Ushikawa entra dans un petit restaurant pour déjeuner. Pendant qu'il était à table, il parcourut les documents que contenait l'enveloppe. Il y trouva les bulletins scolaires de Tengo et d'Aomamé. Les rapports relatant les mérites scolaires ou sportifs (prix ou médailles) de Tengo y étaient joints également. Ce garçon avait effectivement été un élève brillant, et même hors norme, semblait-il. Jamais l'école n'avait été pour lui un cauchemar. Pas un seul jour. Il y avait aussi la photocopie de l'article qui lui était consacré à l'occasion du concours de mathématiques qu'il avait remporté. Accompagné d'une photo, pas très nette en raison des années, où l'on voyait le visage de Tengo, enfant.

Après s'être restauré, Ushikawa téléphona à l'école de Tsudanuma. Il parla à Mme Toshié Ôta et ils convinrent d'un rendez-vous à quatre heures, à son école. À cette heure-là, lui dit-elle, nous pourrons prendre le temps de discuter tranquillement.

Je sais bien qu'il s'agit du travail, mais tout de même, songea Ushikawa en soupirant, visiter deux écoles primaires en une seule journée ! J'en ai gros sur le cœur rien que d'y penser. Néanmoins, jusqu'ici, tout cela m'a été très profitable. Cela valait le coup de me fatiguer à m'y rendre moi-même. J'ai pu avoir la confirmation que Tengo et Aomamé avaient passé deux années dans la même classe. J'ai fait un grand pas en avant.

Tengo a collaboré avec Ériko Fukada. Il a transformé *La Chrysalide de l'air* en une œuvre littéraire. Le livre est devenu un best-seller. Aomamé, elle, a secrètement assassiné, dans une chambre de l'hôtel Ôkura, Tamotsu Fukada, le père d'Ériko Fukada. Il semble que les agissements d'Aomamé et de Tengo aient une finalité commune : attaquer la communauté religieuse des Précurseurs. Il se peut qu'il y ait eu coopération entre eux. Il est même logique et raisonnable de penser que cette coopération a existé.

Cependant, songea-t-il, pour le moment, mieux vaut ne pas révéler ces faits au tandem des Précurseurs. Ushikawa détestait livrer ses informations au compte-gouttes. Il préférait recueillir une masse de renseignements, en déterminer minutieusement les contours et réunir des preuves solides. Et puis seulement après, il abordait le sujet en disant : « Voyez-vous, en réalité... » Il aimait procéder de la sorte. Déjà à l'époque où il exerçait le métier d'avocat, il adorait ce genre de présentation théâtrale. Il prenait plaisir à se montrer d'abord modeste, pour endormir la vigilance de l'adversaire, et quand le dénouement était imminent, apporter des faits *irréfutables* et renverser le cours des choses.

Dans le train pour Tsudanuma, Ushikawa échafauda diverses hypothèses.

Il se pouvait que Tengo et Aomamé aient entamé une relation amoureuse. Bien sûr, non pas quand ils avaient dix ans, mais après l'école primaire, ils avaient pu se retrouver et devenir intimes. C'était une possibilité. Ils en étaient ensuite arrivés, pour une raison ou une autre – et même si cette raison demeurait obscure – à travailler ensemble dans le but d'écraser Les Précurseurs. C'était une hypothèse.

Néanmoins, Ushikawa n'entrevoyait rien qui suggère une amitié entre Tengo et Aomamé. Le jeune homme entretenait une liaison régulière avec une femme mariée, de dix ans plus âgée. Étant donné son tempérament, s'il avait été aussi profondément lié à Aomamé, il n'aurait pas eu de rapports charnels suivis avec une autre femme. Ce n'était pas quelqu'un d'aussi retors. Plus tôt, Ushikawa avait enquêté sur ses habitudes et son comportement, durant deux semaines d'affilée. Le jeune homme enseignait les mathématiques dans une école préparatoire trois jours par semaine, et le reste du temps, il s'enfermait dans son appartement, en général seul. Sans doute était-il occupé à écrire ses romans. Hormis pour aller faire ses courses ou une promenade de temps à autre, il ne sortait presque pas. Une vie simple et modeste. Aisée à déchiffrer, sans aucun mystère. Quelles qu'aient été les circonstances, Ushikawa n'arrivait absolument pas à imaginer que Tengo ait été mêlé à un complot impliquant un meurtre.

Personnellement, Ushikawa éprouvait plutôt de la sympathie pour Tengo. C'était un jeune homme au caractère franc, dépourvu de faux-semblants. Il était indépendant, il ne comptait pas sur les autres. Bien sûr, il faisait montre d'une certaine balourdise, comme c'est souvent le cas chez les hommes solidement bâtis, mais il n'agissait pas en cachette, ou à la dérobée. Il était du genre, une fois sa décision prise, à foncer droit au but, le regard braqué en avant. Du genre à ne pas obtenir de grands succès comme avocat ou trader. Il trébucherait immédiatement au premier croche-pied qu'on lui ferait et chuterait facilement au moment décisif. Cependant, comme prof de math ou comme romancier, il se débrouillait sans doute bien. Il n'était ni sociable ni éloquent, mais il plaisait beaucoup à une certaine catégorie de femmes. Bref, un personnage à l'opposé d'Ushikawa.

En revanche, en ce qui concernait Aomamé, c'était comme s'il en ignorait tout. Tout ce qu'il avait réussi à glaner était qu'elle était née dans une famille de fervents adeptes des Témoins et qu'elle avait été contrainte à effectuer les tournées de propagande très jeune. Elle avait renié sa foi en cinquième année de primaire et un parent qui habitait dans l'arrondissement d'Adachi l'avait prise en charge. Peut-être était-elle alors incapable de supporter plus longtemps sa situation. Mais elle avait la chance d'être très douée physiquement. Durant ses années de collège, puis de lycée, elle s'était montrée prometteuse en softball. Cela lui avait permis ensuite d'obtenir une bourse et d'intégrer un cursus universitaire sportif. Telles étaient les données dont disposait Ushikawa. Néanmoins, à propos du caractère d'Aomamé, de sa manière de raisonner, de ses qualités et de ses défauts ou encore du style de vie qu'elle menait, il n'en savait rien. Ce qu'il avait en main, c'était tout au plus une énumération de faits, tels qu'on les lirait sur un curriculum vitæ.

Pourtant, au fur et à mesure qu'il confrontait les parcours d'Aomamé et de Tengo, il se rendait compte qu'ils présentaient plusieurs points communs. Premièrement, ni l'un ni l'autre n'avaient sans doute connu d'enfance très heureuse. Aomamé était forcée de suivre sa mère dans sa tournée d'évangélisation. Elles parcouraient la ville, de maison en maison, en sonnant aux portes. Tous les enfants des Témoins y sont contraints. Or il se trouvait que justement, le père de Tengo était collecteur de la redevance pour la NHK. Et c'était là aussi un travail de porte-à-porte. Avait-il, comme la mère des Témoins, emmené son fils dans ses tournées ? Peut-être. À sa place, c'est ce que j'aurais fait, réfléchit Ushikawa. Être accompagné d'un enfant améliore les rendements et épargne les frais de baby-sitter. On fait coup double. Mais pour Tengo, cela n'avait sûrement pas été une expérience joyeuse. Il n'était d'ailleurs pas impossible que les deux enfants se soient croisés dans les rues d'Ichikawa.

Ensuite, Tengo et Aomamé, dès leur plus jeune âge, avaient fait beaucoup d'efforts, chacun de son côté, et leurs excellentes performances sportives leur avaient permis de décrocher une bourse. Ils avaient cherché à s'éloigner le plus loin possible de leurs parents. Les deux jeunes gens étaient effectivement des athlètes remarquables. Bien sûr, ils étaient doués à l'origine. Mais ils avaient une raison particulière qui les *obligeait à être excellents*. Pour eux, être reconnus en tant qu'athlètes, obtenir de bons résultats était presque le seul moyen à leur disposition pour conquérir leur indépendance. C'était un sésame qui assurerait leur survie. Ils n'avaient pas la même façon de penser que les adolescents ordinaires. Ni la même attitude vis-à-vis du monde.

À la réflexion, la situation avait été presque identique pour Ushikawa. Dans son cas, comme sa famille était riche, il n'avait pas eu besoin d'une bourse. Il n'avait pas manqué d'argent de poche. Toutefois, il lui avait fallu travailler avec acharnement pour intégrer une université prestigieuse et réussir le concours du barreau. Tout comme Tengo et Aomamé. Il n'avait pas le temps de s'amuser ou de batifoler à l'instar de ses camarades. Il avait renoncé à toute distraction agréable - encore que, s'il les avait même recherchés, il lui aurait été difficile d'obtenir ces plaisirs –, il s'était livré aux études, et rien qu'aux études. Il naviguait violemment entre un sentiment d'infériorité et un sentiment de supériorité. Je suis, pour ainsi dire, un Raskolnikov qui n'aurait pas rencontré Sonia, avait-il souvent pensé.

Bon, peu importe ma propre histoire. Les ruminations ne changent rien. Revenons à nos moutons. Tengo et Aomamé.

Si Tengo et Aomamé étaient tombés par hasard l'un sur l'autre, après leurs vingt ans, et s'ils avaient été amenés à discuter, ils avaient sans doute été surpris de découvrir qu'ils avaient tant en commun. Ils avaient probablement eu alors bien des sujets de conversation. Et peut-être qu'à ce moment-là, ils avaient été fortement attirés l'un vers l'autre. Ushikawa imaginait clairement la scène. La rencontre fatale. L'histoire d'amour suprême.

Cette rencontre avait-elle réellement eu lieu ? Une histoire d'amour était-elle née ? Ushikawa n'en savait rien, bien entendu. Mais il paraissait logique de penser qu'ils s'étaient vraiment retrouvés. Et qu'ils s'étaient précisément réunis pour s'en prendre aux Précurseurs. Ils avaient lancé leurs assauts contre la secte, Tengo avec sa plume, et Aomamé, sans doute grâce à une technique spéciale. Malgré tout, Ushikawa n'arrivait pas à se faire à cette hypothèse. L'intrigue tenait jusqu'à un certain point. Elle n'était cependant pas complètement convaincante.

Si un lien aussi profond s'était noué entre Tengo et Aomamé, il était impossible que cela n'apparaisse pas à la surface. Une rencontre fatale engendre immanquablement des conséquences fatales, qui n'auraient pu échapper au regard vigilant d'Ushikawa. Aomamé était peut-être capable de dissimulation. Mais ce petit Tengo, non, ce n'était pas possible.

Ushikawa était, par principe, quelqu'un qui bâtissait sa logique élément par élément. Il n'avançait pas sans preuve évidente. Il faisait toutefois confiance aussi à son intuition. Et face au scénario selon lequel Tengo et Aomamé agissaient en complices, son intuition secouait la tête. Non, non, lui disait-elle. Avec des mouvements brefs mais obstinés. Peut-être qu'au fond, nos deux protagonistes ne s'étaient pas encore vus ? Peut-être était-ce par *pur hasard* que les choses avaient tourné en sorte qu'ils aient été mêlés en même temps à une affaire en rapport avec Les Précurseurs ?

Même s'il était difficile d'imaginer une telle coïncidence, l'intuition d'Ushikawa s'accordait mieux à cette hypothèse qu'à celle du complot. Animés par des mobiles et des buts différents, l'un et l'autre avaient été amenés, *par hasard*, à ébranler au même moment Les Précurseurs, selon des modes d'action différents. Il y avait là deux intrigues parallèles, qui avaient des origines distinctes.

Cependant, la bande des Précurseurs avalerait-elle docilement une hypothèse qui ne satisfaisait qu'Ushikawa ? Impossible. Ils sauteraient immédiatement sur la thèse de la conjuration. Ce genre de types adore les complots. Avant de leur présenter des informations brutes, pensa-t-il, il faut que je rassemble des preuves solides. Sinon, je risque de les entraîner dans une mauvaise direction, ce qui, en fin de compte, peut me nuire.

Ushikawa réfléchissait à tout cela dans le train qui le conduisait d'Ichikawa à Tsudanuma. Il dut probablement faire des grimaces, soupirer ou fixer le vide sans s'en apercevoir. Une écolière assise en face de lui l'observait d'un regard perplexe. Pour dissimuler sa confusion, il se força à prendre un air détendu et, du creux de la main, il frotta sa tête chauve et déformée. Son geste parut au contraire effrayer la fillette. Elle se dressa soudain, juste avant la gare de Nishi-Funabashi, et s'en alla d'un pas vif.

L'entretien avec l'institutrice, Toshié Ôta, eut lieu dans une salle de classe, après les cours. Elle avait cinquante-cinq ans environ. Une allure vraiment à l'opposé de l'élégante vice-directrice. Celle-ci, petite et boulotte, avait, vue de dos, une étrange démarche, qui rappelait celle des crustacés. Elle portait de petites lunettes à monture métallique. Sur la zone large et plate entre ses sourcils, on voyait un duvet fin qui avait repoussé. Son tailleur sans âge, certainement démodé dès sa confection, dégageait une légère odeur de naphtaline. Un tailleur d'un rose étrange, comme si une autre couleur avait été mélangée par erreur au cours de la fabrication. On imaginait volontiers qu'à l'origine, on avait recherché une teinte douce et élégante, mais la recherche n'avait jamais abouti. Ce rose avait lourdement chuté dans le manque de confiance en soi, l'autoeffacement, la résignation. De ce fait, ce chemisier blanc tout neuf qui était visible au col ressemblait à un visiteur indiscret surgissant à une veillée funèbre. Ses cheveux secs, poivre et sel, étaient attachés avec une barrette en plastique, sans doute la première qui lui était tombée sous la main. Ses bras et ses jambes étaient charnus et ses doigts courts ne portaient aucune bague. Trois rides légères sillonnaient sa nuque. Telles des encoches de la vie. Ou bien peut-être était-ce la marque de trois vœux exaucés. Mais non, sans doute pas, estima Ushikawa.

Elle avait été en charge de la classe de Tengo depuis la troisième année, et jusqu'à la fin du cycle primaire. Les enseignants changeaient de niveau tous les deux ans, mais elle était tombée sur la classe de Tengo quatre ans d'affilée. Elle n'avait cependant été responsable de la classe d'Aomamé qu'en troisième et quatrième année.

« Je me souviens très bien de M. Kawana », déclara-t-elle.

Sa voix était étonnamment claire et jeune, par rapport à son allure un peu éteinte. Une voix qui devait bien porter, jusqu'au fond des salles de classe bruyantes. Comme toujours, c'est le métier qui façonne les gens, se dit-il avec admiration. Cette femme était sûrement une institutrice compétente.

« M. Kawana était brillant dans tous les domaines. Voilà plus de vingt-cinq ans maintenant que je fais la classe à d'innombrables élèves, dans divers établissements. Jamais je n'ai rencontré un écolier qui avait autant de dons que lui. Il excellait en tout. Il avait bon caractère, et il était également capable de diriger les autres. Je voyais en lui quelqu'un qui réussirait plus tard, quelle que soit la discipline qu'il choisirait. En primaire, on remarquait avant tout ses talents en arithmétique, et dans les mathématiques en général. Mais cela ne m'étonne pas d'apprendre qu'il ait choisi la voie littéraire.

— Son père était, je crois bien, collecteur de la redevance de la NHK ?

— En effet, dit l'institutrice.

— M. Kawana m'avait confié qu'il était un père assez sévère. » Il avait lancé cela complètement au hasard.

« C'est exact, répondit-elle sans hésitation. C'était un père qui avait des côtés très sévères. Il était fier de son métier, ce qui, bien sûr, est une chose magnifique, mais qui parfois semblait être pesant pour Tengo. »

En enchaînant habilement diverses questions, Ushikawa réussit à lui soutirer bien des détails. L'un des exercices dans lesquels il excellait le plus était précisément celui-là. Il parvenait à ce que son interlocuteur s'épanche avec abandon. L'institutrice évoqua une fugue qu'avait faite Tengo en cinquième année. L'enfant ne voulait plus suivre son père dans sa tournée de recouvrement du week-end. « C'était moins une fugue qu'une mise à la porte de chez lui », expliqua-t-elle. Tengo avait donc bel et bien été forcé d'accompagner son père, nota mentalement Ushikawa. Ce qui avait été pour lui un lourd fardeau psychologique. Comme je l'avais prévu.

L'institutrice avait hébergé pour la nuit Tengo, qui n'avait nulle part où aller. Elle lui avait préparé des couvertures, offert un petit déjeuner. Le lendemain soir, elle avait rendu visite à son père et déployé toute son éloquence pour tenter de le convaincre. Elle raconta cette anecdote comme s'il s'agissait de la scène la plus brillante de son existence. Elle raconta également leurs retrouvailles lors d'un concert, alors que Tengo était lycéen. Elle expliqua combien il avait merveilleusement joué des timbales.

« La *Sinfonietta* de Janáček n'est pas un morceau facile. Et puis, jusqu'à quelques semaines avant le concert, Tengo n'avait jamais touché à cet instrument. Pourtant, avec si peu de préparation, il s'en est tiré avec panache. C'était un vrai miracle. »

Cette femme aime Tengo du fond du cœur, se dit Ushikawa, admiratif. Une sorte d'affection inconditionnelle. Que peut-on bien éprouver quand on est aimé à ce point ?

« Vous souvenez-vous de Mlle Aomamé ? demanda Ushikawa.

— Je me souviens bien d'elle aussi », répondit-elle. Mais il ne décelait pas de joie dans sa voix, contrairement aux instants précédents où elle évoquait Tengo. Le ton avait baissé de deux crans.

« Il s'agit d'ailleurs d'un nom peu commun, remarqua Ushikawa.

— Oui, en effet, très rare. Mais ce n'est pas seulement en raison de son patronyme que je me souviens d'elle. »

Elle marqua un petit silence.

« Ses parents étaient de fervents adeptes des Témoins, je crois ? tâtonna Ushikawa.

— Pouvez-vous garder pour vous ce que je vais vous dire ? demanda l'institutrice.

— Promis. Je n'en parlerai à personne. »

Elle opina de la tête. « Les Témoins disposent d'une grande section locale à Ichikawa. À l'école, j'ai donc enseigné à plusieurs de leurs enfants. Du point de vue d'une enseignante, chaque cas présente des problèmes complexes et particuliers. Il faut chaque fois y prêter une attention spéciale. Malgré tout, jamais je n'ai eu affaire à des croyants aussi zélés que les parents de Mlle Aomamé.

— Autrement dit, c'étaient des gens intransigeants. »

L'institutrice se mordit légèrement les lèvres comme si elle se rappelait. « Oui. Ils étaient très stricts sur les principes. Et ils exigeaient la même rigueur de leurs enfants. Ce qui a forcé Mlle Aomamé à s'isoler dans la classe.

— Mlle Aomamé, en un certain sens, était quelqu'un de tout à fait spécial, c'est cela ?

— Oui, tout à fait spécial, admit-elle. Bien entendu, les enfants ne sont pas responsables de cet état de fait. Si je devais désigner un responsable, ce serait l'intolérance, quand elle est dominante dans l'esprit des hommes. »

L'institutrice parla d'Aomamé. La plupart du temps, les autres élèves l'ignoraient. Ils la traitaient comme si *elle n'existait pas*. Elle était un élément hétérogène, dont les principes bizarres dérangeaient tout le monde. Voilà quelle était l'opinion unanime. Aomamé se protégeait en s'effaçant au maximum.

« Moi aussi, j'ai fait de mon mieux. Hélas, les enfants étaient ligués entre eux, davantage que je ne l'avais imaginé. De plus, Mlle Aomamé s'était pour ainsi dire transformée en fantôme. Aujourd'hui, on pourrait confier le cas à un spécialiste. Mais ce genre de système n'existait pas à l'époque. J'étais encore jeune, et j'étais débordée par le souci d'unifier la classe. Même si j'ai bien peur que tout cela ressemble à une excuse… »

Ushikawa comprenait ce qu'elle voulait dire. Être instituteur ou institutrice est un métier ardu. Les problèmes qui surgissent entre les enfants, on n'a d'autre choix que de les laisser les régler entre eux, du moins jusqu'à un certain point.

« La foi authentique et l'intolérance sont souvent les deux faces d'une même médaille. Et il est difficile d'intervenir sur ces questions, déclara Ushikawa.

— Vous avez raison, approuva-t-elle. J'aurais pourtant dû pouvoir l'aider autrement. J'ai essayé à plusieurs reprises de parler avec Mlle Aomamé. Cependant, elle ne le souhaitait pas et ne me répondait pratiquement pas. Elle avait de la volonté, et une fois qu'elle avait pris une décision, elle n'en changeait pas. C'était quelqu'un d'intelligent, qui possédait une grande capacité de compréhension et qui était animée par le désir d'apprendre. Mais elle se contrôlait et se maîtrisait sévèrement pour dissimuler ces qualités. *Ne pas se faire remarquer* était sans doute pour elle le seul moyen de se protéger. Si seulement elle avait bénéficié d'un environnement ordinaire, elle aurait été une excellente élève, elle aussi. J'y repense toujours avec regret. Même aujourd'hui.

— Avez-vous parlé à ses parents ? »

Elle acquiesça. « Maintes fois. Ils sont souvent venus protester à l'école sous prétexte que leur foi était persécutée. Je leur ai alors demandé de faire des efforts pour que Mlle Aomamé s'intègre un peu mieux à sa classe. Je les ai exhortés à assouplir leurs principes, ne serait-ce que légèrement. En vain. Pour eux, rien ne comptait autant que le respect à la lettre de leurs règles. Le bonheur consiste à aller au paradis et le séjour en ce bas monde n'est qu'une vie provisoire. Mais ce sont là des raisonnements d'adultes. Malheureusement, je n'ai pas réussi à leur faire comprendre à quel point le fait d'être ignorée ou d'être mise au ban de la classe était pénible pour une enfant. Et quelle blessure mortelle subsiste alors dans le cœur d'une adolescente. »

Ushikawa lui apprit qu'Aomamé avait joué un rôle actif dans son équipe de softball à l'université ainsi que dans son entreprise et qu'elle était actuellement une instructrice réputée dans un club de sport de haut niveau. Pour utiliser des termes exacts, il aurait fallu dire qu'elle *s'était montrée* active jusqu'à récemment. Il était toutefois inutile d'être aussi précis.

« Eh bien, j'en suis heureuse », dit l'institutrice. Elle s'empourpra légèrement. « Je suis rassurée d'apprendre qu'elle a pu s'en sortir en grandissant, qu'elle est indépendante et qu'elle se porte bien.

— À propos, et pardon si je pose là une question incongrue…, commença Ushikawa avec un sourire innocent. Est-il possible que M. Kawana et Mlle Aomamé aient été très liés quand ils étaient écoliers ? »

L'institutrice réfléchit pendant quelques instants, les doigts croisés. « Peut-être. Mais moi, je ne les ai jamais vus ainsi et je n'en ai jamais entendu parler. Tout ce que je peux dire, c'est qu'il est impensable qu'un enfant, n'importe lequel, ait noué un lien personnel avec Mlle Aomamé. Peut-être que Tengo lui a tendu la main, parce qu'il était gentil et qu'il avait le sens des responsabilités. Mais même si c'était le cas, Mlle Aomamé ne se serait pas ouverte facilement. Pas plus qu'une huître collée à son rocher. »

L'institutrice marqua une pause avant de poursuivre. « Je regrette vraiment d'être incapable de l'exprimer autrement. À l'époque, je n'ai rien pu faire. Comme je vous l'ai dit tout à l'heure, je manquais d'expérience et de capacités.

— Si jamais M. Kawana et Mlle Aomamé avaient été intimes, cela aurait suscité des échos dans la classe et vous auriez forcément été au courant, n'est-ce pas ? »

L'institutrice opina de la tête. « L'intolérance se situait dans les deux camps. »

Ushikawa la remercia. « Cela m'a beaucoup aidé de pouvoir discuter avec vous, madame.

— J'espère que l'histoire de Mlle Aomamé ne fera pas obstacle à la proposition de subvention…, dit-elle, l'air soucieux. S'il s'est produit un problème, j'en suis la seule responsable, moi qui étais en charge de cette classe. Ce n'est la faute ni de Tengo, ni de Mlle Aomamé. »

Ushikawa secoua la tête. « Il est inutile de vous inquiéter. Je ne fais que vérifier les faits qui se situent en arrière-plan de l'œuvre de M. Kawana. Comme vous le savez, les questions concernant la religion sont toujours très complexes. M. Kawana possède un grand talent et il se fera certainement un nom dans un futur proche. »

À ces paroles, l'institutrice sourit avec satisfaction. Quelque chose dans ses petites prunelles refléta la lumière du soleil, brillant tel un glacier sur une montagne lointaine. Elle est en train de se souvenir de Tengo, jeune garçon, pensa Ushikawa. Vingt ans ont passé, mais pour elle, c'est comme hier.

Alors qu'il attendait le bus, à côté du portail de l'école, pour se rendre à la gare de Tsudanuma, Ushikawa songea à ses instituteurs. Se souvenaient-ils de lui ? Même si c'était le cas, ce n'était certainement pas avec une lueur de tendresse dans le regard.

Telle qu'elle s'était éclaircie, la situation se rapprochait de ce qu'avait supposé Ushikawa. Tengo avait été le meilleur élève de la classe. Il était également populaire. Aomamé, elle, était seule, ignorée de tous. Il y avait peu de chance qu'ils soient devenus intimes à l'école. Leurs situations étaient trop différentes. Ensuite, en cinquième année, Aomamé avait quitté Ichikawa et changé d'école. Le lien entre eux deux avait été rompu.

S'il fallait leur chercher un dénominateur commun à l'époque de l'école primaire, il n'en découvrait qu'un : ils avaient été obligés, à contrecœur, d'obéir à leurs parents. Même s'il y avait une différence entre l'évangélisation et le recouvrement des taxes, ils avaient tous deux été forcés de parcourir la ville à la traîne de leurs parents. Les positions qu'ils occupaient dans la classe étaient à l'opposé. Néanmoins, l'un comme l'autre étaient sans doute solitaires, dans une quête désespérée de *quelque chose. Quelque chose* qui les accepterait tels qu'ils étaient, inconditionnellement, qui les étreindrait. Ushikawa imaginait bien ce qu'ils éprouvaient. Car en un sens, c'étaient les mêmes sentiments qui l'habitaient.

Bon, et maintenant ? se dit Ushikawa. Il était assis, bras croisés, dans le train rapide le ramenant de Tsudanuma à Tokyo. Bon, et maintenant, que faire ? J'ai pu découvrir certains liens entre Tengo et Aomamé. Des liens intéressants. Malheureusement, tout cela ne prouve rien de concret pour l'instant.

Un haut mur de pierre se dresse devant moi. Sur lequel s'ouvrent trois portes. Je dois en choisir une. Sur chacune s'affiche un nom. La première dit : « Tengo », la deuxième : « Aomamé » et la dernière : « la vieille dame d'Azabu ». Aomamé s'est évaporée littéralement comme de la fumée. Il n'en reste rien, pas même une empreinte de pas. La résidence des Saules d'Azabu est sous haute surveillance, à peu près comme la salle des coffres d'une banque. Je ne peux m'en approcher. Il me reste donc une seule porte.

Je dois demeurer collé à mon petit Tengo pour un certain temps, pensa Ushikawa. Je n'ai pas d'autre choix. Il s'agit là d'un magnifique exemple d'élimination. Un exemple tellement parfait que j'aurais envie de l'imprimer sur un joli prospectus que je distribuerais dans les rues. Écoutez bien, vous tous, voilà en quoi consiste l'élimination !

Mon petit Tengo, toi qui es un gentil garçon. Un mathématicien romancier. Qui as été un champion de judo et le chouchou de la maîtresse. Je dois d'abord faire une percée avec toi et démêler ensuite *l'enchevêtrement* de la situation. Un énorme embrouillamini. Plus j'y pense, moins je comprends, comme si mon cerveau était fait de tofu périmé.

Et Tengo lui-même, où en est-il ? Ses yeux captent-ils l'image d'ensemble ? Non, je ne le pense pas. À ce que voyait Ushikawa, Tengo semblait tâtonner, emprunter toutes sortes de détours. Lui aussi était perplexe. Ne serait-il pas en train d'échafauder diverses hypothèses ? Mais attention, ce jeune Tengo est un mathématicien. Il sait parfaitement collecter les pièces d'un puzzle et les assembler. Et puis, étant le principal intéressé, il doit posséder davantage de pièces que moi.

Je vais tenir Tengo Kawana à l'œil pendant quelque temps. Il me conduira sûrement *quelque part*. Dans la meilleure des hypothèses, jusqu'où se cache Aomamé. Demeurer fermement collé à quelque chose et ne jamais le quitter, tel un rémora, un poisson ventouse, c'était également une des manœuvres dans lesquelles Ushikawa excellait. Lorsqu'il l'avait décidé, personne ne parvenait à se débarrasser de lui.

Une fois sa décision prise, Ushikawa ferma les yeux et coupa l'alimentation de sa réflexion. Je vais faire un petit somme. Aujourd'hui, j'ai visité deux écoles primaires de Chiba totalement sans intérêt, interrogé deux institutrices d'un certain âge. La belle vice-directrice et l'autre, qui marche comme un crabe. J'ai besoin de me calmer les nerfs.

Au bout d'un certain temps, sa grosse tête déformée se mit à ballotter doucement de haut en bas, au rythme des oscillations du train. Tout comme une poupée grandeur nature d'un spectacle forain qui crache par la bouche des divinations maléfiques.

Il y avait beaucoup de monde dans le wagon, mais aucun voyageur ne chercha à s'asseoir à côté d'Ushikawa.

11

Aomamé

... il n'y a aucune logique, et pas assez de bonté

MARDI MATIN, AOMAMÉ RÉDIGEA UNE NOTE à l'intention de Tamaru. L'homme se disant collecteur de la NHK était revenu. Il avait frappé à sa porte avec insistance, et d'une voix forte, il avait proféré à l'égard d'Aomamé (ou de la prétendue Takaï qui habitait dans cet appartement) des critiques et des menaces. Tout cela était excessif et anormal. Elle devait se montrer très vigilante.

Aomamé glissa la note dans une enveloppe, la ferma et la posa sur la table de la cuisine. Elle inscrivit l'initiale majuscule T. sur l'enveloppe, pour être sûre que les livreurs la remettent à Tamaru.

Un peu avant une heure de l'après-midi, Aomamé gagna la chambre à coucher, la verrouilla, s'allongea sur le lit et continua sa lecture de Proust.

À une heure pile, il y eut un coup de sonnette à la porte d'entrée. Une petite pause puis la clé tourna, la porte s'ouvrit, et l'équipe des livreurs pénétra dans l'appartement. Comme les autres fois, ils remplirent avec célérité le réfrigérateur, regroupèrent les restes à jeter, vérifièrent les différents produits des étagères. Quand ils en eurent terminé, en un quart d'heure environ, ils refermèrent la porte et la verrouillèrent de l'extérieur. Puis ils firent le signal convenu, un coup de sonnette. Le rituel de toujours.

Après avoir attendu, par prudence, que l'aiguille de la pendule indique une heure et demie, Aomamé sortit de la chambre et se rendit à la cuisine. L'enveloppe destinée à Tamaru avait disparu, et sur la table était posé un sachet en papier portant le nom d'une pharmacie. Il y avait aussi un gros livre épais que Tamaru s'était procuré : *Encyclopédie de la physiologie féminine*. Dans le sachet, trois sortes de tests de grossesse. Elle ouvrit les boîtes, lut chacune des notices explicatives et les compara. Dans l'ensemble, le contenu était identique. Vous pouvez effectuer le test en cas d'aménorrhée supérieure à une semaine après la date normale. La précision est de l'ordre de 95 %. S'il se révèle positif, autrement dit, si le résultat montre que la femme est enceinte, il est conseillé de consulter un spécialiste dès que possible. Il ne faut pas sauter à une conclusion uniquement sur la foi de ce test. Le résultat signifie seulement qu'il existe « une possibilité de grossesse ».

La manière de procéder était simple. Il fallait tremper une bandelette de papier dans de l'urine déposée dans un récipient propre. Ou bien plonger directement un bâtonnet dans l'urine. Et attendre quelques minutes. Si la couleur virait au bleu, le résultat était positif. La femme était enceinte. Si la couleur restait la même, le test était négatif. Ou encore, avec un autre dispositif, si deux lignes verticales apparaissaient dans une petite section évidée, le test était positif. Une seule ligne, c'était négatif. Les détails étaient légèrement différents mais le principe était identique. La présence d'hormone gonadotrophine chorionique (ou bêta-hCG) dans l'urine indiquait que la femme était enceinte (ou pas).

La bêta-hCG ? Aomamé grimaça. Elle avait vécu sa vie de femme depuis trente ans sans jamais avoir entendu cette appellation. Et pendant tout ce temps, se dit-elle, mes glandes sexuelles étaient stimulées par ce truc invraisemblable ?

Aomamé feuilleta l'*Encyclopédie de la physiologie féminine*.

L'hormone gonadotrophine chorionique est sécrétée au début de la grossesse, était-il écrit. Elle permet au corps jaune de se conserver. Le corps jaune sécrète de la progestérone et de l'estrogène, qui assurent l'épaississement de la muqueuse utérine et stoppent le cycle menstruel. C'est ainsi que petit à petit se fabrique le placenta dans l'utérus. Une fois que le placenta s'est suffisamment développé, entre la septième et la neuvième semaine, le rôle du corps jaune se termine, de même que le rôle de l'hormone gonadotrophine chorionique.

Autrement dit, cette hormone est sécrétée dès la nidation, et son taux augmente entre la septième et la neuvième semaine. Dans le cas d'Aomamé, c'était une période un peu délicate à déterminer. Mais cela pourrait à peu près correspondre. Si le résultat est positif, cela voudra dire que sa grossesse est avérée. Dans le cas contraire, elle ne pourra pas conclure aussi nettement à l'absence de grossesse. Car il n'était pas impossible que la période de sécrétion de cette hormone ait été dépassée.

Elle n'avait pas envie d'uriner. Elle sortit du réfrigérateur une bouteille d'eau minérale, en but deux verres. Mais l'envie n'était toujours pas là. Après tout, elle n'était pas pressée. Elle mit de côté les tests de grossesse, s'installa sur le canapé et se concentra sur sa lecture de Proust.

L'envie d'uriner se manifesta trois heures plus tard. Ce qu'elle fit dans un récipient adéquat. Puis elle imprégna la bandelette de papier. Elle la vit changer peu à peu de couleur pour finir en un bleu vif. Une couleur élégante qui aurait bien convenu à une voiture. Le bleu d'une petite décapotable, qui s'accorderait parfaitement avec une capote brune. Ce serait sûrement agréable de prendre place dans une voiture de ce genre, en sentant sur son visage le vent du début d'été, et de rouler sur une route qui longerait la côte. Mais dans le cabinet de toilette d'une résidence urbaine, par un après-midi d'automne déjà bien avancé, ce que lui annonçait ce bleu, c'était qu'elle était enceinte –, ou du moins, il le lui suggérait avec une fiabilité de 95 %. Aomamé se planta devant le miroir et resta immobile à scruter la bandelette de papier, longue et étroite, qui avait viré au bleu. Elle pourrait bien la contempler tant et plus, la couleur ne changerait plus.

Pour plus de précaution, elle voulut faire une tentative avec un autre test. Il s'agissait, cette fois, d'« appliquer directement quelques gouttes d'urine à l'extrémité du bâtonnet », selon la notice. Mais comme au bout d'un moment elle n'urinait toujours pas, elle mouilla le bâtonnet dans le récipient qui en contenait. De l'urine toute fraîche, qu'elle venait de libérer. Après tout, c'était la même chose. Le résultat serait identique. Dans la petite ouverture ronde, deux lignes verticales apparurent distinctement. Qui lui disaient : « Tu es peut-être enceinte. »

Elle jeta dans la cuvette le contenu du récipient, actionna la chasse d'eau. Elle enveloppa la bandelette dans un mouchoir en papier, le déposa dans la poubelle, lava le récipient dans la baignoire. Puis elle revint dans la cuisine et, de nouveau, but deux verres d'eau. Demain sera un autre jour, et je ferai le troisième test, pensa-t-elle. Trois, c'est un bon chiffre.

Aomamé fit chauffer de l'eau pour se préparer du thé, s'assit sur le canapé, continua à lire Proust. Sur une petite assiette, elle avait disposé cinq biscuits au fromage, qu'elle grignota en buvant son thé. C'était un après-midi paisible. Idéal pour la lecture. Pourtant, ses yeux suivaient les caractères imprimés, mais son cerveau n'enregistrait rien. Il fallait qu'elle lise à plusieurs reprises le même passage. Elle renonça finalement, ferma les yeux, et se vit au volant de la petite décapotable bleue, la capote baissée, roulant sur une route côtière. Une brise chargée des odeurs de la marée lui soulevait les cheveux. Le marquage dessiné sur la voie montrait deux lignes verticales. Et cela signifiait : « Attention ! Il existe une possibilité que vous soyez enceinte. »

Aomamé soupira et reposa le livre sur le canapé.

Elle savait très bien qu'il était inutile de faire le troisième test. Elle pourrait en effectuer cent que le résultat serait toujours identique. Ce serait une perte de temps. Mon hormone gonadotrophine chorionique continuera à entretenir le corps jaune, empêchera la survenue des règles, et participera à la formation du placenta. Je suis enceinte. Mon hormone bêta-hCG le sait. Moi aussi, je le sais. Je suis capable de sentir la présence de cet être et de le localiser très exactement dans mon bas-ventre. Pour le moment, il est encore minuscule. Pas plus gros qu'un point. Mais bientôt il sera nourri grâce au placenta, il grossira. Il recevra de moi des éléments nutritifs, il se développera à l'intérieur de cette eau sombre et lourde, lentement mais régulièrement.

C'était la première fois qu'elle était enceinte. Elle était très prudente et ne se fiait qu'à ce qu'elle constatait par elle-même. Aussi, lorsqu'elle faisait l'amour, elle s'assurait que son partenaire mettait bien un préservatif. Même si elle avait beaucoup bu, jamais elle ne manquait de le vérifier. Comme elle l'avait dit à la vieille dame d'Azabu, depuis que ses premières règles avaient commencé, quand elle avait dix ans, pas une seule fois elles ne s'étaient interrompues. Elles se déclenchaient à la date prévue, sans jamais un jour de retard. Le flux était assez faible. Simplement, le sang coulait durant plusieurs jours. Cela ne la dérangeait en rien pour faire de la gymnastique.

Ses règles avaient débuté quelques mois après qu'elle avait serré la main de Tengo dans la salle de classe de leur école. Elle considérait qu'il y avait un lien entre ces deux événements. Il n'était pas impossible que la sensation de la main de Tengo ait ébranlé quelque chose en elle. Lorsqu'elle avait averti sa mère que ses règles avaient commencé, celle-ci avait fait la grimace. Comme si cela lui mettait sur le dos un souci supplémentaire. C'est un peu trop tôt, avait-elle remarqué. Mais Aomamé ne s'était pas souciée de ses paroles. Le problème était le sien, pas celui de sa mère ou de qui que ce soit. C'était elle seule qui mettait le pied sur ce nouveau territoire.

Et voilà qu'à présent, Aomamé était enceinte.

Elle songea à ses ovocytes. L'un deux, se dit-elle, parmi les quatre cents environ qui m'étaient réservés (celui qui était pile au milieu) avait donc été fécondé. Probablement durant la nuit du violent orage de septembre. À ces moments-là, dans une chambre sombre, je tuais un homme. Je lui enfonçais une aiguille effilée dans la nuque, juste sous le cerveau. Mais cet homme était tout à fait différent des individus que j'avais assassinés jusque-là. Il savait que j'allais bientôt le tuer. Et même, il le désirait. En fait, je lui ai accordé ce qu'il voulait. Non pas comme un châtiment, mais plutôt par miséricorde. En échange, il m'avait donné ce que je cherchais. C'était une transaction qui s'était conclue en des lieux extrêmement obscurs. Et c'était cette nuit-là qu'avait eu lieu la conception. *Je le sais.*

De ma main, je supprimais la vie d'un homme, et presque simultanément une vie prenait naissance en moi. Était-ce aussi une part de leur marché ?

Aomamé, les yeux clos, cessa de réfléchir. Il se fit du vide dans sa tête et silencieusement, quelque chose se coula dedans. Avant même d'en être consciente, elle récita sa prière.

Jéhovah, qui êtes aux cieux. Que Votre Nom soit sanctifié, que Votre Royaume advienne pour nous. Pardonnez-nous nos nombreux péchés. Apportez-nous le bonheur tout au long de notre modeste marche. Amen.

Pourquoi, à un moment pareil, les paroles de cette prière sortent-elles de ma bouche ? Alors que je ne crois absolument pas au Royaume, au paradis ou à Dieu. Mais la prière était gravée en elle. Dès l'âge de trois ou quatre ans, alors qu'elle n'en comprenait pas le sens, on la lui avait fait répéter dans son entier. Si elle se trompait d'un seul mot, elle recevait sur le dessus de la main un bon coup de règle. D'ordinaire, les traces en restaient invisibles, mais elles apparaissaient à la surface dans certaines situations. Comme un tatouage secret.

Si j'annonçais à ma mère que je suis enceinte alors que je n'ai pas eu de relation sexuelle, que dirait-elle ? Peut-être penserait-elle que je proférais là un énorme blasphème vis-à-vis de la foi. Il faut avouer qu'il s'agirait d'une espèce de conception virginale –, évidemment, Aomamé n'était plus vierge, de toute façon. Ou bien, peut-être sa mère ne se sentirait-elle absolument pas concernée. Elle ne l'écouterait sans doute même pas. Depuis très longtemps, pensait Aomamé, je ne suis pour elle qu'une ratée, tombée hors de son monde.

Aomamé se dit qu'elle allait adopter une autre façon de penser. Qu'elle allait cesser de vouloir à tout prix expliquer l'inexplicable, qu'elle allait essayer de considérer ce phénomène en le regardant autrement, en le prenant tel qu'il était, comme une énigme.

Est-ce que j'accepte bien ma grossesse, est-ce que je m'en réjouis ? Ou bien est-ce que je la considère comme quelque chose d'indésirable, dont je ne veux pas ?

Mais ses réflexions intenses ne débouchaient sur aucune conclusion. Pour le moment, j'en suis encore à l'étape de la stupéfaction, se dit-elle. Je suis dans la confusion, dans le désordre. Je suis déchirée, divisée. Et il est normal que j'aie du mal à accepter cette nouvelle réalité.

Pourtant, en même temps, elle devait reconnaître qu'elle considérait cette petite source de chaleur avec un sentiment positif. Elle devait voir ce que deviendrait cette petite chose qui grandissait en elle. Bien entendu, elle se sentait angoissée et terrorisée. *Ça* risquait de dépasser son imagination. Peut-être serait-ce un alien hostile, qui, de l'intérieur, allait la dévorer voracement. Dans sa tête surgissaient toutes sortes d'hypothèses effrayantes. Pourtant, fondamentalement, une saine curiosité s'était emparée d'elle. Puis, soudain, une pensée lui traversa l'esprit. Comme une lueur qui perce soudain les ténèbres.

Je porte peut-être l'enfant de Tengo.

Aomamé grimaça légèrement et se plongea dans de longues méditations. Pour quelle raison devrais-je concevoir un enfant de Tengo ?

Je vais tenter d'explorer l'hypothèse. Au cours de cette nuit chaotique et riche de tant d'événements s'est enclenché dans ce monde un processus qui a permis que Tengo fasse pénétrer en moi son liquide séminal. Comme s'il avait réussi à faire surgir un passage spécial, dont la logique m'échappe, qui s'était insinué entre les coups de tonnerre et les pluies diluviennes, entre les ténèbres et le meurtre. Cela n'a duré qu'un bref instant. Nous avons saisi l'instant et le passage. Mon corps a profité de l'aubaine pour accueillir goulûment Tengo. Il a conçu. Un de mes ovocytes, le n° 201 ou le n° 202, s'est accaparé l'un de ses millions de spermatozoïdes. Il s'est assuré de la présence en lui d'un spermatozoïde honnête, vigoureux, intelligent – à l'image de son possesseur.

Ce sont sans doute là des pensées saugrenues. Qui n'ont rien de rationnelles. Personne, probablement, ne sera convaincu par mes explications, devrais-je en perdre la voix. Mais c'est ma grossesse elle-même qui est totalement illogique. De toute façon, ici, nous sommes en 1Q84. Un monde étrange, où n'importe quoi peut arriver.

Est-ce vraiment l'enfant de Tengo ? se demandait Aomamé.

Ce matin-là, dans l'espace protégé de la voie express n° 3, je n'ai pas pressé jusqu'au bout sur la détente de mon arme. J'étais venue là dans l'intention sincère de mourir et j'ai plongé le canon du pistolet dans ma bouche. Je n'avais absolument pas peur de la mort, parce que je mourais pour sauver Tengo. Mais par l'effet de quelque puissance, ce processus a été interrompu. Une voix qui venait de très loin m'a appelée par mon nom. N'était-ce pas pour me dire que j'étais enceinte ? Quelque chose ne m'avertissait-il pas qu'en moi naissait une vie ?

Aomamé se souvint de ce rêve, au cours duquel, alors qu'elle était nue, une femme élégante l'avait habillée de son manteau. Elle était descendue de son coupé Mercedes argenté, se rappela-t-elle, et elle m'avait donné son manteau jaune, doux et léger. Cette femme savait que j'étais enceinte. Et elle voulait tendrement me protéger de ces gens qui me regardaient sans vergogne, du vent froid, et de tous les autres maux.

C'était un signe bénéfique.

Les muscles de son visage se détendirent. Elle retrouva son expression habituelle. Il y a quelqu'un qui m'observe et me soutient, quelqu'un qui me protège, pensa-t-elle. Même dans ce monde de l'année 1Q84, je ne suis plus solitaire. Sans doute.

Elle s'approcha de la fenêtre avec son thé à présent refroidi. Elle sortit sur le balcon, s'installa sur sa chaise en prenant garde à ce qu'on ne la voie pas, et observa le jardin. Elle s'efforça de penser à Tengo. Mais pour une raison inconnue, ce jour-là du moins, elle n'y parvint pas. Dans sa tête lui revenait le visage d'Ayumi Nakano. Avec son rire spontané. Tout à fait naturel, sans sous-entendus. Elles étaient au restaurant, face à face à une table. Elles levaient leur verre de vin. Elles étaient modérément ivres. Le bourgogne grand cru s'était mêlé à leur sang, avait circulé dans leur corps amolli, avait teinté le monde environnant en légères nuances pourpres.

« Tu sais, Aomamé, avait dit Ayumi en caressant son verre de vin. Je crois qu'il n'y a aucune logique dans ce monde, et pas assez de bonté.

— Peut-être bien, avait répondu Aomamé. Mais ne t'inquiète pas. Un jour, ce monde-ci s'achèvera. Et le Royaume adviendra.

— Je n'en peux plus d'attendre », avait conclu Ayumi.

Pourquoi avais-je alors pensé à ces histoires de Royaume ? se demanda Aomamé, perplexe. Pourquoi avait-elle brusquement soulevé la question du Royaume, alors qu'elle n'y croyait pas ? Et peu de temps après, Ayumi était morte.

Il est vraisemblable que lorsque j'avais prononcé ces mots, j'imaginais un « royaume » bien différent de celui auquel croient les Témoins. Probablement une sorte de royaume plus personnel. C'est peut-être pour cela que j'avais parlé avec autant de naturel. En fait, à quelle espèce de royaume est-ce que je crois ? Quelle sorte de royaume pourrait advenir après la fin du monde ?

Elle posa délicatement les mains sur le bas de son ventre. Puis elle tendit l'oreille. Mais elle avait beau écouter le plus attentivement possible, elle n'entendait rien.

Ayumi Nakano avait été jetée hors de ce monde. Dans un hôtel de Shibuya, ses poignets entravés par ses menottes dures et froides, elle avait été étranglée par un cordon (à ce qu'en savait Aomamé, le meutrier n'avait toujours pas été retrouvé). Son corps avait été autopsié par un légiste, il avait été recousu, transporté au crématorium puis incinéré. Ayumi Nakano n'existait plus en ce monde comme être humain. Plus rien de sa chair ou de son sang ne subsistait. La femme qui s'était appelée Ayumi Nakano n'existait plus que dans des documents et des souvenirs.

Non, peut-être pas. Il n'était pas impossible qu'elle soit encore bien vivante dans le monde de l'année 1984. Peut-être continue-t-elle à glisser des contraventions sous les essuie-glaces des voitures mal garées tout en maugréant parce qu'on ne lui a pas fourni d'arme. Peut-être fait-elle toujours la tournée des lycées de Tokyo pour expliquer aux jeunes filles comment bien utiliser les moyens de contraception. Mesdemoiselles, attention ! jamais de pénétration sans préservatif !

Aomamé avait envie de voir Ayumi. Si elle grimpait sur l'escalier d'urgence de la voie express, si elle retournait dans le monde où se déroulait l'année 1984, peut-être la rencontrerait-elle ? Là-bas, Ayumi serait toujours bien vivante, et moi, je ne serais pas pourchassée par les sbires des Précurseurs. Nous irions dans ce petit restaurant de Nogizaka, nous lèverions nos verres de bourgogne. Ou bien –

Monter sur l'escalier d'urgence ?

Comme si elle rembobinait une cassette, Aomamé remonta le cours de ses réflexions. Pourquoi cette idée ne lui était-elle pas venue plus tôt ? J'ai voulu redescendre par l'escalier d'urgence, et je n'en ai pas trouvé l'entrée. Il aurait dû se trouver face au panneau publicitaire Esso, mais il avait disparu. Peut-être serait-il possible d'effectuer la manœuvre dans l'autre sens ? Non pas descendre ces marches, mais les monter. Me glisser encore une fois dans le dépôt au pied de la voie express, et à partir de là, remonter jusqu'à la voie n° 3. Faire le chemin à rebours. C'est peut-être cela que je devrais faire.

À ce point de ses réflexions, Aomamé aurait voulu se précipiter à l'instant jusqu'à Sangenjaya et tester son hypothèse. Elle est peut-être juste, ou peut-être pas. Mais cela vaut le coup d'essayer. Je mettrai le même tailleur, chausserai les mêmes talons hauts, et monterai ces marches couvertes de toiles d'araignée.

Mais elle réfréna son impulsion.

Non, ça ne va pas, je ne peux pas agir ainsi. Voyons, c'est parce que je suis venue en 1Q84 que j'ai pu revoir Tengo. Et puis, il est probable que je porte son enfant. Il faut que je revoie encore une fois Tengo dans ce nouveau monde. Je dois le rencontrer, être face à face avec lui. Je ne peux quitter ce monde avant.

Le lendemain après-midi, elle reçut un coup de téléphone de Tamaru.

« D'abord, cette histoire du collecteur de la NHK, annonça-t-il. J'ai fait des vérifications en appelant directement la NHK. Le collecteur responsable de ce secteur de Kôenji a dit qu'il ne se souvenait pas du tout d'avoir frappé à la porte de l'appartement 303. Il avait auparavant vérifié que la vignette signalant que la redevance était réglée par virement automatique était apposée à côté de la porte. Et il a dit aussi qu'il n'irait jamais tambouriner délibérément contre une porte s'il y avait une sonnette. Pourquoi aller se faire mal à la main ? D'autre part, le jour où cet individu s'est présenté chez vous, lui faisait sa tournée dans un autre secteur. Je ne pense pas qu'il mentait. C'est déjà un vétéran, ça fait quinze ans qu'il fait ce métier, il est connu comme quelqu'un de patient et de doux.

— Et donc, fit Aomamé.

— Et donc, il y a de plus en plus de chances pour que l'individu qui est venu chez vous ne soit pas un collecteur de la NHK. Il s'est probablement fait passer pour tel. Ce qui préoccupe l'employé que j'ai eu au téléphone. Ils n'adorent pas les imposteurs. Ce responsable a dit qu'il aimerait me rencontrer et évoquer directement les détails de l'affaire. Bien entendu, j'ai refusé. J'ai prétendu que le mal n'était pas bien grand.

— Cet homme est-il un malade mental ? ou bien est-ce quelqu'un qui est sur mes traces ?

— Je ne crois pas que quelqu'un qui serait sur votre piste agirait de la sorte. Cela ne servirait à rien, au contraire, cela vous mettrait sur vos gardes.

— Mais si c'est un fou, pourquoi aurait-il choisi cette porte exprès ? Il y en a tellement d'autres. Je fais toujours attention à ce qu'on ne voie pas de lumière de l'extérieur, je ne fais pas de bruit. Les rideaux sont tirés en permanence, il n'y a pas de linge qui sèche sur le balcon. Et pourtant, cet homme a frappé délibérément contre ma porte. Il savait que je me cachais. Ou il a prétendu qu'il le savait. Et il a tout tenté pour se faire ouvrir.

— Vous pensez qu'il reviendra ?

— Je n'en sais rien. Mais s'il tient sérieusement à ce que je lui ouvre, est-ce qu'il ne reviendra pas jusqu'à ce que, en effet, je le fasse ?

— Et cela vous perturbe.

— Non, pas exactement, répondit Aomamé. Simplement, cela ne me plaît pas.

— Bien sûr, moi non plus, cela ne me plaît pas. Mais alors pas du tout. Si ce faux collecteur revient, cependant, nous ne pouvons pas appeler la NHK ou la police. En admettant que vous me contactiez et que j'accoure aussi vite que possible, il aura eu le temps de disparaître avant.

— Je crois que je peux me débrouiller seule, déclara Aomamé. Quelles que soient ses provocations, je ne lui ouvrirai pas.

— Il utilisera sûrement toutes sortes de ruses.

— Sûrement », fit Aomamé.

Tamaru eut une petite toux avant de changer de sujet. « Vous avez bien reçu les tests ?

— Ils sont positifs, répondit laconiquement Aomamé.

— Autrement dit, vous aviez raison.

— Exactement. J'ai effectué deux tests différents, le résultat est le même. »

Tamaru resta muet. Un mutisme semblable à une lithographie sur laquelle aucun caractère n'avait été imprimé.

« Il n'y a aucun doute ? demanda Tamaru.

— Je le savais depuis le début. Les tests étaient une simple confirmation. »

Tamaru caressa un moment la lithographie muette avec la pulpe du doigt.

« Je dois vous poser une question franche, dit-il. Avez-vous l'intention de poursuivre votre grossesse ? Ou bien songez-vous à prendre des mesures ?

— Non, pas de *mesures*.

— C'est-à-dire que vous irez jusqu'à l'accouchement.

— Si tout se déroule normalement, la naissance devrait avoir lieu l'année prochaine, entre fin juin et début juillet. »

Tamaru se livra à de rapides calculs mentaux.

« Autrement dit, nous, de notre côté, nous devons changer nos plans.

— Je suis désolée.

— Mais non, inutile, répondit Tamaru. Quelles que soient les circonstances, toutes les femmes ont le droit de mettre au monde un enfant, et ce droit doit leur être absolument garanti.

— On dirait un peu la Déclaration des droits de l'homme et du citoyen, remarqua Aomamé.

— Je ne devrais pas vous reposer la question, mais vous n'avez pas la moindre idée de qui pourrait être le père ?

— Depuis le mois de juin, je n'ai eu de rapport sexuel avec personne.

— Alors, ce serait une sorte de conception virginale ?

— Si l'on utilise cette formulation, les religieux se mettront sûrement en colère.

— Tout ce qui est extraordinaire déclenche toujours de la colère, dit Tamaru. Mais à présent que vous êtes enceinte, la prochaine étape sera d'aller voir au plus vite un médecin. Vous ne pouvez pas passer toute votre grossesse confinée dans ce petit appartement. »

Aomamé soupira. « Laissez-moi ici jusqu'à la fin de l'année. Il n'y aura pas de problème. »

Tamaru resta d'abord silencieux. Puis il reprit : « Bon, d'accord jusqu'à la fin de l'année. Comme nous vous l'avons promis. Mais ensuite, il faudra vous déplacer dans un lieu moins dangereux, où vous pourrez recevoir des soins médicaux. Vous êtes bien d'accord, je suppose ?

— Oui, je suis d'accord », répondit Aomamé. Mais elle n'en était pas certaine au fond d'elle-même. Si elle n'avait pas revu Tengo, pourrait-elle vraiment quitter ce lieu ?

« Il m'est arrivé une fois de mettre une femme enceinte », déclara Tamaru.

Aomamé resta muette un instant.

« Vous ? Mais je croyais…

— Eh bien oui. Je suis gay. Gay sans compromis. Depuis toujours, et aujourd'hui encore. Et sans doute pour longtemps.

— Et pourtant, vous avez mis une femme enceinte.

— Tout le monde commet des erreurs », répondit Tamaru. Mais il ne donnait pas l'impression de vouloir faire de l'humour. « Je préfère vous épargner les détails mais c'était il y a bien longtemps, j'étais jeune. En tout cas, une seule fois et paf, j'ai fait mouche.

— Et elle, après, qu'est-elle devenue ?

— Je l'ignore, dit Tamaru.

— Vous l'ignorez ?

— Je l'ai appris quand elle était enceinte de six mois. Ensuite, je ne sais pas.

— À six mois, on ne peut plus avorter.

— Oui, évidemment.

— Il y a de fortes chances pour que cet enfant soit né, dit Aomamé.

— Sans doute, en effet.

— Et vous aimeriez le voir ?

— Je ne suis pas intéressé, répondit Tamaru sans hésiter. Je ne l'avais pas choisi. Et vous ? Votre enfant, vous aurez envie de le voir ? »

Aomamé réfléchit à la question.

« Moi aussi, quand j'étais enfant, j'ai été rejetée par mes parents, aussi il m'est difficile de pronostiquer ce que je ferai face à mon enfant. Je n'ai pas eu le bon modèle.

— En tout cas, vous avez l'air de vouloir mettre au monde cet enfant. Dans ce monde violent et plein de contradictions.

— Parce que je cherche l'amour, dit Aomamé. Pas spécialement l'amour avec un enfant. Je n'en suis pas encore à cette étape.

— Mais l'enfant participe à cet amour.

— Sans doute. À certains égards.

— Et si vous vous trompez, si l'enfant ne participait pas à cet amour que vous recherchez, il pourrait en être blessé. Comme nous l'avons été.

— Oui, c'est possible. Mais je ne le sens pas ainsi. Par intuition.

— Je respecte les intuitions, pour ma part, répondit Tamaru. Mais dès qu'un sujet naît dans le monde, il est porteur d'une responsabilité éthique. Vous devriez vous en souvenir.

— Qui a dit ça ?

— Wittgenstein.

— Je m'en souviendrai, répondit Aomamé. Si votre enfant a vraiment été mis au monde, quel âge aurait-il ? »

Tamaru se livra à un calcul mental. « Dix-sept ans.

— Dix-sept ans. » Aomamé imagina un jeune homme ou une jeune fille de dix-sept ans porteur de sa responsabilité éthique.

« Je vais en parler à Madame, fit Tamaru. Elle voulait s'en entretenir directement avec vous. Mais comme je vous l'ai dit bien des fois, pour des raisons de sécurité, cela ne me dit rien. Même si j'ai pris toutes les mesures techniques possibles, le téléphone reste un moyen de communication dangereux.

— Je le sais.

— Mais elle porte un grand intérêt à savoir comment va se dérouler l'affaire, et elle s'inquiète pour vous.

— Je comprends bien. Je lui en suis reconnaissante.

— Je crois que le mieux est de lui faire confiance et de suivre ses conseils. C'est quelqu'un qui est très sage.

— Oui, bien sûr », répondit Aomamé.

Mais je dois aussi aiguiser mon esprit et me protéger par moi-même. La vieille dame d'Azabu possède assurément une grande sagesse. Elle a aussi un grand pouvoir. Pourtant, il y a des faits qu'elle ignore. Je suppose qu'elle ignore par quels principes se meut l'année 1Q84. Et j'imagine qu'elle n'a pas vu que dans le ciel brillaient deux lunes.

Après ce coup de téléphone, Aomamé s'allongea sur le canapé et dormit environ une demi-heure. Un sommeil bref et profond. Elle rêva mais c'était un rêve qui était comme un espace vide. Dans cet espace, elle pensait. Sur un cahier complètement blanc, elle écrivait à l'encre invisible. Lorsqu'elle s'éveilla, il lui restait une image vague mais étrangement claire. Je vais donner naissance à cet enfant. Ce petit être viendra au monde sans problème. Comme l'a dit Tamaru, il sera forcément porteur d'éthique.

Elle posa les paumes de ses mains sur le bas de son abdomen, tendit l'oreille. Elle n'entendait encore rien. Pour le moment.

12

Tengo

Les règles du monde ont commencé à se relâcher

APRÈS AVOIR ACHEVÉ SON PETIT DÉJEUNER, Tengo se rendit à la salle de bains du *ryôkan* et prit une douche. Il se lava les cheveux et se rasa. Il enfila ensuite les vêtements qui avaient été lavés, séchés et déposés dans sa chambre. Enfin il sortit, acheta les journaux du matin à un kiosque devant la gare et entra dans un café où il but un espresso.

Les articles qu'il parcourut ne suscitèrent chez lui aucun intérêt particulier. Du moins dans ce que Tengo lut ce matin-là, le monde lui parut morne et insipide, comme s'il relisait les mêmes journaux, ceux d'il y a une semaine, par exemple. Il les replia et consulta sa montre. Neuf heures et demie. Les visites à l'hôpital commençaient à dix heures.

Ses préparatifs de retour furent rapides. Il n'avait que très peu de bagages. Quelques vêtements, des affaires de toilette, plusieurs livres, une ramette de papier, c'était à peu près tout. Il entassa ses effets dans son sac à dos, le mit à l'épaule, alla régler la note du *ryôkan*, puis il monta dans un bus et gagna l'hôpital. C'était déjà le début de l'hiver. Personne ou presque ne se promenait sur le rivage. Il fut le seul à descendre à l'arrêt devant l'hôpital.

Il pénétra dans le hall d'entrée, remplit comme d'habitude le registre des entrées en indiquant son nom et l'heure. À la réception siégeait une jeune infirmière, qu'il n'avait aperçue que de loin en loin. Avec ses bras et ses jambes terriblement longs et minces, son petit sourire au coin de ses lèvres, on aurait dit une araignée bienveillante qui allait vous guider dans une forêt. En général, cette place était occupée par

Mme Tamura, l'infirmière aux lunettes d'un certain âge. Ce matin-là pourtant, elle était invisible, ce qui soulagea quelque peu Tengo. Elle aurait pu lancer une allusion sur le fait qu'il ait raccompagné Kumi Adachi chez elle la nuit dernière. Il ne vit pas non plus Mme Ômura, l'infirmière qui plantait un stylo-bille dans ses cheveux relevés. Peut-être ces femmes avaient-elles disparu, avaient-elles été absorbées dans la terre sans qu'il en reste aucune trace. À la façon des trois sorcières de *Macbeth*.

Mais bien entendu, non, c'était impossible. Kumi Adachi n'était pas de service ce jour, et les deux autres avaient dit qu'elles travaillaient normalement. Simplement, à cet instant, elles étaient occupées quelque part ailleurs.

Tengo gravit l'escalier et se dirigea vers la chambre de son père, au premier étage. Il frappa deux coups légers et ouvrit la porte. Comme les autres jours, son père était plongé dans le sommeil. Relié par un cathéter qui évacuait son urine et avec le tube de la perfusion fixé à un bras. Il n'y avait aucun changement depuis la veille. La fenêtre était fermée, les rideaux tirés. L'air de la chambre étouffant, malsain. Des odeurs intimement mêlées, au point qu'il était difficile de différencier celles qui provenaient des médicaments, des fleurs du vase, de celles qui émanaient du malade, de son haleine, de ses déjections, ou des autres manifestations de sa vie. Malgré le déclin de ses forces, malgré sa perte de conscience durant une longue période, son métabolisme ne s'était pas altéré. Son père était toujours de ce côté-ci de la ligne de partage des eaux. Pour le dire autrement, il était vivant, et par conséquent il émettait diverses odeurs.

La première chose que fit Tengo fut d'aller tirer les rideaux et d'ouvrir la fenêtre en grand. C'était un matin agréable. Il fallait renouveler l'air de la chambre. Il faisait assez frais, mais le froid n'était pas encore trop vif. Le soleil pénétra dans la pièce, la brise marine fit onduler les rideaux. Une mouette emportée par un coup de vent replia ses pattes avec grâce et plana au-dessus de la pinède brise-vent. Une compagnie de moineaux était perchée sur des fils électriques, ici ou là, sans ordre. Les petits oiseaux ne cessaient de changer de position, comme des notes de musique qui bougeraient sur une portée. Juché au sommet d'un lampadaire, un corbeau au grand bec jetait aux alentours des regards circonspects, comme s'il réfléchissait à ce qu'il entreprendrait ensuite. Quelques nuages, en longues stries, flottaient très haut dans le ciel, telles des considérations abstraites trop élevées et trop lointaines pour être concernées par les agissements des humains.

Dos tourné à son père, Tengo contempla un moment le paysage. Les êtres animés, les êtres inanimés. Ceux qui se meuvent, ceux qui restent immobiles. C'était le spectacle de toujours qu'il voyait par la fenêtre, un spectacle absolument inchangé. Il n'y avait décidément rien de nouveau. Le monde devait aller de l'avant, et c'était bien ce qu'il faisait. Il se contentait de jouer son rôle, comme un réveille-matin bon marché. Et Tengo se contentait de regarder distraitement le paysage afin de prolonger ce moment, ne serait-ce que de peu, avant de devoir faire face à son père. Car bien entendu, ce temps ne pouvait durer indéfiniment.

Tengo finit par se décider et s'assit sur une chaise métallique, à côté du lit. Son père était étendu, le visage tourné vers le plafond, les yeux clos. La couette qui le recouvrait jusqu'au cou était impeccablement tirée. Les yeux de son père étaient enfoncés, totalement affaissés, comme si des composants s'étaient défaits, que les orbites avaient cessé de soutenir les globes oculaires. En admettant que son père ouvre les yeux de nouveau, le monde ne lui apparaîtrait donc que depuis ces profondes cavités.

« Papa », lui dit Tengo.

Son père ne répondit pas. Le vent qui s'engouffrait dans la chambre retomba soudain, les rideaux revinrent à la verticale. Comme quelqu'un qui brusquement, au milieu de ses activités, s'aperçoit qu'il a laissé en plan une affaire importante. Puis, immédiatement, le vent recommença à souffler lentement, comme s'il avait de nouveau changé d'avis.

« Je vais rentrer à Tokyo à présent, dit Tengo. Il m'est impossible de rester ici indéfiniment. Je ne peux pas prolonger mon congé à mon école. J'ai moi aussi ma vie à mener, même si elle n'est pas extraordinaire. »

La barbe avait un peu repoussé sur les joues de son père. Çà et là apparaissaient des poils de deux ou trois jours. À peu près autant de blancs que de noirs. Les infirmières le rasaient avec un rasoir électrique. Pas chaque jour pourtant. Son père n'avait que soixante-quatre ans, mais il paraissait beaucoup plus vieux. Comme si, par inadvertance, quelqu'un avait déroulé jusqu'au bout le film de sa vie.

« Depuis que je suis ici, finalement, tu ne t'es pas réveillé. Mais, selon le médecin, tes forces n'ont pas tellement décliné. Curieusement, tu as conservé à peu près ta santé d'autrefois. »

Tengo fit une pause, attendant que ses paroles pénètrent l'esprit de son père.

« Je ne sais pas si tu m'entends. Même si ma voix fait vibrer tes tympans, peut-être que la ligne est coupée ensuite. Ou alors, les mots que je prononce arrivent bien à ta conscience, mais tu n'es pas en mesure d'y réagir. Je ne sais pas. En tout cas, je suis parti du principe que tu m'entendais. Et je t'ai parlé, je t'ai fait la lecture. Sinon, cela n'aurait eu aucun sens que je te parle ou que je reste ici. Et puis… enfin, j'ai du mal à m'expliquer, mais voilà. Il m'a semblé que tu réagissais un peu. Que tu comprenais l'essentiel de ce que je te disais. »

Pas de réponse.

« Je vais peut-être dire un truc idiot. Mais je dois rentrer à Tokyo et je ne sais pas quand je pourrai revenir. Donc, ce que j'ai dans la tête, je vais te l'avouer franchement. Si tu penses que c'est absurde, vas-y, rigole, cela m'est égal. Enfin, bien sûr, si tu peux encore rire. »

Tengo soupira et observa le visage de son père. Non, il n'y avait aucune réaction.

« Ton corps est plongé dans le coma. Ta conscience et tes sensations ont disparu et tu n'es maintenu en vie que grâce au dispositif de réanimation. Un mort vivant, comme diraient les médecins. Bien sûr, ils emploieraient des circonlocutions ou des euphémismes. Peut-être qu'en effet le point de vue des médecins est exact. Et pourtant, si ce n'était qu'une *apparence trompeuse* ? Et si, en fait, ta conscience n'avait pas *vraiment* disparu ? Je n'ai jamais cessé d'avoir l'impression que tu aurais laissé ici ton corps, sous cet aspect comateux, et que tu serais vivant, ailleurs, en esprit. Enfin, c'est juste un sentiment. »

Silence.

« Je sais bien, ce sont là des fantaisies extravagantes. Si je racontais ça à n'importe qui, il me prendrait pour un fou. Mais je ne peux m'empêcher d'imaginer les choses ainsi. Tu as probablement perdu tout intérêt pour ce monde. Tu es déçu, découragé, tu es devenu indifférent à tout. Alors, tu as délaissé ton corps, tu t'es déplacé ailleurs, et tu mènes une autre vie. N'est-ce pas ? Dans un monde à l'intérieur de toi. »

Le silence, toujours.

« Je me suis mis en congé, je suis venu dans cette ville, j'ai loué une chambre dans un *ryôkan*, je t'ai rendu visite chaque jour, je t'ai parlé. Cela fera bientôt deux semaines que dure cette routine. Mais si j'ai agi ainsi, ce n'est pas seulement dans le but de te voir ou de m'occuper de toi. C'était aussi parce que je voulais savoir d'où j'étais issu, quelle était ma filiation. À présent pourtant, ces questions m'importent peu. Je suis qui je suis – avec les liens de sang que j'ai, ou que je n'ai pas. Et je sais une chose : *tu es mon père*. Je me dis que c'est très bien. Je ne sais pas s'il faut appeler cela de la réconciliation. En tout cas, je suis réconcilié avec moi-même. Oui, je crois. »

Tengo respira profondément. Il poursuivit d'une voix plus basse.

« Cet été, tu avais encore toute ta tête. Certes, tu étais un peu confus, mais ta conscience fonctionnait encore. Dans la chambre que tu occupais à ce moment-là, j'ai revu la petite fille. On t'avait transporté dans la salle d'examens, et après ton départ, elle est venue dans la chambre. Peut-être était-ce une sorte de double ? Et si je suis revenu dans cette ville, si j'y ai séjourné aussi longtemps, c'est parce que j'espérais voir cette fillette encore une fois. Voilà la véritable raison de ma présence ici. »

Tengo soupira, joignit les paumes de ses mains sur ses genoux.

« Mais elle ne s'est pas manifestée. Elle avait été transportée jusqu'ici dans ce que j'appelle une chrysalide de l'air, qui lui faisait comme une sorte de capsule autour d'elle. Ce serait trop long de tout t'expliquer, mais la chrysalide de l'air, à l'origine, c'est un pur produit de l'imagination, quelque chose de chimérique. Plus maintenant pourtant. La ligne de partage entre le monde réel et l'imaginaire est devenue floue. Dans le ciel brillent deux lunes. Et ce phénomène est également issu du monde de la fiction. »

Tengo regarda le visage de son père. Le comprenait-il ?

« Dans ce contexte, il n'y aurait rien de bizarre à ce que tu aies détaché ton esprit de ton corps, et que tu l'aies déplacé dans un autre monde où tu peux évoluer en toute liberté. Comme si les règles du monde qui nous entoure avaient commencé à se relâcher. Et ainsi que je te l'ai déjà dit, j'ai la sensation étrange que oui, *tu le fais vraiment*. Par exemple, tu es allé frapper à la porte de mon appartement, à Kôenji. Tu vois de quoi je parle ? Tu affirmes que tu es un collecteur de la NHK, tu frappes avec insistance à la porte, tu profères des menaces dans le couloir. Comme cela nous est si souvent arrivé, quand nous faisions la tournée de la redevance, à Ichikawa. »

Tengo eut l'impression que la chambre subissait comme un léger changement de pression atmosphérique. La fenêtre était grande ouverte mais presque aucun bruit n'y pénétrait. On n'entendait que les moineaux qui chantaient de temps à autre.

« Chez moi, à Tokyo, en ce moment, loge une jeune fille. Non, elle n'est pas mon amante. Simplement, elle est venue s'abriter chez moi de façon temporaire, à la suite de circonstances bien particulières. Et elle m'a expliqué, au téléphone, qu'un collecteur de la NHK était venu il y a quelques jours. L'homme tambourine à la porte, et en même temps, il crie, il s'agite dans le couloir. Et ça, ça ressemble étonnamment à tes manières d'autrefois, tu le sais bien, papa. Cela m'a tout à fait rappelé tes mots. Des façons de parler que j'aurais aimé oublier complètement. Et ce collecteur, je me suis demandé si ce n'était pas toi, en fait. Est-ce que je fais erreur ? »

Tengo observa un silence d'une trentaine de secondes. Mais son père ne cilla pas.

« Il y a juste une chose que j'aimerais : que tu cesses de frapper à ma porte. Je ne possède pas de téléviseur. Et puis, les jours où nous allions ensemble collecter la redevance sont révolus depuis longtemps. Je pense que nous nous étions mis d'accord là-dessus. En présence de mon professeur, tu sais ? J'ai oublié son nom, elle était responsable de ma classe, une femme petite, qui portait des lunettes. Tu t'en souviens, pas vrai ? Alors, s'il te plaît, ne reviens plus frapper à ma porte. Pas seulement à la mienne, d'ailleurs. Ne frappe plus à aucune porte. Tu n'es plus collecteur de la NHK, tu n'as pas le droit de faire peur aux gens en agissant de la sorte. »

Tengo se leva, s'approcha de la fenêtre, contempla le paysage. Un vieil homme avec un gros pull épais, muni d'une canne, marchait devant la pinède. Il avait une taille élevée, des cheveux blancs, une belle allure. Mais sa démarche était maladroite. Comme s'il avait oublié comment on marchait, il faisait un pas en avant, puis brusquement, de nouveau, un autre pas. Tengo l'observa un moment. Le vieil homme traversa lentement le jardin, obliqua à l'angle d'un bâtiment et disparut. Jusqu'à la fin, on aurait dit qu'il ne se souvenait pas complètement de la manière de marcher. Tengo se tourna vers son père.

« Je ne te fais aucun reproche. Tu as le droit de balader ton esprit là où ça te plaît. C'est ta vie, c'est ton esprit. Fais ce que tu estimes juste de faire. Et je n'ai sans doute pas le droit de me mêler de tes affaires. Mais tu *n'es plus un collecteur de la NHK*. Et tu ne dois plus faire semblant de l'être. Tu auras beau faire, c'est sans espoir. »

Tengo s'assit sur le rebord de la fenêtre, il chercha ses mots dans l'espace de la chambre exiguë.

« Je ne sais pas très bien quelle sorte de vie a été la tienne, quels bonheurs, quelles tristesses tu as connus. Mais même si tu en es insatisfait, tu ne dois pas aller chercher ce qui te manque en frappant à la porte des autres. Même si ces lieux sont ceux que tu connais le mieux, même s'il s'agit pour toi des actes dont tu as été le plus fier. »

Tengo se tut et scruta le visage de son père.

« J'aimerais que tu ne frappes plus à aucune porte. Papa, c'est la seule chose que je te demande. Maintenant, il va falloir que je m'en aille. Je suis venu ici chaque jour, je t'ai parlé alors que tu étais dans le coma, je t'ai lu des livres. Et nous nous sommes réconciliés, enfin, en partie du moins. Et cela, c'est vraiment arrivé, dans le monde réel. Peut-être que cela ne te plaît pas, mais il faut que tu reviennes *ici*. Parce que tu appartiens à ce lieu. »

Tengo souleva son sac à dos, le mit à l'épaule. « J'y vais ! »

Le père ne dit rien, il n'eut pas le moindre mouvement, ses yeux restèrent étroitement clos. Comme toujours. Pourtant, Tengo eut l'impression qu'il y avait en lui comme une sorte de réflexion. Il retint son souffle, tenta de la capter. Il avait le sentiment que son père pourrait soudain ouvrir les yeux, qu'il pourrait se redresser. Mais rien de tel ne se produisit.

L'infirmière aux longs bras, qui lui évoquait une araignée, était encore à la réception. Sur son badge en plastique accroché à sa poitrine, il était écrit : « Tamaki. »

« Je rentre à présent à Tokyo, expliqua Tengo à Mlle Tamaki.

— C'est dommage que votre père n'ait pas recouvré ses esprits pendant que vous étiez sur place, répondit-elle d'une voix consolatrice. Mais il s'est sûrement réjoui que vous restiez aussi longtemps. »

Tengo ne trouva pas de bonne réponse à ses paroles. « Transmettez mes amitiés aux autres infirmières. Dites-leur que je les remercie pour leur gentillesse. »

En fin de compte, il n'avait pas revu Mme Tamura, l'infirmière aux lunettes. Ni Mme Ômura à la poitrine opulente, celle qui fichait un stylo-bille dans ses cheveux. C'était un peu triste. Ces femmes étaient d'excellentes soignantes, elles s'étaient montrées attentionnées à son égard. Mais c'était peut-être mieux de ne pas les avoir revues. Parce que c'était tout seul qu'il s'évadait de La Ville des Chats.

Quand le train quitta la gare de Chikura, il repensa à la nuit qu'il avait passée chez Kumi Adachi. À bien y réfléchir, c'était juste la nuit précédente. La lampe criarde imitation Tiffany, la *love chair* inconfortable, les rires de la télé que l'on entendait de chez les voisins. La voix de la chouette dans le bois, la fumée du haschisch, le tee-shirt avec le dessin du smiley, la toison opulente de la jeune femme qui s'était frottée contre ses jambes. Tous ces événements lui apparaissaient très lointains, alors qu'à peine un jour s'était écoulé depuis qu'ils s'étaient produits. Son sens des distances ne fonctionnait pas très bien. Comme si le cœur de ses souvenirs ne parvenait pas à trouver un équilibre – à l'image d'une balance aux plateaux instables.

L'angoisse l'envahit soudain. Il regarda tout autour de lui. Était-ce la *véritable* réalité ? Est-ce que par hasard, se demanda-t-il, je serais de nouveau embarqué dans une réalité fausse ? Il interrogea le voyageur le plus proche, vérifia que ce train se dirigeait vers Tateyama. Tout allait bien. Une fois à Tateyama, il changerait de train et prendrait un rapide pour Tokyo. Il s'éloignait peu à peu de La Ville des Chats.

Il effectua sa correspondance comme prévu, et lorsqu'il eut regagné sa place, il sombra dans le sommeil, qui le sollicitait, semblait-il, en urgence. Un sommeil profond. Comme s'il avait trébuché puis dégringolé dans un abîme sans fond, complètement obscur. Ses paupières se fermèrent d'elles-mêmes, et la seconde d'après, sa conscience s'était volatilisée. Lorsqu'il s'éveilla, le train avait dépassé Makuhari. Il ne faisait pas particulièrement chaud dans le wagon mais il transpirait aux aisselles et dans le dos. Il avait une mauvaise odeur dans la bouche. Qui lui évoquait l'air lourd et pollué de la chambre d'hôpital de son père. Il sortit un chewing-gum de sa poche et se mit à le mâcher.

Je ne reviendrai plus dans cette ville, songea Tengo. Du moins, tant que mon père sera en vie. Bien entendu, dans ce monde, on ne peut se prévaloir d'une certitude absolue. Mais il savait qu'il n'avait plus rien à attendre de cette petite ville côtière.

Lorsqu'il fut de retour dans son appartement, Fukaéri n'était pas là. Il frappa trois fois à la porte, marqua une pause, puis donna deux nouveaux coups. Ensuite, il déverrouilla la serrure. L'espace était vide, calme, étonnamment propre. La vaisselle était rangée sur les étagères, tout était bien ordonné sur la table de séjour et sur son bureau, la poubelle était vidée. Il y avait même des traces du passage de l'aspirateur. Le lit était fait, rien ne traînait, ni livre, ni disque. La lessive propre était soigneusement pliée et posée à la tête du lit.

Le gros sac à bandoulière dans lequel Fukaéri entassait ses affaires n'était pas là non plus. Elle ne semblait pas avoir quitté l'appartement en hâte sous le coup d'une impulsion soudaine ou par suite d'un imprévu. Ni s'être réfugiée ailleurs temporairement. Elle avait décidé de partir de là, avait tout nettoyé puis elle s'en était allée. Tengo imagina Fukaéri en train de passer seule l'aspirateur, de faire la poussière, un chiffon à la main. C'était une image qui ne lui correspondait absolument pas.

Quand il ouvrit sa boîte aux lettres, il y trouva le double de sa clé. D'après le courrier qui s'était entassé, il supposa qu'elle était partie la veille ou le jour précédent. Avant-hier matin, il lui avait téléphoné, et elle était encore là. La veille au soir, il était allé dîner avec les infirmières, puis il avait été invité chez Kumi Adachi. Du coup, il avait oublié de l'appeler.

Dans des cas de ce genre, elle laissait toujours un petit message, de son écriture si particulière – on aurait dit des caractères cunéiformes. Cette fois pourtant, Tengo ne découvrit rien de tel. Elle était simplement partie sans rien dire. Tengo n'en était ni vraiment étonné ni désappointé. Ce que Fukaéri pensait ou faisait, personne ne pouvait le deviner. Elle venait quand elle le voulait et repartait de même. Exactement comme un chat capricieux et indépendant. Il était d'ailleurs étonnant qu'elle ait séjourné aussi longtemps au même endroit.

Le réfrigérateur était plus rempli qu'il ne l'aurait imaginé. Sans doute était-elle sortie faire des courses quelques jours plus tôt. Elle avait fait cuire une grande quantité de choux-fleurs, très récemment, semblait-il. Aurait-elle su que Tengo rentrerait à Tokyo d'ici un jour ou deux ? Comme il se sentait affamé, il se prépara des œufs sur le plat qu'il accompagna de chou-fleur. Il se fit griller des toasts et but deux mugs de café.

Après quoi, il téléphona à l'ami qui l'avait remplacé et lui annonça qu'il reprendrait ses cours dès le début de la semaine suivante. Son ami lui indiqua jusqu'où il avait progressé dans le manuel.

« Tu m'as bien rendu service. Je te remercie, déclara Tengo.

— Je ne déteste pas enseigner. De temps à autre, je trouve même l'exercice intéressant. Mais si je dois le faire longtemps, je finis par me voir comme étranger à moi-même. »

Tengo éprouvait également ce genre de sentiment.

« Est-ce qu'il s'est passé quelque chose pendant mon absence ?

— Non, rien de spécial. Ah, on t'a apporté une lettre. Je l'ai mise dans le tiroir de ton bureau.

— Une lettre ? fit Tengo. De qui ?

— D'une jeune fille très mince, avec des cheveux lisses qui lui retombaient jusqu'aux épaules. Elle m'a demandé de te donner cette lettre. Elle avait une façon de parler un peu bizarre. C'était peut-être une étrangère.

— Est-ce qu'elle ne portait pas un gros sac à bandoulière ?

— Si. Un sac vert. Très plein. »

Fukaéri avait probablement été inquiète à l'idée de laisser sa lettre dans l'appartement. Quelqu'un aurait pu la lire. Ou la subtiliser. Par conséquent, elle l'avait apportée à son école et l'avait remise en mains propres à son ami.

Tengo le remercia de nouveau puis raccrocha. C'était déjà le soir. Il n'avait guère envie de prendre le train jusqu'à

Yoyogi pour aller chercher la lettre. Ce serait pour le lendemain.

Il s'aperçut ensuite qu'il avait oublié de demander à son ami ce qu'il en était de la lune. Il eut envie de lui téléphoner de nouveau mais il se réfréna. Il y avait toutes les chances pour que l'homme ne s'en soit pas souvenu. Et en fin de compte, c'était là un problème qu'à tout jamais il devait résoudre seul.

Tengo sortit et se promena au hasard dans les rues nocturnes. Sans Fukaéri, son appartement lui semblait étrangement silencieux et inconfortable. Lorsqu'elle habitait avec lui, Tengo ne ressentait pas vraiment sa présence. Il menait sa propre vie, Fukaéri menait la sienne. Mais à présent qu'elle avait disparu, il s'aperçut qu'une sorte de vide à forme humaine s'était installé à sa place.

Non pas qu'il ait eu le cœur enflammé par Fukaéri. C'était certes une belle jeune fille, fort séduisante, mais Tengo n'avait jamais ressenti pour elle de désir sexuel. Et alors qu'ils avaient cohabité une si longue période de temps, son cœur ne s'était toujours pas emballé. À quoi cela tenait-il ? Aurais-je des raisons, se demandait-il, pour ne pas ressentir d'attirance à l'égard de Fukaéri ? Il est vrai que durant la nuit de ce terrible orage, Tengo et Fukaéri avaient eu une relation sexuelle. Mais ce n'était pas lui qui l'avait cherchée. C'était ce qu'elle voulait, elle.

L'expression « relation sexuelle » convenait précisément à ce qu'avait été cet acte. Elle avait chevauché Tengo dont le corps était engourdi, qui avait perdu sa liberté, elle avait fait pénétrer en elle son pénis durci. À ces moments-là, Fukaéri avait semblé s'oublier elle-même. On aurait dit une fée sous l'emprise d'un rêve érotique.

Ensuite, ils avaient vécu côte à côte dans son petit appartement, comme si rien ne s'était passé. L'orage s'était calmé, la nuit s'était achevée, et Fukaéri avait paru avoir totalement oublié l'événement. Tengo, de son côté, ne l'avait pas évoqué. Il sentait que si elle l'avait réellement oublié, mieux valait la laisser ainsi. Et qu'il serait préférable qu'il l'oublie lui aussi. Évidemment, il lui restait des questions. Pourquoi Fukaéri avait-elle agi ainsi ? Avait-elle un but ? Ou bien avait-elle été possédée temporairement ?

La seule chose que savait Tengo, c'était qu'*il ne s'était pas agi d'un acte d'amour*. Fukaéri avait de la sympathie pour lui – c'était évident. Mais il ne pensait pas du tout qu'elle éprouvait pour lui de l'amour, du désir ou un sentiment de ce genre. *Elle ne ressentait de désir sexuel pour personne*. Tengo n'avait certes pas une confiance très vaillante sur sa capacité à observer la nature humaine. Néanmoins, il était incapable d'imaginer Fukaéri en train de faire l'amour fiévreusement en poussant des soupirs brûlants. Non, même un rapport sexuel *médiocre*, il ne le visualisait pas. Il ne sentait pas ces choses-là chez elle.

Plongé dans ces pensées, Tengo avançait dans les rues de Kôenji. Avec le soir, un vent froid s'était mis à souffler, mais il ne s'en souciait pas. Il marchait et il pensait. Plus tard, quand il serait face à son bureau, il mettrait en forme ses réflexions. C'était devenu son habitude. C'est pourquoi il marchait beaucoup. Qu'il pleuve, qu'il vente, cela ne comptait pas. Il passa devant le *Mugiatama* – « tête de blé ». N'ayant rien d'autre à faire, il entra et commanda une Carlsberg pression. Le café venait d'ouvrir, il n'y avait pas d'autre client. Il cessa de penser, fit le vide dans sa tête et but lentement sa bière.

Mais Tengo n'était pas vraiment en mesure de garder la tête vide longtemps. De la même façon que le vide absolu n'existe pas dans la nature. Il ne pouvait s'empêcher de penser à Fukaéri. Tel un mince fragment de rêve, elle s'était infiltrée dans son esprit.

Peut-être qu'elle est tout près d'ici. À un endroit où on peut aller à pied à partir d'ici.

C'est ce qu'avait dit Fukaéri. Voilà pourquoi, songeait-il, je cherche Aomamé dans le quartier. Et que je suis entré dans ce café. Que lui avait-elle donc dit aussi ?

Ne t'inquiète pas. Si tu ne la trouves pas, elle te trouvera.

De même que Tengo cherchait Aomamé, Aomamé cherchait Tengo. Cela, il n'était pas sûr de l'avoir bien assimilé. Lui, de son côté, cherchait fébrilement Aomamé. Mais Aomamé en faisait-elle autant ? Il n'en était pas convaincu.

Moi je perçois toi tu reçois.

C'étaient également les paroles que Fukaéri avait alors prononcées. Elle percevait, Tengo recevait. Mais Fukaéri extériorisait ce qu'elle avait perçu seulement quand elle le voulait. Agissait-elle ainsi en se conformant à un principe absolu, à une théorie, ou bien par pur caprice ? Tengo ne pouvait en juger.

Encore une fois, il se remémora leur étrange relation sexuelle. La jolie jeune fille de dix-sept ans l'avait chevauché et avait fait entrer en elle son pénis. Ses seins opulents se balançaient souplement, tels des fruits mûrs. Elle avait fermé les yeux, comme en extase, les narines dilatées par l'excitation. Ses lèvres formaient des mots qui n'en étaient pas. Il voyait ses dents blanches, entre lesquelles parfois pointait le bout de sa langue rose. Tengo se souvenait avec précision de cette scène. Son corps était engourdi mais son esprit totalement lucide. Puis son érection était parvenue à sa plénitude.

Néanmoins, il avait beau faire revivre clairement cet épisode dans sa tête, il n'en éprouvait pas d'excitation pour autant. Il n'avait pas envie d'avoir une nouvelle relation sexuelle avec Fukaéri. Cela ferait bientôt trois mois qu'il n'avait pas fait l'amour. Qu'il n'avait pas éjaculé. Pour Tengo, c'était exceptionnel. Lui qui était un célibataire de trente ans, en pleine santé, qui nourrissait des désirs sexuels extrêmement normaux, c'était la sorte d'appétit qu'il aurait dû avoir besoin d'assouvir.

Pourtant, même quand il s'était retrouvé chez Kumi Adachi, qu'il avait partagé son lit, même lorsqu'elle avait frotté sa toison intime contre sa jambe, Tengo n'avait pas ressenti de désir. Son pénis était resté complètement relâché. Peut-être était-ce dû au haschisch. Mais il n'en avait pas l'impression. En raison de l'échange que Fukaéri avait initié avec lui durant la nuit d'orage, *quelque chose* de précieux lui avait été enlevé du cœur. Comme un meuble qu'on emporte d'une maison. Tel était son sentiment.

Mais *de quoi* s'agissait-il ?

Tengo secoua la tête.

Lorsqu'il eut terminé sa bière, il commanda un Four Roses avec glaçons et une coupelle de fruits secs. Comme la première fois qu'il était venu là.

Il n'était pas impossible que l'érection qu'il avait connue pendant cette nuit perturbée par le gros orage ait été trop parfaite. Sa verge était demeurée raidie et érigée d'une manière bien plus forte et constante que d'habitude. Il n'aurait pas cru que c'était son propre pénis. Tel qu'il était devenu alors, si lisse, si brillant, il ressemblait davantage à un symbole qu'à un pénis réel. Et l'éjaculation qui s'était ensuivie était puissante, vaillante, et le liquide séminal avait été dense comme jamais. Il avait sans aucun doute atteint jusqu'au tréfonds de la matrice de Fukaéri. Ou plus loin encore. Une éjaculation absolue.

Néanmoins, quand les choses sont trop parfaites, ensuite survient une réaction. Ainsi va le monde. Après ça, ai-je connu une érection ? se demandait-il. Il ne parvenait pas à s'en souvenir. Sans doute pas une seule. Si même cela lui était arrivé, sûrement s'était-il agi d'une manifestation de second choix. En termes de cinéma, quelque chose comme un film de série B, produit pour atteindre le quota requis. Une érection dont il était inutile de parler. Sûrement.

Peut-être bien, se dit Tengo, que je vivrai le reste de ma vie avec ce genre d'érection de second choix. Ou même sans érection du tout, y compris de second choix. À coup sûr, une vie mélancolique, comme un crépuscule qui s'éternise. Mais, quand on y réfléchissait bien, c'était peut-être inévitable. Après tout, une fois, il avait connu une érection parfaite, il avait éjaculé à la perfection. C'était comme pour l'auteur d'*Autant en emporte le vent*. Une seule œuvre grandiose et c'en était *fini*.

Après avoir achevé son whisky et réglé l'addition, il erra de nouveau sans but dans les rues. Le vent avait forci, l'atmosphère nettement fraîchi. Avant que les règles du monde ne se relâchent trop, se dit Tengo, avant que toute logique ait disparu, je dois retrouver Aomamé. C'était à présent son unique désir : que le hasard lui fasse rencontrer Aomamé. Si je ne la retrouve pas, quelle valeur aura ma vie ? Elle se trouvait quelque part dans Kôenji. En septembre. Peut-être est-elle encore au même endroit maintenant. Bien entendu, il n'en avait aucune preuve. Mais à l'heure actuelle, c'était la seule hypothèse qu'il pouvait avancer. Aomamé était *quelque part* dans les environs. Et elle aussi était en train de le chercher. Comme une pièce de monnaie cassée en deux dont chaque moitié cherche l'autre.

Il leva les yeux vers le ciel. Mais les lunes lui étaient invisibles. Je dois aller quelque part où je puisse les voir, décida-t-il.

13
Ushikawa

C'est ça, revenir à la case départ ?

L'APPARENCE D'USHIKAWA attirait constamment le regard. Ce n'était pas l'idéal pour se poster en sentinelle ou entreprendre une filature. Même s'il essayait de se fondre dans la foule, il se voyait comme un *mille-pattes géant* dans un pot de yaourt.

Les autres membres de sa famille étaient très différents. Ushikawa avait deux frères et une jeune sœur. Son père dirigeait une clinique dans laquelle sa mère s'occupait de la comptabilité. Son frère aîné et son cadet avaient tous les deux poursuivi des études de médecine. L'aîné exerçait dans un hôpital de Tokyo et le plus jeune travaillait comme chercheur à l'université. Quand leur père partirait à la retraite, l'aîné lui succéderait à la tête de la clinique, dans la ville d'Urawa. Les deux frères étaient mariés, ils avaient chacun un enfant. La sœur cadette avait étudié dans une université aux États-Unis et depuis son retour au Japon, elle travaillait comme interprète. Elle avait presque trente-cinq ans mais elle était toujours célibataire. Ses trois frères et sœur étaient grands et minces, ils avaient un visage ovale et des traits réguliers.

Dans presque tous les domaines, en particulier pour ce qui était de l'apparence extérieure, Ushikawa était une exception dans sa famille. Il était de petite taille, il avait une grosse tête informe et des cheveux frisottés et hirsutes, et ses courtes jambes torses faisaient penser à des concombres. Il avait des globes oculaires proéminents qui lui donnaient l'air d'être perpétuellement stupéfait. Un cou bizarrement boursouflé. Des sourcils tellement longs et épais qu'ils semblaient sur le point de se rejoindre. On imaginait deux grosses chenilles qui s'attiraient mutuellement. Même s'il avait obtenu de bons résultats scolaires en général, il avait montré une certaine irrégularité selon les matières, et, en tout état de cause, le sport n'était vraiment pas son fort.

Au sein de cette tribu appartenant à l'élite aisée et autosatisfaite, il avait toujours été un « corps étranger ». La fausse note qui troublait l'harmonie, qui provoquait une dissonance. Quand on regardait une de leurs photos familiales, lui seul apparaissait visiblement déplacé, tel l'inconnu indélicat arrivé là par erreur, figurant par hasard sur le cliché.

Sa famille elle-même ne parvenait pas à comprendre comment un être à l'apparence si différente de la leur avait pu surgir parmi eux. Pourtant, cela ne faisait aucun doute. Il était bel et bien l'enfant que sa mère avait porté et mis au monde (elle se souvenait que les contractions avaient été particulièrement douloureuses). Il n'avait pas été placé dans un panier qu'on aurait déposé devant leur porte. Et puis, un jour, on s'était rappelé qu'un parent du côté paternel, lui aussi, avait une tête énorme et déformée, une tête à la Fukusuke[1]. Un cousin du grand-père d'Ushikawa. Pendant la guerre, il avait travaillé dans une usine métallurgique, dans l'arrondissement de Kôtô, et il était mort au cours des bombardements de Tokyo, au printemps 1945. Le père d'Ushikawa ne l'avait jamais rencontré, mais il restait une photo de lui dans un vieil album. Devant le cliché, la famille réunie avait enfin compris. Ah voilà, en effet. Cet oncle paternel ressemblait étonnamment à Ushikawa. Comme deux gouttes d'eau, au point que l'on aurait cru à un phénomène de réincarnation. Sans aucun doute, le même facteur génétique qui avait donné naissance à cet oncle s'était, par quelque hasard, manifesté de nouveau.

Sans lui, sans son allure et ses parcours scolaires et professionnels, les Ushikawa – ville d'Urawa, département de

1. Personnage traditionnel, censé porter chance. Il est représenté en général avec une tête disproportionnée.

Saitama – auraient été l'exemple même de la famille impeccable. La famille photogénique, irréprochable, enviée de tout le monde. Mais dès qu'Ushikawa apparaissait, les gens fronçaient les sourcils, incrédules. Se pourrait-il, se demandait-on, qu'un filou ait lancé un croc-en-jambe à la déesse de la beauté et se soit glissé quelque part dans cette famille ? Du moins, d'après ses parents, voilà ce que les gens *pensaient certainement*. Du coup, ils s'efforçaient de le montrer le moins souvent possible en public. Lorsqu'ils y étaient contraints, ils s'arrangeaient pour qu'il ait une visibilité minime. (Tentatives qui, bien entendu, étaient vaines.)

Pourtant, Ushikawa n'était pas spécialement mécontent de la position qu'il occupait. Il n'en éprouvait pas de tristesse. Il ne se sentait pas isolé. Comme il n'avait jamais eu envie lui-même de s'exposer, être traité de la sorte, c'était plutôt ce qu'il recherchait. Ses frères et sœur faisaient comme s'il était quasi inexistant, ce qui le laisait indifférent. Car de son côté, il ne réussissait pas à les aimer vraiment. Ils étaient beaux, ils avaient été brillants dans leurs études et avaient même excellé en sport. Ils avaient beaucoup d'amis. Mais à ses yeux, leur personnalité était désespérément superficielle. Ils avaient des vues bornées, une pensée plate et ils étaient dépourvus de toute imagination. Leur unique souci était la façon dont ils étaient considérés par les autres. Et surtout, ils ne disposaient pas de l'esprit critique indispensable au développement d'une réflexion féconde.

Le père faisait plus ou moins partie des bons généralistes libéraux de la province. Mais il était mortellement ennuyeux. À l'image inverse du roi légendaire qui transformait tout ce qu'il touchait en or, les paroles paternelles se transformaient en grains de sable insipides. Comme il avait justement la parole parcimonieuse, cela lui permettait de dissimuler habilement, même si ce n'était sans doute pas délibéré, sa fadeur et sa bêtise. En revanche, la mère était horriblement bavarde, étriquée et inculte. Elle se montrait pointilleuse sur l'argent, elle était égoïste, orgueilleuse, adorait ce qui était voyant et tapageur et tout lui était bon pour propager des calomnies d'une voix stridente. Le frère aîné avait hérité des penchants du père et le cadet de ceux de la mère. La jeune sœur faisait montre d'un bel esprit d'indépendance mais elle était irresponsable et peu serviable. Elle ne pensait qu'à son propre intérêt. Comme c'était la benjamine, ses parents l'avaient dorlotée, beaucoup trop gâtée.

Par conséquent, Ushikawa avait passé la majeure partie de son enfance seul. De retour de l'école, il s'enfermait dans sa chambre et se plongeait dans la lecture. Comme il n'avait aucun ami, hormis son chien, il n'avait pas l'occasion de s'entretenir ou de discuter des connaissances qu'il venait d'acquérir. Pourtant, il savait parfaitement qu'il était capable d'une pensée logique et lucide. Il savait aussi qu'il pouvait être éloquent. Et, patiemment, il avait perfectionné ses talents. Par exemple, il se soumettait une proposition et organisait un débat autour, en jouant à lui seul les deux rôles adverses. Il commençait par prendre parti pour la proposition en question, avec tout le zèle possible, puis il se mettait à la critiquer avec autant d'ardeur. Il était capable de s'identifier aux deux positions opposées et contradictoires avec la même intensité – et d'une certaine façon, la même sincérité. Ainsi, sans même s'en apercevoir, avait-il peu à peu acquis la faculté de douter de lui-même. Et il s'était rendu compte que ce que l'on considère en général comme une vérité n'était le plus souvent qu'une notion relative. Et voici également ce qu'il avait appris : la subjectivité et l'objectivité ne sont pas des concepts aussi clairement distincts que la majorité des gens le croient. Et si leur frontière est d'emblée aussi ambiguë, il n'est dès lors pas très difficile de la déplacer intentionnellement.

Pour accroître sa lucidité, l'efficacité de son raisonnement et alimenter sa rhétorique, il s'était fourré dans le crâne toutes les connaissances qu'il avait rencontrées. Aussi bien du savoir utile que des éléments à première vue de peu de profit. Des données qu'il était prêt à approuver comme d'autres qui, sur le moment du moins, lui étaient étrangères. Ce qu'il cherchait à acquérir, ce n'était pas de la culture, au sens général du terme, mais des informations concrètes auxquelles il avait un accès direct, et dont il pouvait vérifier la forme ou le poids.

Sa grosse tête de Fukusuke était devenue un réceptacle d'informations plus précieux que tout. Son allure était certes dépourvue d'attrait, mais elle avait son utilité. C'était grâce à elle qu'il était devenu le plus savant de ses condisciples. S'il en avait eu le goût, il aurait été capable de l'emporter dans une discussion sur n'importe qui. Sur ses frères ou ses camarades, bien sûr, mais aussi sur ses professeurs ou ses parents. Ushikawa pourtant s'efforçait de ne pas manifester ce talent en public. Il ne souhaitait pas qu'on le remarque, sous quelque forme que ce soit. Pour lui, ses connaissances et ses facultés étaient des outils. Et pas des qualités à exhiber.

Ushikawa se considérait comme un animal nocturne, caché dans une forêt obscure, qui restait à l'affût d'une proie. Il attendait patiemment la bonne occasion et, le moment venu, il fondait dessus résolument, sans hésitation. Il fallait pour cela que l'adversaire n'ait pas détecté sa présence au préalable. Il était donc primordial de s'effacer et d'endormir la vigilance de l'autre. Il pensait déjà ainsi quand il était écolier. Sans jamais compter sur les autres ni extérioriser ses sentiments.

Parfois, il se laissait aller à imaginer. Que se serait-il passé s'il était né sous une apparence un peu plus ordinaire ? Il n'aurait pas eu besoin d'être très beau, non, ni qu'on l'admire. Juste ordinaire. Il aurait suffi d'un extérieur pas trop désagréable, qui ne ferait pas se retourner les passants. Si j'étais né ainsi, songeait-il, quelle aurait été ma vie ? Mais ces « si » dépassaient son imagination. Ushikawa était *tellement* Ushikawa qu'il n'y avait pas de place pour une autre hypothèse. C'était précisément avec sa grosse tête informe, ses globes oculaires proéminents et ses courtes jambes torses qu'il était lui. Un homme sceptique et avide d'apprendre, taciturne et éloquent à la fois.

Avec le temps, le garçon laid grandit, devint un jeune homme laid qui finit par devenir un homme d'âge mûr laid. À tous les stades de sa vie, quand les gens le croisaient dans la rue, ils se retournaient pour le regarder. Les enfants ne se gênaient pas pour le dévisager en face. Ushikawa se demandait de temps en temps s'il attirerait autant les regards une fois qu'il serait devenu un vieil homme laid. La plupart du temps, les vieillards sont laids. Est-ce que sa laideur individuelle et originelle serait moins éclatante que quand il était jeune ? Mais il ne le saurait pas avant d'être réellement vieux. Il n'était pas non plus exclu qu'il devienne un vieillard d'une laideur exceptionnelle.

En tout cas, se fondre à l'arrière-plan, c'était un tour d'adresse dont il était incapable. En outre, Tengo le connaissait. Si le jeune homme découvrait qu'il rôdait aux environs de son appartement, tout tomberait à l'eau.

Dans ce genre de circonstances, Ushikawa avait coutume de faire appel à un détective. Quand la nécessité s'en était fait sentir, il avait noué des relations avec des agences spécialisées depuis l'époque où il travaillait comme avocat. Un grand nombre de ces hommes étaient d'anciens policiers. Par conséquent, ils connaissaient parfaitement les méthodes d'une enquête, les techniques de filature ou de surveillance. Mais cette fois, il voulait impliquer le moins d'éléments extérieurs possibles. Le problème était trop délicat. Il y avait eu meurtre. D'ailleurs, Ushikawa lui-même ne saisissait pas encore exactement à quoi lui servirait de surveiller Tengo.

Bien entendu, il cherchait à mettre au clair le « lien » existant entre Tengo et Aomamé. Il ne savait même pas très bien à quoi ressemblait Aomamé. Il avait eu beau essayer par tous les moyens, il lui avait été impossible de se procurer une photo d'elle, du moins, une photo utilisable. Même Chauve-souris n'y était pas parvenu. Certes, Ushikawa avait pu consulter l'album des diplômés de son lycée. Mais sur la photo de classe, le visage d'Aomamé, minuscule, artificiel, avait l'air d'un masque. Sur un autre cliché, cette fois avec son équipe de softball, dans son entreprise, la large visière de sa casquette lui dessinait une ombre sur le visage. Si aujourd'hui Aomamé était passée devant lui, il n'aurait même pas pu la reconnaître. Il savait que c'était une femme de presque un mètre soixante-dix, qui avait un bon maintien. Des yeux et des pommettes particuliers, des cheveux qui lui tombaient aux épaules. Un corps d'athlète. Mais les femmes répondant à ce signalement étaient innombrables.

Quoi qu'il en soit, Ushikawa n'avait guère d'autre choix, semblait-il, que de se charger en personne de ce travail de guet. De scruter les lieux patiemment et d'attendre que quelque chose se passe. Et une fois que ce quelque chose se serait produit, de décider immédiatement quelle mesure il convenait de prendre, en fonction de l'événement. Impossible de confier à un tiers des manœuvres aussi délicates.

Tengo habitait un appartement au deuxième et dernier étage d'un vieil immeuble en béton armé. Dans l'entrée étaient installées les boîtes aux lettres, piquetées de rouille, à la peinture écaillée. Sur l'une d'elles était apposée une plaque avec le nom : « Kawana ». Il y avait bien des serrures mais presque personne ne les fermait à clé. La porte d'entrée n'était pas verrouillée. N'importe qui pouvait pénétrer dans le bâtiment et en sortir à sa guise.

Dans le couloir sombre flottait le mélange d'odeurs caractéristiques des constructions vieillissantes : infiltrations d'eau de pluie que l'on ne parvenait pas à colmater, vieux draps lavés avec de la lessive bon marché, huile de friture rance, poinsettia fané, pisse de chat provenant de l'avant-cour envahie de mauvaises herbes, sans compter bien d'autres encore, de nature indéterminée, qui composaient à elles toutes une atmosphère bien particulière. À force de vivre dans les lieux, on s'y habituait sans doute. Il n'en restait pas moins que ce n'était pas le genre d'odeurs qui vous mettait le cœur en joie.

L'appartement de Tengo donnait sur la rue, assez passante, sans être vraiment animée. Comme il y avait une école primaire à proximité, beaucoup d'enfants circulaient également à certaines heures. En face de l'immeuble s'alignaient quelques petites maisons, serrées les unes à côté des autres. Toutes à un étage, sans jardin. Un peu plus loin, on trouvait un magasin de spiritueux et une papeterie fréquentée surtout par les écoliers du quartier. Un poste de police se tenait à deux pâtés de maisons. Il n'y avait aucun endroit pour se cacher aux alentours. Par conséquent, si quelqu'un se mettait à scruter l'appartement de Tengo depuis la rue, en admettant que l'intéressé lui-même, par chance, ne s'en aperçoive pas, il aurait droit au regard soupçonneux des voisins. *A fortiori* s'il s'agissait d'un individu « pas ordinaire ». La méfiance des gens du coin augmenterait alors de deux crans. Ils le prendraient pour un pervers guettant les enfants à la sortie de l'école. Ils pourraient même appeler les policiers du poste voisin.

Si l'on doit surveiller quelqu'un, il faut d'abord trouver l'endroit approprié. Un endroit discret mais à partir duquel on soit en mesure d'observer les faits et gestes de sa cible. Il faut pouvoir s'y ravitailler en vivres et en eau. L'idéal, pensait-il, serait d'occuper une chambre à partir de laquelle il serait en situation d'espionner l'appartement de Tengo. Il installerait un appareil photo avec téléobjectif sur trépied et il surveillerait les mouvements à l'intérieur de l'appartement ainsi que les allées et venues de ses occupants. Comme Ushikawa travaillait seul, il lui serait impossible d'exercer sa surveillance vingt-quatre heures sur vingt-quatre. Il pourrait néanmoins assurer une garde d'une dizaine d'heures par jour. Mais dénicher ce genre de cache n'avait rien d'évident.

Ushikawa se mit pourtant à parcourir les environs en quête d'un lieu correspondant à ces critères. C'était un homme qui avait du mal à renoncer. Il était tenace. Marcher sur ses jambes, autant que possible, aller jusqu'à l'extrême limite des possibilités, y compris les plus infimes, c'était ça, sa marque de fabrique. Malgré tout, après avoir arpenté pendant une demi-journée tous les recoins du voisinage, il rendit les armes. Kôenji était un quartier résidentiel fortement peuplé, au sol plat, dépourvu d'immeubles élevés. Les lieux d'où l'appartement de Tengo constituait une ligne de mire étaient très limités. Et Ushikawa ne repéra aucun endroit, dans le coin, où il pourrait s'installer.

Quand il était à court d'idées, Ushikawa avait pour habitude de prendre un long bain chaud. C'est ce qu'il commença par faire, dès son retour chez lui. Alors qu'il était plongé dans sa baignoire de piètre qualité, la radio diffusa le *Concerto pour violon* de Sibelius. Il n'avait pas vraiment envie de l'écouter. Ce concerto ne lui paraissait d'ailleurs pas idéal quand on barbote dans son bain à la fin d'une longue journée. Il était possible que les Finlandais aiment Sibelius, au sauna, au cœur de leurs nuits interminables. Mais dans une minuscule salle de bains monobloc d'un deux-trois pièces de Kohinata, arrondissement de Bunkyô, la musique de Sibelius était trop passionnelle, elle charriait trop de tension. En fait, Ushikawa n'y prêtait pas beaucoup attention. Du moment qu'il y avait une musique de fond, cela lui suffisait. Si la radio avait alors diffusé des *Pièces de clavecin en concert* de Rameau, il les aurait écoutées sans broncher. Même chose pour le *Carnaval* de Schumann. À ce moment précis, la station FM, par hasard, faisait entendre le *Concerto pour violon* de Sibelius. Voilà tout.

Comme à son habitude, Ushikawa fit le vide dans la moitié de sa conscience. Il fallait lui accorder du repos. Il réfléchit avec l'autre moitié. Et la mélodie de Sibelius, interprétée par David Oïstrakh, traversa surtout la zone vide, en soufflant à l'intérieur de son cerveau, telle une douce brise. Elle ne fit que passer. L'entrée et la sortie étaient grandes ouvertes. Une écoute qui ne mériterait certes pas beaucoup d'éloges. Si Sibelius avait su qu'on l'écoutait ainsi, il aurait froncé ses gros sourcils, des rides se seraient creusées sur sa nuque. Mais Sibelius était mort il y avait déjà longtemps, et Oïstrakh avait également rejoint les rangs des disparus. Aussi Ushikawa put-il, sans se soucier ni de l'un ni de l'autre, se laisser aller à des méditations fantasques, grâce à la moitié non vidée de sa conscience, tandis que la musique traversait son cerveau de part en part.

Dans ces moments-là, il aimait laisser vagabonder sa pensée sans lui assigner aucune limite ni aucun objet précis. Il donnait libre cours à son esprit exactement comme s'il avait lâché ses chiens dans un vaste champ. Allez où vous voulez ! Faites ce qui vous plaît ! Pour lui, cette liberté, c'était se plonger dans l'eau chaude jusqu'aux épaules et, les yeux mi-clos, écouter de la musique sans vraiment l'écouter. Les chiens sautent partout, se roulent sur les pentes herbues, se courent après sans se lasser, poursuivent en vain des écureuils. Lorsqu'ils sont fatigués, couverts de boue et d'herbes et qu'ils reviennent, Ushikawa leur caresse la tête et leur remet le collier. Et la musique s'achève. Le concerto de Sibelius prit fin au bout d'une demi-heure. Juste la bonne longueur. Le présentateur annonça le titre du morceau suivant : la *Sinfonietta* de Janáček. Je crois que j'ai déjà entendu ce nom-là quelque part, se dit Ushikawa. La *Sinfonietta* de Janáček. Mais je n'arrive pas à me souvenir où. Alors qu'il tentait de fouiller dans sa mémoire, sa vue se brouilla, tout devint flou. Une sorte de brume jaune recouvrit ses globes oculaires. Je suis sûrement resté trop longtemps dans le bain, pensa-t-il. Renonçant à chercher plus avant dans ses souvenirs, il éteignit la radio et sortit du bain. Une serviette autour des hanches, il prit une bière dans le réfrigérateur.

Ushikawa vivait seul. Il avait eu naguère une femme et deux petites filles. Ils avaient acheté une maison à Chûôrinkan, dans la ville de Yamato, Kanagawa. Ils y avaient habité tous ensemble. La maison était petite, mais il y avait un jardin avec du gazon. Ils avaient un chien. Sa femme avait une physionomie tout à fait ordinaire et ses deux filles, un visage que l'on pouvait même qualifier de beau. Aucune des deux n'avait hérité de l'apparence de leur père. Ushikawa en avait été très soulagé.

Mais il s'était produit une espèce de dégringolade soudaine, et à présent, il se retrouvait seul. Le fait d'avoir eu une famille auparavant, le fait qu'ils aient vécu dans une maison en banlieue, tout cela lui procurait une drôle de sensation. Il lui arrivait même de se demander si ce n'était pas une illusion, s'il ne falsifiait pas ses souvenirs à sa convenance. Évidemment, oui, tout cela lui était réellement arrivé. Il avait eu une femme avec qui il partageait son lit, deux enfants avec qui il partageait son sang. Il gardait dans le tiroir de son bureau une photo de famille sur laquelle tous les quatre figuraient. Sur laquelle tout le monde souriait, l'air heureux. Même le chien semblait sourire.

Il n'y avait aucune possibilité pour que la famille se réunisse de nouveau. Sa femme et ses filles vivaient à Nagoya. Ses filles avaient maintenant un nouveau père. Un père à l'apparence ordinaire, dont elles n'avaient pas honte devant leurs camarades le jour où les parents visitaient leur classe. Presque quatre années s'étaient écoulées depuis leur dernière rencontre, mais elles ne paraissaient pas s'en désoler. Elles ne lui écrivaient même pas. Ushikawa, de son côté, n'avait pas vraiment l'air de le regretter. Ce qui ne signifiait pas, bien entendu, qu'il ne tenait pas à elles. Mais il devait avant tout sauvegarder sa propre existence. Pour ce faire, il lui fallait garder fermés les circuits sentimentaux qui lui étaient inutiles dans l'immédiat.

Et il le savait aussi. Il savait que, quelle que soit la distance qui les séparait, son sang coulait en elles. Même si elles oubliaient complètement Ushikawa, le sang, lui, ne perdrait pas le chemin qui était le sien. Le sang avait une mémoire extraordinairement opiniâtre. Et le *signe* de la « tête à la Fukusuke » réapparaîtrait sûrement un jour, quelque part. Quand on ne s'y attendrait pas, là où l'on ne s'y attendrait pas. Et à ce moment-là, sans doute, les gens se souviendraient, avec un soupir, de l'existence d'Ushikawa.

Peut-être serait-il témoin, de son vivant, de ce jaillissement. Ou peut-être pas. Cela lui était égal. La simple idée que cela *pourrait se produire* lui apportait une sorte de satisfaction. Ce n'était pas par esprit de vengeance. C'était une espèce de jouissance que lui apportait la conscience de faire inéluctablement partie de la structure de ce monde.

Assis dans le canapé, ses courtes jambes posées sur la table, une cannette de bière à la main, brusquement, il lui vint une idée. Trouverait-elle son aboutissement ? Il n'en savait rien. Mais ça valait le coup d'essayer. Pourquoi donc n'ai-je pas eu une idée aussi simple plus tôt ? se demanda-t-il, étonné. Peut-être parce que, plus les choses sont simples, moins elles vous traversent l'esprit. Ne dit-on pas que le pied même du chandelier est le plus mal éclairé ?

Le lendemain matin, Ushikawa retourna à Kôenji. Il entra dans la première agence immobilière venue et demanda s'il y avait un appartement à louer dans l'immeuble où habitait Tengo. On lui répondit qu'on ne s'occupait pas de ce bâtiment et qu'il fallait qu'il aille à l'agence située devant la gare.

« Cela m'étonnerait qu'il y ait un appartement disponible. Comme les loyers sont modérés et que l'emplacement est pratique, les gens ne partent pas.

— Je vais tout de même essayer, au cas où », répondit Ushikawa.

Il se rendit à l'agence en question. L'employé était un jeune homme entre vingt et vingt-cinq ans. Sa chevelure très noire et épaisse, solidement fixée au gel, dessinait une silhouette qui évoquait le nid d'un oiseau. Il portait une chemise toute blanche et une cravate toute neuve. Cela ne faisait probablement pas longtemps qu'il était à ce poste. On voyait encore des traces d'*acné* sur ses joues. Le jeune homme eut un mouvement de recul à la vue d'Ushikawa, mais il se ressaisit aussitôt et esquissa un sourire commercial.

« Vous avez de la chance, monsieur. Le couple qui habitait au rez-de-chaussée a dû déménager précipitamment pour une raison familiale et leur appartement s'est libéré il y a tout juste une semaine. On vient de le nettoyer, hier, et on n'a même pas encore publié l'annonce. C'est au rez-de-chaussée, et ce sera donc certainement un peu bruyant. Il n'y a sans doute pas beaucoup de soleil. Mais c'est un endroit très pratique. Seulement, le propriétaire envisage de faire reconstruire dans les cinq ou six ans. Il y a donc une condition à la signature du bail. Il faudra libérer l'appartement sans histoire le moment venu. La date du congé sera donnée six mois auparavant. Et il n'y a pas de parking. »

Ushikawa répondit que cela ne posait pas de problème. Il n'avait pas l'intention d'habiter là longtemps et il n'utilisait pas de voiture.

« Très bien. Si vous acceptez ces conditions, vous pouvez emménager dès demain. Mais bien sûr, je suppose que vous souhaitez le visiter d'abord ? »

Ushikawa acquiesça. Le jeune homme sortit la clé du tiroir du bureau et la lui remit.

« Je suis désolé, mais j'ai une urgence… Si cela ne vous dérange pas, pouvez-vous aller le visiter seul ? De toute façon, l'appartement est vide. Vous n'aurez qu'à me rendre la clé en revenant.

— Ça ne me dérange pas, dit Ushikawa. Mais qu'est-ce que vous feriez si j'étais un malfaiteur et que je ne vous rendais pas la clé ? Ou bien si j'en faisais un double pour cambrioler plus tard ? »

À ces paroles, le jeune homme fixa Ushikawa un moment, l'air étonné. « Oui, c'est vrai. En effet. Eh bien alors, voudriez-vous me laisser votre carte ou quelque chose ? »

Ushikawa sortit de son portefeuille sa fameuse carte siglée « Association pour la promotion scientifique et artistique du nouveau Japon » et la lui donna.

« Monsieur Ushikawa. » L'air perturbé, le jeune homme lut son nom. Puis son expression s'adoucit.

« Vous ne m'avez pas donné l'impression de quelqu'un qui ferait du mal.

— Ah… très bien », fit Ushikawa. Et il eut un sourire, aussi vide de sens que son titre sur la carte.

C'était la première fois qu'on lui adressait une remarque de ce genre. Ce jeune homme voulait sans doute dire que mon apparence était trop caractéristique pour que je puisse mal agir, traduisit Ushikawa. Son signalement était facile à donner. Dessiner son portrait ne poserait aucun problème. Si jamais la police lançait un avis de recherche, il ne faudrait pas trois jours avant qu'il soit arrêté.

L'appartement n'était pas aussi miteux qu'il l'avait imaginé. Celui de Tengo se trouvait au deuxième étage. Il était donc impossible de surveiller directement l'intérieur. Mais depuis la fenêtre, il voyait l'entrée de l'immeuble. Ainsi, il serait en mesure de vérifier les allées et venues de Tengo et de repérer aussi ses éventuels visiteurs. En camouflant l'appareil photo et avec un téléobjectif, il devrait également réussir à prendre des photos des visages.

Pour entrer dans cet appartement, il lui fallait verser deux mois de loyer comme caution, un mois d'avance et encore deux mois supplémentaires en guise d'honoraires. Même si le loyer lui-même n'était pas très élevé et que la caution serait rendue à la résiliation du bail, c'était une belle somme. Étant donné ce qu'il avait réglé à Chauve-souris, son compte bancaire était à peu près à sec. Cependant, au vu de la situation où il se trouvait, il avait absolument besoin de louer cet appartement. Il n'avait pas le choix. Ushikawa revint à l'agence immobilière et conclut le bail en sortant de l'enveloppe les espèces préalablement préparées. Il signa au nom de l'Association pour la promotion scientifique et artistique du nouveau Japon. Il déclara à l'employé qu'il enverrait plus tard par la poste la copie du registre professionnel. Le jeune homme ne se souciait pas de ce détail. Après la signature, il lui remit de nouveau la clé.

« Monsieur Ushikawa, vous pouvez commencer à habiter cet appartement dès aujourd'hui. L'électricité et l'eau sont en service mais pour faire ouvrir le gaz, la présence de l'occupant est nécessaire. Il faudrait donc que vous contactiez vous-même Tokyo Gas. Et pour le téléphone, comment voulez-vous que nous procédions ?

— Je m'en occuperai », répondit Ushikawa. Il fallait du temps pour obtenir un contrat téléphonique. De surcroît, un technicien devrait entrer dans l'appartement. Ce serait plus pratique d'utiliser un téléphone public.

Ushikawa retourna à l'appartement et fit une liste de ce dont il aurait besoin. Par chance, les locataires précédents avaient laissé les rideaux aux fenêtres. Malgré leur aspect vieillot et leurs motifs à fleurs, c'était une aubaine qu'ils soient déjà installés. Il s'agissait là d'un élément indispensable à la surveillance.

Sa liste ne fut pas longue. Il lui suffirait de faire des provisions de nourriture et d'eau potable. Appareil photo avec téléobjectif et trépied. Papier toilette, sac de couchage, petit réchaud et cartouches de gaz, petites casseroles de camping, couteau à fruits, ouvre-boîte, sacs-poubelle, nécessaire de toilette et rasoir électrique, quelques serviettes, lampe de poche et poste de radio à transistor. Les vêtements de rechange strictement nécessaires et une cartouche de cigarettes. C'était à peu près tout. Il n'avait besoin ni de réfrigérateur, ni de table, ni de futon. Il avait déjà la chance d'avoir trouvé un endroit pour s'abriter de la pluie et du vent. Il rentra chez lui, mit son appareil photo reflex et le téléobjectif dans sa sacoche et prépara une grande quantité de pellicules. Après quoi, il fourra le tout dans un sac de voyage. Il se fournirait pour ce qui lui manquait dans la rue commerçante devant la gare de Kôenji.

Il installa le trépied tout près de la fenêtre, dans la pièce de six tatamis[1], et posa dessus le Minolta automatique dernier modèle. Il fixa le téléobjectif et régla la mise au point en mode manuel au niveau du visage des gens qui entraient et sortaient en bas de l'immeuble. Il fit les réglages nécessaires pour déclencher l'obturateur à distance. Il activa également la fonction *Motor Drive*, c'est-à-dire la prise de photos en rafale. Il entoura l'objectif avec du papier épais afin d'éviter les scintillements dus aux reflets de la lumière. De l'extérieur, on voyait à peine l'extrémité du rideau légèrement remontée et une espèce de cylindre en papier. Mais personne n'y ferait attention. Qui aurait l'idée que quelqu'un photographiait secrètement l'entrée d'appartements aussi quelconques ?

Il fit quelques essais sur des personnes qui passaient dans l'entrée. Grâce à la fonction *Motor Drive*, il put déclencher l'obturateur trois fois sur chaque prise. Il enveloppa l'appareil

1. Tatami : natte de paille d'environ 90 × 180 cm ; on a coutume de donner la dimension d'une pièce par le nombre des tatamis qui recouvrent le plancher.

de serviettes pour étouffer le bruit du déclenchement. Lorsqu'une pellicule fut achevée, il l'apporta dans une boutique de photos, près de la gare. Le système était automatisé : une fois que la pellicule avait été remise au vendeur, c'était une machine qui développait les clichés. Comme une grande quantité de photos était traitée très rapidement, personne ne prêtait attention aux images.

Le rendu des tirages était satisfaisant. Certes, sans aucune qualité artistique, mais le résultat était acceptable. Le visage des gens qui passaient par l'entrée était suffisamment net pour qu'on puisse les reconnaître. Sur le chemin du retour, Ushikawa fit provision de conserves et d'eau minérale. Il acheta également une cartouche de Seven Stars chez un buraliste. En portant ses emplettes devant lui afin de se cacher le visage, il rentra à l'appartement et s'installa de nouveau devant l'appareil photo. Puis il but de l'eau, mangea des pêches en conserve et fuma plusieurs cigarettes tout en surveillant l'entrée. L'appartement était alimenté en électricité, mais pour une raison inconnue, l'eau ne coulait pas. À part un ronronnement sourd, rien ne sortait des robinets. Il faut un peu de temps pour le raccordement, se dit-il. L'idée de contacter l'agence immobilière lui effleura l'esprit, mais comme il ne souhaitait pas provoquer d'allées et venues fréquentes, il décida d'attendre encore. Faute de chasse d'eau dans les toilettes, il urina dans un petit seau usagé que le service de nettoyage avait oublié là.

Ushikawa n'alluma pas, même après la tombée hâtive du crépuscule du début de l'hiver qui assombrit la pièce. L'arrivée de la nuit était plutôt la bienvenue pour lui. L'éclairage de l'entrée se déclencha et Ushikawa continua de garder l'œil sur les locataires qui passaient sous cette lumière jaune.

Vers le soir, le va-et-vient s'accéléra, mais il n'y eut jamais un grand nombre de gens. C'était un petit immeuble. Il ne vit pas Tengo parmi les passants. Il ne vit pas non plus de femme qui aurait pu être Aomamé. C'était un jour où Tengo enseignait à l'école préparatoire. Il rentrerait sans doute chez lui dans la soirée. Il était très rare qu'il sorte après son travail.

Il préférait cuisiner et manger seul en lisant plutôt que d'aller au restaurant. Ushikawa le savait. Mais ce soir-là, Tengo se faisait attendre. Peut-être voyait-il quelqu'un après ses cours.

Une humanité très diverse peuplait l'immeuble. Du jeune employé de bureau ou de l'étudiant jusqu'à la personne âgée vivant seule, en passant par le couple avec un enfant en bas âge, c'était une population hétérogène. Tous ces gens traversaient sans défense le champ de son téléobjectif. Malgré de petites différences en fonction de leur âge ou de leur situation, ils avaient l'air fatigués du quotidien, las de la vie. L'espérance était passée, l'ambition avait été oubliée, la sensibilité s'était émoussée, la résignation et l'apathie comblaient le vide. Tous avaient la mine sombre et le pas lourd, comme si on venait de leur arracher une dent deux heures plus tôt.

Il était possible que cette appréciation ne relève que de l'imagination d'Ushikawa. Certains d'entre eux profitaient peut-être pleinement de leur vie. Qui sait si on n'aurait pas découvert qu'ils s'étaient concocté, de l'autre côté de leur porte, un paradis personnel à couper le souffle ? Certains faisaient peut-être semblant de mener une vie simple et modeste pour éviter un contrôle fiscal. Tout cela n'était pas impossible, évidemment. Néanmoins, à ce qu'il voyait à travers son téléobjectif, ces êtres lui apparaissaient comme des citadins médiocres qui vivaient en s'accrochant à leurs appartements à bas prix sur le point d'être démolis.

Finalement, ni Tengo ni personne qui aurait pu avoir un lien avec lui ne se montra. Peu après dix heures, Ushikawa renonça. Ce n'est que le premier jour, se dit-il, je ne suis pas tout à fait au point. J'en ai encore pour longtemps. Aujourd'hui, ça suffit. Il s'étira lentement dans tous les sens pour détendre son corps engourdi. Il mangea un *anpan*[1], et but du café dans le couvercle de la Thermos. En tournant le robinet du lavabo, il s'aperçut que l'eau était revenue. Il se savonna le visage, se brossa les dents et urina longuement. Appuyé

1. Petit pain fourré à la pâte de haricots rouges.

contre le mur, il fuma une cigarette. Il aurait bien eu envie de boire une gorgée de whisky, mais il avait décidé de ne prendre aucun alcool tout le temps qu'il resterait ici.

Après quoi, il se faufila dans le sac de couchage, gardant uniquement ses sous-vêtements. Il fut agité de tremblements durant quelques instants. Une fois la nuit tombée, la pièce vide était plus froide qu'il ne l'avait prévu. Il aurait peut-être besoin d'un petit radiateur électrique.

Allongé tout seul, tremblant dans son sac de couchage, les jours où il vivait entouré de sa famille lui revinrent en mémoire. Ce n'était pas vraiment par nostalgie. Ses souvenirs lui revinrent simplement comme l'exemple imagé d'une situation complètement à l'opposé de celle où il se trouvait actuellement. Même lorsqu'il vivait avec sa famille, il était, en réalité, tout à fait seul. Il n'ouvrait son cœur à personne et il pensait que la vie qu'il menait alors, tout à fait normale, était forcément temporaire. En son for intérieur, il avait la conviction que cette existence casserait soudain un jour. Sa vie surchargée d'avocat, avec ses revenus élevés, sa maison à Chûôrinkan, sa femme avenante, ses deux filles mignonnes qui fréquentaient une école primaire privée et son chien certifié de pure race. Aussi, lorsqu'il s'était retrouvé seul après une succession d'événements qui avaient brutalement mis sa vie en pièces, s'était-il senti plutôt soulagé.

Ouf ! avait-il pensé. Maintenant, je n'ai plus rien à craindre. J'ai réussi à revenir à la case départ. Voilà ce qu'il s'était dit.

Était-ce bien ça, la case départ ?

Il se pelotonna comme une larve de cigale et leva les yeux vers le plafond obscur. À force d'avoir gardé longtemps la même position, il était complètement courbaturé. Trembler de froid, grignoter un *anpan* refroidi en guise de repas du soir, surveiller l'entrée d'un immeuble d'appartements à bas prix et près d'être démolis, photographier à la dérobée des gens d'apparence médiocre et uriner dans un seau de ménage. Ce serait ça, revenir à la case départ ? La réflexion lui rappela une chose qu'il avait oubliée de faire. Il sortit du sac de couchage à quatre pattes, vida le seau dans la cuvette et actionna la chasse d'eau en appuyant sur le levier à moitié branlant. Il avait bien failli laisser tomber parce qu'il n'avait guère envie de sortir du sac de couchage qui s'était enfin réchauffé. Mais il s'était décidé en songeant que ce serait vraiment embêtant s'il trébuchait dessus par inadvertance dans le noir. Après quoi, il retourna dans son sac et se remit à frissonner quelques instants.

C'est ça, revenir à la case départ ?

Oui, peut-être. Il n'avait plus rien à perdre. Sauf sa vie. C'était clair et net. Dans l'obscurité apparut un sourire sur son visage. Mince et tranchant comme une lame.

14

Aomamé

Cette petite chose qui est la mienne

AOMAMÉ VIVAIT LA PLUPART DU TEMPS dans les incertitudes et les doutes. En cette année 1Q84, en ce monde où la logique habituellement admise et le savoir n'avaient plus cours, il lui était impossible de prévoir ce que l'avenir lui réservait. Elle croyait pourtant que son existence se prolongerait, au moins durant quelques mois, jusqu'à ce qu'elle mette au monde son enfant. Ce n'était qu'une intuition, mais qui avait presque la force d'une certitude. Elle avait l'impression que les choses évolueraient en sorte qu'elle puisse donner naissance à son enfant. Elle le sentait.

Aomamé se souvenait des derniers mots qu'avait prononcés le leader des Précurseurs. « Tu vas devoir traverser de rudes épreuves. À l'issue desquelles tu verras les événements sous la forme qu'ils doivent avoir », avait-il dit.

Il savait *quelque chose.* Quelque chose d'extrêmement important. Et par ces paroles ambiguës, renfermant toutes sortes de significations, songeait-elle, il a voulu me le transmettre. Les épreuves qu'il a évoquées sont peut-être celles qui m'ont amenée au seuil de la mort, qui m'ont donné l'envie de réellement me supprimer en face du panneau Esso. Mais je ne l'ai pas fait et je suis revenue ici. Et j'ai su que j'étais enceinte. Peut-être tout cela était-il déterminé à l'avance.

Au début de décembre se succédèrent plusieurs journées durant lesquelles le vent souffla avec force. Les feuilles qui tombaient des ormes cognaient la plaque protectrice du balcon avec des bruits secs et mordants. Le vent froid s'engouffrant entre les branches nues poussait des cris d'alarme. Les croassements des corbeaux se faisaient eux aussi plus aigus et plus âpres. L'hiver était arrivé.

Le sentiment que l'enfant qui grandissait dans sa matrice était celui de Tengo se fortifiait de jour en jour, jusqu'à devenir une conviction. Elle ne possédait certes pas d'arguments logiques susceptibles de convaincre une tierce personne. Mais elle était en mesure de se donner à elle-même des explications claires. Et tout lui devenait évident.

Qui, en dehors de Tengo, pourrait être le père ?

Elle avait pris du poids depuis le mois de novembre. Elle ne sortait pas de l'appartement, mais chaque jour, elle continuait à pratiquer beaucoup d'exercices physiques et à observer un régime sévère. Depuis ses vingt ans, elle n'avait jamais dépassé les cinquante-deux kilos. Pourtant, un jour, la balance avait indiqué cinquante-quatre kilos, et dès lors, ce chiffre n'était pas redescendu. Elle avait l'impression que son visage s'était quelque peu arrondi. *La petite chose* réclamait certainement que le corps maternel se mette à grossir.

Elle continuait, en compagnie de *la petite chose*, à surveiller le jardin, la nuit. Elle continuait à être en quête de la haute silhouette d'un homme jeune qui aurait grimpé, seul, en haut du toboggan. Tout en observant les deux lunes du début d'hiver qui se côtoyaient dans le ciel, Aomamé caressait délicatement le bas de son ventre, par-dessus la couverture. Parfois lui venaient des larmes, sans raison, qui coulaient le long de ses joues et dégringolaient sur la couverture avec laquelle elle s'était entouré les hanches. Peut-être était-ce à cause de sa solitude, peut-être à cause de son anxiété. Ou encore parce qu'elle était plus sensible, en raison de sa grossesse. Ou simplement était-ce le vent froid qui excitait ses glandes lacrymales. En tout cas, Aomamé laissait couler ses larmes, sans prendre la peine de les sécher.

À un certain moment, ses pleurs se tarissaient, et elle poursuivait son guet solitaire. D'ailleurs, non, songeait-elle, *pas si solitaire*. En moi, il y a *la petite chose*. Nous sommes deux.

Nous sommes deux à lever la tête vers les deux lunes, à attendre qu'apparaisse Tengo. De temps à autre, elle s'emparait des jumelles, les braquait sur le toboggan désert. De temps à autre, elle saisissait son automatique, elle s'assurait de son poids et de son toucher. Prendre soin d'elle, être en quête de Tengo, diffuser des éléments nutritifs à *la petite chose*. Telles sont à présent mes obligations, se disait-elle.

Un soir, alors qu'elle scrutait le jardin sur lequel soufflait la bise, Aomamé s'aperçut brusquement qu'elle croyait en Dieu. Ce fut pour elle une *découverte* inattendue. Comme si elle sentait que la plante de ses pieds rencontrait soudain un sol ferme alors qu'elle marchait dans des fonds boueux. Ce fut une prise de conscience totalement imprévue, accompagnée d'un sentiment d'incompréhension. Du plus loin qu'elle s'en souvienne, elle n'avait cessé de haïr tout ce qui s'apparentait à Dieu. Pour l'exprimer en termes plus précis, elle avait rejeté les hommes et le système qui s'étaient interposés entre elle et Dieu. Durant une très longue période de temps, elle avait assimilé à Dieu ces hommes et leur système. Les haïr, *eux*, c'était aussi haïr Dieu.

Depuis la naissance d'Aomamé, ces hommes l'emprisonnaient. C'était au nom de Dieu qu'ils lui avaient fait subir leur domination, qu'ils l'avaient commandée, qu'ils l'avaient traquée. C'était au nom de Dieu qu'elle avait été privée de son temps et de sa liberté, qu'elle avait été lourdement entravée. Ils expliquaient que Dieu est bonté, mais aussi qu'Il est colère et dureté, bien plus encore. Quand Aomamé eut onze ans, elle se résolut enfin à s'extraire de cet univers, même si elle dut, pour cela, consentir à bien des sacrifices.

Si Dieu n'existait pas, pensait-elle fréquemment à cette époque, ma vie serait infiniment plus lumineuse, infiniment plus riche et naturelle. Je pourrais moi aussi avoir plein de beaux souvenirs, comme n'importe quelle enfant, si je n'étais pas sans cesse tourmentée par la colère et l'effroi. Et ma vie serait tellement plus belle, plus pleine et plus paisible.

Or, tandis qu'Aomamé observait le jardin désert par l'intervalle entre la plaque protectrice et la rambarde du balcon, les paumes de ses mains posées sur son ventre, elle était obligée de convenir qu'au tréfonds d'elle-même, elle croyait en Dieu. Sa foi débordait du cadre de sa conscience lorsqu'elle prononçait machinalement les mots de sa prière, lorsqu'elle joignait les mains et croisait les doigts. C'était un sentiment qui l'avait pénétrée jusqu'à la moelle, quelque chose que la logique ou les sentiments ne pouvaient exorciser. Qui ne disparaissait pas non plus avec la haine ou la colère.

Mais ce n'est pas *leur* Dieu, pensait-elle. C'est *mon* Dieu. Un Dieu que j'ai rencontré à travers le sacrifice de ma vie, en acceptant que ma chair soit lacérée, que ma peau soit déchirée, mon sang aspiré, mes ongles arrachés, et aussi que mon temps, mes espoirs, mes souvenirs soient usurpés. Ce n'est pas un Dieu qui a une forme. Il ne porte pas d'habit blanc, il n'a pas de longs cheveux. Avec ce Dieu, il n'y a pas de doctrine, pas de livre sacré, pas de norme. Pas plus de récompense que de châtiment. Il ne vous donne rien, ne vous enlève rien. Aucun paradis à atteindre, pas non plus d'enfer dans lequel on est précipité. Qu'il fasse chaud ou qu'il fasse froid, Dieu *est simplement là*.

Aomamé se remémorait de temps en temps les paroles qu'avait dites le leader des Précurseurs juste avant de mourir. Elle était incapable d'oublier sa voix puissante de baryton. Tout comme elle ne pouvait oublier la sensation qu'elle avait éprouvée, lorsqu'elle avait planté son aiguille à l'arrière de son cou.

Là où il y a de la lumière, il y a nécessairement de l'ombre, là où il y a de l'ombre, il y a nécessairement de la lumière. Sans lumière, il n'y a pas d'ombre, et sans ombre, pas de lumière. J'ignore si les Little People sont bons ou mauvais. En un certain sens, cela dépasse notre compréhension ou nos définitions. Nous vivons avec eux depuis des temps immémoriaux. Quand le bien et le mal n'existaient pas encore. Avant même que la conscience des hommes ne s'éveille.

Y a-t-il antagonisme entre Dieu et les Little People ? Ou bien sont-ils les deux faces d'une même entité ?

Aomamé n'en savait rien. Ce qu'elle savait, c'est qu'elle devait absolument veiller à *la petite chose* qui se trouvait en elle, et que pour cela, il lui était nécessaire, d'une certaine façon, de croire en Dieu. Ou d'admettre qu'elle croyait en Dieu.

Aomamé se plongea dans une méditation sur Dieu.

Dieu est sans forme, mais il peut en même temps revêtir n'importe quelle forme. Par exemple, elle avait l'image du coupé Mercedes-Benz, aux lignes aérodynamiques. Une voiture flambant neuve, qui sortait droit de chez le concessionnaire. D'où était descendue une femme élégante. Sur la voie express, elle avait recouvert la nudité d'Aomamé avec son beau manteau de printemps. Elle l'avait ainsi protégée du vent froid et des regards éhontés. Puis, sans un mot, elle avait regagné son coupé argenté. Elle savait. Ce qu'Aomamé abritait dans sa matrice. Et dont elle devait assurer la sécurité.

Elle fit un nouveau rêve. Elle était séquestrée dans une pièce toute blanche. Une petite pièce cubique. Sans fenêtre, avec une seule porte. Avec un lit simple, sans ornement, dans lequel elle était étendue sur le dos. Le lit était éclairé par une suspension qui braquait sa lumière sur son ventre terriblement gonflé. Cela ne lui paraissait pas être elle, et pourtant, il n'y avait pas de doute, c'était bien une partie de son corps. Elle était proche de son terme.

La pièce était gardée par Tête-de-moine et Queue-de-cheval. Le tandem paraissait tout à fait résolu à ne pas échouer une seconde fois. Ils avaient déjà essuyé un fiasco. Il fallait qu'ils se rattrapent. Leur mission consistait à ne pas laisser sortir Aomamé de la pièce et à ne permettre à quiconque d'y pénétrer. Ils attendaient la naissance de *la petite chose*. Ils avaient visiblement l'intention de la lui arracher dès qu'elle serait mise au monde.

Aomamé voulait crier. Elle voulait désespérément crier à l'aide. Mais la pièce était constituée de matériaux spéciaux. Les murs, le sol, le plafond absorbaient instantanément tous les sons. Elle ne s'entendait même pas crier. Aomamé suppliait que la femme qui conduisait le coupé Mercedes vienne la sauver. Elle et *la petite chose*. Mais sa voix se perdait, engloutie par les murs de la pièce blanche.

La petite chose aspirait sa nourriture par le cordon ombilical et grossissait de jour en jour. Elle cherchait à se libérer de l'obscurité tiède, elle donnait des coups de pied contre les parois de son utérus. Elle désirait la lumière et la liberté.

Queue-de-cheval, l'homme de haute taille, était assis à côté de la porte. Ses mains posées sur les genoux, fixant un point dans l'espace. Peut-être flottait-il là un petit nuage compact. Tête-de-moine se tenait près du lit. Les deux hommes portaient leurs mêmes costumes sombres. De temps en temps, Tête-de-moine relevait le bras et consultait sa montre. Comme quelqu'un qui attend l'arrivée d'un train important dans une gare.

Même si elle n'était pas entravée, Aomamé ne pouvait bouger ni bras ni jambes. Elle n'avait pas de sensation dans les doigts. Les contractions allaient commencer. Elles étaient imminentes, inéluctables, comme un train qui se rapproche de la gare à l'heure dite. Elle percevait le faible tremblement des rails.

C'est alors qu'elle s'éveillait.

Elle était inondée de sueur. Elle prenait une douche, enfilait de nouveaux vêtements, fourrait les autres dans la machine à laver. Elle aurait aimé ne pas faire ce genre de rêves. Mais les rêves la visitaient malgré elle. S'ils différaient légèrement dans les détails, le lieu et le dénouement étaient toujours les mêmes. Une pièce blanche cubique. Des contractions imminentes. Les deux hommes en costumes sombres impersonnels.

Ils savaient qu'Aomamé abritait *la petite chose*. Ou ils étaient sur le point de le savoir. Aomamé le comprenait. Si la nécessité s'en faisait sentir, sans hésiter, elle tirerait toutes ses balles de 9 mm sur Queue-de-cheval et Tête-de-moine. Le Dieu qui la veillait pouvait être un Dieu sanglant.

On frappa à sa porte. Aomamé, assise sur un tabouret dans la cuisine, saisit son automatique de la main droite et ôta le cran de sûreté. Dehors, une pluie froide tombait depuis le matin, qui enveloppait le monde de ses odeurs.

« Bonjour, mademoiselle Takaï ! s'écria l'homme, de l'autre côté de la porte. C'est encore moi, votre fidèle collecteur de la NHK. Désolé de vous déranger, mais me revoilà ! Je suis venu récupérer la redevance. Mademoiselle Takaï, vous êtes bien là, je le sais ! »

Figure-toi que nous avons interrogé la NHK, articula d'une voix muette Aomamé en direction de la porte. Tu n'es qu'un imposteur. Tu fais juste semblant d'être un collecteur. Mais qui es-tu à la fin ? Et que cherches-tu ?

« Les gens doivent payer pour ce qu'ils reçoivent. Ce sont les règles de notre société. Vous avez reçu des ondes. Vous devez donc en payer le prix. Il n'est pas juste de prendre simplement, sans rien donner en échange. C'est du vol, ni plus ni moins. »

Sa voix un peu éraillée résonnait fortement dans le couloir.

« Je ne suis absolument pas mû par des sentiments personnels. Je n'éprouve pas de haine et je n'ai nulle intention de vous punir. Simplement, par nature, je ne peux pas supporter l'injustice. Il faut que les gens payent pour ce qu'ils reçoivent. Tant que vous n'ouvrirez pas, mademoiselle Takaï, je reviendrai, autant de fois qu'il le faudra, et je frapperai à votre porte. Ce n'est sûrement pas ce que vous souhaitez, je suppose ? Croyez-moi, je ne suis pas un vieux gâteux. Si nous discutions en face à face, nous pourrions trouver un terrain d'entente, j'en suis sûr. Allons, mademoiselle Takaï, ouvrez-moi de bon cœur ! »

Les coups martelés contre la porte se poursuivirent un certain temps.

Aomamé serra son automatique dans ses deux mains. Aurait-il compris que je porte un enfant ? s'interrogeait-elle.

Elle transpirait légèrement sous les bras. Des gouttes de sueur lui dégoulinaient sur le nez. Mais elle n'ouvrirait pas. Essaie donc de te servir d'un passe-partout, ou de forcer l'ouverture. Tu verras. Collecteur ou non de la NHK, je n'hésiterai pas. Je te tirerai dessus.

Mais non, voyons. Elle savait que cela n'arriverait pas. La porte ne pouvait s'ouvrir de l'extérieur. Il aurait beau essayer, tant qu'elle-même n'ouvrait pas, rien n'y ferait. Voilà pourquoi il était hors de lui et qu'il tentait, avec tous ses boniments, de la pousser à bout.

Dix minutes plus tard, l'homme s'en alla enfin. Mais avant de partir, il chercha à l'intimider, lui lança des moqueries, parut s'amadouer, d'une manière retorse, et de nouveau il l'insulta violemment. Après quoi, il lui annonça qu'il reviendrait.

« Vous ne pourrez pas m'échapper, mademoiselle Takaï. Tant que vous continuerez à voler des ondes, je reviendrai. Je ne suis pas quelqu'un qui renonce aisément. C'est comme ça, c'est ma nature. Je vous dis à bientôt pour une nouvelle visite ! »

Elle n'entendit pas les pas de l'homme qui s'éloignait. Mais elle scruta le trou de la serrure et s'assura qu'il n'était plus devant sa porte. Elle régla le dispositif de sûreté de son automatique, se rendit au cabinet de toilette et se lava le visage. Les dessous de bras de sa chemise étaient trempés de sueur. Lorsqu'elle se changea, elle resta nue en face du miroir. Le renflement de son ventre ne se remarquait pas encore beaucoup. Mais à l'intérieur était caché un précieux secret.

Ce jour-là, elle eut une conversation téléphonique avec la vieille femme. Après avoir discuté avec elle de diverses questions, Tamaru lui passa sans un mot le combiné. Toutes deux bavardèrent en restant assez vagues dans leur manière de parler. Du moins au début.

« Je me suis déjà assurée d'un nouveau lieu qui vous est destiné, déclara la vieille femme. Là-bas, *le travail* prévu pourra avoir lieu. C'est un endroit sûr, et vous pourrez régulièrement être examinée par des spécialistes. Et si vous le désiriez, il serait possible de vous y emmener immédiatement. »

Devait-elle confier à la vieille femme que l'on avait des visées sur sa *petite chose* ? Que les gros bras des Précurseurs, dans son rêve, avaient l'intention de lui prendre son enfant ? Que le faux collecteur de la NHK avait probablement le même but, en tentant par tous les moyens de lui faire ouvrir la porte ? Aomamé réfréna cette pensée. Elle avait confiance en cette femme. Elle la respectait et elle l'aimait. Mais le problème n'était pas là. Pour le moment, le point essentiel était : *de quel côté du monde vit-elle ?*

« Comment vous sentez-vous sur le plan physique ? » demanda la vieille femme.

Pour l'instant, tout se déroule sans problème, répondit Aomamé.

« C'est le plus important, remarqua la vieille femme. Mais j'ai l'impression que votre voix est un peu différente. Je ressens comme une certaine dureté, ou de la méfiance. Peut-être est-ce mon imagination. Si quelque chose vous inquiète, je vous en prie, n'hésitez pas à me le dire, même s'il s'agit de tout petits détails. Je pourrai peut-être y remédier. »

Aomamé lui répondit en prenant garde au ton de sa voix.

« Il n'est pas impossible que j'aie les nerfs à fleur de peau, à force de rester confinée longtemps dans un même lieu. Mais pour ce qui est de contrôler ma condition physique, j'y suis très attentive. Après tout, c'est ma spécialité.

— Bien entendu », en convint la vieille femme. Puis elle marqua une petite pause. « Il y a peu, un personnage singulier a effectué des espèces de rondes autour de chez moi, plusieurs jours durant. Nous avons eu l'impression qu'il observait principalement la *safe house*. Nous avons montré à trois femmes qui s'y trouvent en ce moment les images qu'avait enregistrées une caméra de surveillance, mais il leur était inconnu. Peut-être s'agit-il de quelqu'un qui est à votre recherche. »

Aomamé grimaça légèrement. « Vous voulez dire qu'il aurait compris que nous étions liées ?

— Je l'ignore. Mais nous *devons réfléchir* à cette possibilité. Cet homme avait une allure vraiment curieuse. Trapu, petit de taille, les membres courts, une très grosse tête, déformée. Le sommet du crâne tout plat, presque chauve. Auriez-vous déjà aperçu un individu de ce genre ? »

Un crâne chauve et déformé ? « Depuis le balcon, j'observe attentivement les allées et venues des piétons. Mais je n'ai vu personne qui corresponde à cette description. Avec une allure pareille, on ne doit pas le manquer.

— Non, en effet. On dirait presque un clown. Si c'est l'individu qu'*ils* ont choisi pour nous espionner, eh bien, je dirai que c'est un choix étonnant. »

Aomamé partageait ses vues. Comme éclaireur, Les Précurseurs ne choisiraient pas délibérément un personnage qui attirait les regards. Ils n'étaient sûrement pas en manque d'hommes compétents. Mais cela signifiait alors que cet individu n'avait pas de rapport avec eux, et que Les Précurseurs ne connaissaient pas encore les relations qui existaient entre Aomamé et la vieille femme. Dans ce cas, qui était-il ? Dans quel but surveillait-il la *safe house* ? Peut-être était-ce le même individu que celui qui se faisait passer pour un collecteur de la NHK et qui s'incrustait devant sa porte ? Bien entendu, que ces deux personnages aient des liens ne reposait sur rien. Le seul point commun était les manières excentriques du faux collecteur et l'allure insolite de l'individu que la vieille femme lui avait décrit.

« Si vous remarquez un homme de cet acabit, contactez-nous. Il faudrait alors que nous prenions des mesures. »

Aomamé répondit que bien sûr, dans ce cas, elle les contacterait immédiatement.

La vieille femme observa un nouveau silence. Ce n'était pas son habitude. Lorsqu'elle téléphonait, elle se montrait toujours très expéditive, presque austère, pour ne pas perdre de temps.

« Est-ce que vous vous portez bien ? demanda discrètement Aomamé.

— Comme toujours. Je n'ai rien qui aille vraiment de travers », répondit la vieille femme. Mais Aomamé percevait dans sa voix une certaine réticence. Ce qui n'était pas non plus habituel chez elle.

Aomamé attendit.

« Simplement, ces temps-ci, se résigna-t-elle à avouer, je sens le poids de mon âge. En particulier depuis que vous avez disparu.

— Je n'ai pas disparu, répondit Aomamé d'une voix joyeuse. Je suis ici.

— Vous avez raison. Vous êtes là, et nous pouvons parler de temps en temps. Mais lorsque nous nous voyions régulièrement, et que nous faisions ensemble de la gymnastique, je me sentais beaucoup plus dynamique. C'était ce que vous m'apportiez, sans doute.

— Vous possédez votre propre vitalité. Moi, je me contentais de faire resurgir votre énergie, de vous assister. Même si je ne suis pas à vos côtés, je suis certaine que vous vous débrouillez très bien avec votre dynamisme personnel.

— À vrai dire, moi aussi, je voyais les choses ainsi jusqu'à il y a peu », répondit la vieille femme avec un petit rire. Un rire un peu éteint.

« Je me flattais même d'être quelqu'un de spécial. Mais l'âge érode tout un chacun. Les hommes ne meurent pas seulement quand leur temps est venu. Ils meurent lentement, de l'intérieur, et finalement arrive le jour du dernier règlement. Personne ne peut y échapper. Les gens doivent payer pour ce qu'ils reçoivent. C'est seulement maintenant que je l'ai compris. »

Les gens doivent payer pour ce qu'ils reçoivent. Aomamé grimaça. Le collecteur de la NHK avait prononcé les mêmes mots.

« Cette fameuse nuit de septembre, quand il a tant plu, la nuit où d'énormes coups de tonnerre ne cessaient de retentir, brusquement, cette vérité m'est apparue, continua la vieille femme. J'étais seule dans le salon, je m'inquiétais à votre sujet, j'observais les éclairs. Et voilà que la vérité m'est apparue distinctement, à la lumière de ces fulgurations. Cette nuit-là, je vous ai perdue, et dans le même temps, j'ai également perdu un certain nombre de choses qui étaient en moi. Des choses qui jusqu'alors étaient au cœur de mon être, qui m'étayaient en tant qu'être humain. »

Aomamé la questionna résolument. « Ce qui implique aussi, peut-être, la colère qui était en vous ? »

Il y eut un silence – semblable aux fonds d'un lac asséché. Puis la vieille femme reprit la parole. « Parmi les diverses choses que j'ai perdues alors, y avait-il aussi ma colère ? C'est là-dessus que vous m'interrogez ?

— Oui. »

La vieille femme soupira lentement. « La réponse à votre question est oui. En effet. La violente fureur qui m'habitait a fini par se perdre, pour une raison que j'ignore, en même temps que cet orage monstrueux. Ou du moins, elle a reculé au loin. Ce qui subsiste en moi, ce n'est plus la furie qui m'embrasait autrefois. Elle s'est transformée et a revêtu les teintes légères de la tristesse. J'aurais pourtant cru qu'une colère aussi flamboyante n'aurait jamais pu disparaître... Mais dites-moi, comment se fait-il que vous l'ayez deviné ?

— Parce que, répondit Aomamé, il m'est arrivé quelque chose de tout à fait semblable. Cette nuit-là, quand le tonnerre grondait aussi sauvagement.

— Vous parlez là, n'est-ce pas, de la colère que vous éprouviez ?

— Oui. La violente et brûlante furie que j'avais en moi n'existe plus à présent. Non pas qu'elle se soit totalement volatilisée, mais comme vous l'avez dit vous-même elle a reculé au loin. Durant des années et des années, cette colère a occupé en moi un espace immense, et elle m'a aussi propulsée avec fougue vers l'avant.

— Comme un cocher impitoyable qui ne prend pas de repos, ajouta la vieille femme. Mais maintenant qu'elle a perdu de sa puissance, vous êtes enceinte. Devrait-on dire que c'est *en échange de*... ? »

Aomamé régularisa son souffle. « Oui. En échange, il y a en moi une *petite chose*. Qui n'a aucun rapport avec la colère. Et qui grossit de jour en jour à l'intérieur de moi.

— Il va sans dire que vous devez bien veiller dessus, fit la vieille femme. Et pour ce faire, il faut que vous alliez aussi vite que possible dans un endroit moins dangereux.

— Vous avez raison. Mais auparavant, il y a quelque chose que je dois absolument achever. »

Une fois que la communication fut coupée, Aomamé sortit sur le balcon ; elle observa les rues de l'après-midi par l'intervalle de la plaque protectrice, elle observa le jardin. Le soir tomba. Avant que l'année 1Q84 ne s'achève, se dit-elle, avant qu'ils ne me découvrent, je dois coûte que coûte trouver Tengo.

15

Tengo

Quelque chose dont il n'était pas autorisé à parler

TENGO SORTIT DU *MUGIATAMA* et erra au hasard des rues, perdu dans ses pensées. Puis il prit sa décision et se dirigea vers le petit jardin. Le lieu où il avait découvert pour la première fois que deux lunes brillaient dans le ciel. Il grimperait comme il l'avait fait alors sur le toboggan, il lèverait de nouveau les yeux vers le firmament. Peut-être pourrait-il voir les lunes. Peut-être lui confieraient-elles quelque chose.

Quand donc était-il venu dans ce jardin ? se demandait-il en marchant. Il n'arrivait pas à s'en souvenir. Le flux du Temps avait perdu de son uniformité. Tengo avait du mal à estimer l'éloignement temporel. Mais cela s'était sans doute situé au début de l'automne. Il se rappelait qu'il portait un tee-shirt à manches longues. À présent, on était en décembre.

Un vent froid entraînait des foules de nuages en direction de la baie de Tokyo. Comme s'ils avaient été faits de mastic, ils s'aggloméraient en masses compactes aux formes indéfinies. Dissimulées à l'arrière-plan apparaissaient parfois les deux lunes. La lune familière, jaune, et la petite nouvelle, verte. Toutes les deux, des lunes gibbeuses décroissantes. La petite avait l'air d'une enfant qui se cache près des jupes de sa mère. À peu de chose près, elles occupaient la même position que lorsqu'il les avait vues la première fois. Comme si elles étaient restées immobiles, dans l'attente du retour de Tengo.

Le jardin nocturne était désert. La lumière du lampadaire à mercure baignait le paysage de lueurs plus blafardes que l'autre fois, et il faisait beaucoup plus froid. Les branches défeuillées de l'orme évoquaient d'anciens ossements blanchis restés exposés au vent et à la pluie. C'était une nuit où une chouette aurait pu hululer. Mais bien entendu, il n'y avait pas de chouette dans un jardin de Tokyo. Tengo mit le capuchon de sa fine parka, enfonça les mains dans les poches de son blouson en cuir. Puis il grimpa sur le toboggan, s'adossa contre la rambarde et leva la tête pour observer les deux lunes qui émergeaient ou se cachaient parmi les bancs de nuages. À l'arrière, des étoiles scintillaient en silence. Les souillures imperceptibles demeurées dans le ciel de la métropole avaient été balayées par le vent, l'air était pur et transparent.

Combien y a-t-il d'êtres humains, s'interrogeait-il, qui, comme moi, ont remarqué qu'il y avait deux lunes ? Tengo réfléchit. Fukaéri, évidemment, car c'était elle qui avait initié le phénomène. Probablement. En dehors d'elle, dans l'entourage de Tengo, personne n'avait semblé avoir noté que le nombre de lunes avait augmenté. Peut-être les gens n'y avaient-ils pas encore fait attention ? Ou bien, puisqu'il s'agissait d'un fait notoire, n'avaient-ils pas à en parler ? En tout cas, Tengo n'avait interrogé personne là-dessus, à part l'ami qui l'avait remplacé à son école. Il était même plutôt vigilant à ne pas soulever la question. Comme s'il s'agissait d'un sujet moralement incorrect.

Pour quelles raisons ?

C'est peut-être ce que souhaitent les lunes, songea Tengo. Cette seconde lune était un message qui lui était personnellement destiné, et peut-être n'était-il *pas autorisé* à partager l'information avec qui que ce soit.

Pourtant, c'était là un raisonnement étrange. En quoi le nombre de lunes pourrait-il constituer un message personnel ? Et qu'auraient-elles voulu lui transmettre ? Tengo voyait plutôt dans ce phénomène une énigme complexe. Mais qui diable lui proposait cette énigme ? Et qui lui *interdisait* d'en parler ?

Le vent s'engouffrait entre les branches de l'orme avec des sifflements aigus. Comme des soupirs déchirants exhalés entre les dents d'un homme en proie au désespoir. Tengo resta assis, les yeux levés vers les lunes, à écouter les hurlements du vent, qui finirent par lui devenir inaudibles, jusqu'à ce que son corps soit complètement transi. Tout cela ne dura peut-être qu'une quinzaine de minutes. Non, sans doute un peu plus longtemps. Il avait perdu la notion du temps. Son organisme, bien réchauffé par le whisky, avait à présent gelé, il s'était figé et durci comme une pierre ronde solitaire au fond de la mer.

Par vagues successives, les nuages étaient balayés vers le sud. Néanmoins, même si un grand nombre était chassé, il en surgissait toujours de nouveaux. À coup sûr, dans les régions du Nord, existait une source inépuisable qui approvisionnait le ciel en nuages. Là-bas, dans ces contrées lointaines, des hommes, enveloppés dans d'épais vêtements gris, avaient pris la ferme résolution de fabriquer en silence des nuages, sans cesse, du matin au soir. Tout comme les abeilles font du miel, les araignées tissent leur toile, et la guerre engendre des veuves.

Tengo regarda sa montre. Il serait bientôt huit heures. Le jardin était toujours absolument désert. De temps en temps, quelqu'un avançait rapidement dans la rue toute proche. Sur le chemin du retour, leur travail achevé, tous les piétons ont la même façon de marcher. Dans la nouvelle résidence à cinq étages, de l'autre côté de la rue, il y avait à peu près la moitié des fenêtres éclairées. Au cours des nuits d'hiver où le vent souffle avec furie, une chaleur particulièrement douce émane de fenêtres illuminées. Tengo suivit du regard chacune de celles où il voyait de la lumière. Comme si, depuis un petit bateau de pêche, il levait les yeux vers un paquebot de luxe naviguant de nuit sur l'océan. Alors qu'il était juché sur ce toboggan glacé, dans ce jardin environné de ténèbres, il avait l'impression que c'était un autre monde. Construit selon des principes différents, gouverné par des règles différentes. Tous les rideaux étaient tirés, comme si l'on s'était donné le mot. Derrière, les gens menaient une vie parfaitement ordinaire et connaissaient sans doute la paix du cœur et le bonheur.

Une vie ordinaire ?

L'image que se faisait Tengo d'« une vie parfaitement ordinaire » était des plus stéréotypées, elle manquait d'épaisseur et de nuances. Un couple, des enfants, peut-être deux. La mère portait un tablier. Une marmite fumante, une conversation à table – l'imagination de Tengo, là, se heurtait à un mur. Une famille ordinaire, de quoi pouvait-elle bien parler au dîner ? Lui, en tout cas, n'avait aucun souvenir d'avoir bavardé alors avec son père. D'ailleurs, plutôt que d'un dîner, c'étaient davantage des moments qui convenaient à l'un ou à l'autre, durant lesquels ils enfournaient en silence des aliments. Quant à ce qu'ils avalaient, il aurait été difficile de le qualifier de vrai repas.

Lorsqu'il eut achevé d'observer la série des fenêtres allumées dans l'immeuble résidentiel, il reporta le regard sur le duo de lunes. La grande et la petite. Mais il eut beau attendre, aucune des deux ne s'adressa à lui pour lui dire un mot. Elles brillaient côte à côte dans le ciel et lui offraient un visage inexpressif. Tel un couplet bancal qui aurait eu besoin d'être retravaillé. Pas de message ce jour. Voilà tout ce qu'elles lui transmettaient.

Les amas de nuages, inlassablement, traversaient le ciel en direction du sud. Des nuages de forme et de grosseur diverses s'en venaient puis disparaissaient. Parmi eux, certains affectaient des silhouettes tout à fait curieuses, qui paraissaient exprimer leurs propres pensées. Des pensées petites et compactes, aux contours clairs. Ce que Tengo aurait voulu connaître, pourtant, ce n'étaient pas les réflexions des nuages, mais celles des lunes.

Finalement, Tengo se résigna. Il se leva, s'étira longuement, puis descendit du toboggan. Tant pis. Il s'accommoderait d'avoir vérifié que le nombre des lunes n'avait pas varié. Les mains enfoncées dans les poches de son blouson, il sortit du jardin et se dirigea à grandes enjambées lentes vers son appartement. Soudain, il pensa à Komatsu. Il fallait qu'il le rencontre. Il fallait au moins qu'ils mettent au point ensemble un certain nombre de choses. D'ailleurs, Komatsu lui avait dit qu'il voulait lui parler. Tengo lui avait laissé le numéro de téléphone de l'hôpital de Chikura. Mais l'éditeur ne l'avait pas appelé. Dès le lendemain, il tenterait de le joindre. Auparavant, il irait à son école, car il fallait qu'il lise la lettre que Fukaéri avait confiée à son ami.

La lettre de Fukaéri, non décachetée, était simplement déposée dans le tiroir de son bureau. Une lettre très courte à l'intérieur d'une grande enveloppe. Fukaéri l'avait écrite sur une demi-feuille de papier quadrillé, à l'aide d'un stylo-bille bleu, de sa calligraphie particulière qui évoquait des caractères cunéiformes. C'était une écriture qui aurait davantage convenu à une plaque d'argile qu'à du papier écolier. Tengo savait qu'il lui avait fallu beaucoup de temps pour rédiger cette lettre.

Il la lut et la relut. *Elle devait partir* de chez Tengo. *Immédiatement*, notait-elle. Étant donné que *nous sommes observés*. Tel était le motif de son départ. À ces trois endroits, sous les mots, elle avait tracé de gros traits avec un crayon à la mine tendre et épaisse. Une manière de souligner à coup sûr éloquente.

Elle n'expliquait pas par qui « ils » étaient surveillés, et de quelle manière elle en avait connaissance. Dans le monde où vivait Fukaéri, semblait-il, il ne fallait pas exposer les faits directement. À la manière d'une carte signalant l'existence d'un trésor amassé par des pirates, les choses ne devaient être évoquées que sous forme d'allusions ou d'énigmes, ou d'une manière déformée et lacunaire. Comme dans le manuscrit original de *La Chrysalide de l'air*.

Néanmoins, ce n'était pas l'intention de Fukaéri de parler par énigmes ou par allusions. C'était son mode d'expression le plus naturel. Elle ne pouvait transmettre ses pensées et ses images qu'avec ce vocabulaire-là et cette grammaire-là. Il fallait se familiariser avec son style si l'on voulait avoir des échanges avec elle. Pour décrypter un message de Fukaéri, on devait mobiliser toutes ses capacités et tous ses talents, remettre chacune de ses paroles dans un ordre normal et suppléer les manques.

Tengo s'était habitué à ce type de communication, et commençait par tenir pour vrai ce qu'elle annonçait. Lorsqu'elle disait : « *Nous sommes observés* », il estimait qu'ils l'étaient, en effet. Quand elle avait le sentiment qu'elle devait partir, il était alors temps pour elle de s'en aller. Il lui fallait d'abord admettre tout en bloc. Et se contenter de supposer qu'il découvrirait plus tard l'arrière-plan, les détails ou les raisons de ces faits. À moins qu'il n'y renonce, d'emblée.

Nous sommes observés.

Est-ce que cela voudrait dire que les sbires des Précurseurs avaient découvert Fukaéri ? Ils connaissaient les relations qui existaient entre Tengo et elle. Ils avaient compris que Tengo, à la demande de Komatsu, avait remanié *La Chrysalide de l'air*. Voilà pourquoi il y avait eu ce type, ce Ushikawa, qui avait tenté de l'approcher. Ils avaient cherché à mettre Tengo sous leur coupe, au moyen de ces manœuvres aussi élaborées (encore aujourd'hui, il n'en comprenait pas les raisons). Alors, après tout, il n'était pas exclu qu'ils aient mis l'appartement de Tengo sous surveillance.

Mais si tout cela était exact, ils prenaient vraiment leur temps. Fukaéri avait logé chez lui presque trois mois. Eux, ils appartenaient à une organisation puissante, disposant de gros moyens. S'ils avaient eu l'intention de se saisir de Fukaéri, ils auraient pu le faire bien plus tôt. Inutile pour cela qu'ils perdent leur temps à placer son habitation sous surveillance. D'autre part, s'ils voulaient vraiment garder l'œil sur Fukaéri, ils ne l'auraient pas laissée sortir à sa guise. Or elle avait fait ses bagages, s'était rendue à l'école de Yoyogi, avait confié sa lettre à son ami, et était ensuite tranquillement partie ailleurs.

À force de raisonner dans tous les sens, Tengo se sentait en pleine confusion. Sa seule conclusion était que *ce n'était pas sur Fukaéri qu'ils cherchaient à mettre la main*. À un moment donné, ils avaient changé de cible. Il s'agissait sans doute de quelqu'un en rapport avec Fukaéri, mais qui n'était pas elle. Pour une raison inconnue, elle n'était plus une menace pour Les Précurseurs. Mais alors, pourquoi devaient-ils surveiller son appartement ?

Depuis le téléphone public de son école, Tengo essaya d'appeler Komatsu. Bien sûr, on était un dimanche, mais Tengo savait que Komatsu aimait travailler dans son bureau les jours fériés. Il disait toujours qu'il s'y sentait tellement mieux quand il y était seul. Mais personne ne lui répondit. Tengo regarda sa montre. Pas encore onze heures. Komatsu n'était pas aussi matinal. Quel que soit le jour de la semaine, il ne démarrait que lorsque le soleil avait passé le zénith. Tengo s'assit dans la cafétéria, et tout en buvant un café léger, tenta de relire une fois de plus la lettre de Fukaéri. Quelques courtes lignes presque dépourvues d'idéogrammes, à la ponctuation inexistante.

> *tengo tu vas lire cette lettre quand tu seras revenu de La Ville des Chats c'est bien mais comme* nous sommes observés *je* dois partir *de cet appartement et ça* tout de suite *ne te fais pas de souci pour moi mais je ne peux plus rester ici   comme je te l'ai dit avant la femme que tu cherches et que tu peux trouver en marchant à partir d'ici est là simplement fais bien attention que quelqu'un regarde*

Après avoir relu trois fois sa missive aux allures de télégramme, il la replia et la mit dans sa poche. Il constata que plus il relisait ce qu'écrivait Fukaéri, et plus il lui accordait de crédit. Tengo acceptait maintenant comme avéré le fait qu'il soit espionné. Il leva la tête, jeta un coup d'œil circulaire dans la cafétéria. C'était une heure de cours, les lieux étaient presque déserts. Seuls quelques étudiants lisaient leur manuel ou prenaient des notes. Il ne vit personne, caché dans l'ombre, en train de le guetter.

La question principale était la suivante : S'ils ne surveillaient pas Fukaéri, quelle était leur cible ? Tengo lui-même ? Ou son appartement ? Tengo réfléchit. Évidemment, ce n'étaient que des suppositions, mais il avait le sentiment que ce n'était pas lui en personne qui les intéressait. Tengo n'était rien de plus qu'un réparateur qui avait remanié le manuscrit de *La Chrysalide de l'air*. Le livre avait été publié depuis des mois, il avait eu beaucoup de succès, et puis l'intérêt du public s'était évanoui. Le rôle de Tengo était achevé depuis longtemps. Il n'y avait plus aucune raison pour qu'il les intéresse.

Tengo était prêt à parier que Fukaéri n'était presque pas sortie de chez lui. *Le regard qu'elle avait senti* signifiait donc que c'était son logement qui était surveillé. Mais à partir d'où pouvaient-ils se livrer à cet espionnage ? Situé dans un quartier très peuplé, l'appartement, au deuxième étage, n'avait curieusement pas de vis-à-vis. C'était d'ailleurs l'une des raisons pour lesquelles Tengo s'y plaisait, et qui l'avait poussé à y rester aussi longtemps. Sa petite amie plus âgée appréciait aussi beaucoup cette particularité. Elle disait souvent : « Il n'a strictement rien d'attrayant, mais il est étonnamment calme. Comme l'homme qui y habite. »

Juste avant la tombée de la nuit, un grand corbeau venait sur le rebord extérieur de la fenêtre. Fukaéri lui en avait d'ailleurs parlé au téléphone. Le corbeau se posait sur l'espace étroit destiné à recevoir des pots de fleurs, et, avec vigueur, il frottait contre les vitres ses ailes d'un noir brillant. C'était devenu une règle quotidienne pour ce corbeau que de passer chez Tengo un moment avant de rentrer au nid. Il semblait entretenir un certain intérêt pour l'intérieur du logement. Il faisait rouler précipitamment ses grands yeux noirs, et, depuis les interstices des rideaux, il récoltait des informations. Les corbeaux sont des animaux intelligents. Ils sont très curieux. Fukaéri avait dit qu'elle parlait avec celui-là. Il était pourtant invraisemblable de penser que le volatile ait été envoyé en mission de reconnaissance.

Mais alors, d'où l'espionnait-on ?

Sur le chemin du retour, Tengo entra dans un supermarché où il acheta des fruits, des œufs, du lait, du poisson. En rentrant, son sac de provisions dans les bras, il s'arrêta devant l'entrée de l'immeuble et lança un regard circulaire aux alentours. Il ne remarqua rien d'inhabituel. C'était toujours le même paysage. Les fils électriques qui pendaient en l'air comme de sombres entrailles, le gazon du jardinet desséché par l'hiver, les boîtes aux lettres rouillées. Il tendit l'oreille. Mais il ne perçut rien d'autre que la rumeur incessante, semblable à un bruissement d'ailes lointain, propre à la métropole.

Il rentra chez lui, ranga ses provisions, puis il s'approcha de la fenêtre, ouvrit les rideaux et inspecta le panorama extérieur. Au bout de la rue, il y avait trois petites maisons anciennes, à un étage, habitées par des gens âgés. Le type de vieillards acatriâtres qui détestent le moindre changement. Qui ne font jamais entrer un inconnu chez eux. De toute façon, même si quelqu'un avait pris le risque de se pencher depuis l'étage de leur maisonnette, il n'aurait aperçu qu'une partie du plafond de son appartement.

Tengo referma la fenêtre, fit chauffer de l'eau et se prépara du café. Il s'assit à sa table, but sa tasse de café en songeant aux divers scénarios possibles. Quelqu'un qui n'est pas très loin le surveillait. Et Aomamé se trouvait dans un lieu qu'il pouvait rejoindre d'ici à pied (ou bien, elle s'*était trouvée*). Ces deux faits auraient-ils un lien ? Ou seraient-ils le résultat d'un pur hasard ? Il avait beau réfléchir tant et plus, il n'aboutissait à aucune conclusion. Telle une malheureuse souris à qui l'on aurait bouché toutes les sorties d'un labyrinthe en lui laissant seulement humer l'odeur du fromage, sa réflexion tournait en rond.

Il renonça et parcourut les journaux qu'il avait achetés au kiosque devant la gare. Le président réélu à l'automne, Ronald Reagan, avait appelé le Premier ministre Yasuhiro Nakasone « Yasu » et celui-ci, de son côté, l'avait appelé « Ron ». Il y avait des photos des deux hommes. Ils avaient l'air de deux entrepreneurs en bâtiment en train de se consulter pour substituer aux matériaux prévus des produits pas chers et de mauvaise qualité. En Inde, les désordres provoqués dans le pays par l'assassinat du Premier ministre Indira Gandhi se poursuivaient, et de nombreux sikhs étaient massacrés dans différentes provinces. Au Japon, cette année, la récolte des pommes était exceptionnellement abondante. Tengo ne découvrit aucun article qui l'intéressait à titre personnel.

Il attendit que les aiguilles de la pendule indiquent deux heures pour téléphoner de nouveau à Komatsu.

Il fallait bien douze sonneries pour que l'éditeur se décide à répondre. Il en était toujours ainsi. Pourquoi ? Tengo l'ignorait, mais c'était un homme qui ne soulevait pas facilement le combiné.

« Ah, Tengo, voilà longtemps que je ne t'ai pas entendu ! » s'exclama Komatsu. Il avait tout à fait retrouvé sa voix d'avant. Lisse, légèrement théâtrale, ambiguë.

« J'ai pris deux semaines de congé, je suis allé à Chiba. Je ne suis rentré qu'hier au soir.

— L'état de ton père n'était pas bon, je crois ? C'était sûrement pénible pour toi.

— Pas tant que ça. Mon père est dans le coma, et moi, je suis simplement resté là, à tuer le temps en le regardant. Sinon, j'ai continué à écrire mon roman, dans le *ryôkan* où j'étais descendu.

— Oui, l'homme vit seul et meurt seul également. C'est tout aussi difficile. »

Tengo changea de sujet. « Vous m'aviez dit que vous vouliez me parler. Durant notre dernière conversation. Cela fait déjà longtemps.

— Ah oui…, fit Komatsu. Écoute, Tengo, j'aimerais en effet te voir tranquillement. Tu as le temps ?

— S'il s'agit de quelque chose d'important, le plus vite sera le mieux, non ?

— Oui, sûrement.

— Eh bien, je suis libre ce soir.

— Ce soir, très bien. Moi aussi, je suis libre. Sept heures, ça te va ?

— Parfait », répondit Tengo.

Komatsu lui indiqua un bar non loin de sa maison d'édition. Tengo s'y était déjà rendu à plusieurs reprises. « Il est ouvert le dimanche mais il n'y a presque personne ce jour-là. On pourra bavarder en paix.

— C'est une longue histoire ? »

Komatsu réfléchit. « Que dire ? En fait, j'ai du mal à voir, avant d'en parler, si elle sera longue ou courte.

— Ça ne fait rien. Vous ferez comme il vous plaira. Je m'adapterai. Et puis, nous sommes sur le même bateau. N'est-ce pas ? À moins que vous n'ayez changé d'embarcation ?

— Mais non, répondit Komatsu d'un ton inhabituellement docile. Nous sommes toujours sur le même bateau. Bon, en tout cas, on se voit à sept heures. Je te raconterai tout ça en détail. »

Une fois qu'il eut raccroché, Tengo se mit à son bureau et alluma sa machine à traitement de texte. Puis il entra sur son écran tout ce qu'il avait écrit sur du papier, au stylo plume, lorsqu'il se trouvait au *ryôkan* de Chikura. En relisant son texte, les scènes de la petite ville lui revinrent en mémoire. L'atmosphère de l'hôpital, les visages des trois infirmières. Le vent de la mer, qui faisait osciller les pins du petit bois protecteur, les mouettes d'un blanc immaculé qui tournoyaient au-dessus. Tengo se leva, tira les rideaux, ouvrit la fenêtre, s'emplit la poitrine de l'air froid du dehors.

tengo tu vas lire cette lettre quand tu seras revenu de La Ville des Chats c'est bien

C'était ce qu'avait écrit Fukaéri. Mais l'appartement dans lequel il était revenu était surveillé. Il ignorait par qui. Et à partir d'où. Et si une caméra cachée avait été installée chez lui ? Inquiet, Tengo fouilla partout. Bien entendu, il ne découvrit aucune caméra cachée ou micro espion. De toute façon, son appartement était vieux et minuscule. Si un appareil de ce genre y avait été dissimulé, forcément, il lui aurait sauté aux yeux.

Tengo continua à rentrer le texte de son roman dans sa machine, jusqu'à ce que les alentours s'obscurcissent légèrement. Il ne se contentait pas de le recopier tel quel, il le modifiait çà et là, et cela lui prit plus de temps qu'il ne l'aurait pensé. Alors qu'il allumait la lampe sur la table et se reposait les mains, Tengo songea que ce jour-là justement, le corbeau n'était pas venu accomplir sa visite. Il l'entendait approcher en général. Car le volatile frottait ses grandes ailes contre les vitres. Grâce à quoi, ici ou là, restaient des traces de gras. Comme un code secret qui demandait à être déchiffré.

À cinq heures et demie, il se prépara un dîner simple. Il ne se sentait pas vraiment d'appétit mais il n'avait presque rien mangé au déjeuner. Il valait mieux qu'il se remplisse quelque peu l'estomac. Il fit une salade de tomates et d'algues wakamé, et se fit griller un toast. À six heures et quart, il enfila sa veste en velours côtelé vert olive sur son pull noir à col cheminée et sortit. Une fois devant l'entrée, il s'immobilisa et il jeta de nouveau un regard circulaire aux alentours. Mais il ne décela rien qui aurait pu attirer son attention. Aucun individu dissimulé derrière un poteau électrique. Aucune voiture suspecte stationnée. Même le corbeau ne s'était pas montré. Et pourtant, *a contrario*, Tengo était anxieux. Si tout était aussi normal, s'inquiétait-il, c'était justement parce que, en fait, il était surveillé. La ménagère avec son panier à provisions, le vieillard silencieux qui promenait son chien, et même les lycéens juchés sur leur vélo, une raquette de tennis à l'épaule, qui le dépassaient sans un regard, ne seraient-ils pas tous des espions habilement déguisés, à la solde des Précurseurs ?

Je deviens un peu parano, songea Tengo. Il devait se montrer prudent mais pas exagérément nerveux. Il se dirigea vers la gare à pas rapides. De temps à autre, il se retournait précipitamment et s'assurait que personne ne le suivait. Si quelqu'un l'avait pris en filature, Tengo n'aurait sans doute pas manqué de l'apercevoir. De nature, il avait toujours eu une vue meilleure que la moyenne des gens. Une capacité visuelle excellente. Après s'être retourné trois fois, il fut certain que personne ne le filait.

Il arriva au café à sept heures moins cinq. L'éditeur n'était pas encore là, et il semblait que Tengo était le premier client. Sur le comptoir, dans un grand vase, était disposée une belle brassée de fleurs fraîches, dont les tiges tout juste coupées exhalaient leur parfum alentour. Tengo s'assit dans un box du fond et commanda un verre de bière à la pression. Puis il sortit un livre de poche de sa veste et se mit à le lire.

Komatsu arriva à sept heures et quart. Il portait une veste de tweed, un pull léger en cachemire, une écharpe également en cachemire, un pantalon de laine et des chaussures en daim. Son *allure* de toujours. Chaque article, de qualité supérieure, de très bon goût, était usé juste au degré adéquat. Ses vêtements paraissaient faire partie de lui. Tengo n'avait jamais vu Komatsu vêtu d'habits neufs. Peut-être dormait-il avec ses nouveaux vêtements ou bien se roulait-il par terre avec pour qu'ils aient l'air d'avoir été portés. Ou alors, il les lavait un certain nombre de fois et les laissait sécher à l'ombre. Une fois qu'ils avaient acquis la teinte et l'usure convenables, il les portait en public. Et arborait la mine de celui qui, jamais, au grand jamais, ne s'est soucié de questions vestimentaires. En tout cas, telle était sa dégaine, celle de l'éditeur chargé d'années et d'expériences. Il s'assit en face de Tengo, et commanda lui aussi une bière à la pression.

« Tu me parais semblable à toi-même, remarqua Komatsu. Ton nouveau roman avance comme il faut ?

— Il avance, doucement.

— C'est très bien. Les écrivains ne parviennent à un résultat qu'en écrivant régulièrement. Comme les chenilles qui grignotent des feuilles sans repos. Je te l'avais dit, n'est-ce pas ? En réécrivant *La Chrysalide de l'air*, cela ne pouvait qu'influencer positivement ton propre travail. Je me suis trompé ? »

Tengo eut un signe de tête pour approuver. « Vous avez raison. Grâce à ce travail, je crois que j'ai beaucoup appris. J'ai réussi à voir des choses que je n'avais pas encore vues.

— Ce n'est pas pour me vanter, mais je le savais bien. Je pensais : Tengo a besoin de ce genre d'*occasion*.

— Oui, mais c'est aussi ce qui m'a valu tous ces ennuis. Comme vous le savez. »

Komatsu sourit. Sa bouche se courba joliment telle une lune d'hiver de trois jours. C'était un sourire dont le sens était difficile à déchiffrer.

« Pour obtenir des choses importantes, les hommes doivent en payer le prix. C'est une des règles de notre monde.

— Sans doute. Il est pourtant délicat de trancher entre ce qui est important et ce qui est le bon prix. Tant de facteurs entrent en jeu.

— En effet. Les choses se mêlent et s'interpénètrent. Comme quand on essaie de parler sur une ligne téléphonique brouillée. Tu as tout à fait raison », répondit Komatsu. Puis il fronça les sourcils. « À part ça, saurais-tu où se trouve Fukaéri à présent ?

— À l'heure actuelle, je l'ignore, répondit Tengo en choisissant ses mots.

— *À l'heure actuelle* », répéta Komatsu d'un ton significatif.

Tengo resta silencieux.

« Mais elle habitait chez toi jusqu'à il y a peu, reprit Komatsu. Cela m'est revenu aux oreilles. »

Tengo opina. « C'est exact. Elle est restée chez moi environ trois mois.

— Trois mois, c'est long, déclara Komatsu. Tu ne l'as pourtant dit à personne.

— Étant donné que l'intéressée m'avait demandé de n'en parler à personne – vous y compris –, c'est ce que j'ai fait.

— Et à présent, elle n'est plus là.

— Exactement. Pendant que j'étais à Chikura, elle est partie et elle m'a laissé une lettre. Et ce qu'elle a fait après, je n'en sais rien. »

Komatsu sortit une cigarette, la planta entre ses lèvres, approcha une allumette. Il observa Tengo, les yeux mi-clos.

« Ce qu'elle a fait après, eh bien, c'est qu'elle est rentrée chez le Pr Ébisuno. Dans les montagnes de Futamatao, déclara Komatsu. Le Maître a contacté la police et a retiré sa demande de recherche. Il a dit qu'elle était simplement partie comme ça, sur un coup de tête, et qu'elle n'avait pas été enlevée. La police l'a sans doute interrogée. Pourquoi avait-elle disparue ? Où était-elle allée ? Qu'avait-elle fait ? Parce que, tout de même, elle est encore mineure. D'ici peu, il faut s'attendre à quelques papiers dans la presse. Du genre : Voilà que réapparaît saine et sauve la jeune romancière, lauréate du prix des nouveaux auteurs, dont on avait perdu la trace pendant si longtemps… Oui, bon, il y aura des articles, mais pas très importants. Il n'y a pas eu crime, tu comprends.

— Est-ce qu'il sera dit qu'elle a habité chez moi ? »

Komatsu secoua la tête. « Non, Fukaéri ne prononcera sûrement pas ton nom. Avec le tempérament qui est le sien, qu'elle ait en face d'elle de simples flics, la police militaire, un conseil révolutionnaire, ou Mère Teresa, si elle a décidé qu'elle ne parlerait pas, elle gardera la bouche close. Tu n'as pas à te faire de souci.

— Je ne me fais pas de souci. J'aimerais juste savoir ce qui peut m'arriver.

— Ton nom n'apparaîtra pas. Tout ira bien », fit Komatsu. Puis il prit un air sérieux. « Bon, voilà, il y a quelque chose sur quoi je dois t'interroger. C'est un peu délicat.

— Délicat ?

— Eh bien, comment dire, c'est un sujet personnel. »

Tengo but une gorgée de bière et reposa son verre sur la table. « Oui, très bien. Si je peux répondre, je le ferai.

— Y a-t-il eu des relations sexuelles entre toi et Fukaéri ? Lorsqu'elle habitait chez toi, je veux dire. Tu peux répondre simplement par oui ou par non. »

Après un temps, Tengo secoua lentement la tête. « Ma réponse est : non. Je n'ai pas eu ce type de relation avec elle. »

Son intuition lui soufflait qu'il ne devait en aucun cas raconter ce qui s'était passé avec Fukaéri durant la nuit d'orage. C'était là un secret qu'il ne fallait pas dévoiler. Quelque chose dont il n'était pas autorisé à parler. En outre, on ne pouvait pas vraiment nommer cela un acte sexuel. Il n'y avait pas eu alors ce que l'on entend en général par désir sexuel. Ni pour l'un ni pour l'autre.

« Donc, pas de relation sexuelle avec elle.

— Non », répéta Tengo d'une voix éteinte.

Komatsu plissa légèrement le nez. « Écoute, Tengo, ce n'est pas que je doute de ce que tu dis, mais avant que tu aies répondu non, tu as fait une pause. J'ai senti que tu hésitais un peu. Peut-être êtes-vous allés très près ? Non que je veuille te blâmer. Pour ce qui est de moi, je cherche juste à connaître les faits. »

Tengo regarda Komatsu droit dans les yeux. « Je n'ai pas eu d'hésitation. Je me suis seulement étonné. En quoi cela peut-il vous préoccuper que j'aie eu ou non une relation sexuelle avec Fukaéri ? Vous n'êtes pourtant pas du genre à vous mêler de la vie privée des autres. Ce serait plutôt le contraire.

— Eh bien..., fit Komatsu.

— Bon, alors, pourquoi cette question devient-elle soudain problématique ?

— Évidemment, Tengo, au fond, je n'ai pas envie de savoir avec qui tu passes tes nuits, ou ce que fait Fukaéri, répondit Komatsu en se grattant l'aile du nez. Ta remarque est juste. Mais nous savons tous que Fukaéri n'est pas faite comme une jeune fille ordinaire. Comment dire... chacun des actes qu'elle accomplit produit du sens.

— Produit du sens, répéta Tengo.

— Bien sûr, logiquement parlant, à l'issue de tous les actes de tous les humains finit par surgir un certain sens, continua Komatsu. Mais dans le cas de Fukaéri, il s'agit d'un *sens plus profond*. Elle dispose de qualités non ordinaires. Par conséquent, de notre côté, nous devons nous assurer de la réalité des faits qui la concernent.

— Quand vous dites, *de notre côté*, concrètement, de qui parlez-vous ? » demanda Tengo.

Komatsu prit alors un air gêné, ce qui lui arrivait rarement. « À vrai dire, ce n'est pas moi qui voulais savoir s'il y avait eu entre vous des rapports sexuels, c'est le Pr Ébisuno.

— Le Maître savait que Fukaéri habitait chez moi ?

— Bien entendu. Dès le jour où elle s'est installée dans ton appartement, le Maître a été mis au courant. Fukaéri lui a expliqué où elle était.

— Ah, je l'ignorais », fit Tengo, surpris. Fukaéri lui avait dit qu'elle n'en parlerait à personne. Mais après tout, maintenant, peu importait. « J'avoue que pour moi, c'est incompréhensible. Le Pr Ébisuno lui offre sa protection en tant que tuteur, et en effet, jusqu'à un certain point, il est peut-être normal qu'il fasse attention à ce genre de choses. Mais là, la situation est invraisemblable. Il aurait dû avoir comme souci principal de protéger Fukaéri, de s'assurer qu'elle se trouvait dans un endroit sûr. J'ai du mal à comprendre que le Maître ait placé en tête de ses préoccupations la sexualité ou la virginité de Fukaéri. »

Komatsu tordit la bouche.

« Oui... j'avoue que je n'en sais trop rien. À moi, le Maître m'a seulement fait cette demande. Y avait-il eu des liens charnels entre toi et Fukaéri ? Il a voulu que je te rencontre directement et que je vérifie tout cela auprès de toi. Ce que j'ai fait. Et ta réponse a été : non.

— Voilà. Il n'y a pas eu de liens charnels entre Fukaéri et moi », répéta Tengo en regardant Komatsu dans les yeux. Il n'avait pas le sentiment de mentir.

« C'est parfait. » Komatsu mit une Marlboro à sa bouche, plissa les yeux, alluma sa cigarette avec une allumette. « C'est tout ce que je voulais savoir.

— Fukaéri est à coup sûr une fille attirante. Mais comme vous le savez, j'ai été entraîné dans tous ces embêtements. Et contre ma volonté. En ce qui me concerne, je n'ai plus envie que ça recommence. En plus, j'ajouterais que je voyais quelqu'un.

— D'accord. J'ai compris, répondit Komatsu. Tu es un garçon intelligent sur ces questions. Tu as la tête sur les épaules. Je transmettrai ta réponse au Maître. Désolé de t'avoir interrogé. J'espère que tu ne vas pas t'en faire.

— Non, pas spécialement. Je m'étonne simplement. Pourquoi faut-il parler de ça maintenant ? » Tengo marqua une pause. « Et l'histoire que vous deviez me raconter ? »

Quand Komatsu eut achevé sa bière, il commanda un whisky soda.

« Et pour toi, Tengo ? demanda Komatsu.

— La même chose. »

On leur apporta leur whisky soda dans deux hauts verres. « Bon, pour commencer, fit Komatsu après un long silence, autant que possible, essayons de débrouiller la partie la plus enchevêtrée. Parce que nous sommes sur le même bateau. Par ce "nous", j'entends toi, Tengo, moi, Fukaéri et le Pr Ébisuno. Nous quatre.

— Une combinaison vraiment très spéciale », dit Tengo. Mais Komatsu ne parut pas saisir l'ironie sous-jacente à sa remarque. L'éditeur semblait se concentrer sur le récit qu'il devait relater.

Il reprit la parole. « Ces quatre personnes avaient chacune son propre dessein. Par rapport au même projet, ce qu'elles cherchaient à atteindre n'était pas forcément du même niveau et n'allait pas forcément dans la même direction. Ou, pour le dire autrement, elles ne ramaient pas selon le même rythme et selon le même angle d'attaque.

— D'emblée, la combinaison était inapte à mener une action commune.

— On peut le dire ainsi.

— Puis le bateau a été pris dans des rapides et entraîné vers une chute d'eau.

— Le bateau a été pris dans des rapides et entraîné vers une chute d'eau, confirma Komatsu. Vois-tu, je ne cherche pas à m'excuser, mais au tout début, mon plan était simple et naïf. Le manuscrit de Fukaéri, *La Chrysalide de l'air*, toi, tu le remaniais, et il obtenait le prix des nouveaux auteurs de notre revue. Il était ensuite publié sous forme de livre, il se vendait très bien. Nous, on avait bien dupé le monde. Et récolté beaucoup d'argent. Donc, c'était moitié pour la rigolade, moitié pour les gains. Tel était l'objectif. Mais dès que le Pr Ébisuno – le tuteur de Fukaéri – a été impliqué là-dedans, tout est devenu infiniment plus complexe. Un certain nombre d'intrigues secondaires se sont glissées par en dessous, comme des courants invisibles, et le débit du fleuve s'est accéléré. Le texte tel que tu l'as réécrit, Tengo, était aussi bien plus beau que ce que j'avais imaginé. Grâce à quoi le livre a été très apprécié, et il a connu des ventes incroyables. Résultat, notre bateau a fini par être emporté en des contrées inimaginables. Des lieux aussi légèrement dangereux. »

Tengo secoua faiblement la tête. « Non, pas légèrement dangereux. Des endroits où *le danger est à son maximum.*

— Oui, si tu veux.

— N'en parlez pas comme si cela ne vous concernait pas. Monsieur Komatsu, n'est-ce pas vous qui avez élaboré ce projet en premier ?

— Tu as parfaitement raison. C'est moi qui ai appuyé sur le démarreur. Au début, tout a bien fonctionné. En cours de route, malheureusement, le contrôle m'a échappé. Je me sens responsable, crois-le bien. Et surtout de t'avoir entraîné là-dedans, Tengo. C'est moi qui t'ai forcé à accepter. Mais maintenant, nous devons nous arrêter, changer de cap. Nous débarrasser de nos bagages superflus, simplifier le scénario. Nous devons décider de là où nous nous situons et de la manière dont nous agirons ensuite. »

Dès qu'il eut achevé sa tirade, il soupira et but son whisky. Puis il prit dans la main le cendrier en verre et en caressa attentivement la surface de ses longs doigts, comme un aveugle qui vérifie précisément la forme d'un objet.

« En fait, durant dix-sept ou dix-huit jours, j'ai été séquestré quelque part, déclara Komatsu. De la fin août jusqu'à la mi-septembre. Ce jour-là, il était midi passé, je me rendais à mon bureau, je marchais dans la rue qui mène à la gare de Gôtokuji. Une grande voiture noire s'est arrêtée à côté de moi. La vitre s'est abaissée, quelqu'un m'a appelé par mon nom. "Monsieur Komatsu ?" Quand je me suis approché pour voir de qui il s'agissait, deux hommes sont sortis du véhicule, et hop, ils m'ont fourré dedans. Des types plutôt costauds. L'un des deux m'a maîtrisé par-derrière, et l'autre m'a fait respirer du chloroforme ou quelque chose comme ça. Oui, on se serait cru dans un film ! Sauf que c'était vrai. Quand j'ai ouvert les yeux, j'étais prisonnier dans une petite chambre sans fenêtre. Une sorte de cube, aux murs blancs. Il y avait un lit étroit, une petite table en bois, mais pas de chaise. J'étais couché sur le lit.

— Séquestré ? » fit Tengo.

Après avoir fini d'explorer le cendrier, Komatsu le reposa sur la table. Il releva la tête et regarda Tengo. « Oui, j'ai bel et bien été séquestré. Comme dans le vieux film *L'Obsédé*. La plupart des gens n'imaginent pas qu'ils risquent d'être kidnappés un jour. C'est quelque chose qui ne leur traverse pas l'esprit. Non ? Pourtant, quand j'étais séquestré, je l'étais vraiment. Comment dire… ça allait de pair avec une sensation quasi surréaliste. J'ai vraiment été séquestré. Peut-on croire ça ? »

Komatsu observait Tengo comme s'il cherchait une réponse. Mais sa question était purement rhétorique. Tengo resta silencieux, attendant la suite de l'histoire. Son verre de whisky auquel il n'avait pas touché était couvert de buée. Des gouttes avaient coulé, le dessous-de-verre était tout humide.

16
Ushikawa

Une machine efficace, constante, insensible

LE LENDEMAIN MATIN, installé par terre à côté de la fenêtre, exactement comme la veille, Ushikawa poursuivit sa surveillance par l'interstice des rideaux. Les mêmes visages que ceux qui étaient revenus la veille au soir – ou du moins qui lui parurent parfaitement semblables – sortirent de l'immeuble. Tous ces gens avaient la mine sombre, le dos courbé. Ils semblaient épuisés, déjà dégoûtés de la nouvelle journée qui ne faisait que commencer. Il ne vit pas Tengo parmi eux. Néanmoins, Ushikawa actionna le déclencheur et photographia tous les visages qui défilaient. Il disposait de suffisamment de pellicules et il fallait qu'il ait de la pratique s'il voulait réussir ses clichés.

Quand l'heure de départ au travail fut passée, une fois qu'il se fut assuré que ceux qui devaient sortir s'étaient bien absentés, Ushikawa quitta l'appartement et entra dans une cabine de téléphone public. Il composa le numéro de l'école de Yoyogi et demanda Tengo. Au bout du fil, une femme lui répondit : « Le professeur Kawana est en congé depuis une dizaine de jours.

— Serait-il souffrant ?

— Non, mais quelqu'un de sa famille a eu un problème de santé. Je crois que le professeur Kawana s'est rendu à Chiba auprès de cette personne.

— Sauriez-vous quand il sera de retour ?

— Nous l'ignorons », répondit la femme.

Ushikawa la remercia et raccrocha.

La famille de Tengo, à sa connaissance, était réduite à son père. Ce père, qui avait travaillé comme collecteur de la redevance pour la NHK. Tengo ignorait tout de sa mère jusqu'à présent. Et d'après ce qu'Ushikawa savait, il s'était toujours mal entendu avec son père. Pourtant, le jeune homme s'était absenté de son école depuis plus de dix jours pour s'en occuper. La question tracassait Ushikawa. Pourquoi Tengo avait-il changé si soudainement d'attitude ? Et ce père, de quelle maladie souffrait-il ? Dans quel hôpital de Chiba séjournait-il ? Il y avait certes moyen de vérifier tout cela, mais il lui faudrait y consacrer une demi-journée. Et son guet serait interrompu.

Ushikawa hésita. Si Tengo était loin de Tokyo, garder l'œil sur l'entrée de son immeuble n'avait plus beaucoup de sens. Il serait peut-être plus sage d'explorer d'autres directions et, dans l'immédiat, de mettre un terme à sa surveillance. Il pourrait par exemple s'enquérir de l'établissement où le père résidait. Ou bien approfondir l'enquête sur Aomamé. Rencontrer ses anciens collègues de travail ou ses camarades de l'université et les questionner sur sa vie privée. Il récolterait peut-être de nouveaux indices.

Pourtant, après une longue réflexion, il décida de continuer à épier l'immeuble. Tout d'abord, s'il abandonnait sa garde, son rythme quotidien qui commençait à se mettre en place serait perdu. Il devrait tout reprendre à zéro. Ensuite, s'il se lançait maintenant sur la piste du père de Tengo ou sur les relations d'Aomamé, obtiendrait-il un résultat en rapport avec la peine que cela exigerait de lui ? Par expérience, il savait qu'enquêter en utilisant ses jambes était efficace jusqu'à un certain point. Au-delà, curieusement, on stagnait. Et enfin, son intuition réclamait de lui *qu'il ne bouge pas de là*. Qu'il s'applique uniquement à observer ce qui défilait devant ses yeux, sans perdre son sang-froid, et qu'il ne laisse rien échapper. Sa vieille intuition, logée dans son crâne cabossé, le lui disait sans ambages.

Que Tengo soit là ou pas, résolut Ushikawa, je vais poursuivre la surveillance de l'immeuble. Je vais rester ici, et avant son retour, j'aurai mémorisé les visages de tous les locataires. En sachant qui habite ici, au premier coup d'œil, je saurai détecter l'étranger. Je suis un carnassier. Un carnassier doit être infiniment patient. Il doit se fondre dans l'environnement et tout savoir sur sa proie.

Un peu avant midi, à l'heure où les allées et venues étaient les moins fréquentes, Ushikawa sortit de l'immeuble. Malgré son bonnet en laine et son écharpe remontée jusqu'en bas du nez pour se dissimuler au maximum, il attirait les regards. Sur son gros crâne, le bonnet beige avait pris les allures du chapeau d'un champignon. Juste au-dessous, l'écharpe verte faisait penser à un boa enroulé sur lui-même. Comme camouflage, c'était complètement raté. En plus, le bonnet et l'écharpe n'étaient pas assortis.

Ushikawa se rendit au magasin de photos devant la gare et donna deux pellicules à développer. Il entra ensuite dans un restaurant de *soba* et commanda un bol de nouilles accompagnées de légumes frits. Cela faisait longtemps qu'il n'avait pas pris un repas chaud. Il savoura ses nouilles avec grand plaisir et avala le bouillon jusqu'à la dernière goutte. Lorsqu'il eut terminé, il s'était tellement réchauffé qu'il commençait à transpirer. Il remit son bonnet, enroula son écharpe à son cou et retourna à l'appartement. Une fois à l'intérieur, il alluma une cigarette, étala les photos à même le sol et entreprit de les classer. Il regroupa les visages en établissant une comparaison entre les sortants du matin et les entrants du soir. Pour savoir aisément qui était qui, il leur attribua un nom au hasard et l'inscrivit au feutre au revers des photos.

Au-delà de l'heure de départ au travail, presque plus personne ne sortait. Vers dix heures, un jeune homme, l'allure d'un étudiant, sac à bandoulière sur l'épaule, s'en alla d'un pas précipité. Une personne âgée, soixante-dix ans environ, et une trentenaire sortirent également. L'une et l'autre revinrent bientôt chargées de sacs de supermarché. Ushikawa les prit aussi en photo. Un peu avant midi, le facteur distribua le courrier dans les boîtes aux lettres. Un livreur, un carton dans les bras, pénétra dans l'immeuble. Cinq minutes plus tard, il ressortit les mains vides.

Toutes les heures, Ushikawa s'éloignait de l'appareil photo. Il s'accordait cinq minutes d'étirements. La surveillance s'interrompait alors. Mais il avait compris dès le départ qu'il ne pourrait à lui seul couvrir toutes les allées et venues. Le plus important était d'éviter l'engourdissement. S'il restait trop longtemps dans la même position, ses muscles perdraient de leur vitalité, ce qui l'empêcherait de réagir rapidement en cas d'urgence. À l'image de Gregor Samsa, après sa métamorphose en insecte, Ushikawa fit bouger son corps arrondi et disproportionné sur le sol, il frétilla, se trémoussa avec dextérité pour assouplir au mieux ses muscles.

Dans l'espoir de tromper l'ennui, il se vissa des écouteurs aux oreilles et écouta la radio AM. Les émissions de la journée étaient conçues pour cibler les femmes au foyer et les personnes âgées. Les animateurs s'étranglaient de rire en lançant des plaisanteries rebattues, ils professaient des opinions banales et idiotes. La musique diffusée donnait envie de se boucher les oreilles. Il fallait supporter des publicités, débitées d'une voix tonitruante, pour des articles que personne n'aurait envie d'acheter. C'était du moins ce qu'Ushikawa éprouvait. Et pourtant, il voulait entendre des voix humaines. Peu importait ce que les gens disaient. Il se résigna donc tout en s'interrogeant. Pourquoi produisait-on des émissions aussi bêtes ? Pourquoi fallait-il qu'on se fatigue à les diffuser sur les ondes qui couvraient de si vastes territoires ?

Il était cependant de fait qu'Ushikawa, de son côté, n'était pas engagé dans une mission particulièrement noble et productive. Que faisait-il, hormis photographier des visages à la dérobée, enfermé dans sa pauvre tanière, caché derrière des rideaux ? Il n'était pas franchement en position de traiter les autres de haut et de critiquer leur conduite.

Il ne s'agissait d'ailleurs pas seulement de ces moments précis. C'était à peu près pareil du temps où il était avocat. Il n'avait pas le souvenir d'avoir accompli quoi que ce soit d'utile à la société. Ses meilleurs clients étaient des bailleurs de fonds, de taille intermédiaire, liés à des organisations criminelles. Ushikawa s'évertuait à disperser leurs profits avec le maximum d'efficacité et mettait au point tous les plans. En d'autres termes, c'était du blanchiment d'argent. Il lui était aussi arrivé de prendre part à des opérations de remembrement foncier (plus ou moins forcé). Les habitants installés de longue date étaient expulsés, les petites parcelles étaient regroupées en un vaste terrain qui était ensuite revendu à des promoteurs immobiliers. Des sommes gigantesques leur tombaient ainsi du ciel. Là encore, le milieu y était mêlé. Ushikawa excellait également dans la défense des particuliers poursuivis pour fraude fiscale. La plupart de ses clients appartenaient à ce monde interlope qui fait reculer les avocats ordinaires. Mais Ushikawa n'hésitait jamais à se charger de la défense de qui que ce soit, du moment qu'on le lui demandait et que ça lui rapportait gros. Et puis il s'en sortait bien, il obtenait d'excellents résultats. Aussi n'avait-il jamais manqué de clients. Sa relation avec Les Précurseurs avait débuté à cette époque. Pour une raison qu'il ignorait, il avait personnellement plu au leader.

S'il n'avait effectué que le travail ordinaire d'un avocat ordinaire, Ushikawa n'aurait jamais pu gagner sa vie. Il avait réussi le concours du barreau peu de temps après être sorti de l'université et avait donc été habilité à exercer en tant qu'avocat. Mais il n'avait ni connexion sur laquelle il aurait pu compter, ni relations. Les grands cabinets n'avaient pas voulu l'embaucher en raison de son apparence. S'il s'était mis à son compte et qu'il avait usé de pratiques honnêtes, il n'aurait pour ainsi dire pas obtenu de dossier. Très peu de gens étaient prêts à engager un avocat à l'extérieur aussi insolite et à lui verser des honoraires élevés. C'était peut-être la faute aux séries télévisées. Tout le monde avait fini par considérer qu'un bon avocat était forcément très beau et qu'il avait une allure très intellectuelle.

Et ainsi, par la force des choses, il en était venu à se lier avec le milieu. Ces gens-là ne se préoccupaient pas de son apparence. Sa singularité était même l'une des raisons pour lesquelles ils lui faisaient confiance. Pour lesquelles ils l'admettaient dans leurs rangs. Eux comme lui étaient exclus du monde ordinaire. Ils avaient bien noté les qualités d'Ushikawa. Sa perspicacité, son intelligence pratique, sa capacité à garder les secrets. On lui confiait donc des affaires dans lesquelles intervenaient (sous le manteau) de grosses sommes d'argent et on le rétribuait généreusement. Ushikawa avait très vite assimilé les combines et les astuces pour rester à la limite de la légalité et se soustraire à la justice. Il était servi par son instinct tout autant que par sa prudence. Mais un jour, peut-être sous l'inspiration du diable, la cupidité lui avait fait commettre une erreur et il avait franchi la ligne jaune. Il avait échappé de justesse à une condamnation pénale, mais il s'était vu radier du barreau de Tokyo.

Ushikawa éteignit la radio et fuma une Seven Stars. Il inhala la fumée jusqu'au fond des poumons puis il la relâcha lentement. La boîte de conserve vide lui tint lieu de cendrier. Si je continue à vivre ainsi, se dit-il, ma mort risque bien d'avoir le même goût. Il se peut que je trébuche bientôt et que je sois précipité tout seul dans quelque lieu sombre. Personne ne s'apercevra que j'ai disparu de ce monde. Je pourrai pleurer, hurler dans les ténèbres, personne ne m'entendra. Et pourtant, ai-je le choix ? Il ne me reste qu'à poursuivre cette vie. Jusqu'à la mort. Et si ma façon de faire n'est pas très glorieuse, je n'en connais pas d'autre. Pourtant, dès qu'il s'agissait d'affaires *pas très glorieuses*, Ushikawa se montrait infiniment plus compétent que quiconque.

À deux heures et demie, une jeune fille coiffée d'une casquette de base-ball sortit de l'immeuble. Elle n'avait rien dans les mains et traversa rapidement le champ visuel d'Ushikawa. Ce dernier actionna précipitamment le *Motor Drive* et fit trois prises. Il ne l'avait jamais vue auparavant. C'était une très jolie jeune fille, mince, aux longues jambes et aux bras fins. Elle avait un maintien élégant et faisait penser à une danseuse. Elle devait avoir seize ou dix-sept ans. Elle portait un jean bleu délavé, des tennis blanches et un blouson en cuir d'homme. Ses cheveux étaient enfouis dans le col du blouson. Après être sortie de l'immeuble, elle s'arrêta au bout de quelques pas et, les yeux mi-clos, fixa un instant un point au-dessus du poteau électrique situé en face. Puis elle abaissa le regard vers le sol et se remit à marcher. Elle tourna à gauche et disparut.

La jeune fille ressemblait à quelqu'un. Quelqu'un qu'Ushikawa connaissait. Quelqu'un qu'il avait vu récemment. À son allure, peut-être une vedette du petit écran ? Mais en dehors des bulletins d'informations, Ushikawa ne regardait pour ainsi dire jamais la télévision. Il ne se souvenait pas non plus de s'être intéressé aux jolies filles du petit écran.

Ushikawa appuya à fond sur l'accélérateur de sa mémoire. Il fit tourner son cerveau à plein régime. Les yeux étrécis, il comprima ses cellules cérébrales comme s'il tordait une serpillière. Sous l'effort, ses nerfs souffrirent. Puis, tout à coup, il sut que cette jeune fille était Ériko Fukada. Il ne l'avait jamais vue réellement. Uniquement sur une photo, dans un journal, qui illustrait une chronique littéraire. Néanmoins, dans la clarté et le détachement que dégageait cette jeune fille, il retrouvait très exactement l'impression qu'il avait eue quand il avait contemplé la petite photo en noir et blanc. Ériko Fukada et Tengo, naturellement, s'étaient rencontrés à travers la réécriture de *La Chrysalide de l'air*. Il n'était pas impossible qu'ils se soient ensuite liés d'amitié et que la jeune fille se soit cachée dans l'appartement de Tengo.

À cette idée, Ushikawa, presque par réflexe, mit son bonnet sur la tête, enfila son caban bleu marine et enroula son écharpe autour du cou. Puis il sortit de l'immeuble et courut dans la direction vers laquelle elle était partie.

Cette petite marche d'un pas bien rapide, se dit Ushikawa. Je ne pourrai peut-être pas la rattraper. Mais elle n'a rien dans les mains. Ce qui signifie qu'elle n'a pas l'intention d'aller bien loin. Plutôt que de la filer et de risquer d'éveiller son attention, je ferais mieux d'attendre son retour sans bouger. Malgré ces réflexions, Ushikawa ne put s'empêcher de continuer à la suivre. Il y avait chez cette jeune fille quelque chose qui l'émouvait et le troublait sans qu'il en comprenne la raison. Tout comme les teintes mystérieuses de la lumière, à un moment du crépuscule, rappellent certains souvenirs particuliers.

Peu après, Ushikawa l'aperçut de nouveau. Plantée sur le bord de la rue, elle scrutait passionnément la devanture d'une petite papeterie. Sans doute était exposé là quelque chose qui suscitait son intérêt. En lui tournant le dos, Ushikawa se campa discrètement devant un distributeur automatique de boissons. Il sortit des pièces de sa poche et prit une cannette de café chaud.

Au bout d'un certain temps, la jeune fille reprit sa marche. Ushikawa posa par terre la cannette à moitié bue et recommença à la suivre, en gardant une bonne distance. La jeune fille était visiblement concentrée sur ses mouvements. On aurait dit qu'elle avançait comme si elle devait traverser l'immense étendue d'un lac sans soulever la moindre ride. Grâce à cette foulée particulière, elle pouvait évoluer audessus de la surface sans s'enfoncer dans l'eau ni se mouiller les chaussures. Il semblait qu'elle maîtrisait certains arcanes.

Cette jeune fille possédait quelque chose. Quelque chose de spécial que les gens ordinaires n'avaient pas. Voilà ce que ressentit Ushikawa. Il ne savait pas grand-chose au sujet d'Ériko Fukada. Si ce n'est qu'elle était la fille unique du leader, qu'elle s'était enfuie des Précurseurs toute seule à l'âge de dix ans et qu'elle s'était placée sous la protection d'un universitaire réputé du nom d'Ébisuno. C'est là qu'elle avait grandi et écrit *La Chrysalide de l'air.* Grâce à l'aide de Tengo Kawana, le livre était devenu un best-seller. Actuellement, elle était portée disparue et une demande de recherche avait été déposée à la police. À la suite de quoi, Les Précurseurs avaient récemment fait l'objet d'une perquisition.

Il semblait que le contenu de *La Chrysalide de l'air* s'était révélé problématique pour Les Précurseurs. Ushikawa s'était procuré le livre. Il l'avait lu attentivement, de bout en bout. Il n'avait pourtant pas vu quels étaient les passages qui risquaient de les déranger. L'histoire elle-même était intéressante et très bien écrite. Le style, agréable à lire, délicat, certaines pages vraiment captivantes. Mais en fin de compte, s'était dit Ushikawa, il s'agit tout au plus d'un innocent roman fantastique. Et sans aucun doute, c'était également l'avis du grand public. Des Little People sortent de la bouche d'une chèvre morte et fabriquent une chrysalide de l'air. L'héroïne se divise en MOTHER et DAUGHTER et dans le ciel brillent deux lunes. Dans ce récit surréel, où pouvaient donc se dissimuler les informations que le monde ne devait pas connaître sans porter tort aux Précurseurs ? Pourtant, ces derniers semblaient déterminés à agir à l'encontre de ce livre. C'était du moins ce qu'ils avaient envisagé à une époque.

Néanmoins, il était trop risqué de tenter d'approcher Ériko Fukada, par une méthode ou une autre, alors qu'elle était sous les feux des projecteurs. C'est pourquoi (supposait Ushikawa), il avait été chargé d'entrer en contact avec Tengo, en qualité d'agent extérieur. On lui avait ordonné de se mettre en relation avec le prof de maths costaud.

Aux yeux d'Ushikawa, Tengo ne jouait qu'un rôle secondaire dans le déroulement des événements. À la demande de son éditeur, il avait remanié le manuscrit de *La Chrysalide de l'air* et l'avait transformé en un texte cohérent et agréable à lire. Son travail avait été excellent mais, au fond, son rôle était celui d'un auxiliaire. Pourquoi la secte s'intéressait-elle autant à Tengo ? Ushikawa ne parvenait pas à se l'expliquer. Mais Ushikawa n'était qu'un simple soldat, qui devait se contenter d'exécuter les ordres.

Tengo avait pourtant refusé tout net la proposition relativement généreuse qu'avait concoctée Ushikawa. Par conséquent, le plan qui aurait dû lui permettre de nouer des relations avec le jeune homme avait échoué. Après quoi, alors qu'il se demandait quelle action il pourrait bien entreprendre à ce stade, le leader – le père d'Ériko Fukada – était mort. Depuis, l'affaire en était restée là.

Dans quelle direction se tournaient à présent Les Précurseurs ? Que recherchaient-ils ? Ushikawa n'en avait aucune idée. Il ignorait également qui était à la tête de leur organisation, maintenant que leur leader avait disparu. Toujours est-il qu'ils voulaient retrouver Aomamé, qu'ils cherchaient à élucider le mobile de l'assassinat de leur gourou et à comprendre ce qui se cachait derrière. Vraisemblablement dans le but de punir sévèrement l'auteur du crime et d'assouvir leur vengeance. Et ils étaient fermement déterminés à ne pas faire intervenir la justice.

Que se passait-il alors avec Ériko Fukada ? Que pensaient-ils actuellement de *La Chrysalide de l'air* ? Le livre était-il encore une menace pour eux ?

Ériko Fukada marchait sans ralentir le pas ni jamais se retourner, tel un pigeon volant tout droit vers son nid. Ushikawa comprit bientôt que sa destination était le petit supermarché Marushô. Un panier à la main, elle circula de rayon en rayon, sélectionnant des conserves et des produits frais. Pour choisir une laitue, elle la prenait dans les mains et l'examinait méticuleusement sous tous les angles possibles. À ce train, se dit Ushikawa, il va lui falloir du temps. Il décida donc de sortir du magasin et de s'installer de l'autre côté de la rue, à l'arrêt de bus. Il surveillerait ainsi la sortie en faisant mine d'attendre le bus.

L'attente se prolongea, la jeune fille n'apparaissait toujours pas. Ushikawa commença à s'inquiéter. Serait-elle sortie par une autre porte ? Mais le magasin n'offrait visiblement qu'une seule entrée-sortie qui donnait sur la rue principale. Peut-être est-ce simplement qu'il lui faut beaucoup de temps pour se décider. Il n'avait qu'à revoir la jeune fille, complètement absorbée dans ses pensées, alors qu'elle examinait sa laitue. Repenser à son regard sérieux qui manquait étonnamment de profondeur. Il décida de se montrer patient. Trois bus arrivèrent et repartirent. Bien sûr sans Ushikawa. Il regretta de ne pas avoir pris un journal derrière lequel il aurait pu se cacher. Un journal ou un magazine, voilà bien les accessoires indispensables à une filature. Mais il n'y pouvait rien. Il avait été obligé de quitter son appartement en toute hâte.

Lorsque Fukaéri sortit enfin du supermarché, sa montre indiquait trois heures trente-cinq. Sans porter la moindre attention à l'arrêt de bus où attendait Ushikawa, elle reprit vivement le chemin qu'elle avait emprunté à l'aller. Il lui laissa une certaine avance avant de lui emboîter le pas. Ses deux sacs de provisions semblaient plutôt lourds, mais la jeune fille les portait avec aisance, et, à la manière d'une araignée d'eau qui se déplace à la surface des étangs, elle survolait le sol d'une foulée aérienne.

Quelle jeune fille étrange, se dit de nouveau Ushikawa en l'observant de dos. Elle lui apparaissait comme un papillon rare et exotique que l'on peut contempler mais dont il ne faut pas s'approcher. Si on l'effleure, il meurt en même temps que s'évanouissent son éclat et son naturel. Le rêve exotique s'achève.

Ushikawa réfléchit en hâte pour décider s'il devait dire aux Précurseurs qu'il avait retrouvé Fukaéri. Difficile de se prononcer. À ce stade, leur livrer Fukaéri lui ferait gagner des points. En tout cas, ce ne serait pas négatif. Cela leur montrerait qu'il avançait bien, que son enquête était fructueuse. Mais s'il se consacrait trop à Fukaéri, il risquait de perdre l'occasion de retrouver Aomamé – ce qui était sa mission première. Ce serait comme s'il avait tout perdu. Que devait-il faire ? Il plongea ses mains dans les poches de son caban, enfouit le bout de son nez dans son écharpe et marcha derrière Fukaéri, en gardant un peu plus de distance qu'à l'aller.

Si j'ai suivi cette jeune fille, c'est peut-être simplement *parce que j'ai voulu la contempler*, pensa-t-il soudain. À la vue de la jeune fille qui marchait dans la rue, ses sacs de courses dans les bras, il se sentait comme oppressé. Comme s'il était coincé, immobilisé entre deux murs, sans possibilité d'avancer ou de reculer. Ses poumons n'étaient plus en mesure d'accomplir leurs mouvements avec régularité. Il avait une atroce sensation de suffocation. Comme s'il s'était retrouvé en plein milieu de tourbillons de vent tièdes. Jamais jusqu'alors il n'avait ressenti une telle étrangeté.

Il résolut de laisser de côté la jeune fille, pour le moment du moins, et de se concentrer sur Aomamé, selon le plan initial. Aomamé est une meurtrière. Quelle que soit la raison qui l'a poussée à commettre son acte, elle mérite d'être punie.

L'idée de livrer Aomamé aux Précurseurs ne serrait pas le cœur d'Ushikawa.

Mais cette toute jeune fille est un être doux et muet qui vit au fond de la forêt. Avec des ailes délicates, comme les ombres d'un esprit. Je vais me contenter de la contempler de loin, se dit-il.

Une fois que Fukaéri eut disparu dans l'immeuble avec ses sacs dans les bras, Ushikawa attendit un moment, puis il pénétra à son tour dans le bâtiment, entra dans son appartement, ôta son écharpe et son bonnet et s'installa de nouveau devant son appareil photo. Ses joues fouettées par le vent étaient frigorifiées. Il fuma une cigarette et but de l'eau minérale. Il avait terriblement soif, comme s'il avait mangé quelque chose de piquant.

Le crépuscule tomba. Les réverbères s'allumèrent. Ce serait bientôt l'heure où l'on rentre chez soi. Ushikawa, qui avait gardé son caban, avait en main le déclencheur de la commande à distance et conservait le regard rivé sur l'entrée de l'immeuble. Au fur et à mesure que s'estompaient les souvenirs de la lumière de l'après-midi, le froid s'installait vigoureusement dans la pièce vide. La nuit allait être encore plus glaciale que celle de la veille. Ushikawa se dit qu'il lui faudrait s'acheter un radiateur électrique ou une couverture chauffante dans le magasin devant la gare.

Lorsque Ériko Fukada réapparut à la sortie de l'immeuble, sa montre indiquait quatre heures quarante-cinq. La jeune fille avait conservé son pull noir à col roulé et son jean bleu. Mais elle ne portait plus le blouson de cuir. Le pull moulant faisait clairement ressortir ses formes. Elle avait des seins épanouis malgré sa minceur. Alors qu'Ushikawa obervait ces jolies rondeurs à travers le viseur, il éprouva de nouveau une sensation d'étouffement qui lui étrangla la poitrine.

Étant donné qu'elle n'avait pas de veste, il supposa que son intention n'était pas de partir très loin. Comme la dernière fois, elle s'immobilisa devant l'entrée et scruta un point au-dessus du poteau électrique, les yeux mi-clos. Il commençait à faire nuit, mais il était encore possible, en forçant le regard, de distinguer les contours des objets. Fukaéri paraissait en quête de quelque chose mais on aurait dit qu'elle ne trouvait pas ce qu'elle recherchait. Elle cessa de regarder au-dessus du poteau électrique, et, comme un oiseau dont seule la tête pivote, elle promena ses yeux un peu partout autour d'elle. Ushikawa appuya sur le déclencheur.

Alors, soudain, comme si elle avait entendu le déclic, elle se tourna vers l'appareil photo. Au travers du viseur, Ushikawa et Fukaéri se retrouvèrent face à face. Ushikawa voyait le visage de Fukaéri très distinctement puisqu'il la regardait dans le téléobjectif. Mais simultanément, Fukaéri le scrutait avec fixité depuis l'autre extrémité de la lentille. Ses yeux captaient Ushikawa. Dans ses prunelles de laque noire se reflétait son propre visage. Il éprouva une sensation de contact étrangement direct. Il avala sa salive. Non, ce n'est pas possible. De là où elle est, elle ne peut rien voir. Il avait camouflé le téléobjectif et le bruit du déclencheur, étouffé par la serviette, ne parvenait pas jusque-là. La jeune fille restait pourtant campée devant l'entrée et regardait droit dans la direction où il se cachait. Les yeux rivés sur lui. Comme la clarté des étoiles fait luire un bloc de rocher sans nom.

Longtemps – Ushikawa ignorait combien de temps –, ils se regardèrent l'un l'autre. Puis elle se retourna brusquement, dans une sorte de torsion, et entra d'un pas rapide dans l'immeuble. Comme si elle avait vu tout ce qu'il y avait à voir. Quand la jeune fille disparut, Ushikawa vida l'air de ses poumons et il lui fallut un certain temps avant qu'il les emplisse à nouveau. L'air froid cribla ses membranes internes d'une multitude d'épines.

Comme la veille au soir, les locataires de retour défilèrent l'un après l'autre sous la lumière de l'entrée. Mais Ushikawa ne regardait plus dans le viseur. Sa main avait lâché la commande à distance. C'était comme si le regard franc et sans réserve de la jeune fille avait emporté toutes ses forces. Ah... ce regard. À la manière d'une aiguille d'acier très acérée, il avait plongé directement dans son cœur, si loin et si profond qu'il l'avait transpercé de part en part.

Elle savait. Elle savait qu'Ushikawa l'observait en secret et aussi qu'il la photographiait. Il ignorait comment cela était possible. Mais Fukaéri savait. Peut-être parvenait-elle à percevoir sa présence grâce à un organe sensoriel spécial.

Il eut terriblement envie d'alcool. S'il l'avait pu, il se serait versé un plein verre de whisky et l'aurait vidé d'une traite. Il se demanda même s'il n'irait pas en acheter. Le magasin de spiritueux se trouvait à deux pas. Mais il y renonça. L'alcool ne changerait rien. Cette jolie fille m'a vu au travers du viseur, pensa-t-il. Elle m'a vu, moi qui suis caché ici avec ma tête difforme et mon âme viciée, qui me tiens aux aguets et qui dérobe des clichés. C'est là un fait établi contre lequel je ne pourrai rien.

Ushikawa délaissa son appareil photo, et, appuyé contre le mur, il leva les yeux vers le plafond sombre et taché. Il eut le sentiment que tout était vain. Jamais il ne s'était senti aussi seul. Jamais l'obscurité ne lui avait paru aussi obscure. Il pensa à sa maison de Chûôrinkan, à la pelouse du jardin et à son chien. Il pensa aussi à sa femme et à ses deux petites filles. Il pensa à la lumière du soleil. Et à ses gènes qui se perpétuaient dans ses filles. Aux gènes responsables de sa vilaine tête cabossée et de son âme perverse.

Il en vint à ressentir que tout ce qu'il avait pu faire jusque-là était absurde et inutile. Il avait joué toutes ses cartes. Il n'avait certes pas eu beaucoup d'atouts. Et il avait fait son maximum pour passer les mauvaises cartes. Il avait su bien miser et, pendant un temps, il avait bien gagné. Mais il n'avait plus rien en main. Les lampes au-dessus de la table de jeu s'étaient éteintes, tous les joueurs étaient partis.

Finalement, il ne prit aucune photo ce soir-là. Appuyé contre le mur, les yeux clos, il fuma plusieurs Seven Stars. Il mangea encore des pêches en conserve. À neuf heures, il alla se laver les dents dans les toilettes, puis il se déshabilla et se glissa dans le sac de couchage. Il tenta de s'endormir malgré ses frissons. La nuit était très fraîche. Mais le froid nocturne n'était pas seul en cause. Cette impression glacée lui semblait venir de l'intérieur de lui. Mais où est-ce que je vais ? se demanda Ushikawa dans le noir. Peut-être bien là d'où je suis venu.

Restait encore dans son cœur la douleur infligée par le regard incisif de la jeune fille. Peut-être ne s'effacerait-elle jamais. Ou alors, était-ce une douleur présente depuis toujours et qu'il n'aurait jamais remarquée ?

Le lendemain matin, une fois qu'il eut achevé son petit déjeuner fait de crackers et de café instantané, Ushikawa reprit courage et se remit aux aguets devant son appareil photo. Comme la veille, il observa tous les locataires qui sortaient de l'immeuble et prit quelques photos. Mais il ne vit ni Tengo ni Ériko Fukada. Tout ce qu'il voyait, c'était une humanité qui avançait par la force de l'habitude dans cette nouvelle journée, le dos courbé. Ce matin-là, le temps était beau, le vent soufflait fort et dissipait l'haleine blanche des passants.

Je vais tâcher de ne pas penser à des choses inutiles, songea Ushikawa. Je vais m'endurcir, me façonner une cuirasse, et laisser simplement un jour succéder à un autre. Je ne suis qu'une machine. Une machine efficace, constante, insensible. Par l'une de ses ouvertures, j'aspire le temps neuf puis, ce vieux temps une fois transformé, je le recrache par une autre de ses ouvertures. La raison d'être de cette machine est son existence même. Il devait revenir à ce cycle pur et naturel – un mouvement perpétuel qui toucherait un jour à son terme. Il banda sa volonté pour chasser de sa tête l'image de Fukaéri et cadenassa son cœur. La douleur qu'avait laissée le regard aigu de la jeune fille s'était bien apaisée. Elle s'était transformée en un sourd lancinement sporadique. C'est parfait, pensa Ushikawa. Le mieux que je puisse espérer. Je suis un système simple avec des particularités complexes.

Un peu avant midi, il se rendit à la supérette qui se trouvait devant la gare et s'acheta un petit radiateur électrique. Il retourna dans le même restaurant de *soba* que la dernière fois et dégusta un bol de nouilles accompagnées de friture en lisant le journal. Ensuite, juste avant de rentrer dans l'appartement, il se tint devant l'entrée de l'immeuble et tenta de regarder vers le haut du poteau électrique, dans la direction que Fukaéri avait longuement scrutée la veille. Mais il ne découvrit rien de remarquable. Seulement de gros câbles électriques noirs, entremêlés comme des serpents suspendus, et un transformateur. Que regardait donc cette petite ? Ou que cherchait-elle ?

De retour à son appartement, il alluma le radiateur électrique. Aussitôt qu'il le mit en marche, que les lumières orange se mirent à luire, une douce chaleur se répandit sur sa peau. Ce n'était certes pas un chauffage suffisant mais c'était tout de même beaucoup mieux. Il s'adossa au mur dans un coin ensoleillé de la pièce et croisa négligemment les bras. Il s'endormit un court instant. Un bref somme sans le moindre rêve, qui évoquait un vide pur.

Ce qui mit fin à son sommeil profond et pour ainsi dire heureux, ce fut le bruit de coups contre la porte. Quelqu'un tambourinait. Il se réveilla et promena un regard circulaire autour de lui. Pendant un instant, il ne sut où il était. Il aperçut le reflex Minolta sur son trépied, et se souvint qu'il se trouvait dans l'appartement de Kôenji. Quelqu'un frappait du poing contre la porte. Pourquoi fallait-il frapper ? se demanda Ushikawa, étonné, en rassemblant à la hâte les bribes de sa conscience. Il y a une sonnette. Il suffisait d'appuyer dessus. Ce n'était pas difficile. Pourtant, cette personne prenait la peine de frapper à la porte. Qui plus est, des coups vigoureux. Ushikawa grimaça et jeta un regard sur sa montre. Une heure quarante-cinq. De l'après-midi, naturellement. Il faisait clair dehors.

Bien entendu, Ushikawa ne répondit pas. Personne ne savait qu'il était là. Il n'attendait aucune visite. Ce devait être un vendeur qui proposait un abonnement à un journal, ce genre de choses. Ce quelqu'un avait peut-être besoin de lui, mais le contraire n'était pas vrai. Conservant la même position,

Ushikawa fixa la porte et garda le silence. L'importun allait bientôt renoncer, il s'en irait.

Mais l'inconnu ne renonçait pas. Il recommença sa série de coups avec des pauses au milieu. Une volée de coups, une pause de dix à quinze secondes, et une autre salve. Des coups résolus. Frappés sans hésitation, sans flottement. Qui résonnaient avec une force tellement uniforme que le bruit en devenait artificiel. Une réponse d'Ushikawa était impérativement réclamée. Son inquiétude grandit. Peut-être est-ce Ériko Fukada. Peut-être est-elle venue ici pour m'adresser des reproches. M'interroger sur l'ignominie qui m'a poussé à prendre des photos secrètes. À cette idée, son cœur s'affola. Il s'humecta prestement les lèvres avec sa grosse langue. Mais ce qu'il entendait, c'étaient des coups qu'un homme assenait sur la porte métallique avec son gros poing dur. Ces frappes ne pouvaient être faites par la main d'une jeune fille.

Ou alors, il se pouvait qu'Ériko Fukada ait prévenu quelqu'un des agissements d'Ushikawa. Et que ce quelqu'un soit venu ici. Un responsable de l'agence immobilière ou bien des policiers, par exemple. Si c'était le cas, cela risquait d'être compliqué. Mais l'agence avait le double de la clé. Et si c'étaient des policiers, ils se seraient annoncés dès le début. D'ailleurs, ils ne prendraient pas la peine de frapper à la porte. Ils n'auraient qu'à appuyer sur la sonnette.

« Monsieur Kôzu, fit une voix masculine. Monsieur Kôzu. »

Ushikawa se souvint que le locataire précédent s'appelait Kôzu. Il avait laissé son nom sur la boîte aux lettres. C'était préférable. L'homme devant la porte croyait que le dénommé Kôzu habitait encore là.

« Monsieur Kôzu, redit la voix. Je sais que vous êtes là. Voyez-vous, ce n'est pas bon pour la santé de rester enfermé et de retenir son souffle comme vous le faites. »

La voix était celle d'un homme d'un certain âge. Pas très forte. Quelque peu rauque aussi. Mais on y percevait une sorte de noyau dur. Dur comme une brique qui avait été longuement cuite et séchée avec soin. Grâce à quoi la voix portait bien, au point de résonner dans tout l'immeuble.

« Monsieur Kôzu, je suis de la NHK. Je suis venu collecter la redevance mensuelle. Voulez-vous bien m'ouvrir, je vous prie ? »

Naturellement, Ushikawa n'avait aucune intention d'acquitter la moindre redevance. S'il avait pu s'expliquer en montrant à l'employé l'intérieur de l'appartement, les choses auraient été rapidement réglées. Vous voyez ? Je n'ai pas de téléviseur. Mais que quelqu'un comme lui, de son âge et avec son apparence si singulière, reste enfermé seul en plein jour dans un appartement vide, voilà qui éveillerait vite la suspicion.

« Monsieur Kôzu, la loi veut que tous ceux qui possèdent un téléviseur payent la redevance. J'en vois bien souvent qui disent : "Je ne regarde pas la NHK. Je ne paie donc pas la redevance." Mais ce raisonnement ne tient pas. Du moment que vous avez un téléviseur, vous devez vous acquitter de la taxe, que vous regardiez ou non la NHK. »

Ce n'est qu'un simple collecteur, se dit Ushikawa. Qu'il raconte ce qu'il veut. Si je ne m'en occupe pas, il finira bien par s'en aller. Tout de même, comment peut-il être si certain que quelqu'un se trouve dans cet appartement ? Depuis son retour, il y avait à peu près une heure de cela, Ushikawa n'était pas ressorti. Il ne faisait pratiquement aucun bruit et il gardait toujours les rideaux fermés.

« Monsieur Kôzu, je sais très bien que vous êtes là, dit l'homme, comme s'il avait lu dans ses pensées. Vous vous demandez comment je peux le savoir, n'est-ce pas ? Mais je le sais. Vous êtes là, retenant votre souffle, immobile, tout simplement parce que vous ne voulez pas payer la redevance de la NHK. Je le sais comme si je vous voyais. »

Les coups sur la porte reprirent pendant un certain temps. Succéda une courte halte, telle une pause de respiration pour un instrumentiste à vent, puis les coups repartirent de plus belle, toujours au même rythme.

« Très bien, monsieur Kôzu. Vous m'avez l'air déterminé à faire le mort. Parfait, je m'en vais pour aujourd'hui. Je n'ai pas que ça à faire. Mais je reviendrai. Et ce n'est pas une plaisanterie. Si je dis que je reviendrai, je reviendrai. Je ne suis pas un de ces collecteurs ordinaires comme on en rencontre partout. Je n'abandonne jamais, tant qu'on ne m'a pas donné ce qui est dû. C'est quelque chose de bien établi. Comme les phases de la lune ou la vie et la mort des humains. Vous n'y échapperez pas. »

Il y eut un long silence. Alors qu'Ushikawa pensait que l'homme était enfin reparti, il reprit la parole.

« À bientôt, monsieur Kôzu. Et réjouissez-vous. On frappera à votre porte au moment où vous vous y attendrez le moins. *Pan ! Pan ! Pan !* Et ce sera moi. »

Le silence se fit de nouveau. Ushikawa tendit l'oreille. Il eut l'impression d'entendre des pas qui s'éloignaient dans le couloir. Il se mit aussitôt devant son appareil photo et observa l'entrée de l'immeuble entre les rideaux. Le collecteur ne devrait pas tarder à ressortir, dès qu'il aurait terminé sa tournée dans l'immeuble. Il fallait qu'il vérifie à quoi il ressemblait. Un collecteur de la NHK était immédiatement reconnaissable à son uniforme. Possible aussi que ce soit un faux collecteur. Ou qu'un individu ait essayé de se faire ouvrir en se faisant passer pour un collecteur. Dans tous les cas, il s'agissait forcément de quelqu'un qu'il n'avait pas vu jusque-là. Le déclencheur de commande à distance dans sa main droite, Ushikawa attendit qu'un homme qui correspondrait à ses hypothèses apparaisse à l'entrée.

Mais personne ne sortit dans les trente minutes qui suivirent. Finalement, une femme d'âge mûr, qu'il avait déjà aperçue plusieurs fois auparavant, apparut à l'entrée et partit à vélo. Ushikawa l'appelait « La Femme-aux-mentons », en raison, justement, de son double menton. Une demi-heure s'écoula et La Femme-aux-mentons revint, ses courses dans le panier. Elle remit son vélo à l'emplacement prévu et rentra dans l'immeuble, chargée de ses sacs. Plus tard, un écolier rentra. Ushikawa l'avait surnommé « Renard », à cause de ses yeux obliques. Mais il ne vit personne qui aurait pu être le collecteur. Ushikawa n'y comprenait rien. Il n'y avait qu'une seule entrée dans cet immeuble, celle qu'il avait sous les yeux. Et il ne l'avait pas lâchée du regard, pas une seconde. Si le collecteur ne s'était pas montré, cela signifiait qu'*il était toujours à l'intérieur.*

Même après s'être fait cette réflexion, Ushikawa continua à surveiller l'entrée. Il n'alla même pas aux toilettes. Le soleil se coucha, tout devint obscur, la lumière de l'entrée s'alluma. Mais le collecteur n'était toujours pas apparu. Ushikawa abandonna peu après six heures. Puis il se rendit enfin aux toilettes. Il s'était retenu d'uriner jusqu'à ce moment-là. Il ne fait aucun doute que ce type se trouve encore dans l'immeuble. J'ignore pourquoi. Et ce n'est pas logique. Il semblait pourtant que cet étrange collecteur s'était résolu à demeurer dans le bâtiment.

Des rafales de vent toujours plus froid s'engouffraient entre les fils électriques gelés, produisant des bruits stridents. Ushikawa alluma le radiateur électrique et fuma une cigarette. Il songea au mystérieux collecteur en se livrant à toutes sortes de suppositions. Pour quelle raison parlait-il de manière aussi agressive ? Pourquoi était-il aussi certain que quelqu'un se trouvait dans l'appartement ? Et pourquoi n'avait-il pas quitté l'immeuble ? Où était-il à présent ?

Ushikawa s'éloigna de l'appareil photo et, appuyé contre le mur, il garda un long moment son regard fixé sur les résistances du radiateur électrique et leurs lumières orange.

17

Aomamé

Je n'ai que deux yeux

CE FUT UN SAMEDI VENTEUX, peu avant huit heures du soir, que le téléphone sonna. Assise sur le balcon, une couverture étendue sur les genoux, enveloppée dans une parka matelassée, Aomamé surveillait le toboggan éclairé par le lampadaire au mercure. Elle avait enfoui ses mains sous la couverture, pour ne pas avoir les doigts engourdis. Le toboggan désert ressemblait au squelette d'un gigantesque animal disparu à l'ère glaciaire.

Rester longuement assise à l'extérieur par une nuit très fraîche, ce n'était peut-être pas souhaitable pour l'embryon. Mais Aomamé se disait que le degré de froid n'était tout de même pas dramatique. Même si la surface de son corps était glacée, le liquide amniotique conservait la même température que le sang. Il y avait de par le monde de nombreux endroits où régnait un froid incomparablement plus sévère. Et les femmes ne manquaient pas de mettre des enfants au monde dans ces régions-là aussi. Et puis, pensait-elle, c'est un froid à travers lequel je dois passer pour rencontrer Tengo.

Comme toujours, la grande lune jaune et la petite verte se côtoyaient dans le ciel hivernal. Des nuages de forme et de taille diverses couraient à toute vitesse dans le ciel. Des nuages rigoureusement blancs, aux contours très nets. Ils lui évoquaient des blocs de glace dure que la fonte des neiges aurait fait charrier par une rivière en direction de la mer. Alors qu'elle regardait ces nuages dans la nuit – d'où venaient-ils ? Elle l'ignorait. Où disparaîtraient-ils ? Elle l'ignorait aussi – elle avait la sensation qu'elle était elle-même transportée dans une région proche du bout du monde. Ici, c'est l'extrême nord de la raison, songeait Aomamé. Il n'existe plus rien au-delà du nord d'ici. Après, seul s'étend le chaos du néant.

Elle entendit à peine la sonnerie du téléphone. Elle avait entrebâillé la porte vitrée. Et puis elle était absorbée dans ses réflexions. Néanmoins, ses oreilles ne pouvaient laisser échapper ce bruit. La sonnerie s'arrêta après trois coups, et vingt secondes plus tard, recommença. C'était un appel de Tamaru. Elle repoussa la couverture, ouvrit en grand la porte-fenêtre embuée et pénétra dans le salon. L'intérieur était sombre, agréablement chauffé. Elle souleva le combiné de ses doigts encore glacés.

« Vous lisez Proust ?

— Je n'avance pas beaucoup », répondit Aomamé. C'était comme un échange de mots de passe.

« Cela ne vous plaît pas ?

— Non, ce n'est pas ça. Je ne sais pas très bien comment l'exprimer. Disons que c'est comme si c'était une histoire qui racontait un monde totalement différent de celui d'ici. »

Tamaru attendit en silence la suite de ses paroles. Il n'était pas pressé.

« Par un monde différent... je veux dire que j'ai l'impression de lire un rapport détaillé sur un astéroïde situé à des années-lumière du monde dans lequel je vis ici. Je suis réceptive à chacune des scènes qui sont décrites, je peux les comprendre. Et ces descriptions sont très précises, très brillantes. Mais je n'arrive pas à relier ce qui est ici et ce qui se trouve dans le livre. L'éloignement physique est trop important. Aussi, après avoir avancé dans ma lecture, je reviens en arrière et je relis un passage précédent. »

Aomamé cherchait la suite de ses mots. Tamaru continuait d'attendre.

« Mais cela ne veut pas dire que ce livre m'ennuie. L'écriture est subtile, magnifique, et à ma manière, je peux comprendre la structure de cet astéroïde solitaire. Simplement je n'avance pas beaucoup. Comme si j'étais sur un bateau, et que je ramais vers l'amont de la rivière. Je manie les rames tant et plus, puis, dès que je pense à quelque chose et que je me repose un peu… ah, je m'aperçois que le bateau est revenu à son point de départ, expliqua Aomamé. Je crois que maintenant, c'est ainsi que je dois lire. Plutôt que d'avancer pour suivre l'intrigue. Je ne sais pas si c'est juste de le dire comme ça, mais de la sorte, cela me donne la sensation que le temps oscille de manière irrégulière. Ce qui se situe avant peut bien être après, et l'après avant, cela n'a pas d'importance. »

Aomamé recherchait une expression toujours plus précise.

« J'ai l'impression que c'est comme si je faisais le rêve de quelqu'un d'autre. Comme si nous partagions des sensations simultanées. Mais cette simultanéité, je ne peux pas vraiment l'appréhender. Même si nos sensations sont très proches, en réalité, la distance entre nous est immense.

— Pensez-vous que Proust ait voulu produire intentionnellement ce genre de sensation ? »

Aomamé l'ignorait.

« En tout cas, observa Tamaru, dans ce monde-ci, réel, le temps va constamment vers l'avant. Il ne retarde pas et ne recule pas non plus.

— Bien sûr. Dans le monde réel, le temps va vers l'avant. »

En disant ces mots, Aomamé jeta un regard vers la porte vitrée. Vraiment ? Le temps s'écoulait-il à coup sûr vers l'avant ?

« Les saisons ont changé et l'année 1984 s'approche bientôt de son terme, poursuivit Tamaru.

— Je crois que je ne pourrai pas achever *À la recherche du temps perdu* d'ici à la fin de l'année.

— Cela ne fait rien, répondit Tamaru. Prenez tout votre temps. C'est un roman qui a été écrit il y a plus de cinquante ans. Ce n'est pas comme s'il était bourré d'informations de dernière minute. »

Peut-être, songea Aomamé. Mais peut-être pas. Elle ne pouvait plus désormais se fier totalement à ce que l'on appelait le Temps.

« Et sinon, demanda Tamaru, ce qui est à l'intérieur de vous, ça va ?

— Pas de problème pour le moment.

— Parfait, répondit Tamaru. Bon, par ailleurs, vous êtes au courant, je crois, de ce petit bonhomme chauve, non identifié, qui rôdait aux alentours de la résidence ?

— Oui. Il est réapparu ?

— Non. On ne l'a pas vu récemment. Il a traînassé deux jours dans le coin, et hop, il s'est volatilisé. Mais il est allé à l'agence immobilière la plus proche, il a fait mine de rechercher un appartement à louer, et il a soutiré des informations sur la *safe house*. En tout cas, il a une allure qu'on ne risque pas de louper. Et en plus, il porte des vêtements criards. Tous ceux qui m'ont parlé de lui s'en souviennent. C'était un jeu d'enfant de remonter sa piste.

— Ça ne colle pas avec quelqu'un qui mène une enquête ou qui part en reconnaissance.

— Exactement. Il a une dégaine qui ne convient pas à ce type de travail. Avec sa tête énorme, on dirait Fukusuke. Pourtant, je le crois habile. Il se sert de ses jambes et récolte les bons renseignements. À sa manière, il est très malin. Ce dont il a besoin, il ne le laisse pas échapper, ce qui est inutile, il ne s'en soucie pas.

— Et il a pu glaner un certain nombre d'informations à propos de la *safe house*.

— Il a compris qu'il s'agissait d'un refuge destiné aux femmes ayant subi des violences domestiques, et qui est fourni à titre gracieux par Madame. Il a probablement déjà compris aussi que Madame était un membre du club de sport où vous avez travaillé, et que vous veniez souvent chez elle pour lui donner des cours particuliers. Si j'étais à sa place, je serais arrivé sans doute au même résultat.

— Vous voulez dire qu'il est aussi fort que vous ?

— Tant que vous ne lésinez pas sur votre peine, vous pouvez apprendre comment recueillir au mieux les infos et vous entraîner à raisonner logiquement. Tout le monde peut en faire autant.

— Je n'aurais jamais pensé qu'il y avait beaucoup de gens pareils dans le monde.

— Il en existe quelques-uns. Des pros. »

Aomamé s'assit et se toucha le bout du nez. Il était encore glacé.

« Et cet homme, donc, n'est plus réapparu aux alentours de la résidence ? demanda-t-elle.

— Il s'est sûrement aperçu qu'il n'avait que trop attiré l'attention. Il sait aussi que les caméras de surveillance ont enregistré ses faits et gestes. Il aura recueilli le plus rapidement possible tous les renseignements qu'il pouvait, puis il se sera déplacé sur un autre terrain de chasse.

— Autrement dit, à l'heure actuelle, il a compris qu'il y avait des liens entre Madame et moi. Beaucoup plus étroits qu'entre une instructrice de sport et une riche cliente, et également que la *safe house* était rattachée à tout cela. Et que nous avions mis en marche certains projets.

— Probablement, répondit Tamaru. À mon sens, ce type s'approche du cœur même des choses. Pas à pas.

— Pourtant, à vous entendre, on dirait plutôt qu'il agit en solitaire et qu'il n'est pas lié à une grosse organisation.

— Oui, c'était mon impression. Sauf s'il s'agit d'un dessein bien particulier, il est impossible qu'une grande organisation se serve d'un individu à l'allure aussi voyante pour un travail d'investigation confidentielle.

— Mais alors, dans quel but ? Pour qui mène-t-il cette enquête ?

— Alors là…, fit Tamaru. Ce que je comprends, c'est que le zigoto est astucieux, et qu'il est dangereux. Au-delà, ce ne sont que des suppositions. Néanmoins, il me semble que Les Précurseurs sont liés à tout cela. Sous une forme ou une autre. Telle est ma modeste hypothèse. »

Aomamé réfléchit.

« Et l'homme a changé de terrain de chasse.

— Oui. Où s'est-il déplacé ? Je l'ignore. Mais la logique me conduit à penser que le prochain endroit où il va vouloir se diriger, ou qu'il va chercher à atteindre, c'est le lieu où vous vous cachez en ce moment.

— Vous m'aviez pourtant dit qu'il était presque impossible de remonter jusqu'ici.

— Oui, en effet. Il serait impossible de découvrir la moindre relation entre votre cache et Madame. Tout a été effacé. Mais ce n'est valable que dans le court terme. Si le siège se prolonge, apparaissent des failles. Quand on s'y attend le moins. Par exemple, vous sortez de cet appartement, et par hasard il vous aperçoit. Je dis ça juste comme une possibilité.

— Je ne sors pas d'ici », répondit Aomamé d'un ton péremptoire. Ce n'était pas totalement exact. Elle avait quitté son appartement deux fois. La première, lorsqu'elle avait couru jusqu'au jardin pour aller à la rencontre de Tengo. La seconde, lorsqu'elle était montée dans un taxi, jusqu'à l'aire refuge, près de Sangenjaya, pour rechercher la sortie sur la voie express n° 3. Mais il n'était pas question d'avouer cela à Tamaru.

« Comment pourrait-il donc me localiser ?

— Si j'étais lui, je réexaminerais encore une fois toutes les informations personnelles vous concernant. Quelle sorte de femme êtes-vous ? D'où venez-vous ? Qu'avez-vous fait jusqu'à présent ? À quoi pensez-vous à l'heure actuelle ? Que recherchez-vous ? Ou pas ? Je recueillerais le plus de renseignements possible, et puis je les alignerais sur la table, je les vérifierais et les analyserais méticuleusement.

— En somme, ce serait une mise à nu ?

— Voilà. Je vous mettrais à nu sous une puissante lumière froide. J'utiliserais une loupe et des pincettes et je procéderais à un examen exhaustif, jusqu'à ce que se dessinent les grandes lignes de votre mode de pensée et de votre conduite.

— Je ne suis pas très sûre de vous suivre… l'analyse de mes habitudes pourrait avoir pour conséquence d'indiquer le lieu où je me trouve maintenant ?

— Ça, je n'en sais rien, répondit Tamaru. Cela pourrait peut-être l'indiquer. Ou peut-être pas. C'est du cas par cas. Je dis seulement que *c'est ce que moi, je ferais*. Je ne vois pas ce qu'il y aurait à faire autrement. Tout humain fonctionne selon un schéma régulier quant à ses pensées et ses actes. Cette régularité provoque forcément des faiblesses.

— On dirait une enquête de type scientifique.

— L'homme ne peut pas vivre sans régularité. C'est comme un thème en musique. Mais en même temps, cette routine limite vos pensées et vos actes, restreint votre liberté. Elle détermine vos priorités, et, dans certains cas, elle réfute votre logique. Pour évoquer notre situation, vous dites que vous ne voulez pas bouger de là où vous êtes. Ou du moins, que jusqu'à la fin de l'année, vous refusez d'être déplacée dans un lieu plus sûr. Parce que vous êtes en quête de quelque chose. Et que vous ne pouvez vous éloigner d'ici tant que vous ne l'avez pas trouvé. Ou vous ne le voulez pas. »

Aomamé garda le silence.

« De quoi s'agit-il, quelle est l'intensité de votre quête ? Je l'ignore. Je n'ai nulle intention de m'en enquérir. Mais à mes yeux, ce quelque chose constitue votre point faible personnel.

— C'est possible, en convint Aomamé.

— Et Fukusuke la grosse tête, probablement, s'y attachera. Impitoyablement, il dénichera l'élément essentiel et personnel qui vous enchaîne. Il pense que cela le conduira à faire une percée. Et s'il possède les talents que je lui prête, cela veut dire qu'il pourrait bien arriver jusqu'ici, grâce aux informations fragmentaires qu'il aura recueillies.

— Je pense qu'il n'y parviendra pas, répondit Aomamé. Jamais il ne pourra découvrir le chemin qui me relie à ce *quelque chose*. Parce que je l'ai toujours conservé dans mon cœur.

— Vous êtes capable d'affirmer cela à 100 % de certitude ? »

Aomamé réfléchit. « Je ne suis pas certaine à 100 %. Disons plutôt à 98 %.

— Alors, vous devriez vous inquiéter sérieusement de ces 2 %. Comme je vous l'ai dit plus tôt, à mon avis, ce type est un pro. Très fort et très patient. »

Aomamé resta silencieuse.

Tamaru reprit : « Un pro, c'est comme un chien de chasse. Il est capable de renifler des odeurs que le commun des mortels ne perçoit pas, d'entendre des bruits que le commun des mortels ne discerne pas. Quelqu'un qui agit comme tout le monde, ce n'est pas un pro. Ou même s'il l'était, il ne survivrait pas longtemps. Donc, mieux vaut vous tenir sur vos gardes. Vous êtes une femme prudente. Je le sais bien. Mais vous devez à présent vous montrer mille fois plus prudente encore. Les choses les plus importantes ne se déterminent pas selon des pourcentages.

— Il y a une question que j'aimerais vous poser, dit Aomamé.

— Oui, de quoi s'agit-il ?

— Qu'auriez-vous l'intention de faire si le Fukusuke se manifestait encore une fois ? »

Tamaru resta un instant silencieux. Ce n'était pas, semblait-il, une question à laquelle il s'attendait. « Peut-être que je ne ferais rien. Je le laisserais aller. Jusqu'à présent, il est resté bredouille.

— Mais s'il se mettait à faire des trucs qui vous énervent ?

— Quoi, par exemple ?

— Je ne sais pas. Des choses qui vous gêneraient. »

Tamaru émit un petit bruit qui venait du fond de la gorge. « Eh bien, je lui enverrais un message, d'une façon ou d'une autre.

— Un message de pro à pro ?

— Sans doute..., commença Tamaru. Mais avant d'en arriver là, je devrais vérifier avec qui il travaille. S'il se révélait qu'il avait des soutiens, par-derrière, c'est moi qui serais dans une posture dangereuse. Je ne bougerai pas tant que je ne me serai pas assuré de tout cela.

— Avant de sauter dans une piscine, on s'assure de sa profondeur.

— Si vous voulez.

— Mais vous présumez qu'il agit seul. Qu'il n'a pas de soutiens.

— Ah oui, c'est ce que je présume. Il arrive aussi que mes intuitions me trompent. Et puis, malheureusement, je n'ai pas des yeux derrière la tête, répliqua Tamaru. En tout cas, restez bien attentive à tout ce qui vous entoure. S'il n'y a pas quelqu'un de suspect, si quelque chose n'a pas changé dans l'environnement, si quelque chose d'inhabituel ne s'est pas produit. Si vous constatiez le plus petit changement, faites-le-moi savoir.

— D'accord. Je serai prudente », promit Aomamé. Bien sûr, se disait-elle. Je recherche Tengo. Je ne laisserai donc rien échapper, y compris les détails les plus minimes. Et comme Tamaru vient de le dire, moi non plus, je n'ai que deux yeux.

« Voilà à peu près tout ce que je voulais vous dire, conclut-il.

— Et Madame ? Comment se porte-t-elle ? demanda Aomamé.

— Elle va bien », répondit Tamaru. Puis il ajouta : « Peut-être simplement est-elle plus silencieuse.

— Ce n'est déjà pas une femme qui, de tempérament, parle beaucoup. »

Tamaru eut une sorte de petit gémissement de fond de gorge. Son arrière-gorge était, semble-t-il, un organe destiné à exprimer ses émotions particulières. « *Encore plus*, dirais-je. »

Aomamé imagina la vieille dame assise seule sur une chaise en toile dans la serre, en train d'observer sans se lasser les papillons qui voletaient paisiblement ici et là. À ses pieds était posé un grand arrosoir. Aomamé savait parfaitement à quel point la vieille femme pouvait respirer silencieusement.

« Je vous mettrai une boîte de madeleines dans la prochaine livraison, déclara finalement Tamaru. Elles auront peut-être une bonne influence sur le cours du temps.

— Merci », répondit Aomamé.

Debout dans la cuisine, Aomamé se prépara du chocolat. Avant de retourner sur le balcon pour reprendre sa surveillance, il lui fallait se réchauffer le corps. Elle fit bouillir du lait dans une casserole, y versa de la poudre de cacao. Elle remplit un grand bol du mélange, et ajouta sur le dessus de la crème fouettée préparée à l'avance. Elle s'assit à la table et but lentement son chocolat en se remémorant chacune des paroles de l'échange avec Tamaru. Je serais mise à nu par les mains de Fukusuke à la tête tordue, sous une lumière crue et froide. L'homme était un pro compétent, et dangereux.

Elle remit sa parka, entoura son cou d'une écharpe, et tenant à la main son bol de chocolat à moitié bu, retourna sur le balcon. Elle s'assit sur la chaise, posa la couverture sur ses genoux. Le toboggan était désert, comme toujours. Elle remarqua seulement un enfant qui sortait du jardin, précisément à cet instant. À une heure pareille, bizarre qu'un enfant se rende seul dans un jardin. Un enfant à la silhouette trapue, coiffé d'un bonnet en tricot. Mais depuis l'intervalle entre la plaque protectrice et la rambarde du balcon, elle ne le voyait que de haut, selon un angle étroit. L'enfant traversa son champ de vision très rapidement et disparut immédiatement à l'ombre d'un bâtiment. Pour un enfant, sa tête lui parut bien grosse, mais c'était peut-être juste son imagination.

En tout cas, ce n'était pas Tengo. Aomamé ne s'y attarda pas. Elle se réchauffait la paume des mains en buvant son chocolat et reporta les yeux sur le toboggan, puis observa le ciel où défilaient continuellement des bancs de nuages.

Ce n'était pas un enfant qu'avait aperçu Aomamé l'espace d'un éclair, bien entendu, c'était Ushikawa. S'il avait fait un peu plus clair, ou si elle avait pu le voir un peu plus longtemps, elle aurait certainement deviné que la grosseur de cette tête ne pouvait être celle d'un jeune garçon. Et elle en serait sûrement arrivée à penser que ce nabot à tête de Fukusuke était bien l'individu que Tamaru lui avait décrit. Mais Aomamé avait entrevu sa silhouette tout juste quelques secondes, et son angle de vue n'était pas propice. Pour les mêmes raisons, bien heureusement, Ushikawa, de son côté, n'avait pas vu Aomamé installée sur le balcon.

Ici, un certain nombre de « si » nous traversent l'esprit. *Si* Tamaru avait terminé sa conversation un peu plus tôt, *si* Aomamé ne s'était pas préparé du chocolat en repensant à toute l'histoire, elle aurait certainement vu Tengo qui levait la tête vers le ciel, juché en haut du toboggan. Alors, sur-le-champ, elle serait sortie de chez elle en courant, et elle aurait réalisé la nouvelle rencontre qu'elle attendait depuis vingt ans.

Mais en même temps, si tout cela avait eu lieu, Ushikawa qui surveillait Tengo aurait immédiatement compris que c'était Aomamé ; il aurait localisé l'appartement où elle se tenait et il aurait tout de suite transmis l'information au tandem des Précurseurs.

Par conséquent, le fait qu'Aomamé n'ait pas vu Tengo à ce moment-là, était-ce un malheur ou un bonheur ? Personne n'est en mesure d'en juger. Quoi qu'il en soit, Tengo était monté sur le toboggan comme la première fois, il avait levé les yeux vers le ciel où brillaient les deux lunes, la grande et la petite, il avait contemplé un moment les nuages qui, à l'avant, traversaient le firmament. Ushikawa, dissimulé derrière un immeuble éloigné, surveillait ses faits et gestes. Pendant ce temps, Aomamé avait quitté le balcon, elle parlait au téléphone avec Tamaru, puis elle se préparait du chocolat et le buvait. Voilà comment ces vingt-cinq minutes s'étaient écoulées. En un certain sens, c'étaient vingt-cinq minutes décisives. Quand Aomamé avait enfilé sa parka et qu'elle était retournée sur le balcon avec sa tasse à la main, Tengo avait déjà quitté le jardin. Ushikawa n'était pas tout de suite sur ses talons. Il devait s'assurer d'abord qu'il ne restait personne dans le jardin. Une fois qu'il eut terminé cette vérification, Ushikawa sortit en hâte du jardin. Et ce fut durant ces toutes dernières secondes qu'Aomamé l'aperçut depuis son balcon.

Les nuages continuaient à traverser le ciel à grande vitesse. Ils s'enfuyaient vers le sud, arrivaient sur la baie de Tokyo et surplombaient ensuite l'immense océan Pacifique. Quel serait leur destin ultérieur ? On l'ignore. Tout comme personne ne sait quelle est la forme que revêt l'âme après la mort.

En tout cas, le cercle se resserrait. Mais ni Aomamé ni Tengo ne savaient que le cercle se rétrécissait rapidement autour d'eux. Ushikawa ressentait le mouvement, parce que c'était lui qui mettait en branle l'encerclement. Même à ses yeux pourtant, la totalité du tableau n'apparaissait pas. L'essentiel, il l'ignorait. Il ne savait pas que la distance entre lui et Aomamé n'était que de quelques dizaines de mètres. Et, chose exceptionnelle pour Ushikawa, lorsqu'il était sorti du jardin, il avait la tête pleine de confusion et d'incohérence. Il était incapable de réfléchir méthodiquement.

À dix heures, le froid se fit plus intense. Aomamé se résigna à se lever et à rentrer dans l'appartement. Elle se déshabilla, se plongea dans un bain chaud. En se dépouillant dans l'eau brûlante du froid qui l'imprégnait, elle posa ses paumes sur le bas de son ventre. Elle ne sentait encore qu'un léger renflement. Elle ferma les yeux, chercha à ressentir *la petite chose*. Il ne restait pas tellement de temps. Aomamé devait le dire à Tengo. Qu'il avait engendré cet enfant. Et qu'elle cherchait à le protéger au prix d'une énergie désespérée.

Elle se changea, se mit au lit, se tourna sur le côté dans le noir et s'endormit. Peu avant d'entrer dans le sommeil profond, elle rêva de la vieille femme.

Aomamé se trouvait dans la serre de la « Résidence des Saules », elle regardait les papillons en compagnie de la vieille dame. La serre était chaude et sombre, à l'image d'un utérus. Le caoutchouc qu'elle avait laissé chez elle se trouvait également là. Il avait été très bien entretenu. Elle avait du mal à le reconnaître tant il était florissant. Ses feuilles avaient retrouvé un vert vif. Un papillon qu'elle n'avait jamais vu, originaire des pays du Sud, était posé sur l'une de ses feuilles charnues. Il avait replié ses grandes ailes multicolores, il paraissait dormir d'un sommeil paisible. Aomamé en était heureuse.

Dans son rêve, son ventre était extrêmement gonflé. Le temps de la délivrance semblait proche. Elle pouvait entendre battre le cœur de *la petite chose*. Les battements de son propre cœur et ceux de *la petite chose* se mêlaient, formant ensemble une belle cadence.

La vieille femme était assise à côté d'Aomamé, très droite comme toujours, les lèvres closes, respirant calmement. Ni l'une ni l'autre ne parlaient, afin de ne pas éveiller le papillon endormi. La vieille dame était parfaitement impassible, comme si elle n'avait pas remarqué qu'Aomamé était à côté d'elle. Aomamé savait qu'elle était bien protégée par la vieille femme. Pourtant, l'angoisse ne quittait pas son cœur. Les mains que la vieille femme tenait sur ses genoux lui semblaient trop fines, trop fragiles. Les mains d'Aomamé tâtonnaient inconsciemment vers son arme. Mais elle n'arrivait pas à la trouver.

Tout en étant profondément immergée dans son rêve, elle savait qu'il s'agissait d'un rêve. Parfois, Aomamé faisait ce genre de rêves, où elle était à l'intérieur d'une réalité vivante, très claire, tout en comprenant que ce n'était pas la réalité. C'était une scène précise issue d'un astéroïde situé quelque part ailleurs.

À un moment, dans son rêve, quelqu'un ouvrait la porte de la serre. Un vent chargé de froidure et de malheur s'engouffrait à l'intérieur. Le grand papillon s'éveillait, déployait ses ailes, et s'envolait gracieusement de la feuille du caoutchouc où il était posé. Qui était-ce ? Elle essayait de tordre le cou pour voir. Mais le rêve se terminait avant qu'elle ait pu le savoir.

Lorsqu'elle ouvrit les yeux, Aomamé transpirait. Une sueur désagréable et froide. Elle ôta son pyjama chaud, se sécha avec une serviette, enfila un nouveau tee-shirt. Elle resta sur le lit un moment, redressée. Quelque chose de mauvais allait-il se produire ? Quelqu'un allait-il chercher à s'en prendre à *la petite chose* ? Ce quelqu'un était peut-être tout près. Elle devait trouver Tengo au plus vite. Mais qu'aurait-elle pu faire au-delà de surveiller le jardin chaque soir ? Si ce n'était de continuer à fixer son regard sur le monde, prudemment, patiemment, sans relâche. Sur une partie du monde étroitement délimitée. Sur un point en haut de ce toboggan. Pourtant, malgré toute sa vigilance, elle pouvait laisser échapper quelque chose. Parce qu'elle n'avait que deux yeux.

Aomamé avait envie de pleurer. Mais ses larmes ne coulaient pas. Elle s'allongea de nouveau sur le côté dans le lit, posa ses paumes sur son ventre, et attendit calmement que le sommeil la visite.

18
Tengo

Du vrai sang rouge

« ENSUITE, DURANT TROIS JOURS, il ne s'est rien passé, continua Komatsu. Je mangeais la nourriture que l'on m'apportait, la nuit venue, je m'endormais sur le lit étroit, le matin, je me réveillais, et je faisais mes besoins dans les petites toilettes au fond de la pièce. Il y avait une porte qui protégeait des regards, mais elle ne fermait pas à clé. C'était encore la période où les chaleurs de l'été se prolongeaient mais la bouche d'aération était sans doute reliée à la climatisation, et il ne faisait pas trop chaud. »

Tengo écoutait le récit de Komatsu sans un mot.

« On m'apportait à manger trois fois par jour. À quelle heure, je n'en sais rien. On m'avait enlevé ma montre, et comme il n'y avait pas de fenêtre dans la pièce, je ne sentais presque plus la différence entre le jour et la nuit. J'avais beau tendre l'oreille, je n'entendais aucun bruit. Sans doute mes propres bruits ne s'entendaient-ils pas non plus. Je ne devinais pas dans quel genre d'endroit j'avais été amené. J'avais seulement la sensation vague que je me trouvais dans un lieu isolé et perdu. Toujours est-il que là, durant trois jours, rien ne s'est produit. Et je ne suis même pas vraiment sûr que cette situation ait duré trois jours. On m'a apporté neuf repas au total, que j'ai mangés quand ils m'étaient présentés. La lumière a été éteinte trois fois, et je me suis endormi trois fois. De nature, j'ai le sommeil léger et irrégulier mais là, pourquoi ? je l'ignore… je m'endormais sans problème. C'est une histoire étrange, quand on y pense. Mais enfin, tu me suis jusqu'ici ? »

En silence, Tengo opina de la tête.

« Pendant ces trois jours, je n'ai pas ouvert la bouche. C'était un homme jeune qui m'apportait à manger. Maigre, avec une casquette de base-ball, et un masque chirurgical blanc. Il portait une sorte d'ensemble de gymnastique et, aux pieds, des baskets sales. Il arrivait avec un plateau sur lequel était posée la nourriture, avec des assiettes en carton, un couteau, une fourchette, une cuillère en plastique tout mince. Et quand j'avais fini de manger, il remportait le tout. C'étaient des plats tout prêts, ordinaires. Je ne dirais pas qu'ils étaient bons, mais pas non plus immangeables. Il n'y en avait pas une grosse quantité. Comme j'avais faim, je mangeais tout, sans rien laisser. Ça aussi, c'est bizarre. D'habitude, je n'ai pas d'appétit et parfois, je vais jusqu'à oublier de manger, mais voilà. La boisson, c'était du lait et de l'eau minérale. On ne m'a offert ni café ni thé. Ni single malt ni bière à la pression. Pas de cigarettes non plus. Il a bien fallu que je m'y fasse. Je n'étais pas venu me reposer dans un hôtel d'une station touristique. »

Comme s'il se souvenait qu'il pouvait à présent fumer à sa guise, Komatsu sortit alors un paquet rouge de Marlboro, mit une cigarette à sa bouche, l'alluma avec une allumette en carton. Il aspira lentement une bouffée de tabac, la laissant pénétrer au fond des poumons, puis il souffla et grimaça.

« Le type qui m'apportait à manger est resté tout le temps muet. Ses supérieurs lui avaient probablement interdit de parler. Ce devait être un sous-fifre préposé à toutes sortes de tâches. Mais sûrement pratiquait-il un quelconque art martial. C'est l'impression qu'il me donnait avec ses mouvements nets et très contrôlés.

— De votre côté, vous n'avez pas posé de question ?

— Ah… j'avais bien compris qu'il ne me répondrait pas. Alors je suis resté silencieux. Je mangeais la nourriture qu'on m'apportait, je buvais le lait, quand les lumières s'éteignaient, je dormais sur le petit lit, quand on allumait, je me réveillais. Le matin, l'homme arrivait avec un rasoir électrique et une brosse à dents. Je me rasais et me lavais les dents. Quand j'avais fini, il m'enlevait rasoir et brosse à dents. En dehors du papier toilette, il n'y avait quasiment rien dans cette pièce. Je n'ai jamais pu me doucher, je ne me suis pas changé, mais je ne songeais ni à prendre une douche ni à me changer. Il n'y avait pas de miroir, cependant ce n'était pas spécialement gênant. Le pire, et de loin, ç'a été l'ennui. Parce que, depuis le moment où j'ouvrais les yeux jusqu'à celui où je m'endormais, j'étais tout seul dans cette pièce blanche, cubique comme un dé, et, bien sûr, je ne disais pas un mot. Alors, forcément, je m'ennuyais. Moi qui suis accro à l'imprimé, j'aurais voulu lire n'importe quoi, je ne sais pas, même le menu d'un room service... Mais non, il n'y avait ni livre, ni journal, ni revue. Pas de télévision, pas de radio, pas de jeu. Personne à qui parler. Tout ce que je pouvais faire, c'était rester assis, à contempler le sol, les murs, le plafond, et c'était tout. C'était vraiment incroyable. Parce que, hein, je marche dans la rue, je suis alpagué par des types invraisemblables, qui me font respirer du chloroforme, et hop, qui m'embarquent Dieu sait où, et je me retrouve séquestré dans une pièce bizarre, où il n'y a même pas de fenêtre. C'est tout de même une situation insensée. Et je me suis ennuyé à en devenir presque fou. »

Durant un instant, Komatsu fixa avec émotion la cigarette dont la fumée s'élevait entre ses doigts, puis il fit tomber les cendres dans le cendrier.

« Je crois que c'est pour me déstabiliser qu'ils m'ont laissé comme ça pendant trois jours dans cette petite pièce en n'ayant strictement rien à faire. Ils connaissaient les techniques pour fragiliser un homme, pour lui saper le moral. Le quatrième jour – enfin, après le quatrième petit déjeuner –, deux hommes ont fait leur apparition. J'ai pensé que c'étaient ceux qui m'avaient enlevé. Quand j'ai été agressé, ça s'est déroulé d'une manière très rapide, je n'y ai rien compris et je n'ai pas même vu le visage de mes assaillants. Mais une fois que j'ai été face à ces deux hommes, petit à petit, des souvenirs me sont revenus en tête. Ils m'avaient enfourné dans la voiture, ils m'avaient tordu le bras avec une telle force que j'ai cru qu'il allait se casser, ils m'avaient flanqué sur le nez et la bouche un chiffon imprégné d'un narcotique. Et durant tout ce temps, ils étaient restés totalement silencieux. Tout ça s'était passé en un éclair. »

Komatsu eut une petite grimace en se souvenant de ces moments.

« L'un des deux n'était pas très grand, mais assez costaud, et les cheveux coupés ras. De teint plutôt brun, les pommettes saillantes. L'autre était grand, les membres longs, les joues creuses, les cheveux attachés en arrière. À les voir l'un à côté de l'autre, ils faisaient penser à un duo de comiques. Le grand maigre et le petit trapu avec sa barbichette. Mais au premier coup d'œil, je me suis dit : Oh oh, ils sont dangereux, ces gars-là ! Le genre à faire s'il le faut ce qu'il faut sans hésiter. Des manières très calmes, qui les rendaient encore plus angoissants. Des yeux qui donnaient une impression de froideur atroce. Ils portaient l'un et l'autre un pantalon en coton noir et une chemise blanche à manches courtes. Ils avaient dans les vingt-cinq ans ou un peu plus, et le petit rasé paraissait légèrement plus âgé. Ni l'un ni l'autre n'avaient de montre. »

Tengo attendit en silence la suite du récit.

« Celui qui parlait, c'était Tête-de-moine. L'autre, le grand maigre à la queue-de-cheval, ne disait pas un mot, ne faisait pas le moindre mouvement, et il restait debout, raide, figé, devant la porte. Il avait l'air de tendre l'oreille à ce que nous disions, Tête-de-moine et moi, mais peut-être au fond n'écoutait-il rien du tout. Tête-de-moine était assis sur une chaise pliante qu'il avait apportée et il parlait face à moi. Comme il n'y avait pas d'autre chaise, moi, j'étais assis sur le lit. Il était parfaitement inexpressif. Il fallait bien que ses lèvres bougent pour parler, mais sinon, rien d'autre ne bougeait. On aurait dit une marionnette. Comme celles qu'utilisent les ventriloques. »

Pour commencer, Tête-de-moine questionna Komatsu : « Est-ce que vous avez une idée des raisons pour lesquelles vous avez été amené ici, de qui nous sommes, du lieu où nous nous trouvons ? » Komatsu répondit que non, il n'en avait pas la moindre idée. Tête-de-moine l'observa un moment d'un regard dépourvu de toute profondeur. Puis : « Si vous deviez faire une supposition, quelle serait-elle ? » demanda-t-il. Son langage était poli mais, à son ton, on comprenait qu'il n'était pas question de se défiler. Sa voix était glacée et rigide, comme une règle métallique qu'on aurait abandonnée longtemps au réfrigérateur.

Après une courte hésitation, et puisque lui était réclamé d'avancer une hypothèse à tout prix, Komatsu répondit honnêtement qu'il pensait qu'il y avait un lien avec l'affaire de *La Chrysalide de l'air*. Aucune autre idée ne lui venait à l'esprit. Par conséquent, continua-t-il, il se peut que vous soyez en lien avec Les Précurseurs et que ce lieu se situe à l'intérieur de la secte. Il lui était difficile de s'aventurer au-delà.

Tête-de-moine ne confirma ni n'infirma les paroles de Komatsu. Il ne répondit rien, se contentant de le fixer dans les yeux. Komatsu à son tour garda le silence.

« Eh bien, parlons donc sur cette base, proposa Tête-de-moine, sur un ton calme. À partir de maintenant, ce que nous dirons se situera dans le prolongement de votre hypothèse. Prenons-la comme base de départ. Êtes-vous d'accord ?

— Parfait », répondit Komatsu. Ils cherchaient à poursuivre l'entretien en usant de voies détournées. Ce n'était pas un mauvais présage. S'ils avaient eu l'intention de ne pas le rendre vivant, il aurait été inutile d'en passer par des procédés aussi compliqués.

« En tant qu'éditeur de votre société, vous vous êtes chargé de publier *La Chrysalide de l'air*, le roman d'Ériko Fukada. Nous sommes d'accord ? »

Komatsu confirma. C'était là un fait notoire.

« Selon ce que nous avons compris, diverses actions illicites ont été effectuées afin que *La Chrysalide de l'air* soit couronnée par le prix des nouveaux auteurs de votre revue. Avant que le manuscrit présenté au concours ne soit soumis au comité de sélection, il a été profondément remanié par une tierce personne, sous votre directive. L'ouvrage réécrit incognito a obtenu le prix des nouveaux auteurs, puis, une fois publié sous forme de livre, il est devenu un best-seller. Je ne me trompe pas, n'est-ce pas ?

— C'est une façon de voir les choses, répondit Komatsu. Il peut arriver qu'un manuscrit soit réécrit selon les conseils d'un éditeur… »

Tête-de-moine leva devant lui les paumes de ses mains et lui coupa la parole.

« Qu'un auteur reprenne son manuscrit en suivant les propositions de son éditeur, je ne dis pas que c'est illicite. Évidemment. Mais qu'un tiers remanie le texte afin de remporter un prix, c'est inqualifiable. Sans compter que vous avez créé une société fantôme pour vous répartir les droits d'auteur. Je ne sais pas comment cela pourrait être interprété au regard de la loi, mais sur le plan moral, vous seriez l'objet d'une réprobation sévère. Vous êtes parfaitement inexcusable. Les journaux ou les revues en auraient fait leurs choux gras, et la réputation de votre maison d'édition aurait été ruinée. Je suppose que vous le savez très bien, monsieur Komatsu. Nous avons compris l'ensemble des faits jusqu'aux plus petits détails, et nous pouvons les révéler publiquement, y compris avec des preuves concrètes. Il serait donc préférable que vous cessiez vos stupides faux-fuyants. Avec nous, ça ne marche pas. C'est une perte de temps pour tout le monde. »

Komatsu acquiesça en silence.

« Et si nous en arrivions là, vous devriez évidemment démissionner de votre société. Pas seulement, d'ailleurs, vous seriez exclu de ce domaine d'activité. Vous n'auriez nulle part où vous réfugier. Du moins officiellement.

— C'est probable, en convint Komatsu.

— Mais pour le moment, le nombre de personnes au courant de cette réalité est limité, poursuivit Tête-de-moine. Vous, Ériko Fukada, le Pr Ébisuno, et Tengo Kawana, qui s'est chargé de la réécriture. Et sinon, seulement quelques personnes. »

Komatsu répondit en choisissant ses mots.

« Pour prolonger notre hypothèse de travail, lorsque vous dites "quelques personnes", je suppose qu'il s'agit de membres des Précurseurs. »

Tête-de-moine eut un infime mouvement de la tête pour opiner.

« En effet, toujours selon cette hypothèse. »

Tête-de-moine ménagea une pause, attendit que cette prémisse pénètre dans l'esprit de Komatsu. Puis il poursuivit.

« Donc, si notre hypothèse était juste, *ils* pourraient faire ce qu'ils voudraient de vous. Ils pourraient vous retenir autant qu'il leur plairait comme un hôte de choix dans cette pièce. Ce ne serait pas un problème. Ou bien, si le temps leur était compté, ils pourraient aussi envisager bien d'autres options. Parmi lesquelles certaines, qu'il serait difficile de qualifier d'agréables pour les uns comme pour les autres. Quoi qu'il en soit, ils ont pour eux le pouvoir et les moyens. Vous avez saisi, je suppose.

— Je pense que oui, j'ai saisi, répondit Komatsu.

— Très bien », dit Tête-de-moine.

Il leva en silence un doigt et Queue-de-cheval quitta la pièce. Ce dernier revint peu après en apportant un téléphone. Il le brancha à une prise au sol et approcha l'appareil de Komatsu. Tête-de-moine ordonna à Komatsu d'appeler sa maison d'édition.

« Vous avez attrapé un mauvais rhume, vous avez de la fièvre, vous restez couché quelques jours. Vous ne pourrez donc pas aller travailler pendant un certain temps. Dites seulement cela et raccrochez. »

Komatsu appela un collègue, transmit ce qu'il devait transmettre et raccrocha sans répondre aux questions de son interlocuteur. Après un petit signe de Tête-de-moine, Queue-de-cheval débrancha l'appareil et sortit de la pièce en l'emportant. Tête-de-moine contempla un bon moment le dessus de ses mains comme s'il se livrait à une inspection. Puis il se tourna vers Komatsu. Dans sa voix, on pouvait déceler quelque chose qui s'apparentait à une légère amabilité.

« Ce sera tout pour aujourd'hui, déclara-t-il. La suite, ce sera pour un autre jour. Jusque-là, méditez bien sur ce qui s'est dit aujourd'hui. »

Puis les deux hommes sortirent. Komatsu passa les dix jours suivants dans le silence, dans la pièce exiguë. Trois fois par jour, l'homme jeune toujours masqué lui apportait des plats peu appétissants. Le quatrième jour, on lui fournit une espèce de pyjama en coton pour se changer, mais jusqu'à la fin, il ne put prendre de douche. Il pouvait seulement se laver le visage au petit lavabo des toilettes. Et ses sensations des jours qui passaient devenaient de plus en plus incertaines.

Komatsu imaginait qu'il avait peut-être été amené au siège même de la secte, dans la province de Yamanashi. Une fois, il en avait vu des images au journal télévisé. C'était un domaine entouré d'une haute palissade, comme un territoire jouissant des privilèges de l'exterritorialité, au fin fond des montagnes. D'où il était totalement impossible de s'enfuir ou même d'espérer être aidé. S'il était assassiné (c'était sans doute le sens des paroles de Tête-de-moine : « Certaines options qu'il serait difficile de qualifier d'agréables... »), son corps ne serait jamais retrouvé. C'était la toute première fois qu'il ressentait la mort avec autant de réalité. Ou de proximité.

Le dixième jour après qu'il eut téléphoné à sa maison d'édition (sans doute le dixième, mais il n'en était pas absolument certain), les deux hommes réapparurent enfin. Tête-de-moine paraissait avoir minci depuis leur dernière rencontre, et ses pommettes n'en ressortaient que davantage. Ses yeux glacés, implacables, étaient à présent injectés de sang. Il s'assit sur la chaise en aluminium qu'il avait apportée, comme l'autre fois, et fit face à Komatsu, de l'autre côté de la table. Durant un long moment, il n'ouvrit pas la bouche. Il se contentait d'observer l'éditeur, le scrutant de ses yeux rougis.

Queue-de-cheval était semblable à lui-même. Il était campé tout raide devant la porte, et restait les yeux rivés sur un point imaginaire de l'espace, sans la moindre expression. Bien entendu, les deux hommes avaient revêtu un pantalon noir et une chemise blanche. C'était sans doute une sorte d'uniforme.

« Poursuivons donc notre conversation précédente, déclara enfin Tête-de-moine. Nous parlions, vous vous en souvenez, n'est-ce pas ? de la manière dont nous pouvions vous traiter ici… »

Komatsu acquiesça. « Il y a certaines options qu'il aurait été difficile de qualifier d'agréables, pour tout le monde…

— Vous avez vraiment une bonne mémoire, répondit Tête-de-moine. Exactement. Nous pouvons envisager une issue des plus désagréables. »

Komatsu resta silencieux. Tête-de-moine poursuivit.

« Mais il s'agit là uniquement d'une éventualité *théorique*. En fait, *eux aussi* préféreraient ne pas avoir à adopter les options les plus extrêmes. Si vous disparaissiez maintenant, comme ça, subitement, la situation n'en serait que plus compliquée. Comme lorsque Ériko Fukada s'était volatilisée. Il n'y aurait peut-être pas beaucoup de gens à qui vous manqueriez, mais vous êtes un éditeur talentueux. Dans votre milieu, on vous respecte, on vous admire. Sans compter que votre ex-femme n'apprécierait pas du tout que sa pension lui soit réglée avec des mois et des mois de retard. Donc, *pour eux*, ce ne serait pas un développement souhaitable. »

Komatsu eut une toux sèche, il avala sa salive.

« Ils ne vous critiquent pas à titre personnel, ils ne cherchent pas non plus à vous punir. Ils ont compris qu'avec la publication de *La Chrysalide de l'air*, vous n'aviez pas pour dessein d'attaquer une organisation religieuse spécifique. Au début, vous ne saviez même pas que *La Chrysalide de l'air* était liée à une association. Vous avez élaboré votre projet frauduleux, à l'origine, dans l'idée de vous amuser, et aussi par ambition. En cours de route, des sommes d'argent non négligeables sont entrées dans la danse. Ce n'est pas facile tous les jours, n'est-ce pas, pour un simple salarié, de continuer à verser une pension alimentaire à son ex-épouse et des frais pour les enfants. Là-dessus, vous avez entraîné Tengo Kawana, enseignant dans une école préparatoire, aspirant romancier, qui ignorait tout de la situation. Votre plan en lui-même était plaisant, sophistiqué, mais l'œuvre sélectionnée et l'auteur… ? S'agissait-il d'un bon choix ? Sûrement pas. Puis l'affaire a pris des proportions bien plus considérables. Vous étiez comme des civils qui se sont aventurés au-delà de la ligne de front et qui se retrouvent sur un champ de mines. Vous ne pouviez ni avancer ni reculer. Pas vrai, monsieur Komatsu ?

— Oh… sans doute…, répondit Komatsu de manière ambiguë.

— On dirait que vous n'avez pas tout à fait compris un certain nombre de choses, répliqua Tête-de-moine en regardant l'éditeur, les yeux légèrement plissés. Sinon, vous ne parleriez pas avec un tel détachement, comme s'il s'agissait de quelqu'un d'autre. Précisons clairement la situation. Vous êtes *réellement* en plein milieu d'un champ de mines. »

Komatsu acquiesça en silence.

Tête-de-moine ferma les yeux, et environ dix secondes plus tard, les rouvrit.

« Il est certain que vous êtes dans le pétrin. Mais essayez de comprendre que la situation leur a créé de vrais problèmes, à *eux* aussi. »

Komatsu rassembla son courage et ouvrit la bouche.

« Puis-je vous poser une question ?

— Allez-y, si je suis en mesure de vous répondre.

— Du fait de la publication de *La Chrysalide de l'air*, nous aurions causé quelques désagréments à cette association religieuse ? C'est ce que vous voulez dire ?

— Ce ne sont pas des *désagréments* », répondit Tête-de-moine. Son visage s'était légèrement déformé. « Les Voix qui s'adressaient à eux, qui leur parlaient, ont dès lors cessé de le faire. Comprenez-vous ce que cela signifie ?

— Non, répondit sèchement Komatsu.

— Bon. Il m'est difficile de vous donner des explications plus concrètes. Et d'ailleurs, il est préférable que vous restiez dans l'ignorance. *Les Voix ne leur ont plus parlé.* Je ne vous en dirai pas davantage. »

Tête-de-moine marqua une pause.

« Et cette situation malheureuse résulte de la publication de *La Chrysalide de l'air*.

— Ériko Fukada et le Pr Ébisuno s'attendaient-ils à ce que la publication de *La Chrysalide de l'air* produise ce que vous appelez une "situation malheureuse" ? » demanda Komatsu.

Tête-de-moine secoua la tête. « Non. M. Ébisuno ne s'y attendait sans doute pas. Quant à Ériko Fukada, on ignore, en fait, quelles étaient ses intentions. Nous supposons qu'il ne s'agissait pas d'un acte délibéré. Et même en admettant qu'il y ait eu un dessein, ce n'était certainement pas son intention à elle.

— Les lecteurs ont considéré ce roman comme une pure fantaisie, dit Komatsu. Une histoire fantastique, inoffensive, écrite par une lycéenne. Et d'ailleurs, le roman a été beaucoup critiqué parce qu'il était trop irréel. Personne n'a imaginé qu'il y avait là-dedans je ne sais quel grave secret ou quelque information qui auraient été dévoilés.

— Je suppose que vous avez raison, répondit Tête-de-moine. Presque personne ne s'en est avisé. Mais là n'est pas la question. Ces secrets ne devaient pas être divulgués, *sous quelque forme que ce soit.* »

Queue-de-cheval restait campé devant la porte, l'œil rivé sur le mur, observant quelque chose que personne d'autre que lui ne voyait.

« Ce qu'*ils* recherchent, c'est que les Voix reviennent, déclara Tête-de-moine en choisissant ses mots. Les veines d'eau souterraines ne sont pas taries. Elles sont seulement enfouies en profondeur afin de ne pas être visibles. Et s'il est extrêmement difficile de les raviver, ce n'est pas non plus impossible. »

Tête-de-moine observa Komatsu d'un œil scrutateur. Il semblait mesurer sa profondeur. Comme quelqu'un qui évalue au jugé si l'espace d'une pièce sera suffisant pour faire entrer tel ou tel meuble.

« Ainsi que je vous l'ai dit plus tôt, vous autres, vous vous êtes enfoncés en plein milieu d'un champ de mines. Vous ne pouvez ni avancer ni reculer. *Eux* sont néanmoins en mesure de vous indiquer le chemin pour vous en sortir. Auquel cas vous échapperiez de justesse à la mort, et *eux*, de leur côté, se débarrasseraient en douceur d'intrus gênants. »

Tête-de-moine croisa les jambes.

« Nous préférerions que vous vous retiriez tranquillement de toute cette histoire. Eux, ça leur serait parfaitement égal que vous sortiez d'ici en pièces détachées. Mais qu'il y ait à présent beaucoup de bruit, ça, ça les gênerait. C'est pourquoi, monsieur Komatsu, je vais vous expliquer comment vous y prendre. Je vais vous guider vers un lieu sûr, à l'arrière du front. Et le prix que je vous demande en échange, c'est de cesser la publication de *La Chrysalide de l'air*. De ne pas procéder à une réimpression et de ne pas faire paraître le roman en poche. Évidemment, il ne doit plus y avoir de nouvelle publicité. Vous ne devrez plus désormais avoir la moindre relation avec Ériko Fukada. Je suppose que vous avez assez d'influence pour mener à bien tout cela ?

— Ce ne sera pas facile, mais je pense que je devrais peut-être y arriver, répondit Komatsu.

— Monsieur Komatsu, je ne vous ai pas prié de faire l'effort de venir jusqu'ici pour parler en termes de *"peut-être"* », répliqua Tête-de-moine.

Ses yeux étaient encore plus rouges et plus perçants.

« Je n'ai pas dit que vous deviez récupérer tous les exemplaires en circulation. Parce que dans ce cas, les médias s'en donneraient à cœur joie. Et je comprends bien aussi que votre pouvoir ne s'étend pas jusque-là. Non, mais je vous demande de faire disparaître ce livre le plus discrètement possible. On ne peut annuler ce qui est arrivé. Ce qui a été perdu, il est impossible de le retrouver dans sa forme originelle. Ce qu'*ils* souhaitent, c'est que ce livre ne soit plus sous les projecteurs. Vous comprenez ? »

Komatsu opina en faisant signe qu'il avait bien compris.

« Monsieur Komatsu, comme je vous l'ai dit précédemment, il y a certains faits qui, s'ils étaient rendus publics, vous causeraient de sérieux ennuis. L'ensemble des intéressés encourrait la réprobation publique. Par conséquent, je souhaite que nous concluions une trêve, pour notre profit mutuel. Eux ne chercheront plus à vous faire endosser de responsabilité. Ils garantiront votre sécurité. Et vous, vous ne devrez plus avoir le moindre rapport avec *La Chrysalide de l'air*. Je pense que ce n'est pas une mauvaise façon de vous en sortir. »

Komatsu réfléchit. « Bon. Je vais m'arranger pour que cesse la publication de *La Chrysalide de l'air*. Cela prendra peut-être un peu de temps, mais je devrais trouver une manière d'y parvenir. Et en ce qui me concerne personnellement, du moins, j'oublierai toute l'affaire. Pour Tengo Kawana, ce sera la même chose, je pense. Depuis le début, il n'avait pas envie de s'embarquer dans cette histoire. C'est moi qui l'ai entraîné. Son travail est d'ores et déjà achevé. Je suppose que pour Ériko Fukada, il ne devrait pas y avoir de problème. Elle a dit qu'elle n'avait aucune intention d'écrire un autre livre. Mais le Pr Ébisuno, comment réagira-t-il ? Je ne suis pas en mesure de le prévoir. Il cherchera jusqu'au bout à savoir si son ami Tamotsu Fukada est vivant. Il voudra s'assurer du lieu où il se trouve, de ce qu'il fait. Tant qu'il ne le saura pas, il ne renoncera pas.

— M. Tamotsu Fukada est mort », déclara Tête-de-moine.

Sa voix était monocorde, impassible, mais on y sentait un poids énorme.

« Mort ? répéta Komatsu.

— Récemment », fit Tête-de-moine. Puis il inhala une grande goulée d'air et souffla lentement.

« Il a succombé à une crise cardiaque. Cela s'est produit en un éclair, il n'a sûrement pas souffert. Étant donné les circonstances, l'annonce de sa mort n'a pas été rendue publique, ses funérailles se sont déroulées secrètement à l'intérieur de l'association. Le corps a été inciméré sur place, pour des raisons religieuses, ses os ont été finement broyés et dispersés dans la montagne. Juridiquement parlant, il s'agit d'une destruction de cadavre, mais il serait difficile de le prouver officiellement. En tout cas, c'est la pure vérité. Nous ne mentons pas lorsqu'il s'agit de la vie ou de la mort d'un homme. Je vous prie de bien vouloir en faire part à M. Ébisuno.

— C'était une mort naturelle. »

Tête-de-moine acquiesça avec un grand mouvement de tête.

« M. Fukada était pour nous un être véritablement inestimable. Non, ces mots banals ne peuvent exprimer ce qu'il était. C'était un géant. Nous n'avons encore fait connaître sa mort qu'à un nombre restreint de personnes. Toutes la déplorent profondément. Quant à son épouse – la mère d'Ériko Fukada –, elle a disparu il y a plusieurs années. Elle a succombé à un cancer de l'estomac. Elle a refusé la chimiothérapie, et elle est morte dans l'hôpital de l'association. Son époux est resté à la veiller jusqu'au bout.

— Mais sa mort n'a pas été annoncée ? » demanda Komatsu.

Il n'y eut pas de démenti.

« Et M. Tamotsu Fukada est donc décédé récemment…

— En effet, confirma Tête-de-moine.

— Est-ce que cela s'est produit après la publication de *La Chrysalide de l'air* ? »

Tête-de-moine, qui avait fixé son regard sur la table, releva la tête et observa Komatsu.

« Oui. M. Fukada est mort après la publication de *La Chrysalide de l'air*.

— Y aurait-il un rapport de cause à effet entre ces deux événements ? » interrogea hardiment Komatsu.

Tête-de-moine garda le silence quelques instants, comme s'il s'interrogeait. Puis il parut se décider.

« Très bien. Mieux vaut que je vous donne quelques éclaircissements afin que vous soyez en mesure de convaincre le Pr Ébisuno. À vrai dire, M. Tamotsu Fukada était *le leader*, c'était "celui qui entend les Voix". Après la publication de

La Chrysalide de l'air, dont l'auteur était sa fille, Ériko Fukada, les Voix ont cessé de lui parvenir. Peu après, M. Fukada a rendu son dernier soupir. C'était une mort naturelle. Pour le dire de manière plus précise, sa vie est allée à son terme naturellement.

— Ériko Fukada est la fille du leader ? » fit Komatsu dans un murmure.

Tête-de-moine eut un bref signe de tête pour opiner.

« Et c'est donc Ériko Fukada qui a poussé son père, en fin de compte, à mourir ? » poursuivit Komatsu.

Tête-de-moine acquiesça de nouveau.

« Exactement.

— Mais l'association religieuse continue d'exister.

— Oui, elle continue », répondit Tête-de-moine, en braquant sur Komatsu des yeux semblables à des fragments de roche primitive conservés au fond d'un glacier.

« Monsieur Komatsu, la parution de *La Chrysalide de l'air* a provoqué un immense désastre dans l'association. Mais *ils* n'envisagent pas de vous punir pour cela. Ça ne leur rapporterait rien. Ils ont une mission à accomplir, et pour ce faire, il leur faut du calme.

— Vous voulez donc que tout le monde prenne du recul et oublie tout ?

— En un mot, oui.

— Il était nécessaire de me séquestrer pour me transmettre tout cela ? »

Sur le visage de Tête-de-moine apparut pour la première fois quelque chose qui ressemblait à une expression. Une ombre légère de sentiment, entre l'amusement et la sympathie. « S'ils ont pris la peine de vous faire venir ici, c'était parce qu'*ils* voulaient vous signifier la gravité des choses. Ils n'aiment pas en arriver à certaines extrémités mais s'il le faut, ils n'hésitent pas. Et vous avez pu ainsi l'expérimenter dans votre chair. Si vous rompiez votre engagement, s'ensuivraient des conséquences que je qualifierais de désagréables. Est-ce que je me suis bien fait comprendre ?

— Je crois, répondit Komatsu.

— Monsieur Komatsu, je vais vous dire la vérité. Vous avez de la chance. En fait, vous vous avanciez vers un précipice, que, en raison d'un épais brouillard, vous n'aviez sans doute pas vu, mais vous n'étiez qu'à quelques centimètres du bord. Il faut vraiment que vous vous en souveniez. Il se trouve qu'à l'heure actuelle, *ils* n'ont pas tellement le temps de s'occuper de vous. Ils ont un problème beaucoup plus important à régler. Et dans ce sens aussi, vous avez de la chance. Et tant que la chance durera… »

Après quoi, il retourna prestement ses mains et dirigea ses paumes vers le haut. Comme quelqu'un qui vérifie s'il pleut. Komatsu attendit la suite de ses paroles. Il n'y eut pas de suite. Une fois que Tête-de-moine eut terminé ce qu'il avait à dire, son visage trahit son épuisement. Il se leva lentement de sa chaise, la replia, la mit sous son bras, et quitta la pièce cubique sans se retourner. La lourde porte fut refermée, il y eut le claquement sec du verrou. Puis Komatsu fut laissé seul.

« Et ensuite, durant quatre jours, je suis resté enfermé dans la chambre carrée. L'essentiel avait été dit. Un accord avait été trouvé. Pour quelle raison devaient-ils continuer à me garder prisonnier ? Je n'en sais rien. Le tandem n'est pas réapparu et le jeune sous-fifre, évidemment, est resté muet. Et moi, j'ai continué jour après jour à absorber cette nourriture monotone, à me raser avec le rasoir électrique et à contempler le plafond et les murs. Je dormais quand les lumières s'éteignaient, je m'éveillais quand elles étaient rallumées. Et je ruminais mentalement ce que m'avait dit Tête-de-moine. Je me rendais pleinement compte que *nous avions eu alors beaucoup de chance*. Comme il me l'avait répété. S'ils avaient voulu passer à l'acte, ces gars-là auraient été capables de tout. S'ils s'étaient décidés à agir, ils auraient pu faire preuve de la plus extrême cruauté. Alors que j'étais consigné là, j'en ai été intimement persuadé. C'était sans doute leur but, à ces lascars, de m'abandonner comme ça dans ma prison quatre jours de plus après la fin de l'histoire. Du grand art. »

Komatsu saisit son verre et but quelques gorgées de whisky.

« On m'a encore une fois anesthésié avec une espèce de chloroforme, et quand je me suis éveillé, c'était le petit matin. J'étais allongé sur un banc du jardin Jingu-Gaien. Comme on était déjà à la mi-septembre passée, à ces petites heures du matin, il faisait froid. Grâce à quoi je me suis vraiment enrhumé. Les trois jours suivants, j'ai eu de la fièvre, et je suis resté au lit. Mais je devais pourtant estimer que j'avais eu de la chance... »

Le récit de Komatsu semblait achevé.

« Avez-vous parlé de tout cela au Pr Ébisuno ? demanda Tengo.

— Eh bien oui, après avoir été libéré, quelques jours après que ma fièvre était tombée, je suis allé chez le Pr Ébisuno, dans les montagnes. Et je lui ai raconté à peu près ce que je viens de te dire.

— Quelle a été sa réaction ? »

Komatsu but la dernière gorgée de son verre, en commanda un autre. Il proposa à Tengo d'en faire autant, mais ce dernier refusa.

« Le Maître m'a fait répéter mon récit plusieurs fois, en me posant ici ou là des questions précises. Quand je le pouvais, bien sûr, je lui répondais. J'étais capable de lui répéter l'histoire autant de fois qu'il le voulait. Il ne faut pas oublier qu'après la conversation avec Tête-de-moine, je suis resté absolument seul pendant quatre jours dans cette pièce. Je n'avais personne à qui parler, et tout ce que j'avais, c'était du temps, en abondance. J'ai donc ruminé tant et plus les paroles de Tête-de-moine, et j'ai pu m'en souvenir jusque dans les moindres détails. Comme un vrai magnétophone humain.

— Mais à propos de la mort des parents de Fukaéri, nous n'avons que leur parole ? N'est-ce pas ? demanda Tengo.

— Oui, en effet. Rien ne garantit la véracité des faits. Leur mort n'a pas été annoncée. Pourtant, d'après la façon qu'a eue Tête-de-moine d'en parler, je n'ai pas eu l'impression qu'il racontait n'importe quoi. Comme il l'a dit lui-même, pour ces types-là, la vie ou la mort d'un homme, c'est quelque chose de sacré. Quand mon histoire a été achevée, le Pr Ébisuno s'est absorbé dans ses pensées. Il est resté silencieux. C'est quelqu'un qui peut rester à méditer durant très longtemps. Puis, sans prononcer un mot, il s'est levé, et il s'est écoulé un long moment avant qu'il ne revienne dans la pièce. Il fallait qu'il assimile le fait que ses amis étaient morts, je pense. Peut-être avait-il anticipé leur disparition, peut-être s'y était-il préparé. Il n'en reste pas moins vrai qu'il a éprouvé un grand choc au moment où il a su, réellement, que ses amis n'étaient plus de ce monde. »

Tengo se remémora le salon vide, austère, le silence glacial, uniquement troublé par le cri aigu d'un oiseau. « Nous avons donc vraiment quitté le champ de mines ? » demanda-t-il.

Un nouveau verre de whisky soda fut apporté. Komatsu y trempa les lèvres.

« On ne peut pas tirer de conclusion immédiate. Le Pr Ébisuno a déclaré qu'il avait besoin de temps pour réfléchir. Mais quelles options avons-nous à part nous conformer à ce qu'ils nous ont demandé ? Moi, en tout cas, j'ai agi aussitôt. J'ai mis tout en œuvre pour arrêter la réimpression de *La Chrysalide de l'air*. Et en effet, le livre est épuisé. Il n'y aura pas d'édition de poche. Nous avons vendu beaucoup d'exemplaires, ma boîte a bien engrangé. Elle ne risque pas d'y perdre. Évidemment, vu la taille de la société, il fallait l'approbation du P-DG, et cela ne s'est pas fait aisément. Mais quand j'ai fait miroiter la possibilité d'un scandale en lien avec un *ghost writer*, mes supérieurs se sont mis à trembler et se sont rangés finalement à ma proposition. Je serai ensuite tenu à l'écart pendant un certain temps mais ça, j'y suis habitué.

— Est-ce que le Pr Ébisuno a admis ce que vous ont dit vos ravisseurs, au sujet de la mort des parents de Fukaéri ?

— Je crois, répondit Komatsu. Simplement, pour en accepter la réalité, pour s'habituer à cette idée, il lui faudra encore un peu de temps. Et, selon moi du moins, les types étaient sincères. Il m'a semblé qu'ils souhaitaient vraiment éviter de nouveaux troubles à l'avenir, quitte à faire certaines concessions. C'est pourquoi ils en sont venus à cette parodie de kidnapping. Ils voulaient nous envoyer un vrai bon message. Ils n'avaient pas besoin de me révéler que les corps des époux Fukada avaient été incinérés secrètement sur le domaine de l'association. Ce serait peut-être difficile d'en établir les preuves maintenant, mais la destruction de cadavre est tout de même un crime grave. Ils ont néanmoins abordé le sujet. Autrement dit, ils ont joué cartes sur table. Ce qui m'amène à penser que ce qu'a dit Tête-de-moine est véridique. Si ce n'est dans les détails, en tout cas dans les grandes lignes. »

Tengo mit de l'ordre dans tout ce que lui avait dit Komatsu.

« Le père de Fukaéri était "celui qui entend les Voix". Autrement dit, il jouait le rôle d'un prophète. Mais quand *La Chrysalide de l'air* que sa fille Fukaéri a écrite a été publiée, que le livre est devenu un best-seller, les Voix ont cessé de lui parler, et en conséquence, le père a été conduit à une mort naturelle.

— Ou bien, *naturellement*, il s'est éteint de lui-même.

— Et la tâche la plus urgente, pour la secte, est de trouver un nouveau prophète. Si les Voix cessaient de se manifester, c'est l'existence de la communauté, sa base même, qui s'écroulerait. C'est pourquoi ils n'ont pas le temps de s'occuper de nous. Voilà comment je résumerais la situation.

— Je pense que tu as raison.

— *La Chrysalide de l'air* contient des informations, qui, à leurs yeux, ont une signification cruciale. Quand le récit a été publié, qu'il a été lu par tant de lecteurs, les Voix ont fait silence, les veines d'eau se sont dissimulées au plus profond de la terre. Mais de quelles informations s'agit-il ?

— Pendant les quatre derniers jours durant lesquels j'ai été séquestré, j'ai tenté d'y réfléchir, dit Komatsu. *La Chrysalide de l'air* n'est pas un roman très long. Ce qu'il décrit, c'est un monde où apparaissent les Little People. Le personnage principal, une fillette de dix ans, vit dans une communauté isolée.

Les Little People se manifestent à elle secrètement, au milieu de la nuit, et ils fabriquent une chrysalide de l'air. À l'intérieur se trouve le double de la fillette, ce qui permet d'établir un lien entre MOTHER et DAUGHTER. Dans ce monde brillent deux lunes. Une grande et une petite – sans doute le symbole de MOTHER et de DAUGHTER. La protagoniste du roman – dont le modèle est probablement Fukaéri elle-même – refuse d'être une MOTHER, et s'enfuit de la communauté. Abandonnant DAUGHTER. Ce que deviendra DAUGHTER ensuite, le roman ne le dit pas. »

Tengo contempla un moment les glaçons qui fondaient dans son verre.

« "Celui qui entend les Voix" a sans doute besoin de l'entremise de DAUGHTER, dit Tengo. C'est par l'intermédiaire de DAUGHTER qu'il a pu entendre les Voix la première fois. Ou qu'il a pu les traduire en mots compréhensibles par les hommes. Pour que le message émis par les Voix acquière une juste forme, les deux parties doivent être réunies. Si j'emprunte le vocabulaire de Fukaéri, il faut un RECEIVER et un PERCEIVER. Mais d'abord, il a fallu confectionner une chrysalide de l'air, car c'est au travers de ce dispositif que DAUGHTER est mise au monde. Et pour créer DAUGHTER, il faut une *bonne* MOTHER.

— C'est ton interprétation, Tengo. »

Tengo secoua la tête.

« Non, pas seulement. C'est ce qui ressort du résumé du roman que vous venez de faire vous-même. »

Après avoir fini de réécrire le roman, Tengo avait continué à s'interroger sur la signification de MOTHER et de DAUGHTER, sans parvenir cependant à s'en faire une image globale. Mais en écoutant Komatsu, divers fragments s'étaient mis en place. Il restait néanmoins des questions. Pourquoi une chrysalide de l'air était-elle apparue sur le lit d'hôpital de son père ? Pourquoi Aomamé, sous la forme d'une fillette, était-elle allongée à l'intérieur ?

« C'est un système extrêmement intéressant, fit Komatsu. Mais n'y aurait-il pas un problème pour MOTHER, si elle était séparée de DAUGHTER ?

— Je dirais que, sans DAUGHTER, MOTHER n'aurait probablement pas de forme individuelle achevée. Comme nous l'avons vu avec Fukaéri, même si je ne peux pas le définir très précisément, il y a chez elle certains éléments lacunaires. Un peu comme un homme qui a perdu son ombre. Que devient DAUGHTER sans MOTHER, je n'en ai aucune idée. Sans doute sont-elles toutes deux inachevées. Parce que, en fait, DAUGHTER n'est qu'un double. Mais dans le cas de Fukaéri, même si MOTHER n'est pas à ses côtés, DAUGHTER a sans doute pu assurer sa fonction de médium. »

Komatsu resta un moment les lèvres serrées. Puis il courba la bouche légèrement.

« Tengo, dis-moi, estimerais-tu par hasard que tout ce qui est écrit dans *La Chrysalide de l'air* est réel ?

— Non, ce n'est pas ça. Ce ne sont que des hypothèses. Je présume que tout est bien réel, et à partir de là l'histoire peut progresser.

— Très bien, répondit Komatsu. Autrement dit, le double de Fukaéri, même éloigné de son corps d'origine, aurait pu assurer la fonction de médium.

— Ce qui nous explique pourquoi la secte n'a pas cherché à la reprendre à tout prix, alors que ces gens savaient où elle s'était réfugiée. Parce que dans son cas, même avec MOTHER qui n'était pas à ses côtés, DAUGHTER a pu assumer ses fonctions. Leurs liens étaient sans doute très puissants.

— Ah… »

Tengo poursuivit. « À ce que j'imagine, ils ont créé plusieurs DAUGHTERS. Les Little People ont à coup sûr saisi l'occasion de confectionner plusieurs chrysalides de l'air. Ils ont dû être inquiets de ne disposer que d'un PERCEIVER. Ou peut-être le nombre de DAUGHTERS qui assurent correctement leur fonction est-il limité. Il y aurait une DAUGHTER centrale, toute-puissante, et des DAUGHTERS auxiliaires, moins efficientes. Il y aurait un fonctionnement collectif.

— Tu veux dire que la DAUGHTER qu'aurait laissée Fukaéri derrière elle, ce serait la DAUGHTER centrale, qui assurerait *correctement sa fonction* ?

— C'est une hypothèse plausible. Fukaéri est constamment au centre des événements. Comme l'œil du cyclone. »

Komatsu plissa les yeux, croisa les doigts sur la table. Quand il le voulait, il était capable de se concentrer intensément sur un sujet.

« Écoute, Tengo. Voilà ce à quoi j'ai pensé. Ne serait-il pas envisageable que la Fukaéri que nous avons vue, en fait, soit DAUGHTER, et que celle qui a été laissée au sein de la secte, ce soit MOTHER ? »

Les paroles de Komatsu firent frémir Tengo. Jamais il n'avait envisagé les choses ainsi. Pour lui, Fukaéri était un être réel. Mais présentée ainsi, l'hypothèse de Komatsu était également plausible. « *Je n'ai pas de règles. Alors ne te fais pas de souci je ne serai pas enceinte.* » Cette nuit-là, c'est ce qu'avait déclaré Fukaéri après leur incroyable rapport sexuel. Si elle n'était rien de plus qu'un double, cela devenait plus logique. Un double ne peut se reproduire. Seule MOTHER en est capable. Mais Tengo ne pouvait accepter l'hypothèse selon laquelle il aurait eu une relation sexuelle avec un double, et pas avec la vraie Fukaéri.

« Chez Fukaéri, objecta-t-il, il y a clairement une personnalité. Et aussi un code de conduite personnel. Ce qu'un double ne posséderait pas.

— Oui, en effet, approuva Komatsu. Tu as raison. Même si elle n'a rien d'autre, Fukaéri a de la personnalité et un code de conduite. Je ne peux qu'être d'accord. »

Il n'en restait pas moins que chez Fukaéri était dissimulé quelque secret. Tengo avait le sentiment qu'à l'intérieur de cette jolie jeune fille était inscrit un précieux code secret qu'il lui fallait déchiffrer. Quel était l'être réel ? Quel était le double ? Ou bien, n'était-ce pas une erreur de vouloir séparer l'être dans son essence de son double ? Ou encore, Fukaéri pouvait-elle, selon les cas, se servir de son être ou de son double ?

« Il y a encore un certain nombre de choses que je ne comprends pas. » Ce disant, Komatsu dénoua ses doigts et les allongea sur la table. Puis il les contempla. Pour l'homme d'un certain âge qu'il était, c'étaient des doigts longs et fins.

« Les Voix se sont tues, les sources d'eau souterraines du puits se sont taries, le prophète est mort. Que deviendra DAUGHTER ensuite ? On n'est tout de même pas dans l'Inde ancienne, où les veuves devaient se suicider à la mort de leur époux.

— S'il n'y a plus de RECEIVER, le rôle du PERCEIVER s'achève.

— À condition de poursuivre ton hypothèse, Tengo, remarqua Komatsu. Fukaéri a-t-elle écrit *La Chrysalide de l'air* en sachant que s'ensuivraient pareilles conséquences ? Le type de la secte m'a dit qu'elle n'avait certainement pas de dessein délibéré. Ou du moins, que s'il y avait dessein, ce n'était pas le sien. Mais comment le savait-il ?

— Je ne sais pas si c'est la vérité, bien sûr, dit Tengo. Pourtant, je n'arrive pas à imaginer que Fukaéri, pour quelque motif que ce soit, ait délibérément acculé son père à la mort. J'aurais plutôt tendance à croire que son père est mort pour une autre raison, sans rapport avec elle. C'est peut-être pour cela qu'elle est partie. Pour mettre en œuvre une sorte de contre-mesure. Elle espérait délivrer son père des Voix. Mais ce ne sont que des suppositions. Je n'ai rien sur quoi les étayer. »

Komatsu resta longtemps plongé dans ses pensées, le nez froncé. Puis il soupira et jeta un regard circulaire.

« C'est vraiment un monde complètement bizarre. Jusqu'où s'agit-il d'hypothèses ? À partir d'où est-ce du réel ? Je n'arrive pas à discerner la frontière. Dis-moi, Tengo, toi, en tant que romancier, comment définirais-tu le réel ?

— Là où, quand on se pique avec une aiguille, du vrai sang rouge jaillit, c'est le monde réel, répondit Tengo.

— Alors, sans erreur, ici, c'est bien le monde réel », déclara Komatsu.

Puis il frotta de la paume de la main la face interne de son avant-bras, où saillait une veine bleue. Des vaisseaux sanguins sûrement pas très vaillants. Des vaisseaux sanguins maltraités durant des années d'alcool, de tabac, de vie déréglée, d'intrigues littéraires. Komatsu but la dernière gorgée de son whisky en faisant tinter les glaçons.

« Bon, revenons à notre histoire. J'aimerais entendre la suite de tes hypothèses. Ça devient de plus en plus palpitant. »

Tengo continua : « Ils sont à la recherche d'un remplaçant à "celui qui entend les Voix". Mais pas seulement. En même temps, ils doivent dénicher aussi une nouvelle DAUGHTER qui assure correctement ses fonctions. Un nouveau RECEIVER exige sans doute un nouveau PERCEIVER.

— Ils doivent donc trouver une bonne MOTHER. Pour ce faire, il faut confectionner une chrysalide de l'air, n'est-ce pas ? Ça paraît être une œuvre de grande envergure.

— C'est bien pourquoi ils sont tellement aux abois.

— En effet.

— Mais cela ne signifie pas qu'ils vont chercher tout à fait au hasard. Ils ont sûrement des prétendants en vue. »

Komatsu approuva. « J'ai moi aussi cette impression. C'est pour cela qu'ils se sont débarrassés de nous aussi vite que possible. Comme si on les gênait dans leur travail. Nous étions des espèces de gêneurs.

— Mais en quoi est-ce que nous les gênions ? »

Komatsu secoua la tête. Il n'en savait rien.

« Quelle sorte de message les Voix leur ont-elles adressé jusqu'à maintenant ? s'interrogea Tengo. Et quel rapport y a-t-il entre ces Voix et les Little People ? »

Encore une fois, Komatsu secoua la tête faiblement. Tout cela dépassait l'imagination des deux hommes.

« Tu as vu, je suppose, *2001, l'odyssée de l'espace* ?

— Oui, répondit Tengo.

— Nous sommes comme les hominidés du film, déclara Komatsu. Ces êtres qui ont de longs poils noirs, et qui tout en hurlant des trucs qui ne veulent rien dire tournent et tournent sans cesse autour du monolithe. »

Deux nouveaux clients entrèrent dans le bar, s'assirent au comptoir avec des allures d'habitués, commandèrent des cocktails.

« En tout cas, une chose est claire, dit Komatsu, comme s'il voulait conclure. Ton hypothèse a quelque chose de très convaincant, et d'une certaine façon, de la logique. C'est toujours réjouissant d'avoir une conversation avec toi. Néanmoins, les choses étant ce qu'elles sont, nous allons nous retirer de ce champ de mines terrifiant. Désormais, nous ne rencontrerons plus ni Fukaéri, ni le Pr Ébisuno. *La Chrysalide de l'air* est un roman fantastique inoffensif, qui ne contient pas la moindre information concrète. Ces Voix, peu importe de quoi il s'agisse, et quel que soit le message qu'elles transmettent, ce n'est plus notre problème. Nous en resterons là.

— Nous quittons le navire, nous revenons à la vie sur terre. »

Komatsu acquiesça. « Exactement. Moi, chaque jour, je vais à mon travail, je lis des manuscrits, bons ou mauvais, peu importe, pour ma revue littéraire. Toi, dans ton école, tu enseignes les maths à des jeunes gens prometteurs, et durant tes loisirs, tu écris ton gros roman. Nous retrouvons l'un et l'autre notre vie toute paisible. Plus de rapides, plus de cataracte. Les jours passent, nous vieillissons en paix. Une objection ?

— Eh bien, nous n'avons pas d'autre choix. »

Komatsu lissa une ride sur l'aile de son nez.

« En effet. Nous n'avons pas le choix. Moi, vois-tu, je n'ai pas envie d'être de nouveau séquestré. Me retrouver enfermé dans cette pièce carrée, une fois, ça m'a suffi. La prochaine fois, je risquerais de ne plus revoir la lumière du soleil. Sans compter que juste à imaginer me retrouver face aux deux joyeux drilles, mon cœur fait des bonds. Ils te font trépasser rien qu'en te regardant. »

Komatsu se tourna vers le comptoir, leva son verre et commanda un troisième whisky soda. Il se planta une nouvelle cigarette à la bouche.

« Dites, monsieur Komatsu, pourquoi ne m'avez-vous pas parlé de cette histoire plus tôt ? Pas mal de temps s'est déjà passé depuis que vous avez été séquestré. Plus de deux mois. J'aurais préféré que vous m'en parliez bien plus vite.

— Eh bien oui… je me demande pourquoi…, fit Komatsu en penchant légèrement la tête. Tu as raison. J'ai souvent pensé que je devais te raconter l'affaire, et puis, je laissais traîner, je retardais. Pourquoi ? Peut-être parce que j'éprouvais un sentiment de culpabilité.

— De culpabilité ? » répéta Tengo, surpris. Il n'aurait jamais imaginé entendre un mot pareil sortir de la bouche de Komatsu.

« Oui, je crois bien que j'ai ressenti une sorte de culpabilité, redit Komatsu.

— Vis-à-vis de quoi ? »

Komatsu ne répondit pas à cela. Les yeux mi-clos, il fit rouler quelques instants sa cigarette non allumée entre ses lèvres.

« Est-ce que Fukaéri sait que ses parents sont morts ? demanda Tengo.

— Je suppose qu'elle le sait. Je pense qu'à un certain moment – quand ? je l'ignore –, le Pr Ébisuno le lui a dit. »

Tengo hocha la tête. Il y avait toutes les chances en effet pour que Fukaéri ait été mise au courant bien auparavant. C'était ce qu'il ressentait. Le seul à qui l'on n'avait rien dit, qui ignorait tout, c'était lui.

« Donc, nous quittons le navire, nous revenons à la vie sur terre, répéta Tengo.

— Voilà. Nous sortons du champ de mines.

— Mais même si c'est ce que nous voulons, croyez-vous que nous pourrons retrouver facilement notre vie d'avant ?

— Nous pouvons seulement essayer », répondit Komatsu.

Il frotta une allumette et alluma sa cigarette.

« Dis-moi, Tengo, y a-t-il quelque chose de concret qui te tracasse ?

— Le fait que toutes sortes de choses ont commencé à être synchrones. C'est ce que je ressens. Parmi elles, un certain nombre ont beaucoup changé. Alors, je ne crois pas que nous reviendrons en arrière aisément.

— Même s'il en allait de notre vie ? »

Tengo secoua la tête de manière ambiguë. Il sentait que depuis un certain temps, il était entraîné dans un flux puissant et ininterrompu. Un courant qui cherchait à l'amener en des lieux étranges et inconnus. Mais de cela, il ne pouvait rien dire à Komatsu.

Tengo n'avait pas avoué à Komatsu que le long roman auquel il s'était attelé à présent s'inspirait du monde tel qu'il était décrit dans *La Chrysalide de l'air*. Komatsu n'aurait sûrement pas vu cela d'un bon œil. Quant aux Précurseurs, nul doute qu'à eux non plus, la nouvelle ne leur aurait pas été agréable. S'il n'y prenait pas garde, il foulerait bientôt un autre champ de mines. Et il risquerait d'y entraîner son entourage. Mais l'histoire avait sa vie propre, elle progressait pour ainsi dire automatiquement. Tengo appartenait déjà à ce monde, qu'il le veuille ou non. Pour lui, ce n'était plus un monde imaginaire. C'était devenu un monde réel dans lequel du vrai sang rouge jaillissait si l'on se coupait avec un couteau. Dans le ciel de ce monde-là, deux lunes se côtoyaient, une grande et une petite.

19

Ushikawa

Ce que je sais faire

C'ÉTAIT UN JEUDI MATIN CALME ET SANS VENT. Comme les autres jours, Ushikawa se réveilla un peu avant six heures. Il se lava le visage à l'eau froide. Il se brossa les dents et se rasa en écoutant les informations de la NHK. Il fit bouillir de l'eau et se prépara des nouilles instantanées. Après avoir mangé, il but du café soluble. Il roula son sac de couchage, le fourra dans le placard et s'installa devant son appareil photo à côté de la fenêtre. Le ciel du levant commençait à s'éclaircir. Ce serait sans doute une journée douce.

Depuis le temps que durait sa surveillance, il avait à présent complètement mémorisé les visages de ceux qui partaient au travail le matin. Il n'avait plus besoin de les prendre en photo. Entre sept heures et huit heures et demie, tous ces gens s'en allaient d'un pas pressé en direction de la gare. Ils lui étaient devenus familiers. Il entendit les voix joyeuses des groupes d'enfants, dans la rue devant l'immeuble, qui se dirigeaient vers l'école. Leurs voix lui rappelèrent ses filles quand elles étaient encore petites. Les enfants d'Ushikawa étaient heureuses de leur vie d'écolières. Elles prenaient des cours de piano et de danse classique. Elles avaient beaucoup d'amies. Jusqu'à la fin, Ushikawa n'était pas parvenu à admettre le fait qu'il avait des enfants si parfaitement normales. Il s'interrogeait. Comment se fait-il que je sois le père de ces fillettes-là ?

Une fois passée l'heure des départs au travail, presque personne ne se montrait à la porte de l'immeuble. Les voix gaies des enfants s'étaient évanouies. Ushikawa lâcha la commande à distance du déclencheur, et, le dos contre le mur, il fuma une Seven Stars en jetant un œil entre les rideaux. Comme les autres jours, un peu après dix heures, le facteur arriva sur sa petite moto rouge. Il répartit prestement le courrier dans les boîtes aux lettres. D'après ce qu'Ushikawa pouvait en voir, c'étaient en grande partie des publicités. La plupart seraient sans doute jetées sans même être lues. La température avait augmenté en même temps que le soleil s'était élevé dans le ciel et la plupart des passants avaient retiré leur manteau.

Ce fut peu après onze heures que Fukaéri apparut à l'entrée. Avec, sur son habituel pull noir à col roulé, un court manteau gris. Un jean, des tennis. Et des lunettes de soleil. Elle portait un gros sac vert en bandoulière. Visiblement bourré de toutes sortes de choses. Ushikawa s'éloigna du mur, se plaça devant son appareil photo et regarda dans le viseur.

Cette jeune fille a décidé de quitter les lieux, pensa-t-il. Elle a entassé toutes ses affaires dans son sac et elle s'en va. Elle ne reviendra plus ici. Si elle s'est résolue à partir, c'est vraisemblablement parce qu'elle sait que je suis caché ici. Le cœur d'Ushikawa s'affola.

La jeune fille s'immobilisa devant l'immeuble et leva les yeux vers le ciel, comme elle l'avait fait la dernière fois. Elle recherchait quelque chose du côté des fils électriques entremêlés ou du transformateur. Il y eut un éclat lumineux sur ses lunettes de soleil. Ushikawa ne pouvait déceler son expression à cause de ses verres foncés. Avait-elle découvert *ce qu'*elle cherchait ? Elle resta complètement statique, la tête en l'air, trente secondes environ. Puis elle se tourna soudain et dirigea son regard vers la fenêtre derrière laquelle se cachait Ushikawa. Elle ôta ses lunettes, les glissa dans la poche de son manteau. Les sourcils froncés, elle fixa d'un air concentré le téléobjectif camouflé au coin de la fenêtre. Elle sait, se dit à nouveau Ushikawa. Cette petite sait que je suis caché ici, que je l'observe en secret. Et elle, à son tour, observait Ushikawa, depuis l'objectif et jusqu'au viseur. Comme de l'eau qui reflue dans une conduite. Ushikawa en eut la chair de poule.

Les yeux de Fukaéri clignèrent à plusieurs reprises, très régulièrement. Ses paupières descendirent et remontèrent lentement, à dessein, comme s'il s'agissait d'êtres vivants autonomes et paisibles. Rien d'autre ne bougeait chez elle. Elle restait campée là, la tête tournée d'un côté, à l'image d'un grand oiseau hautain, le regard planté directement sur Ushikawa. Il ne pouvait s'en détacher. Le monde parut se figer. Il n'y avait pas le moindre souffle de vent et même les sons avaient cessé de faire vibrer l'atmosphère.

Puis Fukaéri mit un terme à son observation. Elle releva la tête dans la même direction qu'un instant plus tôt, mais s'interrompit au bout de quelques secondes. Son expression était inchangée. Elle ressortit ses lunettes de soleil, les chaussa de nouveau et se dirigea vers la rue. Sa foulée était égale et déterminée.

Peut-être devrait-il sortir à l'instant et lui emboîter le pas. Tengo n'était pas encore revenu, il avait suffisamment de temps pour s'assurer de sa destination. Il n'avait rien à perdre à le savoir. Mais pour une raison inconnue, Ushikawa ne parvenait pas à se soulever du sol. Son corps était comme engourdi. Comme si le regard aigu lancé par la jeune fille à travers le viseur lui avait enlevé toutes les forces nécessaires pour agir.

Bon, eh bien, cela ne fait rien, songea Ushikawa assis sur les tatamis, comme pour se persuader. En fin de compte, celle que je dois retrouver est Aomamé. Ériko Fukada est certes intéressante, mais pas essentielle, après tout. Elle ne tient qu'un rôle secondaire sur une scène où elle est apparue par hasard. Si elle veut s'en aller, parfait, je la laisse agir à sa guise.

Dès qu'elle arriva dans la rue, Fukaéri avança d'un pas rapide en direction de la gare. Pas une seule fois elle ne se retourna. Ushikawa la regarda s'éloigner entre les rideaux jaunis par le soleil. Lorsque le sac vert, qui se balançait sur son dos d'un côté et de l'autre, disparut de son champ visuel, il s'éloigna presque en se traînant de l'appareil photo et alla s'adosser contre le mur. Il attendit ensuite que son corps recouvre ses forces. Il se planta une Seven Stars à la bouche et l'alluma avec son briquet. Il inhala profondément, mais la cigarette était insipide.

Il ne parvenait pas à récupérer. Ses membres restaient lourds et ankylosés. Soudain, il perçut que s'était creusé en lui un étrange vide. Un pur espace creux, qui ne signifiait que du manque, ou du rien. Ushikawa était là, enfoncé dans cet espace inconnu qui s'était créé à l'intérieur de lui. Il n'arrivait pas à se relever. Il sentit une douleur sourde dans la poitrine. Non, pas précisément une douleur. Plutôt une différence de pression au point de contact entre le plein et le vide.

Il demeura longtemps au fond de cet espace, appuyé contre le mur, fumant des cigarettes qui n'avaient aucun goût. Quand cette jeune fille est partie, songeait Ushikawa, elle a laissé ce vide derrière elle. Ou plutôt non. Le vide était en moi depuis toujours, elle n'a fait que m'en révéler l'existence.

Il comprit qu'Ériko Fukada l'avait totalement ébranlé. Simplement avec son regard hiératique et pénétrant, elle l'avait secoué de fond en comble, pas seulement dans son être physique, mais dans sa vie même, comme s'il était tombé passionnément amoureux. C'était une sensation qu'il éprouvait pour la première fois.

Non, ce n'est pas possible, se dit-il. Pourquoi devrais-je tomber amoureux de cette jeune fille ? Il n'existe sûrement pas dans ce monde couple plus mal assorti qu'Ériko Fukada et moi. Inutile que j'aille me regarder dans la glace. Et d'ailleurs, il ne s'agit pas que de l'apparence. Personne comme elle n'est plus éloigné de moi. Il n'était pas non plus attiré physiquement par la jeune fille. Pour ses besoins sexuels, Ushikawa se contentait d'une ou deux rencontres mensuelles avec une prostituée qu'il connaissait bien. Il lui téléphonait et ils se retrouvaient dans une chambre d'hôtel. C'était à peu près comme aller chez le coiffeur.

Après avoir longuement médité, Ushikawa arriva à la conclusion que l'âme entrait en ligne de compte. Ce qui s'était passé entre Fukaéri et lui était en quelque sorte un échange entre deux âmes. C'était sans doute quelque chose à la limite de l'incroyable mais la jolie jeune fille et Ushikawa avaient tous deux pénétré l'existence de l'autre, jusqu'au niveau le plus profond et le plus obscur, en se scrutant de part et d'autre du téléobjectif. Cela n'avait pas duré longtemps mais cela avait été suffisant pour que leurs âmes se dévoilent l'une à l'autre. Puis la jeune fille s'en était allée, et Ushikawa était demeuré seul dans son espace vide.

La jeune fille savait qu'il l'observait secrètement au téléobjectif. Elle devait également savoir qu'il l'avait suivie jusqu'au supermarché devant la gare. Elle ne s'était jamais retournée, mais Ushikawa avait la certitude qu'elle avait pu le voir pourtant. Il n'avait pas l'impression néanmoins qu'elle lui en voulait de ses agissements. Il sentait qu'elle l'avait compris jusqu'au plus intime de lui.

La jeune fille était apparue puis s'en était allée. Nous venions de deux directions différentes, songea Ushikawa, nos chemins se sont croisés par hasard, nos regards aussi, un court instant, puis nous sommes repartis, chacun de son côté. Plus jamais je ne reverrai Ériko Fukada. C'est une rencontre qui n'arrive qu'une fois. Et même si j'étais amené à la revoir, que devrais-je attendre d'elle de plus que ce qui s'est passé ici et maintenant ? Nous nous tenons maintenant aux deux extrémités opposées du monde. Et les mots qui auraient pu tisser des liens entre nous, il n'y en a pas eu.

Toujours appuyé contre le mur, Ushikawa observait les allées et venues à l'entrée. Après tout, Fukaéri pourrait changer d'avis et faire demi-tour. Elle pourrait s'apercevoir qu'elle avait oublié quelque chose d'important dans l'appartement. Bien entendu, la jeune fille ne se montra pas. Elle avait résolu de s'en aller et de ne plus revenir.

Ushikawa passa l'après-midi envahi d'une grande impuissance. C'était un état qui n'avait ni forme ni poids. Son sang circulait avec lenteur, avec mollesse. Sa vue était brouillée, les articulations de ses membres avaient de sourds grincements. Dès qu'il fermait les yeux, il sentait dans sa poitrine les élancements lancinants qu'y avait laissés le regard de Fukaéri. Ces douleurs allaient et venaient, comme les vagues qui se brisent sur le rivage. Les crispations se faisaient parfois si cuisantes qu'il ne pouvait s'empêcher de grimacer. Mais il prit conscience aussi que cette souffrance lui apportait une chaleur qu'il n'avait jamais connue auparavant.

Sa femme, ses deux filles, sa maison de Chûôrinkan avec le jardin et son petit gazon ne lui avaient jamais procuré une sensation pareille. Dans son cœur demeurait en permanence comme un bloc de terre gelée, qui ne fondait jamais. C'était avec ce noyau dur et froid en lui qu'il avait constamment vécu. Il ne l'avait jamais éprouvé comme tel, car c'était pour lui une « température normale ». Pourtant, grâce à son regard, Fukaéri avait commencé à faire fondre ce bloc de glace. Peut-être pour un temps seulement. Simultanément, Ushikawa s'était mis à éprouver cette douleur sourde. Il était possible que son froid intérieur l'ait jusque-là simplement insensibilisé. C'était en somme un phénomène de défense psychique. Mais à présent il acceptait cette douleur. En un sens, elle était même la bienvenue. Car avec la douleur était venue la chaleur. Tant qu'il n'avait pas accepté la douleur, la chaleur ne l'avait pas visité. C'était une sorte de transaction.

Cet après-midi-là, dans un petit coin ensoleillé de la pièce, il savoura à la fois cette douleur et cette chaleur. Il était en paix, il ne bougeait pas. C'était un jour d'hiver sans vent. Les passants marchaient dans la rue sous une lumière douce. Mais le soleil s'inclina de plus en plus vers l'horizon, se cacha derrière les immeubles et fit disparaître aussi la flaque ensoleillée dans laquelle Ushikawa s'était réfugié. La douceur de l'après-midi s'effaça et la nuit froide s'apprêta à recouvrir le monde.

Ushikawa poussa un long soupir et se décolla tant bien que mal du mur contre lequel il s'était appuyé. Il se sentait encore un peu engourdi, mais plus au point de ne pouvoir se déplacer. Il se leva alors lentement et s'étira. Il fit bouger dans tous les sens son cou épais. Il ferma les poings, les rouvrit, répéta le geste à plusieurs reprises. Puis il effectua ses élongations habituelles sur les tatamis. Toutes ses articulations craquèrent en produisant des bruits sourds. Mais ses muscles retrouvèrent peu à peu leur souplesse.

C'était l'heure où les locataires rentraient du travail et les enfants de l'école. Je dois continuer à faire le guet, se répéta-t-il. La question n'est pas que cela me plaise ou non. Ni que ce travail soit honnête ou pas. Il devait aller jusqu'au bout de ce qu'il avait commencé. Son propre sort en dépendait aussi. Il ne pouvait demeurer à jamais au fond de cet espace vide, plongé dans des rêveries inconsistantes.

Ushikawa tenta de se tenir de nouveau devant l'appareil photo. Il faisait à présent nuit noire et l'éclairage de l'entrée était allumé. Il était sans doute programmé pour s'enclencher automatiquement à une heure précise. Les locataires franchirent l'entrée de l'immeuble comme des oiseaux anonymes rentrant dans leur pauvre nid. Ushikawa ne découvrit pas Tengo Kawana parmi eux. Mais il était sûr et certain qu'il reviendrait bientôt. Il ne pouvait pas veiller éternellement sur son père. Il y avait des chances pour qu'il rentre à Tokyo avant le début de la semaine prochaine et qu'il reprenne son travail. Il serait là dans quelques jours. Non, lui soufflait son intuition, aujourd'hui ou demain.

Je suis peut-être un être sale et visqueux, comme ces vers de terre qui grouillent derrière les pierres humides. Soit. Je l'admets volontiers. Mais en même temps, je suis un ver tenace, très compétent et infiniment patient. Je n'abandonne jamais. Du moment qu'il y a une piste, je la poursuis jusqu'au bout. Je peux même grimper le long des parois verticales. Il faut maintenant que je retrouve mon noyau froid. J'en ai besoin.

Ushikawa se frotta vigoureusement les mains devant l'appareil photo. Il s'assura une fois encore que ses dix doigts bougeaient sans difficulté.

Il y a énormément de choses que les gens ordinaires savent faire et pas moi. C'est évident. Jouer au tennis ou faire du ski. Travailler dans une entreprise, vivre au sein d'un foyer heureux. En revanche, il y a un petit nombre de choses que je sais accomplir. Et qui sont inaccessibles aux gens ordinaires. Et ce *petit nombre de choses*, je les réussis parfaitement. Je ne vais pas jusqu'à en attendre des pourboires ou des applaudissements. Mais maintenant, je vais montrer au monde ce que je sais faire.

À neuf heures et demie, le guet de ce jour s'acheva. Il ouvrit une boîte de bouillon de poule, transvasa le contenu dans une petite casserole, la fit chauffer sur son réchaud de camping. Puis il dégusta sa soupe à la cuillère en l'accompagnant de deux petits pains. Il croqua une pomme sans l'éplucher. Il soulagea sa vessie, se brossa les dents et déroula son sac de couchage sur les tatamis. Gardant seulement ses sous-vêtements, il se faufila dedans. La fermeture Éclair remontée jusqu'au cou, il se roula à l'intérieur comme une chenille.

Voilà comment s'acheva la journée d'Ushikawa. Les seuls résultats qu'il avait récoltés, c'était que Fukaéri avait fait ses bagages et qu'elle était partie. Où ? Il l'ignorait. *Quelque part*. Ushikawa secoua la tête dans son sac de couchage. Elle s'en était allée en un lieu qui n'avait rien à voir avec lui. Bientôt, en même temps que son corps transi se réchauffait, sa conscience se dilua et il sombra dans un profond sommeil. Au bout d'un certain temps, le petit noyau de glace reprit solidement sa place en lui.

Le lendemain, il ne se passa rien de remarquable. Le surlendemain était un samedi. Ce fut de nouveau une journée douce et paisible. De nombreux locataires faisaient la grasse matinée. Assis à côté de la fenêtre, Ushikawa mit la radio à faible volume et écouta les informations, le bulletin de la circulation et les prévisions météo.

Un gros corbeau surgit un peu avant dix heures et resta un moment sur les marches de l'entrée déserte. L'oiseau promena attentivement son regard sur les alentours et répéta son geste comme s'il faisait un signe de tête. Alors que son grand bec robuste s'élevait et s'abaissait, le soleil fit miroiter son plumage noir et lustré. Lorsque, un peu plus tard, le facteur fit son apparition sur sa petite moto rouge, le corbeau s'envola à contrecœur avec un bref croassement. Puis le facteur repartit après avoir distribué le courrier, et ce fut alors une volée de moineaux qui paraissaient en quête de nourriture. Ils fouillèrent frénétiquement le sol devant l'entrée mais ils s'en allèrent dès qu'ils s'aperçurent qu'il n'y avait rien à glaner. Apparut ensuite un chat tigré. Le chat d'un voisin, sans doute, qui portait un collier antipuces. Ushikawa n'avait jamais vu cet animal auparavant. Le chat entra dans un parterre de fleurs fanées et urina. Après quoi il renifla l'endroit. Apparemment, quelque chose lui déplut. Il se renfrogna, ses moustaches frémirent, puis, la queue dressée, il disparut derrière le bâtiment.

Quelques-uns des habitants quittèrent l'immeuble dans la matinée. À leur tenue, Ushikawa voyait bien qu'ils se mettaient en route pour une sortie ou simplement pour aller faire des courses dans le quartier. À présent, les visages de ces gens lui étaient très familiers, même s'il n'éprouvait aucun intérêt vis-à-vis de leur personnalité ou de leur vie. Il ne s'était jamais laissé à imaginer en quoi consistait leur existence.

Que votre vie ait de l'importance pour vous, je le conçois. Vous n'en avez qu'une, une seule. Je le sais. Mais elle m'est indifférente. À mes yeux, vous n'êtes que des figurines en papier découpé qui se déplacent devant un décor. Tout ce que je vous demande, c'est de ne pas me déranger. Restez ce que vous êtes, des silhouettes de papier.

« Eh oui, madame la Poire. » Ushikawa s'adressait ainsi à une femme plus toute jeune, à l'arrière-train charnu, qui passait devant lui. « Tu n'es qu'une figurine de papier. Tu n'es pas une vraie femme. Tu le savais ? Mais j'avoue que pour du papier, tu en as de jolies formes ! »

Ce genre de pensées l'amenaient peu à peu au sentiment que tout ce qu'il voyait était dénué de sens. Vain. Ou même peut-être que rien de ce qu'il voyait n'existait réellement. Et si ces silhouettes de papier, sans forme et sans substance, l'avaient mystifié ? Cette pensée le plongea dans l'angoisse.

Sans doute son inquiétude provenait du fait qu'il restait enfermé dans un appartement vide, sans aucun meuble, où il passait ses journées à espionner les gens. Il était naturel que cette situation le déstabilise. Il décida alors d'énoncer ses pensées à voix haute.

« Bien le bonjour, monsieur Longues-Oreilles, dit-il à l'adresse d'un vieil homme grand et maigre, dont les oreilles pointaient sous ses cheveux blancs comme des cornes. Tu vas te promener ? Très bien, la marche, c'est bon pour la santé. Et puis, tu as de la chance, il fait beau. Alors, bonne balade. Moi aussi, j'aurais aimé faire une petite promenade, me dégourdir les jambes. Malheureusement, je dois rester assis ici. Garder l'œil toute la sainte journée sur l'entrée de cet immeuble minable. »

Le vieil homme portait un cardigan et un pantalon de laine. Il se tenait très droit. Un fidèle chien blanc aurait bien complété le tableau, mais les chiens n'étaient pas autorisés dans l'immeuble. Après le départ du vieillard, un profond sentiment d'impuissance envahit Ushikawa, sans raison précise. Finalement, se dit-il, cette surveillance pourrait n'aboutir à rien. Ma fameuse intuition n'est peut-être plus ce qu'elle était. Je ne récolte rien et, dans cette pièce vide, je ne fais que m'user les nerfs. Tout comme la tête d'un *jizô*[1] en pierre au bord de la route, sans cesse caressée par les enfants qui passent devant, finit par être usée.

Un peu après midi, Ushikawa mangea une pomme et des crackers avec du fromage. Et aussi une boulette de riz *onigiri* garnie d'une prune salée *uméboshi*. Puis il fit une petite sieste, appuyé contre le mur. Ce ne fut qu'un bref somme sans rêve, mais à son réveil, il était incapable de savoir où il était. Sa mémoire était une boîte. Carrée, bien nette. Qui ne contenait que du vide. Ushikawa plongea son regard dans ce vide. Il finit par comprendre que ce n'était pas du vide. Mais une

1. Le bodhisattva Jizô, divinité tutélaire des frontières et protecteur des enfants, représenté le plus souvent par une petite statue de pierre, au croisement des chemins.

pièce sombre, froide, sans aucun meuble. L'endroit ne lui était pas familier. Juste à côté, il y avait un trognon de pomme sur un journal. Ses idées s'embrouillèrent. Qu'est-ce que je fais dans un lieu aussi bizarre ?

Il lui fallut un certain temps pour qu'il se souvienne qu'il surveillait l'entrée de l'immeuble où habitait Tengo. Il reconnut son reflex Minolta muni d'un téléobjectif. Lui revint aussi en mémoire le vieillard aux cheveux blancs et aux longues oreilles qui était parti se promener. À la manière des oiseaux qui retournent dans la forêt au coucher du soleil, les souvenirs revinrent peu à peu emplir la boîte. Parmi lesquels deux faits solides :

(1) Ériko Fukada avait quitté l'immeuble ;
(2) Tengo Kawana n'était pas encore revenu.

Dans l'appartement de Tengo Kawana, situé au deuxième étage, il n'y avait personne. Les rideaux étaient tirés et le silence régnait dans l'espace désert, troublé seulement par le thermostat du réfrigérateur qui se mettait en route périodiquement. Sans raison particulière, Ushikawa imagina la scène. Il existe une certaine ressemblance entre se représenter un appartement désert et imaginer l'au-delà. Lui revint soudain à l'esprit le collecteur de la NHK qui avait frappé avec tant d'obstination contre sa porte. Malgré sa surveillance ininterrompue, rien ne lui indiquait que ce personnage mystérieux avait quitté l'immeuble. S'agissait-il alors d'un locataire ? D'un habitant qui cherchait à faire peur à ses voisins en se faisant passer pour un collecteur ? Si c'était le cas, pour quelle raison agissait-il de la sorte ? Il fallait qu'il soit fou. Sinon, quelle explication pourrait-on donner à un comportement aussi aberrant ? Ushikawa n'en trouvait aucune.

Ce fut peu avant quatre heures de l'après-midi que Tengo Kawana apparut à l'entrée de l'immeuble. La nuit n'était pas encore tombée. Il avait relevé le col de sa fine parka, il était coiffé d'une casquette de base-ball bleu foncé et portait un sac de voyage à l'épaule. Il entra droit dans l'immeuble sans regarder autour de lui ni s'arrêter à la porte. Même si Ushikawa avait encore la tête un peu embrouillée, la grande silhouette qui traversa son champ visuel ne pouvait lui échapper.

« Ah, te voilà, monsieur Kawana, murmura Ushikawa, en déclenchant trois prises en rafale. Comment va ton père ? Tu dois être fatigué. Commence donc par te reposer. Cela fait du bien de rentrer chez soi, n'est-ce pas ? Même dans un appartement aussi misérable. Ah, au fait, pendant que tu étais loin d'ici, Ériko Fukada est partie avec toutes ses affaires. »

Tengo ne l'entendait pas, bien sûr. Ce n'était qu'un soliloque. Ushikawa jeta un regard à sa montre et nota : Quinze heures cinquante-six. Retour de Tengo Kawana.

Au moment même où Tengo Kawana était apparu à l'entrée de l'immeuble, une porte s'était ouverte en grand quelque part, le sens de la réalité avait réintégré l'esprit d'Ushikawa. Comme un vide qui se remplit d'atmosphère, ses nerfs s'aiguisèrent de nouveau, une énergie nouvelle se répandit en lui. Ushikawa avait la sensation d'avoir retrouvé sa fonction d'élément efficace dans le monde matériel. Il accueillit avec plaisir le clic agréable du montage. Sa circulation sanguine s'accéléra, injectant dans tout son organisme une bonne dose d'adrénaline. C'est bien. Il faut qu'il en soit ainsi, se dit Ushikawa. C'étaient là son vrai moi et le vrai monde.

Peu après sept heures, Tengo réapparut à l'entrée. Après le coucher du soleil, le vent s'était levé et le mercure avait rapidement chuté. Tengo portait un jean délavé et avait enfilé un blouson de cuir par-dessus sa fine parka. Cette fois, il s'immobilisa après avoir passé la porte. Il regarda tout autour de lui, mais rien ne parut attirer son attention. Il jeta aussi un œil dans la direction d'Ushikawa, visiblement sans rien deviner. Tu n'es pas comme Ériko Fukada, se dit Ushikawa. Elle, elle est *spéciale*. Elle voit ce que les autres ne voient pas. Mais toi, mon petit Tengo, tu es un homme normal. Tout ce qu'il y a de plus normal. Et tu ne me vois pas.

Après avoir constaté que tout semblait comme à l'habitude, Tengo remonta jusqu'au cou la fermeture Éclair de son blouson et s'en alla, les mains dans les poches. Immédiatement, Ushikawa enfonça son bonnet sur son crâne, enroula son écharpe autour de son cou, enfila ses chaussures et se rua à la poursuite de Tengo.

Cette filature était bien sûr un choix risqué. Si Tengo le voyait, il remarquerait aussitôt sa taille et son apparence étranges. Mais il faisait déjà nuit et s'il conservait une bonne distance, il ne serait pas repéré.

Tengo marchait lentement dans la rue. Il se retourna à plusieurs reprises ; comme Ushikawa se tenait sur ses gardes, il ne fut pas découvert. Vu de dos, Tengo lui paraissait plongé dans d'intenses réflexions. Peut-être songeait-il au départ de Fukaéri. Il semblait se diriger vers la gare. Allait-il prendre un train ? Ce serait alors difficile de le suivre. Les gares sont bien éclairées, les voyageurs peu nombreux un samedi soir. Ushikawa se ferait forcément repérer. Il serait alors plus sage d'abandonner sa filature.

Mais finalement la destination de Tengo n'était pas la gare. Au bout d'un certain temps, il avait obliqué dans une rue qui s'en éloignait. Il continua un moment dans de petites rues peu fréquentées avant de s'arrêter devant le *Mugiatama*. Un petit établissement où l'on servait de l'alcool, des plats simples, et dont la plupart des clients étaient des jeunes gens. Tengo regarda l'heure à sa montre, réfléchit quelques secondes et entra dans le café. *Mugiatama*, se répéta Ushikawa. Quel nom abracadabrant !

Caché derrière un poteau électrique, Ushikawa regarda autour de lui. Tengo allait sans doute prendre un verre ou dîner sur place. Il lui faudrait bien une demi-heure. Ou même une heure, si Ushikawa jouait de malchance. Il chercha des yeux un endroit où il pourrait passer le temps tout en surveillant l'entrée de l'établissement. Il ne repéra à proximité qu'un point de vente de lait, un local de réunion du mouvement religieux Tenri et un marchand de riz. Tous les volets étaient fermés. Ah ! là, là ! soupira Ushikawa. Un fort vent de nord-ouest chassait violemment les nuages dans le ciel, comme pour faire mentir la douceur de la journée. Rester planté désœuvré une demi-heure, voire une heure, dans ce vent glacial, ce n'était certes pas ce dont rêvait Ushikawa.

L'idée de s'interrompre et de rentrer lui effleura l'esprit. Tengo n'était là que pour dîner. À quoi bon se donner tant de mal ? Pendant ce temps, lui aussi pourrait avaler un plat chaud dans un petit restaurant et retourner directement à l'appartement. Tengo ne tarderait sûrement pas à regagner son chez-lui. L'idée lui paraissait séduisante. Il se vit, bien au chaud, dégustant un *oyakodon*[1]. Je n'ai pas avalé grand-chose ces derniers jours, songeait-il. Du saké chaud, ce ne serait pas mal non plus. Il fait tellement froid. Après, avec deux pas dehors, je retrouverais toute ma tête.

Mais il y avait un autre scénario possible. Tengo avait peut-être rendez-vous avec quelqu'un au *Mugiatama*. Ushikawa ne pouvait pas ne pas tenir compte de cette éventualité. En sortant de chez lui, Tengo s'était dirigé droit vers ce café. Il avait regardé l'heure à sa montre avant d'entrer. Quelqu'un l'attendait peut-être à l'intérieur. Ou alors, ce quelqu'un risquait d'arriver bientôt au *Mugiatama*. Et il n'était pas question que ce *quelqu'un* échappe à Ushikawa. Par conséquent, il lui fallait demeurer là où il était – même si au terme de son guet, ses oreilles étaient transformées en glaçons. Résigné, Ushikawa chassa l'*oyakodon* et le saké de sa tête.

Il a peut-être rendez-vous avec Fukaéri. Ou avec Aomamé. Ushikawa s'évertuait à se donner du courage. L'endurance était sa principale qualité. Du moment qu'il subsistait une chance, même la plus infime, il s'y accrochait coûte que coûte. Même si la pluie, le vent, le soleil s'acharnaient sur lui, il ne lâchait pas sa proie. Si la main flanchait, qui sait quand

1. Littéralement, « bol de riz parents-enfants ». Un bol de riz recouvert de poulet, d'œufs, d'oignons.

l'occasion reviendrait ? D'autre part, il avait appris dans sa propre chair qu'il y avait de par le monde des souffrances bien plus graves que le froid de la nuit.

Ushikawa s'appuya contre un mur, se dissimulant entre un poteau électrique et des affiches du parti communiste japonais, et garda l'œil sur l'entrée du *Mugiatama*. Son écharpe verte remontée sous le nez, les mains enfoncées dans les poches de son caban. Sauf pour sortir des Kleenex et se moucher de temps à autre, il ne faisait aucun mouvement. Périodiquement, portées par le vent, lui parvenaient les annonces de la gare de Kôenji. Parmi les rares passants qui apercevaient Ushikawa caché dans l'ombre, certains accéléraient le pas d'un air inquiet. L'obscurité les empêchait de distinguer son visage. Mais sa silhouette trapue dessinait là une figure maléfique qui avait le pouvoir de les affoler.

Que pouvait-il boire, Tengo, dans ce café ? Et que mangeait-il ? Plus Ushikawa se laissait aller à son imagination, plus il avait faim et froid. Il ne pouvait se réfréner pourtant. Peu lui importait le plat, et tant pis s'il n'y avait pas de saké chaud ni d'*oyakodon*. Il avait juste envie de dîner comme tout le monde, dans un lieu où il faisait bien chaud. Tout plutôt que rester dans la nuit, en plein vent, à subir les regards soupçonneux des gens.

Mais Ushikawa n'avait pas d'autre choix que d'attendre, grelottant au milieu des bourrasques glacées, que Tengo ressorte une fois qu'il aurait terminé son repas. Ushikawa pensa à sa maison de Chûôrinkan, à la table de la salle de séjour, où certainement un repas chaud était servi tous les soirs. Il ne se souvenait pas très bien… Que mangions-nous alors ? Il avait le sentiment que c'était comme une vie antérieure. Il était une fois, à un quart d'heure à pied de la gare Chûôrinkan, sur la ligne Odakyû, une maison neuve dans laquelle chaque jour était dressée une table avec un repas chaud. Dans cette maison vivaient deux fillettes qui jouaient du piano. Sur la pelouse du jardin courait un chiot de bon pedigree.

Tengo ressortit seul du café trente-cinq minutes plus tard. Bon. Cela aurait pu être pire, se dit Ushikawa, comme pour se convaincre. Mieux valaient trente-cinq affreuses minutes que quatre-vingt-dix. Il était totalement refroidi. Mais ses oreilles n'avaient pas encore gelé. Durant le temps où Tengo était à l'intérieur du café, Ushikawa n'avait remarqué aucun client suspect. Seul un jeune couple était entré, personne n'était sorti. Tengo s'était sans doute contenté de boire un verre tout seul, de prendre un repas léger. Ushikawa se remit à le suivre, en gardant toujours une bonne distance. Tengo repartait en sens inverse. Il avait bien l'air de rentrer chez lui directement.

Mais Tengo obliqua soudain et s'engagea dans une ruelle qu'Ushikawa ne connaissait pas. Il paraissait perdu dans ses réflexions. Peut-être encore plus absorbé que tout à l'heure. Il ne se retournait pas. Ushikawa observa les alentours, nota mentalement les numéros des maisons et s'efforça de mémoriser l'itinéraire pour pouvoir refaire le trajet par lui-même. Il ne connaissait pas très bien ce quartier, mais d'après la rumeur plus insistante de la circulation, qui faisait songer au flot d'une rivière, il supposa qu'ils s'approchaient du boulevard périphérique n° 7. Peu après, Tengo accéléra le pas. Sans doute touchait-il au but.

Bien, se dit Ushikawa. Ce jeune homme se dirige vers *une destination précise*. Voilà ce que j'attendais. Ma patience est récompensée.

Tengo traversait à présent un quartier résidentiel. Durant cette soirée froide et venteuse de samedi, tout le monde préférait rester bien à l'abri chez soi, devant la télé, une boisson chaude à la main. Il n'y avait presque personne dans les rues. Ushikawa suivait Tengo, toujours à bonne distance. Avec sa taille et sa carrure, le jeune homme était d'ailleurs quelqu'un d'aisément repérable. Même dans une foule, on n'aurait pas risqué de le perdre de vue. Il se contentait d'avancer droit devant lui, la tête un peu penchée, perdu dans ses pensées. C'était un homme fondamentalement honnête, de bonne foi. Pas du genre à dissimuler. À l'opposé d'Ushikawa.

La femme qu'avait épousée Ushikawa était aussi quelqu'un qui aimait faire des cachotteries. Aimer n'était pas le terme exact. Elle était *incapable* de vivre sans mentir. Si on lui demandait l'heure, par exemple, elle ne donnait pas la bonne réponse. En cela, elle était très différente d'Ushikawa. Lui ne dissimulait que s'il le fallait. Le secret était une nécessité inhérente à son travail. Si quelqu'un lui demandait l'heure, et s'il n'avait pas de raison particulière de mentir, il répondait honnêtement. Et même avec cordialité. Sa femme, elle, mentait systématiquement. À tout propos, dans toutes les circonstances. Elle s'ingéniait à travestir la vérité, y compris sur des questions qui ne méritaient pas de l'être. Elle s'était même rajeunie de quatre ans. Ushikawa s'en était aperçu en voyant la déclaration de mariage, mais il n'avait rien dit et avait fait semblant de n'avoir rien remarqué. Il ne comprenait pas pourquoi il fallait qu'elle fabule ainsi, car ce genre de mensonges serait forcément dévoilé un jour ou l'autre. D'autant plus qu'il ne se souciait pas de cette différence d'âge. Il avait bien d'autres chats à fouetter. Si sa femme avait sept ans de plus que lui, où était le problème ?

Au fur et à mesure qu'ils s'éloignaient de la gare, il y avait de moins en moins de passants. Tengo pénétra dans un petit parc. Un modeste espace de jeu destiné aux enfants de ce quartier résidentiel. Les lieux étaient déserts. Il n'y avait pas de quoi s'étonner, songea Ushikawa. Qui aurait envie de se rendre dans un jardin public par une nuit de décembre glaciale et venteuse ? Tengo passa sous la lumière froide d'un lampadaire à vapeur de mercure et se dirigea droit vers un toboggan. Il commença à monter les marches et grimpa jusqu'en haut.

Caché derrière une cabine de téléphone, Ushikawa l'observait. Un toboggan ? Il grimaça. Pour quelle raison un adulte devrait-il escalader un toboggan par une nuit aussi froide ? L'endroit n'était pas très proche de l'appartement de Tengo. Le jeune homme s'était rendu *exprès* dans ce jardin, avec un but précis. Pourquoi ? On ne pouvait pas dire que ce jardin avait un charme spécial. Il était exigu et plutôt miteux. Un toboggan, deux balançoires, un petit dispositif d'escalade et un bac à sable. Un lampadaire à mercure qui semblait avoir éclairé la fin du monde, un orme défeuillé. Les toilettes publiques verrouillées formaient un arrière-plan idéal pour des graffitis. Rien dans ce parc n'apaisait l'esprit ou ne stimulait l'imagination. Ou peut-être que si, durant un bel après-midi de mai, mais sûrement pas pendant une nuit venteuse de décembre.

Tengo avait-il rendez-vous ? Attendait-il quelqu'un ? Rien ne le laissait supposer. Ushikawa avait bien vu que dès son arrivée, Tengo s'était dirigé droit vers le toboggan, sans prêter attention à quoi que ce soit d'autre. *Tengo était venu ici pour grimper sur ce toboggan.* À ses yeux, c'était une évidence.

Peut-être, songea Ushikawa, ce jeune homme avait-il depuis toujours aimé méditer en haut d'un toboggan. Peut-être était-ce l'endroit idéal pour réfléchir à l'intrigue d'un roman ou à une formule mathématique. Peut-être que son cerveau tournait d'autant plus vite qu'il faisait sombre, que le vent était froid et que le jardin était minable. Ushikawa ignorait totalement quel était le mode de pensée des écrivains (ou des mathématiciens). En tout cas, son esprit pratique lui disait qu'il n'avait d'autre choix que d'observer patiemment Tengo. Sa montre indiquait huit heures.

Tengo s'assit sur le toboggan comme s'il repliait son grand corps. Il leva ensuite ses yeux vers le ciel. Il tourna la tête d'un côté, de l'autre, puis fixa son regard dans une direction précise. Il resta alors immobile.

Ushikawa se souvint d'une chanson sentimentale de Kyû Sakamoto, qui avait été populaire naguère : « Lève les yeux vers les étoiles de la nuit, vers les petites étoiles… » La suite, il ne s'en souvenait pas. Et n'avait pas vraiment envie de la connaître. La sentimentalité et le sens de la justice étaient les deux domaines où il se sentait le plus mal à l'aise. Tengo, du haut du toboggan, était-il en train de contempler les étoiles, le cœur débordant de sentimentalité ?

Ushikawa leva les yeux vers le ciel. Mais il ne voyait pas les étoiles. Kôenji, arrondissement de Suginami, Tokyo, était un lieu particulièrement inapproprié pour observer un ciel étoilé. Les néons publicitaires et les luminaires des grandes rues donnaient au firmament des teintes très étranges. Peut-être qu'en forçant le regard on finirait par apercevoir quelques étoiles. Mais il fallait pour cela une vue parfaite et une concentration extraordinaire. De plus, le ballet des nuages était particulièrement agité cette nuit. Et pourtant Tengo restait figé sur le toboggan, scrutant un coin précis du ciel.

Il finit par me casser les pieds, se dit Ushikawa. A-t-il vraiment besoin de se jucher sur un toboggan pour regarder le ciel et méditer alors que la nuit est aussi froide ? Il n'était cependant pas en situation de le critiquer. C'était Ushikawa, de son propre chef, qui avait choisi de l'espionner. Et si l'exercice était éprouvant, Tengo n'en était nullement responsable. Comme tout citoyen libre, il avait le droit de regarder le ciel en toute saison, où il le décidait, aussi longtemps qu'il le désirait.

Mais tout de même, quel froid ! soupirait Ushikawa. Depuis quelques instants, il avait envie d'uriner. Mais il était bien obligé de se retenir. Les toilettes publiques étaient solidement verrouillées et, même s'il n'y avait pas de passants, il n'allait tout de même pas se soulager à côté d'une cabine téléphonique. Allez, dépêche-toi ! l'encourageait-il mentalement en sautillant d'un pied sur l'autre. Même si tu médites, même si tu te laisses aller à la sentimentalité, mon petit Tengo, tu as forcément froid, toi aussi. Retournons vite chez nous nous réchauffer. Bien sûr, personne ne nous attend, mais ce sera tout de même mieux que de rester ici.

Rien ne montrait cependant que Tengo allait se relever. Lorsque enfin il cessa de contempler le ciel, ce fut pour observer un immeuble d'habitation récent qui se trouvait de l'autre côté de la rue. Environ la moitié des fenêtres étaient éclairées. Tengo garda les yeux rivés dessus. Ushikawa l'imita sans pour autant rien remarquer qui retienne son attention. Un immeuble banal, pensa-t-il, comme on en trouve partout. Plutôt chic, mais pas luxueux. Élégant, avec un revêtement extérieur carrelé, qui avait dû revenir cher. Une entrée magnifique, bien éclairée. Sans comparaison avec l'immeuble où vivait Tengo, plus que modeste et à deux doigts d'être démoli.

Tengo serait-il en train de penser qu'il aimerait habiter dans ce genre de résidence ? Non, sans doute pas. À ce qu'avait compris Ushikawa, Tengo n'était pas quelqu'un qui se souciait de là où il vivait. Pas plus qu'il ne s'intéressait à ce qu'il se mettait sur le dos. Il y avait toutes les chances pour qu'il ne soit pas insatisfait de son habitation actuelle. Du moment qu'il avait un toit sur la tête et qu'il était protégé du froid, il était content. Il était comme ça. Sur son toboggan, il était donc certainement plongé dans des considérations d'une tout autre nature.

Après avoir observé les fenêtres de l'immeuble, Tengo regarda de nouveau le ciel. Ushikawa en fit autant. De là où il se cachait, il n'en voyait qu'une partie. Les branches de l'orme, des fils électriques ou des bâtiments faisaient obstacle. Il ne savait pas non plus exactement quelle région du ciel fixait Tengo. D'innombrables nuages se déployaient, tels des bataillons en pleine offensive.

Enfin, Tengo se releva. Grave et concentré, il redescendit du toboggan comme un pilote après un éprouvant vol de nuit en solitaire. Il passa sous la lumière du lampadaire à mercure et quitta le jardin. Ushikawa hésita, mais se décida finalement à abandonner sa filature. Tengo rentrait sans doute directement chez lui. Et puis son envie était trop pressante. Après s'être assuré que Tengo avait disparu, il entra dans le parc, se dissimula au mieux derrière les toilettes et urina en direction d'un bosquet. Sa vessie avait presque dépassé les limites de sa capacité.

Pour venir à bout de l'opération, il lui fallut autant de temps qu'un long train de marchandises met à traverser un pont. Après quoi Ushikawa remonta la fermeture Éclair de son pantalon et, les yeux clos, poussa un profond soupir de soulagement. Les aiguilles de sa montre indiquaient huit heures dix-sept. Tengo était donc resté sur le toboggan quinze minutes à peine. Ushikawa s'assura encore une fois que le jeune homme avait disparu puis il se dirigea à son tour vers le toboggan. Ses petites jambes torses escaladèrent les marches. Ushikawa s'assit en haut du toboggan glacé et tenta d'orienter son regard dans la même direction que Tengo. Que scrutait-il avec tant de concentration ? Ushikawa voulait le savoir.

Ushikawa avait une excellente vue. Il était légèrement astigmate, et de ce fait, souffrait d'un petit défaut de parallélisme des axes visuels, mais il pouvait se passer de lunettes dans la vie quotidienne. Pourtant, malgré tous ses efforts, il ne put distinguer la moindre étoile. En revanche, la lune attira son attention. Une lune grosse aux deux tiers, suspendue à mi-hauteur du ciel. Elle était distinctement visible entre deux nuages, et il pouvait même voir ses motifs sombres qui évoquaient des ecchymoses. La lune d'hiver, froide et blême, peuplée de signes et de mystères immémoriaux. Elle flottait dans le ciel, muette, impavide, comme l'œil d'un mort.

Soudain, Ushikawa retint son souffle. Il en oublia même de respirer un instant. Car dans une trouée entre les nuages, il discerna, pas très loin de la lune de toujours, une seconde lune. Beaucoup plus petite. De couleur verte, comme si elle était couverte de mousse. Et à la silhouette déformée. Pourtant, c'était une lune, il n'y avait aucun doute à cela. Il n'existait pas d'étoile aussi grosse. Ce n'était pas non plus un satellite artificiel. Et elle était là, immobile dans le ciel de la nuit.

Ushikawa ferma les yeux, attendit quelques secondes avant de les rouvrir. Il devait s'agir d'une illusion d'optique. *Une chose pareille ne pouvait pas se trouver là.* Et pourtant, il eut beau fermer les yeux, les rouvrir, recommencer, la nouvelle petite lune était toujours là. Les nuages qui défilaient la dissimulaient parfois, mais elle réapparaissait ensuite, bien installée à sa place.

Voilà donc ce que Tengo regardait, comprit Ushikawa. Tengo Kawana était venu dans ce jardin avec l'intention de contempler ce spectacle, ou de vérifier que le phénomène perdurait. Il savait déjà que deux lunes brillaient dans le ciel. C'était indubitable. Il n'avait montré aucun signe d'étonnement. Ushikawa poussa un profond soupir. Mais quel est ce monde ? s'interrogea-t-il. *Dans quelle espèce de monde ai-je été entraîné ?* Rien ni personne ne lui répondit. Il n'y avait que le vent qui chassait un nombre incalculable de nuages, et deux lunes, une grande et une petite, qui brillaient côte à côte comme une énigme dans le ciel.

Ushikawa était sûr d'une seule chose : *ce monde n'est pas mon monde d'origine.* La Terre qu'il connaissait ne possédait qu'un satellite. Il n'avait aucun doute à ce sujet. Et pourtant voilà qu'à présent elle en avait deux.

Au bout d'un certain temps, il se rendit compte que le spectacle des deux lunes lui procurait une sensation de déjà-vu. Il avait assisté quelque part à une scène semblable. Il se concentra, chercha éperdument dans sa mémoire d'où lui venait cette sensation. Il grimaça, montra les dents, fouilla à deux mains au plus profond des eaux dormantes de sa conscience. Et il finit par se souvenir. *La Chrysalide de l'air.* Dans ce roman aussi apparaissaient deux lunes. Une grande et une petite. Vers la fin de l'histoire. Lorsque MOTHER donne naissance à DAUGHTER, les lunes se dédoublent. Fukaéri avait créé l'histoire et Tengo y avait ajouté des descriptions détaillées.

Instinctivement, Ushikawa regarda autour de lui. Mais ce qui s'offrait à ses yeux, c'était le monde de toujours. De l'autre côté de la rue, dans le bâtiment à cinq étages, les rideaux blancs tirés aux fenêtres diffusaient une lumière douce. Il n'y avait rien d'anormal. *Seul avait changé le nombre de lunes.*

Il descendit prudemment du toboggan en faisant attention où il mettait les pieds. Puis il sortit du parc d'un pas pressé, comme pour fuir le regard des lunes. Suis-je en train de devenir fou ? se demanda-t-il. Non, c'est impossible. J'ai l'esprit clair. Comme un clou d'acier tout neuf, ma pensée est solide, aiguisée et froide. Plantée correctement, précisément, dans le cœur de la réalité. Le problème n'est pas en moi. J'ai toute ma raison. C'est le monde autour de moi qui s'est détraqué.

Et je dois trouver la cause de sa *folie*. À tout prix.

20

Aomamé

Dans le processus de ma métamorphose

LE DIMANCHE, LE VENT AVAIT CESSÉ, l'atmosphère avait totalement changé par rapport à la nuit précédente. Le temps était tiède et calme. Les gens ôtaient leur lourd manteau et jouissaient de la lumière du soleil. Indifférente à la météo, Aomamé passa sa journée comme toutes les autres, dans son appartement aux rideaux tirés.

Elle effectua son stretching en écoutant la *Sinfonietta* de Janáček à faible volume, puis, à l'aide de son banc de musculation, s'imposa des exercices sévères. Au fur et à mesure que les jours passaient, il lui fallait presque deux heures pour que le menu qu'elle se conconctait la satisfasse. Elle prépara ensuite son repas, fit le ménage, s'assit sur le canapé et se mit à lire *À la recherche du temps perdu*. Elle en était enfin arrivée au *Côté de Guermantes*. Elle faisait de son mieux pour ne pas rester désœuvrée. Elle ne regardait la télévision que deux fois par jour – le journal télévisé de la NHK, à midi et à sept heures du soir. Comme toujours, il n'y avait pas de nouvelles importantes. Ou plutôt si, il y en avait. Un grand nombre d'hommes perdaient la vie de par le monde. Beaucoup connaissaient une mort douloureuse. Accident de voiture, naufrage d'un ferry, crash aérien. Des guerres civiles sans espoir de règlement se poursuivaient, il y avait des assassinats, il y avait de tragiques massacres ethniques. Le changement climatique avait entraîné des sécheresses, des inondations, des famines. Aomamé éprouvait une profonde compassion pour tous ceux qui étaient frappés par ces drames et ces désastres. Pour autant, aucun de ces événements n'exerçait d'influence directe sur ce qu'elle était aujourd'hui.

Elle entendait les enfants du quartier qui criaient en jouant dans le jardin, au bout de la rue. Elle entendait aussi des corbeaux postés sur les toits qui communiquaient entre eux avec leur voix aiguë. Dans l'air, il y avait les odeurs de la ville du début d'hiver.

Et soudain, elle prit conscience que depuis qu'elle habitait dans cet appartement, elle n'avait pas éprouvé le moindre désir sexuel. Elle n'avait pas imaginé faire l'amour non plus, et elle ne s'était pas masturbée. C'était peut-être parce qu'elle était enceinte. Peut-être ces changements étaient-ils dus aux hormones qu'elle sécrétait. En tout cas, Aomamé en était heureuse. Si elle avait voulu faire l'amour dans cet environnement, quel exutoire aurait-elle bien pu trouver ? Elle se réjouissait également de ne pas avoir de règles. Non pas qu'elles lui aient tellement pesé. Néanmoins, leur absence lui donnait l'impression d'avoir posé un bagage qu'elle avait dû porter longtemps. En tout cas, c'était une chose de moins à quoi penser.

Ses cheveux avaient beaucoup poussé en trois mois. En septembre, ils lui arrivaient à peu près aux épaules alors qu'aujourd'hui ils dépassaient ses omoplates. Lorsqu'elle était enfant, sa mère les lui coupait elle-même, assez court, au bol. Dès qu'elle fut collégienne, en raison de la place prépondérante des sports dans sa vie, elle ne put jamais les laisser pousser. Elle sentait qu'ils étaient à présent un peu trop longs mais comme elle ne pouvait les couper seule, elle les laissait tels quels. Elle se contentait d'égaliser sa frange aux ciseaux. Durant la journée, elle les relevait, lorsque le soir tombait, elle les relâchait. Puis, en écoutant de la musique, elle les brossait très longuement. Cent fois. Ce qui lui aurait été impossible de faire si elle n'avait pas disposé d'autant de temps.

Aomamé ne s'était jamais vraiment maquillée. Maintenant qu'elle vivait recluse, les produits de beauté lui étaient encore moins nécessaires. Néanmoins, elle entretenait soigneusement sa peau, dans le but de réguler son quotidien, si peu que ce soit. Elle se massait le visage à l'aide de crème et de lotion et, avant de se coucher, elle s'appliquait un masque. Comme, de nature, elle jouissait d'une bonne santé, très peu de soins suffisaient pour qu'immédiatement sa peau soit lisse et éclatante. Ou peut-être était-ce en raison de sa grossesse. Elle avait entendu dire que les femmes enceintes avaient une belle carnation. En tout cas, assise en face du miroir, lorsqu'elle observait son visage et ses cheveux dénoués, elle sentait qu'elle était devenue plus belle qu'avant. Du moins, qu'une sorte de sérénité propre à la femme qui n'était plus une jeune fille était apparue chez elle. Peut-être.

Aomamé n'avait jamais pensé qu'elle était belle. Quand elle était enfant, personne, jamais, ne le lui avait dit. Sa mère la considérait plutôt comme une petite fille laide. Elle avait l'habitude de dire : « Ah, si seulement tu étais plus jolie… » Ce qui signifiait que si la fillette avait été plus jolie, plus aimable, elles auraient attiré davantage d'adeptes. Aussi Aomamé, depuis toute petite, évitait-elle de se regarder dans une glace. S'il le fallait, elle se campait devant et inspectait tel ou tel point de détail à la hâte, comme si c'était une tâche. Et elle avait gardé cette habitude.

Tamaki Ootsuka lui avait dit qu'elle aimait son visage. Tu n'es pas mal du tout, je t'assure, lui répétait-elle. Mais oui, tu es très bien, allons, aie davantage confiance en toi. Aomamé était heureuse de l'entendre. Pour elle qui venait d'entrer dans la puberté, les paroles chaleureuses de son amie la tranquillisaient, elles la rassuraient. Elle en venait même à penser qu'elle n'était peut-être pas aussi vilaine que s'obstinait à le lui répéter sa mère. Pourtant, Tamaki Ootsuka ne lui avait jamais dit non plus : « Tu es *belle*. »

Mais pour la première fois de sa vie, Aomamé voyait une certaine beauté dans son visage. Elle pouvait rester assise face devant le miroir bien plus longuement qu'autrefois et s'observer avec plus d'attention. Il n'y avait là aucune composante narcissique. Elle examinait le visage reflété dans la glace sous des angles variés, exactement comme si c'était celui de quelqu'un d'autre. Était-elle vraiment devenue belle ? Ou bien était-ce sa manière de se percevoir qui avait changé, et pas son visage lui-même ? Aomamé ne parvenait pas à en juger.

Parfois, résolument, elle grimaçait devant son miroir. Son visage déformé redevenait celui d'autrefois. Elle étirait énergiquement ses muscles dans tous les sens, et ses traits se décomposaient. Toutes les émotions du monde se faisaient jour alors. Il n'y avait plus de beauté, il n'y avait plus de laideur. Sous un certain angle, elle apparaissait démoniaque, sous un autre, comique. Ou sous un autre encore, seulement chaotique. Lorsqu'elle cessait de tordre son visage, ses muscles se relâchaient graduellement avant de revenir à leur forme originelle, comme des ronds dans l'eau qui s'évanouissent peu à peu. Aomamé se découvrait alors un nouveau moi, légèrement différent de celui d'avant.

Tamaki Ootsuka lui disait fréquemment : « Tu pourrais tout de même sourire avec plus de naturel ! Quand tu souris, les traits de ton visage s'adoucissent, c'est dommage que tu ne le fasses pas plus souvent. » Mais Aomamé était incapable d'esquisser un sourire simple et spontané devant les autres. Lorsqu'elle se contraignait à le faire, cela devenait une grimace crispée et froide. Ce qui, en retour, rendait le vis-à-vis tendu et mal à l'aise. Tamaki Ootsuka, elle, pouvait offrir un sourire plein de naturel et d'éclat. Tout un chacun, dès la première rencontre, éprouvait à son égard de la sympathie, de la curiosité. Et pourtant, en fin de compte, prise dans les affres des déceptions et du désespoir, elle avait été acculée à se donner la mort. Abandonnant Aomamé incapable de sourire.

C'était un dimanche paisible. Répondant à l'invite d'un chaud soleil, les visiteurs étaient nombreux à s'être rendus au jardin. Des parents faisaient jouer leurs enfants dans le bac à sable ou les faisaient monter sur les balançoires. D'autres aussi glissaient sur le toboggan. Des personnes âgées, installées sur les bancs, ne se lassaient pas de contempler les petits qui jouaient. Assise sur le balcon, Aomamé regardait le spectacle sans vraiment le voir. Un paysage tranquille. Le monde allait de l'avant sans encombre. Là, personne n'était menacé de mort, personne n'était sur la piste d'un assassin. Personne ne gardait dans un tiroir de sa commode, enveloppé dans un collant, un automatique chargé de balles de calibre 9 mm.

Est-ce qu'un jour, moi aussi, je serai capable de participer à ce monde calme et normal ? s'interrogeait Aomamé. Pourrai-je un jour emmener *la petite chose* au jardin en la tirant par la main, la mettre sur une balançoire, la laisser glisser sur le toboggan ? Serai-je en mesure de mener ce genre de quotidien, sans me demander qui j'aurai à tuer ou qui me tuera ? Cette possibilité existe-t-elle en « 1Q84 » ? Ou seulement dans quelque autre monde ? Et ce qui compte avant tout pour moi – à ce moment-là, Tengo sera-t-il à mes côtés ?

Aomamé cessa d'observer le jardin et revint à l'intérieur. Elle ferma la porte-fenêtre, tira les rideaux. Les voix des enfants se firent inaudibles. Une vague tristesse l'envahit. Elle était totalement isolée, enfermée en un lieu verrouillé de l'intérieur. Bon, pensa Aomamé, je ne regarderai plus ce jardin durant la journée. Tengo n'y viendrait pas à ces heures-là. Ce qu'il cherchait, c'était à voir les deux lunes dans toute leur clarté.

Une fois qu'elle eut achevé son modeste dîner et qu'elle eut lavé la vaisselle, Aomamé se vêtit chaudement et retourna sur le balcon. Elle étendit une couverture sur ses genoux et s'enfonça dans sa chaise. C'était une nuit sans vent. Des nuages qu'aurait aimés un aquarelliste voguaient dans le ciel, en touches imperceptibles. Quelques traits d'un pinceau délicat. La grande lune, pleine aux deux tiers, en rien gênée par ces voiles légers, jetait résolument sur terre sa lumière éblouissante. À cette heure, de là où se tenait Aomamé, la seconde lune, la petite, ne lui était pas visible. Elle était cachée par un immeuble. Mais Aomamé savait qu'*elle était là*. Elle pouvait en ressentir la présence. Seul son angle de vue l'empêchait de la discerner. Dans peu de temps, elle lui apparaîtrait.

Depuis qu'Aomamé se cachait dans cet appartement, elle avait réussi à exclure délibérément toute pensée de son esprit. En particulier lorsqu'elle était sur le balcon et qu'elle observait le jardin, elle parvenait à faire le vide dans sa tête. Ses yeux restés rivés sur l'espace de jeu. Surtout sur le haut du toboggan. Elle ne pensait à rien. Enfin, son esprit devait sans doute continuer à fonctionner. Mais ces pensées-là étaient immergées en eaux profondes. Elle n'en avait pas connaissance. Périodiquement, pourtant, elles affleuraient en surface. Comme les tortues de mer ou les dauphins qui doivent sortir de l'eau pour respirer quand le temps est venu. Dans ces moments-là, elle prenait conscience qu'elle *avait pensé* à quelque chose. Bientôt, son esprit s'emplirait les poumons d'un oxygène frais, et de nouveau replongerait dans les profondeurs aquatiques et redeviendrait invisible. Et Aomamé ne penserait plus à rien. Elle ne serait qu'un mécanisme de surveillance enveloppé dans un cocon moelleux, l'œil braqué sur le toboggan.

Elle regardait le jardin. Mais en même temps, elle ne regardait rien. Si quelque élément nouveau devait entrer dans son champ visuel, sa conscience y réagirait instantanément. Pour le moment, il ne se passait rien. Il n'y avait pas de vent. Les branches sombres de l'orme, telles des sondes pointées vers le ciel, n'avaient pas le moindre frémissement. Le monde était étonnamment calme. Elle jeta un coup d'œil à sa montre. Il était huit heures passées. La journée pourrait bien s'achever sans qu'aucun événement ne survienne. C'était une nuit de dimanche d'une absolue quiétude.

Il était exactement huit heures vingt-trois quand le monde perdit sa quiétude.

Elle remarqua soudain un homme, juché en haut du toboggan. Il était assis là, la tête levée vers une certaine région du ciel. Le cœur d'Aomamé se contracta douloureusement, il se fit aussi petit qu'un poing d'enfant. Son cœur resta si longtemps resserré qu'elle craignit qu'il ne redémarre plus. Puis, sans crier gare, il se dilata, reprit son volume d'origine, relança son activité. Des martèlements secs se firent entendre alors qu'à une vitesse folle il distribuait un sang nouveau dans tout son corps. À son tour, la conscience d'Aomamé émergea précipitamment des fonds sous-marins, elle s'ébroua et se mit en mesure d'agir.

C'est Tengo, pensa-t-elle instinctivement.

Mais lorsque son champ visuel vacillant se fut affermi, elle comprit que non, ce n'était pas Tengo. L'homme avait la taille d'un enfant, une grosse tête anguleuse, il était coiffé d'un bonnet, lequel adoptait une curieuse silhouette déformée pour s'adapter à son crâne. L'individu s'était enroulé autour du cou une écharpe verte, il portait un caban bleu foncé. L'écharpe était trop longue, les boutons du caban menaçaient de lâcher, en raison du ventre distendu de son propriétaire. Aomamé devina qu'il s'agissait de l'« enfant » qu'elle avait brièvement aperçu la nuit dernière au moment où il sortait du jardin. Mais ce n'était pas un enfant. C'était un homme d'un certain âge. Petit, trapu, les membres courts. Et avec une tête déformée, volumineuse et grotesque.

Aomamé se souvint brusquement que Tamaru, au téléphone, avait évoqué un nabot avec une « tête à la Fukusuke ». C'était l'individu qui avait rôdé autour de la résidence des Saules, à Azabu, et qui avait cherché à se renseigner sur la *safe house*. L'allure de l'homme assis sur le toboggan était exactement telle que Tamaru la lui avait décrite la veille. Cet étrange bonhomme n'avait donc pas renoncé à poursuivre ses investigations et il était à présent à deux pas de chez elle. Je dois aller prendre mon arme, se dit-elle. Pourquoi, justement cette nuit, se trouve-t-elle dans la chambre à coucher ? Mais d'abord, elle respira profondément pour calmer le désordre de son cœur et apaiser ses nerfs. Non, elle n'avait aucune raison de s'affoler. Elle n'avait pas besoin de son pistolet immédiatement.

Pour commencer, l'homme en question ne surveillait pas sa résidence. Il était assis sur la plate-forme du toboggan et restait la tête levée vers une partie du ciel, comme l'avait fait Tengo. Ensuite, il paraissait très absorbé à méditer sur ce qu'il voyait. Il ne fit pas le moindre mouvement durant un long moment. Comme s'il avait oublié comment bouger. Il ne prêtait pas attention à ce qui se passait du côté de chez Aomamé. Celle-ci en était toute désorientée. Qu'est-ce que ça veut dire ? Cet homme a suivi mes traces jusqu'ici. Il y a toutes les chances qu'il soit lié à la secte. Et c'est sans aucun doute un enquêteur hors pair. Ce qui lui a permis de pouvoir remonter ma piste depuis la résidence d'Azabu. Et pourtant, maintenant, le voilà devant moi, sans défense, la tête levée vers le ciel de la nuit comme s'il était ravi en extase.

Aomamé se leva doucement, entrouvrit la porte-fenêtre, entra dans l'appartement et s'assit devant le téléphone. Puis, d'un doigt un peu tremblant, elle se mit à appuyer sur les touches du numéro de Tamaru. Il fallait qu'elle lui rapporte le fait. Qu'elle voyait là, maintenant, le Nabot devant chez elle. Qu'il était sur le toboggan du jardin, au bout de la rue. Ensuite, ce serait à Tamaru de décider, et nul doute qu'il réglerait les choses. Pourtant, après les quatre premiers numéros, elle interrompit son geste et garda le combiné à la main en se mordant les lèvres.

C'est trop tôt, songea Aomamé. Il y a encore trop d'éléments que l'on ne connaît pas sur cet homme. Si Tamaru le considère comme un facteur de risque et le « traite » à sa façon, ce que nous ignorons restera dans l'ombre à tout jamais. En y réfléchissant, elle voyait bien que l'individu agissait exactement comme Tengo l'autre jour. Même toboggan, même posture, même partie du ciel. Comme s'il cherchait à calquer ses faits et gestes. Aomamé comprenait que le regard de l'homme captait aussi les deux lunes. Il existait donc peut-être une sorte de lien entre Tengo et lui. Il ne sait sûrement pas encore que je suis cachée ici. Voilà pourquoi il se livre ainsi à moi sans défense. Plus elle réfléchissait, plus cette hypothèse prenait de la force. Si j'ai raison, se dit-elle, je pourrais le suivre, et il me conduirait jusqu'à Tengo. Ce serait un prêté pour un rendu, c'est lui qui me servirait de guide. À cette pensée, les battements de son cœur se firent plus durs, plus rapides. Elle reposa le combiné.

Je dirai tout cela à Tamaru plus tard, décida Aomamé. Avant, j'ai quelque chose à faire. Oui, il y a du danger. Pister un pisteur qui vous a pistée, ce n'est pas rien. Sans compter que le type est sûrement un pro aguerri. Mais justement, pas question de laisser filer une piste aussi prometteuse. C'est peut-être ma toute dernière chance. Et puis, à ce que je vois, on dirait qu'il est plongé dans le ravissement. Du moins pour le moment.

Elle alla rapidement à sa chambre, ouvrit un tiroir de la commode, prit le Heckler & Koch. Elle ôta le cran de sûreté, introduisit les balles dans la chambre, remit la sécurité. Puis elle fixa le pistolet à l'arrière de son jean et retourna sur le balcon. Le Nabot était toujours dans la même position, les yeux levés vers le ciel. Sa grosse tête cabossée était absolument immobile. On aurait dit que ce qu'il voyait dans cette partie du ciel le captivait totalement. Aomamé comprenait son sentiment. *C'était sans conteste un spectacle captivant.*

Aomamé retourna dans la chambre, enfila sa parka, se coiffa d'une casquette de base-ball. Elle chaussa des lunettes noires, vendues sans prescription, à la monture simple. Avec ces quelques accessoires, elle paraissait tout autre. Elle s'enroula une écharpe grise autour du cou, mit dans sa poche son porte-monnaie et les clés de l'appartement. Elle descendit l'escalier en courant, sortit de l'immeuble. Les semelles de ses baskets foulèrent l'asphalte silencieusement. Cela faisait bien longtemps qu'elle n'avait pas senti le sol ferme sous ses pieds, et cette sensation lui donna du courage.

En avançant dans la rue, Aomamé s'assura que le Nabot n'avait pas bougé. Après le coucher du soleil, la température avait bien chuté mais il n'y avait toujours pas de vent. C'était un froid plutôt agréable. Son souffle produisait des bouffées de vapeur blanche. Alors qu'elle dépassait l'entrée du jardin, Aomamé assourdit sa foulée. Le Nabot ne lui prêtait pas la moindre attention. Depuis le toboggan, son regard restait rivé droit vers le ciel. De là où elle se trouvait, Aomamé ne les voyait pas, mais il y avait tout à parier que ce qui était dans la visée du regard de l'homme, c'étaient les deux lunes, la grande et la petite. Il était hors de doute qu'elles étaient alignées côte à côte dans le ciel glacé complètement dégagé.

Elle continua jusqu'au croisement, fit demi-tour et revint sur ses pas. Elle se cacha dans l'ombre, observa le toboggan. Elle sentait son petit calibre dans ses reins, aussi froid et dur que la mort. Mais cette sensation l'apaisait.

Son attente se prolongea peut-être cinq minutes. Le Nabot se redressa avec lenteur, épousseta la poussière de son manteau et, comme s'il avait pris sa décision, il descendit les marches du toboggan après avoir levé une dernière fois les yeux vers le ciel. Puis il sortit du jardin et prit la direction de la gare. Suivre cet homme n'était pas spécialement difficile. Ce quartier résidentiel était presque dépeuplé par une nuit de dimanche, et même en gardant une certaine distance, elle ne risquait pas de le perdre de vue. De surcroît, l'individu ne semblait pas soupçonner le moins du monde qu'il était surveillé. Il ne se retournait pas et continuait à marcher à une allure régulière. L'allure d'un homme perdu dans ses pensées. Aomamé sentait toute l'ironie de la situation. Dans l'angle mort du pisteur se tenait celle qui le pistait.

Elle finit par comprendre que la gare de Kôenji n'était pas la destination du Nabot. À force d'étudier la carte des vingt-trois arrondissements de Tokyo qui se trouvait dans son appartement, Aomamé avait exactement en tête la géographie proche de sa résidence. Elle devait savoir où se diriger en cas d'urgence. Elle constata donc que l'homme avait d'abord pris la rue qui menait à la gare, mais qu'en chemin il avait tourné dans une autre direction. Et elle s'aperçut aussi que le Nabot n'était pas très connaisseur de la topographie locale. Par deux fois, il s'était arrêté à l'angle d'une rue, avait jeté un regard circulaire, visiblement pas très sûr de là où il se trouvait, et il avait consulté les adresses inscrites sur les poteaux électriques. Il était étranger à ces lieux.

Enfin l'allure du Nabot s'accéléra. Aomamé supposa qu'il était revenu sur une zone qui lui était familière. Il passa devant une école municipale, continua un moment sur une voie assez étroite et pénétra dans un vieil immeuble à deux étages.

Une fois que l'homme eut disparu dans l'entrée, Aomamé attendit cinq minutes. Elle n'avait aucune envie de se retrouver nez à nez avec lui dans le vestibule. L'entrée était équipée d'un avant-toit en béton, sous lequel une lampe ronde éclairait les alentours d'une lumière jaune. Du moins dans ce qu'elle pouvait voir, il n'y avait nulle part d'enseigne ou de plaque. C'était sans doute un immeuble qui ne portait pas de nom. À son apparence, il datait de longtemps. Elle apprit par cœur l'adresse inscrite sur le poteau électrique.

Les cinq minutes écoulées, Aomamé se dirigea vers le bâtiment. Elle passa rapidement sous la lumière jaune, ouvrit la porte d'entrée. Le petit hall était désert. C'était juste un espace vide et froid. Une lampe fluorescente à moitié grillée grésillait. On entendait une télévision. Et aussi la voix suraiguë d'un enfant qui réclamait quelque chose à sa mère.

Aomamé sortit la clé de son appartement de la poche de sa parka et la fit tourner légèrement dans la main. Si quelqu'un la voyait, il penserait qu'elle habitait là. Elle se mit à lire les noms inscrits sur les boîtes aux lettres. Celui du Nabot y figurerait peut-être. Elle n'avait pas beaucoup d'espoir, mais cela valait la peine d'essayer. Dans ce petit bâtiment, il ne devait pas y avoir beaucoup d'occupants. À l'instant où elle découvrit le nom : « Kawana » sur une boîte, tous les bruits qui l'environnaient s'évanouirent.

Aomamé resta pétrifiée. L'air alentour s'était effroyablement raréfié, elle avait du mal à respirer. Ses lèvres restaient entrouvertes, un peu tremblantes. Du temps s'écoula. Elle savait bien qu'elle se conduisait d'une façon stupide et dangereuse. Le Nabot était là, dans le coin, quelque part. Il pouvait apparaître à tout moment. Mais elle ne parvenait pas à s'éloigner de cette boîte aux lettres. Le nom « Kawana » écrit sur la petite plaque paralysait sa raison, glaçait son corps.

Elle n'avait aucune preuve tangible que celui qui habitait ici et qui s'appelait « Kawana » soit Tengo Kawana. Kawana n'était pas un patronyme tellement répandu sans pour autant, évidemment, être aussi exceptionnel que, par exemple, « Aomamé ». Cependant, si le Nabot était lié à Tengo, d'une façon ou d'une autre, comme elle le supposait, l'hypothèse que ce « Kawana » soit bien « Tengo Kawana » devenait plus crédible. Le numéro de l'appartement était le 303. Le hasard voulait que ce soit le même numéro que là où elle vivait.

Que faire ? Aomamé se mordit les lèvres avec force. Ses pensées tournaient en rond dans sa tête, sans trouver d'issue. Que faire ? Mais elle ne pouvait pas rester plantée éternellement devant les boîtes aux lettres. Elle se décida et gravit l'escalier peu avenant en béton jusqu'au deuxième étage. Ici ou là, le sol sombre montrait des craquelures dues aux années. Qui produisaient des sons désagréables sous les semelles de ses baskets.

Puis Aomamé se retrouva face à l'appartement 303. Une porte en acier banale, sur laquelle une carte imprimée au nom de « Kawana » était apposée. Seul figurait le nom de famille. Ces deux uniques idéogrammes lui donnèrent une sensation de terrible sécheresse, comme s'ils étaient faits en une matière inorganique. Mais en même temps, ils abritaient une énigme. Aomamé demeura campée devant la porte, immobile, l'oreille aux aguets. Tous ses sens aiguisés. Rien qui s'apparentait à un son n'était perceptible de l'autre côté de la porte. Elle ne savait même pas si c'était allumé à l'intérieur. Il y avait une sonnette à côté de la porte.

Aomamé hésita. Elle se mordit les lèvres, se perdit dans ses pensées. Faut-il que j'appuie sur cette sonnette ?

Et si c'était un piège ? Peut-être que derrière la porte se dissimule le Nabot, qui m'attend, un sourire hideux aux lèvres, tel un méchant gnome au fond de la forêt. Il s'est délibérément exposé sur le toboggan, il a réussi à me faire sortir de chez moi par ruse, et il est tapi là, prêt à me capturer. Il savait que j'étais à la recherche de Tengo, et c'était ainsi qu'il m'a appâtée. Ce type retors, ignoble, a su peser de toutes ses forces sur le point sensible. Et il n'y avait pas d'autre méthode, en effet, pour me faire ouvrir la porte de mon appartement.

Aomamé s'assura qu'il n'y avait personne et sortit son arme de sous son jean. Après avoir ôté le cran de sûreté, elle mit le pistolet dans la poche de sa veste afin d'être en mesure de le saisir à l'instant. La main droite serrée sur la crosse, l'index sur la détente. Et de la main gauche, elle appuya sur la sonnette.

Elle entendit l'écho se répercuter dans l'appartement. Un carillon lent, qui ne s'accordait pas avec le rythme rapide de son cœur. Elle serra son arme plus fort, attendit que la porte s'ouvre. Mais la porte ne s'ouvrit pas. Elle n'avait pas l'impression que quelqu'un, à l'intérieur, la scrutait par le trou de la serrure. Elle patienta un instant puis sonna à nouveau. Le carillon retentit. Un branle si sonore que les habitants de l'arrondissement de Suginami durent lever la tête et dresser l'oreille. La main droite d'Aomamé se couvrit de sueur sur la crosse du pistolet. Mais il n'y eut pas de réponse.

Il vaut mieux que je m'en aille, songea-t-elle. L'occupant de l'appartement 303, ledit Kawana, qui que ce soit, est absent. Et ce sinistre Nabot se cache dans l'immeuble. Il y a du danger à rester plus longtemps. Elle descendit l'escalier en hâte, et après un dernier coup d'œil sur les boîtes aux lettres, sortit du bâtiment. Elle baissa la tête, traversa précipitamment la partie éclairée, se dirigea vers les rues. Elle se retourna, vérifia que personne ne la suivait.

Il y avait beaucoup de choses sur quoi elle devait réfléchir. Et tout autant sur quoi elle devait trancher. Elle remit à tâtons le cran de sûreté. Puis, prenant garde de n'être vue de personne, elle coinça de nouveau le pistolet à l'arrière de la ceinture de son jean. Je ne dois pas avoir trop d'attentes, se répétait Aomamé. Je ne dois pas avoir trop d'espoirs. Le Kawana qui habite là-bas, c'est peut-être Tengo, oui. Mais peut-être pas. Dès que l'espérance se lève, le cœur se met en mouvement. Et quand les espoirs ont été trahis, vient le découragement. Le découragement appelle l'impuissance. On baisse sa garde par imprudence. Là réside pour moi maintenant le plus grand péril.

Je ne sais pas très bien jusqu'à quel degré le Nabot a compris la situation. Mais le fait est qu'il s'est rapproché de moi. Au point qu'il lui suffirait d'allonger le bras pour me toucher. Je dois rester sur mes gardes, me montrer vigilante à l'extrême. C'est un type excessivement dangereux. Une minuscule erreur pourrait m'être fatale. Avant tout, je dois rester loin de ce vieil immeuble. Il se cache quelque part là-dedans. Il concocte quelque ruse pour m'attraper. Tout comme une araignée venimeuse qui tisse sa toile dans les ténèbres.

Le temps qu'elle rentre chez elle, sa résolution s'était affermie. Elle n'avait qu'un chemin à emprunter.

Cette fois, Aomamé composa le numéro de téléphone de Tamaru jusqu'au bout. Après douze sonneries, elle raccrocha. Elle ôta sa casquette et sa parka, remit son arme dans le tiroir de la commode, but deux verres d'eau. Elle fit chauffer la bouilloire pour se préparer du thé. Par les interstices des rideaux, elle épia le jardin au bout de la rue. Vérifia qu'il n'y avait personne. Se planta devant la glace du cabinet de toilette, se brossa les cheveux. Ses doigts n'arrivaient pas encore à se mouvoir aisément. De la tension subsistait. Alors qu'elle versait de l'eau chaude dans la théière, la sonnerie du téléphone retentit. Bien entendu, c'était Tamaru.

« Je viens de voir le Nabot », dit Aomamé.

Silence. « Quand vous dites : "Je viens de voir...", cela signifie qu'il n'est plus là maintenant ?

— En effet, fit Aomamé. Il y a quelques instants, il était dans le jardin, en face de la résidence. Mais à présent il n'est plus là.

— Quelques instants... c'est-à-dire ?

— Il y a quarante minutes.

— Pourquoi ne m'avez-vous pas téléphoné plus tôt ?

— Il fallait que je le suive. Immédiatement. Je n'ai pas eu le temps de vous appeler. »

Tamaru soupira lentement. Comme s'il se forçait à expirer.

« Vous l'avez suivi ?

— Je ne voulais pas qu'il m'échappe.

— Je croyais que vous ne deviez sortir sous aucun prétexte ? »

Aomamé choisit soigneusement ses mots. « Il m'était impossible de rester là assise à le regarder… alors que le danger approchait. Même si je vous avais contacté, vous n'auriez pas pu venir à l'instant. Je ne me trompe pas ? »

Tamaru eut un petit bruit d'arrière-gorge. « Alors vous avez suivi le Nabot.

— Il ne semblait absolument pas se douter que quelqu'un était sur ses pas.

— Les pro savent faire *comme si* », remarqua Tamaru.

Oui, il avait raison. C'était peut-être un piège subtilement agencé. Mais pas question qu'elle en convienne devant lui. « Oui, bien entendu, vous, vous en seriez capable. Mais à ce que j'ai vu, le Nabot ne vous arrive pas à la cheville. Il est sans doute compétent. Mais rien à voir avec vous.

— Il disposait peut-être de renforts.

— Non. J'en suis sûre, il était seul. »

Tamaru marqua une courte pause. « Bon. Et alors, vous avez trouvé quelle était sa destination ? »

Aomamé indiqua à Tamaru l'adresse de l'immeuble, lui décrivit son apparence extérieure. De quel appartement s'agissait-il ? Elle l'ignorait. Tamaru nota ce qu'elle lui disait. Il lui posa quelques questions, auxquelles Aomamé répondit franchement, autant qu'elle le put.

« Lorsque vous l'avez aperçu, dites-vous, cet homme était dans le jardin en face de votre résidence ?

— Oui.

— Et qu'est-ce qu'il faisait là ? »

Aomamé lui expliqua que l'homme était assis en haut du toboggan et qu'il était resté un long moment la tête levée vers le ciel. Mais elle ne dit pas un mot des deux lunes.

« Il regardait le ciel ? » fit Tamaru. Elle pouvait percevoir par l'intermédiaire du combiné le bruit que faisait son esprit tournant à vitesse supérieure.

« Oui, le ciel, la lune, les étoiles, ce genre de choses…

— Et il s'exposait ainsi sans défense en haut du toboggan.

— Oui, en effet.

— Vous ne trouvez pas ça bizarre ? » demanda Tamaru. Sa voix était dure et sèche. Elle lui évoquait un végétal du désert capable de survivre même s'il n'y a qu'un seul jour de pluie en une année.

« Cet homme vous a suivie. Il était presque à un pas de chez vous. Ce n'est tout de même pas rien. Et pourtant, depuis un toboggan, il lève la tête tranquillement pour contempler le ciel nocturne d'hiver. Il n'accorde pas la moindre attention à l'appartement où vous habitez. Pour moi, tout cela n'a aucune logique.

— Sûrement. Tout cela est étrange, illogique. Je suis d'accord. En tout cas, il n'était pas question que je laisse filer ce type. »

Tamaru soupira. « Oui, mais j'estime que c'était très dangereux. »

Aomamé garda le silence.

« Vous l'avez suivi, bon, mais après, l'énigme en a-t-elle été un peu éclaircie ? interrogea Tamaru.

— Non, répondit Aomamé. Cependant, quelque chose a attiré mon attention.

— Oui, et quoi ?

— En examinant les boîtes aux lettres de l'entrée, j'ai vu qu'il y avait un certain Kawana qui habitait au deuxième étage.

— Et alors ?

— Vous connaissez, je suppose, le best-seller de cet été, le roman intitulé *La Chrysalide de l'air* ?

— Vous savez, moi aussi, je lis les journaux. Ériko Fukada, l'auteur, était la fille d'adeptes des Précurseurs. Elle a disparu on ne sait où, on a supposé qu'elle avait été enlevée par la secte. La police a enquêté. Mais je n'ai pas encore lu le livre.

— Ériko Fukada n'est pas simplement la fille d'adeptes. Son père était le leader des Précurseurs. Autrement dit, elle est la fille de l'homme que j'ai expédié *de l'autre côté*. Et Tengo

Kawana a été engagé par l'éditeur pour travailler comme *ghost writer*, c'est lui qui a considérablement remanié *La Chrysalide de l'air*. Ce livre, en fait, est une œuvre qui leur est commune à tous les deux. »

Un long silence tomba. Elle aurait eu le temps d'aller tout au bout d'un très long appartement, d'ouvrir un dictionnaire, d'y rechercher un mot, puis de revenir. Après quoi Tamaru reprit la parole.

« Ce Kawana qui habite là-bas, rien ne vous prouve qu'il s'agisse de Tengo Kawana ?

— Pas pour le moment, en convint Aomamé. Mais si c'est bien la même personne, tout devient plus logique.

— Les fragments s'emboîtent mieux, continua Tamaru. Comment se fait-il que vous sachiez que ce Tengo Kawana est le *ghost writer* de *La Chrysalide de l'air* ? Cela n'a sûrement pas été rendu public. Sinon, il y aurait eu un énorme scandale.

— Je le sais de la bouche même du leader. Juste avant de mourir, il me l'a appris. »

La voix de Tamaru devint un peu plus froide. « Vous ne pensez pas que vous auriez dû me communiquer tout cela plus tôt ?

— À ce moment-là, je n'imaginais pas que c'était aussi important. »

Il y eut de nouveau un silence. Aomamé ignorait à quoi Tamaru songeait. Mais elle savait qu'il n'aimait pas beaucoup les excuses.

« Eh bien, soit, déclara-t-il finalement. C'est comme ça. Pour le moment, allons au plus court. En somme, ce que vous voulez me dire, c'est que le Nabot a gardé l'œil sur le dénommé Tengo Kawana. Et qu'il s'en est servi comme d'un fil conducteur pour approcher de votre cache.

— C'est ce que je suppose.

— Moi, je ne comprends pas très bien, continua Tamaru. Pour quelle raison ce Tengo Kawana serait-il un fil conducteur qui mènerait à vous ? Il n'y a tout de même aucun lien entre Tengo Kawana et vous, non ? En dehors du fait que vous avez réglé son compte au père d'Ériko Fukada, pour qui Tengo Kawana avait travaillé comme *ghost writer*.

— Il y a des liens, répondit Aomamé d'une voix atone.

— Il existe une relation directe entre Tengo Kawana et vous ? C'est ce que vous voulez dire ?

— Autrefois, lui et moi, nous étions dans la même classe, à l'école primaire. Et je pense que Tengo est le père de l'enfant que je porte. Mais je ne suis pas en mesure de vous donner d'autres explications. Il s'agit là, comment dire, de quelque chose de tout à fait personnel. »

Elle entendit par le combiné l'extrémité du stylo-bille qui tapotait sur la table. Rien d'autre.

« Quelque chose de personnel », répéta Tamaru. À sa voix, on aurait dit qu'il avait trouvé quelque animal rare posé sur une pierre plate d'un jardin.

« Désolée, fit Aomamé.

— Bon, d'accord. C'est quelque chose de tout à fait personnel. Je ne vous questionnerai pas davantage, dit Tamaru. Mais alors, concrètement, que voulez-vous que je fasse ?

— Ce que je voudrais savoir, d'abord, c'est si le Kawana qui habite là-bas est vraiment Tengo Kawana. Si c'était possible, j'aurais aimé m'en assurer moi-même. Mais ce serait trop dangereux que je m'approche de l'immeuble.

— Cela va sans dire, fit Tamaru.

— Et puis le Nabot se terre sûrement dedans, quelque part, et il trame Dieu sait quoi. S'il parvient à découvrir l'endroit où je vis, il faudra prendre des mesures.

— Le gars a déjà compris qu'il y avait des liens entre vous et Madame. Il a halé jusqu'à lui quelques indices, très soigneusement, et il les a reliés. Bien entendu, je ne vais pas le laisser tranquille.

— J'ai une autre demande à vous faire, dit Aomamé.

— Allez-y.

— Si c'est vraiment Tengo Kawana qui vit là-bas, je voudrais qu'il ne lui arrive rien de mal. S'il faut malgré tout qu'il subisse des coups, je veux prendre sa place. »

Tamaru garda de nouveau le silence. Cette fois, Aomamé

n'entendit pas les tapotements de son stylo-bille. Elle n'entendit pas le moindre bruit. Tamaru était plongé dans ses réflexions, dans un monde dépourvu de son.

« Pour les deux premières questions, je devrais pouvoir m'en charger, dit Tamaru. Cela entre dans le cadre de mon travail. Mais pour la troisième, je ne peux rien dire. Il y a là-dedans trop d'éléments personnels imbriqués, trop de facteurs que je suis incapable de comprendre. En outre, par expérience, je sais qu'il n'est pas simple de vouloir résoudre d'un seul coup trois questions. Que cela nous plaise ou non, il faut décider des priorités.

— Eh bien, cela ne fait rien. Suivez l'ordre de vos priorités. Mais j'aimerais que vous gardiez ceci en tête. Il me faut retrouver Tengo coûte que coûte tant que je suis en vie. Il y a quelque chose que je dois lui transmettre.

— Je le garderai en tête, répondit Tamaru. Enfin, tant qu'il me reste suffisamment de place dedans.

— Merci.

— Ce que vous m'avez confié aujourd'hui, je dois le communiquer à Madame. C'est un problème délicat. Je ne peux pas agir seul. Nous allons interrompre notre conversation maintenant. Ne sortez plus. Restez enfermée à l'intérieur de chez vous, porte verrouillée. Dès que vous serez dehors, les ennuis commenceront. Peut-être d'ailleurs qu'ils sont déjà là.

— En échange, j'ai réussi à saisir un certain nombre de faits sur notre homme.

— Oui, oui, répondit Tamaru d'une voix résignée. Étant donné ce que vous m'avez appris, j'admets que vous avez fait un bon travail. Mais ne soyez pas imprudente. Nous ne savons pas encore si le gars n'est pas en train de concocter je ne sais quel projet. Et puis, d'après la situation, il a sûrement derrière lui une organisation. Vous avez toujours ce que je vous avais remis...

— Bien sûr.

— Gardez-le à portée de main.

— C'est entendu. »

Il y eut une courte pause et la communication fut coupée.

Aomamé se plongea dans l'eau chaude de la baignoire immaculée et pensa à Tengo pendant que son corps se réchauffait lentement. À Tengo qui, peut-être, vivait dans cet appartement, au deuxième étage du vieil immeuble. Lui revinrent en tête la porte en fer sans charme, la carte portant son nom glissée dans la case. Sur laquelle le nom « Kawana » était imprimé. Derrière la porte, ce logement, quel était-il ? Quelle sorte de vie s'y déroulait ?

Dans l'eau, elle posa ses mains sur ses seins, les caressa doucement. Ses mamelons avaient grandi et durci, ils étaient aussi plus sensibles. Ah, si c'étaient les paumes de Tengo, se dit Aomamé. Elle imagina ses paumes larges et épaisses. Puissantes et douces. Si ses seins étaient enveloppés dans ses mains, elle ressentirait un bonheur extrême et une paix sans nom. Aomamé remarqua aussi que ses seins étaient un peu plus gros qu'auparavant. Ce n'était pas une illusion. Ils avaient gonflé, leurs courbes s'étaient faites plus opulentes. Peut-être en raison de sa grossesse. Mais non. Mes seins sont *simplement devenus plus gros* sans qu'il y ait de relation avec mon état. Cela fait partie du processus de ma métamorphose.

Elle posa la main sur son ventre. Le renflement n'était pas encore très prononcé. Et elle n'éprouvait aucun malaise. Mais dans ses profondeurs se cachait *la petite chose*. Elle le savait. Peut-être, songea-t-elle soudain, n'est-ce pas à ma vie qu'*ils* en veulent. Mais plutôt à celle de *la petite chose*. Est-ce qu'ils tenteraient de s'en emparer, en même temps que moi, par mesure de rétorsion ? Du fait que j'ai tué le leader ? À cette pensée, elle se mit à trembler. Elle était de plus en plus résolue à retrouver Tengo. Je dois unir mes forces à celles de Tengo, pensa-t-elle. Et nous veillerons précieusement sur *la petite chose*. Jusqu'à présent, dans ma vie, beaucoup de choses importantes m'ont été dérobées. Mais elle, personne ne me la prendra.

Elle se mit au lit et lut un moment. Mais le sommeil ne venait pas. Elle ferma son livre, se replia délicatement sur elle-même comme pour se protéger le ventre. Une joue contre l'oreiller, elle songea à la grosse lune d'hiver qui brillait dans le ciel du jardin. Et puis à la petite verte qui lui servait d'escorte. MOTHER et DAUGHTER. Leurs clartés mêlées baignaient les branches défeuillées de l'orme. Elle pensa que Tamaru, en ce moment même, était en train de mûrir un plan subtil afin de régler la situation. Son cerveau tournait à plein régime. Aomamé le visualisait, les sourcils froncés, en train de tapoter le bout de son stylo-bille sur la table. Comme s'il était guidé par ce rythme monotone et ininterrompu, le doux habit du sommeil l'enveloppa enfin.

21
Tengo

Quelque part dans un coin de sa tête

LA SONNERIE DU TÉLÉPHONE RETENTIT. Les chiffres du réveille-matin indiquaient deux heures quatre. Lundi, deux heures quatre minutes. Le jour n'était pas levé. Tout était sombre et Tengo dormait profondément. Il était plongé dans un doux sommeil sans rêve.

Sa première pensée fut qu'il s'agissait d'un appel de Fukaéri. Il n'y avait qu'elle pour téléphoner à une heure aussi insensée. Puis tout de suite après, il pensa à Komatsu. De lui non plus, on n'aurait pu dire qu'il était conventionnel à propos des horaires. Pourtant, cette sonnerie ne ressemblait pas à Komatsu. Elle avait quelque chose de plus pressant, une tonalité plus administrative aussi. En outre, il avait quitté l'éditeur tout juste quelques heures plus tôt, après une très longue conversation.

Il pouvait certes choisir d'ignorer le téléphone et de continuer à dormir. C'était ce qu'il aurait préféré. Mais la sonnerie ne cessait de retentir comme pour briser toute velléité de choix. Peut-être continuerait-elle inexorablement jusqu'au lever du jour. Il sortit de son lit et souleva le combiné en se cognant le pied au passage.

« Allô », fit Tengo. Sa langue était pâteuse. Il avait l'impression que dans son crâne, à la place de son cerveau, il y avait de la laitue surgelée. Certains ignorent qu'il ne faut pas congeler les salades. Une fois la laitue sortie du congélateur, elle n'a plus aucun craquant – alors que c'est ce qu'on attend d'elle avant tout.

En se collant le combiné contre l'oreille, il entendit le vent souffler. Une rafale de vent capricieux qui s'engouffrait dans un vallon étroit et faisait se hérisser le pelage d'une biche gracieuse penchée vers un ruisseau, occupée à boire son eau transparente. Mais ce n'était pas le bruit du vent. Quelqu'un soupirait, et son souffle était amplifié par l'appareil.

« Allô », répéta Tengo. Était-ce une plaisanterie ? Ou alors la ligne était mauvaise.

« Allô », répondit une voix féminine, dont il ne se souvenait pas. Ce n'était pas Fukaéri. Pas non plus sa petite amie plus âgée.

« Allô, dit encore une fois Tengo. Ici Tengo Kawana…

— Ah, Tengo ! » répondit la femme à l'autre bout du fil. La conversation semblait enfin s'enclencher. Mais il ne savait toujours pas qui l'appelait.

« Qui est à l'appareil ?

— Kumi Adachi, répondit la femme.

— Ah, c'est toi… »

Kumi Adachi était la jeune infirmière qui habitait un appartement d'où l'on entendait une chouette hululer.

« Que se passe-t-il ?

— Tu dormais ?

— Oui, répondit Tengo. Et toi ? »

Une question idiote. Quelqu'un en train de dormir n'allait évidemment pas vous téléphoner. Pourquoi parlait-il si bêtement ? Sans doute à cause de la laitue surgelée.

« Je suis de service », répondit-elle. Puis elle toussota. « Voilà… Monsieur Kawana est décédé.

— Monsieur Kawana est décédé », répéta Tengo sans très bien comprendre. Lui annonçait-on sa propre mort ?

« Ton père a rendu son dernier soupir », rectifia alors Kumi Adachi.

Tengo fit passer le combiné de sa main droite à la gauche dans un geste à peu près vide de sens.

« Rendu son dernier soupir, redit-il.

— Je m'étais assoupie dans la salle de repos, et peu après une heure du matin, j'ai entendu la sonnette d'appel. C'était celle de la chambre de ton père. Ce ne pouvait être lui qui avait appuyé dessus, puisqu'il était toujours inconscient. Je me suis dit que c'était bizarre et je suis allée voir tout de suite. Quand je suis arrivée, il ne respirait plus. Le cœur s'était arrêté aussi. J'ai fait appeler le médecin de garde, il a pratiqué les gestes d'urgence, mais cela ne servait plus à rien.

— Ce serait mon père qui aurait appuyé sur la sonnette ?

— Sans doute. Il n'y avait personne d'autre qui aurait pu le faire.

— Et la cause de la mort ? demanda Tengo.

— Ce n'est pas moi qui peux le dire. Mais il ne paraissait pas avoir souffert. Son visage était extrêmement paisible. Comment dire, cela m'a fait penser à la feuille d'un arbre qui tombe d'elle-même, à la fin de l'automne, un jour où il n'y a pas de vent. Enfin, cette façon de parler est sûrement maladroite.

— Non, pas du tout, répondit Tengo. Au contraire, c'est une belle façon de le dire.

— Est-ce que tu vas pouvoir venir aujourd'hui ?

— Oui, je pense. »

Il recommençait à donner ses cours à partir de ce jour, mais c'était un cas de force majeure.

« Je prendrai l'express du matin. J'arriverai un peu avant dix heures.

— Ce sera très bien si ça t'est possible. Il y a des tas de formalités à régler.

— Formalités, répéta Tengo. Concrètement, est-ce que je dois apporter quelque chose ?

— Tu es son seul parent proche ?

— Je crois bien que oui.

— Eh bien, apporte au moins ton sceau. Ce sera peut-être nécessaire. Et puis, tu as un certificat de validité du sceau ?

— Je pense que j'en ai gardé un quelque part.

— Apporte-le aussi, par précaution. Sinon, je ne crois pas qu'il faille autre chose. Étant donné que ton père a pris lui-même toutes ses dispositions.

— Ses dispositions ?

— Oui. Lorsqu'il était encore conscient. Il a tout réglé dans les moindres détails, depuis les frais des obsèques, les habits qu'il devra porter dans le cercueil, jusqu'au lieu où il faudra déposer les cendres. C'était un homme extrêmement prévoyant. Sur le plan pratique, en tout cas.

— Oui, en effet, il était comme ça, répondit Tengo en se frottant doucement les tempes.

— Je suis de service jusqu'à sept heures du matin, ensuite, je rentre chez moi dormir. Mais Mme Tamura et Mme Ômura seront là, elles pourront te donner plus d'explications.

— Je te remercie pour tout, dit Tengo.

— Je t'en prie », répondit Kumi Adachi.

Puis elle ajouta en changeant de ton, comme si l'idée lui traversait soudain l'esprit :

« Je te présente mes condoléances.

— Merci. »

Il savait qu'il ne pourrait pas se rendormir. Il se fit donc chauffer de l'eau et se prépara du café. Son esprit redevint légèrement plus lucide. Il se sentait un peu affamé. Il restait une tomate et du fromage dans le réfrigérateur. Il se fit un sandwich, mais à manger ainsi dans l'obscurité, il n'avait aucune sensation gustative. Après quoi, il sortit l'indicateur et vérifia l'horaire de départ des express pour Tateyama. Alors qu'il n'était revenu de La Ville des Chats que deux jours plus tôt, samedi, aux alentours de midi, voilà qu'il lui fallait y retourner. Mais cette fois, il n'y séjournerait sans doute qu'une ou deux nuits.

À quatre heures, Tengo se rendit à la salle de bains, se rinça le visage, se rasa. Il tenta d'aplatir à la brosse sa masse de cheveux hérissée, sans vraiment y parvenir. Tant pis. Ça s'arrangerait sans doute dans la matinée.

Que son père ait rendu son dernier souffle n'ébranlait pas véritablement Tengo. Il avait passé deux longues semaines à ses côtés, alors qu'il était inconscient. Le vieil homme lui avait paru alors accepter l'imminence de sa mort. C'était comme s'il était entré dans le coma en ayant coupé lui-même l'interrupteur, même si cette manière de l'exprimer était étrange. Les médecins ne comprenaient pas les raisons profondes qui l'avaient fait sombrer dans cet état. Tengo, lui, le savait. Son père avait pris la décision de mourir. Ou du moins, il avait abandonné toute intention de continuer à vivre. Pour emprunter les termes de Kumi Adachi, à la façon de la « feuille d'un arbre », il avait éteint la lumière de sa conscience, fermé la porte de toutes ses sensations, et attendu le changement de saison.

Il prit un taxi depuis la gare de Chikura et arriva à l'hôpital des bords de mer à dix heures et demie. C'était une journée tranquille de début d'hiver, semblable à celle de la veille. Un tiède soleil éclairait la pelouse flétrie du jardin, comme pour la récompenser. Et sur le gazon, une chatte qu'il n'avait jamais vue, au pelage écaille de tortue, se léchait la queue, longuement, minutieusement, tout en se réchauffant. Mme Tamura et Mme Ômura vinrent accueillir Tengo dans le hall. L'une et l'autre lui exprimèrent calmement leurs condoléances. Tengo les remercia.

Le corps de son père avait été exposé dans une petite pièce discrète située dans une partie isolée de l'établissement. Mme Tamura précéda Tengo et le conduisit jusque-là. Son père était allongé sur un lit mobile, recouvert d'un drap blanc. La pièce carrée, sans fenêtre, était éclairée par un plafonnier fluorescent qui diffusait une lumière éblouissante sur les murs blancs. Un petit meuble d'une hauteur d'environ un mètre supportait un vase en verre, dans lequel étaient disposés trois chrysanthèmes blancs. Les fleurs avaient sans doute été placées là le matin même. Sur un mur était accrochée une pendule ronde. C'était une pendule ancienne, poussiéreuse, mais qui indiquait l'heure juste. Peut-être avait-elle pour fonction d'attester de quelque fait. Il n'y avait aucun meuble ni aucun autre élément décoratif. De très nombreuses dépouilles de vieillards étaient certainement passées par cette pièce modeste. Les corps étaient entrés là muets, en étaient ressortis muets. Il y avait dans ce lieu quelque chose d'administratif mais il y flottait aussi une atmosphère solennelle qui signalait la gravité des circonstances.

Le visage de son père n'était pas très différent de celui qu'il montrait de son vivant. Même quand Tengo lui fit face, de près, il ne ressentit pas vraiment qu'il était mort. Il n'avait pas le teint blême, et peut-être parce que quelqu'un avait été attentif à le raser avec soin, ses joues et sa lèvre supérieure étaient étonnamment lisses. Il n'y avait pour ainsi dire pas de différence entre son état d'inconscience et son état d'absence de vie. Simplement, il n'avait plus besoin de goutte-à-goutte ni de cathéter. S'il était laissé tel quel durant quelques jours, le processus de décomposition se mettrait en marche. Et alors la frontière qui sépare la vie de la mort serait béante. Mais son cadavre serait incinéré avant.

Le médecin avec qui Tengo s'était entretenu à plusieurs reprises auparavant fit son apparition et prononça d'abord quelques formules de condoléances. Puis il lui exposa ce qui s'était passé quelque temps avant le décès. Il lui fournit ses explications avec obligeance, longuement, mais, en un mot comme en cent, cela revenait à déclarer : « Nous ne comprenons pas la cause de sa mort. » Les examens qu'ils avaient pratiqués ne révélaient aucun problème. Au contraire, en dehors de ses troubles cognitifs, les résultats des analyses indiquaient plutôt que le père de Tengo était en bonne santé. Néanmoins, à un certain moment, il était tombé dans le coma (pour une raison inconnue), il n'avait pas repris conscience, et l'ensemble de ses fonctions corporelles avait subi une lente et constante dégradation. Une fois que la courbe descendante avait franchi un certain seuil, il devenait difficile que la vie se maintienne et, inévitablement, le père avait pénétré dans le royaume de la Mort. Le médecin utilisait des termes aisés à comprendre, même si, de son point de vue professionnel, subsistaient un certain nombre de problèmes. En particulier, la cause exacte de la mort restait indéterminée. La « sénilité » était ce qui s'en rapprochait le plus, mais le père n'était qu'au milieu de la soixantaine, et donc trop jeune pour un tel diagnostic.

« En tant que médecin responsable, c'est moi qui dois rédiger l'acte de décès de votre père, annonça le médecin avec un peu d'hésitation. À propos de la cause de la mort, voici ce que je me propose de noter, si vous êtes d'accord : "insuffisance cardiaque survenue à la suite d'une longue période de coma". Est-ce que cette formulation vous convient ?

— Mais, en réalité, la cause de la mort de mon père n'est pas une "insuffisance cardiaque survenue à la suite d'une longue période de coma". N'est-ce pas ? » demanda Tengo.

Le médecin eut l'air assez embarrassé. « À vrai dire, jusqu'au bout, nous n'avons pas décelé de problème cardiaque.

— Mais vous n'avez rien trouvé non plus sur les autres organes, je suppose.

— En effet, admit le médecin avec une certaine réticence.

— Néanmoins, il est indispensable d'indiquer la cause précise du décès sur le certificat ?

— Tout à fait.

— Je ne suis pas spécialiste, mais à présent, le cœur s'est arrêté, n'est-ce pas ?

— Bien entendu. Le cœur s'est arrêté.

— En somme, c'est une sorte d'insuffisance organique. »

Le médecin réfléchit. « Si l'on estime qu'un cœur normal bat, vous avez raison.

— Eh bien, rédigez le certificat dans ce sens. Il s'est agi d'"une insuffisance cardiaque survenue à la suite d'une longue période de coma". Je ne m'y oppose pas. »

Le médecin parut soulagé. Il aurait terminé d'ici à trente minutes. Tengo le remercia. Une fois le médecin parti, il se retrouva avec seulement Mme Tamura, l'infirmière aux lunettes.

« Désirez-vous rester seul avec votre père un moment ? » demanda-t-elle à Tengo. C'était une question prévue par le règlement, ce que perçut Tengo dans sa façon de la formuler.

« Non, ce n'est pas nécessaire. Merci », répondit-il. Même s'il était demeuré seul avec son père dans cette pièce, il n'aurait rien eu de spécial à lui dire. Il en était déjà ainsi lorsqu'il était vivant. À présent qu'il était mort, il n'y avait pas brusquement toutes sortes de questions dont il voudrait lui parler.

« Dans ce cas, nous allons nous déplacer ailleurs. Je voudrais vous expliquer comment nous procéderons ensuite. Si vous le voulez bien ? » dit Mme Tamura.

Tengo répondit qu'il était d'accord.

Avant de sortir, Mme Tamura se tourna vers le corps, joignit brièvement les mains. Tengo fit de même. On doit du respect à un mort qui vient d'accomplir en personne son acte ultime. Mourir.

Mme Tamura et Tengo quittèrent la petite pièce sans fenêtre et se rendirent à la salle à manger. Elle était déserte. Les larges fenêtres donnant sur le jardin laissaient pénétrer le soleil à foison. Tengo avança dans la lumière et poussa un soupir de soulagement. Ce n'était plus le domaine de la mort. Mais un monde fait pour les vivants. Aussi incertain et défectueux qu'il puisse être.

Mme Tamura lui versa une tasse de thé vert grillé. Ils s'assirent face à face à une table et restèrent un moment silencieux en buvant leur thé.

« Vous allez rester sur place cette nuit ? demanda l'infirmière.

— Oui, je pense. Mais je n'ai pas encore réservé de chambre.

— Si cela vous dit, vous pourriez dormir dans la chambre qu'occupait votre père. Pour l'instant, elle est libre, et cela vous éviterait des frais d'hôtel. À moins que cela ne vous déplaise.

— Non, pas spécialement, répondit Tengo, un peu étonné. Mais, cela se fait ?

— Aucune importance. Si cela vous convient, cela ne nous pose pas de problème. Je vous apporterai de la literie un peu plus tard.

— Et sinon, s'enquit Tengo, quelles sont les démarches que je devrai effectuer ?

— Dès que vous aurez le certificat de décès établi par le médecin, vous irez à la mairie pour vous procurer le permis d'incinérer. Ensuite, il faudra remplir le formulaire de radiation des listes de l'état civil. Voilà ce qu'il y a de plus important d'abord. Autrement, il y aura des papiers pour ce qui concerne la retraite, le transfert du compte bancaire, mais de tout cela, parlez-en avec l'homme de loi.

— L'homme de loi ? répéta Tengo, surpris.

— Monsieur Kawana, enfin, je veux dire, votre père, s'était concerté avec un homme de loi à propos de toutes les formalités à accomplir après sa mort. Mais, vous savez, il ne faut pas vous monter la tête. Chez nous, il y a de très nombreuses personnes âgées, qui bien sûr n'ont pas vraiment de connaissances en matière légale. Nous faisons donc appel à un cabinet d'avocats qui propose des consultations, afin d'éviter tout problème juridique, par exemple sur le partage des biens. Ils aident aussi à rédiger le testament. Et cela ne coûte pas tellement cher.

— Mon père a laissé un testament ?

— Vous demanderez cela à l'homme de loi. Ce n'est pas une chose dont je peux parler.

— Je comprends. Est-ce que je le verrai bientôt ?

— Nous l'avons contacté et il devrait être ici vers trois heures. Cela ne vous ennuie pas, j'espère. J'ai l'air de vous presser, mais j'ai pensé que vous étiez très occupé, et j'ai donc pris les devants.

— Je vous en suis très reconnaissant », déclara Tengo pour la remercier de son savoir-faire. Il semblait que toutes les femmes plus âgées de son entourage, pour une raison ou une autre, se montraient compétentes et efficaces.

« D'abord, vous devez vous rendre à la mairie. Déclarer le décès et obtenir le permis d'incinérer. Les autres démarches ne peuvent se faire qu'après, expliqua Mme Tamura.

— Ah… je dois donc aller à Ichikawa. Parce que c'est là que mon père est légalement domicilié. Mais dans ce cas, je ne pourrai être de retour ici pour trois heures. »

L'infirmière secoua la tête.

« Immédiatement après son admission chez nous, votre père a fait transférer son domicile légal d'Ichikawa à Chikura. Il disait que cela rendrait les choses plus simples au moment critique.

— Quelle prévoyance ! » s'exclama Tengo avec admiration. Comme si le vieil homme savait depuis le début qu'il devrait mourir ici.

« Oui, c'est vrai, approuva l'infimière. Je n'ai jamais vu quelqu'un agir ainsi. Nos patients s'imaginent tous qu'ils ne séjourneront ici que pour très peu de temps. Mais… »

Elle s'interrompit et joignit calmement les mains devant elle, comme pour suggérer la suite de sa phrase.

« En tout cas, vous n'avez pas besoin d'aller à Ichikawa. »

Tengo fut conduit à la chambre de son père. La chambre individuelle où il avait passé ses derniers mois. Les draps enlevés, la couverture et l'oreiller emportés, il ne restait sur le lit qu'un simple matelas rayé. Sur la table était posée une modeste lampe, et dans le petit placard, cinq cintres nus étaient suspendus. Il n'y avait plus un seul volume sur l'étagère et toutes ses affaires personnelles avaient été transportées quelque part. Quoique, à vrai dire, Tengo ne parvenait pas à se souvenir de quelles affaires il aurait pu s'agir. Il posa son sac sur le plancher et embrassa la chambre du regard.

Des odeurs de médicaments subsistaient. Tengo pouvait même sentir les souffles rémanents du malade. Il ouvrit la fenêtre pour aérer. Les rideaux usés par le soleil se mirent à osciller sous la brise, à onduler comme la jupe d'une fillette en train de jouer. À cette vue, Tengo se dit soudain que ce serait merveilleux si Aomamé était ici, et si, sans dire un mot, simplement, elle lui saisissait la main avec force.

Il prit le bus et se rendit à la mairie de Chikura. Il présenta au guichet le certificat de décès, obtint le permis d'incinérer. Une fois que vingt-quatre heures s'étaient écoulées après le décès, le corps pouvait être incinéré. Il remplit aussi un formulaire afin que le nom de son père soit radié du livret de famille. Ces démarches lui prirent un certain temps mais elles étaient absurdement trop simples. Rien qui exigeait un débat intérieur. C'était à peu près comme lorsqu'on déclare que son véhicule est hors d'usage. Une fois de retour à l'hôpital, Mme Tamura fit trois photocopies de chacun des documents.

« À deux heures et demie, avant l'arrivée de l'homme de loi, un représentant des pompes funèbres, de la société Zenkô, viendra ici, lui dit Mme Tamura. Vous lui donnerez une copie du permis d'incinérer. Ensuite, ce seront les employés de la société Zenkô qui se chargeront de tout. Votre père, de son vivant, s'était entretenu avec le responsable et ils avaient mis au point tous les détails. Il avait même prévu de l'argent pour couvrir tous ces frais. Vous n'avez rien de particulier à faire. À moins que vous n'ayez une quelconque objection. »

Non, répondit Tengo, il n'avait rien à objecter.

Son père ne laissait que très peu d'objets personnels. Des vieux vêtements, quelques livres, c'était à peu près tout.

« Voulez-vous conserver un de ces objets en souvenir ? En fait, il ne reste que son radio-réveil, ou sa montre ancienne qui se remonte automatiquement avec le mouvement du bras, ses lunettes… », demanda Mme Tamura.

Il ne désirait rien. Que l'on en dispose au mieux, répondit Tengo.

À deux heures et demie très exactement, le responsable de la société de pompes funèbres, en costume noir, fit son apparition, avançant très silencieusement. Un homme maigre, la petite cinquantaine. Les doigts des mains longs, de grands yeux, avec, sur une aile du nez, une verrue desséchée. Il semblait être resté longtemps au soleil car il était hâlé jusqu'aux oreilles. Tengo en ignorait la raison, mais jamais il n'avait vu d'employé des pompes funèbres gros. L'homme lui expliqua le déroulement de la cérémonie funéraire. Il s'exprimait poliment et il avait un parler très lent. Comme s'il voulait suggérer qu'ils pouvaient prendre tout le temps qu'ils voulaient.

« De son vivant, monsieur votre père a souhaité que les obsèques se déroulent de la manière la plus sobre possible. Il voulait être incinéré dans un cercueil simple et fonctionnel. Il a clairement affirmé qu'il ne voulait ni autel, ni cérémonie, ni *sutra*[1], ni *kaimyô*[2], ni fleurs, ni allocution. Il ne souhaitait pas de tombe non plus. Il préférait que ses cendres soient déposées dans un columbarium municipal. Par conséquent, si son fils ne s'y oppose pas… »

Il s'interrompit alors, et ses grands yeux noirs se fixèrent sur le visage de Tengo comme pour l'implorer.

« Si c'est ce que mon père souhaitait, de mon côté, je ne formulerai aucune objection », répliqua Tengo en le regardant droit dans les yeux.

L'homme eut un signe de tête pour marquer son approbation. Il détourna légèrement le regard. « Dans ce cas, nous considérerons qu'aujourd'hui, c'est la veillée funèbre, et que nous conserverons cette nuit le corps dans notre établissement. Cela signifie que nous allons à présent transférer la dépouille mortelle. Et demain, à une heure de l'après-midi, nous en viendrons à l'incinération proprement dite, qui se fera dans un crématorium proche. Cela vous convient-il ?

— Tout à fait.

— Assisterez-vous à l'incinération ?

— Oui, je serai là, répondit Tengo.

— Certaines personnes préfèrent ne pas y assister. Sentez-vous libre.

— Je serai là, répéta Tengo.

— Parfait, répondit l'homme qui parut légèrement soulagé. Eh bien, j'ai là une copie du document que j'avais présenté à votre père, de son vivant. J'aimerais que vous l'approuviez. »

Tout en parlant, ses longs doigts, semblables aux pattes d'un insecte, s'étaient mis en mouvement, et l'homme sortit d'un classeur un relevé de compte qu'il présenta à Tengo.

1. Texte sacré bouddhique.
2. Nom posthume.

Même lui qui n'y connaissait rien en matière d'obsèques était en mesure de comprendre que le montant était très peu élevé. Bien entendu, il n'avait rien à y redire. Avec un stylo-bille que l'homme lui prêta, il signa le document.

Quand l'homme de loi arriva, peu avant trois heures, il échangea quelques propos avec le responsable des pompes funèbres. Une brève conversation, un dialogue entre professionnels. Tengo ne comprenait pas très bien de quoi ils s'entretenaient. Ils semblaient se connaître déjà. C'était une petite ville. Tout le monde connaissait tout le monde.

Un break de la société des pompes funèbres était garé juste à côté d'une discrète sortie située non loin de la chambre mortuaire. En dehors de celle du chauffeur, les fenêtres étaient peintes en noir, comme le véhicule lui-même, qui ne portait ni inscription ni sigle. Le maigre responsable, aidé du chauffeur aux cheveux blancs, déplacèrent à eux deux le père de Tengo sur un brancard muni de roues, qu'ils convoyèrent jusqu'à la voiture. Le break, d'un modèle spécial, au toit plus élevé que d'ordinaire, était muni de rails qui permettaient de faire glisser le brancard. Les portes arrière eurent un claquement très prosaïque en se refermant. Le responsable s'inclina poliment face à Tengo. Après quoi le break disparut. Tengo, l'homme de loi, Mme Tamura et Mme Ômura joignirent tous quatre les mains en regardant s'en aller la Toyota noire.

L'homme de loi et Tengo eurent un entretien dans un coin de la salle à manger. L'homme devait avoir quarante-cinq ans environ, et, à l'opposé du responsable des pompes funèbres, il était très enrobé, voire empâté. Son menton disparaissait presque dans l'abondance de ses chairs et son front transpirait légèrement, malgré la saison. Ce devait être terrible en été. De son costume de laine grise émanaient de fortes odeurs d'antimite. Au-dessus de son front étroit s'épanouissait une chevelure foisonnante, d'un noir de jais. La combinaison entre sa stature opulente et sa chevelure exubérante était quelque peu incongrue. Sous ses paupières lourdes et gonflées, ses yeux étaient minces, mais si on les observait bien, on y décelait de la bonté.

« Votre père m'a chargé d'établir son testament. J'emploie ce terme, mais en réalité, ce n'est rien d'extraordinaire. Pas du tout comme les testaments des romans policiers. » Sur ces mots, il toussa. « Enfin, disons qu'il s'agit plutôt d'un rapport succinct. Bon, eh bien, je vais d'abord vous en expliquer simplement la teneur. Pour commencer, le testament indique comment doivent se dérouler ses obsèques. Sur cette question, je pense que le représentant de la société des pompes funèbres qui se trouvait là il y a un moment vous a mis au courant ?

— Oui, en effet. Des obsèques simples.

— Très bien, répondit l'homme de loi. Tel était le désir de votre père. Que tout soit fait le plus sobrement possible. En ce qui concerne le coût des funérailles, il avait assigné une certaine somme à cet effet, de même que pour les frais d'hospitalisation, il avait prévu un pécule déposé en caution lorsqu'il avait été admis à l'hôpital. De manière à ne pas faire peser sur vous la moindre charge financière.

— Il ne voulait rien devoir à personne, n'est-ce pas ?

— Exactement. Toutes les dépenses ont été réglées à l'avance. D'autre part, sur le compte postal de Chikura, de l'argent est déposé à son nom. Et c'est vous, monsieur Tengo, son fils, qui en êtes l'héritier. Il vous faudra pour cela présenter le formulaire de transfert de nom. Et vous devrez fournir la preuve que votre père a bien été radié du livret de famille, ainsi qu'un extrait d'acte d'état civil à votre nom, et le certificat attestant de la validité légale de votre sceau. Muni de ces papiers, vous irez directement à la poste de Chikura et vous remplirez à la main les formulaires nécessaires. Je suppose que cela vous prendra un certain temps. Comme vous le savez, au Japon, les banques ou la poste sont assez bureaucratiques. »

L'homme de loi sortit de la poche de sa veste un grand mouchoir blanc, sécha la sueur de son front.

« Voilà tout ce qui concerne la transmission de ses biens. En fait, je dis ses biens, mais en dehors de l'argent déposé sur son compte postal, il n'y a rien d'autre, ni assurance vie, ni actions, ni biens immobiliers, ni pierres précieuses, ni objets d'art. C'est très simple. »

Tengo hocha la tête en silence. C'était bien là son père. Pourtant, cela le déprima un peu d'hériter ainsi de son livret d'épargne. Il avait l'impression qu'on lui livrait une pile de lourdes couvertures humides. S'il l'avait pu, il aurait aimé ne pas les accepter. Mais face à ce gros homme de loi qui semblait si gentil, avec ses cheveux hirsutes, il lui était impossible d'avouer une chose pareille.

« Par ailleurs, votre père m'a confié une enveloppe. Je l'ai apportée ici aujourd'hui, et je vais vous la donner. »

L'enveloppe de grand format, rebondie, en papier kraft, était soigneusement fermée par du ruban adhésif. Le gros homme la sortit de son porte-document en cuir noir, la posa sur la table.

« Voici ce que M. Kawana, immédiatement après être entré ici, m'a confié, lorsque nous nous sommes rencontrés pour discuter. À ce moment-là, M. Kawana avait encore, je dirais, oui, toute sa tête. Il pouvait se montrer un peu confus de temps à autre, bien sûr, mais dans l'ensemble, tout allait bien. Et il m'a déclaré que quand il viendrait à mourir, je devrais remettre cette enveloppe à son héritier légitime.

— Son héritier légitime ? répéta Tengo, un peu surpris.

— Oui, son héritier légitime. De qui s'agissait-il ? Votre père n'a prononcé aucun nom. Mais il n'existe que vous, monsieur Tengo, comme héritier légitime.

— En effet, à ma connaissance du moins.

— Et donc, voici... »

L'homme de loi désigna l'enveloppe sur la table.

« Je vous la remets. Pourriez-vous signer ce reçu ? »

Tengo apposa sa signature sur le document. L'enveloppe administrative brune posée sur la table paraissait exagérément administrative, dépourvue d'individualité. Elle ne portait aucune mention, ni d'un côté ni de l'autre.

« J'aimerais vous demander quelque chose, dit Tengo à l'homme de loi. À ce moment-là, mon père a-t-il prononcé mon nom, ne serait-ce qu'une seule fois, a-t-il dit : "Tengo Kawana" ? Ou bien a-t-il employé les mots "mon fils" ? »

Tout en réfléchissant, l'homme de loi sortit de nouveau son mouchoir et se tamponna le front. Puis il secoua brièvement la tête. « Non. M. Kawana a toujours utilisé les termes : "*héritier légitime*". Il n'a pas employé d'autre expression. Je m'en souviens parce que j'ai trouvé cela un peu étrange. »

Tengo garda le silence. L'homme de loi reprit d'un ton conciliant : « Mais M. Kawana savait évidemment que vous étiez son seul héritier légitime. Simplement, votre nom n'a pas été prononcé au cours de la conversation. Est-ce là un point qui vous inquiète ?

— Non, pas particulièrement, répondit Tengo. Mon père a toujours été quelqu'un d'assez spécial. »

L'homme de loi hocha légèrement la tête en souriant, comme s'il était rassuré. Puis il tendit à Tengo une nouvelle copie d'une fiche familiale d'état civil. « Je suis désolé, mais, dans ce genre de maladie, vous comprenez, je devais être sûr de ces questions, de manière à ce qu'il n'y ait aucun problème sur le plan légal. Selon les registres, vous êtes le seul fils qu'ait eu M. Kawana. Votre mère est morte un an et demi après vous avoir mis au monde. Votre père ne s'est pas remarié, il vous a élevé seul. Les parents de votre père ainsi que ses frères étaient déjà tous décédés. Par conséquent, monsieur Tengo, vous êtes sans conteste l'unique héritier légitime de M. Kawana. »

L'homme de loi se leva, prononça quelques mots de condoléances, et se retira. Tengo resta assis, contemplant l'enveloppe posée sur la table. Son père était son père biologique, sa mère était *vraiment* morte. Voilà ce qu'avait dit l'homme de loi. Ce devait être vrai. Du moins, était-ce la vérité au sens juridique du terme. Mais il avait l'impression que plus les faits lui étaient révélés, plus la vérité s'éloignait. Comment était-ce possible ?

Tengo retourna dans la chambre de son père, s'assit devant la petite table, et batailla pour ouvrir l'enveloppe résolument collée. À l'intérieur se trouvait peut-être la clé qui lèverait les secrets. Mais ce n'était pas chose facile. Pas de ciseaux, pas de cutter, rien de semblable. Il lui fallut décoller avec les ongles les bandes adhésives, l'une après l'autre. Lorsque, après bien des efforts, il réussit à ouvrir l'enveloppe, il découvrit à l'intérieur plusieurs autres petites, chacune tout aussi solidement scellée. Décidément, c'était bien son père.

Dans l'une d'elles, il y avait de l'argent liquide, cinq cent mille yens. Des billets de dix mille yens absolument neufs, cinquante exactement, enveloppés de plusieurs couches de papier très fin. Et aussi une feuille de papier sur laquelle était noté : « en cas d'urgence ». Pas de doute, c'était l'écriture de son père. Chaque idéogramme était petit, net, tracé avec soin. Cet argent devrait servir en cas de nécessité, pour faire face à des dépenses imprévues. Son père avait supposé que son héritier légitime ne posséderait pas cette somme pour des situations de ce genre.

Dans l'enveloppe la plus épaisse étaient entassées de vieilles coupures de presse et des diplômes. Tous en rapport avec Tengo. Prix d'excellence qu'il avait obtenus à des concours de calcul quand il était écolier, articles de journaux de la presse locale. Une photo de lui à côté de son trophée. Ses brillants bulletins scolaires, qui avaient des allures d'œuvres d'art. Avec les notes maximales dans toutes les matières scientifiques. Et d'autres souvenirs de ses performances, témoignages de « l'enfant prodige » qu'il était alors. Photos de Tengo collégien, en kimono de judo. Tout souriant, il tenait à la main le drapeau de la deuxième place. Tengo fut profondément étonné de voir tout cela. Son père avait pris sa retraite de la NHK, il avait quitté sa maison de fonction pour un appartement en location, toujours à Ichikawa, et pour finir, il était entré dans cet hôpital de Chikura. En raison des divers déménagements qu'il avait effectués seul, il ne restait quasiment rien de ses possessions. En outre, les relations entre le père et le fils avaient été particulièrement froides durant de longues années. Et pourtant, son père avait toujours traîné avec lui, comme s'il s'agissait de ses biens les plus chers, ces reliques éclatantes de l'époque où Tengo était un petit génie.

Dans une autre enveloppe étaient rangées toutes sortes de documents se rapportant aux années où son père avait travaillé à la NHK. Certificats du meilleur collecteur de l'année. Plusieurs diplômes d'honneur. Des photos où on le voyait en compagnie d'autres employés au cours d'un voyage organisé par l'entreprise. Une vieille carte d'identité. Des papiers attestant que sa retraite et son assurance maladie avaient été réglées. Un certain nombre de bordereaux de salaire qu'il avait gardés pour on ne sait quelle raison. Des documents concernant le règlement de sa pension de retraite... Pour les trente années et plus qu'il avait consacrées à la NHK, la quantité de ces papiers était étonnamment mince. En comparaison avec les succès prodigieux de Tengo écolier, on aurait presque pu décréter qu'ils équivalaient à rien. Peut-être, en effet, aux yeux de la société, était-ce une vie qui n'équivalait à rien. Mais pour Tengo, non, ce n'était pas rien. En même temps qu'il lui avait laissé un livret de caisse d'épargne de la poste, son père avait imprimé sur son âme une ombre lourde et sombre.

Il n'y avait pas le moindre document ayant trait à sa vie avant son entrée à la NHK. Comme s'il n'avait vraiment commencé à vivre que lorsqu'il était devenu collecteur de la NHK.

Dans la dernière enveloppe, petite et légère, que Tengo ouvrit, était glissée une photo en noir et blanc. Rien d'autre. Une photo ancienne, qui bien qu'ayant conservé ses teintes, semblait couverte par une mince pellicule, comme si de l'eau avait été répandue à sa surface. On y voyait une famille. Un père et une mère, et puis un bébé. Sans doute de moins d'un an. La mère, en kimono, tenait tendrement son enfant dans les bras. Derrière, on distinguait le *torii*[1] d'un sanctuaire shintô. D'après les vêtements, ce devait être l'hiver. Si le couple s'était rendu là pour prier, c'était peut-être le nouvel

1. Portique qui matérialise la frontière entre l'enceinte sacrée et le monde profane.

an. La mère plissait les yeux comme si elle était aveuglée, elle souriait. Le père portait un pardessus un peu trop grand, d'une couleur sombre, et deux rides profondes s'étaient creusées entre ses yeux. Il avait l'air de dire : « Faut pas me la faire ! » Le bébé paraissait troublé par l'immensité et la froideur du monde.

Le jeune père, sans aucun doute, c'était le père de Tengo. Son visage, évidemment juvénile, affichait déjà une maturité précoce, avec ses joues creusées et ses yeux profondément enfoncés. Le visage d'un paysan pauvre, originaire d'une campagne desheritée. Obstiné et soupçonneux. Ses cheveux étaient coupés court, il était légèrement voûté. Ce ne pouvait être que son père. Par conséquent, le bébé était Tengo, et la femme qui portait le bébé était sa mère. Elle semblait un peu plus grande que son époux et elle avait un beau maintien. Le père devait être à la fin de la trentaine, la mère avait dans les vingt et quelques.

C'était la première fois que Tengo voyait cette photo. Ce que l'on appelle une photo de famille, il n'en avait jamais eu sous les yeux. Il n'avait jamais vu non plus de photo de lui lorsqu'il était très petit. La vie était trop dure, lui expliquait son père, on n'avait pas les moyens de s'offrir un appareil, et puis on n'avait pas l'occasion de prendre des photos de famille. Et Tengo l'avait cru. Mais c'était faux. Ils avaient pris une photo et l'avaient conservée. Et si leurs vêtements ne semblaient pas luxueux, ils n'étaient pas non plus misérables. On n'aurait pas dit qu'ils menaient une vie si pauvre qu'ils ne pouvaient s'offrir un appareil photo. Ce cliché devait avoir été pris peu après la naissance de Tengo, c'est-à-dire en 1954 ou 1955. Il le retourna mais ni la date ni le lieu n'étaient notés.

Tengo scruta intensément le visage de la femme. Sur la photo, il était tout petit et de surcroît un peu flou. Avec une loupe, il distinguerait sans doute mieux les détails mais, bien entendu, il n'en avait pas sous la main. Néanmoins, il était en mesure d'apprécier ses traits. Visage ovale, petit nez, bouche pleine. On n'aurait pu dire qu'elle était belle, mais elle avait du charme et une physionomie agréable. Du moins, en comparaison avec le visage rude de son père, le sien reflétait l'intelligence et un certain raffinement. Tengo en fut heureux. Les cheveux étaient joliment relevés, et elle semblait un peu éblouie. Peut-être seulement parce qu'elle était anxieuse face à l'objectif. Comme elle portait un kimono, il ne pouvait deviner le détail de sa silhouette.

La photo ne donnait en tout cas pas l'impression qu'ils formaient un couple bien assorti. Même la différence d'âge semblait les séparer. Tengo tenta d'imaginer de quelle manière ils s'étaient rencontrés. Ils étaient tombés amoureux, ils s'étaient mariés et avaient eu un fils. Il n'y parvenait pas. La photo ne lui permettait pas de se représenter ce genre de scènes. Donc, s'il n'y avait pas eu entre eux d'échange sentimental, il n'était pas impossible que le couple se soit lié en raison de certaines circonstances. Non, c'était peut-être trop dire. La vie pouvait être tout bonnement une succession d'événements absurdes, parfois grossiers, et rien d'autre.

Puis Tengo tenta de vérifier si la femme mystérieuse qui apparaissait dans sa rêverie – ou dans le flot tumultueux de ses souvenirs de nourrisson – était le même personnage que la mère de la photo. Mais il lui revint à l'esprit que justement, il ne se souvenait absolument pas des traits du visage de cette femme. Elle avait ôté sa blouse, fait glisser les bretelles de sa combinaison en bas de ses épaules et se laissait lécher les mamelons par un homme inconnu. Puis elle soupirait violemment comme si elle haletait. C'étaient ses seuls souvenirs. Les seins de sa mère, qui auraient dû être son monopole, un homme les suçait. Pour un nourrisson, voilà qui représentait sans doute une grave menace. Son regard ne remontait pas jusqu'au visage.

Tengo remit la photo dans l'enveloppe et réfléchit. Son père avait précieusement conservé cette unique photo jusqu'à sa mort. Ce qui laissait supposer qu'il avait aimé la mère de Tengo. Quand Tengo avait atteint l'âge de raison, sa mère était déjà morte de maladie. Selon les recherches de l'homme de loi, Tengo était l'unique enfant de cette mère disparue et du père, collecteur à la NHK. C'était là un fait attesté dans les registres de l'état civil. Mais il n'y avait aucune preuve que cet homme soit son père biologique.

« Je n'ai pas de fils, avait annoncé son père à Tengo avant qu'il ne sombre dans le coma.

— Alors, moi, je suis quoi ? avait demandé Tengo.

— Vous n'êtes rien, absolument rien », lui avait rétorqué laconiquement son père, d'un ton sans réplique.

D'après les intonations de sa voix, Tengo avait tenu pour assuré qu'il n'y avait pas de liens de sang entre lui et cet homme. Et il avait eu l'impression d'être libéré de lourdes chaînes. Mais avec le temps, il n'était plus aussi sûr que ce qu'avait dit son père était la vérité.

Je ne suis absolument rien, répéta Tengo.

Soudain, il lui vint à l'esprit que la physionomie de la jeune mère telle que la montrait cette photo ancienne avait un petit quelque chose, une certaine ressemblance avec sa petite amie plus âgée. Kyôko Yasuda, oui, c'était son nom. Dans l'espoir de se calmer, Tengo pressa avec force le bout de ses doigts au milieu de son front. Puis il ressortit la photo de l'enveloppe et la contempla. Un petit nez, une bouche pleine. Un menton légèrement saillant. À cause de la différence de coiffure, il ne l'avait pas remarqué tout de suite, mais en vérité, les traits du visage n'étaient pas sans ressembler à ceux de Kyôko Yasuda. Qu'est-ce que cela pouvait bien signifier ?

Et puis, pour quelle raison son père avait-il voulu lui remettre cette photo après sa mort ? De son vivant, il ne lui avait pas donné la moindre information sur sa mère. Il était même allé jusqu'à cacher cette photo de famille. Mais à la fin des fins, sans le début d'une explication, ce vieux cliché un peu flou, il l'avait transmis à Tengo. Dans quel but ? Pour aider son fils ou pour le plonger dans une confusion plus profonde encore ?

La seule chose que comprenait Tengo, c'était que son père n'avait pas eu le moins du monde l'envie de lui expliquer ce qu'il en était des circonstances. Il ne l'avait pas voulu quand il était en vie, et pas non plus à présent qu'il était mort. Tiens, une photo. Je te la donne. Et après, tu feras *tes propres suppositions, comme ça te dira.* Voilà sûrement ce que lui aurait déclaré son père.

Tengo s'allongea sur le matelas nu, il regarda le plafond. Un plafond recouvert de contreplaqué peint en blanc. Juste des plaques assemblées dans la longueur, parfaitement lisses, sans veines de bois ni nœud. Vraisemblablement le même spectacle qu'avait observé son père durant les derniers mois de sa vie, du fond de ses orbites affaissées. Mais peut-être ses yeux ne voyaient-ils rien. Quoi qu'il en soit, son regard se portait là. Qu'il ait été capable de voir ou non.

Tengo ferma les yeux, imagina qu'il se dirigeait lentement vers la mort. Mais pour un jeune homme de trente ans n'ayant aucun problème de santé, la mort se situait dans une lointaine périphérie inaccessible à l'imagination. Tout en respirant doucement, il observait avec attention le déplacement sur le mur des ombres produites par la lumière du crépuscule. Il tenta de ne plus penser à rien. Ne penser à rien, pour Tengo, ce n'était pas très difficile. Il était trop fatigué de réfléchir en s'astreignant à aller au fond des choses. S'il en avait été capable, il aurait aimé dormir un peu, mais parce qu'il était épuisé, il ne parvint pas à trouver le sommeil.

Un peu avant six heures arriva Mme Ômura, qui lui annonça que le dîner était prêt à la salle à manger. Tengo ne se sentait pas le moindre appétit. La grande infirmière à la poitrine opulente insista. Voyons, lui dit-elle, il faut vous remplir un peu l'estomac. Cela ressemblait à un ordre. Il est vrai qu'elle était une pro pour expliquer avec autorité comment l'on devait gérer son organisme. Et Tengo n'était pas de nature – surtout s'il s'agissait d'une femme plus âgée qui lui donnait un ordre – à s'y opposer.

Ils descendirent l'escalier et pénétrèrent dans la salle à manger. Kumi Adachi les attendait. Mme Tamura était invisible. Tengo, Mme Ômura et Kumi Adachi s'installèrent à une même table. Tengo grignota un peu de salade et de légumes, il avala aussi de la soupe au miso agrémentée de palourdes et d'oignons. Et il but du thé vert grillé.

« L'incinération aura lieu quand ? lui demanda Kumi Adachi.

— Demain, à une heure, répondit-il. Je pense que je rentrerai à Tokyo tout de suite après. À cause de mon travail.

— Est-ce que quelqu'un d'autre, à part toi, assistera à la cérémonie ?

— Non, personne, je suppose. Je crois que je serai seul.

— Eh bien, si tu veux, je pourrais venir ? proposa Kumi Adachi.

— Assister à la cérémonie ? fit Tengo, surpris.

— Oui. En fait, j'aimais beaucoup ton père. »

Involontairement, Tengo posa ses baguettes et observa le visage de Kumi Adachi. Parlait-elle vraiment de son père ? « Ah… et qu'est-ce que tu aimais chez lui ?

— Il ne disait pas de trucs inutiles, il était honnête, répondit Kumi Adachi. En cela, il ressemblait à mon propre père, qui a disparu.

— Ah…, fit Tengo.

— Mon père était pêcheur. Il est mort alors qu'il n'avait pas cinquante ans.

— Il a disparu en mer ?

— Non. Il est mort d'un cancer du poumon. Il fumait trop. Je ne sais pas pourquoi, mais tous les pêcheurs sont de très gros fumeurs. On dirait qu'il s'échappe d'eux des nuages de fumée. »

Tengo réfléchit. « S'il avait été pêcheur, ç'aurait peut-être été mieux.

— Ah tiens, et pourquoi ?

— Oh…, fit Tengo. Non, c'est juste une idée qui m'est passée par la tête. Est-ce que ça n'aurait pas été préférable à son travail de collecteur pour la NHK ?

— Toi, Tengo, tu aurais mieux admis qu'il soit pêcheur plutôt que collecteur de la redevance ?

— En tout cas, des tas de choses auraient été bien plus simples, je crois. »

Tengo se vit enfant, tôt le matin, un jour de congé, embarquant sur un bateau de pêche en compagnie de son père. Le vent âpre de l'océan Pacifique et les embruns qui l'atteignaient au visage. Les rythmes monotones du moteur Diesel. Les odeurs fortes des filets. C'était un travail rude qui comportait des dangers. Une simple erreur, et vous risquiez d'y rester. Mais en comparaison des tournées dans les rues d'Ichikawa pour récolter la redevance de la NHK, c'étaient sûrement des journées pleines et bien plus naturelles.

« Ce travail pour la NHK, j'imagine qu'il était très pénible, remarqua Mme Ômura en mangeant son poisson.

— Probablement », répondit Tengo. Du moins, ce n'était pas un travail que lui-même pourrait assumer.

« Ton père réussissait brillamment, je crois ? dit Kumi Adachi.

— Oui, il avait d'excellents résultats, fit Tengo.

— Il m'a même montré ses diplômes d'honneur, renchérit Kumi Adachi.

— Oh mon Dieu..., s'exclama Mme Ômura, en posant brusquement ses baguettes. J'avais complètement oublié. Me voilà bien. Comment ai-je pu oublier un truc aussi important ? Attendez-moi ici, voulez-vous ? Il y a une chose qu'il faut absolument que je donne à Tengo aujourd'hui. »

Mme Ômura s'essuya les lèvres avec un mouchoir, se leva en laissant tel quel son repas et sortit précipitamment de la salle à manger.

« Qu'est-ce qui peut être aussi important ? » demanda Kumi Adachi en penchant la tête.

Tengo n'en avait pas la moindre idée.

En attendant le retour de Mme Ômura, il se força à porter à sa bouche quelques légumes. Le nombre de dîneurs n'était pas encore très fourni. Il y avait trois personnes âgées, à une table, toutes muettes. À une autre table, un homme aux cheveux poivre et sel, portant une blouse blanche, dînait seul. Il avait déployé un journal du soir qu'il lisait, le visage grave.

Enfin Mme Ômura revint à pas rapides. Elle portait un sac en papier d'un grand magasin. Elle en sortit un costume soigneusement plié.

« Voilà, il y a environ un an, alors qu'il avait encore toute sa tête, M. Kawana m'a confié ceci, déclara l'infirmière de haute taille. Il m'a dit qu'il voulait porter ce costume quand il serait dans son cercueil. Alors je l'ai donné au pressing et je l'ai gardé avec des produits antimites. »

Il s'agissait indubitablement de son uniforme de collecteur de la NHK. Le pantalon, bien repassé, montrait des plis impeccables. L'odeur de l'antimite était puissante. Tengo resta coi un instant.

« M. Kawana m'a dit qu'il souhaitait être incinéré avec cet uniforme sur lui », reprit Mme Ômura. Elle replia l'habit et le remit dans le sac. « Je vous le remets aujourd'hui, Tengo. Demain, apportez-le aux employés des pompes funèbres, et demandez-leur de faire revêtir cet habit à votre père.

— Mais n'est-ce pas un peu gênant ? Cet uniforme lui avait seulement été prêté et il aurait dû le rendre à la NHK quand il a pris sa retraite, répondit Tengo d'une voix mal assurée.

— Ne t'en fais pas, voyons, dit Kumi Adachi. Si nous, nous ne disons rien, qui veux-tu qui le sache ? En quoi ça gênera la NHK qu'un vieil uniforme ait disparu ! »

Mme Ômura était du même avis. « M. Kawana a travaillé pour la NHK pendant plus de trente ans, en faisant ses tournées du matin au soir. Il a dû en voir, avec les quotas, et tout le reste, c'était sûrement très éprouvant. Qui va se soucier d'un uniforme ? En quoi ce serait mal de s'en servir ?

— Mais bien sûr. D'ailleurs, moi aussi, vous savez, j'ai gardé mon uniforme de lycéenne, ajouta Kumi Adachi.

— Un uniforme de collecteur de la NHK et un uniforme de lycéenne, ce n'est tout de même pas pareil », intervint Tengo. Mais c'était comme si personne ne l'avait entendu.

« Oui, moi aussi, mon uniforme, je l'ai mis dans mon placard, dit Mme Ômura.

— Ah ! Et de temps en temps, vous le portez devant votre mari, non ? Avec des socquettes blanches…, plaisanta Kumi Adachi.

— Tiens, ce serait une bonne idée…, répondit Mme Ômura d'un air sérieux, accoudée sur la table. Ça le ferait peut-être réagir.

— En tout cas, déclara Kumi Adachi en se tournant vers Tengo, M. Kawana a clairement exprimé le souhait d'être incinéré dans cet uniforme de la NHK. Nous, nous devons répondre à son vœu. N'est-ce pas ? »

Tengo revint dans la chambre avec le sac dans lequel se trouvait l'uniforme siglé NHK. Kumi Adachi l'accompagnait. Elle lui donna de la literie. Des draps neufs qui sentaient encore l'apprêt, une nouvelle couverture, une nouvelle housse de couette, un nouvel oreiller. Une fois que l'ensemble fut bien en place, le lit où jusqu'alors son père avait dormi paraissait tout autre. Sans logique, Tengo se souvint de la luxuriante toison pubienne de Kumi Adachi.

« Les derniers temps, ton père était plongé dans le coma, dit Kumi Adachi en lissant les draps de la main. Pourtant, je crois qu'il n'avait pas tout à fait perdu la tête.

— Qu'est-ce qui te le fait penser ?

— Eh bien, c'était comme si, de temps en temps, il envoyait un message à quelqu'un. »

Tengo, debout près de la fenêtre, observait l'extérieur. Il se retourna et regarda la jeune femme.

« Un message ?

— Oui. Ton père tapait sur le cadre du lit. Toc toc, toc toc, c'était comme des signaux de morse, qu'il faisait avec sa main qui pendait sur un côté du lit. Toc toc toc. Comme ça. »

Kumi Adachi tapota du poing le cadre en bois du lit pour imiter le père.

« Je ne pense pas que c'étaient des signaux.

— Alors, qu'est-ce que c'était ?

— Il frappait à une porte, répondit Tengo d'une voix atone. Quelque part, à la porte d'entrée d'une maison…

— Ah oui… En effet, maintenant que tu le dis, c'est peut-être ça. On entend bien quelqu'un qui frappe à la porte. » Puis Kumi Adachi plissa les yeux d'un air grave. « Autrement dit, même après avoir perdu conscience, M. Kawana aurait continué à faire sa tournée de la redevance ?

— Sans doute, répondit Tengo. Quelque part dans un coin de sa tête.

— C'est comme l'histoire du soldat qui continuait à jouer de la trompette alors qu'il était mort », dit Kumi Adachi, admirative.

Il n'y avait rien à répondre. Tengo garda le silence.

« Ton père devait énormément aimer ce travail. Accomplir sa tournée pour récolter la redevance de la NHK.

— Aimer ou ne pas aimer, ce genre de choses ne signifiaient rien pour lui.

— Bon, mais alors ?

— Pour mon père, c'était seulement là où il était le meilleur.

— Ah », fit la jeune femme. Elle réfléchit. « Tu sais, en un certain sens, c'est peut-être la meilleure manière de vivre.

— Oui, peut-être », répondit Tengo en regardant la pinède brise-vent. Elle avait sûrement raison.

« Et donc, reprit-elle, toi, Tengo, en quoi est-ce que tu es le meilleur ?

— Je n'en sais rien, répondit Tengo en regardant Kumi Adachi droit dans les yeux. Je n'en sais vraiment rien. »

22

Ushikawa

De la compassion dans ses yeux

À SIX HEURES QUINZE, DIMANCHE SOIR, Tengo apparut à l'entrée de l'immeuble. Il s'immobilisa et regarda tout autour de lui comme s'il cherchait quelque chose. Il promena son regard de droite à gauche, de gauche à droite, vers le haut, vers le bas. Il parut ne rien déceler d'anormal et s'éloigna d'un pas rapide. Ushikawa observa tous ses gestes de derrière les rideaux.

Cette fois, il ne le suivit pas. Tengo n'avait pas de bagage. Il avait enfoncé ses grandes mains dans les poches de son pantalon chino. Sur son pull à col montant, il avait enfilé une veste en velours côtelé, vert olive, plutôt élimée, dont l'une des poches était alourdie par un gros livre. Le jeune homme ne s'était pas peigné. Il allait sans doute dîner quelque part dans le quartier. Ushikawa pouvait le laisser s'en aller l'esprit tranquille.

Dès le lendemain, Tengo reprendrait son enseignement. Ushikawa s'en était assuré en passant un coup de fil à l'école préparatoire. Oui, les cours du professeur Kawana auront lieu comme prévu à partir du début de la semaine prochaine, lui avait répondu une secrétaire. Bien. Tengo allait enfin retrouver le cours normal de sa vie. Étant donné sa personnalité, il y avait des chances pour qu'il reste dans le coin ce soir-là. (Et pourtant, si Ushikawa avait suivi Tengo, il aurait constaté que celui-ci se rendait à Yotsuya pour rencontrer Komatsu dans un bar.)

Peu avant huit heures, Ushikawa mit son caban et son écharpe, enfonça son bonnet de laine sur sa tête et sortit d'un pas précipité en jetant des coups d'œil furtifs à la ronde. Tengo n'était pas encore revenu. C'était bien long pour un simple repas. S'il ne prenait pas garde, il risquait de tomber sur le jeune homme à la sortie de l'immeuble. Mais c'était un risque à courir parce qu'il y avait quelque chose dont il devait absolument s'assurer.

Il se fia à ses souvenirs pour refaire le trajet de la nuit précédente, tournant et retournant dans les rues, retrouvant certains repères. Il fit fausse route parfois mais finit par rejoindre le jardin. La forte bise était retombée et, pour un mois de décembre, la soirée était douce. Néanmoins, comme la veille, le parc était désert. Ushikawa vérifia une fois de plus que personne ne l'observait, puis il gravit les marches du toboggan. Il s'assit sur la plate-forme, s'adossa au garde-fou et leva les yeux vers le ciel. La lune brillait à peu près au même emplacement que la veille. Une lune pleine aux deux tiers, très lumineuse. Pas le plus petit nuage aux alentours. Et, à ses côtés, comme pour se blottir contre elle, se tenait la petite lune verte déformée.

Je n'avais pas rêvé, se dit Ushikawa. Il secoua la tête en soupirant. Ce n'était pas une illusion d'optique. Il n'y avait aucun doute. Au-dessus de l'orme défeuillé se côtoyaient deux lunes, une grande et une petite. Elles paraissaient avoir attendu son retour, immobiles depuis la nuit dernière. Elles savaient. Elles savaient qu'il reviendrait ici. Le silence qu'elles répandaient à la ronde, comme un pacte qu'elles auraient noué, était un silence lourd de présages. Et les lunes exigeaient qu'Ushikawa partage ce silence. Elles avaient doucement posé sur les lèvres un index couvert de cendres fines pour lui intimer de ne rien révéler à personne.

Tout en demeurant assis sur le toboggan, Ushikawa essaya de faire bouger les muscles de son visage dans tous les sens, pour s'assurer qu'il n'éprouvait aucune sensation anormale ou extraordinaire. Non, rien de tel. Pour le pire ou pour le meilleur, ce n'était que son visage habituel.

Ushikawa se considérait comme quelqu'un de réaliste. Et c'est ce qu'il était, en effet. Il ne goûtait guère les spéculations métaphysiques. Si un phénomène avait une existence manifeste – qu'il y ait à cela des causes rationnelles ou pas, logiques ou pas – il lui fallait l'accepter dans sa réalité. Tel était son mode de pensée fondamental. La réalité ne naissait pas des principes ou de la logique. Il y avait en premier lieu la réalité, à laquelle se rattachaient ensuite les principes et la logique. Comme il n'avait pas d'autre choix, il se résolut donc à accepter la réalité des deux lunes.

Quant à ce qu'il adviendrait plus tard, il y réfléchirait à tête reposée le moment venu. Ushikawa décida par conséquent d'observer les deux lunes en chassant de son esprit toute supputation inutile, de la manière la plus candide possible. Une grande lune jaune et une petite lune verte déformée. Il voulait apprivoiser la scène. Se convaincre d'*accepter la réalité* du fait. Il n'avait aucune explication plausible à avancer sur l'apparition du phénomène, mais pour l'instant, ce n'était pas le sujet. *Comment est-ce que je fais face à la situation ?* Telle était la question. Et pour y répondre, il lui fallait d'abord l'accepter.

Ushikawa demeura à sa place une quinzaine de minutes peut-être, appuyé contre le garde-fou, presque statique, se pénétrant peu à peu du spectacle. Comme un scaphandrier qui s'adapte progressivement au changement de pression de l'eau, il se baignait dans les lumières des deux lunes, il laissait sa peau s'en imprégner. Son instinct lui disait qu'il était important de le faire.

Puis le petit homme à la tête cabossée se releva, il descendit du toboggan et s'en retourna, absorbé dans des pensées quasi indicibles. Il s'aperçut que toutes sortes de choses dans le paysage environnant étaient légèrement différentes. Il comprit que cela tenait à la lumière des lunes qui les faisait en quelque sorte se décaler. Il se trompa même à certains croisements, oubliant presque de tourner. Avant d'entrer dans l'immeuble, il leva la tête vers le deuxième étage et constata que l'appartement de Tengo n'était pas éclairé. Ainsi le grand jeune homme n'était toujours pas rentré. Il n'était donc pas sorti pour un simple dîner dans le quartier. Était-il allé rencontrer quelqu'un ? Dans ce cas, il s'agissait peut-être d'Aomamé. Ou de Fukaéri. Ushikawa avait-il laissé échapper une occasion importante ? Inutile à présent d'y repenser. D'ailleurs, filer Tengo à chacune de ses sorties était trop dangereux. Si le jeune homme le voyait, tous ses efforts seraient réduits à néant.

De retour dans son appartement, Ushikawa retira son caban, son écharpe et son bonnet. Il ouvrit une boîte de corned-beef, en garnit un petit pain rond et avala le tout debout. Il but un café en cannette qui n'était ni chaud ni froid. Ce qu'il absorbait ne déclenchait en lui presque aucune stimulation. Il sentait bien qu'il était en train de manger mais il n'éprouvait pas de sensation gustative. Ushikawa ne parvenait pas à déterminer si cette absence de goût tenait à la nourriture ou à son palais. Peut-être était-ce aussi en raison des deux lunes qui s'étaient immiscées en lui. Il entendit quelque part un son ténu de carillon. Puis il y eut un silence et la sonnette retentit de nouveau. Mais il ne s'en soucia pas. Ce n'est pas pour moi, songea-t-il. C'est loin, à la porte d'un étage sans doute.

Après son sandwich et son café, il fuma une cigarette en prenant tout le temps nécessaire pour remettre sa tête en phase avec la réalité. Il se répéta la mission qui était la sienne à présent. Enfin il s'approcha de la fenêtre et s'assit devant l'appareil photo. Il alluma le radiateur électrique, tenta de se réchauffer les mains en les approchant des lumières orange. C'était un dimanche soir, peu avant neuf heures. Presque plus personne n'apparaissait à l'entrée de l'immeuble. Mais Ushikawa voulait vérifier à quelle heure Tengo rentrerait.

Très peu de temps après, une femme vêtue d'une parka matelassée noire sortit. Une femme qu'il n'avait jamais vue. Elle avait un foulard gris qui lui remontait jusque sur la bouche, des lunettes à monture noire et une casquette de base-ball. C'était clairement une tenue qu'elle avait adoptée pour ne pas être reconnue. Elle n'avait rien dans les mains et avançait rapidement, à longues enjambées. Ushikawa eut le réflexe d'appuyer sur le déclencheur et prit trois clichés en rafale. Je voudrais bien savoir où va cette femme, songea-t-il. Mais à peine avait-il commencé à se relever qu'il vit qu'elle avait disparu dans la nuit. Avec une grimace, il renonça à la filature. À l'allure où elle allait, même en se hâtant de se chausser et en courant, il ne pourrait pas la rattraper.

Ushikawa revit mentalement la scène dont il venait d'être le témoin. La femme mesurait environ un mètre soixante-dix. Elle portait un jean bleu étroit et une paire de tennis blanches. Tous ses vêtements paraissaient curieusement neufs. Elle avait entre vingt-cinq et trente ans. Ses cheveux étaient cachés dans le col de sa parka. Il n'avait pu deviner leur longueur. Sa parka molletonnée ne permettait pas de voir ses formes, mais d'après l'allure de ses jambes, il supposait qu'elle était mince. Elle se tenait très droite et avait une démarche légère. Autrement dit, elle était jeune et en bonne santé. Elle devait faire du sport régulièrement. L'ensemble de ces caractéristiques correspondait à ce qu'il savait d'Aomamé. Bien entendu, il ne pouvait affirmer que c'était elle. Mais elle lui avait paru terriblement soucieuse de ne pas être vue. Il l'avait senti à la tension de son corps. Comme une actrice qui redoute d'être poursuivie par des paparazzis. Toutefois, une actrice célèbre au point d'être pourchassée par les médias n'aurait vraisemblablement pas fréquenté un immeuble minable de Kôenji.

Pour le moment, se dit-il, supposons que cette femme soit Aomamé.

Elle est venue ici pour voir Tengo. Or Tengo est absent. Son appartement n'est pas éclairé. Aomamé est donc venue lui rendre visite, mais comme elle a trouvé porte close, elle a renoncé et rebroussé chemin. Ces deux sonneries lointaines, c'était probablement elle. Pourtant, le scénario lui paraissait quelque peu incohérent. Aomamé était traquée. Elle vivait très certainement dans la plus grande discrétion possible afin d'éviter tout risque. Si elle voulait rencontrer Tengo, elle aurait d'abord dû lui téléphoner pour s'assurer qu'il était là. Et par conséquent elle ne se serait pas exposée à un danger inutile.

Assis devant l'appareil photo, Ushikawa peina sur la question, mais aucune hypothèse raisonnable ne lui vint à l'esprit. Le comportement de cette femme —— qui avait quitté son refuge et qui était venue jusqu'à cet immeuble en camouflant si maladroitement son apparence —— ne correspondait pas à la personnalité d'Aomamé, telle qu'Ushikawa l'avait comprise. Elle aurait dû se montrer plus prudente, davantage sur ses gardes. Cette question le perturbait. La possibilité que c'était lui qui l'avait conduite jusqu'ici ne l'effleura nullement.

En tout cas, dès le lendemain, il irait donner ses pellicules à développer au magasin devant la gare. Et, grâce aux photos, il retrouverait cette mystérieuse inconnue.

Il poursuivit son guet jusqu'à dix heures passées, mais après le départ de la femme, personne n'entra ni ne sortit. L'entrée déserte était totalement silencieuse, comme une scène de théâtre délaissée après une représentation ratée. Que fait donc Tengo ? s'interrogea Ushikawa, perplexe. À ce qu'il en savait, il était exceptionnel que le jeune homme reste si tard à l'extérieur. De plus, ses cours reprenaient dès le lendemain. Peut-être était-il revenu durant l'absence d'Ushikawa et s'était-il déjà mis au lit ?

Vers dix heures, Ushikawa se rendit compte qu'il était complètement épuisé. Il avait tellement sommeil qu'il lui était presque impossible de garder les yeux ouverts. Chose très rare chez lui, d'ordinaire couche-tard. En général, il pouvait rester éveillé aussi longtemps qu'il le fallait. Mais ce soir-là précisément, une envie de dormir irrésistible pesait sans pitié sur sa tête, comme un couvercle de pierre d'un sarcophage antique.

J'ai dû regarder les deux lunes trop longuement, pensa-t-il. Leur lumière s'est peut-être attardée sur ma peau trop longtemps. Sur ses rétines, le tandem lunaire s'était transformé en une image rémanente brouillée. Leur silhouette sombre paralysait les parties molles de son cerveau. À la manière d'une espèce particulière de guêpe qui pique et paralyse les chenilles vertes pour pouvoir pondre ses œufs à la surface de leur corps. Une fois écloses, les larves dévorent la chenille paralysée mais vivante, devenue ainsi leur première source de nourriture. Ushikawa fit une grimace et chassa de sa tête ces images funestes.

Bon, ça suffit, se morigéna-t-il. Je ne vais tout de même pas attendre éternellement le retour de Tengo. Quelle que soit l'heure à laquelle il reviendra, étant donné le personnage, il ira se coucher. Et il n'a sûrement pas d'autre endroit où rentrer. Enfin, c'est ce qu'il me semble.

Avec des gestes sans énergie, Ushikawa ôta son pull et son pantalon et se glissa dans le sac de couchage, en ne gardant que son maillot de corps à manches longues et son caleçon. Il se pelotonna sur lui-même et s'endormit aussitôt. Ce fut un sommeil profond, proche du coma. À l'instant où il s'assoupit, il eut l'impression d'entendre quelqu'un frapper à la porte. Mais sa conscience avait alors déplacé son centre de gravité dans un autre monde. Il était incapable de distinguer les choses. Tout son corps grinçait et refusait l'effort. Aussi se laissa-t-il ensevelir sous les boues du sommeil profond, sans rouvrir les paupières ni chercher à comprendre le sens des coups sur la porte.

Tengo, après son rendez-vous avec Komatsu, rentra chez lui environ trente minutes après qu'Ushikawa eut sombré dans le sommeil. Il se brossa les dents, suspendit à un cintre sa veste qui sentait le tabac. Il enfila son pyjama et s'endormit immédiatement. À deux heures du matin, le téléphone le réveilla et il apprit la mort de son père.

Lundi matin, quand Ushikawa ouvrit les yeux, il était huit heures légèrement passées. Au même moment, comme pour rattraper le manque de sommeil de la nuit, Tengo dormait profondément sur le siège d'un train express qui le conduisait vers Tateyama. Assis devant son appareil photo, Ushikawa attendait que le jeune homme quitte l'immeuble pour se rendre à son école. Bien entendu, celui-ci ne se montra pas. Vers une heure de l'après-midi, Ushikawa renonça à son guet. Il appela l'école de Tengo, depuis un téléphone public, et demanda si les cours du professeur Kawana avaient bien lieu comme prévu ce jour.

« Ses cours sont annulés pour aujourd'hui. Un deuil s'est produit dans sa famille la nuit dernière », lui répondit une femme. Ushikawa la remercia et raccrocha.

Un deuil dans sa famille ? Il ne pouvait s'agir que de son père, qui avait travaillé comme collecteur pour la NHK. Le vieil homme était hospitalisé dans un établissement éloigné de Tokyo. Tengo s'était déjà absenté durant assez longtemps pour s'occuper de lui. Il n'était de retour que depuis deux jours. Et voilà que son père disparaissait. Ce qui obligeait Tengo à quitter Tokyo de nouveau. Il est sans doute parti pendant que je dormais, se dit Ushikawa. Pourquoi diable ai-je dormi si profondément et si longtemps ?

Tengo se retrouvait désormais seul au monde. Il était déjà solitaire, mais à présent il était encore plus seul. Absolument seul. Alors que l'enfant n'avait pas encore deux ans, sa mère avait été assassinée, étranglée dans une station thermale à Nagano. Son meurtrier, en fin de compte, n'avait jamais été arrêté. Auparavant, elle avait abandonné son mari et « pris la clé des champs » avec son jeune amant, en emmenant le bébé avec elle. « Prendre la clé des champs » est une expression vieillotte. Plus personne ne l'utilise. Pourtant, elle sonne bien. Elle est très évocatrice. Le mobile du meurtre était resté obscur. Par ailleurs, on ignorait si c'était vraiment l'amant qui l'avait tuée. Pendant la nuit, la femme avait été étranglée avec le cordon de son peignoir dans la chambre d'une auberge. L'homme qui était avec elle avait disparu. Il était évidemment suspect. Voilà, c'était tout. Le père, lorsqu'il avait appris la nouvelle, était venu d'Ichikawa récupérer le jeune fils et l'avait pris en charge.

J'aurais peut-être dû donner tous ces détails à Tengo Kawana, pensa Ushikawa. Il était en droit de les connaître. Mais il a prétendu qu'il ne voulait pas qu'un être comme moi lui parle de sa mère. Par conséquent, je ne lui ai rien dit. Eh bien, tant pis. Ce n'est pas mon problème. C'est le sien.

En tout cas, que Tengo soit là ou non, je n'ai d'autre choix que de continuer à surveiller l'immeuble. Ushikawa se répéta ces mots pour se convaincre. Hier soir, j'ai entrevu une femme qui pourrait être Aomamé. Je n'ai pas de certitude mais il y a de grandes chances pour que ce soit bien elle. Ma tête cabossée me le dit. Je le sais bien, elle n'est pas jolie jolie, mais mon intuition, c'est un radar dernier cri. Et si cette femme est effectivement Aomamé, elle reviendra très prochainement rendre visite à Tengo. Il supposait qu'elle n'était pas encore au courant pour la mort de son père. Tengo avait sans doute appris la nouvelle dans la nuit, il était parti tôt ce matin. Et pour une raison inconnue, les deux jeunes gens ne pouvaient pas communiquer par téléphone. Aomamé reviendrait donc ici. Quelque chose d'important réclamait qu'elle se déplace en personne, quels que soient les risques. Cette fois, il devait absolument découvrir sa destination. Il devait s'arranger pour que tout soit prêt pour ces instants décisifs.

Peut-être pourrait-il élucider, par la même occasion, le mystère des deux lunes. Ushikawa voulait comprendre ce phénomène incroyable. Non, c'était une question secondaire. Son travail consistait avant tout à localiser la cache d'Aomamé. Et à la livrer ensuite, dans un joli paquet-cadeau, aux deux affreux. Jusque-là, il ne devait en aucun cas se soucier qu'il y ait une ou deux lunes dans le ciel. Il lui fallait rester totalement pragmatique. Ce qui était, en tout état de cause, l'un de ses points forts.

Ushikawa se rendit dans le magasin de photos devant la gare où il déposa cinq pellicules trente-six poses. Il reprit les clichés développés et entra dans une cafétéria. Il dévora un curry au poulet tout en regardant les photos classées par ordre chronologique. Il reconnut sur la plupart les visages à présent familiers des habitants de l'immeuble. Les seules qui l'intéressaient étaient celles de Tengo, de Fukaéri et de la femme mystérieuse, sortie de l'immeuble la veille au soir.

Les yeux de Fukaéri perturbaient Ushikawa. Même sur les photos, elle le fixait bien en face. Il n'y a aucun doute, se dit-il. Elle savait qu'il était là et qu'il l'espionnait. Et probablement aussi qu'il prenait des photos en secret. Il le lisait dans ses yeux limpides. Qui étaient comme des sondes. Ce qu'avait fait Ushikawa n'était pas tolérable. Son regard direct le traversait sans merci. Ses actes étaient inexcusables. Et dans le même temps, elle ne le condamnait pas, elle ne le méprisait pas. En un sens, ses beaux yeux lui pardonnaient. Ou plutôt non, nuança Ushikawa, il ne s'agit pas vraiment de pardon. Il y avait comme de la compassion dans son regard. Elle lui accordait sa grâce tout en connaissant sa vilenie.

Tout s'était passé en très peu de temps. Ce matin-là, Fukaéri avait fixé durant quelques instants un point au-dessus du poteau électrique, puis elle avait soudain tourné la tête et dirigé son regard sur la fenêtre derrière laquelle Ushikawa était caché. Elle avait regardé droit vers l'objectif dissimulé et, à travers le viseur, avait conservé les yeux rivés sur Ushikawa. Puis elle était partie. Le temps s'était figé, il s'était remis en marche. Tout cela n'avait sans doute pas duré trois minutes. Et en cet espace de temps si bref, elle avait compris l'homme qu'était Ushikawa, pénétré jusqu'au tréfonds de son âme, elle s'était fait une idée claire de ses souillures et de ses bassesses puis elle lui avait offert une pitié muette et avait disparu.

Ushikawa ressentit une douleur aiguë dans la poitrine en regardant les yeux de Fukaéri, comme s'il était transpercé par une grosse aiguille. Il s'éprouva comme un être ignoble, pervers. Oui, en convint-il. C'est ce que je suis. Un être *ignoble, pervers*. Cependant, la compassion si naturelle et si limpide qui habitait les yeux de Fukaéri l'atteignit avec plus d'acuité encore. J'aurais préféré être accusé, méprisé, insulté ou condamné. J'aurais même accepté d'être frappé à coups de batte de base-ball. J'aurais pu le supporter. Mais ça ?

En comparaison, Tengo lui paraissait beaucoup plus conciliant. Sur les photos, il se tenait devant l'entrée, le regard tourné vers Ushikawa. Tout comme Fukaéri, il observait avec attention ce qui se trouvait autour de lui. Mais ses yeux ne captaient rien. Ses yeux innocents, ingénus, ne pouvaient déceler l'appareil photo dissimulé derrière les rideaux, pas davantage qu'Ushikawa qui se tenait tout près.

Ushikawa passa ensuite aux trois photos de la « femme mystérieuse ». Casquette de base-ball, lunettes à monture noire, foulard gris enroulé jusqu'au nez. Il était impossible de distinguer ses traits. Les clichés étaient trop sombres et, qui plus est, la visière de la casquette imprimait son ombre sur le visage. Mais cette femme correspondait exactement à l'image qu'Ushikawa s'était faite d'Aomamé. Il prit les trois photos et les examina à tour de rôle, comme s'il avait des cartes en main. Plus il les regardait, plus il était convaincu que la jeune femme n'était autre qu'Aomamé.

Il appela une serveuse et lui demanda quel était le dessert du jour. Une tarte aux pêches, lui répondit-elle. Parfait, dit Ushikawa, qui commanda aussi un autre café.

Si cette femme n'est pas Aomamé, songea-t-il en attendant son dessert, je n'aurai sans doute aucune chance de la découvrir.

La tarte aux pêches était meilleure qu'il ne l'avait espéré. La pâte était croustillante, les morceaux de pêche bien juteux. Évidemment, c'étaient sûrement des pêches en boîte, mais pour une cafétéria, le dessert était très acceptable. Ushikawa dégusta sa tarte jusqu'à la dernière bouchée et termina son café. Puis il sortit repu et satisfait. Il entra dans un supermarché pour y faire des provisions de trois jours et, de retour à son appartement, il reprit son guet devant l'appareil photo.

Il s'assoupit à plusieurs reprises pendant sa surveillance. Mais il ne s'en soucia pas. Il y avait peu de chance pour que quelque chose d'important lui ait échappé. Tengo avait quitté Tokyo pour se rendre aux obsèques de son père et Fukaéri ne reviendrait certainement plus. Elle savait qu'Ushikawa continuait à monter la garde. Il était également peu probable que la « femme mystérieuse » pénètre dans l'immeuble tant qu'il faisait jour. Elle était prudente et ne se mettrait en mouvement qu'une fois la nuit tombée.

Cette femme ne se présenta pourtant pas, même après le coucher du soleil. Les locataires étaient partis faire leurs courses ou leur promenade, comme les autres jours, et les travailleurs étaient revenus, visiblement plus épuisés que le matin. C'était tout. Ushikawa suivait le va-et-vient des yeux, sans prendre de photos. C'était inutile désormais. Son intérêt était focalisé sur trois personnes. Les autres n'étaient que des passants anonymes. Il s'adressait à eux – en leur donnant des surnoms – pour tromper son ennui.

« Hé, monsieur Mao ! (l'homme était coiffé à la Mao Tsé-toung) Alors, le travail, ç'a bien marché ? Pas trop fatigué ? »

« Monsieur Longues-Oreilles, dites-moi, il a fait bon aujourd'hui. C'était idéal pour la balade, non ? »

« Madame Qui-n'a-pas-de-menton, encore des courses ? Quel plat allez-vous nous mijoter ce soir ? »

Il resta à son poste jusqu'à onze heures. Puis, après un énorme bâillement, il décida que le travail du jour était achevé. Il but un thé vert en bouteille, mangea quelques crackers et fuma une cigarette. Alors qu'il se brossait les dents, il tira la langue en grand pour l'examiner dans le miroir. Cela faisait longtemps qu'il n'avait pas observé sa langue ainsi. Elle était couverte d'une sorte de mousse épaisse. Légèrement verdâtre, comme de la véritable mousse. Sous la lampe, il procéda à une inspection méticuleuse. C'est absolument répugnant, songea-t-il. La mousse adhérait solidement à toute la surface de sa langue, il semblait impossible de la décoller. Je finirai peut-être par devenir un homme-mousse, se dit-il. Cette drôle de végétation s'était d'abord installée sur la langue et elle recouvrirait peu à peu l'ensemble de son épiderme. Comme la carapace des tortues. Ces bêtes qui se cachent dans les marécages. Il en avait la nausée, simplement à imaginer une chose pareille.

Il poussa une sorte de son inaudible en même temps qu'un soupir et cessa de penser à sa langue. Il éteignit la lumière des toilettes. Il se déshabilla dans l'obscurité, se glissa dans le sac de couchage, remonta la fermeture Éclair et se recroquevilla comme une chenille.

Lorsqu'il s'éveilla, il faisait complètement nuit. Il tourna la tête pour vérifier l'heure, mais il ne retrouva pas sa montre.

Il se sentit complètement perdu durant un instant. Avant de dormir, il prenait toujours bien garde de vérifier où était sa montre, afin de pouvoir savoir l'heure qu'il était, même dans le noir. C'était une vieille habitude. Pourquoi n'était-elle pas là ? Il y avait bien une infime lumière qui filtrait entre les rideaux, mais elle n'éclairait qu'un coin de la pièce. Tout le reste était plongé dans les ténèbres.

Ushikawa remarqua que son cœur battait plus fort, qu'il s'activait avec vigueur pour envoyer de l'adrénaline dans tout son organisme. Il avait les narines largement ouvertes et il respirait bruyamment. Comme s'il avait été réveillé au milieu d'un rêve excitant et très réel.

Il ne s'agissait pourtant pas d'un rêve. Il se passait *réellement* quelque chose. Quelqu'un se trouvait à son côté. Ushikawa sentait sa présence. Se profila une ombre plus noire encore que le noir environnant, qui l'observait d'en haut. D'abord il se pétrifia. Puis, en quelques fractions de seconde, il retrouva sa pleine conscience et eut le réflexe de chercher à ouvrir la fermeture Éclair de son sac de couchage.

Aussitôt, et avec la rapidité de l'éclair, le bras d'un homme musclé lui enserra le cou. Ushikawa n'eut même pas le temps de pousser un cri. Le bras le comprimait comme un étau. L'homme ne prononça pas un mot. Il ne l'entendait même pas respirer. Ushikawa s'agita, se débattit. Ses mains grattèrent le nylon, ses jambes lancèrent des coups de pied. Il voulut crier. Mais rien n'y faisait. Une fois qu'il fut solidement installé sur les tatamis, l'homme resta immobile, se contentant d'intensifier la pression de son bras. Avec une remarquable efficacité. Chaque tentative d'Ushikawa se soldait par une pression plus forte sur sa trachée et de plus en plus de difficulté à respirer.

Malgré sa situation désespérée, il se demanda de quelle manière l'homme s'était introduit dans l'appartement. Il avait bien verrouillé la serrure à cylindre et mis la chaîne de sûreté à l'intérieur. Il s'était également assuré que les fenêtres étaient fermées. Comment avait-il pu entrer ? S'il avait touché à la serrure, le bruit l'aurait à coup sûr éveillé.

C'est un professionnel, pensa Ushikawa. L'un de ces types qui n'hésitent pas à supprimer une vie si nécessaire. Il a été entraîné à cela. Est-ce que ce sont Les Précurseurs qui me l'envoient ? Ont-ils finalement décidé de se débarrasser de moi ? Ont-ils jugé ma présence gênante et inutile ? Si c'est le cas, ils se trompent. Je suis à deux doigts de coincer Aomamé. Ushikawa tenta de parler. De demander qu'on l'écoute. Mais rien ne sortait. Il n'avait plus assez d'air pour faire vibrer ses cordes vocales et sa langue pesait comme une pierre au fond de sa gorge.

Sa trachée était bouchée. Il ne pouvait plus respirer. Ses poumons étaient en quête désespérée d'oxygène. Ushikawa eut la sensation que son esprit se détachait de son corps. Tandis que son corps continuait à se tordre dans le sac de couchage, son esprit était entraîné dans une strate d'air pesant, épais et gluant. Il commençait à ne plus sentir ses jambes et ses bras. *Pourquoi ?* s'interrogea-t-il alors que sa conscience sombrait. Pourquoi dois-je mourir dans un endroit aussi misérable, d'une manière aussi misérable ? Naturellement, aucune réponse ne lui fut donnée. Bientôt descendirent du plafond des masses sombres et informes qui engloutirent tout.

Lorsqu'il reprit connaissance, il avait été extrait du sac de couchage. Il n'avait aucune sensation dans ses membres. Tout ce qu'il percevait, c'était que ses yeux étaient bandés et que sa joue touchait le tatami. Sa gorge n'était plus obstruée. Avec des bruits de soufflet, ses poumons aspiraient l'air, l'air froid de l'hiver. Du sang régénéré était fabriqué grâce à l'oxygène et son cœur diffusait en toute hâte le liquide rouge et chaud jusqu'aux extrémités de ses nerfs. Ushikawa se concentra uniquement sur sa respiration, même s'il était secoué de temps à autre par une violente quinte de toux. Ses membres recouvrèrent lentement leur sensibilité. Les battements de son cœur résonnaient durement au fond de ses oreilles.

Je vis, pensa Ushikawa dans le noir.

Il était couché à plat ventre à même les tatamis, les mains liées dans le dos avec un tissu souple. Il était aussi ligoté aux chevilles. Avec un nœud pas très serré mais parfaitement efficace. Les seuls mouvements qu'il pouvait faire, c'était se rouler par terre. Mais il était toujours en vie, il respirait encore. Comme c'est étrange, pensa-t-il. Je suis arrivé tout près de la mort. Pourtant, ce n'était pas la mort. Il ressentait encore une douleur aiguë de part et d'autre de la gorge. Son sous-vêtement trempé d'urine refroidissait. Mais ce n'étaient pas des sensations désagréables. Au contraire, elles étaient plutôt bienvenues. La douleur ou le froid étaient le signe qu'il était vivant.

« On ne meurt pas aussi facilement », dit l'homme. Comme s'il avait lu dans ses pensées.

23

Aomamé

La lumière qui est là

LA NUIT DÉBORDA SON MITAN. Le dimanche devint lundi. Mais le sommeil ne visitait toujours pas Aomamé.

Quand elle était sortie de son bain, elle avait enfilé un pyjama, elle s'était mise au lit et avait éteint la lumière. Rester debout plus longtemps n'avait aucun sens. Pour le moment, elle s'en remettait à Tamaru. Mieux valait qu'elle dorme et qu'elle réfléchisse le lendemain matin, quand ses idées seraient claires. Mais elle avait l'esprit totalement en alerte, et son corps demandait à s'activer d'une manière ou d'une autre. Elle ne pourrait sans doute pas trouver le sommeil.

Résignée, Aomamé sortit du lit, passa une robe de chambre sur son pyjama. Elle fit chauffer de l'eau, se prépara une infusion, s'assit à la table de la salle à manger et but lentement sa tisane. Dans sa tête flottaient elle ne savait quelles pensées. De quelle nature ? Elle était incapable de le déterminer. C'étaient des figures lourdes et denses, comme des nuages de pluie que l'on aperçoit au loin. Leur forme est visible mais il est impossible d'en distinguer les contours exacts. Entre la forme et les contours, il y a un *décalage*. Son mug à la main, Aomamé s'approcha de la fenêtre et observa le jardin dans l'intervalle entre les rideaux.

Il était désert, bien entendu. À une heure du matin, le bac à sable, les balançoires et le toboggan étaient tous délaissés. C'était une nuit particulièrement silencieuse. Le vent avait cessé, il n'y avait pas un nuage. Et le duo des lunes, la grande et la petite, se côtoyait au-dessus des arbres glacés. Depuis qu'elle les avait vues pour la dernière fois, les lunes avaient changé de position, conformément à la rotation de la Terre, mais elles étaient encore dans son champ visuel.

Aomamé demeura à son poste, tandis que lui revenaient en tête l'image du Nabot pénétrant dans le vieil immeuble, et celle de la carte apposée sur la porte de l'appartement 303. Sur le bristol blanc, les deux idéogrammes « Kawana » étaient tapés à la machine. La carte n'était pas neuve. Les coins étaient fripés, il y avait ici ou là des *taches* d'humidité. La carte avait été placée là depuis longtemps.

L'occupant de ces lieux, était-ce Tengo Kawana ? Ou quelqu'un d'autre portant le même nom de famille ? Tamaru découvrirait la vérité. Bientôt, peut-être même dans la matinée, il lui ferait son rapport. C'était un homme qui n'aimait pas perdre son temps. Elle saurait alors. Il n'était donc pas invraisemblable qu'elle rencontre Tengo. Cette seule éventualité lui donnait la sensation d'étouffer, comme si l'air environnant s'était brutalement raréfié.

Mais les choses ne se dérouleraient peut-être pas aussi aisément. Et même si l'occupant de l'appartement 303 était bien Tengo Kawana, quelque part dans l'immeuble se terrait l'affreux Nabot. Et il manigançait secrètement… quoi ? Elle l'ignorait. De quelle manière ? Elle l'ignorait aussi. Mais évidemment quelque ténébreux dessein. Il était hors de doute que l'individu concoctait un plan pour talonner Tengo et Aomamé, et pour empêcher qu'ils se revoient encore.

Non, voyons, ne t'inquiète pas, se morigénait Aomamé. Tamaru est un homme à qui je peux me fier. Il est expérimenté, capable, scrupuleux, plus que toute autre personne de ma connaissance. Du moment que je m'en rapporte à lui, il veillera à écarter le Nabot. Cet individu est dangereux, et pas seulement pour moi. Pour Tamaru aussi, il représente un risque à éliminer.

Mais si Tamaru, pour une raison quelconque – laquelle, elle l'ignorait –, estimait qu'une nouvelle rencontre entre elle et Tengo n'était pas souhaitable, que se passerait-il ? Dans ce cas, il ferait tout pour les empêcher de se revoir. Tamaru et moi, songeait-elle, nous avons l'un pour l'autre de la sympathie. C'est certain. Néanmoins, il fera toujours passer en premier l'intérêt et la sécurité de la vieille dame. C'est là sa mission première. Et il n'agira pas seulement pour mon bien.

À cette pensée, Aomamé devint anxieuse. Elle n'avait aucun moyen de deviner où Tamaru situait la rencontre entre Tengo et elle dans l'ordre de ses priorités. N'avait-elle pas commis une erreur fatale en s'ouvrant à lui pour ce qui concernait Tengo ? N'aurait-elle pas dû régler cette question seule ?

Mais elle ne pouvait revenir en arrière. Maintenant, se disait-elle, je me suis confiée à Tamaru. Je n'avais pas le choix. Le Nabot est sans doute tapi là-bas, il m'attend, ce serait quasiment un suicide que j'y retourne. L'heure tourne, il n'est plus temps de voir venir les choses. Que je m'en sois remise à Tamaru, à ce moment-là, c'était la meilleure option possible.

Aomamé décida de cesser de penser à Tengo. Plus elle réfléchissait, plus le fil de ses pensées s'embrouillait et se complexifiait. Elle devait ne plus penser à rien. Elle devait aussi cesser de regarder les lunes. Leurs clartés la perturbaient insidieusement. Comme elles modifiaient le flux des marées et troublaient la vie de la forêt.

Après avoir avalé la dernière gorgée de son infusion, Aomamé s'éloigna de la fenêtre et alla rincer le mug à l'évier. Elle aurait bien aimé une goutte de brandy, mais les femmes enceintes ne doivent pas absorber d'alcool.

Aomamé s'assit sur le canapé, alluma la petite lampe de lecture posée à côté, et entreprit de relire à nouveau *La Chrysalide de l'air*. Cela faisait une bonne dizaine de fois qu'elle avait lu ce roman. Il n'était pas très long, elle le connaissait presque par cœur. Mais elle avait envie de l'étudier avec une vigilance encore accrue. De toute manière, elle ne pouvait pas dormir. Peut-être découvrirait-elle dans ces pages quelque chose qui lui avait échappé jusque-là.

La Chrysalide de l'air était une sorte d'ouvrage codé. Ériko Fukada avait sans doute raconté cette histoire dans l'intention de diffuser un message. Avec virtuosité, Tengo avait transformé le texte en une œuvre raffinée. Il avait efficacement recomposé le récit. Ils avaient fait équipe et avaient créé un texte qui avait attiré un très nombreux public. Selon les mots du leader des Précurseurs : « Ils se sont complétés. Ils ont uni leurs forces et ont mené à bien une œuvre commune. » Et si elle accordait foi à ce qu'avait ajouté le leader, quand *La Chrysalide de l'air* était devenue un best-seller et que des secrets avaient été divulgués, les Little People avaient perdu leur pouvoir, « Les Voix » avaient cessé de parler. Et au final, le puits s'était tari, le flux s'était interrompu. Ce livre avait exercé une influence vraiment considérable.

Elle se concentra sur sa lecture, ligne après ligne.

Quand les aiguilles de la pendule murale indiquèrent deux heures et demie, Aomamé avait achevé les deux tiers du roman. Elle ferma le livre et s'efforça de mettre des mots sur les impressions intenses qu'elle ressentait. Sans aller jusqu'à parler de révélation, elle avait réussi à visualiser une image très forte et très nette.

Je n'ai pas été transportée ici par hasard.

Voilà ce que lui disait cette image.

C'est ici qu'il fallait que je sois.

Jusqu'à présent, j'avais considéré que ce n'était pas par ma propre volonté que j'avais été entraînée dans cette année 1Q84. L'aiguillage de la voie ferrée avait été changé, dans je ne sais quel dessein, si bien que le train où j'avais pris place s'était écarté de sa voie d'origine et qu'il avait pénétré dans ce monde étrange et nouveau. Et brusquement j'avais compris que j'étais *ici*. Dans ce monde où deux lunes brillent dans le ciel, et où apparaissent parfois des Little People. Qui comporte une entrée mais pas de sortie.

C'est ce que m'avait expliqué le leader avant de mourir. Quant au « train », c'est-à-dire le récit même que Tengo avait écrit, j'en étais partie prenante, au point qu'il m'était impossible d'en sortir. Voilà pourquoi je suis *ici* maintenant. Comme un être passif, ou comme un second rôle ignorant, qui erre dans le brouillard.

Mais non, pensait Aomamé. Il ne s'agit pas seulement de cela. **Ce n'est pas que ça.**

Je ne suis pas qu'un être passif emporté jusqu'ici contre mon gré, de par la volonté de quelqu'un. Une part de moi, peut-être. Mais en même temps, j'ai fait le choix d'être ici.

J'ai choisi d'être ici de par ma propre volonté.

Elle en avait la certitude.

Et la raison pour laquelle je suis ici est claire, songeait-elle. Il n'y en a qu'une, une seule : je pourrai revoir Tengo. Telle est la raison pour laquelle j'existe dans ce monde. Ou, à rebours : telle est l'unique raison pour laquelle ce monde existe en moi. C'est une sorte de paradoxe, comme une image reflétée à l'infini dans des miroirs qui se font face. Je suis une part de ce monde, ce monde est une part de moi.

Aomamé ne pouvait pas, bien entendu, connaître le scénario du roman que Tengo écrivait à présent. Probablement y avait-il deux lunes. Des Little People y faisaient leur apparition. Voilà tout ce qu'elle était en mesure d'imaginer. Mais même s'il s'agit de l'histoire de Tengo, pensait-elle, c'est aussi la *mienne*.

Voilà ce que comprit Aomamé, alors qu'elle relisait la scène au cours de laquelle le personnage de la fillette façonnait nuit après nuit une chrysalide de l'air en compagnie des Little People. En même temps qu'elle visualisait cette description précise et vivante, elle éprouva dans les profondeurs de son ventre une sorte de trouble tumultueux, accompagné de chaleur. Une chaleur qui possédait une singulière profondeur, comme de l'onctuosité. La source de cette chaleur était ténue, mais intense. Ce qu'était cette source chaude, ce qu'elle signifiait, elle le comprenait sans avoir besoin d'y réfléchir. C'était *la petite chose*. *Ça* réagissait au spectacle du personnage et des Little People qui, ensemble, façonnaient une chrysalide de l'air, *ça* diffusait de la chaleur.

Aomamé posa le livre sur la table à côté, déboutonna le haut de son pyjama, mit ses mains à plat sur son ventre. Ses paumes perçurent que la poussée de chaleur se situait bien là et qu'il flottait même une légère lumière orange. Elle éteignit la petite lampe, et, dans l'obscurité, elle regarda fixement la zone de son ventre qui émettait de délicates lueurs, presque invisibles. Il y avait de la lumière. Incontestablement. Je ne suis plus seule, pensa Aomamé. Nous avons été réunis et nous ne faisons qu'un. Nous sommes en synchronie dans le même récit.

Et si vraiment, pensait-elle, c'est en même temps le récit de Tengo et le mien, je devrais alors pouvoir écrire ma partie. Je devrais arriver à commenter ce qui s'y passe, ou même le réécrire. Et, plus important encore, je devrais pouvoir décider du dénouement, de par ma propre volonté. Non ?

Elle réfléchit à cette possibilité.

Comment faire pour y parvenir ?

Aomamé l'ignorait, mais elle savait que la *possibilité* existait. Même si, pour le moment, ce n'était qu'une *théorie*. Ses lèvres se scellèrent étroitement dans la nuit paisible. Elle s'abîma dans ses pensées. L'instant était crucial. Elle devait réfléchir intensément.

Nous avons constitué une équipe. Tout comme Tengo et Ériko Fukada s'étaient unis avec succès pour produire *La Chrysalide de l'air*, je fais équipe avec Tengo pour ce nouveau récit. Nos deux volontés – ou un courant de fond en deçà de nos volontés – ne font plus qu'une, elles lancent cette nouvelle histoire complexe, elles la propulsent en avant. Cela se joue sans doute à un niveau très profond, invisible. Ainsi, même en n'étant pas ensemble physiquement, nous sommes connectés, nous ne sommes qu'un. Nous créons un récit, lequel, en même temps, nous met en mouvement. Est-ce qu'il ne pourrait pas en être ainsi ?

Une question capitale demeurait pendante.

Dans l'histoire que *nous* écrivons tous les deux, quelle pourrait être la signification de *la petite chose* ? Quel rôle devrait-elle jouer ?

La petite chose a réagi avec tant de force à la scène au cours de laquelle les Little People et la fillette façonnent une chrysalide de l'air qu'à l'intérieur de ma matrice elle a produit une chaleur infime, mais très perceptible ; elle a émis de délicates lueurs orange. Tout comme une chrysalide de l'air. Cela voudrait-il dire que mon utérus est appelé à jouer le rôle de « chrysalide de l'air » ? Cette petite chose sera-t-elle pour moi une DAUGHTER ? La volonté des Little People aurait-elle été partie prenante, sous une forme ou sous une autre, dans le fait que je porte un enfant de Tengo sans avoir eu de relation sexuelle avec lui ? Se seraient-ils emparés malignement de ma matrice en l'utilisant comme une « chrysalide de l'air » ? Serais-je un dispositif d'où ils voudraient extraire une nouvelle DAUGHTER ?

Non, non, ce n'est pas ça, pensait-elle très nettement. *C'est impossible.*

Les Little People ont perdu leur pouvoir. C'est ce que lui avait dit le leader. De par l'énorme diffusion du roman *La Chrysalide de l'air*, ils étaient entravés dans leurs mouvements originels. Ils ne devaient donc pas être au courant de cette grossesse. Mais alors qui – ou sous l'influence de quelle force ? – a pu rendre possible cette grossesse ? Et dans quel but ?

Aomamé l'ignorait.

Ce qu'elle savait, c'était que Tengo et elle avaient conçu ensemble *cette petite chose*. Une vie précieuse, irremplaçable. Elle posa encore une fois ses mains sur son ventre. Elle appuyait doucement, tendrement sur les légères lueurs orange qui le nimbaient. Et la chaleur qu'elle ressentit dans ses paumes se diffusa très lentement dans son corps entier. Je veillerai jusqu'au bout sur elle, je la protégerai. Personne ne s'en emparera. Personne ne la dégradera. Nous la protégerons et nous l'élèverons. Dans les ténèbres de la nuit, sa décision était prise.

Elle se rendit dans la chambre, ôta son peignoir, se mit au lit. Allongée, les mains sur le ventre, elle éprouva de nouveau la chaleur sous ses paumes. Son angoisse s'était évanouie. Ses hésitations aussi. Je dois être plus forte que jamais. Mon cœur et mon corps ne doivent faire qu'un.

Enfin, le sommeil, silencieux comme une fumée flottante, l'enveloppa tout entière. Dans le ciel brillaient toujours deux lunes.

24
Tengo

Je quitte La Ville des Chats

LE CORPS DE SON PÈRE, cérémonieusement vêtu de l'uniforme de collecteur de la NHK, repassé avec soin, avait été placé dans un cercueil simple. Probablement le moins cher de tous les modèles existants. Une sorte de caisse en bois triste, à peu près aussi solide qu'une boîte de Castella[1]. Le défunt avait beau être de petite taille, on aurait dit qu'il n'y avait pas assez de place pour le loger. Le cercueil était fait en contreplaqué, sans le moindre élément décoratif. J'espère que ce modèle ne vous pose pas de problème, demanda le responsable des pompes funèbres à Tengo, un peu embarrassé. Celui-ci répondit que non. C'était le cercueil que son père avait lui-même choisi dans un catalogue, qu'il avait payé de son argent. Si le mort n'avait rien eu à y redire, ce n'était pas Tengo qui allait le faire.

Allongé dans ce cercueil simple, bien sanglé dans son uniforme de collecteur de la NHK, son père n'avait pas l'air mort. On aurait dit qu'il faisait juste un petit somme, qu'il marquait une pause dans son travail. Qu'il allait se réveiller, se lever là, tout de suite, mettre son chapeau et partir pour récupérer encore des redevances. Cet uniforme sur lequel était cousu le sigle NHK, c'était comme sa seconde peau. Il était pour ainsi dire venu au monde avec, il allait être brûlé avec. En le voyant vêtu ainsi, Tengo n'imaginait pas qu'il aurait pu porter un autre habit mortuaire. De même que les

1. Gâteau de type génoise, très populaire, d'origine portugaise, traditionnellement présenté dans une boîte rectangulaire, en bois extrêmement fin.

guerriers des opéras de Wagner ne peuvent être incinérés que revêtus de leur cuirasse.

Au matin du mardi, devant Tengo et Kumi Adachi, le couvercle du cercueil fut refermé et cloué. Puis il fut chargé dans le corbillard. À vrai dire, en fait de corbillard, il s'agissait d'un break Toyota extrêmement fonctionnel, comme lorsque le corps avait été transporté de l'hôpital à la société de pompes funèbres. Simplement, à la place d'un lit muni de roulettes, il y avait un cercueil. Sans doute était-ce aussi le moins coûteux des corbillards. Il ne présentait pas le moindre signe de *solennité*. Pas plus qu'on n'entendait retentir *Le Crépuscule des dieux*. Mais Tengo ne voyait aucune raison de protester. Kumi Adachi, de son côté, ne paraissait pas se soucier de ce genre de choses. Il s'agissait simplement d'un moyen de transport. Bien plus important était le fait qu'un homme avait quitté ce monde, et que ceux qui restaient devaient en prendre conscience. Ils montèrent ensemble dans un taxi et suivirent le break noir.

Le crématorium se trouvait un peu à l'intérieur des montagnes, à l'écart de la route qui longeait la côte. La construction était relativement neuve mais tout à fait dépourvue de caractère. Plutôt qu'un crématorium, on aurait dit une usine, ou des bâtiments administratifs. On comprenait ce qu'était la fonction spécifique de l'établissement en voyant le beau jardin, soigneusement entretenu, et la haute cheminée qui se dressait d'une manière imposante vers le ciel. Ce jour-là, le crématorium n'était, semblait-il, pas très fréquenté et il n'y eut aucune attente avant que le cercueil soit transporté jusqu'à l'incinérateur. Il fut doucement entraîné vers le four, et un pesant couvercle, telle l'écoutille d'un sous-marin, se referma. Le plus âgé des employés, qui portait des gants, s'inclina en direction de Tengo, puis il appuya sur le bouton de la mise à feu. Kumi Adachi joignit les mains, tournée vers le couvercle fermé, et Tengo suivit son exemple.

Durant une bonne heure, jusqu'à la fin de l'incinération, Tengo et la jeune infirmière restèrent dans une salle d'attente, à l'intérieur du bâtiment. Kumi Adachi avait acheté deux cafés chauds au distributeur automatique. Ils les burent en silence, assis côte à côte sur un banc face aux grandes baies vitrées. De l'autre côté s'étendait le jardin avec ses pelouses flétries par l'hiver et ses arbres dénudés. Deux oiseaux noirs étaient posés dessus. Des oiseaux que Tengo ne connaissait pas. Une longue queue, et une voix puissante et stridente par rapport à leur corps menu. Lorsqu'ils poussaient un cri, leur queue se dressait toute droite. Au-dessus des arbres, le ciel bleu de l'hiver se déployait dans toute son immensité, sans un nuage. Kumi Adachi, sous son duffle-coat crème, portait une robe noire courte. Tengo avait passé une veste à chevrons gris foncés sur son pull noir à col rond. Il avait des mocassins marron foncé. C'était la tenue la plus habillée qu'il possédait.

« C'est ici aussi que mon père a été incinéré, dit Kumi Adachi. Les gens qui sont venus l'accompagner n'arrêtaient pas de fumer. Au plafond, il y avait comme de gros nuages de fumée. C'étaient tous des pêcheurs, tu comprends. »

Tengo imagina la scène. Un groupe d'hommes brunis par le soleil, vêtus de costumes sombres qu'ils n'avaient pas l'habitude de porter, qui fumaient frénétiquement. Et qui pleuraient la mort d'un homme emporté par le cancer du poumon. Mais cette fois, dans la salle d'attente, il n'y avait que Kumi Adachi et lui. Tout était calme alentour. De temps à autre leur parvenait le chant clair d'un oiseau, qui ne brisait cependant pas la paix des lieux. Pas de musique, pas de voix humaine non plus. Avec douceur, le soleil répandait sa lumière sur le sol. Ses rayons pénétraient par les baies vitrées jusque dans la salle et faisaient à leurs pieds un coin de soleil et de silence. Le temps s'écoulait sans brusquerie comme un fleuve qui se rapproche de son embouchure.

« Merci d'être venue », dit Tengo après un long silence.

Kumi Adachi allongea le bras, posa sa main sur celle de Tengo. « Ç'aurait été trop dur d'être seul. C'était mieux qu'il y ait quelqu'un à tes côtés, je crois.

— Oui, c'est sûrement mieux, en convint Tengo.

— La mort d'un homme, dans n'importe quelle circonstance, c'est terrible. Un trou s'ouvre dans le monde. Et nous,

nous devons saluer cette disparition avec respect. Sinon, le trou ne pourra jamais être comblé. »

Tengo acquiesça.

« Il ne faut pas laisser le trou ouvert, dit Kumi Adachi. Quelqu'un pourrait tomber dedans.

— Mais il y a des cas où le mort a emporté des secrets, fit Tengo. Et lorsque le trou est rebouché, ces secrets restent intacts, secrets à tout jamais.

— Je pense que c'est aussi ce qu'il faut.

— Pourquoi ?

— Si le mort est parti en emportant ses secrets dans la tombe, c'est parce qu'il ne pouvait les abandonner derrière lui.

— Pour quelle raison ? »

Kumi Adachi lâcha la main de Tengo et le regarda droit dans les yeux. « Il s'agissait sans doute d'événements que seul le défunt pouvait comprendre exactement. Des choses qu'il serait impossible d'expliquer même en y passant beaucoup de temps, ou en alignant des tas de mots. Le mort devait les emporter avec lui. Tu vois, comme un bagage précieux. »

Tengo garda la bouche close, observant la flaque de soleil à leurs pieds. Qui éclairait faiblement le lino du sol. Avec, au premier plan, les mocassins fatigués de Tengo et les simples escarpins noirs de Kumi Adachi. Ces objets étaient là, juste devant lui, et en même temps, il avait la sensation qu'il les voyait de très loin, il n'aurait su dire de combien de kilomètres.

« Toi aussi, Tengo, je suis sûre qu'il y a des choses que tu ne pourrais pas expliquer aux autres.

— Sûrement », répondit-il.

Sans un mot, Kumi Adachi croisa ses jambes fines gainées d'un collant noir.

« L'autre nuit, tu m'avais bien dit que tu étais morte ? demanda Tengo à Kumi Adachi.

— Oui. Je suis morte une fois. Une nuit triste où tombait de la pluie froide.

— Tu te souviens de ces moments ?

— Oh oui. Je m'en souviens. J'ai longtemps revécu ces moments en rêve. Un rêve incroyablement réel, et toujours identique. J'ai fini par penser que cela m'est vraiment arrivé.

— Ce serait une sorte de transmigration ?

— De quoi... ?

— De réincarnation. De métempsycose. »

Kumi Adachi réfléchit. « Eh bien... Peut-être. Ou peut-être pas.

— Et après ta mort, tu étais incinérée comme ici ? »

Kumi Adachi secoua la tête. « Non, mes souvenirs ne vont pas jusqu'à cette étape. Là, c'est après la mort. Moi, je me rappelle juste le *moment où je suis morte*. J'étais étranglée par quelqu'un. Par un homme inconnu que je n'avais jamais vu.

— Tu te souviens de son visage ?

— Oh oui, bien sûr. Je l'ai vu tellement souvent dans mes rêves. Si je le rencontrais sur un chemin, je le reconnaîtrais au premier coup d'œil.

— Et qu'est-ce que tu ferais si tu le rencontrais pour de vrai ? »

Kumi Adachi se frotta le nez de la pulpe du doigt. Comme si elle vérifiait qu'il était bien là.

« J'y ai pensé je ne sais combien de fois. Qu'est-ce que je ferais si je le rencontrais vraiment ? Peut-être que je m'enfuirais le plus vite possible. Ou que je le suivrais en me cachant. Tant que ça ne m'est pas arrivé, je ne sais pas, en fait.

— Et après l'avoir suivi, que ferais-tu ?

— Eh bien, je n'en sais rien. Il se pourrait que cet homme connaisse des secrets importants sur moi. Si je m'y prenais bien, il me les dévoilerait.

— Quel genre de secrets ?

— Ce que signifie *ma présence ici*, par exemple.

— Mais cet homme pourrait te tuer une nouvelle fois ?

— Possible, fit Kumi Adachi en pinçant la bouche. C'est dangereux. Je le sais, évidemment. La meilleure solution, c'est peut-être de fuir. Mais ces secrets m'attirent pourtant. Comme un chat qui ne peut s'empêcher d'essayer à tout prix d'entrer dans un passage sombre. »

L'incinération était achevée. Ils recueillirent ensemble certains fragments d'os et les déposèrent dans une petite urne, qui fut remise à Tengo. Il se demandait quoi en faire même s'il savait bien qu'il n'allait pas l'abandonner n'importe où. Il prit donc l'urne dans les bras et monta dans un taxi avec Kumi Adachi pour aller à la gare.

« Les dernières formalités, laisse-moi m'en occuper », dit-elle une fois qu'ils furent dans le taxi.

Puis elle ajouta après une courte réflexion :

« Si tu veux, donne-moi cette urne, je ferai ce qu'il faut. »

Tengo s'étonna.

« Ce serait possible ?

— Pourquoi pas ? répondit Kumi Adachi. Il arrive parfois qu'aucun membre de la famille n'assiste à la cérémonie funéraire.

— J'avoue que ça m'aiderait énormément », déclara Tengo.

Puis, avec un peu de mauvaise conscience, mais franchement soulagé, il donna l'urne funéraire à Kumi Adachi. Je ne reverrai plus ces restes, pensait-il. J'aurai seulement des souvenirs. Qui d'ailleurs, un jour ou l'autre, finiront par disparaître, comme de la *poussière*.

« Je suis une fille d'ici, tu comprends, je saurai faire ce qu'il faut. Et je te le dis, Tengo, rentre le plus vite possible à Tokyo. Ce sera mieux. Nous autres, bien sûr, on t'aime bien, mais ici, ce n'est pas un endroit où tu dois rester toujours. »

Je quitte La Ville des Chats, songea Tengo.

« Merci pour tout, répéta-t-il.

— Dis, Tengo, tu acceptes que je te donne un conseil ? Enfin, je ne devrais peut-être pas.

— Oui, naturellement.

— Il est possible que ton père soit parti de l'autre côté en ayant emporté avec lui un secret. J'ai l'impression que ça te perturbe. Non pas que je ne comprenne pas ton sentiment. Mais voilà, Tengo, il vaudrait mieux que tu ne cherches pas à pénétrer plus loin dans ce passage obscur. Laisse donc les chats le faire. Toi, ça ne te mènerait nulle part. Mieux vaut que tu penses à ce qui va venir.

— Il faut refermer le trou, dit Tengo.

— Oui, c'est ça, approuva Kumi Adachi. C'est ce que dit aussi la chouette. Tu te souviens de la chouette ?

— Bien sûr. »

La chouette est la divinité gardienne de la forêt, c'est une savante qui nous dispense la sagesse de la nuit.

« Est-ce que la chouette hulule encore dans ce bois près de chez toi ?

— La chouette ne s'en va nulle part, répondit l'infirmière. Elle sera toujours là. »

Kumi Adachi accompagna Tengo jusqu'à ce qu'il monte dans le train pour Tateyama. Comme s'il lui fallait s'assurer de ses propres yeux qu'il avait bien pris le train et qu'il avait quitté la ville. Elle lui fit de grands signes sur le quai jusqu'à la fin, jusqu'à lui être invisible.

Il était sept heures du soir, mardi, lorsque Tengo fut de retour chez lui, à Kôenji. Il alluma la lumière, s'assit à la table, jeta un regard autour de la pièce. Tout était bien comme quand il était parti la veille, tôt le matin. Les rideaux de la fenêtre étaient fermés, et sur son bureau étaient entassées des sorties papier de son manuscrit. Six crayons très bien taillés étaient rangés dans leur étui. De la vaisselle lavée était posée sur l'égouttoir. L'horloge égrenait le temps sans bruit et le calendrier mural indiquait que l'année avait abordé son mois ultime. L'appartement paraissait cependant plus *silencieux* que d'habitude. Un petit peu trop *silencieux*. Tengo ressentait de l'excès dans ce calme formidable. Mais c'était peut-être son imagination. Ou bien c'était parce qu'il venait d'assister à l'effacement d'un homme. Dont le trou fait dans le monde n'était pas encore complètement refermé.

Après avoir bu un verre d'eau, il prit une douche. Il se lava soigneusement les cheveux, se nettoya les oreilles, se coupa les ongles. Il sortit d'un tiroir de nouveaux sous-vêtements, un nouveau tee-shirt et les enfila. Il devait faire disparaître de son corps toutes sortes d'odeurs. Les odeurs de La Ville des Chats. *Nous autres, bien sûr, on t'aime bien, mais ici, ce n'est pas un endroit où tu dois rester toujours*, avait dit Kumi Adachi.

Il n'avait pas d'appétit. Il n'avait pas envie non plus de se mettre au travail, ni même d'ouvrir un livre. Il ne songeait pas à écouter de la musique. Il se sentait fatigué mais les nerfs bizarrement en alerte. S'il se mettait au lit, il ne parviendrait sûrement pas à dormir. Il y avait quelque chose d'artificiel dans ce silence absolu.

Ce serait bien si Fukaéri était ici, se dit Tengo. Même si elle disait des trucs bizarres ou insensés. Cela me serait égal qu'elle parle avec ses questions forcément mal construites ou avec son intonation étrange. Il avait envie de l'entendre – elle lui manquait. Mais Tengo savait que Fukaéri ne reviendrait plus chez lui. Il n'aurait pu expliquer de façon satisfaisante les raisons pour lesquelles il le savait. Mais elle ne reviendrait plus ici. Probablement plus.

Il avait envie de parler avec quelqu'un, n'importe qui. Si cela avait été possible, il aurait aimé parler avec sa petite amie plus âgée. Mais il lui était impossible de la joindre. Non seulement il ne savait comment faire, mais de plus on lui avait bien dit qu'elle s'était *perdue*.

Il essaya de composer le numéro de la société de Komatsu. Le numéro d'une ligne directe. Personne ne lui répondit. Après avoir laissé sonner quinze fois, résigné, Tengo reposa le combiné.

À qui pourrait-il téléphoner ? Il réfléchit. Personne ne lui vint à l'esprit. Il songea à appeler Kumi Adachi mais il se souvint qu'il ne connaissait pas son numéro.

Il imagina alors un trou sombre qui était resté béant quelque part dans le monde. Pas très grand. Mais profond. S'il hurlait vers le fond de la fosse, parviendrait-il à parler avec son père ? Le mort lui délivrerait-il la vérité ?

« Toi, ça ne te mènerait nulle part, lui avait dit Kumi Adachi. Mieux vaut que tu penses à ce qui va venir. »

Mais non, estimait Tengo. Ce n'est pas aussi simple. Si je connaissais les secrets, peut-être que cela ne me mènerait nulle part en effet. Pourtant, je dois absolument comprendre la raison pour laquelle je serais bloqué. Quand je connaîtrai la raison, je pourrai peut-être aller *quelque part*.

Que tu sois mon vrai père ou non, cela m'est égal à présent, déclara Tengo en direction du trou obscur. Cela n'a plus d'importance. Dans tous les cas, tu es mort en emportant une part de moi, je survis derrière avec une part de toi. Que des liens de sang nous unissent ou pas, ces faits ne changeront pas dorénavant. Trop de temps a passé. Le monde a avancé.

Il eut l'impression d'entendre hululer une chouette de l'autre côté de la fenêtre. Mais ce n'était sans doute qu'une illusion auditive.

25

Ushikawa

Qu'il fasse froid ou non, Dieu est ici

« ON NE MEURT PAS AUSSI FACILEMENT, dit un homme dans le dos d'Ushikawa, comme s'il avait lu en lui. Il s'en est fallu de peu, mais vous vous êtes juste *évanoui.* »

Ushikawa n'avait jamais entendu cette voix. Neutre, inexpressive. Ni aiguë ni grave. Ni trop dure ni trop douce. Le genre de voix qui annonce le départ ou l'arrivée des avions, ou les cours de la Bourse.

Quel jour sommes-nous aujourd'hui ? se demanda-t-il soudain. Lundi soir, il me semble. Ou déjà mardi, plutôt.

« Monsieur Ushikawa, dit l'homme. Vous êtes bien monsieur Ushikawa ? »

Ushikawa ne répondit rien. Il y eut un silence de vingt secondes environ. Puis, sans préavis, l'homme lui décocha un coup de poing au rein gauche. Un coup silencieux, d'une violence extrême. Des douleurs intenses irradièrent son corps entier. L'ensemble de ses organes internes se tétanisa, il fut incapable de respirer tant que déferla la première vague des douleurs. Puis il laissa échapper un halètement sec.

« Je vous ai posé une question de manière courtoise. J'aimerais donc que vous me répondiez. Si vous avez encore du mal à parler, faites des mouvements de tête, je m'en contenterai. C'est ce qui s'appelle de la courtoisie, reprit l'homme. Je vous demandais donc si c'était bien à monsieur Ushikawa que j'avais affaire ? »

Ushikawa opina à plusieurs reprises.

« Monsieur Ushikawa. Un nom facile à retenir. Je me suis

permis d'examiner votre portefeuille, qui se trouvait dans la poche de votre pantalon. Il y avait là votre permis de conduire et des cartes de visite. "Association pour la promotion scientifique et artistique du nouveau Japon – Directeur en titre." Quelle appellation prestigieuse, monsieur Ushikawa ! Mais que fait donc ici le directeur d'une association qui œuvre à la promotion scientifique et artistique… avec un appareil photo dissimulé ? »

Ushikawa conserva le silence. Il avait encore du mal à articuler.

« Je vous conseille de répondre. Parce que je peux vous garantir qu'une fois qu'on a eu le rein écrasé, c'est toute la vie qu'on déguste.

— Je surveillais un locataire », lâcha péniblement Ushikawa, d'une voix instable, comme déchirée.

Du fait qu'il avait les yeux bandés, cette voix ne lui parut pas être la sienne.

« Tengo Kawana, je suppose ? »

Ushikawa acquiesça.

« Le *ghost writer* de *La Chrysalide de l'air.* »

Ushikawa opina de nouveau. Puis il eut un accès de toux. Il comprit que l'homme était au courant.

« Qui vous a confié ce travail ?

— Les Précurseurs.

— Je m'en doute, monsieur Ushikawa, répliqua l'homme. Mais pourquoi ces gens auraient-ils besoin maintenant d'épier les mouvements de Tengo Kawana ? À leurs yeux, ce personnage a sûrement très peu d'importance. »

Quelle position occupe cet homme ? Jusqu'à quel point est-il au courant ? Ushikawa fit travailler sa tête à toute vitesse. Il ignorait de qui il s'agissait mais, au moins, ce n'était pas la secte qui l'avait envoyé. Il avait cependant de la peine à décider si c'était là un fait positif ou non.

« Je vous ai posé une question », dit l'homme. Et, du bout du doigt, il appuya sur le rein gauche d'Ushikawa. Une pression puissante.

« Il est lié à une femme, fit Ushikawa en gémissant.

— Elle a un nom ?

— Aomamé.

— Pour quelle raison pourchassent-ils cette Aomamé ?

— Parce qu'elle a fait du mal à leur leader.

— Elle lui a fait du mal, répéta l'homme comme s'il pesait ses mots. Vous voulez dire qu'elle l'a tué ? Pour parler simplement ?

— Oui », répondit Ushikawa. Impossible de cacher quoi que ce soit à cet homme. Tôt ou tard, il était obligé d'avouer.

« Sa mort n'a pas été rendue publique, reprit l'homme.

— La secte a gardé le secret.

— Chez Les Précurseurs, combien de personnes sont-elles au courant ?

— Un tout petit nombre.

— Dont vous faites partie. »

Ushikawa acquiesça.

« Ce qui signifie, poursuivit l'homme, que vous occupez une place importante chez eux.

— Pas du tout », dit Ushikawa en secouant la tête.

Ce simple geste déclencha de nouvelles douleurs au rein endommagé.

« Je ne suis pour eux qu'un commissionnaire. C'est tout à fait par hasard que j'ai appris cette histoire.

— Autrement dit, vous vous êtes trouvé au mauvais endroit au mauvais moment ?

— En quelque sorte.

— Et dites-moi, monsieur Ushikawa, vous travaillez en solo ? »

Ushikawa opina.

« C'est un petit peu curieux. Normalement, une opération de surveillance ou une filature, ça se pratique en équipe. Il faut être au moins trois si on veut faire du bon travail. D'autre part, Les Précurseurs agissent toujours dans le cadre étroit de leur organisation. Une action en solitaire ne me semble donc pas très naturelle. En d'autres termes, votre réponse ne me plaît que moyennement.

— Je ne suis pas un adepte de la secte », dit Ushikawa.

Sa respiration s'était rétablie, il pouvait parler à peu près normalement.

« Je suis appelé par Les Précurseurs uniquement pour certaines affaires. Ils me sollicitent quand ils ont besoin de quelqu'un d'extérieur.

— En tant que directeur en titre de votre magnifique Association pour la promotion etc. etc. ?

— C'est une couverture. L'association est bidon. Elle a été créée principalement pour que Les Précurseurs échappent au fisc. Moi, je sous-traite certains dossiers en tant qu'indépendant.

— En somme, vous êtes une espèce de mercenaire.

— Non, pas du tout. Mon travail consiste à collecter des informations, à la demande. En cas de besoin, des membres de la secte se chargent des interventions musclées.

— Vous a-t-on donné l'ordre d'espionner Tengo Kawana et de découvrir si un lien l'unissait à Aomamé ? Répondez, monsieur Ushikawa.

— Oui.

— Vous mentez, fit l'homme. Ce n'est pas la bonne réponse. S'ils avaient déjà compris la situation, je veux dire, s'ils avaient déjà compris qu'il existait un lien entre Aomamé et Tengo Kawana, ce n'est pas à vous seul qu'ils auraient confié cette surveillance. Ils auraient formé une équipe avec des membres de leur secte. Ils auraient eu moins de risques d'erreur, et en cas de nécessité, auraient pu faire usage de la force.

— Mais je vous dis la vérité. Je ne fais qu'obéir aux ordres d'en haut. Et pourquoi j'ai été chargé de ça tout seul, eh bien, je l'ignore. » De nouveau, son élocution était redevenue saccadée, sa voix hachée.

S'il comprend que Les Précurseurs ne sont pas encore au courant d'une relation entre Aomamé et Tengo, je suis cuit, pensa Ushikawa. Car dès qu'il m'aura liquidé, jamais personne ne sera capable d'arriver à le comprendre.

« Décidément, les mauvaises réponses, ça ne me plaît pas, annonça l'homme d'une voix froide. Et à quel point je n'aime pas ça, monsieur Ushikawa, il va vous falloir l'apprendre vous-même, le comprendre dans *votre chair*. Je pourrais vous donner encore un coup sur le même rein. Mais si je frappe très fort, d'abord, bien sûr, je me ferai mal à la main. Et puis, je risque d'abîmer définitivement votre rein, ce qui n'est pas mon but. Personnellement, je n'éprouve aucun ressentiment à votre égard. Tout ce que je cherche, c'est une réponse exacte. Nous allons donc tenter une petite expérience nouvelle. Je vais vous expédier au fond de la mer. »

Au fond de la mer ? s'interrogea Ushikawa. Qu'est-ce qu'il raconte ?

L'homme parut sortir quelque chose de sa poche. Le froissement sec d'un plastique parvint aux oreilles d'Ushikawa. Puis sa tête fut complètement recouverte. Par un sac plastique épais, peut-être de la sorte qu'on utilise pour la congélation des aliments. Un gros élastique fut ensuite enroulé autour de son cou. Il veut m'asphyxier, s'affola Ushikawa. Dès qu'il chercha à aspirer de l'air, sa bouche s'emplit de plastique. Ses narines s'obstruèrent. Ses poumons avaient un besoin éperdu d'oxygène. Mais il n'y en avait pas. Le sac s'était intimement collé à son visage, c'était devenu un masque mortuaire. Bientôt, tous ses muscles se mirent à se convulser. Il essaya d'arracher le sac avec ses mains, mais en vain, puisqu'elles étaient solidement attachées dans son dos. Son cerveau se gonfla comme un ballon, au point qu'il le sentit sur le point d'exploser. Ushikawa voulut crier. Il lui fallait de l'air. De l'air, de l'air. Évidemment, aucun son ne sortit de sa bouche, envahie en totalité par sa langue. Sa conscience dégoulina de sa tête.

Enfin, l'élastique autour de son cou fut enlevé et le sac plastique arraché. Ushikawa aspira de l'air goulûment. Pendant les minutes qui suivirent, il continua à se cabrer, à haleter, comme un animal qui tente de mordre quelque chose hors de sa portée.

« Et alors ? Comment avez-vous trouvé les fonds sous-marins ? » lui demanda l'homme, après avoir attendu que sa respiration soit quelque peu stabilisée. Sa voix était toujours inexpressive. « Vous vous êtes aventuré très loin en profondeur. Vous avez dû voir pas mal de choses que vous n'aviez jamais vues auparavant. Une belle expérience. »

Ushikawa ne répondit rien. Il en était incapable.

« Monsieur Ushikawa, je me répète. Mais ce que je veux, c'est la bonne réponse. Je vous pose donc ma question une dernière fois. Les Précurseurs vous ont-ils donné l'ordre de surveiller Tengo Kawana et d'enquêter sur un lien possible entre lui et Aomamé ? C'est quelque chose de très important. Une vie est en jeu. Réfléchissez bien et donnez-moi la bonne réponse. Si vous mentez, je le saurai.

— La secte ignore tout, répondit péniblement Ushikawa.

— Eh bien voilà. Ça, c'est la bonne réponse. Les Précurseurs n'ont pas encore saisi qu'Aomamé et Tengo Kawana étaient liés. Vous ne leur avez encore rien dit. C'est bien cela ? »

Ushikawa acquiesça.

« Si vous m'aviez répondu franchement dès le début, je ne vous aurais pas envoyé au fond de la mer. Ça faisait mal, hein ? »

Ushikawa hocha la tête.

« Je sais. J'ai connu moi aussi la même expérience, dit l'homme, sur le ton léger de la causerie. À moins de l'avoir vécue, personne ne peut comprendre à quel point c'est atroce. La douleur est une notion qui ne peut entrer dans une catégorie générale. Chaque douleur possède sa spécificité. Permettez-moi de paraphraser une célèbre citation de Tolstoï : les plaisirs se ressemblent tous ; les douleurs sont douloureuses chacune à leur façon[1]. Sans toutefois aller jusqu'à dire qu'elles auraient chacune une *saveur* particulière. Vous n'êtes pas d'accord ? »

Ushikawa hocha la tête. Il avait encore quelques râles.

L'homme poursuivit : « Soyons donc francs, vous et moi, parlons-nous à cœur ouvert, sans rien nous cacher. Vous voulez bien, monsieur Ushikawa ? »

Ushikawa fit encore un signe de tête.

1. Tolstoï, *Anna Karénine*, incipit. « Les familles heureuses se ressemblent toutes ; les familles malheureuses sont malheureuses chacune à leur façon. »

« Si vous répondez mal, je vous enverrai faire une nouvelle balade dans les fonds sous-marins. Cette fois, ça durera un peu plus longtemps. Et vous marcherez plus lentement. Ça risque d'être limite. Et peut-être qu'il n'y aura pas de retour sur terre. Ce n'est pas ce que vous désirez ? Alors, monsieur Ushikawa ? »

Ushikawa secoua la tête.

« J'ai l'impression que nous avons des points communs, déclara l'homme. Visiblement, nous sommes des loups solitaires. Ou des chiens errants. Pour parler clair, des marginaux. Nous sommes complètement allergiques aux systèmes. Et d'ailleurs, tout ce qui est système ou organisation ne tient pas à intégrer des gens comme nous. Nous travaillons toujours seuls. Nous prenons nos décisions seuls, agissons seuls et les responsabilités, nous les assumons également seuls. Nous recevons des ordres d'en haut, mais nous n'avons ni collègue ni subordonné. Nous ne nous fions qu'à notre tête et qu'à nos bras. Vrai ? »

Ushikawa opina.

L'homme poursuivit : « C'est notre force mais en même temps notre faiblesse. Cette fois, par exemple, vous vous êtes montré un peu trop impatient. Vous avez voulu régler l'affaire seul, sans rendre compte de vos progrès à la secte. Vous avez voulu réaliser des exploits en solo. Et du coup, vous avez relâché la garde. Juste ? »

Ushikawa eut encore un signe d'approbation.

« Aviez-vous une raison particulière pour vous obstiner à ce point ?

— J'ai ma part de responsabilité dans la mort du leader.

— En quoi ?

— C'est moi qui avais enquêté sur les antécédents d'Aomamé. Quiconque va rencontrer le leader doit faire au préalable l'objet d'une investigation. Or je n'avais découvert chez elle aucune zone d'ombre.

— Et pourtant, si elle s'est approchée du leader, c'était dans l'intention de le tuer. Et effectivement, elle lui a donné le coup de grâce. Vous avez donc échoué dans votre tâche. Tôt ou tard, Les Précurseurs vous le feront payer. Après tout, vous n'appartenez pas à leur communauté et ils peuvent très bien se débarrasser de vous. De plus, à présent, vous connaissez trop bien leur situation interne. Il vous faut donc leur livrer la tête d'Aomamé si vous avez envie de rester vivant. Exact ? »

Ushikawa opina.

« Je suis désolé », dit l'homme.

Hein ? Dans la tête informe d'Ushikawa, son cerveau s'activa. Que signifiaient ces mots ? Puis il comprit.

« C'est vous qui avez organisé l'assassinat du leader ? » interrogea-t-il.

L'homme ne répondit rien. Mais Ushikawa sentit que son silence n'était pas une dénégation.

« Qu'allez-vous faire de moi ?

— Je me le demande. À vrai dire, je n'ai pas encore décidé. Je dois y réfléchir tranquillement. Tout dépend de vous, dit Tamaru. J'ai encore quelques questions à vous poser. »

Ushikawa hocha la tête.

« Je voudrais que vous me donniez le numéro de téléphone de votre contact chez Les Précurseurs. Vous avez sûrement un contact direct. »

Ushikawa hésita un peu mais finit par le dire. Il n'allait pas mettre sa vie en jeu pour cacher un numéro de téléphone. Tamaru en prit note.

« Un nom ?

— Je ne les connais pas », mentit Ushikawa. Tamaru ne parut pas s'en soucier.

« Ils sont *coriaces* ?

— Très.

— Mais ce ne sont pas des pros.

— Ils sont très capables. Les ordres de leurs supérieurs, ils les mettent à exécution sans hésiter. Mais ce ne sont pas des pros.

— Jusqu'où êtes-vous allé à propos d'Aomamé ? demanda Tamaru. L'avez-vous localisée ? »

Ushikawa fit non de la tête. « Je n'y suis pas parvenu. C'est bien pour ça que j'ai dû rester enfermé ici, à guetter Tengo

Kawana. Si j'avais su où elle se cachait, j'y serais allé depuis longtemps.

— Logique, commenta Tamaru. À propos, comment avez-vous compris qu'il existait un lien entre Aomamé et Tengo Kawana ?

— Je me suis servi de mes jambes.

— Mais encore ?

— J'ai passé sa vie au crible. Je suis remonté jusqu'à son enfance. Elle a fréquenté une école primaire municipale d'Ichikawa. Tengo Kawana, lui aussi, est originaire d'Ichikawa. Alors je me suis dit que peut-être… Je me suis rendu à cette école pour m'assurer de ces faits, et là, j'ai appris, comme je l'avais supposé, qu'ils avaient passé deux années ensemble dans la même classe. »

Tamaru eut un léger gémissement, au fond de la gorge, à la manière d'un chat. « Je vois. Je dois avouer que vous mettez du cœur à l'ouvrage, monsieur Ushikawa. Tout cela vous a sûrement pris beaucoup de temps et de peine. Je vous dis bravo. »

Ushikawa garda le silence. L'homme ne lui avait pas posé d'autre question.

« Je répète, fit Tamaru. Pour le moment, vous êtes donc le seul à savoir qu'il existe un lien entre Aomamé et Tengo Kawana, n'est-ce pas ?

— *Vous* le savez aussi.

— Moi mis à part, autour de vous, je veux dire. »

Ushikawa acquiesça. « De notre côté, il n'y a que moi qui suis au courant.

— Vous ne mentez pas ?

— Non.

— Savez-vous qu'Aomamé est enceinte ?

— Enceinte ? » s'exclama Ushikawa. Il était visiblement stupéfait. « De qui ? »

Tamaru ne répondit pas à sa question. « Vous ne le saviez vraiment pas ?

— Non, non. Je vous assure. »

Tamaru resta un moment silencieux, sondant sa réaction, jaugeant sa sincérité.

« Bien. Vous me paraissez l'avoir ignoré en effet. Je vous crois. Ah, et puis, vous avez fouiné un certain temps autour de la résidence des Saules à Azabu. Exact ? »

Ushikawa acquiesça.

« Pour quelle raison ?

— La propriétaire fréquentait le club de sport chic du coin, et Aomamé lui donnait des cours particuliers. J'ai eu le sentiment que ces deux femmes étaient très proches. D'autre part, cette dame avait installé, sur le terrain voisin, une *safe house* pour des femmes victimes de violences. Ce bâtiment était extrêmement protégé. Une surveillance qui m'a paru exagérée. J'ai donc supposé qu'on cachait Aomamé dans cette *safe house*.

— Et ?

— Après réflexion, je me suis dit que non. La propriétaire est riche et puissante. Si une personne comme elle était amenée à donner asile à Aomamé, elle ne la garderait pas à proximité. Elle essaierait au contraire de l'envoyer le plus loin possible. Par conséquent, j'ai cessé de chercher du côté de la résidence des Saules et je me suis lancé sur les traces de Tengo Kawana. »

Tamaru eut encore une sorte de geignement. « Vous avez vraiment une bonne intuition et vous pensez avec logique. Et vous êtes opiniâtre. Vous valez mieux qu'un simple commissionnaire. Vous faites ça depuis toujours ?

— Non, autrefois, je travaillais dans un cabinet d'avocats, répondit Ushikawa.

— Ah. Je suis sûr que vous étiez très bon. Mais vous avez franchi la ligne jaune, vous avez glissé, et badaboum, la dégringolade. Aujourd'hui, vous vous retrouvez fauché, obligé de servir d'intermédiaire pour une secte, tout ça pour des clopinettes. Grosso modo. »

Ushikawa acquiesça. « Grosso modo.

— Que voulez-vous..., soupira Tamaru. Pour des marginaux comme nous, ce n'est pas simple de réussir avec nos seuls talents. On avait l'air bien partis, mais voilà, un jour ou l'autre, on a chuté. Ainsi va le monde. »

Il serra les poings et fit craquer ses articulations. Des craquements de mauvais augure.

« Et donc, avez-vous parlé de la résidence des Saules aux Précurseurs ?

— Je n'en ai parlé à personne, répondit Ushikawa avec sincérité. J'ai flairé qu'il y avait du louche là-dedans, mais ce n'était jamais que mon hypothèse. Et puis, la propriété était trop bien surveillée, impossible d'avoir une preuve.

— Je suis heureux d'entendre ça, dit Tamaru.

— Vous êtes partie prenante ? »

Tamaru garda le silence. Lui, il posait les questions, il ne répondait pas.

« Vous m'avez répondu honnêtement, fit Tamaru. Du moins, dans les grandes lignes. Quand on a été obligé de se balader dans les fonds sous-marins, on n'a plus l'énergie de mentir. Même si on se force à le faire, on est trahi par sa voix. À cause de la peur.

— Je n'ai pas menti, dit Ushikawa.

— Eh bien, tant mieux, répondit Tamaru. À quoi bon souffrir pour rien… Et dites-moi, est-ce que vous connaissez C. G. Jung ? »

Sous son bandeau, Ushikawa fronça les sourcils involontairement. C. G. Jung ? Où voulait-il en venir ?

« Le psychanalyste ?

— Oui.

— Je sais deux trois choses, répondit prudemment Ushikawa. Il est né en Suisse à la fin du XIXe siècle. Il a d'abord été disciple de Freud mais il a rompu avec lui plus tard. Euh… Inconscient collectif. C'est à peu près tout…

— Bien », dit Tamaru.

Ushikawa attendit la suite.

« C. G. Jung possédait une jolie maison au bord du lac de Zurich, dans un quartier résidentiel chic et tranquille. Il vivait là avec sa famille. Pourtant, il ressentit le besoin d'avoir un endroit à lui, où il pourrait s'isoler et méditer. Il a alors trouvé un petit terrain dans un coin retiré, à Bollingen, sur les bords du lac, et y a construit lui-même une petite maison.

Pas du tout quelque chose de somptueux. Avec des pierres extraites d'une carrière située à proximité, il a bâti de ses mains une maison ronde, avec un plafond élevé. À l'époque, en Suisse, il fallait posséder un diplôme spécialisé pour avoir le droit de travailler les pierres. Jung s'est donné la peine de l'obtenir. Il a également adhéré à la guilde des tailleurs de pierre. Car c'était pour lui un acte de la plus haute importance d'édifier cette maison de ses propres mains. Il semble que le décès de sa mère ait aussi joué un rôle dans sa décision. »

Tamaru marqua une petite pause.

« Cette maison a été appelée la "Tour". Jung s'était inspiré des huttes primitives qu'il avait vues au cours d'un voyage en Afrique. Il l'a voulue d'un seul espace, sans aucune cloison. Un lieu de vie très austère. Jung estimait en effet qu'on n'avait pas besoin de plus. Pas d'électricité, de gaz ou d'eau courante. Il s'approvisionnait en eau depuis la montagne voisine. Beaucoup plus tard, il a compris que cet espace constituait une sorte d'archétype. Au fil des années, quand il en ressentit le besoin, il a cloisonné la Tour, il l'a divisée. Puis Jung y a ajouté un étage, et encore plus tard, plusieurs annexes. Sur les murs, il a peint des fresques, qui étaient la représentation de la division et du développement de la conscience individuelle. En somme, ce bâtiment a fait fonction de *mandala* à trois dimensions. Il a fallu douze années avant que la Tour soit achevée. Cet édifice est d'un intérêt considérable aux yeux des spécialistes de Jung. Saviez-vous tout cela ? »

Ushikawa secoua la tête.

« La résidence se dresse toujours en bordure du lac de Zurich. Elle est gérée par les descendants de Jung, mais malheureusement, elle n'est pas ouverte au public, qui n'a pas accès à l'intérieur. D'après ce que j'ai entendu dire, il semble qu'à l'entrée de la Tour se dresse toujours une pierre, sur laquelle Jung a gravé de ses mains une inscription : "Qu'il fasse froid ou non, Dieu est ici". »

Tamaru marqua une pause.

« "Qu'il fasse froid ou non, Dieu est ici", répéta-t-il d'une voix calme. Comprenez-vous ce que cela signifie ? »

Ushikawa secoua la tête.

« Non, je ne comprends pas.

— Moi non plus. C'est sans doute quelque chose de très profond. De trop difficile à interpréter. Et pourtant, C. G. Jung s'est senti obligé de ciseler cette épigraphe, à l'entrée de la maison qu'il avait dessinée et construite de ses mains, pierre après pierre. Et moi, pour une raison que j'ignore, je me suis toujours senti attiré par cette phrase. Même si la signification m'en échappe, elle résonne au plus profond de moi. De Dieu, je ne sais pas grand-chose. Ou plutôt, comme on m'en a fait voir de toutes les couleurs dans l'orphelinat catholique où j'avais été placé, je n'en garde pas une bonne impression. Là-bas, il faisait toujours froid. Même en plein été. Ou bien très froid, ou bien horriblement froid. Si Dieu existe, il me serait impossible de prétendre qu'il m'avait bien traité à l'époque. Et cependant, cette phrase m'a pénétré, elle s'est tranquillement infiltrée dans les plus minces replis de mon âme. Parfois, je ferme les yeux et je me répète ces mots. C'est étonnant à quel point ils m'apaisent. "Qu'il fasse froid ou non, Dieu est ici." Excusez-moi, mais pouvez-vous essayer de les dire à haute voix ?

— "Qu'il fasse froid ou non, Dieu est ici", murmura Ushikawa, sans comprendre où l'homme voulait en venir.

— Je ne vous ai pas bien entendu.

— "Qu'il fasse froid ou non, Dieu est ici" », redit Ushikawa, aussi distinctement qu'il le put.

Les yeux clos, Tamaru savoura quelques instants la résonance de ces paroles. Puis il prit une grande inspiration et souffla lentement, comme s'il avait abouti à une décision. Il ouvrit les yeux et observa ses mains. Recouvertes de gants chirurgicaux afin de ne pas laisser d'empreintes.

« Je suis vraiment désolé », dit doucement Tamaru. Le ton était solennel. Il reprit le sac plastique et en couvrit la tête d'Ushikawa. Puis il noua autour de son cou un gros élastique. Ses gestes avaient été rapides et résolus. Ushikawa aurait voulu protester, mais pas un mot ne franchit ses lèvres ni ne parvint à l'oreille de personne. Pourquoi ? se demanda

Ushikawa à l'intérieur du sac. Je lui ai dit tout ce que je savais, sans mentir. Pourquoi a-t-il besoin de me tuer maintenant ?

Dans sa tête sur le point d'exploser, il revit sa maison de Chûôrinkan et ses deux petites filles. Il pensa aussi à leur chien. Un chien de toute petite taille, tout en longueur, qu'il n'avait jamais aimé. C'était d'ailleurs réciproque. Un chien idiot qui aboyait beaucoup. Il ne cessait de mordiller la moquette et de faire ses besoins dans le couloir tout neuf. Complètement différent du bâtard malin qu'il avait élevé quand il était enfant. Et pourtant, la dernière pensée qui traversa l'esprit d'Ushikawa fut celle de ce petit chien stupide qui courait n'importe où sur la pelouse.

Tamaru observait du coin de l'œil le corps ligoté d'Ushikawa qui se tordait sur les tatamis, tel un poisson géant échoué à terre. Comme il l'avait garrotté très habilement, il aurait beau se débattre violemment, les voisins ne risqueraient pas de l'entendre. Tamaru savait parfaitement à quel point cette façon de mourir était atroce. Mais comme méthode pour tuer quelqu'un, c'était la plus efficace et la plus propre. Pas de cris, pas de sang. Ses yeux suivaient la trotteuse de sa montre de plongée Tag Heuer. Trois minutes s'écoulèrent. Les soubresauts féroces d'Ushikawa diminuèrent. Il eut encore quelques convulsions, une sorte de tressaillement, comme si quelque chose vibrait en lui, puis tout s'arrêta. Tamaru garda les yeux rivés sur la trotteuse et laissa s'écouler trois minutes de plus. Puis il posa la main sur la nuque d'Ushikawa pour s'assurer qu'il ne demeurait aucun signe de vie. Une imperceptible odeur d'urine flottait dans l'air. Ses sphincters s'étaient relâchés. On ne pouvait le lui reprocher. Il avait beaucoup souffert.

Tamaru ôta l'élastique et arracha le sac. Le plastique s'était profondément enfoncé dans la bouche. Ushikawa était mort les yeux écarquillés, la bouche béante, tordue sur le côté. Laissant voir sa denture irrégulière et malpropre et sa langue couverte d'une mousse verte. L'expression faisait penser à un tableau de Munch. Sa tête cabossée de nature paraissait encore plus difforme. Il avait dû vraiment beaucoup souffrir.

« Je suis désolé, répéta Tamaru. Moi non plus, ça ne m'a pas fait plaisir. »

Des deux mains, il lissa les muscles du visage d'Ushikawa et remit en place sa mâchoire. Il voulait lui donner une expression moins repoussante. Avec une serviette dénichée dans la cuisine, il essuya la bave de ses lèvres. L'opération prit certes un peu de temps, mais le visage du mort ne provoquait plus l'envie instinctive de détourner les yeux. Il lui fut toutefois impossible d'abaisser ses paupières.

« Comme l'a écrit Shakespeare, à peu de chose près, déclara Tamaru d'une voix calme, à l'adresse de la lourde tête cabossée, "Celui qui meurt aujourd'hui est quitte pour demain"[1]. Essayons de voir le bon côté des choses. »

Il ne parvenait pas à se souvenir si la phrase était prononcée dans *Henry IV* ou dans *Richard III*. C'était de peu d'importance pour lui. Et Ushikawa, de son côté, ne devait guère se soucier de la provenance de la citation. Tamaru défit les liens de ses bras et de ses jambes. Il s'était servi d'un tissu en éponge souple avec lequel il avait fait des nœuds spéciaux pour ne laisser aucune marque sur la peau. Il ramassa les liens, le sac plastique et le gros élastique, et les fourra dans un grand sac qu'il avait apporté à cet effet. Puis il passa rapidement en revue les affaires d'Ushikawa et récupéra toutes les photos que ce dernier avait prises. Il décida d'emporter aussi le trépied et l'appareil photo, car si l'on découvrait qu'Ushikawa faisait le guet dans cet appartement, on se poserait inévitablement la question : Qui espionnait-il ? Il y aurait alors de grandes chances pour qu'apparaisse le nom de Tengo Kawana. Il récupéra également son calepin, entièrement couvert de notes méticuleuses. Il ne resterait ainsi plus rien d'important. Le sac de couchage, de la nourriture, quelques vêtements, son portefeuille, sa clé. Et sa pauvre dépouille.

---

1. Shakespeare, *Henry IV*, deuxième partie, III, 2. Devant la maison du Juge Benêt, paroles prononcées par Falot : « [...] que les choses tournent comme elles voudront, qui meurt cette année est quitte pour la prochaine. » Traduction Henri Thomas, éd. Club Français du Livre, 1956.

Pour finir, il prit l'une de ses cartes de visite et la glissa dans la poche de son manteau.

« Je suis vraiment désolé », déclara à nouveau Tamaru à Ushikawa en quittant la pièce.

Tamaru entra dans une cabine publique près de la gare et inséra une carte téléphonique. Il composa le numéro qu'Ushikawa lui avait donné. Un numéro de Tokyo *intra muros*. Arrondissement de Shibuya, sans doute. On décrocha à la sixième sonnerie.

Sans préambule, Tamaru énonça l'adresse et le numéro de l'appartement de Kôenji.

« Vous avez bien noté ? demanda-t-il.

— Pourriez-vous répéter ? » lui répondit-on.

Ce que fit Tamaru. À l'autre bout du fil, on prit note et on répéta à haute voix.

« Voilà où se trouve monsieur Ushikawa, dit Tamaru. Je suppose que vous connaissez ce monsieur ?

— Monsieur Ushikawa ? »

Tamaru ignora la question. « Monsieur Ushikawa est bien dans cet appartement, mais, malheureusement, il ne respire plus. Il ne semble pas avoir succombé à une mort naturelle. Dans son portefeuille, il y a des cartes de visite sur lesquelles est noté : "Association pour la promotion scientifique et artistique du nouveau Japon – Directeur en titre." Si la police les trouve, elle découvrira tôt ou tard les relations que vous entreteniez avec lui. Ce qui ne manquera pas de vous causer quelque embarras, je suppose. Vous devriez régler le problème au plus vite. J'imagine que vous vous y connaissez en la matière ?

— Vous êtes ? lui demanda-t-on.

— Un gentil informateur, répondit Tamaru. Et moi non plus, je n'adore pas la police. Pas plus que vous.

— Il ne s'agit donc pas d'une mort naturelle ?

— En tout cas, il n'a pas été emporté par la vieillesse. Et il n'a pas connu une fin paisible. »

Il y eut un silence à l'autre bout du fil. Puis on demanda : « Et ce monsieur Ushikawa, que faisait-il dans un endroit pareil ?

— Je l'ignore. Pour les détails, il faudrait le demander à l'intéressé, mais comme je vous l'ai dit, il n'est pas en état de répondre. »

L'autre marqua une petite pause. Puis : « Êtes-vous en rapport avec la jeune femme qui s'était présentée à l'hôtel Ôkura ?

— Espérez-vous obtenir une réponse ?

— Je suis l'un de ceux qui ont rencontré cette femme. Si vous le lui dites, elle saura qui je suis. Je voudrais que vous lui transmettiez un message de ma part.

— Je vous écoute.

— Nous n'avons pas l'intention de lui nuire.

— J'avais pourtant cru comprendre que vous remuiez ciel et terre pour la retrouver ?

— Exact. Nous la recherchons depuis le début.

— Mais vous prétendez que vous ne lui ferez rien. Comment vous croire ? »

Il y eut un bref silence.

« À un moment donné, la situation a changé. Il est évident que nous avons profondément déploré la mort de notre leader. Mais le temps a passé. L'affaire est close. Le leader était malade physiquement, et il souhaitait, en un sens, que ses souffrances se terminent. Autrement dit, je peux vous affirmer que nous n'avons pas l'intention de poursuivre Mlle Aomamé plus longtemps. Ce que nous cherchons à présent, c'est à parler avec elle.

— À quel sujet ?

— À propos de nos intérêts communs.

— Enfin, vous voulez dire, de ce qui vous arrange, vous. Que vous ayez besoin de parler avec elle, c'est une chose. Cela ne signifie pas qu'elle le souhaite.

— Je crois que la question est négociable. Nous avons des propositions à lui faire. Nous lui offrons notamment la liberté et la sécurité. Et aussi certaines connaissances et diverses informations. Ne pourrions-nous pas organiser un entretien en terrain neutre ? Nous vous laissons le choix du lieu. Je vous garantis une sécurité absolue. Pour elle-même, mais aussi pour tous ceux qui ont été mêlés à cette affaire. Plus personne n'est contraint à la fuite. Voilà qui devrait arranger les deux parties.

— C'est vous qui le dites, observa Tamaru. Qu'est-ce qui nous prouve votre bonne foi ?

— Pourriez-vous néanmoins transmettre notre message à Mlle Aomamé ? répéta-t-on patiemment. Le temps presse, mais nous disposons encore d'un peu de marge pour négocier. S'il vous faut une garantie sur la fiabilité de notre proposition, nous y réfléchirons. Vous pouvez nous contacter à tout moment à ce numéro.

— Pourquoi ne pas me donner d'explications plus claires ? Pour quelles raisons avez-vous tellement besoin d'Aomamé ? En quoi la situation a-t-elle changé ? »

À l'autre bout du fil, il y eut une respiration étouffée. « Nous devons continuer à entendre les Voix. Elles sont pour nous comme un puits d'abondance, une source vivace. Il est impensable que nous les perdions. C'est tout ce que je peux vous dire maintenant.

— Et pour que ce puits ne tarisse pas, vous avez besoin d'Aomamé.

— Ce ne sont pas des choses que l'on explique en un mot. Tout ce que je peux vous confier, c'est qu'elle a un rôle à jouer là-dedans.

— Et qu'en est-il d'Ériko Fukada ? Vous n'avez plus besoin d'elle ?

— Non, plus pour le moment. Peu nous importe maintenant le lieu où elle se trouve et ce qu'elle fait. Sa mission est achevée.

— De quelle mission parlez-vous ?

— C'est un sujet délicat, lui dit-on après une courte pause. Je regrette, mais je ne peux vous en dire plus.

— Vous devriez pourtant prendre conscience de votre situation, répliqua Tamaru. Pour le moment, c'est moi qui ai les atouts en main. Je peux vous contacter à ma guise, pas vous. Vous ne savez même pas qui nous sommes. Ce n'est pas vrai ?

— En effet. C'est vous qui menez le jeu. Nous ignorons qui vous êtes. Mais ce ne sont pas des questions dont on peut discuter au téléphone. Je vous en ai déjà trop dit. J'ai sans doute dépassé mes attributions. »

Tamaru se tut un instant. « Bon, dit-il finalement. Je vais réfléchir à votre proposition. Nous aussi, nous devons nous concerter. Il se peut que je vous recontacte plus tard.

— J'attendrai votre coup de fil. Je vous répète que mon offre est valable pour les deux parties.

— Et si nous l'ignorons ? Ou si nous la rejetons ?

— Nous nous verrions alors contraints de procéder à notre manière. Nous ne sommes pas dépourvus de moyens. Les choses pourraient prendre une tournure quelque peu violente, qui risquerait de causer des ennuis aux personnes de votre entourage. Qui que vous soyez, vous ne vous en tirerez pas indemnes. Il se pourrait que la situation tourne au vilain, pour les uns comme pour les autres.

— Possible. Mais j'ai l'impression que ce sera long pour en arriver là. Et pour reprendre votre expression, le temps presse. »

À l'autre bout de la ligne, des toussotements se firent entendre. « Ça peut être long, ou non.

— On ne le saura qu'au moment voulu.

— Exact, lui répondit-on. Et puis, je dois aussi vous signaler un point important. Pour reprendre votre image, vous avez les atouts en main, en effet. Mais je crois que vous ne connaissez pas les règles de base de ce jeu.

— Là aussi, on ne le comprendra que quand on y jouera vraiment.

— Quand on joue vraiment et qu'on perd, c'est fâcheux.

— Des deux côtés », dit Tamaru.

Il y eut un court silence, lourd de sous-entendus.

« Et qu'allez-vous faire pour M. Ushikawa ? demanda Tamaru.

— Nous allons le récupérer. Sûrement avant l'aube.

— La porte de l'appartement n'est pas verrouillée.

— Très aimable de votre part.

— Pleurerez-vous la mort de M. Ushikawa ?

— Nous sommes toujours attristés quand un être humain disparaît. Quel qu'il soit.

— Vous pouvez en effet le pleurer. Dans son genre, il était extrêmement talentueux.

— Mais pas tout à fait assez. N'est-ce pas ?

— Qui aurait assez de talent pour vivre éternellement ?

— Ah, c'est ce que vous pensez.

— Oui, évidemment, répliqua Tamaru. Pas vous ?

— J'attends que vous nous recontactiez », dit l'homme d'une voix froide, sans répondre à sa question.

Tamaru raccrocha. Il était inutile de prolonger la conversation outre mesure. En cas de besoin, il lui suffirait de renouveler son appel. Il sortit de la cabine téléphonique et marcha jusqu'à l'endroit où il avait garé sa voiture. Un vieux break Corolla bleu foncé. Un véhicule qui ne risquait sûrement pas d'attirer les regards. Il roula une quinzaine de minutes et s'arrêta devant un jardin désert. Après s'être assuré que personne ne le voyait, il jeta le sac plastique, les liens et l'élastique dans une poubelle. Il jeta également les gants chirurgicaux.

Tamaru attacha sa ceinture, démarra et murmura à voix très basse : « Ils sont toujours attristés quand un être humain disparaît, quel qu'il soit. » C'est bien, songea-t-il. Il est naturel que l'on déplore la mort d'un homme. Ne serait-ce qu'un bref instant.

26

Aomamé

Tout à fait romantique

LE TÉLÉPHONE SONNA MARDI JUSTE APRÈS MIDI. Aomamé était assise sur son matelas de yoga, les jambes largement écartées, occupée à étirer ses muscles ilio-psoas. Un mouvement plus difficile qu'il ne le paraissait. Sa chemise était moite de sueur. Elle arrêta ses exercices et souleva le combiné en s'essuyant le visage avec une serviette.

« Le Nabot ne se trouve plus dans l'immeuble », déclara Tamaru, comme à son habitude sans aucun préalable.

Même pas un « *Allô* ».

« Il n'y est plus ?

— Non. Je l'en ai convaincu.

— Convaincu », répéta Aomamé. Elle supposa que d'une façon ou d'une autre, Tamaru avait forcé le Nabot à s'éloigner.

« Et le nommé Kawana qui habite dans l'immeuble, c'est bien le Tengo Kawana que vous recherchez. »

Le monde autour d'Aomamé se dilata, se contracta. Comme si c'était son propre cœur.

« Vous m'entendez ? demanda Tamaru.

— Je vous entends.

— Mais Tengo Kawana n'est pas chez lui. Cela fait quelques jours qu'il est absent.

— Il ne lui est rien arrivé ?

— Il ne se trouve pas à Tokyo à présent, mais je suis certain qu'il va bien. Le Nabot avait loué un appartement au rez-de-chaussée de l'immeuble où habite Tengo Kawana. Il attendait que vous veniez le voir. Il s'était installé là avec un appareil photo caché et il surveillait l'entrée.

— Il a pris des photos de moi ?

— Oui, trois. Mais c'était la nuit, vous vous étiez dissimulée avec une casquette qui vous retombait bas sur le front, des lunettes, une écharpe autour du cou. On ne voit donc pas le détail de votre visage. Mais c'est vous, sans aucun doute. Si vous étiez retournée là-bas, vous vous seriez exposée à de sérieux ennuis.

— J'ai donc bien fait de tout vous avouer ?

— Je ne sais pas si l'on peut parler de "bien" dans ce cas.

— En tout cas, dit Aomamé, je n'ai plus à m'inquiéter de ce type.

— Il n'est plus vraiment en mesure de vous causer du tort.

— Parce que vous l'avez convaincu.

— La situation a nécessité certains réglages, en toute fin, répondit Tamaru. J'ai emporté toutes les photos. L'intention du Nabot était d'attendre que vous vous manifestiez. Tengo Kawana servait juste d'appât. Ils ne devraient avoir aucune raison de s'en prendre à lui maintenant. Il va sans doute très bien.

— J'en suis heureuse, dit Aomamé.

— Tengo Kawana enseigne les mathématiques dans une école préparatoire de Yoyogi. Apparemment, c'est un excellent prof, mais comme il ne travaille que quelques jours par semaine, il ne doit pas avoir de gros revenus. Il est encore célibataire, et d'après l'allure de l'immeuble, il mène sûrement une vie modeste. »

En fermant les yeux, elle entendait dans ses oreilles les battements de son cœur. La frontière entre le monde et elle était floue.

« À côté de ses cours de maths, il écrit un roman. Un roman long. La réécriture de *La Chrysalide de l'air* n'était qu'un job temporaire, et son ambition est de devenir écrivain. C'est une bonne chose. Une belle ambition fait mûrir un homme.

— Comment avez-vous découvert tout cela ?

— J'ai profité de son absence pour visiter son appartement. Il était verrouillé mais ce n'était pas le genre de clés qui m'auraient empêché d'entrer. J'étais obligé d'inspecter les lieux, même si je n'aime pas violer l'intimité de quelqu'un. Pour un homme qui vit seul, j'ai trouvé l'appartement nickel. Même la cuisinière était astiquée à fond. L'intérieur du réfrigérateur parfait aussi, et il n'y avait pas de chou moisi au fond. J'ai vu qu'il avait fait du repassage. Ce doit être un bon compagnon. Enfin, s'il n'est pas homo, j'entends.

— Et sinon, qu'avez-vous appris ?

— J'ai téléphoné à son école, j'ai demandé à quel moment il faisait cours. La femme que j'ai eue au bout du fil m'a dit que le père de Tengo Kawana était mort à l'hôpital, quelque part dans la préfecture de Chiba, la nuit de dimanche. Son fils a donc dû quitter Tokyo pour assister aux obsèques. Et ses cours du lundi ont été annulés. La femme ne savait pas où et quand avait lieu la cérémonie funéraire. Mais ses prochains cours étant prévus pour jeudi, il devrait être rentré à Tokyo avant. »

Bien entendu, Aomamé se souvenait que le père de Tengo travaillait comme collecteur de la redevance de la NHK. Le dimanche, Tengo l'accompagnait durant sa tournée. Ils s'étaient croisés à plusieurs reprises dans les rues d'Ichikawa. Elle ne se rappelait pas très bien le visage du père. Juste que l'homme était petit, maigre et qu'il portait un uniforme de la NHK. Et que Tengo ne lui ressemblait pas du tout.

« Puisque le Nabot n'est plus là, je pourrais peut-être aller voir Tengo ?

— Ce serait une très mauvaise idée, répondit sur-le-champ Tamaru. Le Nabot a été *convaincu* comme il convenait. Mais à vrai dire, j'ai dû entrer en contact avec un gars de la secte pour que ses sbires s'occupent de débarrasser quelque chose. Je lui ai dit, il y a là un truc dont je n'aimerais pas qu'il tombe dans les mains de la justice. Si c'était découvert, tous les appartements de l'immeuble seraient passés au peigne fin. Ce qui risquerait d'impliquer tes copains. Et puis, me débarrasser de la chose à moi tout seul, c'est un peu trop dur. Si des représentants des autorités tombaient sur moi alors que je trimballais le produit en pleine nuit, et s'ils me posaient des questions, je ne vois pas trop comment je m'en sortirais. Dans ta secte, tu ne manques pas de bras ni de logistique. Et puis, vous autres, vous avez l'habitude de ce genre de boulot. Hein ? Comme la marchandise que vous avez fait sortir de l'hôtel Ôkura. Tu vois de quoi je parle ? »

Aomamé traduisit mentalement les termes qu'utilisait Tamaru en un vocabulaire plus direct. « On dirait que pour *convaincre* le type, vous avez dû utiliser des méthodes assez brutales. »

Tamaru émit un petit gémissement. « C'était malheureux, mais il en savait trop.

— Est-ce que les gens de la secte savaient ce que faisait le Nabot dans cet immeuble ? demanda Aomamé.

— Il travaillait pour eux, mais il agissait d'abord et toujours en solo. Il ne leur avait pas encore communiqué qu'il était à pied d'œuvre dans cet immeuble. Heureusement pour nous.

— Mais à présent, eux aussi savent *qu'il travaillait* là-bas.

— Exact. C'est pourquoi il vaudrait mieux que vous ne vous approchiez pas du coin pendant un certain temps. Le nom de Tengo Kawana et son adresse figurent forcément sur leur check-list. Il ne faut pas oublier qu'il est le coauteur de *La Chrysalide de l'air*. Je pense que les gars n'ont pas encore saisi qu'il y avait des relations personnelles entre Tengo Kawana et vous-même. Mais quand ils chercheront pourquoi le Nabot avait loué un appartement dans cet immeuble, ils tomberont sur Tengo Kawana. Ce n'est qu'une question de temps.

— Avec un peu de chance, il leur faudra pas mal de temps avant qu'ils débrouillent tout ça. Ils ne feront peut-être pas tout de suite le rapport entre la mort du Nabot et Tengo.

— Avec un peu de chance, répéta Tamaru. S'ils ne sont pas aussi attentifs que je pense qu'ils le sont. Mais je ne compte jamais sur la chance. C'est ce qui m'a permis de rester en vie.

— Mieux vaut donc que je ne m'approche pas de cet immeuble.

— Évidemment, répondit Tamaru. Notre vie ne tient qu'à un fil. Nous ne serons jamais trop prudents.

— Et le Nabot, avait-il compris que je me cachais dans cette résidence ?

— Si tel avait été le cas, à cette heure, vous seriez je ne sais où, en tout cas quelque part où je ne pourrais vous rejoindre.

— Pourtant, il est arrivé très près de chez moi.

— C'est exact. Mais à mon sens, il n'a été guidé là que par le hasard. Rien d'autre.

— C'est pour cela qu'il s'est exposé sur le toboggan, sans se cacher.

— Oui. Il n'avait pas la moindre idée que vous assistiez à cette scène et que vous l'observiez. Il ne l'a jamais imaginé. Finalement, cela lui aura été fatal, dit Tamaru. Je vous l'ai dit, n'est-ce pas... La vie d'un homme ne tient qu'à un fil. »

Un silence de quelques secondes tomba. Un lourd silence. À la mesure de la mort d'un homme – quel que soit l'homme.

« Le Nabot a disparu mais la secte est toujours derrière moi.

— En fait, je n'en suis pas tout à fait sûr, dit Tamaru. Les gars, au début, ont cherché à vous mettre la main dessus et à savoir si une organisation n'avait pas planifié la mort de leur leader. Vous n'aviez pas pu, à vous seule, tout organiser. Il était clair qu'il y avait quelqu'un derrière vous. S'ils vous avaient attrapée, vous auriez pu vous attendre à un interrogatoire musclé.

— C'est bien pour cela que j'avais besoin d'une arme, répondit Aomamé.

— C'était également ce que pensait le Nabot, poursuivit Tamaru. Il était persuadé que la secte vous poursuivait, qu'on vous interrogerait et qu'on vous punirait. Mais voilà, on dirait qu'en cours de route la situation a beaucoup changé. Une fois le Nabot sorti de scène, j'ai eu une conversation au téléphone avec un de ces gars. Et il m'a affirmé qu'ils n'avaient plus l'intention de vous faire du mal. Il voulait que je vous transmette ce message. Bien sûr, c'est peut-être un piège. Mais j'ai eu l'impression qu'il disait la vérité. L'homme m'a expliqué que la mort du leader, en un sens, c'était ce que recherchait l'intéressé. C'était une sorte de suicide. Par conséquent, ils n'avaient plus à vous punir.

— Oui, en effet, fit Aomamé d'une voix sèche. Le leader savait depuis le début que j'étais venue le trouver dans l'intention de le tuer. Et il souhaitait aussi que je lui administre la mort. Cette nuit-là, dans une des chambres de la suite de l'hôtel Ôkura.

— Ses gardes du corps n'ont pas deviné ce que vous étiez en réalité. Mais le leader, lui, le savait.

— Oui. Pourquoi, je l'ignore. Mais il savait tout à l'avance, expliqua Aomamé. Et même, il *m'attendait.* »

Tamaru marqua une petite pause, puis il demanda :

« Il s'est passé quelque chose dans cette chambre ?

— Nous avons conclu un marché.

— Je n'avais pas entendu parler de ça, remarqua Tamaru, la voix durcie.

— Je n'ai pas eu l'occasion de le faire.

— Eh bien, expliquez-moi maintenant. De quelle sorte de marché a-t-il été question ?

— Je lui ai fait des étirements musculaires, une heure environ, pendant laquelle il m'a parlé. Il était au courant pour Tengo. Il savait aussi, j'ignore comment, qu'il y avait un lien entre Tengo et moi. Et il m'a dit qu'il souhaitait que je lui apporte la mort. Il voulait que je le délivre au plus vite de ses souffrances physiques. Des souffrances atroces et incessantes. Si je lui octroyais la mort, en échange, me dit-il aussi, il pouvait agir en sorte que Tengo ait la vie sauve. Alors je me suis décidée, et je lui ai ôté la vie. Si je n'avais rien fait, il se dirigeait de toute façon vers une issue fatale. Pourtant, au vu des actes qu'il avait commis, j'aurais plutôt eu envie de le laisser souffrir.

— Et ce marché que vous avez alors passé, vous n'en avez pas informé Madame ?

— Je suis allée là-bas pour tuer le leader. J'ai rempli ma mission, répondit Aomamé. Pour ce qui concerne Tengo, c'était une question personnelle.

— Bon, fit Tamaru, à demi résigné. Vous avez parfaitement rempli votre mission. J'en conviens. Et ce qui se rapporte à

Tengo Kawana entre en effet dans la catégorie des choses personnelles. Néanmoins, à peu près à cette époque-là, vous vous êtes retrouvée enceinte. Et ça, ce n'est pas quelque chose que l'on peut facilement ignorer.

— Non, *pas à peu près à cette époque-là*. J'ai conçu cette nuit-là, alors qu'il y avait un violent orage et que des pluies diluviennes s'abattaient sur le centre de Tokyo. Exactement la nuit au cours de laquelle j'ai *traité* le leader. Et comme je vous l'ai déjà dit, sans qu'il y ait eu la moindre relation sexuelle. »

Tamaru soupira. « Sur cette question, tel est mon choix : soit je crois ce que vous dites, soit je ne vous crois pas. J'ai toujours vu en vous quelqu'un de fiable. Encore maintenant, j'aimerais vous croire. Mais là, je ne vois pas la logique des choses. Et moi, je suis un homme qui raisonne uniquement par déduction. »

Aomamé resta silencieuse.

Tamaru poursuivit : « Entre la mort du leader et cette conception mystérieuse, y aurait-il une relation de cause à effet ?

— Je ne peux rien en dire.

— Se pourrait-il que le fœtus qui se trouve en vous soit l'enfant du leader ? N'avez-vous pas envisagé cette possibilité ? Qu'il se soit servi de Dieu sait quel moyen, pour, à ces moments-là, vous féconder. S'il en était ainsi, je comprendrais alors la raison pour laquelle les gars voudraient à tout prix mettre la main sur vous. Ils ont besoin d'un successeur. »

Aomamé serra avec force le combiné et secoua la tête.

« C'est impossible. Il s'agit de l'enfant de Tengo. Je le sais.

— Là encore, je dois choisir entre vous croire ou ne pas vous croire.

— Je suis dans l'incapacité de vous donner d'autres explications. »

Tamaru soupira de nouveau. « Très bien. Admettons pour le moment ce que vous dites. C'est votre enfant et celui de Tengo Kawana. Vous le savez. Néanmoins, la logique des choses continue à me rester étrangère. Au début, ils cherchaient à vous capturer et à vous châtier sévèrement. Mais à un certain moment, quelque chose s'est passé. Ou bien ils ont compris quelque chose. Et maintenant, ils ont *besoin* de vous. Ils ont dit qu'ils garantiraient votre sécurité, et qu'ils avaient aussi à vous offrir quelque chose. Et qu'ils espéraient parler directement de cela avec vous. Mais que s'est-il donc passé ?

— Ils n'ont pas besoin de moi, répondit Aomamé. Ce dont ils ont besoin, c'est de ce qui est dans mon ventre. Parce que à un certain moment, ils ont su que j'étais enceinte. »

« Hoo hoo. » La voix du Little People tenant le rôle de l'accompagnateur s'éleva quelque part.

« Tout cela va un peu trop vite pour moi », dit Tamaru. Il eut de nouveau une sorte de gémissement venant de l'arrière-gorge. « Je n'y vois pas la moindre cohérence. »

Plus rien n'est cohérent depuis qu'il y a deux lunes, songea Aomamé. C'est ce qui a enlevé toute logique aux choses. Mais elle garda pour elle ces pensées.

« Hoo hoo », reprirent en chœur les six autres Little People.

« Ils ont besoin de *quelqu'un qui entende les Voix*, continua Tamaru. C'est ce que m'a dit le gars que j'ai eu au bout du fil. Si les Voix sont perdues, ce pourrait être la fin de la secte. "Entendre les Voix", moi, franchement, je ne comprends pas ce que cela signifie. En tout cas, ce sont bien les mots que le type a prononcés. Est-ce que cela voudrait dire que l'enfant que vous portez pourrait devenir "celui qui entend les Voix" ? »

Elle posa doucement la main sur son ventre. MOTHER et DAUGHTER, songea Aomamé. Elle ne prononça pas ces mots. Il ne fallait pas que les lunes *les* entendent.

« Je ne sais pas, répondit-elle prudemment. Mais je ne vois pas d'autre raison pour laquelle ils auraient besoin de moi.

— Enfin, comment cet enfant aurait-il ce pouvoir ?

— Je n'en sais rien », dit Aomamé.

Lui vint alors la pensée que le leader, en échange de sa vie, lui avait peut-être confié la charge de lui donner un successeur. Dans cette intention, durant la nuit de fortes pluies, le leader avait peut-être ouvert temporairement un circuit qui faisait se croiser les différents mondes, et qui permettait que Tengo et elle ne fassent plus qu'un.

« Quel que soit le père de cet enfant, quel que soit le pouvoir qu'il aura ou non en venant au monde, je suppose que vous n'avez pas l'intention de conclure un marché avec la secte, n'est-ce pas ? Ce qu'on vous donnerait en échange ne vous intéresse pas. Et même s'ils vous dévoilaient un certain nombre d'énigmes ?

— Pour rien au monde, répondit Aomamé.

— Mais ils seraient capables de chercher à s'en emparer par la force, sans tenir compte de votre intention. Et d'utiliser tous les moyens possibles, dit Tamaru. Et Tengo Kawana représente votre point faible. Je dirais presque votre unique point faible. Mais il est de taille. Dès qu'ils l'auront compris, il est sûr et certain qu'ils se focaliseront dessus. »

Tamaru avait raison. Tengo Kawana était à la fois ce qui donnait un sens à sa vie et sa plus grande vulnérabilité.

Tamaru poursuivit : « C'est trop dangereux que vous restiez plus longtemps là où vous êtes. Avant que ces gars sachent qu'il y a un lien entre Tengo Kawana et vous, il faut absolument vous déplacer en un lieu plus sûr.

— À présent, il n'existe dans *ce monde* aucun endroit sûr », répondit Aomamé.

Tamaru éprouva longuement le sens de ses paroles. Puis il déclara avec calme : « Faites-moi part de vos intentions.

— Avant tout, je dois rencontrer Tengo. Il m'est impossible de m'éloigner d'ici avant. Même si cela signifie m'exposer à de gros risques.

— Que ferez-vous après l'avoir vu ?

— Je sais ce que je devrai faire. »

Tamaru resta un instant silencieux. « Sans l'ombre d'un doute ?

— J'ignore si tout se passera bien. Mais je sais ce que je devrai faire. Sans l'ombre d'un doute.

— Pourtant vous ne voulez pas me dire de quoi il s'agit ?

— Je suis désolée, mais pour le moment, je ne peux vous en dire davantage. Pas seulement à vous d'ailleurs. À personne. Si ma bouche venait à s'ouvrir, tout serait révélé au monde à la seconde. »

Les lunes tendaient l'oreille. Les Little People tendaient l'oreille. L'appartement tendait l'oreille. Rien de ce qui était en elle ne devait s'échapper à l'extérieur. Elle devait barricader son cœur avec des murailles épaisses.

Tamaru tapotait le bout de son stylo-bille sur la table. Toc toc toc toc. Ces bruits secs et réguliers parvenaient aux oreilles d'Aomamé. Des bruits solitaires dépourvus d'échos.

« Bien. Je vais tenter de prendre contact avec Tengo Kawana. Mais avant, il faut que j'obtienne l'assentiment de Madame. La mission qui m'a été confiée, c'est de vous déplacer ailleurs aussi rapidement que possible. Mais vous me dites qu'en aucun cas vous ne vous éloignerez d'ici avant d'avoir vu Tengo Kawana. Il ne va pas m'être facile de lui expliquer vos raisons. Vous comprenez, je suppose ?

— Il est très difficile d'expliquer logiquement ce qui n'a aucune logique.

— Exactement. À peu près aussi difficile que de tomber sur une perle véritable dans un bar à huîtres de Roppongi. Mais je ferai de mon mieux.

— Merci, dit Aomamé.

— Je n'arrive toujours pas à trouver la moindre cohérence dans vos propos, malgré tous mes efforts. Je ne vois pas de logique entre les causes et les conséquences. Pourtant, plus je vous parle, et plus j'ai le sentiment que j'accepte peu à peu ce que vous me dites. Je me demande pourquoi. »

Aomamé conserva le silence. « Madame, de son côté, vous témoigne de la confiance. Et elle croit en vous, continua Tamaru. Aussi, je pense qu'elle ne s'opposera pas à ce qu'il y ait rencontre entre Tengo Kawana et vous, étant donné la force de vos propos. J'ai l'impression que ce qui existe entre Tengo Kawana et vous, c'est un lien indissoluble.

— Un lien plus fort que tout au monde », répondit Aomamé.

Quel que soit le monde, corrigea-t-elle intérieurement.

« Et si je vous disais, poursuivit Tamaru, que c'était trop dangereux, que je refusais d'entrer en contact avec Tengo Kawana, j'imagine que vous iriez chez lui pour le rencontrer.

— Sans aucun doute.

— Personne ne pourrait vous en empêcher.

— Personne. »

Tamaru marqua une petite pause. « Eh bien, quel message dois-je transmettre à Tengo Kawana ?

— Qu'il monte en haut du toboggan quand la nuit sera venue. N'importe quand la nuit. Je l'attendrai. Il comprendra si vous précisez que c'est Aomamé qui le dit.

— Bien. Je ferai la commission. *Qu'il monte en haut du toboggan quand la nuit sera venue.*

— Et puis, s'il possède quelque chose d'important qu'il ne veut pas abandonner, qu'il l'apporte. Dites-lui. Simplement, il faudrait qu'il ait les deux mains libres.

— Jusqu'où aura-t-il à transporter ce bagage ?

— Loin, répondit Aomamé.

— Loin comment ?

— Je ne sais pas.

— Bon. Dès que Madame sera d'accord, je transmettrai le message à Tengo Kawana. Et je m'efforcerai de garantir votre sécurité. À ma façon. Mais les dangers seront toujours là. Les gars de la secte semblent désespérés. En fin de compte, vous devrez veiller sur vous toute seule.

— Je sais », répondit Aomamé d'une voix calme. La paume de sa main était toujours posée sur son ventre. *Pas seulement sur moi,* songeait-elle.

Après avoir raccroché, Aomamé s'effondra dans le canapé. Puis elle ferma les yeux, pensa à Tengo. Elle n'était pas capable de penser à autre chose. Sa poitrine était oppressée au point d'être douloureuse. Mais c'était une douleur heureuse. Une douleur qu'elle pouvait endurer indéfiniment. Il vivait tout près d'ici. À peine à dix minutes à pied. À cette simple pensée, une chaleur l'envahissait de l'intérieur. Il était célibataire, enseignait les maths dans une école préparatoire.

Il vivait dans un logement modeste et bien ordonné, il faisait de la cuisine, du repassage, il écrivait un long roman. Aomamé enviait Tamaru. Si elle l'avait pu, elle aurait aimé pénétrer elle aussi chez Tengo, alors qu'il n'était pas là. Elle aurait aimé toucher toutes les choses qui s'y trouvaient, l'une après l'autre, dans le calme du logement désert. Elle aurait aimé vérifier si les crayons dont il se servait étaient bien aiguisés, prendre en main les tasses à café dans lesquelles il buvait, respirer les odeurs de ses vêtements. Avant d'être vraiment face à lui, elle aurait aimé passer d'abord par ces étapes.

Quelle serait la bonne entrée en matière quand ils se retrouveraient soudain tous les deux, sans ce genre de préambule ? Aomamé n'en avait pas idée. À l'imaginer, sa respiration s'emballait, sa tête s'embrumait. Ils auraient trop à se dire. Et en même temps, il n'y avait rien qui devait absolument être dit. Les choses dont elle aimerait le plus parler perdraient leur sens dès qu'elle les aurait mis en mots.

Pour l'heure, tout ce que pouvait faire Aomamé, c'était attendre. Attendre en demeurant calme et attentive. Elle prépara un sac pour pouvoir sortir très vite dès qu'elle verrait Tengo. Elle entassa tout ce qui était indispensable dans son gros sac à bandoulière en cuir noir, afin de ne pas avoir à revenir. Liasses de billets, quelques habits de rechange, le Heckler & Koch chargé. C'était tout. Elle déposa son sac dans un coin où elle pourrait le prendre immédiatement. Elle sortit du placard son tailleur Junko Shimada suspendu à un cintre, et après avoir vérifié qu'il n'était pas froissé, elle l'accrocha à un mur de la salle de séjour. Elle sortit aussi son chemisier blanc, un collant et ses hauts talons Charles Jourdan. Ainsi que son manteau de printemps beige. La même tenue que lorsqu'elle avait descendu l'escalier d'urgence de la voie express. Le manteau était un peu trop léger pour une nuit de décembre. Mais elle n'avait pas le choix.

Une fois qu'elle eut achevé ses préparatifs, elle s'assit sur le balcon et observa le toboggan du jardin par l'intervalle entre la plaque protectrice et la balustrade. Dans la nuit de dimanche, le père de Tengo était mort. Il fallait un délai d'au moins vingt-quatre heures entre le moment où le décès d'une personne était constaté et son incinération. C'était la loi. Elle calcula. La crémation n'avait pas pu se faire avant mardi. Aujourd'hui, on était mardi. Quand la cérémonie mortuaire serait achevée, Tengo reviendrait à Tokyo – d'où exactement, elle l'ignorait –, et ce ne serait au plus tôt que ce soir. Ensuite, Tamaru lui transmettrait son message. Tengo ne pourrait donc pas se rendre dans le jardin avant. Et puis, à présent, il faisait encore jour.

Juste avant de mourir, le leader a programmé *cette petite chose* dans ma matrice. Telle est ma supposition. Ou mon intuition. Est-ce que cela voudrait dire en fin de compte que j'aurais été manipulée par la volonté qu'il aurait laissée derrière lui, que j'aurais été guidée et dirigée vers une destination qu'il aurait fixée ?

Aomamé grimaça. Elle était incapable de trancher. Si j'acceptais l'hypothèse de Tamaru, se disait-elle, n'aurais-je pas conçu « celui qui entend les Voix » à la suite d'une manœuvre du leader ? Mon ventre serait une sorte de « chrysalide de l'air ». Mais pourquoi fallait-il que ce soit moi ? Et pourquoi fallait-il que le partenaire soit Tengo Kawana ? C'était encore là quelque chose qu'elle ne s'expliquait pas.

Quoi qu'il en soit, toutes sortes de choses ont avancé autour de moi sans que j'en comprenne les connexions. Sans que je sois en mesure de concevoir le principe qui les met en mouvement, ou qui les oriente. J'ai seulement été entraînée au milieu. Mais cela, c'était *jusqu'à maintenant*, décida Aomamé.

Elle tordit les lèvres et grimaça plus violemment.

Désormais, ce sera différent. Plus personne ne me manipulera. À partir d'aujourd'hui, mon seul principe consistera à agir selon ma propre volonté. Je protégerai *cette petite chose*, quoi qu'il arrive. Et s'il le faut, je me battrai désespérément. C'est ma vie, c'est mon enfant. Peu importe par qui et pour quel but il a été programmé. Pour moi, c'est l'enfant que Tengo et moi avons conçu. Il ne passera aux mains de personne. Jamais. C'est moi désormais qui déciderai de ce qui est bon ou de ce qui est mauvais et de comment les choses doivent être conduites. Qui que vous soyez, souvenez-vous-en.

Le lendemain, mercredi, à deux heures de l'après-midi, le téléphone sonna.

« J'ai transmis le message, dit Tamaru sans s'encombrer de préalables. À présent, il est chez lui. Je lui ai téléphoné ce matin. Il ira ce soir, à sept heures exactement, sur le toboggan.

— Il se souvenait de moi ?

— Bien sûr. Il semble qu'il vous ait beaucoup cherchée. »

C'était exactement ce qu'avait dit le leader. Tengo avait voulu la retrouver. Il lui suffisait de savoir cela. Son cœur déborda de bonheur. Aucun mot de ce monde n'était plus précieux.

« Il apportera ses biens les plus importants. Comme vous l'avez dit. Je suppose qu'il y aura le manuscrit du roman qu'il est en train d'écrire.

— Sûrement, dit Aomamé.

— J'ai inspecté les alentours de son immeuble. D'après ce que j'ai vu, tout est clean. Je n'ai remarqué aucun individu suspect qui rôderait dans le voisinage. L'appartement du Nabot était vide. Je dis que les environs sont calmes, mais pas non plus trop calmes. Les gars sont venus dans la nuit embarquer la marchandise en secret, et il semble qu'ils ont quitté complètement la place. Ils ont dû penser que c'était risqué de s'attarder. C'est ce que j'ai constaté de mes propres yeux, et je n'ai sans doute rien laissé échapper.

— Tant mieux.

— Mais j'ai dit : "sans doute". Et j'ajouterai aussi : *Pour le moment*. Les circonstances changent à chaque instant. Évidemment, je ne suis pas parfait. J'ai peut-être loupé un point important. On ne peut exclure non plus que ces gars soient un cran plus forts que moi.

— Donc, en cas de pépin, il me faudra me protéger seule.

— Comme je vous l'ai déjà dit, répondit Tamaru.

— Merci pour tout. Je vous suis très reconnaissante.

— J'ignore ce que vous avez l'intention de faire désormais, reprit Tamaru. Mais si vraiment vous partez très loin, si nous ne nous revoyons plus, je sais que je serai un peu triste. Vous êtes quelqu'un de tout à fait à part, sans exagérer. On ne rencontre pas souvent des êtres comme vous. »

Aomamé eut un léger sourire dans le récepteur. « C'est exactement l'impression que je voulais vous laisser.

— Madame a besoin de vous. Pas seulement pour vos talents mais comme amie. Je sais qu'elle est très triste que vous deviez vous en aller. Elle n'est pas capable de vous parler au téléphone maintenant. Vous le comprenez.

— Oui, répondit Aomamé. Moi aussi, j'aurais sans doute du mal à lui parler.

— Vous avez dit que vous iriez loin, reprit Tamaru. De quelle distance parlez-vous ?

— Une distance qui ne se mesure pas.

— Comme celle qui sépare le cœur des hommes. »

Aomamé ferma les yeux, poussa un profond soupir. Elle était au bord des larmes. Mais elle réussit à se contenir.

Tamaru ajouta d'une voix calme : « Je prie pour que tout se passe bien.

— Je suis désolée, mais je crois que je ne pourrai pas vous rendre le Heckler & Koch, dit Aomamé.

— Cela ne fait rien. Je vous l'offre. Vous pourrez le jeter dans la baie de Tokyo, s'il vous embarrasse. Ainsi le monde aura avancé d'un tout petit pas vers la démilitarisation.

— Peut-être qu'au bout du compte je n'aurai pas fait feu. À l'inverse de ce que disait Tchekhov.

— Aucune importance. Il n'y a rien de mieux qu'un pistolet qui n'a pas tiré. Nous approchons maintenant de la fin du XXe siècle. La situation est complètement différente de l'époque où vivait Tchekhov. Il n'y a plus de voitures à cheval, les femmes ne portent plus de corset. Le monde a réussi à survivre au nazisme, à la bombe atomique et à la musique moderne. Et même la façon dont on écrit les romans a terriblement changé. Il n'y a pas à s'en inquiéter, dit Tamaru. Mais j'ai une question. Ce soir, à sept heures, vous

vous retrouverez en haut du toboggan, Tengo Kawana et vous.

— Si tout se passe bien, fit Aomamé.

— Bon. Si vous le voyez vraiment, que ferez-vous sur ce toboggan ?

— Nous regarderons la lune.

— C'est tout à fait romantique », répondit Tamaru avec une admiration sincère.

27

Tengo

Ce monde n'est pas suffisant

MERCREDI MATIN, LORSQUE LA SONNERIE DU TÉLÉPHONE RETENTIT, Tengo était plongé dans le sommeil. Il n'était pas parvenu à s'endormir avant l'approche de l'aube, et il lui restait dans la bouche le goût du whisky qu'il avait finalement absorbé. Il sortit du lit et s'aperçut avec surprise qu'il faisait tout à fait clair.

« Monsieur Tengo Kawana ? demanda un homme, dont la voix lui était inconnue.

— Oui », répondit Tengo.

Il pensa que c'était sans doute au sujet d'une formalité concernant la mort de son père. Il percevait chez son interlocuteur des accents calmes et professionnels. Mais les aiguilles de son réveille-matin indiquaient qu'il n'était pas encore huit heures. Trop tôt pour un appel de la société des pompes funèbres ou de la mairie.

« Je suis désolé de vous téléphoner à une heure aussi matinale, mais il s'agit d'une urgence. »

Une urgence. « Oui ? » Sa tête était embrumée.

« Vous souvenez-vous de quelqu'un qui s'appelle Aomamé ? » questionna l'homme.

Aomamé ? Toute trace de somnolence s'évanouit. Son esprit fut soudain bouleversé, comme une scène de théâtre après une pause dans le noir. Tengo rectifia la prise du combiné dans sa main.

« Je m'en souviens, répondit-il.

— C'est un nom extrêmement rare.

— Nous étions dans la même classe à l'école primaire », répondit Tengo d'une voix plus assurée.

L'homme marqua une petite pause. « Monsieur Kawana, auriez-vous de l'intérêt, maintenant, à parler de Mlle Aomamé ? »

Tengo se dit que l'homme avait une façon curieuse de s'exprimer. Une grammaire spéciale. Il avait l'impression d'entendre la traduction d'une pièce de théâtre d'avant-garde.

« Si cela ne vous intéresse pas complètement, ce serait une perte de temps pour nous deux. J'interromprai notre conversation immédiatement.

— Oui, je suis intéressé, se hâta de répondre Tengo. Excusez-moi, mais à quel titre m'appelez-vous ?

— J'ai un message de sa part, continua l'homme sans tenir compte de sa question. Mlle Aomamé souhaiterait vous rencontrer. Qu'en est-il de votre côté, monsieur Kawana ? Avez-vous l'intention de la voir ?

— Oui, certes », répondit Tengo. Il s'éclaircit la voix. « Moi aussi, cela fait très longtemps que je souhaite la rencontrer.

— C'est parfait. Elle veut vous voir. Vous aussi, vous espérez la rencontrer. »

Tengo s'aperçut tout à coup que son appartement s'était terriblement rafraîchi. Il attrapa un cardigan et le passa sur son pyjama.

« Et que dois-je faire ? demanda Tengo.

— Pourriez-vous monter en haut du toboggan quand la nuit sera venue ? répondit l'homme.

— En haut du toboggan ? » répéta Tengo. De quoi diable parlait cet homme ?

« Vous devriez comprendre. Elle voudrait que vous montiez sur le toboggan. Je ne fais que vous transmettre les mots mêmes qu'a employés Mlle Aomamé. »

Tengo passa la main dans ses cheveux, qui se dressaient sur son crâne en mèches indisciplinées. Le toboggan. C'était là où il avait levé la tête et découvert les deux lunes. Bien sûr, c'était *ce* toboggan.

« Je crois que j'ai compris, dit-il d'une voix sèche.

— Très bien. Ensuite, si vous avez des affaires importantes que vous voudriez emporter, elle aimerait que vous les preniez avec vous. Il pourrait se faire que vous vous déplaciez loin.

— Des affaires importantes que je voudrais emporter ? répéta Tengo avec étonnement.

— Des choses que vous n'aimeriez pas abandonner derrière vous. »

Tengo se plongea dans ses pensées. « Je ne comprends pas très bien, mais quand vous dites : "se déplacer loin", est-ce que cela signifie que je ne reviendrai plus jamais ici ?

— Je ne peux vous répondre. Je l'ignore, dit son interlocuteur. Ainsi que je vous l'ai précisé plus tôt, je me borne à vous transmettre tel quel son message. »

Tengo réfléchit tout en passant ses doigts dans ses cheveux emmêlés.

Se déplacer ? Puis il répondit : « Il se peut que j'emporte une grande quantité de papiers.

— Ce ne devrait pas être un problème, dit l'homme. Vous êtes libre de vos choix. Simplement, elle aimerait que le sac dans lequel vous mettrez vos affaires vous laisse les deux mains libres.

— Les mains libres, fit Tengo. Vous voulez dire qu'une valise, par exemple, ça n'irait pas ?

— Je ne crois pas, en effet. »

À sa voix, il était difficile de présumer de l'âge, de l'allure ou de la personnalité de l'homme. C'était une voix qui ne vous laissait pas d'indices. Son individualité et ses sentiments – à supposer que l'homme en possède – étaient profondément enfouis. Dès que la communication serait coupée, Tengo aurait du mal à s'en souvenir.

« Voilà tout ce que j'avais à vous communiquer, dit l'homme.

— Est-ce que Mlle Aomamé va bien ? demanda Tengo.

— Elle ne souffre d'aucun problème d'ordre physique, répondit l'homme en choisissant ses mots. Mais à l'heure actuelle, elle se trouve dans une situation quelque peu tendue. Elle doit être attentive à ses moindres faits et gestes. La plus petite maladresse risquerait de causer sa perte.

— Causer sa perte, répéta mécaniquement Tengo.

— Mieux vaut ne pas trop tarder, déclara l'homme. En l'occurrence, le temps est un facteur crucial. »

Le temps est un facteur crucial, se redit mentalement Tengo. La façon qu'avait l'homme de choisir ses mots était-elle problématique ? Ou était-ce lui qui était trop nerveux ?

« Ce soir, à sept heures, j'irai en haut du toboggan, dit Tengo. Et si j'en étais empêché pour une raison quelconque, je retournerais là-bas demain à la même heure.

— Très bien. Et vous avez compris de quel toboggan il était question.

— Oui, j'ai compris. »

Tengo regarda le réveil. Il lui restait onze heures de temps.

« Par ailleurs, j'ai appris que monsieur votre père s'était éteint dimanche. Je vous présente mes condoléances », déclara l'homme.

Tengo le remercia presque automatiquement, puis il se demanda comment il se faisait que l'homme soit au courant.

« Pouvez-vous m'en dire un peu plus sur Mlle Aomamé ? Où se trouve-elle, par exemple ? Que fait-elle ?

— Elle est célibataire, elle travaille comme instructrice dans un club de sport à Hiroo. C'est une professionnelle très compétente, mais en raison de certaines circonstances, elle a cessé d'exercer à présent. Et tout à fait par hasard, elle est venue habiter à proximité de chez vous, monsieur Kawana, il n'y a pas très longtemps. Pour le reste, il serait préférable que vous l'entendiez de la bouche même de l'intéressée.

— Y compris sur le type de situation tendue dans laquelle elle se trouve actuellement ? »

L'homme ne répondit pas. Soit qu'il n'en ait pas eu envie, soit qu'il ait considéré que ce n'était pas nécessaire. Pour une raison que Tengo ignorait, un grand nombre de personnes autour de lui agissaient de la sorte.

« Eh bien donc, ce soir, sept heures, en haut du toboggan, dit l'homme.

— Une seconde, je vous prie, fit en hâte Tengo. J'ai une question. Quelqu'un m'a affirmé que j'étais surveillé. Et que je devais me montrer prudent. Excusez-moi, s'agissait-il par hasard de vous ?

— Non, ce n'était pas moi, répondit sur-le-champ Tamaru. C'était quelqu'un d'autre qui s'occupait à vous espionner. Néanmoins, vous ne vous montrerez jamais trop précautionneux. Comme vous l'a conseillé cette personne.

— Est-ce qu'il y aurait une relation entre le fait que je suis surveillé et la situation particulière où se trouve Mlle Aomamé ?

— Une situation quelque peu tendue, rectifia l'homme. Eh bien, oui, il existe une relation. En quelque sorte.

— Y a-t-il du danger ? »

L'homme fit une pause et choisit très soigneusement ses mots, comme s'il essayait de trier différentes sortes de haricots.

« Si l'on désigne par danger le fait que vous ne puissiez revoir Mlle Aomamé, alors, effectivement, oui, il y a danger. »

Tengo remplaça mentalement les tournures alambiquées de l'homme pour tenter de mieux comprendre. Même s'il n'était pas en mesure de saisir l'arrière-plan, il avait clairement une impression de péril imminent.

« Si les choses tournaient mal, peut-être pourrions-nous ne plus jamais nous revoir.

— Exactement.

— Bon, très bien. J'ai compris, je serai prudent, dit Tengo.

— Je suis désolé de vous avoir appelé si tôt. J'ai l'impression que je vous ai tiré du lit. »

Sur ces mots, l'homme raccrocha. Tengo contempla un moment le combiné noir qu'il tenait à la main. Comme il l'avait imaginé, à peine la ligne coupée, il avait du mal à se souvenir de la voix de son interlocuteur. Il jeta de nouveau un œil sur le réveil. Huit heures dix. Jusqu'à ce soir sept heures, comment allait-il bien tuer le temps ?

Il commença par prendre une douche. Il se lava la tête et essaya tant bien que mal de discipliner ses cheveux. Puis il se campa face au miroir et se rasa. Il se brossa les dents à fond et utilisa même du fil dentaire. Il but du jus de tomate qu'il prit dans le réfrigérateur, mit de l'eau à chauffer dans la bouilloire, moulut du café, fit griller un toast. Il régla son minuteur et se prépara un œuf à la coque. Il se concentra sur chacune de ses actions, en y consacrant plus de temps que d'habitude. Et pourtant, une fois tout cela achevé, il n'était que neuf heures et demie.

Ce soir sur le toboggan je verrai Aomamé.

À cette idée, c'était comme si ses sens le quittaient, comme s'il s'éparpillait. Ses bras, ses jambes, son visage partaient dans des directions différentes. Ses émotions ne pouvaient demeurer contenues au même endroit. Il était incapable de se concentrer, de lire, et bien sûr, d'écrire. Il ne parvenait pas à rester assis. Il arrivait à peine, vaille que vaille, à s'activer à des tâches matérielles. Faire la vaisselle, s'occuper de la lessive, ranger ses habits dans les tiroirs de la commode, retaper son lit. Il s'interrompait toutes les cinq minutes et regardait la pendule. Il avait l'impression que chaque fois qu'il pensait au temps, son cours ralentissait.

Aomamé le sait.

Telle fut sa conviction alors que, penché au-dessus de l'évier, il aiguisait un couteau qui n'en avait nul besoin. Elle sait que je suis venu plusieurs fois sur le toboggan de ce jardin. Elle m'a certainement vu alors que j'étais assis là-haut, seul, et que je contemplais le ciel. Sinon, ce serait illogique. Il s'imagina sur ce toboggan, éclairé par le lampadaire au mercure. À ces moments-là, Tengo n'avait pas eu la sensation d'être observé. D'où le voyait-elle ?

Peu importe, au demeurant, songea Tengo. Ce n'est pas ce qui compte. Qu'elle m'ait vu d'ici ou de là, cela ne change rien au fait qu'elle m'a reconnu. À cette pensée, une joie intense l'envahit. Ainsi, se disait-il, tout comme je n'ai cessé de penser à elle, elle aussi a pensé à moi. Il avait pourtant du mal à croire que dans ce monde violent et labyrinthique, les cœurs de deux êtres – le cœur d'un jeune garçon et celui d'une fillette – aient pu rester unis alors qu'ils ne s'étaient pas rencontrés depuis vingt ans.

Mais pourquoi Aomamé ne m'a-t-elle pas appelé alors ? Tout aurait été tellement plus simple. Et comment a-t-elle su que j'habitais ici ? Pour quelle raison connaissait-elle – elle, ou bien cet homme – mon numéro de téléphone ?

Comme il n'aimait pas recevoir d'appels inopportuns, son numéro était sur liste rouge. Même si on appelait les renseignements, ce numéro n'était pas communiqué.

De nombreux éléments lui demeuraient incompréhensibles. Et puis les fils de l'histoire étaient enchevêtrés. Quel fil se reliait à quel fil ? Et quels étaient les rapports de cause à effet entre les uns et les autres ? Il était incapable de l'établir avec certitude. Mais il eut le sentiment que c'était depuis que Fukaéri avait fait son apparition qu'il vivait continûment dans un lieu où les questions étaient plus nombreuses que les réponses. Il avait cependant la vague sensation que ce chaos se dirigeait peu à peu vers son dénouement.

À sept heures ce soir, en tout cas, certaines questions au moins seront éclaircies, supposa-t-il. Nous nous verrons sur le toboggan. Nous ne sommes plus des enfants de dix ans faibles et impuissants, mais des adultes, un homme et une femme libres, indépendants. Un prof de maths dans une école préparatoire et une instructrice dans un club de sport. De quoi parlerons-nous ? Je n'en sais rien. Mais nous parlerons. Nous devrons combler les vides entre nous, partager des informations. Pour reprendre les expressions étranges de l'homme qui m'a téléphoné, il se peut que nous nous *déplacions quelque part*. Il faut donc que je mette en ordre les choses importantes que je ne veux pas laisser derrière moi. Il faut que je les range dans un sac qui me permette d'avoir *les mains libres*.

Je n'ai pas de regrets de quitter cet appartement. J'ai vécu ici sept années durant. Je suis allé donner mes cours de maths trois fois par semaine. Mais je n'ai jamais senti que j'étais chez moi. C'était tout au plus un lieu de passage improvisé, un expédient, en somme, comme un banc de sable flottant entraîné dans le courant. Ma petite amie qui me rendait visite une fois par semaine a disparu. Fukaéri avec qui j'ai cohabité un temps est partie elle aussi. Tengo ignorait où se trouvaient ces femmes et ce qu'elles faisaient. Elles s'étaient paisiblement éclipsées de sa vie. Quant à son travail, une fois qu'il serait parti, quelqu'un prendrait sa place. Sans Tengo, le monde continuerait de tourner. Si Aomamé *voulait* qu'ils se *déplacent* ensemble quelque part, il était prêt à se joindre à elle. Il n'hésiterait pas.

Et pour les choses importantes qu'il aimerait emporter… quelles étaient-elles ? Sa carte bancaire et cinquante mille yens en liquide. Voilà à peu près à quoi se résumaient ses possessions. Sur son compte courant, il avait près d'un million de yens. Ah mais non, ce n'était pas tout. Il possédait aussi sa part des droits d'auteur de *La Chrysalide de l'air*. Il avait eu l'intention de rendre cette somme à Komatsu mais il ne l'avait pas encore fait. Et sinon, il y avait les pages imprimées du roman qu'il était en train d'écrire. Pas question de les laisser. Pour les autres, elles n'avaient aucune valeur mais elles lui étaient précieuses. Il mit son manuscrit dans un sac en papier, qu'il fit entrer dans le sac à bandoulière en nylon solide, brun-rouge, dont il se servait pour son travail. D'un coup, le sac se fit pesant. Les disquettes, il les rangea à part, dans une des poches de son blouson en cuir. Comme il ne pouvait emporter son traitement de texte, il ajouta des cahiers et un stylo à encre à son bagage. Bien, et ensuite, quoi d'autre ?

Lui revint en mémoire l'enveloppe kraft que lui avait remise l'homme de loi à Chikura. À l'intérieur se trouvaient le livret d'épargne légué par son père, son sceau enregistré, la fiche d'état civil familiale, et aussi l'énigmatique photo de famille (du moins, qui en avait tout l'air). Mieux valait les emporter. Ses carnets scolaires et les diplômes de la NHK, bien entendu, il les laissait. Inutile de prendre des vêtements de rechange ou des affaires de toilette. Tout cela n'entrerait pas dans son sac. Il pourrait toujours en acheter d'autres en cas de nécessité.

Une fois qu'il eut rempli son sac, il ne lui resta plus rien à faire. Ni vaisselle à laver, ni chemises à repasser. Il regarda une fois de plus la pendule murale. Dix heures et demie. Il envisagea de contacter son ami pour lui demander de le remplacer à son école, mais il se rappela que celui-ci détestait qu'on lui téléphone avant midi.

Tengo s'allongea sur son lit tout habillé et laissa ses pensées vagabonder. La dernière fois qu'il avait vu Aomamé, ils avaient dix ans. À présent, l'un et l'autre en avaient trente. Durant ces vingt années, ils avaient fait de nombreuses expériences. Des bonnes et d'autres moins bonnes (les dernières, sans doute, plus nombreuses). Leur apparence, leur personnalité, l'environnement où ils avaient évolué avaient changé durant tout ce temps. Ils n'étaient plus des enfants. L'Aomamé d'aujourd'hui était-elle vraiment l'Aomamé qu'il avait si passionnément recherchée ? Et l'homme qu'il était à présent était-il vraiment le Tengo Kawana qu'Aomamé avait cherché ? Tengo visualisa la scène suivante : ce soir, ils se retrouvaient tous les deux sur le toboggan, ils se regardaient et ils étaient déçus. Ils n'avaient rien à se dire. L'hypothèse était parfaitement plausible. Et même, ce serait invraisemblable que les choses ne se passent pas ainsi.

Tengo, les yeux tournés vers le plafond, s'interrogea. Peut-être ne devrions-nous pas nous rencontrer ? Ne serait-ce pas mieux que nous gardions tendrement en nous l'espoir de nous revoir un jour, sans pour autant nous retrouver ? De la sorte, ils continueraient à vivre à tout jamais avec leurs espoirs intacts. Des espoirs, semblables à une flamme toute petite, mais unique, qui leur réchaufferait le cœur. Une flamme minuscule qu'il faudrait enclore dans la paume de la main, pour la protéger du vent. Car les violentes bourrasques de la réalité risqueraient de l'éteindre.

Pendant une bonne heure, Tengo resta les yeux rivés sur le plafond, à aller et venir entre deux sentiments contradictoires. Il voulait plus que tout au monde revoir Aomamé. Et en même temps, il redoutait à un point insupportable de se retrouver près d'elle. La déception glaciale et le silence pénible qui en résulteraient peut-être lui paralysaient le cœur. Il avait l'impression que son corps allait se déchirer.

Tengo était plus grand et plus robuste que la plupart des hommes mais il connaissait aussi ses fragilités. Il devait pourtant revoir Aomamé. C'était ce à quoi il n'avait cessé d'aspirer, ce qu'il avait espéré de toutes ses forces durant les vingt dernières années. Quelle que soit la désillusion qui en sortirait, il lui était impossible de simplement tourner le dos et de prendre la fuite.

À force de scruter le plafond, le sommeil le gagna. Il s'endormit un moment, tel qu'il était, allongé sur le dos. Quarante ou quarante-cinq minutes d'un sommeil calme et sans rêve. Un sommeil bienfaisant, profond, qui suivait une énorme pression et une lassitude extrême. En fait, ces derniers jours, il n'avait dormi que d'une manière irrégulière et hachée. Avant que tombe la nuit, il fallait que son organisme se débarrasse de la fatigue qu'il avait accumulée. Il devait se délasser et retrouver sa vigueur avant de se mettre en route pour le jardin. Il le savait instinctivement.

Au moment où il s'enfonçait dans le sommeil, il entendit la voix de Kumi Adachi. Ou bien il eut l'impression de l'entendre. *Au lever du jour, tu devras partir d'ici. Tant que la sortie n'est pas bouchée.*

C'était la voix de Kumi Adachi, et en même temps, la voix de la chouette de la nuit. Dans son souvenir, les deux voix étaient inextricablement mêlées. À ce moment, Tengo avait besoin, plus que tout, de sagesse. La sagesse de la nuit, dont les racines épaisses descendaient dans les profondeurs de la terre. Quelque chose qu'il ne pouvait découvrir qu'au sein d'un sommeil lent et lourd.

Quand il fut six heures et demie, Tengo sortit de chez lui, son sac à bandoulière en diagonale autour d'une épaule. Il était vêtu exactement comme la première fois où il était monté sur le toboggan. Une parka grise, son vieux blouson en cuir, un jean, des boots marron. L'ensemble passablement usé mais dans lequel il se sentait bien. Au point de faire corps avec lui. Il était possible qu'il ne revienne plus ici. Par précaution, il récupéra les cartes imprimées à son nom sur sa porte et sur la boîte aux lettres. Que se passerait-il ensuite ? Il décida de ne pas s'en inquiéter.

Il se campa devant l'entrée de l'immeuble et lança un regard prudent tout autour de lui. S'il se fiait à Fukaéri, il était espionné. Mais tout comme les fois précédentes, il ne ressentit rien de tel. C'était le spectacle de toujours. Les rues du crépuscule étaient désertes. Il marcha lentement, en prenant d'abord la direction de la gare. Il se retourna de temps à autre, vérifia que personne ne le suivait. Il obliqua à plusieurs reprises dans des ruelles qu'il n'avait pas besoin d'emprunter, s'immobilisa, s'assura qu'aucun individu ne l'avait pris en filature. Il faut être prudent, lui avait dit l'homme au téléphone. Dans mon propre intérêt, et aussi dans celui d'Aomamé qui se trouve dans une situation tendue.

Mais l'homme qui lui avait téléphoné connaissait-il vraiment Aomamé ? songea soudain Tengo. Ne s'agirait-il pas d'un piège habilement manigancé ? Une fois qu'il eut commencé à réfléchir à cette possibilité, il fut peu à peu gagné par l'anxiété. Si c'était un piège, forcément, Les Précurseurs étaient derrière. En tant que *ghost writer* de *La Chrysalide de l'air*, Tengo figurait probablement (non, indubitablement, plutôt) sur leur liste noire. Voilà pourquoi ce type étrange, le dénommé Ushikawa, l'avait approché avec son inquiétante proposition de subvention. Et en prime – sans qu'il l'ait vraiment souhaité –, il avait abrité chez lui Fukaéri durant trois bons mois. Il n'avait que trop de motifs de déplaire à la secte.

Mais même dans ce cas, se disait Tengo, sceptique, pourquoi auraient-ils pris la peine de se servir d'Aomamé comme appât pour me tendre un piège ? Ils savent déjà où j'habite. Ce n'est pas comme si je me cachais. S'ils avaient besoin de moi, ils n'avaient qu'à venir me voir directement. En quoi était-il nécessaire de me faire sortir par ruse pour aller jusqu'à ce toboggan ? À l'inverse, ce serait différent s'ils avaient voulu faire sortir Aomamé en m'utilisant comme appât.

Pourquoi cependant devraient-ils attirer Aomamé à l'extérieur ?

Il ne discernait aucune raison à cela. Y aurait-il par hasard un lien entre Les Précurseurs et Aomamé ? Ses spéculations ne le menaient à rien. Il ne lui restait qu'à interroger Aomamé directement. S'il la voyait, évidemment.

En tout cas, comme l'avait dit l'homme au téléphone, il ne serait jamais trop prudent. Tengo fit encore un détour, s'assura qu'il n'y avait toujours personne derrière lui. Puis il se dirigea vivement vers le jardin.

Lorsqu'il arriva à l'endroit convenu, il était sept heures moins sept. Tout était déjà sombre alentour, le lampadaire à mercure inondait la totalité du petit espace d'une lumière uniforme et artificielle. L'après-midi avait été gratifié d'un temps ensoleillé et doux, mais avec la tombée de la nuit, la température avait brutalement chuté, un vent froid s'était mis à souffler. Les quelques journées consécutives de redoux s'en étaient allées, le véritable hiver rigoureux semblait à présent régner en maître. Les extrémités des branches de l'orme tremblaient en craquant sèchement, semblables aux doigts d'un ancêtre qui délivrerait un avertissement.

Un certain nombre de fenêtres étaient éclairées dans les immeubles environnants. Mais il n'y avait personne dans le jardin. Sous son blouson en cuir, le cœur de Tengo battait à un rythme lent et profond. Il se frotta les mains à plusieurs reprises, s'assurant ainsi de la normalité de ses sensations. Tout va bien, je suis prêt. Je n'ai rien à redouter. Tengo prit sa décision et commença de monter les marches du toboggan.

Arrivé en haut, il s'assit comme il l'avait fait auparavant. La plate-forme était glacée et légèrement humide. Gardant les mains dans les poches de son blouson, il s'appuya contre le garde-fou, leva la tête vers le ciel où flottaient une foule de nuages. De toutes les tailles. Quelques-uns énormes, d'autres tout petits. Tengo amenuisa les yeux, cherchant les lunes. Mais pour le moment, elles se cachaient derrière l'un de ces nuages. Qui n'étaient cependant pas très épais. C'était plutôt une légère nébulosité blanche. Néanmoins suffisamment consistante pour dérober aux yeux des hommes les silhouettes lunaires. Les nuages venus du nord se dirigeaient vers le sud, se déplaçant à une vitesse modérée. Le vent qui soufflait au-dessus ne paraissait pas très puissant. Ou alors la couverture nuageuse était plus dense vers les hauteurs. Toujours est-il que le déplacement des nuages était lent.

Tengo jeta un coup d'œil à sa montre. Les aiguilles lui indiquèrent sept heures trois minutes. La trotteuse continuait à marquer avec précision chacune des secondes. Aomamé était encore invisible. Durant quelques minutes, Tengo conserva le regard rivé sur la ronde de la trotteuse, comme s'il y voyait quelque chose de tout à fait exceptionnel. Puis il ferma les yeux. À l'image des nuages entraînés par le vent, il n'était pas pressé. Cela prendrait le temps qu'il faudrait. Tengo cessa de penser, il se lova dans le cours du temps, il se coula dans la progression uniforme et naturelle du temps. C'était ce qui était le plus important, à présent.

Les yeux toujours clos, Tengo demeura l'oreille aux aguets vers les divers bruits environnants, comme lorsqu'il réglait sa radio. Lui parvenait avant tout le mugissement ininterrompu des véhicules roulant sur le périphérique n° 7. Lequel n'était pas sans ressemblance avec le grondement de l'océan Pacifique qu'il entendait à l'hôpital de Chikura. On aurait même cru qu'il s'y mêlait faiblement les cris aigus des mouettes. Il entendit les signaux sonores intermittents d'un poids lourd qui reculait, et un gros chien qui lança de brefs aboiements aigus, comme un avertissement. Ailleurs au loin, quelqu'un cria quelque chose. D'où montait cette rumeur ? Il l'ignorait. En demeurant ainsi, les yeux fermés, longuement, il perdit la notion de la direction et de la distance de chacun de ces bruits. Il y avait parfois des tourbillons de vent glacé mais il n'en sentait pas le froid. Tengo avait temporairement oublié comment ressentir ou réagir à l'ensemble des stimulations.

Soudain, il prit conscience que quelqu'un était à côté de lui et lui serrait la main droite. Tel un petit animal en quête de chaleur, une main s'était enfoncée dans la poche de son blouson et avait empoigné la grande main de Tengo. Comme si le temps avait effectué un bond, tout était déjà advenu avant que son esprit soit pleinement éveillé. Sans aucun préambule, la situation était passée à l'étape suivante. *Étrange*, songea Tengo, les yeux toujours fermés. Pourquoi les choses se passent-elles ainsi ? À certains moments, le temps est si lent qu'il est difficilement supportable, à d'autres, il fait des sauts en avant.

Comme pour s'assurer qu'il était *vraiment* là, la main serrait avec force la sienne. Une main qui avait des doigts longs et lisses, qui était pleine de caractère.

Aomamé, pensa Tengo. Mais il ne prononça pas son nom. Il n'ouvrit pas les yeux. Il se contenta de serrer sa main en retour. Il s'en souvenait. Pas une fois en vingt ans il n'avait oublié sa sensation. Ce n'était plus bien sûr la petite main d'une fillette de dix ans. Pendant toutes ces années, cette main avait touché bien des choses. Avait serré des objets en nombre incalculable, de toutes les formes possibles. Et en avait acquis une force bien plus considérable. Pourtant, Tengo le comprit à l'instant. C'était la même main. La poigne était la même, le désir de lui transmettre quelque chose le même également.

Tout le temps écoulé pendant ces années s'évanouit en un éclair à l'intérieur de Tengo, il s'enroula en un tourbillon unique où se mêlèrent tous les paysages accumulés, tous les mots, toutes les valeurs. Dans son cœur, tout se rassembla, s'aggloméra en une seule colonne solide dont le centre se mit à tourner et tourner encore à la manière d'un *tour* de potier. Muet, Tengo observa le spectacle. Comme un homme témoin de la désintégration puis de la renaissance d'une planète.

Aomamé conserva elle aussi le silence. Tous les deux, assis sur le toboggan glacé, gardaient simplement leurs mains serrées sans rien dire. Ils étaient redevenus un petit garçon et une fillette de dix ans. Un petit garçon solitaire, une fillette solitaire. Dans la salle de classe, après les cours, au début de l'hiver. Ils ne possédaient ni la force ni la connaissance pour imaginer ce qu'ils auraient pu s'offrir l'un à l'autre, ou ce qu'ils auraient pu rechercher chez l'autre. Ils n'avaient jamais été vraiment aimés, ils n'avaient jamais vraiment aimé non plus. Ils n'avaient jamais pris quelqu'un dans leurs bras, jamais été étreints non plus. Ils ne savaient pas où cette aventure les entraînerait. Ils avaient pénétré dans une pièce sans porte. Ils ne pouvaient ni en sortir, ni y faire entrer quelqu'un. Ils ne le savaient pas alors, mais c'était là l'unique lieu parfait en ce monde. Un lieu totalement isolé et le seul pourtant à n'être pas aux couleurs de la solitude.

Combien de minutes s'écoulèrent ainsi ? Peut-être cinq, ou peut-être une heure. Un jour entier peut-être. Ou bien le temps s'était immobilisé. Que pouvait donc comprendre Tengo du Temps ? Il savait seulement qu'il pourrait rester ainsi à jamais, alors qu'ils étaient ensemble en haut du toboggan et que leurs mains demeuraient serrées. Il en avait été ainsi quand il avait dix ans, et aujourd'hui, vingt ans après, c'était la même chose.

Il savait aussi qu'il avait besoin de temps pour s'assimiler à ce monde nouvellement advenu. Il devait revoir sa façon de penser, de contempler les paysages, de choisir ses mots, de respirer, de bouger son corps : pour chacun de ces aspects de sa vie, il devait se réajuster. Pour ce faire, il lui fallait rassembler tous les temps qui existaient dans ce monde. Peut-être ce monde ne serait-il pas suffisant.

« Tengo », murmura Aomamé à son oreille. Sa voix, ni grave, ni aiguë, sa voix contenait une promesse. « Ouvre les yeux. »

Tengo ouvrit les yeux. Le Temps recommença à s'écouler dans le monde.

« On voit les lunes », dit Aomamé.

28

Ushikawa

Et une partie de son âme…

UNE LAMPE FLUORESCENTE PENDANT DU PLAFOND éclairait le corps d'Ushikawa. Le chauffage avait été coupé, une des fenêtres ouverte, et la pièce était aussi froide qu'une glacière. Au centre, plusieurs tables de conférence avaient été accolées les unes aux autres et Ushikawa était couché dessus, sur le dos. Vêtu seulement de ses sous-vêtements d'hiver. On l'avait recouvert avec une vieille couverture. Sous laquelle se devinait son ventre bombé, telle une fourmilière dans un pré. On avait placé un petit morceau de tissu sur ses yeux demeurés ouverts – et que personne n'avait réussi à fermer –, comme s'ils posaient une question. Ses lèvres étaient entrouvertes, même si à présent nul souffle ou nulle parole ne s'en échapperait. Le sommet de sa tête, qui semblait encore plus plat et plus énigmatique que de son vivant, était piteusement couronné par ses gros cheveux noirs et frisottés, qui faisaient penser à des poils pubiens.

Tête-de-moine portait une parka bleu marine et Queue-de-cheval un manteau de rancher en daim marron, avec de la fourrure au col. Des vêtements pas tout à fait à leur taille, comme s'ils avaient été sortis à la hâte d'un dépôt dont le choix était limité. L'haleine des hommes était blanche, même à l'intérieur de la pièce. Ils se retrouvaient donc trois en ces lieux. Tête-de-moine, Queue-de-cheval – et puis Ushikawa. Sur le mur, juste au-dessous du plafond, s'alignaient trois fenêtres au cadre d'aluminium, dont l'une était grande ouverte afin de maintenir la température au plus bas. Hormis les tables sur lesquelles était posé le corps, il n'y avait aucun meuble. C'était un espace impersonnel, qu'on avait voulu purement fonctionnel. Dans cet environnement, même un cadavre – celui d'Ushikawa, en l'occurrence – paraissait impersonnel et fonctionnel.

Personne ne parlait. Le silence était total. Tête-de-moine ruminait un certain nombre de réflexions et Queue-de-cheval, de toute manière, n'ouvrait jamais la bouche. Ushikawa, lui, avait plutôt été éloquent, mais deux jours auparavant, contre son gré, il était passé de vie à trépas pendant la nuit. Absorbé dans ses pensées, Tête-de-moine allait et venait lentement devant les tables où gisait le corps d'Ushikawa. Il conservait une cadence régulière, sauf quand il arrivait près du mur et qu'il faisait demi-tour. Ses chaussures en cuir ne faisaient aucun bruit sur le pauvre tapis vert-jaune. Comme à son habitude, Queue-de-cheval se tenait immobile près de la porte. Les jambes légèrement écartées, la colonne vertébrale étirée, le regard rivé sur un point de l'espace. Il semblait n'éprouver ni froid ni fatigue. Les seuls indices qu'il était vivant étaient de brefs clignements d'yeux sporadiques et son souffle blanc qui sortait de sa bouche avec régularité.

À la mi-journée, plusieurs personnes s'étaient réunies dans la pièce froide et s'étaient livrées à des conciliabules. Comme certains cadres étaient partis en province, il avait fallu attendre une journée avant que tous les membres concernés puissent être rassemblés. La réunion revêtait un caractère confidentiel et les conversations se déroulèrent à voix basse afin que rien ne filtre à l'extérieur. Telle une machine-outil exposée dans un salon industriel, le corps d'Ushikawa resta sur les tables durant toute la rencontre. Il était pour l'heure dans un état de rigidité cadavérique. Il faudrait au moins trois jours avant qu'il retrouve sa souplesse. Les participants jetaient de temps à autre un bref coup d'œil sur la dépouille tout en s'entretenant de différents problèmes pratiques.

À aucun moment de la discussion, et même lorsqu'ils parlèrent du défunt, ils ne lui témoignèrent de geste de respect ni n'exprimèrent la plus infime marque de regret. Ce que leur délivrait ce corps trapu et rigide était tout au plus une sorte de leçon. Ils y voyaient la reconfirmation de certaines réflexions banales. Le temps passe, on ne revient jamais en arrière. Si la mort apporte parfois une solution, c'est l'une de celles qui s'applique seulement au défunt. Telles étaient les leçons qu'ils en tiraient, le genre de réflexions qu'ils se faisaient.

Comment se débarrasser du corps d'Ushikawa ? La réponse était tellement évidente qu'il était inutile d'en parler. Ushikawa avait succombé à une mort violente et si cela était découvert, la police ferait une enquête approfondie qui mettrait inévitablement au jour ses relations avec la communauté. Ils ne pouvaient pas courir le risque. Dès que la *rigor mortis* aurait pris fin, il faudrait qu'ils le transportent discrètement jusqu'à l'incinérateur géant situé dans l'enceinte de leur domaine et qu'ils le traitent rapidement. Il serait bientôt transformé en fumée noire et en cendres blanches. La fumée serait aspirée dans le ciel, les cendres, dispersées dans les potagers, serviraient d'engrais aux légumes. Une opération qui s'était déjà répétée à plusieurs reprises sous la direction de Tête-de-moine. Comme le corps du leader était trop grand, il leur avait fallu le « débiter » en plusieurs morceaux avec une tronçonneuse. Mais avec cet homme de petite taille, ils devraient pouvoir s'en passer. Tête-de-moine s'en trouvait soulagé. Il n'aimait pas le sang. Que ce soit avec un vivant ou avec un mort, il ne voulait pas voir le sang couler.

Un de ses supérieurs soumit Tête-de-moine à un interrogatoire. Qui avait pu tuer Ushikawa ? Pour quelle raison ? Dans quel but l'homme était-il enfermé dans cet appartement de Kôenji ? En tant que chef de la sécurité, Tête-de-moine devait répondre. Mais il n'avait pas de vraies réponses.

Mardi, peu avant l'aube, il avait reçu un coup de fil d'un inconnu (bien sûr, c'était Tamaru) qui lui avait appris que le cadavre d'Ushikawa se trouvait dans cet appartement. Leur conversation avait été indirecte mais pragmatique en même temps. Dès qu'il avait raccroché, Tête-de-moine avait immédiatement convoqué deux adeptes de Tokyo, qui étaient sous ses ordres. Les quatre hommes avaient revêtu une combinaison pour passer pour des déménageurs et s'étaient rendus sur les lieux à bord d'une Toyota Hiace. Ils s'étaient auparavant assurés que ce n'était pas un piège. Ils avaient garé la voiture un peu à l'écart de l'immeuble, et l'un d'eux avait fait un petit tour discret dans les environs. Ils devaient être très prudents. Il n'était pas impossible que la police se tienne dans l'attente de les arrêter, dès qu'ils seraient entrés dans l'appartement. Ce qu'ils devaient à tout prix éviter.

Ils avaient apporté une grosse caisse de déménagement dans laquelle ils avaient enfoncé, tant bien que mal, le corps d'Ushikawa qui avait commencé à se rigidifier. Puis ils avaient sorti la caisse de l'immeuble et l'avaient déposée dans le coffre de la Hiace. On était en pleine nuit, il faisait froid et, heureusement, la rue était déserte. Il leur avait fallu ensuite pas mal de temps pour fouiller l'appartement et vérifier qu'il ne restait rien de compromettant. À la lumière de leurs lampes de poche, ils avaient passé le logement au peigne fin. Mais rien n'avait retenu leur attention. À part quelques réserves de nourriture, un petit radiateur électrique et un sac de couchage, il n'y avait que le strict minimum, uniquement des objets de première nécessité. Le sac-poubelle ne contenait quasiment que des boîtes de conserve vides et des bouteilles en plastique. Il semblait bien qu'Ushikawa s'était caché là pour surveiller quelqu'un. Les yeux attentifs de Tête-de-moine n'avaient pas manqué de remarquer les traces du trépied d'un appareil photo sur le tatami à côté de la fenêtre. Mais il n'y avait plus ni appareil, ni photo. Celui qui avait tué Ushikawa avait certainement emporté tout cela. Il avait également récupéré les pellicules. Comme Ushikawa était en sous-vêtements, il s'était sûrement fait agresser pendant son sommeil. L'assaillant avait dû s'introduire en silence dans l'appartement. Il semblait qu'Ushikawa était mort après avoir terriblement souffert, car ses sous-vêtements étaient gorgés d'urine.

Tête-de-moine et Queue-de-cheval étaient retournés seuls à Yamanashi à bord de la même voiture. Les deux autres hommes étaient restés à Tokyo pour régler les derniers détails. Queue-de-cheval avait conduit tout au long du trajet. La Hiace avait pris la voie express métropolitaine avant de rejoindre l'autoroute Chûô et de se diriger vers l'ouest. Il y avait très peu de circulation à cette heure matinale mais ils avaient strictement respecté les limitations de vitesse. Si jamais la police les avait arrêtés, c'en était fini. Avec un véhicule dont les plaques d'immatriculation, avant et arrière, avaient été volées, et avec, dans le coffre, une caisse contenant un cadavre, aucune explication n'aurait tenu. Les deux hommes avaient gardé le silence pendant tout le voyage.

À leur arrivée au domaine, au petit matin, le médecin avait examiné le corps d'Ushikawa. Il avait confirmé la mort par asphyxie. Néanmoins, il n'avait trouvé aucune trace de strangulation autour du cou. Il supposait donc qu'on lui avait recouvert la tête avec un sac. Il n'y avait pas non plus de marques indiquant que ses mains ou ses pieds avaient été attachés. Il ne semblait pas avoir été battu ou torturé. On ne décelait pas de souffrance sur son expression. Si l'on voulait décrire ce que son visage exprimait, on évoquerait un pur étonnement. Comme si on lui avait posé une question à laquelle il n'existait pas de réponse. Il était évident qu'il avait été assassiné mais sa dépouille était étonnamment préservée, ce qui intriguait beaucoup le médecin. Celui qui l'avait tué lui avait peut-être massé le visage après sa mort pour lui donner une expression plus naturelle, plus paisible.

« C'est le travail soigné d'un pro, expliqua Tête-de-moine à son supérieur. Il n'a laissé aucune trace. Il s'est arrangé pour que sa victime ne crie pas. Cela s'est passé en pleine nuit et si Ushikawa avait crié, tout l'immeuble l'aurait entendu. Ce n'est pas l'œuvre d'un amateur. »

Mais pourquoi Ushikawa devait-il être supprimé par un professionnel ?

Tête-de-moine choisit prudemment ses mots : « Je pense que M. Ushikawa a marché sur la queue de quelqu'un. De quelqu'un dont il n'aurait pas dû croiser le chemin. Et il a fait ce faux pas avant de s'en rendre compte. »

S'agirait-il de la personne qui a assassiné le leader ?

« Je n'ai pas de preuve, mais je pense que oui, il y a de grandes chances, répondit Tête-de-moine. M. Ushikawa a sans doute été torturé. On ignore quel traitement lui a été réservé mais une chose est sûre, il a été soumis à un interrogatoire sévère. »

Jusqu'où sont allées ses révélations ?

« Je pense qu'il a dit tout ce qu'il savait, déclara Tête-de-moine. J'en suis presque certain. M. Ushikawa ne disposait néanmoins que d'informations limitées. Quoi qu'il ait pu avouer, j'estime que cela ne nous atteindra pas. »

Tête-de-moine lui-même ne disposait que d'informations limitées. Mais il en savait évidemment plus qu'un étranger comme Ushikawa.

Vous parlez d'un pro. Est-ce que dans votre esprit cela voudrait dire qu'une organisation criminelle y serait mêlée ? demanda le supérieur.

« Ce n'est pas la manière des yakuzas ou d'une organisation criminelle, estima Tête-de-moine en secouant la tête. Ils ont des méthodes plus sanglantes et moins raffinées. Ils ne travaillent pas avec des plans aussi élaborés. Le meurtrier de M. Ushikawa nous a laissé un message. Il nous dit qu'ils ont derrière eux un système sophistiqué. Et que si quelqu'un tente d'y pénétrer, ils en tireront les conséquences. En somme, ne vous mêlez pas de ça. »

Ça ?

Tête-de-moine secoua la tête. « Concrètement, j'ignore de quoi il s'agit. M. Ushikawa travaillait en solitaire depuis un certain temps. À plusieurs reprises, j'ai réclamé qu'il nous fournisse des rapports sur les progrès de son enquête. Mais il prétendait qu'il n'avait pas encore rassemblé suffisamment d'éléments. Je suppose qu'il voulait d'abord comprendre toute l'affaire seul. Par conséquent, il a été tué en gardant les détails pour lui. C'était le leader qui avait à l'origine découvert M. Ushikawa. En plus de ça, il travaillait toujours comme un élément indépendant. C'était un homme qui n'aimait pas les organisations. Je n'étais donc pas en situation de le contrôler. »

Tête-de-moine voulait que les responsabilités soient clairement établies. La communauté était une organisation bien structurée. Toute organisation repose sur des règles. Qui dit règle dit sanction. Il n'était pas question qu'on lui impute la responsabilité de ce fiasco.

Qui espionnait-il ?

« Nous ne le savons pas encore. Logiquement, sa cible devrait être un habitant de l'immeuble ou quelqu'un du voisinage. Les hommes que j'ai laissés à Tokyo sont en train d'enquêter, mais ils ne m'ont pas encore contacté. Je pense que cela risque de prendre du temps. Je ferais mieux de me rendre sur place en personne. »

Tête-de-moine n'avait pas une grande opinion de ses subordonnés de Tokyo. Ils étaient loyaux, certes, mais pas des plus malins. Il ne les avait pas encore mis au courant des détails de la situation. Ce serait plus efficace qu'il s'en charge lui-même. Il faudrait aussi fouiller le bureau d'Ushikawa, bien que l'homme au téléphone l'ait peut-être devancé. Son supérieur ne l'autorisa pas à aller à Tokyo. Tant que les choses n'étaient pas plus claires, lui et Queue-de-cheval devaient rester au siège. C'était un ordre.

Était-ce Aomamé que surveillait Ushikawa ?

« Non, ce ne pouvait être elle, fit Tête-de-moine. Si Aomamé s'était trouvée là, il nous l'aurait rapporté immédiatement. Sa mission aurait été achevée. Je suppose que M. Ushikawa espionnait quelqu'un qui le conduirait, ou qui *pourrait* le conduire à Aomamé. Sinon les choses n'auraient aucun sens. »

Et pendant qu'il espionnait cette personne, quelqu'un l'a démasqué et a pris des mesures pour l'arrêter ?

« C'est ce que j'imagine, répondit Tête-de-moine. M. Ushikawa est allé trop près de quelque chose de dangereux. Seul. Il se peut qu'il ait trouvé une piste intéressante et qu'il ait été trop impatient d'obtenir un résultat. S'ils avaient été plusieurs à exercer cette surveillance, ils auraient pu se protéger, et on n'en serait pas arrivé là. »

Vous avez eu directement *cet homme* au téléphone. Pensez-vous que nous ayons des chances de rencontrer Aomamé et de parler avec elle ?

« Je ne saurais le dire. Je suppose néanmoins que si Aomamé elle-même n'a pas l'intention de négocier avec nous, il n'y a aucune chance pour que l'entretien ait lieu. C'est ce que j'ai ressenti à la façon de parler de l'homme. Tout dépend de son intention à elle. »

Ils devraient être soulagés que nous fermions les yeux sur ce qui s'est passé avec le leader et qu'en plus, nous lui garantissions sa sécurité ?

« Ils réclament plus d'informations. Par exemple, pourquoi souhaitons-nous la voir ? Pourquoi cherchons-nous une trêve ? Et que tentons-nous de négocier concrètement ? »

Le fait qu'ils veuillent en savoir davantage signifie qu'ils ne disposent pas d'informations consistantes.

« En effet. Mais nous non plus, nous n'avons pas d'informations sur eux. Nous ne savons même pas pourquoi ils ont eu besoin d'élaborer un plan aussi minutieux pour assassiner le leader. »

Quoi qu'il en soit, en attendant leur réponse, nous devons continuer à rechercher Aomamé. Même si cela peut nous amener à marcher sur la queue de quelqu'un.

Tête-de-moine reprit la parole après avoir attendu un instant.

« Nous disposons d'une organisation très soudée. Nous pouvons rassembler nos troupes, agir vite, avec efficacité. Nous sommes conscients de nos buts, notre moral est bon, et s'il le faut, nous sommes prêts à nous sacrifier. Mais pour ce qui est de la technique, nous ne sommes que des amateurs. Nous n'avons pas eu d'entraînement spécialisé. Eux, en comparaison, ce sont de vrais pros. Ils possèdent les méthodes, ils agissent avec sang-froid et ils n'hésitent pas. On dirait aussi qu'ils ont de l'expérience Et comme vous le savez, M. Ushikawa était tout sauf un écervelé. »

Comment avez-vous l'intention de mener votre enquête à présent ?

« J'estime que le plus efficace pour le moment est de suivre la piste que M. Ushikawa semble avoir dénichée. Quelle qu'elle soit. »

Vous voulez dire que nous ne disposons pas de nos propres pistes ?

« J'en ai bien peur », admit Tête-de-moine avec franchise.

Quels que soient les dangers auxquels nous devrons faire face et quel que soit le sacrifice à accomplir, il nous faut trouver Aomamé et nous *assurer* de sa personne. Au plus tôt.

« Est-ce là les directives qu'ont données les Voix ? demanda Tête-de-moine. Nous assurer de la personne d'Aomamé aussi vite que possible ? Par tous les moyens ? »

Son supérieur ne répondit rien. Ces informations n'avaient pas à être révélées aux adeptes du niveau de Tête-de-moine. Il ne faisait pas partie des cadres. C'était un simple responsable d'une unité d'exécution. Pourtant Tête-de-moine savait. Il savait qu'il s'agissait de l'ultime message qu'*elles* avaient délivré. C'était aussi sans doute la dernière « Voix » que les prêtresses avaient entendue.

Alors que Tête-de-moine continuait à faire les cent pas dans la pièce glaciale, face à la dépouille d'Ushikawa, une pensée soudaine lui traversa l'esprit. Il s'immobilisa, grimaça, fronça les sourcils et tenta de mettre une forme sur ce *quelque chose*. À l'instant où Tête-de-moine interrompait ses va-et-vient, Queue-de-cheval bougea. Un mouvement infime. Il eut une longue expiration et fit passer son poids d'une jambe à l'autre.

Kôenji, pensa Tête-de-moine. Il se crispa légèrement. Puis il tâtonna dans les fonds obscurs de sa mémoire. Il en ramena prudemment un fil très fin. Quelqu'un qui était déjà impliqué dans cette affaire habitait à Kôenji. Mais qui ?

Il sortit de sa poche un épais carnet tout froissé et tourna les pages à la hâte. Le carnet lui confirma que ses souvenirs étaient bons : Tengo Kawana. Il habitait bien à Kôenji, dans l'arrondissement de Suginami. À la même adresse, en fait, où Ushikawa avait été retrouvé mort. Seul le numéro de l'appartement était différent. Deuxième étage et rez-de-chaussée. Ushikawa épiait-il les mouvements de Tengo Kawana ? C'était indubitable. Il ne pouvait s'agir d'une pure coïncidence.

Mais pourquoi Ushikawa espionnait-il Tengo Kawana ? Tête-de-moine ne s'était pas souvenu de l'adresse du jeune homme jusque-là parce qu'il ne lui portait plus aucun intérêt. Tengo Kawana avait réécrit *La Chrysalide de l'air*, le roman d'Ériko Fukada. Le texte avait remporté le prix des nouveaux auteurs, il avait été publié sous forme de livre et durant le temps où il était resté au top des ventes, le jeune homme avait fait partie des personnes à surveiller. Ils avaient supposé un moment qu'il avait joué un rôle important ou qu'il avait détenu des secrets essentiels. Mais son rôle était terminé. Il n'avait été qu'*un ghost writer*. Il avait remanié le roman à la demande de Komatsu et obtenu en contrepartie un revenu modeste. C'était tout. Il n'avait aucun lien avec le cœur de l'affaire. L'intérêt de la communauté se focalisait à présent sur un seul point : le lieu où se trouvait Aomamé. Et pourtant, Ushikawa avait continué son investigation en se concentrant sur cet enseignant. Il s'était mis en faction avec un équipement au grand complet. Il l'avait payé de sa vie. Pourquoi ?

Tête-de-moine n'arrivait pas à se faire une idée. Il était hors de doute qu'Ushikawa avait découvert un indice. Il avait certainement considéré qu'en restant collé à Tengo Kawana, cela le conduirait à Aomamé. C'était la raison pour laquelle il avait pris la peine de louer cet appartement, d'installer à côté de la fenêtre un appareil photo sur trépied et de surveiller Tengo Kawana, probablement depuis un certain temps. Y avait-il un lien entre Tengo Kawana et Aomamé ? Et si oui, quel était-il ?

Sans un mot, Tête-de-moine quitta la pièce, se rendit dans celle d'à côté – qui était bien chauffée – et téléphona à Tokyo. À l'un de ses subordonnés qui habitait dans un appartement à Sakuragaoka, dans l'arrondissement de Shibuya. Il lui ordonna de retourner immédiatement à Kôenji, chez Ushikawa, et de surveiller les entrées et sorties de Tengo Kawana. Il lui expliqua que c'était un homme de grande taille aux cheveux courts. Il est impossible qu'il t'échappe, ajouta-t-il. Si ce gars sort de l'immeuble, filez-le à deux, et ne vous faites pas repérer. Ne le perdez pas des yeux. Assurez-vous de sa destination. Restez collé à lui, quoi qu'il arrive. Nous vous rejoignons au plus tôt.

Tête-de-moine retourna dans la pièce où se trouvait le corps d'Ushikawa et annonça à Queue-de-cheval qu'ils partaient pour Tokyo sur-le-champ. Ce dernier eut un minuscule signe de tête pour acquiescer. Il ne demandait jamais d'explication. Il se contentait de saisir ce qu'on attendait de lui et de mettre l'ordre à exécution. Une fois qu'ils eurent quitté la pièce, Tête-de-moine ferma la porte à clé pour empêcher toute intrusion d'étranger. Ils sortirent du bâtiment et, parmi la dizaine de véhicules garés sur le parking, Tête-de-moine choisit une Nissan Gloria noire. Ils montèrent dans la voiture, Queue-de-cheval tourna la clé, déjà dans le contact, et démarra. Conformément à leur règlement intérieur, le réservoir était plein. Les plaques d'immatriculation étaient légales, la voiture enregistrée dans les règles. Il n'y aurait donc pas de problème s'ils allaient un peu vite.

Ils roulaient sur l'autoroute depuis un bon moment quand Tête-de-moine se rendit compte qu'il n'avait pas l'autorisation de son supérieur de retourner à Tokyo. Cela poserait peut-être un problème plus tard. Tant pis. Il y avait urgence. Il lui expliquerait la situation en arrivant à Tokyo. Il eut une petite grimace. Les contraintes de l'organisation le fatiguaient parfois. Le nombre des règles augmentait, jamais le contraire. Pourtant, il savait très bien qu'il ne pouvait vivre en dehors d'une organisation. Il n'était pas un loup solitaire. Il n'était qu'un des multiples maillons qui vivaient en recevant les ordres d'en haut.

Il alluma la radio et écouta le bulletin d'informations de huit heures. À la fin, il éteignit la radio, inclina son siège et fit une courte sieste. Au réveil, il se sentit affamé (depuis quand n'avait-il pas pris un vrai repas ?), mais ils n'avaient pas le temps de s'arrêter sur une aire de repos. Il fallait qu'ils se dépêchent.

À ce moment, les retrouvailles entre Tengo et Aomamé avaient déjà eu lieu sur le toboggan du jardin. Tête-de-moine et Queue-de-cheval ne surent jamais où était parti Tengo. Au-dessus de Tengo et d'Aomamé, deux lunes brillaient.

Le corps d'Ushikawa reposait tranquillement dans l'obscurité glaciale. En dehors de lui, la pièce était déserte. Les lumières étaient éteintes, la porte verrouillée de l'extérieur. Par les fenêtres près du plafond s'infiltraient les pâles clartés lunaires. De là où se trouvait Ushikawa, il ne pouvait les voir. Il lui était impossible de savoir s'il y avait une lune, ou deux.

Il n'y avait pas d'horloge dans cette pièce. Mais environ une heure avait dû s'écouler depuis que Tête-de-moine et Queue-de-cheval étaient sortis. Si quelqu'un avait été présent sur place, il aurait vu la bouche d'Ushikawa se mettre à bouger soudain. Il aurait pu en perdre la raison. Tant l'événement était invraisemblable et terrifiant. Car Ushikawa était bien mort et son corps était alors totalement rigide. Et pourtant, sa bouche continua à trembloter. Elle s'ouvrit soudain avec un « pop » sec.

Le spectateur, s'il y en avait eu un, se serait attendu à ce qu'Ushikawa dise quelque chose. Peut-être une de ces révélations qui sont l'apanage des morts. Angoissé, il aurait retenu son souffle. Quel secret lui serait révélé ?

Mais aucune voix ne se fit entendre. Ce qui émergea de la bouche d'Ushikawa, ce ne furent pas des paroles, ni même des soupirs, mais six petits hommes. D'à peine cinq centimètres. Leur petit corps portait un petit habit. Ils marchèrent prudemment sur la langue couverte de mousse verte, enjambèrent les dents irrégulières et malpropres. Ils sortirent de la bouche l'un après l'autre, comme des mineurs qui remontent du puits après leur journée de travail. Mais leurs vêtements et leur visage étaient extrêmement propres, sans la moindre souillure. La saleté ou l'épuisement ne les atteignaient pas.

Après être sortis de la bouche d'Ushikawa, les six Little People descendirent sur les tables de conférence, se secouèrent et se mirent ainsi à grandir. Ils pouvaient changer de taille selon les besoins, sans jamais dépasser un mètre, ni mesurer moins de trois centimètres. Lorsqu'ils atteignirent soixante à soixante-dix centimètres, ils cessèrent de s'agiter et, à la queue leu leu, ils sautèrent de la table. Les visages des Little People n'avaient pas d'expression. Mais ce n'était pas non plus comme s'ils avaient eu un masque. Ils avaient seulement un visage ordinaire. Plus petit, certes, mais à peu près le même que vous et moi. Ils n'avaient simplement pas besoin à ce moment de plaquer sur leur visage telle ou telle expression.

Ils ne paraissaient ni particulièrement pressés ni spécialement nonchalants. Ils avaient exactement le temps qu'il leur fallait pour accomplir leur tâche. Ni trop long, ni trop court. Sans qu'aucun donne de signal, ils s'assirent tous les six à même le sol, calmement, et formèrent un cercle. Un très beau cercle, de deux mètres de diamètre environ.

Sans un mot, l'un d'eux allongea la main en l'air et, rapidement, y saisit un fil très fin. Un fil d'une quinzaine de centimètres, translucide, de couleur crème, presque blanc. Il le posa sur le sol. Le suivant répéta le même geste. Un fil de même couleur, de même longueur. Les trois autres en firent autant. Mais pas le dernier. Celui-ci se leva et s'éloigna du cercle. Il monta de nouveau sur les tables de conférence, allongea le bras et arracha de la tête d'Ushikawa un de ses cheveux frisottés. Il y eut un petit « clac ». Ce cheveu servirait de fil. D'une main expérimentée, le premier Little People fila les cinq fils tirés de l'air et le cheveu d'Ushikawa pour les réunir en un seul.

C'est ainsi que les six Little People commencèrent à confectionner une nouvelle chrysalide de l'air. Cette fois, ils restèrent muets. Ils ne chantèrent pas en cadence pour accompagner leur travail. En silence, ils tiraient des fils de l'intérieur de l'air, arrachaient des cheveux d'Ushikawa et tissaient la nouvelle chrysalide à un rythme doux et régulier. Malgré la température glaciale de la pièce, ils n'avaient pas le souffle blanc. Si quelqu'un avait assisté à la scène, il aurait également trouvé cela curieux. Ou il ne s'en serait pas soucié, tant l'ensemble des choses était stupéfiant.

Même si les Little People œuvraient avec zèle et sans repos (ils ne s'arrêtèrent pas une fois), il leur était impossible de fabriquer une chrysalide de l'air en une nuit. L'opération leur prendrait au moins trois jours. Les six Little People n'avaient pourtant pas l'air pressé. Il faudrait encore deux jours avant que la rigidité cadavérique d'Ushikawa disparaisse et qu'on l'envoie à l'incinérateur. Ils le savaient. Il leur suffirait donc d'achever une forme approximative en deux nuits. Ils disposaient du temps nécessaire. Et ils ne connaissaient pas la fatigue.

Exposé à la pâle lumière lunaire, Ushikawa était allongé sur les tables. Sa bouche était grande ouverte, et ses yeux qui ne se refermeraient jamais, couverts d'un épais tissu. La maison de Chûôrinkan achetée déjà bâtie et la vision du petit chien qui courait avec entrain sur la pelouse du petit jardin. Voilà ce que ses prunelles avaient reflété au dernier instant de sa vie.

Et une partie de son âme était en train de se transformer en une chrysalide de l'air.

29
Aomamé

Je ne te lâcherai plus la main

TENGO, OUVRE LES YEUX, dit Aomamé dans un murmure. Tengo ouvrit les yeux. Le temps se remit à s'écouler dans le monde.

On voit les lunes, dit Aomamé.

Tengo leva la tête et regarda le ciel. Au-dessus des branches de l'orme, les nuages s'étaient déchirés et les lunes étaient parfaitement visibles. La grande lune jaune et la petite, déformée, verte. MOTHER et DAUGHTER. Leurs lueurs coloraient le bord des nuages qui venaient de passer devant elles, comme une longue jupe qu'on aurait accidentellement plongée dans une teinture.

Tengo tourna alors les yeux vers Aomamé, assise à ses côtés. Ce n'était plus la fillette de dix ans, maigrelette, qui semblait mal nourrie, les cheveux sommairement coupés par sa mère, avec des vêtements qui n'étaient pas à sa taille. Et cependant, il sut en un seul regard que c'était bien Aomamé. Ce ne pouvait être personne d'autre. Ses prunelles extraordinairement expressives n'avaient pas changé tout au long de ces vingt années. Il y avait de la vigueur en elles, une totale innocence et une transparence absolue. Des yeux chargés de conviction, pleins d'un désir ardent. Des yeux qui savaient parfaitement ce qu'ils devaient voir et qui ne laisseraient personne les en empêcher. Ces yeux plongeaient droit dans les siens. Ils plongeaient dans son cœur.

Durant tout ce temps où elle avait vécu dans un lieu inconnu de lui, Aomamé était devenue une jolie jeune femme. Mais Tengo, instantanément, sans la moindre réserve, s'était incorporé ce lieu-là et ce temps-là. Il avait pu en faire sa chair et son sang. C'étaient maintenant son lieu, son temps.

Je devrais dire quelque chose, pensa Tengo. Mais les mots ne sortaient pas. Ses lèvres bougeaient faiblement, elles fouillaient l'espace en quête des mots qui convenaient au lieu et au moment. Mais il ne les découvrait nulle part. En dehors de son souffle blanc et embué, semblable à une île solitaire et vagabonde, ses lèvres ne délivraient rien. Aomamé le fixait toujours dans les yeux. Elle secoua brièvement la tête, une seule fois. Tengo comprit ce que cela signifiait. *Tu n'as pas besoin de parler*. Elle continuait à serrer la main de Tengo dans sa poche. Sa main ne le lâcha pas une seconde.

Nous voyons les mêmes choses, dit Aomamé d'une voix calme, ses yeux abîmés dans ceux de Tengo. C'était une question et en même temps ce n'en était pas une. Elle, elle le savait déjà. Elle désirait seulement son approbation.

Il y a deux lunes dans le ciel, dit Aomamé.

Tengo acquiesça de la tête. Deux lunes. Tengo ne le dit pas avec sa voix. Sa voix ne venait pas. Il le pensa.

Aomamé ferma les yeux, se pencha, approcha sa joue de la poitrine de Tengo. Elle posa l'oreille au-dessus de son cœur, pour être mieux à l'écoute de ses pensées. C'était ce que je voulais savoir, dit Aomamé. Que nous étions dans le même monde, que nous voyions les mêmes choses.

En l'espace d'un éclair, la grande colonne tourbillonnant dans le cœur de Tengo avait disparu, s'était volatilisée. Seule l'environnait la nuit calme de l'hiver. Les quelques lumières allumées dans la résidence au bout de la rue – là où Aomamé avait vécu ses jours de fugitive – suggéraient que d'autres qu'eux vivaient dans ce monde. Pour tous les deux, il y avait là quelque chose d'extrêmement étrange, ou même d'illogique. D'autres hommes pouvaient donc exister, ils pouvaient mener leur propre vie dans ce monde.

Tengo se pencha légèrement, il respira l'odeur des cheveux d'Aomamé. Ses beaux cheveux lisses. Au milieu desquels sa délicate oreille rose, tel un petit être timide, montrait tout juste son visage.

C'était très long, dit Aomamé.

C'était très long, pensa Tengo aussi. Mais en même temps, il comprenait que cette longue période de vingt ans n'avait désormais plus de substance. Ou plutôt, c'était comme si elle s'était écoulée et avait disparu l'espace d'un éclair, et qu'elle pouvait donc être comblée l'espace d'un éclair.

Tengo sortit une main de sa poche, entoura Aomamé par les épaules. Il éprouva sous sa paume sa densité charnelle. Puis il leva la tête et regarda de nouveau les lunes. Le duo lunaire, entre des nuages qui poursuivaient leur très lente coulée, projetait sur la terre ses énigmatiques clartés aux teintes mêlées. Sous leur lumière, Tengo ressentit avec une acuité nouvelle combien le cœur des hommes pouvait interpréter le temps comme tout à fait relatif. Vingt années étaient une longue période. Durant laquelle toutes sortes d'événements avaient pu advenir. Beaucoup de choses s'étaient produites, beaucoup avaient disparu. Celles qui demeuraient s'étaient altérées. Un très long temps. Mais pas *trop long* pour des cœurs qui devaient être unis. S'il avait dû se faire que leur rencontre n'ait lieu que vingt ans plus tard, il aurait éprouvé pour Aomamé le même sentiment qu'aujourd'hui. Tengo le savait. S'ils avaient eu cinquante ans, il aurait ressenti les mêmes tressaillements violents, la même confusion. La même joie, la même certitude.

Telles étaient les pensées de Tengo, qu'il ne traduisait pas en paroles. Mais il savait qu'Aomamé percevait ses mots muets. Elle avait posé sa petite oreille rose sur sa poitrine, elle était aux aguets des mouvements de son cœur. Comme quelqu'un qui, en suivant du doigt un plan, peut en saisir les paysages dans leur vie et leur fraîcheur.

Je voudrais rester toujours ici, oublier le temps, dit Aomamé à voix basse. Mais il y a quelque chose qu'il faut que nous fassions.

Nous allons nous déplacer, pensa Tengo.

Oui, nous allons nous déplacer, dit Aomamé. Et le plus vite sera le mieux. Il ne nous reste plus beaucoup de temps. Mais je ne peux dire avec des mots où nous allons.

Les mots sont inutiles, pensa Tengo.

Tu ne veux pas savoir où nous allons, demanda Aomamé.

Tengo secoua la tête. Le vent de la réalité n'avait pas éteint la flamme de son cœur. Rien, nulle part, n'était plus important, n'avait de signification plus forte.

Nous ne serons plus séparés, dit Aomamé. C'est ce qui est le plus clair. Nous ne nous lâcherons plus la main.

De nouveaux nuages arrivèrent qui avalèrent les lunes très lentement. Comme un rideau de scène qui tomberait en silence, les ombres qui enveloppaient le monde se firent plus épaisses.

Nous devons nous dépêcher, murmura Aomamé. Ils se levèrent tous les deux, sur le haut du toboggan. Leurs deux ombres s'unirent de nouveau. Comme des petits enfants qui traversent une forêt profonde envahie de ténèbres, ils joignirent leurs mains d'une poigne plus solide encore.

« Nous allons maintenant nous éloigner de La Ville des Chats. » Ce furent les premiers mots que prononça Tengo. Aomamé accueillit précieusement cette voix nouvelle pour elle.

« La Ville des Chats ?

— Une ville qui est en proie à la solitude durant le jour et qui est soumise à la domination des grands Chats durant la nuit. Il y coule une jolie rivière, qu'enjambe un vieux pont de pierres. Mais ce n'est pas un lieu où nous devons rester. »

Chacun de nous a nommé *ce monde* avec des mots différents, pensa Aomamé. Moi, je l'ai appelé « l'année 1Q84 », et Tengo « La Ville des Chats ». Ces termes désignent cependant une même réalité. Aomamé lui serra la main avec plus de force.

« Oui, nous allons quitter La Ville des Chats. Tous les deux, ensemble, dit-elle. Une fois que nous en serons sortis, nous ne serons plus jamais séparés, ni de jour ni de nuit. »

Alors qu'ils se hâtaient de sortir du jardin, les deux lunes restèrent cachées par les nuages qui voguaient mollement. Les yeux des lunes étaient couverts. Le petit garçon et la petite fille traversaient la forêt, main dans la main.

30

Tengo

Si je ne me trompe pas

UNE FOIS SORTIS DU JARDIN, Tengo et Aomamé avancèrent sur l'avenue principale et hélèrent un taxi. Aomamé demanda au chauffeur de les conduire jusqu'à Sangenjaya en empruntant la nationale n° 246.

Ce fut seulement alors que le regard de Tengo s'attarda sur la tenue d'Aomamé. Elle portait un manteau de printemps aux teintes claires. Un manteau un peu trop léger pour la saison. Fermé sur le devant avec une ceinture. Dessous, elle avait passé un tailleur vert à la coupe stricte. La jupe était courte et serrée. Elle était chaussée de hauts talons raffinés, et portait à l'épaule un sac en cuir noir. Il était volumineux et paraissait pesant. Elle n'avait pas de gants et pas d'écharpe autour du cou. Ni bague, ni collier, ni boucles d'oreilles. Il ne sentait pas de parfum. Aux yeux de Tengo, l'ensemble était parfait. Il n'y avait rien à ajouter, rien à retirer.

Le taxi roula sur le boulevard périphérique n° 7 en direction de la nationale n° 246. La circulation était bien plus fluide qu'à l'ordinaire. Pendant un long moment, ni Aomamé ni Tengo ne parlèrent. La radio était éteinte, le jeune chauffeur silencieux. Seuls leur parvenaient les roulements monotones des pneus. Aomamé s'était rapprochée de Tengo et continuait à serrer sa grande main. Peut-être ne pourrait-elle plus jamais la retrouver si elle la lâchait. Autour d'eux, la ville nocturne s'écoulait comme un courant marin coloré par des protozoaires luminescents.

« Il y a encore beaucoup de choses dont je dois te parler, dit Aomamé après un certain temps. Mais je ne crois pas que je pourrai tout t'expliquer avant que nous arrivions *là-bas*. Cela prendrait trop de temps. D'ailleurs, à supposer que j'aie tout le temps voulu, je ne pourrai tout de même pas tout expliquer. »

Tengo secoua la tête brièvement. Inutile qu'elle se force. Ensuite, plus tard, ils prendraient leur temps. Ils rempliraient chacun des vides – si jamais il existait des vides qu'il fallait combler. Pour l'heure, tant qu'ils partageaient quelque chose, même un vide laissé béant, même des énigmes impossibles à résoudre, Tengo y trouvait de la joie, une joie proche de la tendresse.

« Que dois-je savoir sur toi à présent ? questionna-t-il.

— À présent, que sais-tu ? fit Aomamé en retournant sa question.

— Presque rien, répondit Tengo. Tu es instructrice dans un club de sport, tu es célibataire, tu vis à Kôenji.

— Moi non plus, dit Aomamé, je ne sais presque rien sur toi. Je connais néanmoins certaines choses. Tu enseignes les maths dans une école préparatoire de Yoyogi, tu vis seul. Et puis, en fait, c'est toi qui as rédigé le roman *La Chrysalide de l'air*. »

Tengo regarda Aomamé dans les yeux. D'étonnement, sa bouche s'entrouvrit. Le nombre de personnes qui étaient au courant était extrêmement limité. Aomamé serait-elle liée à la secte ?

« Ne t'inquiète pas. Nous sommes du même côté, dit-elle. Ce serait trop long de t'expliquer précisément pour quelles raisons je le sais. Mais que *La Chrysalide de l'air* soit une œuvre commune que vous avez engendrée ensemble, toi et Ériko Fukada, oui, je le sais. Et aussi que toi et moi, à un certain moment, nous avons pénétré dans un monde où deux lunes brillent dans le ciel. Et encore autre chose : je porte un enfant. Ton enfant. Voilà les faits importants qu'il faut que tu saches maintenant.

— *Tu portes* mon enfant ? » Il n'était pas impossible que le chauffeur tende l'oreille à leurs propos, mais Tengo ne s'en préoccupait pas.

« Nous ne nous sommes pas vus une seule fois durant ces vingt années, dit Aomamé. Pourtant, je porte ton enfant. Je mettrai au monde ton enfant. Je sais, tout cela est totalement illogique. »

Tengo attendit en silence la suite de l'histoire.

« Te souviens-tu du violent orage qui s'est produit au début de septembre ?

— Oui, très bien, dit Tengo. Pendant la journée, il avait fait très beau, mais une fois la nuit tombée, le tonnerre a brusquement retenti, et ça s'est transformé en tempête. L'eau a envahi la gare d'Akasaka-mitsuke, la circulation des métros a été interrompue un bon moment. »

Les *Little People hurlent*, avait dit Fukaéri.

« C'est durant cette nuit d'orage que j'ai conçu, dit Aomamé. Mais je n'ai eu ce *type* de relations avec personne, ni ce jour-là, ni les quelques mois avant et après. »

Elle attendit qu'il assimile la réalité des faits. Puis elle poursuivit :

« Mais je suis sûre que *cela* s'est joué durant cette nuit-là. Et je suis tout à fait persuadée que l'enfant que je porte est le tien. Je suis incapable de l'expliquer. Simplement, je le *sais*. »

Tengo revécut mentalement le souvenir de l'étrange échange sexuel qu'il avait eu avec Fukaéri cette nuit-là. Dehors, le tonnerre grondait violemment, de grosses gouttes de pluie frappaient les fenêtres. Comme disait Fukaéri, les Little People hurlaient. Il était allongé sur le dos dans son lit, le corps envahi par une sorte de paralysie, et Fukaéri l'avait chevauché, avait fait entrer en elle son pénis raidi et avait absorbé sa semence. La jeune fille paraissait comme en transe. Elle avait constamment gardé les yeux clos, comme si elle était en pleine méditation. Ses seins étaient amples et ronds, son pubis glabre. La scène était quasiment irréelle. Et pourtant, Tengo savait qu'elle s'était réellement produite.

Le lendemain matin, Fukaéri avait paru ne pas se souvenir du tout des événements de la nuit. Ou bien, dans son attitude, rien ne montrait qu'elle s'en souvenait. Et pour Tengo, il s'était agi davantage d'un exercice imposé que d'un acte sexuel. Pendant la nuit de ce terrible orage, Fukaéri avait utilisé son corps frappé de quasi-paralysie pour lui soutirer son sperme, jusqu'à la dernière goutte. Tengo, encore aujourd'hui, se souvenait de ses étranges sensations. Fukaéri semblait alors être habitée par une autre personne.

« Je pense à quelque chose, dit Tengo d'une voix sèche. Cette nuit-là, il m'est arrivé quelque chose qu'il est impossible d'expliquer par la logique. »

Aomamé le fixa dans les yeux.

« À ces moments-là, continua-t-il, je n'ai rien compris à ce que cela pouvait signifier. Maintenant encore, je suis incapable d'en mesurer la portée. Mais si vraiment tu as conçu cette nuit-là, si tu exclus toute autre hypothèse, ce qui est en toi est mon enfant. »

Fukaéri avait sans doute été un *vecteur*. Telle avait été la fonction assignée à la jeune fille. Son corps faisait office de canal qui reliait Tengo et Aomamé. Elle devait les faire communiquer physiquement durant un certain temps.

« Ce qui s'est passé alors, je t'en parlerai plus précisément un jour, dit Tengo. Tout de suite, je n'ai pas les mots pour le dire.

— Mais tu me crois vraiment ? Que *la petite chose* qui est à l'intérieur de moi, c'est ton enfant.

— De tout mon cœur, dit Tengo.

— C'est bien, déclara Aomamé. C'est tout ce que je voulais savoir. Tant que tu me crois sur cette question, pour le reste, qu'importe. Inutile d'expliquer.

— Tu es enceinte, reprit Tengo.

— De quatre mois. » Aomamé guida la main de Tengo et la fit se poser sur le bas de son ventre, par-dessus son manteau.

Tengo retint son souffle, en quête d'un signe de la vie qui était tapie là. Ce n'était encore qu'un être minuscule. Mais sa paume put en percevoir la chaleur.

« Où allons-nous ensuite ? Toi et moi et *la petite chose*.

— Quelque part qui n'est pas ici, dit Aomamé. Dans un monde où il n'y a qu'une lune. Notre lieu d'origine. Là où les Little People n'ont pas de puissance.

— Les Little People ? » Tengo grimaça légèrement.

« Tu as décrit précisément les Little People dans *La Chrysalide de l'air*. Comment ils se présentent, ce qu'ils font. »

Tengo acquiesça.

« Ils existent dans ce monde, déclara Aomamé. Tels que tu les as dépeints. »

Lorsqu'il avait remanié *La Chrysalide de l'air*, les Little People n'étaient pour lui que des créatures imaginaires nées de la fantaisie luxuriante d'une jeune fille de dix-sept ans. Ou tout au plus une métaphore ou un symbole. Mais à présent Tengo était en mesure de croire que les Little People existaient vraiment et qu'ils avaient de vrais pouvoirs.

« Pas seulement les Little People, continua Aomamé. Tout le reste existe – les chrysalides de l'air, MOTHER et DAUGHTER, les deux lunes.

— Tu connais le passage pour sortir de ce monde ?

— Nous emprunterons celui par lequel j'y suis entrée. Je n'ai rien trouvé de mieux. » Puis Aomamé ajouta : « Tu as pris le manuscrit du roman que tu es en train d'écrire ?

— Oui, il est ici », dit Tengo en tapotant son sac brun-rouge qu'il portait à l'épaule. Étrange. Comment était-elle au courant ?

Aomamé eut un sourire hésitant.

« Oui, je le sais.

— Il semble que tu saches des tas de choses », dit Tengo.

Il voyait Aomamé lui sourire pour la première fois. C'était tout juste une esquisse de sourire, mais pour lui, c'était comme si la hauteur des marées de son monde avait commencé à changer.

« Ne t'en sépare pas, dit Aomamé. C'est très important pour nous.

— C'est entendu. Je ne m'en séparerai pas.

— Nous sommes venus dans *ce monde* pour pouvoir nous rencontrer. Nous l'ignorions nous-mêmes, mais c'était là le but. Nous avons dû affronter tant de complications. Des choses qui n'avaient pas de logique, d'autres qui étaient inexplicables. Certaines étranges, d'autres sanglantes, d'autres encore tristes. Quelquefois, il y en a eu de belles. Il nous a été demandé de prêter serment, et nous l'avons fait. Nous avons dû passer par des épreuves, et nous nous en sommes tirés. Et puis nous avons enfin réalisé le dessein qui nous a amenés jusqu'ici. Mais le danger est imminent. Ils veulent DAUGHTER qui est à l'intérieur de moi. Dis-moi, Tengo, tu comprends ce que signifie DAUGHTER ? »

Tengo eut un long soupir. Puis il dit : « Nous allons donner naissance à une DAUGHTER. »

— Oui. Je ne comprends pas exactement le principe. Mais je vais mettre au monde une DAUGHTER. Peut-être par le biais d'une chrysalide de l'air. Ou alors, c'est moi-même qui suis une sorte de chrysalide. Et *eux*, ils veulent mettre la main sur nous trois. Pour bâtir un nouveau système qui leur permette d'"entendre les Voix".

— Et moi, quel est mon rôle ? Si j'ai vraiment un rôle en dehors d'être le père de DAUGHTER ?

— Toi... », commença Aomamé. Puis elle se tut. Elle ne pouvait se résoudre à prononcer les paroles suivantes. Il subsistait des vides. Des vides que plus tard, ensemble, ils devraient combler.

« J'avais pris la résolution de te retrouver, dit Tengo. Mais je n'ai pas réussi. C'est *toi* qui m'as trouvé. En fait, je n'ai rien fait. Cela me paraît, comment dire ? Inéquitable.

— Inéquitable ?

— Je te dois tant. Et, en fin de compte, je ne t'ai pas beaucoup aidée.

— Tu ne me dois rien, dit nettement Aomamé. Tu es celui qui m'a guidée jusqu'ici. Sous une forme invisible. Nous ne sommes qu'un.

— Je crois que j'ai vu notre DAUGHTER, dit Tengo. Ou du moins, ce qu'elle *signifiait*. C'était toi, quand tu avais dix ans, qui dormais dans les légères clartés d'une chrysalide de l'air. J'ai pu effleurer sa main. Cela s'est passé une fois, une seule. »

Aomamé posa sa tête sur l'épaule de Tengo. « Tengo, nous ne nous devons rien. Rien. Nous sommes un. Notre plus grand souci, à présent, ce doit être de protéger *cette petite chose*. Ils sont à nos trousses. Tout près. J'entends le bruit de leurs pas.

— Je ne laisserai jamais personne s'en prendre à vous. Ni à toi ni à *la petite chose*. Maintenant que nous nous sommes retrouvés, le dessein qui nous a fait entrer dans ce monde a été accompli. C'est un lieu dangereux. Mais tu sais comment en sortir.

— Je crois que oui, dit Aomamé. Si je ne me trompe pas. »

31

Tengo et Aomamé

Comme un pois dans sa cosse

UNE FOIS QU'ILS FURENT DESCENDUS DU TAXI, à l'endroit qu'elle reconnut, Aomamé se campa au carrefour, jeta un coup d'œil circulaire et découvrit sous la voie express le dépôt de matériel peu éclairé, entouré d'une palissade métallique. Elle tira alors Tengo par la main et traversa le passage piéton pour se diriger de ce côté.

Elle ne se souvenait pas d'où se situaient les montants métalliques dont les boulons avaient été desserrés, mais après avoir patiemment effectué différentes tentatives sur chacun d'eux, elle retrouva un mince espace dans lequel un homme pouvait se faufiler. Elle se pencha, prenant soin de ne pas accrocher ses vêtements, et se glissa à l'intérieur. Tengo recroquevilla autant qu'il le put sa grande charpente et la suivit. De l'autre côté de la palissade, tout était tel qu'Aomamé l'avait vu en avril. Des sacs de ciment décolorés, des armatures de fer rouillées, des mauvaises herbes flétries, des vieux papiers éparpillés, çà et là des fientes de pigeon blanches et collées ensemble. Rien n'avait changé depuis huit mois. Il était possible que personne n'ait mis le pied dans ce terrain durant tout ce temps. C'était un lieu abandonné, complètement oublié, comme un banc de sable flottant parmi les grandes artères de la ville.

« C'est ici ? » demanda Tengo en lançant un regard autour de lui.

Aomamé acquiesça. « S'il n'y a pas de sortie ici, nous ne pourrons aller nulle part. »

Dans l'obscurité, à l'aveuglette, elle chercha l'escalier d'urgence qu'elle avait descendu naguère. L'étroit escalier qui reliait la voie express et le sol. *Il doit être là,* se répétait-elle intérieurement. Il faut que je le croie.

Et elle découvrit l'escalier. Plus proche d'une échelle que d'un escalier. Bien plus miteux et plus dangereux que dans son souvenir. C'est sur un truc pareil que je suis descendue, s'étonna-t-elle. Mais enfin, il était là. À présent, il suffirait de faire le chemin inverse et de gravir chaque marche, l'une après l'autre. Elle ôta ses hauts talons Charles Jourdan, les fourra dans son sac, dont elle coinça la bandoulière en travers du torse. Elle entama sa montée avec son seul collant aux pieds.

« Suis-moi, dit-elle à Tengo en se retournant.

— Ce ne serait pas mieux que je passe devant ? demanda Tengo, inquiet.

— Non. J'avance en tête. »

C'était le chemin qu'elle avait descendu. À elle de le gravir en premier.

L'escalier était infiniment plus glacial que la première fois. Ses mains étaient engourdies au point qu'elle en perdait presque toute sensation. Le vent qui s'enfournait en trombe entre les piliers de la voie express était incomparablement plus âpre et plus brutal. Cet escalier inamical lui lançait un défi, il ne lui faisait aucune promesse.

Au début de septembre, lorsqu'elle l'avait cherché depuis la voie express, il s'était volatilisé. La route avait été bouchée. Mais celle qui partait du dépôt en allant vers le haut existait encore, comme elle l'avait pressenti. Elle avait soupçonné que dans ce sens, l'escalier serait toujours là. J'ai *la petite chose* en moi, pensait-elle. Si elle dispose vraiment d'un pouvoir spécial, elle me protégera, elle m'indiquera la bonne direction.

L'escalier était là. Mais, tout en haut, débouchait-il *vraiment* sur la voie express ? Aomamé n'aurait pu l'affirmer. Peut-être serait-il bloqué au milieu ? Tout était possible dans ce monde. Ce n'était qu'en gravissant réellement chaque échelon à la force de ses bras et de ses jambes qu'elle vérifierait de ses yeux ce qui se trouvait là – ou ce qui ne s'y trouvait pas.

Elle restait vigilante en se hissant sur chacun des barreaux. Elle jeta un coup d'œil vers le bas et vit Tengo qui la suivait de tout près. De violentes bourrasques survenaient parfois, avec des sifflements aigus, qui soulevaient son manteau léger. Un vent cruel et déchirant. Le bas de sa jupe courte lui remontait presque jusqu'aux hanches. Ses cheveux, fouettés par les rafales, étaient ébouriffés, ils se collaient sur son visage et l'aveuglaient. Elle avait du mal à respirer. Aomamé regretta de ne pas les avoir attachés en arrière. Elle aurait dû songer aussi à se munir de gants. Comment se faisait-il qu'elle ne se soit pas préoccupée de ces choses-là ? Mais il était vain d'avoir du regret. Son seul souci avait été, coûte que coûte, d'être vêtue de la même tenue que la première fois. À présent, il ne lui restait qu'à empoigner chaque échelon et à continuer à monter.

Tremblant de froid, Aomamé progressa patiemment vers le haut et, ce faisant, elle observa les balcons d'une résidence, de l'autre côté de la route. Un immeuble de quatre étages, au toit recouvert de tuiles brunes. Elle l'avait déjà vu quand elle avait descendu l'escalier. Environ la moitié des fenêtres étaient éclairées. Le bâtiment était vraiment à deux doigts de distance. Ce serait fâcheux que l'un des habitants les remarque. Leurs silhouettes étaient bien éclairées par les lampadaires de la nationale n° 246.

Heureusement, il n'y avait personne aux fenêtres. Tous les rideaux étaient hermétiquement fermés. Cela allait de soi. Par une froide nuit d'hiver, qui s'attendrait à ce que quelqu'un se poste sur son balcon pour observer le spectacle de l'escalier d'urgence de la voie express ?

Sur l'un des balcons était posé un caoutchouc en pot. Tout recroquevillé à côté d'une chaise de jardin sale. En avril, lorsqu'elle avait descendu ces mêmes marches, elle avait déjà remarqué ce caoutchouc. Bien plus misérable encore que celui qu'elle avait laissé dans son appartement de Jiyûgaoka. Sans doute ce végétal était-il resté constamment au même endroit, blotti dans la même position durant ces huit mois. Avec ses couleurs passées et maladives, on l'avait remisé dans le coin le moins visible du monde où il avait dû être oublié. On ne l'arrosait certainement pas. Néanmoins, le pauvre caoutchouc lui donnait du courage et de l'assurance, alors qu'elle s'escrimait sur cet escalier incertain qui lui frigorifiait les membres et qu'elle avait la tête pleine d'angoisse et de doutes. Ça ira, se disait-elle. Je ne me trompe pas. Tout au moins, c'est bien le chemin de l'autre fois que je refais à l'envers. Ce caoutchouc est un repère pour moi. Un signe muet.

Quand je descendais les marches, se souvint Aomamé, j'avais vu des araignées occupées à tisser leur toile. Et j'avais pensé à Tamaki Ootsuka. Je m'étais remémoré les moments où toutes les deux, nues dans le même lit, nous nous étions caressées. C'était durant un voyage en été. Nous étions alors lycéennes, elle était ma meilleure amie. Pourquoi avait-il fallu que ces souvenirs-là me reviennent soudain en mémoire à ces instants précis, au beau milieu de l'escalier d'urgence ? À présent, Aomamé, refaisant le chemin contraire, songea de nouveau à Tamaki Ootsuka. Elle se rappela ses seins aux belles courbes, sa peau lisse et douce. Aomamé avait toujours envié les seins opulents de Tamaki. Complètement différents des miens, se disait-elle, mal développés, mal finis. Mais ces beaux seins, aujourd'hui, étaient perdus.

Puis Aomamé pensa à Ayumi Nakano. La jeune policière solitaire qui, une nuit d'août, dans une chambre d'un hôtel de Shibuya, les mains entravées par ses propres menottes, avait été étranglée avec la ceinture de son peignoir. Elle pensa à la jeune femme qui, le cœur tourmenté, avait avancé toute seule vers l'abîme de sa perte. Elle aussi avait une poitrine généreuse.

Aomamé pleurait la mort de ses deux amies. Que ces jeunes femmes ne soient plus l'emplissait de tristesse. Elle éprouvait également du regret à l'idée que leurs seins merveilleux n'existent plus, qu'il n'en subsiste plus la moindre trace.

Veillez sur moi, je vous en prie ! Telle fut la prière que leur adressa Aomamé. *Je vous en supplie, j'ai besoin de votre aide à toutes les deux !*

Elle était sûre que sa voix muette parviendrait aux oreilles de ses malheureuses amies. Elle était certaine qu'elles la protégeraient.

L'ascension sur cette échelle de fortune se termina sur un *cat walk*, une passerelle qui menait de l'autre côté de la route. Elle était munie d'une rampe basse. Aomamé dut se baisser pour avancer dessus. Au bout, il y avait un escalier en zigzag. Pas un véritable escalier, mais par rapport à l'échelle rustique qu'elle venait de gravir, c'était tout de même mieux. D'après ses souvenirs, il devrait aboutir à une aire réservée, sur la voie express. Les énormes poids lourds qui roulaient en bas faisaient vibrer et osciller la passerelle, qui ressemblait à un petit bateau frappé par des vagues transversales. Le vacarme des véhicules était à présent tonitruant.

Elle s'assura que Tengo était toujours immédiatement derrière elle, elle allongea le bras et saisit sa main. Elle était chaude. Aomamé s'étonna qu'il ait pu conserver des mains aussi chaudes par cette nuit glaciale, après avoir agrippé ces échelons gelés.

« Encore un tout petit peu », dit Aomamé en approchant sa bouche de l'oreille de Tengo. Elle était obligée de parler très fort pour couvrir le tintamarre des voitures et les hurlements du vent.

« Une fois en haut, nous nous retrouverons sur la route. »

À moins que l'escalier ne soit bouché. Mais cela, elle ne le dit pas.

« Tu voulais depuis le début que nous escaladions cet escalier ? demanda Tengo.

— Oui. Enfin, à condition que je l'aie trouvé.

— Mais alors, pourquoi t'es-tu habillée de cette façon ? Avec une jupe moulante, avec ces hauts talons. Ce n'est pas vraiment le genre de vêtements très appropriés pour une ascension pareille. »

Aomamé sourit de nouveau. « Il fallait que je sois dans cette tenue. Je t'expliquerai pourquoi un jour.

— Tu as de très jolies jambes, dit Tengo.

— Elles te plaisent ?

— Oui, beaucoup.

— Merci », dit Aomamé. Elle se pencha un peu sur la passerelle étroite, posa délicatement ses lèvres sur l'oreille de Tengo. Son oreille chiffonnée et moutonneuse qui évoquait un chou-fleur. Elle était complètement glacée.

Aomamé s'avança en premier sur la passerelle. Puis elle commença à monter l'escalier raide et étroit. La plante de ses pieds était transie, elle ne sentait presque plus ses doigts. Il fallait qu'elle soit très attentive à ne pas rater une marche. En chassant d'une main les cheveux que le vent enchevêtrait, elle poursuivit sa montée. Le vent glacial lui faisait venir les larmes aux yeux. Elle se retenait fermement à la rampe pour ne pas perdre l'équilibre que le vent menaçait. Tout en se hissant avec prudence sur chacune des marches, elle songea à Tengo derrière elle. À ses grandes mains, à ses oreilles gelées. Elle songea à *la petite chose* qui dormait en elle. Elle songea aussi à son automatique noir bien rangé dans son sac. Aux sept balles de 9 mm qu'il contenait.

Il fallait à tout prix qu'ils sortent de ce monde. Et pour cela, elle devait croire du fond du cœur que cet escalier menait à la voie express. *J'y crois,* se répéta-t-elle. Il lui revint alors en mémoire les paroles que le leader avait prononcées juste avant de mourir durant la nuit d'orage. Les paroles d'une chanson. Elle s'en souvenait encore aujourd'hui avec précision.

It's a Barnum and Bailey world,
Just as phony as it can be,
But it wouldn't be make-believe
If you believed in me[1]

..
Si tu crois en moi
...

1. « It's Only a Paper Moon ». Musique : Harold Arlen, paroles : Billy Rose et E.Y. Harburg, 1933. Cette chanson figure déjà en exergue de *1Q84, livre 1.*

Quoi qu'il arrive, et quoi que je doive faire pour cela, je devrai rendre ce monde réel. Mais je ne serai pas seule. Nous devrons réunir nos forces pour le rendre vrai. Nous ne devrons faire qu'un. Pour notre salut. Et pour celui de *la petite chose*.

Aomamé s'immobilisa sur un palier et se retourna. Tengo était là. Elle allongea la main. Tengo la serra. Elle éprouva de nouveau la même chaleur qu'un instant plus tôt, qui lui dispensa de la force et de l'assurance. Aomamé se pencha encore une fois, approcha sa bouche de son oreille.

« Tu sais, un jour, j'ai voulu m'ôter la vie pour toi, lui avoua-t-elle. J'allais vraiment mourir. Il s'en est fallu de très peu. À peine quelques millimètres. Tu me crois ?

— Bien sûr, dit Tengo.

— Dis-moi que tu me crois de tout ton cœur.

— Je te crois de tout mon cœur », répondit Tengo.

Aomamé approuva d'un petit signe de tête et lâcha sa main. Puis elle se retourna et recommença à grimper.

Quelques minutes plus tard, Aomamé avait achevé son escalade. Elle était arrivée sur la voie express n° 3. L'escalier d'urgence n'avait pas été obstrué. Son pressentiment avait été juste, ses efforts avaient été couronnés de succès. Avant d'escalader la barrière métallique, elle essuya du revers de la main ses larmes glacées.

« C'est la voie express n° 3, déclara Tengo d'un ton admiratif, après être resté quelques instants silencieux et avoir jeté un regard circulaire autour de lui. C'est donc ici la sortie de ce monde ?

— Oui, répondit Aomamé. Ici, c'est à la fois l'entrée et la sortie de ce monde. »

Tengo aida Aomamé à passer par-dessus la barrière métallique en la soulevant par-derrière. De l'autre côté, sur cette aire réservée, il y avait tout juste la place pour que deux voitures puissent stationner. C'était à présent la troisième fois qu'Aomamé se retrouvait là. Le grand panneau publicitaire Esso était bien là.

Mettez un tigre dans votre moteur.

Le même slogan, le même tigre. Muette, elle demeura là, pétrifiée, sans remettre ses chaussures. Puis elle inspira une large goulée de l'air saturé de gaz d'échappement. Peu lui importait la qualité de l'air. Elle éprouvait avant tout de la délivrance. Je suis revenue, pensait Aomamé. *Nous* sommes revenus.

Comme l'autre fois, la voie express était terriblement embouteillée. Les files de véhicules qui se dirigeaient vers Shibuya étaient pratiquement immobilisées. Aomamé fut surprise de constater cela. Que se passe-t-il ? Est-il de règle que lorsque je viens ici, la voie express soit aussi engorgée ? Il est tout à fait exceptionnel qu'un jour ordinaire, à cette heure-là, il y ait de tels bouchons. Peut-être un accident s'est-il produit plus loin. Dans le sens inverse, la circulation était fluide. Mais vers le centre de Tokyo, c'était terrifiant.

À son tour, Tengo passa par-dessus la barrière métallique. Il exécuta un saut léger en levant très haut ses longues jambes. Et il se plaça tout à côté d'Aomamé. Ils demeurèrent muets, contemplant les files de voitures qui se pressaient sous leurs yeux, tels des hommes face à l'Océan pour la première fois de leur vie, qui resteraient interdits au spectacle des vagues déferlant sur le rivage.

À l'intérieur des véhicules, les gens les regardaient fixement. Ils hésitaient, ils avaient du mal à se déterminer. Dans leurs yeux, il y avait davantage de suspicion que de curiosité. Que faisait donc ce jeune couple en ces lieux ? Sans crier gare, ils avaient surgi des ténèbres et ils étaient immobiles, là, comme paralysés, sur l'aire réservée. La femme portait un tailleur strict, un manteau printanier et un collant. Pas de chaussures. L'homme était très grand, il avait de vieux souliers aux pieds et un blouson. L'un et l'autre portaient un sac en bandoulière, en travers du torse. Leur voiture avait-elle eu une panne ou un accident ? Mais on ne voyait pas de voiture endommagée dans les environs. Et ces jeunes gens n'avaient pas l'air de chercher du secours.

Aomamé se ressaisit enfin. Elle sortit ses hauts talons de son sac et les enfila. Elle remit sa jupe en place, et remit son sac simplement à l'épaule. Elle noua la ceinture de son manteau. Passa sa langue sur ses lèvres sèches, se recoiffa des doigts. Elle sortit un mouchoir et essuya les dernières traces de ses larmes. Puis elle se serra contre Tengo.

Tout comme vingt ans plus tôt, en décembre, dans la salle de classe, après les cours, ils se tenaient tout près l'un de l'autre, silencieux, leurs mains unies. Ils étaient seuls au monde. Ils regardaient le flot très lent des voitures. Mais en vérité, ils ne regardaient rien. Ce qu'ils voyaient ou ce qu'ils entendaient n'avait pas la moindre importance. Les scènes, les sons, les odeurs qui les environnaient avaient perdu toute signification.

« Nous sommes donc dans un autre monde ? déclara enfin Tengo.

— Peut-être, dit Aomamé.

— Il vaudrait mieux nous en assurer. »

Il n'y avait qu'un seul moyen de le vérifier. Ils n'avaient pas besoin de prononcer des mots pour cela. Aomamé leva la tête et regarda le ciel. Tengo en fit autant, presque au même moment. Ils se mirent à rechercher la lune. Elle devrait sûrement se trouver quelque part au-dessus du grand panneau Esso. Mais leur quête fut vaine. La lune était sans doute cachée derrière les nuages qui voguaient paresseusement vers le sud, poussés par un faible vent. Aomamé et Tengo attendirent. Ils n'étaient pas pressés. Ils avaient du temps à ne savoir qu'en faire. Le temps perdu, c'était un temps qui serait retrouvé. Un temps qu'ils partageraient. Nul besoin de se précipiter. Le tigre du panneau Esso tenait le tuyau d'essence dans une patte, la figure rayonnante, affichant un sourire entendu. Il observait de biais les deux jeunes gens qui se tenaient les mains.

Aomamé remarqua soudain que quelque chose était différent, sans qu'elle puisse tout de suite discerner où se situait le changement. Elle amenuisa les yeux, se concentra. Puis elle comprit. Le tigre du panneau avait la tête tournée vers le côté gauche. Alors que le tigre de son souvenir offrait au monde son profil droit. *Le tigre avait fait volte-face.* Instinctivement, elle grimaça. Les pulsations de son cœur s'affolèrent. À l'intérieur de son corps, elle sentit comme quelque chose qui allait à contre-courant. Mais pouvait-elle se montrer vraiment affirmative ? Ses souvenirs étaient-ils aussi précis ? Non, elle n'avait pas de certitude, seulement une *impression*. La mémoire vous trahit, parfois.

Aomamé enfouit ses doutes en elle. Elle ferma les yeux un moment, le temps que son souffle se régularise, que son cœur reprenne son rythme normal. Elle attendit que les nuages se déplacent.

Les gens les observaient à travers les vitres de leur véhicule. Ce jeune couple, la tête levée, que regardait-il donc avec autant de passion ? Pourquoi restait-il ainsi les mains serrées si fermement ? Quelques-uns parmi eux allaient jusqu'à lever la tête et à scruter la même direction. Mais il n'y avait là que des nuages blancs et un grand panneau publicitaire Esso. *Mettez un tigre dans votre moteur*. Le tigre, offrant son profil gauche aux conducteurs, les engageait en souriant à faire le plein d'essence. Sa queue zébrée orange se dressait fièrement en l'air.

Les nuages se déchirèrent enfin.

Une lune apparut. Une seule.

C'était la lune jaune et solitaire, celle de toujours. La lune qui flottait en silence au-dessus des champs de miscanthes, qui laissait refléter sa blême silhouette arrondie à la surface étale des lacs, qui éclairait paisiblement les toits des maisons endormies. La lune qui poussait la marée haute sur les rivages, qui illuminait tendrement la fourrure des bêtes sauvages, qui veillait sur les voyageurs la nuit. La lune éternelle. Qui, en phase de croissant aiguisé, rognait la peau de l'âme. En nouvelle lune, qui instillait dans la terre ses gouttes sombres de solitude. C'était *cette lune*. Elle se tenait exactement au-dessus du panneau Esso, et à côté, il n'y avait pas sa petite compagne verte et déformée. La lune flottait là, muette, sans escorte. Aomamé et Tengo voyaient le même spectacle, sans qu'ils aient besoin de se le dire. Aomamé continuait à serrer en silence la grande main de Tengo. La sensation de contre-courant en elle avait à présent disparu.

Nous sommes revenus en 1984, se répétait Aomamé. Ce n'est plus l'année 1Q84. C'est le monde de 1984, le monde d'où je viens.

Vraiment ? Cela avait donc été aussi facile de revenir dans le vieux monde ? Le leader, avant de mourir, n'avait-il pas assuré qu'il n'y avait pas de passage pour revenir dans le monde ancien ?

Ne sommes-nous pas dans *un lieu encore différent* ? Depuis le monde étrange où nous nous trouvions, ne nous sommes-nous pas déplacés vers un troisième, encore plus étrange ? Un monde où le tigre nous présente son profil gauche, et non le droit ? Où nous attendent de nouvelles énigmes, de nouvelles règles ?

C'est possible, songea Aomamé. Elle était incapable d'affirmer le contraire. Mais elle avait une certitude. Ce n'était plus le monde où deux lunes brillaient dans le ciel. Et puis, pensait-elle, je serre la main de Tengo. Nous avions mis le pied en un lieu dangereux qui défiait toute logique. Nous avons traversé de rudes épreuves, nous nous sommes cherchés, nous nous sommes trouvés et nous nous sommes évadés. Que nous soyons retombés sur le vieux monde, ou qu'il s'agisse d'un monde encore nouveau, qu'avons-nous à redouter ? Si nous devons subir de nouvelles épreuves, nous les surmonterons. C'est tout. Mais nous ne sommes plus seuls.

Pour pouvoir croire à ce à quoi elle devait croire, elle se détendit et s'appuya contre le buste puissant de Tengo. Elle posa son oreille sur sa poitrine, se mit aux aguets des battements de son cœur. Puis elle s'abandonna dans ses bras.

Comme un pois dans sa cosse.

Après elle n'aurait su dire combien de temps, Tengo demanda : « Où allons-nous à présent ? »

Ils ne pouvaient rester là indéfiniment. C'était évident. Mais il n'y avait pas d'accotement sur la voie express. La sortie d'Ikéjiri était relativement proche, mais même avec ces bouchons, il était trop dangereux pour des piétons d'avancer entre les voitures. Les chances pour qu'on les prenne en stop étaient très minces. Ils pouvaient demander du secours depuis le téléphone d'urgence, mais quelles explications fourniraient-ils sur leur présence sur la voie express ? Et en admettant qu'ils arrivent à pied à la sortie d'Ikéjiri, les employés du péage les accableraient de questions. Quant à redescendre l'escalier qu'ils venaient de gravir, c'était évidemment hors de question.

« Je ne sais pas », répondit Aomamé.

Elle n'avait vraiment aucune idée de ce qu'ils devaient faire ou vers où ils devaient se diriger. Avec l'ascension réussie de cet escalier, son rôle était achevé. Elle avait utilisé toute son énergie. Elle n'avait plus une goutte de carburant. Il lui fallait s'en remettre à une autre puissance.

Jéhovah, qui êtes aux cieux. Que Votre Nom soit sanctifié, que Votre Royaume advienne pour nous. Pardonnez-nous nos nombreux péchés. Apportez-nous le bonheur tout au long de notre modeste marche. Amen.

La prière lui vint naturellement aux lèvres. Presque comme un réflexe conditionné. Elle n'avait pas besoin de penser. Aucun de ces mots n'avait de sens véritable. Ces expressions n'étaient que des échos sonores, une énumération de signes. Pourtant, en même temps qu'elle prononçait automatiquement sa prière, elle était envahie par un sentiment très étrange. Qu'on pourrait peut-être nommer « piété ». Quelque chose venant de très loin lui empoignait le cœur. En dépit de tout ce qui est arrivé, pensa-t-elle, je ne me suis pas perdue. Je suis heureuse d'être ici, en tant que moi – quel que soit ce « ici ».

Que Votre Royaume advienne pour nous, récita de nouveau Aomamé à haute voix. Comme elle le faisait avant le déjeuner, au réfectoire, à l'école. Quelle qu'en soit la signification, c'était ce qu'elle espérait du fond du cœur. Que Votre Royaume advienne pour nous.

Tengo lui caressa les cheveux, comme s'il les lui peignait avec les doigts.

Dix minutes plus tard, Tengo arrêta un taxi. Durant quelques instants, ils n'en crurent pas leurs yeux. Voilà qu'un taxi sans client passait précisément là où ils se trouvaient, sur une voie express totalement embouteillée. La portière arrière s'ouvrit immédiatement après que Tengo, sceptique, eut levé la main, et ils s'installèrent dedans. Hâtivement, sans perdre de temps, comme s'ils craignaient que l'illusion ne s'évanouisse. Le jeune chauffeur portant lunettes se tourna vers eux.

« Est-ce que vous acceptez que je prenne la prochaine sortie, Ikéjiri ? À cause de ces embouteillages ? » leur demanda-t-il. Il avait une voix plutôt haut perchée pour un homme. Pas désagréable pour autant.

« Très bien, répondit Aomamé.

— En fait, prendre des clients sur une voie express est illégal.

— Ah bon, et selon quelle loi ? » s'enquit Aomamé. Son visage reflété dans le rétroviseur grimaçait légèrement.

L'intitulé de la loi interdisant de charger des clients sur une autoroute urbaine ne revint pas tout de suite à l'esprit du chauffeur. Et le visage d'Aomamé dans son rétroviseur l'intimida.

« Bon, d'accord..., fit-il, renonçant à poursuivre sur ce sujet. Jusqu'où souhaiteriez-vous aller ?

— Près de la gare de Shibuya, ce serait très bien, déclara Aomamé.

— Je ne mets pas le compteur en route, dit le chauffeur. Je le ferai tourner une fois qu'on aura quitté la voie express.

— Comment se fait-il que vous rouliez ici sans client ? demanda Tengo.

— Eh bien, c'est une histoire assez compliquée, répondit le chauffeur d'une voix trahissant une grande fatigue. Ça vous dirait de l'entendre ?

— Oui », dit Aomamé. N'importe quelle histoire ferait l'affaire, aussi longue ou ennuyeuse soit-elle. Elle voulait entendre les récits que les gens avaient à raconter dans ce nouveau monde. Il y aurait peut-être de nouveaux secrets, de nouvelles allusions.

« Pas loin du parc de Kinuta, j'ai chargé un client, un homme entre deux âges, qui m'a dit de le conduire à proximité de l'université d'Aoyama, en prenant la voie express, parce que, du côté de Shibuya, c'était très encombré. À ce moment-là, il n'y avait pas eu de bulletin signalant des bouchons sur la voie express. La circulation devait être fluide. Par conséquent, à Yôga, c'est ce que j'ai fait. Mais, vers Tanimachi, il avait dû y avoir un accrochage. Et voilà le résultat. Une fois engagé là-dessus, vous imaginez le temps que ça prend avant d'arriver à la sortie d'Ikéjiri… Mais il s'est trouvé que le client a rencontré quelqu'un qu'il connaissait. Vers Komazawa, nous étions complètement bloqués, et sur la file d'à côté, il y avait un coupé Benz, gris argenté. La conductrice était l'une de ses relations. Ils ont ouvert les vitres, ils se sont mis à bavarder, et la femme a proposé qu'il vienne la rejoindre. Alors le client m'a dit, excusez-moi, je vous règle et vous me laissez aller, d'accord ? Ça ne m'était jamais arrivé de faire descendre un client sur une voie express. Mais bon, ça ne bougeait effectivement pas, je ne pouvais pas vraiment refuser. Et il est monté dans le coupé Benz. Il trouvait que c'était pas très sympa, alors il a rajouté un bon pourboire, mais moi, ça ne m'a pas tellement arrangé. C'était bien embêtant. Et puis, bon, j'ai continué à avancer, à une allure, je vous dis pas. Enfin, petit à petit, j'approchais de la sortie Ikéjiri. Et voilà que je vous vois, la main levée. Dites, mon histoire, vous y croyez ?

— Je vous crois », répondit Aomamé laconiquement.

Cette nuit-là, ils prirent une chambre dans un hôtel situé dans une tour, à Akasaka. Une fois la porte refermée, ils se déshabillèrent dans l'obscurité, se mirent au lit et s'enlacèrent. Ils avaient tant et tant à se dire mais cela pouvait attendre l'aube. Ils avaient d'abord d'autres choses à faire. Sans échanger un mot, ils s'explorèrent lentement dans le noir. Se servant de leurs doigts, de la paume de leurs mains, ils partirent en reconnaissance, parcoururent chaque parcelle du corps de l'autre, en étudièrent les formes. Ils avaient le cœur battant, comme de jeunes enfants qui cherchent un trésor dans une chambre secrète. Une fois bien assurés de chacune de leurs découvertes, ils y posèrent les lèvres, en guise de sceau.

Lorsque cette lente exploration fut achevée, Aomamé garda longuement dans la main le pénis durci de Tengo. Comme autrefois, quand elle avait saisi sa main dans la salle de classe, après les cours. Il était pour elle plus dur que tout ce qu'elle connaissait. C'en était presque miraculeux. Aomamé écarta les jambes, s'approcha de Tengo et le guida lentement à l'intérieur d'elle. Jusqu'au tréfonds. Elle ferma les yeux dans le noir, elle retint une énorme goulée d'air en elle, le plus longtemps possible. Puis elle souffla très lentement. Tengo éprouva sur sa poitrine sa chaude haleine.

« J'ai imaginé depuis si longtemps que tu me prendrais ainsi dans tes bras, chuchota Aomamé en approchant sa bouche de son oreille et en cessant de bouger.

— Tu veux dire, que tu ferais l'amour avec moi ?

— Oui.

— Tu imaginais *cela* depuis tes dix ans ? » demanda Tengo.

Aomamé sourit. « Non, bien sûr. Seulement quand j'ai été un peu plus grande.

— Moi aussi, j'ai imaginé la même chose.

— Que tu serais en moi ?

— Oui, dit Tengo.

— C'est comme tu l'avais imaginé ?

— Je n'arrive pas encore à croire que c'est vrai, répondit honnêtement Tengo. J'ai l'impression que je continue à imaginer.

— Tout est réel, pourtant.

— C'est beaucoup trop merveilleux pour du réel. »

Aomamé sourit dans l'obscurité. Puis elle posa sa bouche sur la bouche de Tengo. Ils mêlèrent leurs langues durant un moment.

« Dis, mes seins ne sont pas tellement gros, non ? dit Aomamé.

— Ils sont très bien tels qu'ils sont, répondit Tengo, la main sur sa poitrine.

— C'est vrai ce que tu dis ?

— Bien sûr. S'ils étaient plus gros, ce ne serait plus toi.

— Merci », dit Aomamé. Puis elle ajouta : « Mais ce n'est pas tout. Le gauche et le droit n'ont pas la même grosseur.

— Ils sont comme ils sont, et c'est bien, murmura Tengo. La droite, c'est la droite, la gauche, c'est la gauche. Il n'y a rien à changer. »

Aomamé posa son oreille sur la poitrine de Tengo.

« Tu sais, j'ai été complètement seule pendant très longtemps. Et j'ai été blessée de tant de façons. J'aurais aimé te retrouver beaucoup plus tôt. Je n'aurais pas eu à faire autant de détours. »

Tengo secoua la tête. « Non, je ne le crois pas. C'est bien comme ça. C'est exactement le temps qui convient. Pour l'un comme pour l'autre. »

Aomamé se mit à pleurer. Les larmes qu'elle avait réprimées pendant si longtemps débordèrent. Elle était incapable de s'arrêter. De grosses larmes tombèrent sur les draps bruyamment, à la manière d'une forte averse. Tengo toujours en elle, elle continua à pleurer et à trembler. Il l'entoura de ses bras, la soutenant fermement. Sans doute la soutiendrait-il toujours ainsi désormais. À cette pensée, il se sentait plus heureux que jamais.

« Il nous fallait tout ce temps, dit-il, pour que nous comprenions à quel point nous étions solitaires. »

Aomamé lui chuchota au creux de l'oreille : « Peux-tu commencer à remuer… Lentement, en prenant tout ton temps. »

Tengo fit ce qu'elle lui demandait. Il remua très lentement en elle. En restant attentif à respirer calmement et à écouter ses propres pulsations. Pendant tout ce temps, Aomamé demeura cramponnée à son grand corps, comme si elle se noyait. Elle cessa de pleurer, elle cessa de penser, elle se mit au-delà du passé, au-delà du futur, et se laissa assimiler par les mouvements de Tengo.

Lorsque le jour fut près de se lever, ils s'enveloppèrent dans des peignoirs de l'hôtel et se tinrent debout face aux grandes baies vitrées, levant un verre de vin rouge qu'ils avaient commandé au room service. Aomamé en but à peine une gorgée. Ils n'avaient plus sommeil. Depuis leur fenêtre du dix-septième étage, ils pouvaient contempler la lune à satiété. Les bancs de nuages avaient disparu, la vue était complètement dégagée. La lune du point du jour s'était considérablement éloignée mais elle flottait encore, juste au-dessus de la ligne d'horizon de la capitale. Elle était d'un blanc cendré et paraissait sur le point de disparaître, sa mission achevée.

À l'accueil, Aomamé avait précisé qu'elle désirait une chambre située très en hauteur, même si le prix était plus élevé. « C'est la condition essentielle. Que nous puissions contempler la lune », avait-elle insisté.

La responsable s'était montrée bienveillante vis-à-vis de ce jeune couple surgi soudain. En outre, l'hôtel, cette nuit-là, disposait de nombreuses chambres libres. Et au premier regard la responsable avait ressenti de la sympathie pour ces jeunes gens. Elle demanda au garçon de bien vérifier si la vue était belle depuis les fenêtres, et seulement après, tendit à Aomamé la clé d'une suite junior. Elle les fit même bénéficier d'une réduction sur le tarif.

« Est-ce que ce serait la pleine lune aujourd'hui ? » demanda la réceptionniste avec curiosité. Elle avait entendu jusqu'à ce jour toutes sortes de souhaits, d'exigences, ou de prières de la part des clients. Mais personne ne lui avait demandé une chambre d'où l'on pouvait contempler la lune.

« Non, répondit Aomamé. La pleine lune est déjà passée. Maintenant, elle est en phase descendante, aux deux tiers de sa grosseur. Mais c'est très bien. Du moment qu'on peut la voir.

— Est-ce que vous aimez contempler la lune ?

— C'est important, lui déclara Aomamé en souriant. Très important. »

Même à l'approche de l'aube, le nombre de lunes n'avait pas augmenté. Il n'y avait qu'une seule lune, la vieille lune familière. Le satellite unique et incomparable qui continuait à tourner fidèlement autour de la Terre, à la même vitesse, avant même la mémoire humaine. Tout en regardant la lune, Aomamé mit doucement la main sur son ventre, elle vérifia une fois encore qu'elle abritait bien *la petite chose*. Elle avait l'impression que le renflement s'était légèrement accentué depuis la veille.

Elle ne savait pas encore dans quelle sorte de monde ils se trouvaient. Mais elle était sûre qu'elle resterait là. *Nous* resterons là. Il se peut que ce monde contienne ses propres menaces, ses propres dangers, qu'il soit plein d'énigmes et de contradictions. Il se peut que nous ayons à suivre bien des chemins obscurs dont la destination nous sera inconnue. Mais cela ne fait rien. Cela n'a aucune importance. Je m'en accommoderai. Je ne m'en irai plus d'ici. Je n'irai plus nulle part. Quoi qu'il arrive, nous demeurerons dans le monde où brille une seule lune. Tengo et moi, et *la petite chose*. Tous les trois.

Mettez un tigre dans votre moteur, disait le tigre d'Esso, qui leur présentait son profil gauche. Qu'importait son profil. Son grand sourire, qui s'adressait directement à Aomamé, était naturel, plein de chaleur. Elle voulait croire à ce sourire. C'était important. Elle aussi sourit de la même façon. Du fond du cœur.

Elle tendit doucement la main et Tengo la saisit. Debout l'un à côté de l'autre, ne faisant plus qu'un, ils restèrent en silence les yeux rivés sur la lune qui flottait juste au-dessus des immeubles. Éclairée par le soleil nouveau qui pointait, elle perdit rapidement son éclat intense de la nuit jusqu'à se transformer dans le ciel en un simple découpage de lumière cendrée.

Fin du Livre 3

Table

Collection « Littérature étrangère »

ADAMS Poppy
Le Temps des métamorphoses

ADDERSON Caroline
La Femme assise

AGUÉEV M.
Roman avec cocaïne

ALI Monica
Sept mers et treize rivières
Café Paraíso
En cuisine

ALLISON Dorothy
Retour à Cayro

ANDERSON Scott
Triage
Moonlight Hotel

ARLT Roberto
Les Sept Fous
Les Lance-flammes

ARPINO Giovanni
Une âme perdue
Le Pas de l'adieu
Mon frère italien

AUSLANDER Shalom
La Lamentation du prépuce
Attention Dieu méchant

BAXTER Charles
Festin d'amour

BENIOFF David
24 heures avant la nuit

BLOOM Amy
Ailleurs, plus loin

BROOKNER Anita
Hôtel du Lac
États seconds
La Vie, quelque part
Une chute très lente
Une trop longue attente
Fêlures
Le Dernier voyage

BROOKS Geraldine
Le Livre d'Hanna
La Solitude du Dr March

BROWN Clare
Un enfant à soi

CABALLERO Antonio
Un mal sans remède

CAÑÓN James
Dans la ville des veuves intrépides

CONNELL D. J.
Julian Corkle est un fieffé menteur

CONROY Pat
Le Prince des marées
Le Grand Santini

COURTENAY Bryce
La Puissance de l'Ange

CUNNINGHAM Michael
La Maison du bout du monde
Les Heures
De chair et de sang
Le Livre des jours
Crépuscule

DORRESTEIN Renate
Vices cachés
Un cœur de pierre
Sans merci
Le Champ de fraises
Tant qu'il y a de la vie

DOUGHTY Louise
Je trouverai ce que tu aimes

DUNANT Sarah
La Courtisane de Venise
Un cœur insoumis

DUNMORE Helen
Un été vénéneux
Ils iraient jusqu'à la mer
Malgré la douleur
La Faim
Les Petits Avions de Mandelstam
La Maison des orphelins

EDELMAN Gwen
Dernier refuge avant la nuit

ELTON Ben
Nuit grave
Ze Star

FERRARIS Zoë
La Disparue du désert
Les Mystères de Djeddah

FEUCHTWANGER Lion
Le Juif Süss

FLANAGAN Richard
La Fureur et l'Ennui
Désirer

FREY James
Mille morceaux
Mon ami Leonard

FROMBERG SCHAEFFER Susan
Folie d'une femme séduite

FRY Stephen
L'Hippopotame
Mensonges, mensonges
L'Île du Dr Mallo

GALE Patrick
Chronique d'un été
Une douce obscurité
Tableaux d'une exposition
Jusqu'aux dernier jour

GARLAND Alex
Le Coma

GEE Maggie
Ma bonne

GEMMELL Nikki
Les Noces sauvages
Love Song

GILBERT David
Les Normaux
Les Marchands de vanité

GUSTAFSSON Lars
La Mort d'un apiculteur

HAGEN George
La Famille Lament
Les Grandes Espérances du jeune Bedlam

HOMES A. M.
Mauvaise mère

HOSSEINI Khaled
Les Cerfs-Volants de Kaboul
Mille soleils splendides
Les Cerfs-Volants de Kaboul (roman graphique)

JOHNSTON Jennifer
Petite musique des adieux
Ceci n'est pas un roman
De grâce et de vérité
Un Noël en famille

JONES Kaylie
La fille d'un soldat ne pleure jamais
Dépendances

JORDAN Hillary
Mississippi

KAMINER Wladimir
Musique militaire
Voyage à Trulala

KANON Joseph
L'Ultime Trahison
L'Ami allemand
Alibi

KENNEDY Douglas
La Poursuite du bonheur
Rien ne va plus
Une relation dangereuse
L'homme qui voulait vivre sa vie
Les Désarrois de Ned Allen
Les Charmes discrets de la vie conjugale
Piège nuptial
La Femme du Ve
Quitter le monde
Cet instant-là

KLIMKO Hubert
La Maison de Róża
Berceuse pour un pendu
Les Toutes Premières Choses

KNEALE Matthew
Les Passagers anglais
Douce Tamise
Cauchemar nippon
Petits crimes dans un âge d'abondance
Maman, ma sœur, Hermann et moi

KOCH Herman
Le Dîner

LAMB Wally
Le Chant de Dolorès
La Puissance des vaincus
Le Chagrin et la Grâce

LAWSON Mary
Le Choix des Morrison
L'Autre Côté du pont

LEONI Giulio
La Conjuration du Troisième Ciel
La Conspiration des miroirs
La Croisade des ténèbres

LI YIYUN
Un millier d'années de bonnes prières
Un beau jour de printemps

LISCANO Carlos
La Route d'Ithaque
Le Fourgon des fous
Souvenirs de la guerre récente
L'Écrivain et l'Autre

LOTT Tim
Frankie Blue
Lames de fond
Les Secrets amoureux d'un don Juan
L'Affaire Seymour

MADDEN Deirdre
Authenticité

MARCIANO Francesca
L'Africaine
Casa Rossa
La Fin des bonnes manières

MCCANN Colum
Danseur
Les Saisons de la nuit
La Rivière de l'exil
Ailleurs, en ce pays
Le Chant du coyote
Zoli
Et que le vaste monde poursuive sa course folle

MCCOURT Frank
Les Cendres d'Angela
C'est comment l'Amérique ?
Teacher Man, un jeune prof à New York

MCGARRY MORRIS Mary
Mélodie du temps ordinaire
Fiona Range
Un abri en ce monde
Une douloureuse absence
Le Dernier Secret

MERCURIO Jed
La Vie sexuelle d'un Américain sans reproche

MILLS Jenni
Le Murmure des pierres

MORTON Brian
Une fenêtre sur l'Hudson
Des liens trop fragiles

MURAKAMI Haruki
Au sud de la frontière, à l'ouest du soleil
Les Amants du Spoutnik
Kafka sur le rivage
Le Passage de la nuit
La Ballade de l'impossible
L'éléphant s'évapore
Saules aveugles, femme endormie
Autoportrait de l'auteur en coureur de fond
Sommeil
1Q84 (Livre 1)
1Q84 (Livre 2)
Chronique de l'oiseau à ressort

NICHOLLS David
Un jour, quelque part

O'DELL Tawni
Le Temps de la colère
Retour à Coal Run
Le ciel n'attend pas
Animaux fragiles

O'FARRELL Maggie
Quand tu es parti
La Maîtresse de mon amant
La Distance entre nous
L'Étrange Disparition d'Esme Lennox
Cette main qui a pris la mienne

OWENS Damien
Les Trottoirs de Dublin

PARLAND Henry
Déconstructions

PAYNE David
Le Dragon et le Tigre : confessions d'un taoïste à Wall Street
Le Monde perdu de Joey Madden
Le Phare d'un monde flottant
Wando Passo

PEARS Iain
Le Cercle de la Croix
Le Songe de Scipion
Le Portrait
La Chute de John Stone

PENNEY Stef
La Tendresse des loups

PIZZOLATTO Nic
Galveston

POLLEN Bella
L'Été de l'ours

RADULESCU Domnica
Un train pour Trieste

RAVEL Edeet
Dix mille amants
Un mur de lumière

RAYMO Chet
Le Nain astronome
Valentin, une histoire d'amour

ROBERTIS Carolina De
La Montagne invisible

ROSEN Jonathan
La Pomme d'Ève

SANSOM C. J.
Dissolution
Les Larmes du diable
Sang royal
Un hiver à Madrid
Prophétie
Corruption

SAVAGE Thomas
Le Pouvoir du chien
La Reine de l'Idaho
Rue du Pacifique

SCHWARTZ Leslie
Perdu dans les bois

SEWELL Kitty
Fleur de glace

SHARPE Tom

Fumiers et Cie

Panique à Porterhouse

Wilt 4

Le Gang des mégères inapprivoisées ou Comment kidnapper un mari quand on n'a rien pour plaire

SHREVE Anita

Le Poids de l'eau

Un seul amour

La Femme du pilote

Nostalgie d'amour

Ultime rencontre

La Maison du bord de mer

L'Objet de son désir

Une lumière sur la neige

Un amour volé

Un mariage en décembre

Le Tumulte des vagues

Une scandaleuse affaire

SHRIVER Lionel

Il faut qu'on parle de Kevin

La Double Vie d'Irina

Double faute

Tout ça pour quoi

SMITH Tom Rob

Enfant 44

SOLER Jordi

Les Exilés de la mémoire

La Dernière Heure du dernier jour

La Fête de l'Ours

SWARUP Vikas

Les Fabuleuses Aventures d'un Indien malchanceux qui devint milliardaire

Meurtre dans un jardin indien

TOLTZ Steve

Une partie du tout

TSIOLKAS Christos

La Gifle

ULINICH Anya

La Folle Équipée de Sashenka Goldberg

UNSWORTH Barry

Le Nègre du paradis

La Folie Nelson

VALLEJO Fernando

La Vierge des tueurs

Le Feu secret

La Rambla paralela

Carlitos qui êtes aux cieux

VREELAND Susan

Jeune fille en bleu jacinthe

WATSON Larry

Sonja à la fenêtre

WEBB Katherine

L'Héritage

WEISGARBER Ann

L'Histoire très ordinaire de Rachel Dupree

WELLS Rebecca

Fleurs de Ya-Ya

WEST Dorothy

Le Mariage

WINGFIELD Jenny

Les Ailes de l'ange

ZHANG Xianliang

La mort est une habitude

La moitié de l'homme, c'est la femme

ZWEIG Stefan

Le Monde d'hier. Souvenirs d'un Européen

Composé par Nord Compo Multimédia
7, rue de Fives, 59650 Villeneuve d'Ascq

Cet ouvrage a été imprimé en France par

CPI
FIRMIN-DIDOT

27650 Mesnil-sur-l'Estrée
en mars 2012

N° d'édition : 4985/02 – N° d'impression : 110315
Dépôt légal : mars 2012